Jack McDevitt
ERST KONTAKT

Science Fiction Roman

Ins Deutsche übertragen
von Michael Kubiak

BASTEI-LÜBBE-TASCHENBUCH
Science Fiction Special

Band 24126

Erste Auflage: Januar 1990
Zweite Auflage: Dezember 1993

© Copyright 1986 by Jack McDevitt
All rights reserved
Deutsche Lizenzausgabe 1990
Bastei-Verlag Gustav H. Lübbe GmbH & Co., Bergisch Gladbach
Originaltitel: The Hercules Text
Lektorat: Reinhard Rohn
Titelillustration: Steven Vincent Johnson
Umschlaggestaltung: Quadro Grafik, Bensberg
Satz: Fotosatz Schell, Bad Iburg
Druck und Verarbeitung:
Brodard & Taupin, La Flèche, Frankreich
Printed in France
ISBN 3-404-24126-6

Der Preis dieses Bandes versteht sich einschließlich
der gesetzlichen Mehrwertsteuer.

1 Harry Carmichael nieste. Seine Augen waren gerötet, seine Nase lief, und er hatte Kopfschmerzen. Es war Mitte September, und die Luft war voller Pollen von Ambrosia, Gänsefuß und Distel. Er hatte seine Medikation für den Tag bereits eingenommen, die ihn aber nur schläfrig werden ließ.

Durch die facettierten getönten Glasfenster des Wilhelm Tell beobachtete er den Daiomoto Kometen. Er war jetzt nicht mehr als ein heller Fleck, zwischen den kahlen Ästen einer Ulmengruppe, die den Parkplatz säumte. Sein kaltes unstetes Leuchten ähnelte dem Schimmer in Julies grünen Augen, die sich an diesem Abend ausschließlich mit dem langen, schlanken Stiel eines Weinglases zu beschäftigen schienen. Sie hatte alle Versuche aufgegeben, die Unterhaltung in Gang zu halten, und saß jetzt in verzweifelter Stille da. Harry tat ihr leid. In einigen Jahren, so wußte Harry, würde er auf diesen Abend zurückblicken, sich an diesen Moment erinnern, sich der Augen entsinnen und des Kometen und der mit alten Büchern vollgepackten Regale, die in dem nur schwach erleuchteten Raum Atmosphäre erzeugen sollten. Er würde sich an seine Wut erinnern und das furchtbare Gefühl des drohenden Verlustes und an das betäubende Bewußtsein der eigenen Hilflosigkeit. Aber am deutlichsten wäre da ihr Mitgefühl, das seine Seele peinigte.

Kometen und Unglück: Der Himmel paßte dazu. Daiomoto würde in zweihundertzwanzig Jahren wieder zurückkehren, aber er war im Begriff zu zerfallen. Die Wissenschaftler sagten voraus, daß er bei seinem nächsten Besuch, oder dem übernächsten, nur noch ein disparates Gebilde aus Fels und Eis wäre. Genau wie Harry.

»Es tut mir leid«, sagte sie. »Es ist nichts, was du getan hast.«

Natürlich nicht. Was könnte sie schon gegen den guten alten Harry vorbringen, der seine Schwüre ernst genommen hatte, bei dem man sich stets darauf verlassen konnte, daß er das Richtige tat, und der immer ein zuverlässiger

Versorger gewesen war? Nichts anderes, als daß er sie vielleicht zu sehr geliebt hatte.

Er hatte gewußt, daß es dazu kam. Die Veränderung in ihrer Haltung ihm gegenüber war schrittweise, aber stetig erfolgt. Die Dinge, über die sie früher gelacht hatten, wurden zu kleinen Reizfaktoren, und die Reizfaktoren störten ihr Leben, bis sie sich sogar über seine Anwesenheit ärgerte.

Und so war es dazu gekommen: zwei Fremde, die darauf bedacht waren, durch den Tisch getrennt zu sein, während sie mit wie chirurgische Instrumente blinkenden Werkzeugen ins Fleisch schnitt, das ein wenig zu roh war, und ihm versicherte, daß es nicht seine Schuld sei.

»Ich brauche nur etwas Zeit für mich selbst, Harry. Um über alles nachzudenken. Ich bin es leid, die gleichen Dinge zu tun, in der gleichen Weise und das jeden Tag.« Ich bin *dich* leid, sagte sie letztendlich mit dem heimlichen Mitleid, das seine zum Schutz entfachte Wut wegschälte wie eine dünne Scheibe Fleisch. Sie stellte das Glas hin und schaute ihn an, möglicherweise zum erstenmal an diesem Abend. Und sie lächelte: Es war das verschmitzte freundliche Grinsen, das sie gewöhnlich einsetzte, wenn sie den Wagen in den Graben gefahren oder ein paar ungedeckte Schecks ausgestellt hatte. Mein Gott, fragte er sich, wie soll ich jemals ohne sie auskommen?

»Das Stück war auch nicht so gut, oder?« fragte er sachlich.

»Nein«, sagte sie unsicher, »es hat mir nicht besonders gefallen.«

»Wahrscheinlich haben wir schon zuviele Stücke von hiesigen Autoren gesehen.« Sie hatten den Abend bei einer lahmen Kriminalkomödie verbracht, die von einem Tourneetheater in einer alten Kirche in Bellwether aufgeführt worden war, allerdings konnte Harry kaum der Vorwurf gemacht werden, das Geschehen allzu aufmerksam verfolgt zu haben. In seiner Furcht vor dem, was später kommen würde, war er seinen eigenen Text durchgegangen und hatte versucht, den Verlauf vorherzusehen und sich auf alle Eventualitäten vorzubereiten. Er hätte besser daran getan, sich das Stück anzuschauen.

Und die letzte Ironie war, daß in seiner Tasche Abonnementkarten steckten.

Sie überraschte ihn, indem sie über den Tisch reichte, um seine Hand zu ergreifen.

Seine Leidenschaft für sie war in seinem Leben einzigartig, nicht zu vergleichen mit jeder anderen Abhängigkeit oder Sucht, die er bisher kennengelernt hatte oder die er, wie er vermutete, jemals kennenlernen würde. Die Jahre hatten sie nicht abklingen lassen; hatten sie tatsächlich durch die gemeinsamen Erlebnisse von fast einer Dekade vertieft und hatten dabei ihre Leben derart ineinander verwoben, daß, wie Harry glaubte, keine emotionale Trennung möglich war.

Er nahm seine Brille ab, klappte sie sorgfältig zusammen und schob sie in ihr Etui. Ohne sie sah er nur sehr schlecht. Aber es war eine Geste, die sie nicht falsch interpretieren konnte.

Gesprächsfetzen vom Nebentisch drangen zu ihnen herüber: ein Paar, leicht betrunken, die Stimmen erhebend, stritt sich über Geld und Verwandte. Ein attraktiver junger Kellner, wahrscheinlich ein Collegestudent, hielt sich im Hintergrund, die rote Schärpe unanständig eng um seine schlanke Taille geschlungen. Er hieß Frank: seltsam, daß Harry sich daran erinnerte, als sei dieses Detail besonders wichtig. Alle paar Minuten kam er an ihren Tisch geeilt, um ihre Kaffeetassen aufzufüllen. Am Ende erkundigte er sich, ob das Essen zufriedenstellend gewesen sei.

Es war schwierig, sich daran zu erinnern, wann alles anders gewesen war, ehe das Lachen aufgehört und die stummen Einladungen zwischen ihnen unterblieben waren. »Ich denke einfach, wir passen nicht mehr so gut zusammen. Wir scheinen ständig aufeinander böse zu sein. Wir reden nicht ...« Sie sah ihn an. Harry starrte über ihre Schulter hinweg in den dunklen Raum mit einem Ausdruck, von dem er hoffte, daß er seine innere Entrückung widerspiegelte. »Wußtest du, daß Tommy in der letzten

Woche einen Aufsatz über dich und diesen gottverdammten Kometen geschrieben hat? Nein?«

»Harry«, fuhr sie fort. »Ich weiß nicht, wie ich es ausdrücken soll. Aber glaubst du wirklich, ganz ernsthaft, daß wenn Tommy oder mir irgendwas zustieße, du uns vermissen würdest? Oder daß du auch nur zur Kenntnis nehmen würdest, daß wir nicht mehr da sind?« Ihre Stimme bebte, und sie schob den Teller von sich weg und starrte in ihren Schoß. »Bitte, bezahl und laß uns von hier verschwinden.«

»Das stimmt nicht«, sagte er und schaute zu dem Kellner hinüber, der verschwunden war. Er suchte nach einem Fünfziger, warf ihn auf den Tisch und stand auf. Julie zog den Pullover um ihre Schultern enger und ging hinter Harry zwischen den Tischen hindurch zur Tür.

Tommys Komet hing über dem Parkplatz, ein Flecken am Septemberhimmel, den langen Schweif durch mehrere Sternbilder hinter sich herziehend. Bei seinem letzten Vorbeiflug war er vielleicht von Sokrates beobachtet worden. Die Datenbanken bei Goddard waren vollgestopft mit Details seiner Zusammensetzung, den Mengen von Methan und Zyan, der orbitalen Inklination und Exzentrizität. Nichts Aufregendes hatte er dort gesehen, aber Harry war ein Laie, der sich durch gefrorenes Gas nicht so leicht aus der Ruhe bringen ließ. Donner und die anderen waren bei der eingehenden Telemetrie geradezu in Ekstase geraten.

Es lag eine für diese Jahreszeit ungewöhnliche Kälte in der Luft, die nicht gleich zu spüren war, weil kein Wind wehte. Sie stand auf dem Schotter und wartete darauf, daß er die Tür aufschloß. »Julie«, sagte er, »zehn Jahre sind eine sehr lange Zeit, um sie so einfach wegzuwerfen.«

»Ich weiß«, sagte sie.

Harry fuhr über die Farragut Road nach Hause. Gewöhnlich benutzte er die Route 214, und sie hätten bei Muncie's angehalten, um noch einen Drink zu nehmen, oder sie wären zum Red Limit in Greenbelt herübergefahren. Aber nicht heute abend. Krampfhaft nach Worten suchend, die nicht kommen wollten, lenkte er den Chrysler die zweispurige Asphaltstraße hinunter, vorbei an Ulmenwäldern und Zwerglinden. Die Straße beschrieb einen Bogen und führte vorbei an wuchtigen Scheunen und altertümlichen Farmhäusern. Es war die Art von Highway, wie Harry ihn liebte. Julie zog Schnellstraßen vor, und darin war vielleicht der Unterschied zwischen ihnen zu erkennen.

Ein Lastwagen tauchte hinter ihnen auf, nutzte die nächste Gelegenheit und donnerte in einer Wolke von Abgasen und welkem Laub an ihnen vorbei. Als er verschwunden war, verblaßten seine roten Rücklichter zwischen fernen Bäumen zu winzigen Sternen. Harry saß vornübergebeugt, so daß sein Kinn fast auf dem Lenkrad ruhte. Mond und Komet standen hoch über den Bäumen links von ihm. Sie würden etwa um die gleiche Zeit untergehen. (Gestern abend, bei Goddard, hatte das Daiomoto-Team gefeiert, Donner hatte eingeladen, aber Harry, der nur an Julie dachte, war schon früh nach Hause gegangen.)

»Was hat Tommy über den Kometen gesagt?« fragte er.

»Daß du eine Rakete hingeschickt hättest, die ein Stück davon zurückbrächte. Und er versprach, das Stück mitzunehmen und es allen zu zeigen.« Sie lächelte. Er vermutete, daß es sie einige Mühe kostete.

»Damit hatten wir nichts zu tun«, sagte er. »Houston steuerte das Rendezvous-Programm.«

Er spürte die plötzliche Stille und mußte niesen. »Glaubst du«, fragte sie, »ihn interessierten die administrativen Feinheiten?«

Die alte Kindlebridge-Farm lag kalt und verlassen im Mondlicht. Drei oder vier Pickups und ein zerbeulter Ford standen auf dem von Unkraut überwucherten Hof. »Und wie geht es jetzt weiter mit uns?«

Ein längere schweigsame Pause entstand, mit der keiner von ihnen etwas anzufangen wußte. »Wahrscheinlich«, sagte sie, »wäre es keine schlechte Idee, wenn ich für einige Zeit zu Ellen ziehen würde.«

»Was ist mit Tommy?«

Sie suchte in ihrer Handtasche etwas, ein Papiertaschentuch. Sie klappte die Tasche zu und tupfte sich die Augen ab. »Meinst du, du hättest Zeit für ihn?«

Der Highway ging in eine langgestreckte S-Kurve über, kreuzte zwei Eisenbahngleise und tauchte in einen dichten Wald ein. »Was soll das heißen?« fragte er.

Sie setzte zum Sprechen an, aber ihre Stimme ließ sie im Stich, und sie schüttelte nur den Kopf und starrte stumm durch die Windschutzscheibe.

Sie fuhren durch Hopkinsville, kaum mehr als ein paar Häuser und ein Haushaltswarengeschäft. »Gibt es einen anderen? Jemanden, von dem ich noch nichts weiß?«

Sie schloß die Augen. »Nein, das ist es nicht. Ich möchte nur nicht mehr verheiratet sein.« Ihre Handtasche rutschte von ihrem Schoß auf den Boden, und als sie sie aufhob, bemerkte Harry, daß ihre Knöchel weiß waren.

Die Bolingbrook Road war mit einer dicken Laubschicht bedeckt. Er fuhr mit einem vagen Gefühl der Zufriedenheit darüber hinweg. McGormans Garage, die dritte nach der Ecke, war hell erleuchtet, und das rauhe Kreischen seiner Motorsäge durchschnitt die Nachtluft. Für McGorman war die Holzbastelei am Samstagabend ein Ritual. Und für Harry war es eine kraftspendende Insel der Vertrautheit in einer Welt, in der alles ins Rutschen geraten war.

Er bog in die Einfahrt ein. Julie öffnete die Tür, stieg leichtfüßig aus, hielt aber dann inne. Sie war groß, um die eins achtzig. Sie seien ein imposantes Paar, sagten die Leute: Riese und Riesin. Aber Harry war sich schmerzhaft des Unterschieds zwischen der geschmeidigen Beweglichkeit seiner Frau und seiner eigenen Schwerfälligkeit bewußt.

»Harry«, sagte sie mit einer gewissen Härte in der Stimme, »ich habe dich nie betrogen.«

»Gut.« Er ging an ihr vorbei und schob den Hausschlüssel ins Schlüsselloch. »Das freut mich zu hören.«

Die Babysitterin war Julies Cousine, Ellen Crossway. Sie

saß gemütlich vor einem flimmernden Fernsehgerät, hatte ein aufgeschlagenes Buch im Schoß liegen und eine Tasse Kaffee in der Nähe ihrer rechten Hand stehen. »Wie war das Stück?« fragte sie mit dem gleichen Lächeln, mit dem Julie ihn im Wilhelm Tell angesehen hatte.

»Ein Reinfall«, sagte Harry. Er traute seiner Stimme nicht, um noch mehr zu sagen.

Julie hängte ihre Strickweste in den Kleiderschrank. »Sie haben sämtliche bekannten Gags eingebaut. Und der Kriminalfall war gar kein richtiges Rätsel.«

Harry mochte Ellen. Sie hätte ein zweiter Versuch zur Erschaffung einer Julie sein können: nicht ganz so groß, nicht ganz so hübsch, nicht annähernd so gefühlsbetont. Das Ergebnis war überhaupt nicht unbefriedigend. Harry fragte sich gelegentlich, wie die Dinge sich wohl entwickelt hätten, wenn er Ellen zuerst kennengelernt hätte; aber er zweifelte nicht daran, daß er sie, irgendwann, mit ihrer aufsehenerregenden Cousine betrogen hätte.

»Nun«, meinte sie, »der Abend im Fernsehen war auch nicht gerade sensationell.« Sie legte das Buch beiseite. Dann wurde ihr die gequälte Stille bewußt. Sie blickte von einem zum anderen und seufzte. »Ich muß weg, Freunde. Tommy geht es gut. Wir haben den größten Teil des Abends mit Sherlock Holmes verbracht.« Sie meinte ein Rollenspiel, das Harry im vergangenen Sommer aufgetrieben hatte. Sein Sohn spielte es ständig und schlich mit Watson durch die Tabaksläden und Tavernen des London von 1895.

Harry erkannte, daß Ellen von ihrem Problem wußte. Es paßte ins Bild, daß Julie sich ihr anvertraut hatte. Oder vielleicht war ihre Situation auch auffälliger, als er annahm. Wer wußte sonst noch Bescheid?

Ellen küßte ihn und drückte ihn etwas fester an sich als üblich. Dann war sie durch die Tür verschwunden und stand mit Julie auf dem Weg vorm Haus und unterhielt sich. Harry schaltete den Fernseher aus, ging nach oben und warf einen Blick in das Zimmer seines Sohnes.

Tommy schlief fest, einen Arm über die Bettkante heraushängend, den anderen in einem Kissengewühl versteckt. Wie immer hatte er die Decke heruntergestrampelt, die Harry wieder über ihn breitete. Eine Kollektion von fest gebundenen Peanuts-Comic-Heften lag auf dem Fußboden verstreut. Und seine Basketballkluft hing stolz an der Kleiderschranktür.

Er sah aus wie ein normales Kind. Doch in der rechten oberen Schublade der Kommode befanden sich eine Injektionsspritze und ein Glasfläschchen Insulin. Tommy war Diabetiker.

Der Wind hatte leicht aufgefrischt: er fuhr flüsternd durch die Bäume und die Vorhänge. Licht drang durch eine Jalousie und fiel auf das Foto von der Arecibo-Schüssel, die sein Sohn vor ein paar Wochen während eines Besuchs bei Goddard gekauft hatte. Harry stand lange da, ohne sich zu rühren.

Er hatte während des vergangenen Jahres alles mögliche über Jugenddiabetes gelesen, wobei es sich um die virulenteste Form dieser Krankheit handelte. Tommy sah sich der hohen Wahrscheinlichkeit gegenüber, zu erblinden, sowie einer Reihe anderer Leiden, und er hatte eine drastisch verkürzte Lebenserwartung. Niemand wußte, wie es dazu gekommen war: es gab in keiner der beiden Familien Hinweise auf das Vorhandensein dieser Krankheit. Aber nun war sie da. Manchmal, so meinten die Ärzte, passiert so etwas eben.

Verflucht noch mal.

Er würde das Kind *nicht* aufgeben.

Aber noch ehe er sein Schlafzimmer erreicht hatte, wußte er, daß er keine andere Wahl hatte.

Um zwei Uhr morgens begann es zu regnen. Blitze zitterten draußen vor den Fenstern, und der Wind peitschte gegen die Seitenfront des Hauses. Harry lag auf dem Rücken und starrte zur Decke und lauschte dem rhythmischen Atem seiner Frau. Nach einer Weile, als er es nicht mehr länger ertragen konnte, zog er sich einen Bademantel an und ging nach unten und hinaus auf die Veranda. Wasser trommelte aus einer teilweise verstopften Regenrinne. Das Geräusch klang irgendwie frivol und bildete einen Kontrast zu dem röhrenden Unwetter, das im Anmarsch war. Er setzte sich in einen der Schaukelstühle und schaute zu, wie die dicken Tropfen auf der Straße zerplatzten. Eine Strebe war von der Straßenlaterne an der Ecke heruntergefallen oder vom Sturm abgerissen worden. Nun tanzte die Lampe bei jeder Wind- und Regenböe hin und her.

Scheinwerfer verließen die Maple Street. Er erkannte Hal Esterhazys Plymouth. Er federte in die Einfahrt auf der anderen Straßenseite, verharrte, während das Garagentor aufging, und verschwand dahinter. Licht flammte in Hals Haus auf.

Sue Esterhazy war Hals dritte Frau. Zwei weitere wanderten irgendwo durch die Weltgeschichte sowie fünf oder sechs Kinder. Hal hatte Harry erklärt, daß er mit seinen früheren Frauen auf durchaus freundschaftlichem Fuß stünde und sie besuche, wann immer er es schaffte, obgleich er zugeben mußte, daß das nicht oft geschah. Er zahlte beiden Unterstützung. Trotzdem schien er mit seinem Leben sehr zufrieden zu sein. Und ihm gehörten ein neuer Wohnwagen sowie ein Ferienhaus in Vermont.

Harry fragte sich, wie er das alles schaffte.

Im Haus klingelte das Telefon.

Julie hatte am Nebenapparat abgenommen, ehe er am Telefon war. Er stieg die Treppe hinauf, wo sie in der Schlafzimmertür auf ihn wartete. »Es ist Goddard«, sagte sie.

Harry nickte und griff nach dem Hörer. »Carmichael.«

»Harry, hier ist Charlie Hoffer. Das Herkules-Signal hat sich heute abend verändert. Ich habe gerade mit Gambini gesprochen. Er ist völlig aus dem Häuschen.«

»Sie offenbar auch«, stellte Harry fest.

»Ich dachte, Sie würden es wissen wollen«, sagte Hoffer verlegen. Er war der Offizier vom Dienst im Forschungslabor.

»Warum?« fragte Harry. »Was ist denn los?«

»Haben Sie die Operation verfolgt?«

»Ein wenig.« Das war eine ziemliche Übertreibung. Harry war stellvertretender Direktor der Administration, ein Personal-Spezialist in einer Welt der theoretischen Physiker, Astronomen und Mathematiker. Er gab sich alle Mühe, in bezug auf Goddards vielfältige Initiativen auf dem laufenden zu sein, um wenigstens etwas Glaubwürdigkeit zu behalten, aber die Anstrengung war sinnlos. Kosmologen schauten auf Teilchenphysiker herab, und beide Gruppen konnten die Astronomen nicht ausstehen, die ja nichts anderes taten, als die Auffassungen der Theoretiker zu bestätigen.

Harrys Job war es, dafür zu sorgen, daß die NASA die richtigen Leute einstellte oder mit den richtigen Leuten Verträge abschloß, zu veranlassen, daß jeder bezahlt wurde, und die Urlaubszeiten und Versicherungsprogramme zu überwachen. Er verhandelte mit Gewerkschaften, versuchte, die technisch orientierten Manager der NASA davor zu bewahren, zu viele Untergebene zu verärgern, und er war für die Public Relations verantwortlich. Er war immer in der Nähe Donners gewesen, hatte aber in den wenigen vergangenen Wochen kaum auf die anderen Aktivitäten Goddards geachtet. »Welche Art von Veränderung?«

Am anderen Ende unterhielt Hoffer sich gerade mit jemandem in Hintergrund. Dann kam er wieder an den Apparat. »Harry, es hat aufgehört.«

Julie betrachtete ihn seltsam.

Harrys Physikkentnisse waren nicht sehr gut. Gambini und seine Leute hatten einen Röntgenpulsar im Herkulesnebel beobachtet, ein Binärsystem, das aus einem roten Riesen und einem vermutlichen Neutronenstern bestand. Die vergangenen Monate waren eine schwierige Zeit für sie gewesen, denn die meisten technischen Einrichtungen Goddards wurden für den Kometen eingesetzt. »Charlie, das ist nicht ungewöhnlich, oder? Ich meine, das verdammte Ding verschwindet auf seiner Bahn alle paar Tage hinter dem Stern, richtig? Ist genau das passiert?«

»Die nächste Abschattung ist erst am Dienstag fällig,

Harry. Und selbst dann verlieren wir das Signal nicht. Es gibt dort so eine Art Hülle, die das Signal reflektiert, daher wird es allenfalls schwächer. Doch jetzt haben wir ein totales Verstummen. Gambini meint, daß irgendwas an den Geräten defekt ist.«

»Ich nehme an, ihr könnt keinen Fehler finden?«

»Das Netz ist okay. NASCOM hat jeden nur denkbaren Test durchgeführt, Harry. Gambini ist in New York und kommt erst in ein paar Stunden zurück. Er möchte nicht mit dem Flieger auf dem National landen. Wir dachte, am einfachsten wäre es wohl, wenn wir den Hubschrauber schicken.«

»Tut das. Wer ist im Operationszentrum?«

»Majeski.«

Harrys Hand krampfte sich um den Hörer. »Ich bin schon unterwegs, Charlie«, sagte er.

»Was ist los?« erkundigte Julie sich. Gewöhnlich reagierte sie ungehalten auf späte Anrufe von Goddard, aber diesmal klang ihre Stimme gedämpft.

Harry berichtete ihr von Herkules, während er sich anzog. »Es ist ein Röntgenpulsar«, sagte er. »Ed Gambinis Gruppe hört ihn seit rund acht Monaten ab. Charlie meint, sie empfangen ihn nicht mehr.«

»Warum ist das wichtig?«

»Weil es dafür keine Erklärung gibt.« Er ging in sein Schlafzimmer und schnappte sich ein paar Kleidungsstücke.

»Vielleicht befindet sich nur etwas Staub zwischen der Signalquelle und dem Netz.« Sie zog ihr Nachthemd aus und schlüpfte in einer einzigen fließenden Bewegung ins Bett.

»SKYNET wird nicht durch Staub gestört. Zumindest nicht die Röntgenteleskope. Nein, was immer es ist, es reicht jedenfalls aus, um Gambini mitten in der Nacht aus New York hierher zu holen.«

Sie schaute ihm beim Anziehen zu. »Weißt du«, sagte sie, bemüht um einen beiläufigen Tonfall, aber trotzdem unfähig, ihre Gefühle total aus ihrer Stimme zu verbannen.

»Das ist es, worüber wir den ganzen Abend gesprochen haben. Das Herkules-Projekt ist alleine Gambinis Angelegenheit. Warum mußt du denn jetzt hinunterfahren?. Ich wette, er kommt dir nicht zu Hilfe, wenn irgendwelche Katastrophen im arbeitstechnischen Bereich ausbrechen.«

Harry seufzte. Er war nicht auf seinen Posten gelangt, indem er zu Hause im Bett liegenblieb, wenn wichtige Dinge passierten. Es stimmte, daß er für Herkules keine direkte Verantwortung trug, aber man wußte ja nie, wohin die Dinge führen konnten, und eine ausufernde Bürokratie brauchte nichts so sehr wie Durchblick. Er widerstand dem Impuls, zu antworten, daß ihre Meinung jetzt sowieso nicht mehr gefragt sei, sondern bat sie statt dessen, die Tür hinter ihm abzuschließen.

Der Röntgenpulsar im Herkules ist einzigartig: er ist ein Vagabund, die einzige bekannte stellare Konfiguration, die nicht an irgendein größeres System gebunden ist. Mehr als anderthalb Millionen Lichtjahre von Goddard entfernt, treibt er in der unermeßlichen Leere zwischen den Galaxien.

Er ist überdies auch noch deshalb ungewöhnlich, als keiner seiner Komponenten ein Blauer Riese ist. Alpha Altheis, der sichtbare Stern, ist ziegelrot, um einiges kälter als die Sonne, aber etwa achtzigmal größer. In die Mitte unseres Sonnensystems verlegt, würde er den Merkur umschließen.

Altheis steckt mitten in der Heliumphase seines Verbrennungszyklus. Sich selbst überlassen, würde er sich noch etwa zehn Millionen Jahre lang ausdehnen, ehe er zu einer Supernova explodierte.

Aber der Stern wird nicht so lange leben. Das andere Objekt in dem System ist eine tote Sonne, die noch massiger ist als ihr riesiger Gefährte, von ihrem eigenen Gewicht jedoch derart zusammengepreßt wird, daß ihr Durchmesser weniger als dreißig Kilometer beträgt: die Entfernung zwischen dem Holland Tunnel und dem Long Island

Sound. Zwei Minuten mit dem Jet, etwa einen Tag zu Fuß. Doch das Objekt stellt eine Störung in einem engen Orbit dar, knapp fünfzehn Millionen Meilen vom äußeren Rand des Riesen entfernt, so dicht also, daß es sich praktisch durch die obere Atmosphärenschicht seines Gefährten bewegt; dabei rotiert es heftig, zieht eine riesige Schleppe superheißen Gases hinter sich her und zehrt am Lebensnerv des Riesen. Die Erscheinung heißt Beta Altheis, ein seltsam schlichter Name für einen so exotischen Himmelskörper.

Er ist die Maschine, welche den Pulsar antreibt. Es existiert ein ständiger Fluß hochgeladener Partikel vom normalen Stern zu seinem Gefährten bei relativistischen Geschwindigkeiten.

Doch die Kollisionspunkte sind auch nicht willkürlich auf Beta verteilt, sondern sie konzentrieren sich an den magnetischen Polen, welche sehr klein sind, mit einem Durchmesser von vielleicht einem Kilometer, und sich wie bei der Erde nicht an den Enden der Rotationsachse befinden. Infolgedessen rotieren auch sie, und zwar rund dreißigmal pro Sekunde. Auftreffende hochenergetische Partikel, die auf diese unendlich dichte und glatte Oberfläche aufschlagen, werden als Röntgenstrahlen weggeschleudert. Die Folge ist ein Leuchtfeuer, dessen Strahlen den Kosmos in der Umgebung überstreichen.

Harry fragte sich, während sein Chrysler durch einen plötzlichen Regenschauer rauschte, welche Energie wohl nötig wäre, um eine solche Maschine zum Stillstand zu bringen.

Die Torposten winkten ihn durch. Er bog sofort nach links ab und fuhr zu Gebäude Nr. 2, dem Labor des Forschungsprojektes. Acht oder neun Wagen parkten unter den Sicherheitslampen, was für diese späte Uhrzeit ungewöhnlich war. Harry stellte sich neben Cord Majeskis grauen Honda (der Chrysler sah neben dem Zweisitzer mit Turbolader aus wie eine plumpe Kiste) und eilte unter regentriefenden Bäumen zum hinteren Eingang des langgestreckten Gebäudes.

Dem Herkules-Projekt war ursprünglich ein Kommunikationszentrum mit angeschlossener ADP-Zone zugeteilt worden. Aber Gambini war ein politischer Fuchs, und seine Verantwortung und sein Stab wuchsen ständig. Er hatte zwei Arbeitsräume, zusätzlichen Computerraum und drei oder vier Büros gefordert.

Das Projekt selbst hatte als allgemeines Forschungsprogramm mit mehreren Dutzend Pulsaren begonnen. Aber es hatte sich sehr schnell auf die Anomalie in dieser Gruppe konzentriert, die fünf Grad nordöstlich vom Kugelhaufen NGC6341 entdeckt wurde.

Harry schlenderte ins Operationszentrum. Mehrere Techniker saßen im grünen Lichtschein der Monitore; zwei oder drei hatten die Kopfhörer abgenommen, sie tranken Coca-Cola und unterhielten sich flüsternd über ihre Zeitungen hinweg. Cord Majeski lehnte stirnrunzelnd an einem Arbeitstisch und schrieb etwas auf einen Klemmblock. Er war eher Footballspieler als Mathematiker, sehnig und breit in den Schultern, mit stechenden blauen Augen und einem dunklen Bart, der seinem jungenhaften Gesicht mehr Reife verleihen sollte. Er war ein grimmiger und wortkarger junger Mann, der dennoch zu Harrys Verblüffung bei Frauen ungewöhnlich erfolgreich zu sein schien.

»Hallo, Harry«, sagte er. »Was führt Sie denn um diese Zeit her?«

»Ich habe gehört, daß der Pulsar ein wenig verrückt spielt. Was ist los?«

»Wenn ich das wüßte.«

»Vielleicht«, sagte Harry, »ist ihm der Sprit ausgegangen. So etwas passiert doch, oder nicht?«

»Manchmal. Aber nicht so. Wenn der Pulsar seine Energiequelle verloren hätte, dann hätten wir ein allmähliches Absinken der Intensität wahrgenommen. Dieses Ding hörte jedoch abrupt auf. Ich weiß nicht, was ich davon halten soll. Vielleicht wurde Alpha zur Nova.« Majeski, der nur selten seine Gefühle offen zeigte, schleuderte das Klemmbrett über den Tisch. »Harry«, sagte er, »wir brauchen Zugang zur Optischen. Können Sie Donner nicht für ein paar Stunden herholen? Er beobachtet diesen gottverdanmmten Kometen doch schon seit drei Monaten.«

»Stellen Sie den Antrag, Cord«, sagte Harry.

Majeski zupfte an seinem Bart und bedachte Harry mit einem Blick, der signalisierte, daß sein Vorrat an Geduld allmählich erschöpft war. »Wir sollten doch wohl in der Lage sein, ein Zielobjekt von großer Wichtigkeit jederzeit beobachten zu können.«

»Schauen Sie es sich morgen abend an«, sagte Harry. »Es wird seinen Platz nicht verlassen.« Er machte auf dem Absatz kehrt und ging davon.

Harry interessierte sich nicht sonderlich für Pulsare. Tatsächlich hätte ihn an diesem Abend nichts außer einem Schwarzen Loch, das auf Maryland zu stürzen drohte, aus der Reserve locken können. Aber er hatte auch keine Lust, nach Hause zurückzufahren.

Der Regen war in ein kaltes Nieseln übergegangen. Er fuhr auf der Straße Nr. 3 nach Norden und rollte auf den Parkplatz vor Gebäude 18, der Kaufmännischen Abteilung. Sein Büro befand sich im zweiten Stock. Es war ein relativ kahler Ort mit ramponierten Stühlen und grünen Wänden und dem regierungsamtlich verfügten Wandschmuck, vorwiegend billige Art deco-Motive, die die GSA zu einem Schleuderpreis von einem ihrer Großlieferanten erworben hatte. Fotos von Julie und Tommy standen auf seinem Schreibtisch zwischen einer Cardex-Rollkartei und einer kleinen gerahmten Reproduktion eines Kinoplakats zum *Malteser Falken*. Tommy trug seine Little League-Kluft; Julie stand im Profil zum Betrachter und blickte nachdenklich in einen grauen Neuengland-Himmel.

Er knipste die Tischlampe an, löschte die Deckenbeleuchtung und ließ sich schwer auf ein Kunstledersofa fallen, das für ihn etwas zu kurz war. Vielleicht wurde es wirklich Zeit, aufzuhören. Sich einen verlassenen Leuchtturm irgendwo an der Küste von Maine zu suchen (er hatte gesehen, daß einer in Providence für einen Dollar angeboten wurde, doch man mußte ihn von seinem Standort wegtransportieren), vielleicht einen Job im örtlichen Supermarkt anzunehmen, seinen Namen zu ändern und einfach zu verschwinden.

Seine Jahre mit Julie waren vorbei. Und wie die Dinge standen, wußte er, daß er nicht nur seine Frau, sondern auch Tommy verloren hatte. Und einen beträchtlichen Teil seines Einkommens. Er empfand plötzlich ein seltsames Mitleid mit Alpha, zusammengekettet mit einem Neutronenstern, den er nicht loswerden konnte. Er war siebenundvierzig, seine Ehe war gescheitert, und er begriff plötzlich, daß er seinen Job haßte. Leute, die nicht wußten, wie es in Wirklichkeit war, beneideten ihn: er war, trotz allem, Mitakteur im großen Abenteuer, leitete Angriffe gegen Planeten, arbeitete eng mit all diesen berühmten Physikern und Astronomen zusammen. Doch die Forscher, wenngleich wenige es so offen zeigten und so jung waren wie Majeski, akzeptierten ihn nicht als einen der ihren.

Er war für Terminpläne zuständig, der Mann, der Anfragen über Krankenhausaufenthalte und Ruhestandsgelder und andere Themen beantwortete, die so furchtbar langweilig waren, daß Gambini und seine Kollegen es kaum über sich bringen konnten, darüber zu reden. Er war, in der offiziellen Terminologie, ein Laie. Schlimmer noch, er war ein Laie mit einer beträchtlichen Menge an Kontrollgewalt über Arbeitsabläufe bei Goddard.

Er schlief ein. Der Wind legte sich, und der Regen hörte auf. Das einzige Geräusch im Gebäude war das gelegentliche Summen der Gebläse im Keller.

Gegen acht Uhr klingelte das Telefon. »Harry.« Es war wieder Hoffers Stimme. »Der Pulsar ist wieder angesprungen.«

»Okay«, sagte Harry und versuchte, seinen Blick auf seine Uhr zu konzentrieren. »Das klingt nach einem Gerätefehler. Schauen Sie nach, ob Sie nichts übersehen haben, okay? Ich schicke später die Wartung rüber, um ein paar Checks durchführen zu lassen. Ist Gambini schon angekommen?«

»Wir erwarten ihn jede Minute.«

»Sagen Sie ihm, wo ich bin«, sagte Harry. Er legte auf und war überzeugt, daß die Beobachtungen dieser Nacht sich am Ende auf einen Defekt in der Instrumententafel zurückführen ließen.

Im Forschungszentrum herrschte an Sonntagvormittagen Ruhe; und die Wahrheit war, daß er, obgleich er versuchte, seine Motive dafür nicht allzu eingehend zu untersuchen, immer froh war, wenn er ausreichende Gründe hatte, um im Büro zu übernachten. Seltsam: trotz seiner Leidenschaft für Julie war da etwas in den umliegenden Bergen, in den Nebelschwaden, die mit der Sonne aufstiegen, in der Einsamkeit dieses Ortes und seiner direkten Verbindung zum Himmel, das ihn anzog. Selbst jetzt. Vielleicht gerade jetzt.

MONITOR

IRA STREITET BOMBENANSCHLAG
AUF WOHNVIERTEL AB
Briten erklären: Kein Zusammenhang mit Truppenabzug
aus Ulster
Bürgerkrieg dauert an;
600 Verletzte bei Demonstrationen.

SENAT KIPPT ABM-GESETZ
Eine Koalition aus Demokraten aus dem Norden
und Republikanern aus dem Farmgürtel
stimmten heute gegen das ABM-Überwachungssystem
und bescherten damit dem Präsidenten
eine weitere Niederlage ...

TAIMANOW SCHLÄGT GEMEINSAME SCHRITTE
GEHEN NUKLEAREN TERROR VOR
Polnische Dissidenten angeblich im Besitz der Atombombe

ALTER DES SONNENSYSTEMS NEU
AUF 5 MILLIARDEN JAHRE GESCHÄTZT
Proben, die im vergangenen Monat dem
Daiomoto Kometen entnommen und geborgen wurden,
sind mindestens eine Milliarde Jahre
älter als erwartet ...

SOWJETISCHER U-BOOT-STÜTZPUNKT
IN DER CAMRANH BAY GEMELDET

U. S. KATASTROPHENHILFE
FÜR ARGENTINIEN VERSCHWUNDEN
Lebensmittel und Medikamente auf dem schwarzen Markt
aufgetaucht; weitere Erdbeben werden erwartet;
Typhus breitet sich aus.

BISHER GRÖSSTE KOKAINMENGE
IN DADE COUNTY BESCHLAGNAHMT

SCHEIDUNGSRATE STEIGT WIEDER
(New York) – Fast zwei Drittel aller Ehen
enden vor dem Scheidungsrichter
laut einer kürzlich durchgeführten Untersuchung
des Nationalen Kirchenrats ...

**NEUE FERNSEHSAISON DURCH RÜCKKEHR
ZUM WESTERN GEKENNZEICHNET**

2 Wenn Edward Gambini die ganze Nacht wachgeblieben war, so war es nicht zu erkennen. Er huschte in der Operationszentrale herum, angetrieben von rastloser Energie, ein dünner, vogelgleicher Mann mit den schnellen Augen eines Spatzen. Er besaß eine Art vogelhafter Würde, ein deutliches Bewußtsein für seine Position im Leben, und jene Eigenschaft, die Politiker Charisma und Schauspieler Präsenz nennen. Es war dieser Charakterzug, kombiniert mit einem ausgeprägten Gefühl für Timing in politischen Angelegenheiten, der im vergangenen Sommer vor sogar erfahreneren Bewerbern zu seiner Berufung geführt hatte, das Pulsar-Projekt zu leiten.

Obgleich Harry von beiden der deutliche größere war, kam es vor, daß Leute, die die beiden kannten, sich dessen nicht bewußt waren.

Anders als die meisten seiner Kollegen, die nur widerstrebend die Vorteile zugaben, mit Administratoren befreundet zu sein, freute Gambini sich aufrichtig über Harry Carmichael. Wenn Carmichael gelegentlich über seinen Mangel an formaler Ausbildung klagte (er hatte sein Berufsleben als Physikstudent an der Ohio State begonnen), versicherte Gambini ihm, daß er damit weitaus besser fuhr. Obgleich er nie genau erklärte warum, verstand Harry, was er meinte: nur ein äußerst kluger Kopf (wie Gambini) konnte die umfangreiche Arbeit eines weitläufigen Studiums überstehen, ohne seinen intellektuellen Schwung zu verlieren. Harrys trockener Humor und seine gelegentlich außergewöhnlichen Standpunkte wären nach einem ausführlichen Studium des Schmidt-Hilbert-Verfahrens oder des Bernoulli-Theorems wohl kaum erhalten geblieben.

Gambini gab fröhlich zu, daß Personen in Harrys Position und Tätigkeitsfeld einen wichtigen Platz in dieser Welt hatten. Und weiß Gott, vernünftige Administratoren waren schwer zu finden.

Es war kurz nach neun, als Harry eintraf, mit einer Zimtstange für Gambini, der, wie er wußte, noch nichts gegessen hatte.

Cord Majeski saß vor einem Monitor, sein Kinn in eine Hand gestützt, während Buchstaben- und Zahlenreihen über den Bildschirm liefen. Seine Augen wanderten nicht mit. Die anderen, Computeroperatoren, Systemanalytiker, Kommunikationsexperten, schienen mehr als sonst in ihre Arbeit vertieft zu sein. Sogar Angela Dellasandro, der Liebling der Forschungsgruppe — hochgewachsen, schlank, dunkeläugig —; blickte konzentriert auf eine Konsole. Gambini suchte sich einen Platz abseits von den anderen und nahm einen herzhaften Bissen von der Zimtstange.

»Harry, kannst du uns für heute ungehinderten Zugang zur Optischen verschaffen?«

Harry nickte. »Ich habe das bereits veranlaßt. Ich brauche nur noch einen schriftlichen Antrag von dir oder Majeski.«

»Gut.« Gambini rieb sich die Hände. »Du solltest versuchen, dabeizusein.«

»Warum?«

»Harry, das dort draußen ist ein sehr seltsames Objekt. Eigentlich bin ich mir noch nicht einmal sicher, ob es überhaupt existiert.« Er lehnte sich an einen Arbeitstisch, der beladen war mit Stapeln von Computerausdrucken. Hinter ihm, an einer Wand, an der Fotos von Satelliten, Raumfähren und Sternhaufen klebten, hing ein Amtrak-Kalender, der eine Rangierlok auf einem belebten Güterbahnhof zeigte. »Auf jeden Fall dürfte es nicht dort sein, wo es ist — sozusagen weit draußen und mitten im Nichts. Harry, Sterne entstehen nicht zwischen den Galaxien. Und sie wandern auch nicht dorthin. Zumindest haben wir bisher dort noch nie einen gefunden.«

»Warum nicht?« fragte Harry. »Ich würde durchaus erwarten, daß eine Galaxis gelegentlich einen rauswirft.«

»Die erforderlichen Fluchtgeschwindigkeiten sind zu hoch.«

»Und wie wäre es mit einer Explosion? Vielleicht wurde er regelrecht herausgesprengt.«

»Das ist eine Möglichkeit. Aber eine solche Katastrophe hätte das gesamte System auseinandergerissen. Dieses

Ding ist ein Binär. Das ist nämlich noch ein weiteres Geheimnis: es scheint aus der Richtung des Jungfrau-Haufens zu kommen.«

»Und ...?«

»Der Jungfrau-Haufen ist fünfundsechzig Millionen Lichtjahre von dem Punkt entfernt, an dem Beta – das ist der Pulsar – jetzt steht. Das System entfernt sich davon mit einer Geschwindigkeit von fünfunddreißig Kilometern pro Sekunde. Das ist langsam, aber der Punkt ist, daß die Vektoren nicht zusammenlaufen. Wir sind sicher, daß es nicht aus der Jungfrau stammt, aber die Sterne sind nicht alt genug, um von irgendeinem anderen Punkt dorthin gelangt zu sein, wo sie jetzt sind. Und das behaupte ich trotz der Tatsache, daß Alpha, der Rote Riese im System, extrem alt ist.« Gambini beugte sich zu Harry vor, und seine Stimme bekam einen verschwörerischen Klang. »Da ist auch noch etwas anderes, was du wissen solltest.«

Harry wartete, aber Gambini stieß sich vom Tisch ab. »In meinem Büro«, sagte er.

Es war mit roter Zeder getäfelt und mit den Preisen und Auszeichnungen dekoriert, die der Physiker im Laufe der Jahre errungen hatte: den Nobelpreis 1989 für seine Arbeit mit dem Hochenergieplasma; Mann des Jahres 1991 von Georgetown; die Würdigung des Beloit College für seinen Beitrag zur Entwicklung des Spektrographen für Schwachobjekte; und so weiter. Ehe er aus seiner früheren Stellung im Finanzministerium zur NASA gewechselt war, hatte Harry ebenfalls die bürokratische Tradition gepflegt, seine Auszeichnungsplaketten und -urkunden an seinen Bürowänden aufzuhängen, aber seine Ausbeute wirkt im Vergleich geradezu ärmlich: eine Auszeichnung des Ministeriums für besondere Leistungen, das Diplom eines dreitägigen Verwaltungs-Fortbildungskurses und ähnliche Dinge. Daher befand Harrys magere Ausbeute sich jetzt in einem Karton in seiner Garage.

Das Büro lag hinter einer breiten Glasscheibe, die den vorderen Teil des L-förmigen Arbeitsbereichs überschaute. Der Fußboden war mit einem dicken Teppich bedeckt. Sein

Schreibtisch versank unter einer Flut von Papier und Büchern, und mehrere Meter Endlosausdruck waren über eine Sessellehne drapiert. Gambini schaltete ein Panasonic-Kompaktstereogerät in einem Bücherregal ein; die Klänge einer Bach'schen Komposition schwebten durch den Raum.

Er bot Harry einen Platz an, schien aber selbst unfähig zu sein, sich zu setzen. »Beta«, sagte er und ging durch den Raum, um die Tür zu schließen, »hat während der zwei Jahre, die wir ihn beobachten, Röntgenstrahlstöße mit einer außerordentlichen Gleichmäßigkeit gesendet. Die Details sind jetzt unwichtig, aber die Intervalle zwischen den Impulsspitzen waren bemerkenswert konstant. So jedenfalls sah es bis heute morgen aus. Ich gehe davon aus, Hoffer hat dich informiert, daß das Signal gestern abend völlig ausblieb.«

»Ja, deshalb bin ich hergekommen.«

»Es schwieg für genau vier Stunden, siebzehn Minuten und dreiundvierzig Sekunden.«

»Ist das bedeutsam?«

Gambini lächelte. »Mit sechzehn multipliziert ergibt das Betas Umlaufzeit auf seinem Orbit.« Er schaute Harry erwartungsvoll an und war deutlich enttäuscht von der ausbleibenden Reaktion. »Harry«, sagte er, »das ist kein Zufall. Das Abschalten oder Verstummen sollte Aufmerksamkeit erregen. Es war gewollt, Harry. Und die Dauer des Verstummens hatte den Sinn, eine intelligente Steuerung zu demonstrieren.« Gambinis Augen glänzten. Seine Lippen spannten sich und entblößten strahlendweiße Zähne. »Harry«, sagte er, »das ist das LGM-Signal! Es ist geschehen!«

Harry verlagerte unbehaglich sein Gewicht. LGM bedeutete *little green man:* es war die Kurzbezeichnung für die langersehnte Kommunikation von einer anderen Welt. Und das war ein Thema, bei dem Ed Gambini schon längst jegliche Sachlichkeit hatte fahren lassen. Die negativen Ergebnisse der ersten SKYNET-Überprüfung extrasolarer planetarer Atmosphären hatte dem Physiker eine herbe

Niederlage bereitet und ihn regelrecht zusammenbrechen lassen. Und Harry hatte den Verdacht, daß er sich davon noch nicht vollständig erholt hatte. »Ed«, sagte er behutsam, »ich finde, wir sollten keine voreiligen Schlüsse ziehen.«

»Verdammt noch mal, Harry, ich ziehe keine voreiligen Schlüsse!« Er wollte noch etwas anderes sagen, verschluckte es jedoch und setzte sich. »Es gibt keine andere Erklärung für das, was wir gesehen haben. Hör doch«, meinte er, und seine Stimme klang plötzlich ganz ruhig, »ich weiß, daß du mich für einen spinnerten Idioten hältst. Aber es ist völlig egal, was jeder denkt. Es gibt keinen Zweifel!« Er starrte Harry trotzig an, als wollte er ihn davor warnen, ihm zu widersprechen.

»Das ist der Beweis?« fragte Harry. »Ist das alles?«

»Das ist alles, was wir brauchen.« Gambini lächelte nachsichtig. »Aber ja, es gibt noch mehr.« Seine Kiefer arbeiteten, und ein Ausdruck, der eine Mischung aus Blasiertheit und Wut war, breitete sich auf seinem Gesicht aus. »Diesmal wird mich niemand zu einem Gehirnschlosser schleifen.«

»Welche Beweise gibt es noch?«

»Die Gleichmäßigkeit des Musters befindet sich in den Aufzeichnungen. Mit geringen Abweichungen in Intensität und Impulslänge und so weiter hat sich das Grundmuster während der mehreren Monate, die wir Beta beobachten, nicht geändert. Es waren stets sechsundfünfzig Impulse in einer Serie, und die Serie wiederholt sich alle dreieinhalb Sekunden. Genaugenommen ist es etwas weniger.« Er marschierte energiegeladen durch den Raum, während er redete und mit den Armen gestikulierte und ab und zu mit einem Finger Harry aufzuspießen schien. »Der totale Wahnsinn, ich kann es noch immer nicht glauben. Jedenfalls, nachdem wir heute morgen das Signal wieder auffingen, konnten wir das Muster immer noch erkennen. Aber es gab einen seltsamen Unterschied. Einige der Impulse fehlten, jedoch jeweils in abwechselnden Serien. Und immer die gleichen Impulse. Es ist, als nähme man, sagen wir, das dritte Brandenburgische Konzert und spielte es durch und wiederholte es dann, wobei man einige Noten wegläßt und sie durch Pausen ersetzt, anstatt die Komposition zu verkürzen. Und dann wiederholt man das Ganze, spielt erst die vollständige Fassung und dann die verstümmelte, wobei letztere stets gleich bleibt.« Er nahm einen Notizblock aus der oberen Tischschublade und schrieb oben eine 56 hin. »Die Anzahl der Impulse in der normalen Serie«, sagte er. »Aber in der verkürzten Serie, sind es nur achtundvierzig.«

Harry schüttelte den Kopf. »Es tut mir leid, Ed, ich verstehe nicht.«

»Na schön, dann vergiß all das. Es ist nur eine Methode, um ein Wiederholungsmuster zu schaffen. Nun, was besonders interessant ist, dürfte die Anordnung der fehlenden Impulse sein.« Er schrieb die Reihe: 3, 6, 11, 15, 19, 29, 34, 39, 56. Seine grauen Augen blickten in Harrys. »Wenn das gelaufen ist, dann bekommen wir wieder sechsundfünfzig Impulse ohne die Auslassungen, und dann läuft die Serie wieder.«

Harry erwiderte den Blick. »Dann erkläre es bitte so, daß ich es verstehe.«

Gambini machte ein Gesicht wie jemand, der das große Los gewonnen hat. »Es ist ein Code«, sagte er.

Zwei Jahre vorher, als SKYNET angelaufen war, hatte Gambini erwartet, die Grundrätsel des Universums zu lösen. Das Leben auf anderen Planeten, die Schöpfung und das Schicksal der Galaxien. Aber dazu war es natürlich nicht gekommen. Diese Fragen bedurften noch immer der Antwort. Aus philosophischen Gründen hatte er sich vor allem für die Rolle des Lebens innerhalb des Kosmos interessiert. Und SKYNET hatte zum ersten Mal erdähnliche Welten gefunden, die um ferne Sterne kreisen. Gambini und Majeski, Wheeler in Princeton, Rimford am Cal Tech und tausend andere hatten sich die Fotos angeschaut und sich gegenseitig beglückwünscht. Überall gab es Planeten! Nur wenige Sterne erschienen so armselig, um keine umlaufenden anderen Himmelskörper zu besitzen. Sogar

Systeme mit mehreren Sternen hatten irgendwie Weltenhaufen produziert und sie festgehalten. Oft flatterten sie in exzentrischen Orbits dahin, aber sie waren da. Und an einem Sonntagnachmittag Ende April hatte Gambini Harry seine Meinung kundgetan, daß er keinerlei Zweifel mehr habe: Im Universum wimmele es von Leben.

Dieser Optimismus versank in dem langen Schatten des Spektrographen für Schwachobjekte. Lichtanalysen ergaben, daß Planeten mit terrestrischer Masse, die sich innerhalb der Biozone eines Stern befanden (also in einer Entfernung von ihrem Primarstern, in der Wasser in flüssiger Form existieren kann), eher der Venus ähnelten als der Erde. Die Daten hatten eigentlich das Universum in der nächsten Umgebung als einen für immer lebensfeindlichen Ort entlarvt, und die Sagan'sche Vision von einer Milchstraße mit Hunderttausenden von belebten Planeten hatte der düsteren Vermutung Platz gemacht, daß die Menschen im Kosmos alleine waren. Gambinis Traum zerstob, und es war ironischerweise seine eigene Arbeit am Spektrographen für Schwachobjekte, die dieses Wissen erst ermöglicht hatte.

Es war eine harte Zeit, traumatisch für die Raumfahrtbehörde und ihre Wissenschaftler. Wenn es am Ende dort draußen nichts anderes gab als nur Gas und Steine, warum sollten die Steuerzahler dann Geld in Langzeitprojekte pumpen? Harry hatte keine Lust, das Ganze noch einmal durchzustehen. »Ich glaube, wir brauchen überzeugendere Beweise«, sagte er, so sanft er konnte.

»Wirklich?« Gambinis Zunge befeuchtete seine Lippen. »Harry, ich glaube nicht, daß du dir die Signale genau angesehen hast.« Er schob den Block, auf den er die Zahlen geschrieben hatte, näher zu Harry, griff nach dem Telefonhörer und tastete eine Nummer ein. »Wir sagen lieber Quint Bescheid«, meinte er.

»Was ist mit der Serie?« fragte Harry. »Und übrigens, ich würde es an deiner Stelle nicht so eilig haben, den Direktor herzubemühen.« Quinton Rosenbloom war der Operationschef der NASA und mittlerweile auch Direktor von

Goddard. Ein Autounfall vor ein paar Wochen hatte den Posten plötzlich freiwerden lassen. Der Wechsel in der Führung zu diesem Zeitpunkt kam sehr unglücklich: der alte Direktor hatte Gambini recht gut gekannt und wäre diesem neuen Irrweg mit Toleranz begegnet. Aber Rosenbloom war ein Konservativer der alten Schule und vertraute ausschließlich auf handfeste, solide Argumente.

Harry betrachtete die Zahlen, sah aber nichts Ungewöhnliches darin.

Rosenbloom war nicht zu erreichen. Harrys Erfahrung hatte ihn gelehrt, daß Rosenbloom an Sonntagvormittagen selten zu erreichen war. Gambinis korrektes Vorgehen hätte darin bestehen müssen, einen Hinweis auf den Grund für diesen Dringlichkeitsruf anzugeben. Das hätte eine Reaktion innerhalb einer halben Stunde erbracht. Aber er mochte Rosenbloom nicht und unterließ es grundsätzlich, sich des notwendigen Taktgefühls zu befleißigen. Er wies den Gesprächspartner am anderen Ende der Leitung an, Rosenbloom um Rückruf zu ersuchen, »sobald er wieder aufgetaucht sei.«

»Ich nehme an, es gibt da eine Art Folge«, sagte Harry.

Der Physiker nickte. »Und zwar der einfachsten Art. Am Anfang der Serie stehen zwei Impulse, angeführt durch den Impuls, der nicht erfolgt. Dann zwei weitere und dann vier. Eine Exponentialgruppe. Gefolgt von den drei, die zwischen den Plätzen elf und fünfzehn erscheinen, eine weitere drei zwischen fünfzehn und neunzehn und eine neun zwischen neunzehn und neunundzwanzig. Zwei-zwei-vier. Drei-drei-neun. Vier-vier-sechzehn. Geht es noch deutlicher?«

Quint Rosenbloom war übergewichtig und ziemlich häßlich. Er mußte sich eine neue Brille machen lassen, und er hätte einen guten Schneider gebrauchen können. Nichtsdestoweniger war er ein Administrator mit beachtlichen Fähigkeiten. Zur NASA war er von Cosmic gekommen, dem Computer Software Management and Information

Center an der Universität von Georgia. Zu seinen ersten Aufgaben gehörte die Systemintegration für das Ground Spaceflight Tracking and Data Network, eine Einrichtung zur ständigen genauen Überwachung von Raumflügen von der Erde aus. Doch der Einsatz bürokratischen Drucks reizte seinen mathematischen Instinkt: er genoß es, Macht auszuüben.

Er hatte im allgemeinen für Theoretiker wenig übrig. Sie neigten dazu, sich leicht zu verzetteln, und ihre Kenntnis alltäglicher Realitäten, die bestenfalls vage war, machte sie unweigerlich unzuverlässig. Er erkannte ihren Wert (so wie die Theoretiker, vielleicht, den Wert seiner Unterschrift auf ihren Gehaltsschecks anerkannten), doch er zog es vor, innerhalb des Managements stets mindestens eine Stufe über ihnen zu stehen.

Ed Gambini war ein klassisches Beispiel für diesen Typ. Gambini war geradezu besessen davon, stets die Art von letzten Fragen zu stellen, über die man endlos lange spekulieren konnte, ohne Angst haben zu müssen, jemals zu einer Lösung zu gelangen. Das an sich war noch kein Problem, natürlich nicht, aber es beeinflußte das Urteil des so Denkenden, um ihn, in Rosenblooms Augen, als unzuverlässig einzustufen.

Er hatte sich Gambinis Berufung heftigst widersetzt, doch seine eigenen Vorgesetzten, deren wissenschaftlicher Hintergrund mehr als begrenzt war, waren vom Nobelpreis des Physikers überaus beeindruckt. Außerdem hatte er ihn einmal in einer wichtigen Frage übergangen, was Rosenbloom Gambini niemals verzeihen würde. »Der kleine Bastard wußte genau, daß ich ihm niemals den Job gegeben hätte«, hatte er einmal zu Harry gesagt. Es war zu einer Auseinandersetzung gekommen, und am Ende war Rosenbloom überstimmt worden.

Wenn Rosenbloom an diesem Sonntagmorgen an Gambinis Ergebnissen zweifelte, dann nicht, weil er das Gefühl hatte, daß etwas Derartiges nicht möglich war, sondern einfach deshalb, weil solche Dinge in ordentlich geführten Regierungsbehörden nicht geschahen. Er ahnte auch, daß wenn man den Ereignissen ihren Lauf ließ, er am Ende vor einer jener glücklicherweise seltenen Situationen stehen würde, die ein erhebliches Karriererisiko beinhalteten mit nur wenig Gelegenheit, Vorteile zu erringen.

Sein Unmut trat von dem Augenblick an deutlich zutage, als er das Operationszentrum betrat. »Er mag es nicht, am Sonntag aus seinem Bau geholt zu werden«, bemerkte Gambini, während beide Männer verfolgten, wie er steifbeinig durch die Tür schritt. Aber Harry hatte den Verdacht, daß diese Abneigung noch tiefer reichte. Rosenbloom hatte ein gutes Gedächtnis und keine Lust, sich auf eine weitere Runde mit Gambinis Hirngespinsten einzulassen.

Es war warm: er hatte einen Blazer getragen, den er sich jetzt auf die Schulter gelegt hatte, und sein Strickhemd war in einer Weise in seine Hose gestopft, die deutlich machte, daß er geradewegs vom Golfplatz gekommen war. Er raste wie eine schlecht gekleidete Rakete durch das Operationszentrum und explodierte leise in Gambinis Büro. »Ich habe keine bessere Erklärung für Ihre Punkte und Striche, Ed. Aber ich bin sicher, jemand anderer wird sie haben. Wie lautet Majeskis Meinung?«

»Er kann keine Alternative anbieten.«

»Und was ist mit Ihnen, Harry?«

»Das ist nicht sein Gebiet«, stellte Gambini gereizt fest.

»Ich habe Harry gefragt.«

»Ich hab' keine Ahnung«, sagte Harry, in dem jetzt ebenfalls der Zorn anstieg.

Rosenbloom holte eine Zigarre aus einer Innentasche seines Mantels. Er schob sie sich zwischen die Lippen und ließ sie unangezündet. »Die Behörde«, sagte er erklärend, »hat im Moment einige Probleme. Die restlichen Mondlandungen sind gestrichen. Die Regierung ist mit unserer langsamen Bearbeitung der militärischen Projekte unzufrieden. Die Bibelfanatiker trauen uns nicht über den Weg, und dann brauche ich Sie wohl nicht daran zu erinnern, daß wir im nächsten Jahr eine Präsidentschaftswahl haben.«

Das war eine weitere Peinlichkeit für die Behörde. Im

voraufgegangenen Jahr waren die NASA-Forscher mit Hilfe von SKYNET einem Quasar auf die Spur gekommen, den sie für den Großen Knall gehalten hatten, und veröffentlichten daraufhin regelmäßige Berichte, die die Presse als Schöpfungsnachrichten verkaufte. Die Position in dieser Frage wurde für die Agentur unhaltbar, als Baines Rimford am Cal Tech verlauten ließ, er glaube nicht mehr, daß es so etwas wie einen Großen Knall überhaupt gegeben habe. »Die Regierung hat Probleme mit den Steuerzahlern, dem Kongreß und den meisten Randgruppen im Lande«, fuhr Rosenbloom fort. »Ich vermute, daß die einzige Unterstützung, die das Weiße Haus übriggelassen hat, von der NRA kommt. Nun, meine Herren, denke ich mir, daß der Präsident geradezu selig wäre, wenn man ihm einen Strick in die Hand gäbe, um daran diese Organisation aufzuhängen. Uns allen die Gurgel zuzudrücken. Wenn wir anfangen, von kleinen grünen Männchen zu reden und uns irren, dann reichen wir ihm diesen Strick.« Er saß auf einem umgedrehten Holzstuhl, den er nun leicht nach vorne kippte. »Vielleicht sogar«, fügte er hinzu, »wenn wir recht haben.«

»Wir brauchen überhaupt keine Stellungnahme herauszugeben«, widersprach Gambini. »Wir veröffentlichen die aufgefangenen Funksignale und lassen sie für sich selbst sprechen.«

»Das werden sie auch ganz gewiß tun.« Rosenbloom war der einzige in der gesamten Organisation, der es wagte, Gambini gegenüber einen solchen Ton anzuschlagen. An den Methoden, mit denen der Direktor Untergebene behandelte, war vieles, was an eine Dampfwalze mit defektem Getriebe erinnerte. »Ed, die Leute sind schon total verrückt. Es wird wieder viel über Krieg geredet, die Wirtschaft liegt darnieder, und wir hatten vor kurzem sogar einen Atombombenanschlag der IRA. Der Präsident will ganz sicher nichts von Marsianern hören.«

Harrys Augen begannen zu tränen. Pollen drangen in seinen Hals, und er nieste. Er fühlte sich leicht fiebrig und fing an sich zu wünschen, er könne nach Hause fahren und sich ins Bett legen. Es war schließlich immer noch Sonntag.

»Quinton.« Gambini verdrehte den Namen etwas und dehnte den zweiten Konsonanten, doch sein Gesicht blieb ernst. »Wer immer sich am anderen Ende des Signals befindet, ist weit entfernt. Ganz weit weg. Hier liefen noch die Höhlenmenschen herum, als das Signal Altheis verließ.«

»Es ist mein inniger Wunsch«, fuhr Rosenbloom fort, als ob niemand sonst gesprochen hätte, »daß dieses ganze Thema einfach gestrichen wird.«

»Das wird wohl nicht geschehen« meinte Gambini.

»Nein. Ich glaube auch nicht!« Rosenblooms Stuhl knarrte. »Harry, Sie haben meine Frage nicht beantwortet. Wären Sie denn bereit, aufzustehen und zweihundert Millionen Amerikanern zu verkünden, daß Sie sich gerade mit Marsianern unterhalten haben?«

Harry atmete tief ein. Er wollte nicht, daß es so aussah, als würde er Gambini auf dessen ureigenstem Gebiet widersprechen. Dennoch war es schwer, zu glauben, daß sich die ganze Sache nachher nicht doch als Folge eines defekten Rädchens im Getriebe herausstellte. »Es ist wie bei den UFOs«, meinte er, in dem Versuch, diplomatisch nichtssagend zu reagieren, bis er zu spät erkannte, daß er genau das Falsche sagte. »Man kann sie wirklich so lange nicht ernst nehmen, bis so ein Ding im eigenen Garten landet.«

Rosenbloom schloß die Augen und ließ zu, daß sich ein Ausdruck der Zufriedenheit auf seinen Zügen ausbreitete. »Carmichael«, sagte er sachlich, »ist schon länger hier als jeder andere von uns. Er hat einen Überlebensinstinkt, den ich bewundere, und er arbeitet stets im Interesse der Behörde. Ed, ich schlage vor, Sie hören auf ihn.«

Gambini, der sich hinter seinem polierten Schreibtisch verschanzt hatte, ignorierte Harry. »Was die Regierung denkt, ist irrelevant. Tatsache ist, daß es in der freien Natur nichts gibt, das exponentiale Folgen erzeugt.«

Rosenbloom kaute auf seiner kalten Zigarre, nahm sie aus dem Mund, drehte sie zwischen Daumen und Zeigefinger und warf sie dann in den Papierkorb. (Gambinins Abneigung gegen das Rauchen war allgemein bekannt, und Harry entging der verborgene Spott in den Aktionen des Direktors nicht.) »Sie irren sich, Ed«, sagte er. »Sie haben zuviel Zeit in Observatorien verbracht. Aber Harry begreift die Realitäten. Wie sehr sind Sie denn daran interessiert, daß SKYNET abgebrochen wird? Wie wichtig sind die Mare Ingenii-Teleskope?«

Gambinis Wangen röteten sich, und an seinem Hals begann ein Nerv zu zucken. Er sagte nichts.

»Okay«, fuhr Rosenbloom fort, »hängen Sie sich weiterhin an den Pulsar, veranstalten Sie einen neuen Wirbel, und ich garantiere Ihnen, das ist das Ende. Im Augenblick haben Sie nichts anderes als eine Reihe von Pieptönen.«

»Nein, Quint. Wir haben den eindeutigen Hinweis auf die intelligente Steuerung eines Pulsars.«

»Na schön, das lasse ich gelten. Sie haben einen Hinweis.« Er erhob sich zu seiner vollen Größe und schob den Stuhl mit dem Fuß weg. »Und das ist es auch. Ein Hinweis ist noch lange kein Beweis. Harry hat recht: Wenn Sie von kleinen grünen Männchen erzählen wollen, dann sollten Sie sie lieber in die Pressekonferenz mitbringen. Dieses Gebiet ist Ihre Spezialität, nicht meine. Aber ich habe mich über Pulsare informiert, ehe ich heute morgen herkam. Wenn ich meine Quellen recht verstanden habe, dann sind sie das, was übrigbleibt, nachdem eine Supernova einen Stern in Stücke gerissen hat. Ist das richtig?«

Gambini nickte. »Im großen und ganzen, ja.«

»Und nur um sicherzugehen«, fuhr er fort, »wie wird Ihre Antwort lauten, wenn jemand Sie fragt, wie eine Fremdwelt eine solche Explosion überleben konnte?«

»Das können wir nicht wissen«, wandte Gambini ein.

»Nun, Sie werden eine plausible Geschichte für Cass Woodbury auf Lager haben müssen. Sie ist eine Schlange, Ed. Sie wird wahrscheinlich auch wissen wollen, wie jemand die Art von Energie kontrolliert, die ein Pulsar abgibt.« Er zog ein Stück Papier aus der Tasche, faltete es betont langsam auseinander und schob seine Brille zurecht.

»Hier steht, daß die Energie Ihres Durchschnittspulsars etwa die zehntausendfache Helligkeit unserer Sonne produzieren kann. Stimmt das in etwa? Wie soll jemand so etwas unter Kontrolle haben können? Wie, Ed? Wie ist so etwas möglich?«

Gambini verdrehte seine Augen und schaute zur Decke. »Wir haben es vielleicht mit einer Technologie zu tun, die uns um eine Million Jahre voraus ist«, sagte er. »Wer weiß, wozu sie fähig sind?«

»Ja, das alles hab' ich schon oft gehört. Und Sie sind sich doch sicherlich mit mir einig, daß das eine verdammt dürftige Antwort ist. Wir sollten lieber etwas Überzeugenderes auf den Tisch legen können.«

Harry nieste und griff damit wieder in die Unterhaltung ein. »Sehen Sie«, meinte er und putzte sich die Nase, »wahrscheinlich sollte ich an dieser Diskussion überhaupt nicht teilnehmen. Aber ich kann sagen, wie ich den Pulsar benutzen würde, wenn ich damit Signale senden wollte.«

Rosenbloom massierte seine platte Nase mit dicken, kurzen Fingern. »Wie?« fragte er.

»Ich würde nicht versuchen, etwas mit dem Pulsar selbst zu tun.« Harry stand auf, ging durch den Raum und schaute herab, nicht auf den Direktor, sondern auf Gambini. »Ich würde eine Art Blende aufbauen. Ich würde etwas davorsetzen.«

Ein seliges Lächeln ließ Rosenblooms träge Gesichtszüge aufleuchten. »Gut, Harry«, sagte er, und seine Stimme war voll triefenden Hohns. »Es wird Ihren Mitarbeiter sicherlich sehr überraschen, entdecken zu müssen, daß es auch außerhalb der Arbeitsgruppe so etwas wie Phantasie gibt.

Okay, Ed, ich bin bereit, die Möglichkeit einzuräumen. Es kann künstlich sein, es kann natürlich auch etwas völlig anderes sein. Ich schlage vor, wir halten unseren Geist wach und offen, aber den Mund geschlossen. Wenigstens so lange, bis wir genau wissen, womit wir es zu tun haben. Bis dahin keine öffentlichen Erklärungen. Wenn sich das Signal erneut ändert, dann informieren Sie zuerst mich. Klar?«

Gambini nickte.

Rosenbloom schaute auf die Uhr. »Es ist jetzt, Moment, zehneinhalb Stunden her, seitdem es begann. Ich vermute, Sie betrachten das als eine Art Rufsignal.«

»Ja«, sagte Gambini. »Sie wollen unsere Aufmerksamkeit wecken. Später, wenn sie davon ausgehen können, daß wir uns lange genug mit ihnen beschäftigt haben, dann ersetzen sie die Signale vielleicht durch eine andere Sendung, einen Text möglicherweise.«

»Da könnten Sie lange warten.« Der Blick des Direktors fiel auf Harry. »Carmichael, kontaktieren Sie jeden, der gestern abend hier war, sagen Sie ihnen, kein Wort darüber zu irgend jemandem. Wenn etwas davon nach draußen dringt, dann werde ich Köpfe rollen lassen. Ed, und wenn Sie jemand anderen informieren wollen, der Ihnen helfen könnte bei Ihrer weiteren Arbeit, dann klären Sie das mit meinem Büro.«

Gambini runzelte die Stirn. »Quint, schießen wir jetzt nicht ein wenig übers Ziel hinaus? Goddard ist keine Verteidigungsanlage.«

»Es ist aber auch keine Einrichtung, die es duldet, daß sie für die nächsten zwanzig Jahre von den Leuten ausgelacht und verspottet wird, nur weil Sie nicht ein paar Tage warten konnten ...«

»Mir bereitet es keine Probleme, die Sache aus den Zeitungen herauszuhalten«, sagte Gambini, der jetzt sichtbar in Rage geriet. »Aber eine Menge Leute haben sich unter anderen Gesichtspunkten intensiv mit dieser Erscheinung beschäftigt. Sie verdienen es, über die Ereignisse von gestern abend unterrichtet zu werden.«

»Noch nicht.« Rosenbloom erschien aufreizend gleichgültig. »Ich sage Ihnen, wann.«

Die Aura des Direktors hing bedrückend im Büro. Gambinis gute Laune war verflogen, und sogar Harry, der schon vor langem den Vorteil einer klinisch kühlen Haltung in solchen Auseinandersetzungen schätzen gelernt hatte, fühlte sich nervlich etwas angegriffen.

»Verdammter Narr«, sagte Gambini. »Er meint es gut, er will die Agentur schützen, aber er ist eine wandelnde Straßensperre.« Er blätterte seine Cardex-Kartei durch, fand die Nummer, die er suchte, und tastete sie in sein Telefon. »Gestern abend, Harry«, sagte er ruhig, »haben du und ich den bedeutendsten Augenblick unserer Rasse erlebt. Ich rate dir, alles aufzuzeichnen, woran du dich erinnern kannst. Du wirst schon bald ein Buch über dieses Thema schreiben können, und die Menschen werden es noch in tausend Jahren lesen.« Er wandte sich dem Telefon zu. Dann: »Ist Pater Wheeler da? Hier spricht Ed Gambini von Goddard.«

Harry schüttelte den Kopf. Er hatte etwas gegen Machtkämpfe, sie verursachten Erbitterung und ein leistungsfeindliches Arbeitsklima, und gewöhnlich betrachtete er die Leute, die darin verwickelt waren, mit Abscheu. (Obgleich er sich selbst schon gelegentlich dabei ertappt hatte, daß er das Geschehen mit heimlichem Vergnügen verfolgte.) Und dieser Streit war besonders ärgerlich, da er bereits mit hineingezogen worden war.

Die Wände waren mit Büchern bedeckt, nicht die amtlichen Verlautbarungen in schwarzen Einbänden, die Harrys Regale füllten, sondern geheimnisvolle Bände mit abstrusen Titeln: Stephen Hawkins *Kosmologische Perspektiven*, Rimfords *Molekulare Grundlagen der temporalen Asymmetrie*, Smiths *Galaktische Transformationen*. Zerlesene Exemplare von *Physics Today*, *Physics Review* und anderen Magazinen waren auf jeder verfügbaren Ablagefläche verteilt worden. Es störte unterschwellig Harrys Sinn für Schicklichkeit: die erste Forderung für ein Regierungsbüro heißt Ordnung. Es überraschte ihn, daß Rosenbloom dazu keinen Kommentar abgegeben hatte, daß er es noch nicht einmal zu bemerken schien. Wahrscheinlich war das ein Hinweis darauf, daß trotz allem zwischen den beiden Männern kein großer Unterschied bestand.

»Ich würde es begrüßen, wenn sie ihn erreichen und ihm bestellen könnten, mich umgehend anzurufen. Es ist wichtig.« Gambini legte auf. »Wheeler ist in D. C., Harry. Er liest an der Georgetown. Mit einigem Glück kann er heute nachmittag hier sein.«

Harry stand unruhig auf und ging zum Fenster. »Ed, du spielst mit unserer Karriere. Ich dachte, Rosenbloom hat seinen Standpunkt unmißverständlich klar gemacht. Er möchte informiert werden, ehe irgend jemand anderer hinzugezogen wird.«

»Er kann mir nichts tun«, sagte Gambini. »Ich könnte morgen von hier weggehen, und er weiß das. Dir kann er auch nichts anhaben. Zum Teufel, niemand sonst weiß, wie dieser Laden in Gang gehalten wird. Trotzdem, wenn es dich beruhigt, sorge ich dafür, daß sein Büro informiert wird. Aber wenn wir auf Quintons Okay warten müssen, dann können wir den Laden genausogut zumachen.«

Harry äußerte seine Bedenken. »Warum sollen wir uns Probleme schaffen. Er wird nichts dagegen haben, Pete Wheeler hinzuzuziehen.« Wheeler war ein Kosmologe an der Nobertine, der Gambinis ausgiebiges Interesse an den Möglichkeiten extraterrestrischen Lebens teilte. Er hatte einiges über dieses Thema veröffentlicht und hatte langer vor SKYNET prophezeit, daß die Anzahl belebter Welten außerordentlich niedrig sei. Er besaß außerdem einen direkten Draht zu Rosenbloom, der bei verschiedenen Bridgeturnieren sein Partner gewesen war. »Wen willst du sonst noch?«

»Laß uns rausgehen«, schlug Gambini vor. Widerstrebend, denn dort wäre die Wirkung der Pollen noch schlimmer, ging Harry mit. »Wenn die Dinge in Bewegung geraten, dann werden wir Rimford brauchen. Und ich will Leslie Davis hier haben. Schließlich, wenn es wirklich zum Kontakt kommen sollte, sollten wir auch noch Cyrus Hakluyt rufen. Wenn du den entsprechenden Papierkrieg in Gang setzen könntest, wäre ich dir sehr verbunden.«

Rimford war vermutlich der bekannteste Kosmologe der Welt. Er war in den vergangenen Jahren zu einer öffentlichen Gestalt geworden, indem er in Fernsehsendungen auftrat und Bücher über den Aufbau des Universums schrieb, die stets als ›einsichtige Darstellungen für den

Durchschnittsleser‹ beschrieben wurden, die Harry jedoch nicht verstand. Wie Gambini meinte, konnte allenfalls Stephen Hawkin neben Rimford bestehen. Sein Name stand in Verbindung mit verschiedenen topologischen Theoremen, zeitlichen Abweichungserscheinungen und kosmologischen Modellen. Dabei hatte auch er noch Zeit genug, um ausgiebig Bridge zu spielen, und er hatte auch einen gewissen Ruf als Amateurschauspieler. Harry hatte ihn einmal gesehen, als er mit bemerkenswerter Energie Liza Doolittles amoralischen Vater darstellte.

Aber wer waren Davis und Hakluyt?

Sie traten durch den Vordereingang hinaus in einen strahlendhellen Nachmittag, in dessen kühler Luft der Geruch des Septembers lag. Gambinis Begeisterung stellte sich nach und nach wieder ein. »Cyrus ist ein Mikrobiologe an der Johns Hopkins. Er ist in gewisser Weise ein Renaissance-Mann, dessen Fachgebiete die evolutionäre Mechanik, die Genetik, verschiedene Richtungen der Morphologie und diverse Unterdisziplinen sind. Er schreibt außerdem Aufsätze.«

»Welche Art von Aufsätzen?« fragte Harry in der Annahme, daß Gambini technische Berichte meinte.

»Es sind mehr oder weniger philosophische Kommentare zur Naturgeschichte. Er wird sowohl von *The Atlantic* wie auch von *Harper's* veröffentlicht; und ein Band mit seinen Arbeiten ist gerade im vergangenen Jahr erschienen. Ich glaube der Titel war *Der Ort ohne Straßen*. Ich habe ein Exemplar irgendwo in meinem Büro herumliegen. Er hatte eine recht gute Kritik in der *Times*.«

»Und Davis?«

»Ist theoretische Psychologin. Vielleicht kann Sie Rosenbloom helfen.« Es würde ein schöner Tag werden. Und Harry fragte sich plötzlich, ob der Direktor mit seiner Meinung über Gambini nicht doch recht hatte.

»Ich verstehe, warum du Wheeler willst«, sagte er. »Und Rimford. Aber warum diese anderen Leute?«

»Ganz unter uns, Harry, wir haben bereits alle Astronomen, die wir brauchen. Wheeler ist ein alter Freund und verdient es, herzukommen. Rimford war an jeder wichtigen Entdeckung auf diesem Gebiet während der vergangenen dreißig Jahre beteiligt, daher dürfen wir ihn nicht übergehen. Außerdem ist er der beste Mathematiker auf dem Planeten. Wenn es zu einem Kontakt kommt, Harry, wenn es tatsächlich geschieht, dann sind die Astronomen so gut wie nutzlos. Wir brauchen die Mathematiker, um die Signale zu interpretieren. Und wir brauchen Hakluyt und Davis, um sie zu verstehen.«

Gegen sieben Uhr fuhr Harry nach Hause. Als er dort eintraf, war Julies Wagen verschwunden. Die Luft war mit dem Geruch brennenden Laubs erfüllt, und die Temperatur sank rapide. Die Bäume stande bereits steif und scharf umrissen in der zunehmenden Dunkelheit. Der Hof mußte geharkt werden, und die Nachbarskinder hatten sein Holztor schon wieder umgekippt. Das Mistding hatte nie richtig funktioniert, seit er es eingebaut hatte: man mußte es ganz behutsam öffnen, sonst rutschte es aus den Scharnieren. Er hatte es schon zweimal repariert, aber das schien überhaupt nichts bewirkt zu haben.

Das Haus war leer. Er fand einen Notizzettel auf dem Küchentisch.

> Harry,
> wir sind bei Ellen. Im Kühlschrank ist noch Fleisch vom Mittagessen.
>
> Julie

Für einen Moment erstarrte sein Herz zu Eis. Aber das würde sie niemals tun, so schnell weggehen, ohne eine Vorankündigung. Dennoch, alles kehrte wieder mit schmerzhafter Klarheit zurück.

Er öffnete eine Bierdose und ging damit ins Wohnzimmer. Mehrere Rollen mit Julies Bauplänen – sie arbeitete halbtags als Architektin für eine kleine Firma in D. C. – klemmten hinter dem Bücherregal. Sie wirkten beruhigend: sie hätte sie nicht zurückgelassen. Ihn schon, aber nicht die Zeichnungen.

Mehrere von Tommys Drachenmännern waren um eine Burg aus Schuhkartons auf dem Sofa aufgestellt. Es waren absurde Kreaturen mit langen Schnauzen und Alligatorschwänzen. Dennoch waren sie ein tröstender Anblick, alte Freunde aus einer schöneren, besseren Zeit, wie der antike Schreibsekretär, den er und Julie im ersten Jahr ihrer Ehe gekauft hatten, und die Birkentäfelung, die sie unter großen Mühen vor drei oder vier Jahren hatten einbauen lassen.

Das Bier war kalt und schmeckte gut.

Er streifte seine Schuhe ab, schaltete den Fernseher ein, drehte aber den Ton fast ganz ab.

In dem Zimmer war es angenehm kühl. Er leerte die Bierdose, schloß die Augen und ließ sich auf das Sofa zurücksinken. Im Haus war es immer still, wenn Tommy sich nicht darin aufhielt.

Das Telefon klingelte.

Es war dunkel, und jemand hatte eine Decke über ihn gelegt. Er tastete unsicher nach dem Hörer. »Hallo?«

»Harry, hast du uns die Optische Abteilung frei gemacht?« Es war Gambini. »Die Aufsicht weiß von nichts.«

»Warte mal eine Minute, Ed.« Der Fernseher war ausgeschaltet, aber er konnte oben jemanden herumgehen hören. Er versuchte, einen Blick auf seine Uhr zu werfen, doch er konnte seine Brille nicht finden. »Wie spät ist es?«

»Fast elf.«

»Okay. Ich habe Donner informiert, daß er gebraucht würde, und ich habe der Aufsicht ein entsprechendes Memo zukommen lassen. Ich werde anrufen, um sie daran zu erinnern. Ihr seid eingeteilt, die Anlage um Mitternacht zu übernehmen. Aber sie haben mir erklärt, daß Champollion nicht vor zwei Uhr bereit ist.«

»Kommst du auch her?«

»Wird denn irgendwas Spektakuläres passieren?«

»Schwer zu sagen; es wird das erste Mal sein, daß wir mit dem ganzen System hinausblicken. Bis jetzt waren es hauptsächlich Funk- und Röntgenempfänger. Die einzigen optischen Fotos wurden von den Orbitalanlagen geschossen.« Harry hörte, wie Julie die Treppe herunterkam. »Aber, nein, wir werden wahrscheinlich nur ein paar technische Daten hereinbekommen. Nichts, weshalb du eigens herkommen müßtest. Es sei denn, natürlich«, fügte er schelmisch hinzu, »die Bastarde schicken auch noch ein optisches Signal.«

»Ist das möglich?«

Gambini überlegte einen Moment lang. »Nein, das wäre wirklich nicht besonders logisch.«

Harry blieb am Apparat und sprach noch über ein paar Kleinigkeiten, während er auf Julie wartete. Sie verharrte am Fuß der Treppe, zwischen Harry und dem Eßzimmerfenster, als Silhouette vor dem weichen Schein des Sternenlichts im Garten. »Hallo«, sagte sie.

Harry winkte ihr zu. »Ed«, sagte er, »ich bin in etwa einer Stunde drüben.« Und die Befriedigung, die er aus dem Akt gewann, Julie auf diese Art mitzuteilen, daß er wieder wegfuhr, überraschte ihn. Nachdem er aufgelegt hatte, erwiderte er ihre Begrüßung, wollte dabei nicht zu kalt erscheinen, konnte es jedoch nicht ganz vermeiden, und fragte, ob Tommy im Bett sei.

»Ja«, sagte sie. »Schon seit einer Stunde. Bist du in Ordnung?«

»Ja, sicher.« Sie wirkte enttäuscht. Hatte sie erwartet, daß er härter kämpfen würde, um sie zu halten?. Seine Reaktionen auf sie wurden nun von seinem Instinkt gesteuert, welcher diktierte, daß jedes Zeichen von Schwäche, jeder direkte Versuch, sie umzustimmen, nur ihre Verachtung zur Folge hätte und jede noch verbliebene Möglichkeit beseitigen würde, sie am Ende doch bei sich halten zu können. »Ich muß duschen und mich umziehen«, sagte er. »Es gibt eine Menge zu tun. Ich werde wahrscheinlich im Büro schlafen.«

»Harry«, sagte sie und knipste die kleine Tischlampe an, »das ist wirklich nicht nötig.«

»Es hat nichts mit uns zu tun«, sagte Harry so sanft wie möglich. Aber es fiel ihm schwer, seine Stimme unter Kontrolle zu halten: Alles, was er sagte, kam entweder unwirsch oder gedämpft heraus.

Er bemerkte einen flüchtigen Ausdruck von Unsicherheit in ihrem Gesicht. »Ich habe mit Ellen gesprochen«, sagte sie. »Sie hat Platz für uns, für Tommy und mich, wenigstens für eine Weile.«

»Okay«, sagte Harry. »Tu, was du für richtig hältst.«

Er duschte schnell und fuhr zurück nach Greenbelt. Es war eine lange Fahrt.

Der Reverend Peter E. Wheeler, O. Praem., hob sein Glas. »Gentlemen«, sagte er, »ich trinke auf diese hervorragende wissenschaftliche Organisation, die Regierung, die, wie ich glaube, uns zu einem historischen Augenblick verholfen hat.« Gambini und Harry beteiligten sich an dem Toast; Majeski hob ebenfalls sein Glas, doch er war eindeutig mehr daran interessiert, die Frauen unter den Gästen zu betrachten, von denen viele jung waren und aufregende geometrische Attribute besaßen. Es war Mitternacht im Red Limit.

Über ihnen, in einem hohen Orbit, richtete sich ein System aus Spiegeln, Filtern und Linsen allmählich auf Herkules aus.

Sandwiches wurden serviert: ein Steak für Gambini, Roastbeef für Harry und Majeski. Wheeler bediente sich aus einer Schale Erdnüsse. »Pete, sind Sie sich sicher, daß Sie nichts zu essen haben wollen?« fragte der Projektmanager. »Die Nacht kann sehr lang werden.«

Wheeler schüttelte den Kopf. Seine runden dunklen Augen, sein zurückweichendes schwarzes Haar und die scharf gezeichneten Gesichtszüge sorgten für einen eindeutig mephistophelischen Eindruck. Es war eine Ähnlichkeit, die Wheeler störend bewußt war, wie Harry in einem unglücklichen Augenblick vor einigen Jahren hatte erkennen müssen, als er es gedankenlos erwähnte und Petes abwehrende Reaktion erlebte. »Ich habe gegessen, ehe ich herkam«, sagte er mit einem Lächeln, das für einen kurzen Moment das höllische Bild verdrängte. »Es gibt nichts Schlimmeres als einen fetten Priester.« Wheeler war relativ jung, knapp vierzig, obgleich er bei seinem letzten Besuch in Greenbelt Harry voller Ernst informiert hatte, daß er endgültig auf dem absteigenden Ast sei. »Wenn ein Kosmologe bis zu meinem Alter keine wichtige Entdeckung gemacht hat«, sagte er, »dann schafft er es nie mehr.« Später hatte Harry Gambini danach gefragt, und der hatte es bestätigt. Wheeler trank aus seinem Glas. »Sie erwarten«, fragte er, »die Textsignale nicht im Bereich der Röntgenstrahlen, nicht wahr?«

»Nein«, sagte Majeski. Er schaute an dem Priester vorbei zu zwei jungen Frauen hinüber, die unweit der Bar saßen. »Sie wären einfach zu undeutlich. Es gäbe zuviele Quantengeräusche. Wir vermuten, daß sie auf irgendein Breitbandsignal umschalten. Etwas, von dem sie meinen, daß es uns nicht entgehen kann.«

»Aber wir gehen kein Risiko ein«, fügte Gambini hinzu. »Alles, was wir haben, ist jetzt auf sie ausgerichtet. Den Multi-Kanal-Taster inklusive. Wenn sie irgendwo innerhalb des EM-Bereichs senden, dann müßten wir es eigentlich mitbekommen.«

»Gut«, sagte Wheeler.

»Hoffen wir«, fügte Majeski hinzu, »daß sie der gleichen Zeitdynamik unterliegen wie wir. Es wäre schon schön, wenn wir noch zu unseren Lebzeiten erfahren würden, was sie von sich erzählen.« Eine der beiden Frauen in seinem Blickfeld sah in seine Richtung. Er entschuldigte sich, nahm sein Glas Rum-Cola, ließ das Roastbeef stehen und schlenderte zu ihrem Tisch hinüber.

»Schade, daß man mit den Aliens nicht genauso direkt Kontakt aufnehmen kann«, sagte Wheeler.

Gambini seufzte. »Ich frage mich, wie das zwanzigste Jahrhundert wohl verlaufen wäre, wenn wir es mit einem lüsternen Einstein zu tun gehabt hätten.«

Der Priester grinste. »Möglicherweise gäbe es keine Atombombe«, sagte er.

Darauf stießen sie wieder an, und die drei verfielen in ein fröhliches Geplauder. Als das Gelächter einige Minuten später kurz nachließ, fragte Harry, warum die optische Beobachtung plötzlich so wichtig geworden sei.

Gambini erklärte es mit vollem Mund, während er sein Steak aß. »Wir wissen nicht, was zu erwarten ist«, sagte er. »Es ist logisch, anzunehmen, daß es in den Sendungen eine zweite Phase geben wird, da das anfängliche Rufsignal nichts anderes tut, als uns auf ihre Existenz aufmerksam zu machen. Eine Zivilisation, die einen Pulsar steuern kann, dürfte wahrscheinlich zu nahezu allem fähig sein. Und wo wir schon mal davon reden, Harry, es gibt gute Gründe, anzunehmen, daß sie tatsächlich den Pulsar beeinflussen, ob sie das nun mit einem Schirm tun oder nicht. So oder so würden wir uns gerne mal die nächste Umgebung der Funkquelle ansehen.«

Wheeler leerte sein Glas. »Ed, ich verstehe es so, daß wir praktisch auf einer Bombe sitzen.«

»Rosenbloom möchte eine Weile warten, bis wir irgend etwas bekanntgeben.«

»Das ist genau der richtige Weg«, meinte Wheeler und fixierte mit seinem Blick Gambini, der nicht darauf reagierte.

Später, während der Projektleiter die Toilette aufsuchte, fragte Harry den Geistlichen, was er von dem Herkules-Signal hielt. »Sind tatsächlich irgendwelche Wesen am anderen Ende?«

Wheeler versuchte, einen Kellner an ihren Tisch zu holen. »Es ist schwer zu entscheiden angesichts unserer Indizien. Ich weiß nicht, was sich dort draußen befindet, genausowenig wie jemand anderer es weiß. Aber, Harry, wir reden von etwas, das zu finden wir alle uns sehnlichst wünschen. Und das macht Eds Schlußfolgerungen automatisch zweifelhaft. Warten wir mal ab und sehen, was passiert.«

Harry stocherte in dem Essen auf seinem Teller. »Was

könnte denn ein solches Signal erzeugen? Ich meine auf natürlichem Weg.«

Der Kellner erschien, und Wheeler bestellte Kaffee für alle. »Ich habe nicht die leiseste Ahnung. Aber ich kann Ihnen sagen, was es garantiert nicht ist: bestimmt nicht das, was Gambini sich vorstellt.«

»Woher wissen Sie das?«

»Harry, haben Sie eine Ahnung, was ein Pulsar ist?«

»Ein kollabierter Stern, der funkt.«

Der Priester blickte Harry beschwörend in die Augen. »Er ist der Überrest einer Supernova. Einer Supernova, Harry! Gambini selbst erzählt mir, sie schätzten, sie habe vor weniger als sechs Millionen Jahren stattgefunden.« Er nahm sich eine Handvoll Erdnüssen, ließ eine zu Boden fallen und stopfte sich die anderen in den Mund. »Eine Explosion von diesen Ausmaßen würde jede Planetengruppe entweder in Brand setzen oder zumindest zerreißen. Wenn dort draußen wirklich jemand mit einem Radiosender sein sollte, dann hat er keine Welt, auf der er sich aufhalten könnte.«

»Diesen Punkt hat auch Rosenbloom schon angesprochen.«

»Es ist ein gewichtiges Gegenargument.«

Zwei Vierundzwanzigmeter-Teleskope überragen die Westwand des Champollion Kraters auf sieben Grad nördlicher Länge auf der erdabgewandten Seite des Mondes; zwei weitere befinden sind in der Nähe des Mare Ingenii auf der südlichen Halbkugel in Bau. Champollion-Reflektoren sind das Herz von SKYNET. Im Zusammenwirken mit einer die Erde umkreisenden Anordnung von acht 2,4 Meter Raumteleskopen reichen sie mühelos bis zum Rand des Universums.

Das System, das kaum zwei Jahre alt war, hatte nur nach einem langen Streit über die Finanzierung fertiggestellt werden können. Es hatte interne Streitigkeiten, Verzögerungen, Kostensteigerungen und am Ende politische Probleme gegeben. Das Durcheinander während des Baus hatte nachhaltig den Bemühungen um die Finanzierung eines zweiten Teleskop-Paares geschadet; die Entdeckung, das Planetensysteme bis zur Entfernung von hundert Lichtjahren genauso kahl und bar jeden Lebens sind wie die Jupitermonde, hatte dafür gesorgt, daß die Phantasie der Steuerzahler und somit auch das Interesse der Politiker in keiner Weise davon angeregt wurde.

SKYNET schloß auch ein System von Radio- und Röntgenteleskopen ein sowie zur Verstärkung eine Reihe von Computern, deren Leistungsfähigkeit nur von denen der National Security Agency übertroffen wurde. Als rundum koordiniertes optisches System eingesetzt – mit anderen Worten, wenn alle zehn Reflektoren auf das gleiche Ziel ausgerichtet waren –, konnte das System ferne Objekte mehr als vierhunderttausendmal vergrößern. Während der ersten Monate, die SKYNET im Einsatz war, hatte Harry mit Gambini, Majeski und Wheeler vor den Monitoren gestanden und stumm die blauweiße Krümmung des majestätischen Rigel, die unendlichen Ausläufer der WhirlPool Galaxis und die von Nebeln verhüllte Oberfläche der erdähnlichen Welt Alpha Eridani betrachtet. Es waren aufregende Tage gewesen, voller Verheißung und Spannung. Die Forscher, die Nachrichtenmedien und die ganze Öffentlichkeit waren allesamt voller Erwartung gewesen. Harry war gezwungen gewesen, vier weitere Leute ins PR-Büro zu setzen, um die Telefonanfragen zu beantworten und Gerüchte zu zerstreuen. Aber auch er war wie alle anderen von der wachsenden Spannung angesteckt worden.

Doch die große Neuigkeit kam nicht: der lange, düstere Winter brachte die vertrauten Kohlendioxyd-Spektrogramme. Und im April, als der Frühling sich ankündigte, brach Ed Gambini zusammen.

Linda Barrister, die die Kommunikationszentrale besetzte, redete leise mit NASCOM, als Harry Gambini und den anderen ins Kommunikationszentrum folgte. Sie lächelte freundlich, sagte wieder etwas ins Telefon und gab dem Projektleiter ein Zeichen. »Sie sagen, es dauere noch einige Minuten bis zur Kalibrierung, Doktor.«

Gambini nickte und bezog unweit des Kommunikationsmonitors Stellung, wo er jedoch des Wartens schnell müde wurde. Er begann umherzuwandern und kurze, geflüsterte Gespräche mit den Technikern zu führen.

Majeski ging zurück zum ADP.

Wheeler ließ sich in einen Sessel fallen.

»Viel erwarten Sie sich nicht davon, nicht wahr, Pete?« fragte Harry.

»Von der Optischen? Nein, eigentlich nicht. Aber wer weiß? Wissen Sie, letztes Jahr hätte ich die Möglichkeit für ein freies Binärsystem geleugnet. Es stehen hier noch einige Fragen im Raum, die beantwortet werden müssen.«

Zwei technische Asssistenten, beide um die vierzig und leicht übergewichtig, zogen die Kopfhörer herunter, daß sie um ihre Hälse hingen, und beugten sich nach vorne über ihre Konsolen.

Irgendwo, wahrscheinlich in einem der Arbeitsräume, brachte ein Radio Glenn-Miller-Melodien. Harry lehnte sich gegen einen Geräteschrank. Direkt über ihm brachte ein Hilfsmonitor Zahlenreihen, schneller als das Auge ihnen folgen konnte. »Das ist der Satellit«, erklärte die Barrister. »TDRSS.« Das war das Tracking and Data Relay Satellite System, ein System zur Suche und Datenerfassung und -weitergabe. »Das ist das Röntgensignal von Herkules.«

Sie legte einen schlanken Finger auf die rechte Kopfhörermuschel. »Champollion ist auf Position«, meldete sie.

Gambini, der sich bemühte, seine übliche Würde an den Tag zu legen, zitterte. Trotz der Klimaanlage zeigte sein Hemd dunkle Schweißflecken. Er schob sich näher an Lindas Monitor heran.

»Wir bekommen ein Signal«, sagte sie.

Die Beleuchtung wurde dunkler.

Majeski kehrte in den Raum zurück.

Wheeler zog seinen Wollpullover aus und stopfte ihn in den Geräteschrank.

»Wir nehmen auf«, rief einer der Techniker.

Der Monitor verdunkelte sich, und ein roter Lichtpunkt erschien in seiner Mitte, umgeben von einem Sternenmeer. Jemand atmete laut und vernehmlich aus, und in den Räumen des Operationszentrums entstand eine allgemeine Unruhe.

»Vordergrundsterne«, flüsterte Pete. »Wahrscheinlich sind auch ein paar Galaxien dabei.«

»Vergrößerung zwei-null«, sagte Barrister. Das bedeutete einen Vergrößerungsfaktor von zweihunderttausend.

»Näher heran«, sagte Gambini.

Die Objekte am Rand verschwanden nach vorne vom Schirm; der Rote Stern, Alpha Altheis, wurde heller.

»Das wäre kein schöner Ort, um dort zu leben«, sagte Wheeler.

Harry wandte seinen Blick nicht vom Monitor. »Warum nicht?«

»Wenn es dort wirklich eine Welt wäre, dann gäbe es dort keine Sterne am Himmel. Der Mond wäre rot; die Sonne würde verschlungen.«

»Drei-null«, meldete Barrister.

»Eine Kultur, die sich unter solchen Verhältnissen entwickelt hätte ...«

»... wäre«, stellte Majeski fest, »ganz bestimmt gottesfürchtig.«

Harry konnte Wheelers Reaktion nicht sehen, aber in Majeskis Stimme lag eine gewisse Härte.

Der rote Lichtpunkt, der Alpha Altheis war, wurde heller. Dann knurrte jemand im Raum: »Was zum Teufel ist das?« Gambini versuchte näher zu kommen und stolperte in der Dunkelheit über ein Hindernis, fing sich aber mitten im Schritt.

Ein gelber Stecknadelkopf war westlich des riesigen Sterns aufgetaucht.

»Spektrograph«, befahl Gambini knapp.

Barrister warf einen Blick auf die Anzeigen. »Drei-sechs«, gab sie an.

Wheeler war aus seinem Sessel hochgefahren. Er legte eine Hand auf Harrys Schulter. »Da ist ein dritter Stern in dem System.«

»Klasse G«, sagte der Analytiker. »Noch keine Angaben über die Masse. Absolute Größe sechs-punkt-drei.«

»Nicht sehr hell«, sagte Gambini. »Kein Wunder, daß er uns entgangen ist.«

Harry grinste Wheeler an. »Da geht es hin, unser Supernova-Problem«, sagte er. »Nun wissen wir, wo die Planeten sind.«

»Nein, ich glaube nicht. Wenn dieser Klasse G-Stern-Teil des Systems ist – was er, dort draußen, wohl sein muß –, dann hätte die Explosion dessen Welten ebenfalls ausgelöscht. Dennoch ...« Wheeler war verblüfft. Er wandte sich zu Gambini um. »Ed ...?«

»Ich sehe es, Pete«, sagte der Projektleiter. »Es ergibt nicht viel Sinn, nicht wahr?«

Harry konnte nichts erkennen außer den beiden Sternen, einem hellklaren Rubin und einem matten gelben Lichtpunkt. »Was ist los?« wollte er wissen. »Stimmt etwas nicht?«

»Um das System müßte eine Gashülle existieren«, sagte Wheeler. »Irgendwelche Überreste der Supernova. Ed, ich verstehe das überhaupt nicht.«

Gambini schüttelte langsam den Kopf. »Es hat dort keine Supernova gegeben.«

Wheelers Stimme war kaum zu hören.. »Das ist nicht möglich, Ed.«

»Ich weiß«, sagte Gambini.

MONITOR

... Die Standorte im Champollion-Krater und im Mare Ingenii für die stationären 24-Meter-Teleskope waren ausgewählt worden, um eine höchstmögliche Anzahl von Objekten sowohl innerhalb wie auch außerhalb der Milchstraße für beide Geräte gleichzeitig zugänglich zu machen. Diese Fähigkeit ergibt einen Grad von Bildverbesserung, der um 30 Prozent über dem liegt, als wenn jede Einheit alleine eingesetzt wird. (Dieser Prozentsatz verringert sich etwas, wenn die stationären Teleskope als Teil des Gesamtsystems aus stationären und sich auf Umlaufbahnen befindlichen Anlagen eingesetzt werden; doch selbst unter diesen Umständen sind die Vorteile erheblich.)

Ein voll einsetzbares SKYNET macht das gesamte sichtbare Universum für eine direkte Untersuchung zugänglich. Es stellt einen Schritt von unvorstellbarem Wert dar, weitaus nützlicher für die Menschheit als jedes andere Projekt, das technologisch machbar wäre. Selbst ein Flug zu Alpha Centauri verblaßt im Vergleich dazu.

Im Hinblick auf die Beträge, die für SKYNET bereits aufgewendet wurden, und die relativ geringe Summe, die erforderlich ist, um das System fertigzustellen, raten wir dringend ...

– Aus dem Jahresbericht der NASA an den Präsidenten

... Werfen wir einen Blick auf die Fakten:

Wir wissen, daß außerhalb unserer Erde das Universum unendlich unwirtlich ist, ein Ort, der entweder brutal heiß oder brutal kalt ist, ein Ort, der größtenteils leer ist, an dem es einige Steine und heiße Gaswolken gibt. Es ist ein Ort, den einige Leute aus dem Norden gerne aufsuchen würden, doch für die Menschen Tennessees gibt es dort wenig von Interesse.

Wir wissen auch, daß sogar die NASA uns mittlerweile nicht einmal mehr den Schatten eines Vorteils nennen kann, der sich daraus ergibt, Felsbrocken zu untersuchen, die von uns so weit entfernt liegen, daß das Licht, das sie aussenden, uns innerhalb eines Menschenlebens nicht erreichen kann.

Und wir stehen außerdem der nackten Tatsache gegenüber, daß die Regierung weitere $600 Millionen aufwenden möchte, um den Bau der im Mare Ingenii gelegenen Teleskope zu vollenden. Ihr Argument dafür läuft in etwa darauf hinaus, daß es, nachdem nun schon soviel für dieses Projekt verschwendet wurde, einfach dumm wäre, nicht noch mehr auszugeben.

Der Zeitpunkt ist gekommen, um dem Einhalt zu gebieten.
– Leitartikel, *Memphis Herald* (12. September)

...Die Wahrheit hinter all dem könnte sein, daß unsere Vorhaben unsere Technologie derart überforderten, daß letztere nicht mehr Schritt halten kann. Als Beispiel: SKYNET.

Theoretisch sollte es möglich sein, die Techniken, die ich an dieser Stelle beschrieben habe, dazu einzusetzen, eine magnetische Linse zu schaffen, deren Durchmesser dem Durchmesser der Erdumlaufbahn entspricht. Diese Linse könnte dahingehend beeinflußt werden, daß sie in ähnlicherweise einen Brennpunkt hat, wie es bei einer Glaslinse der Fall ist. Man wagt gar nicht, Berechnungen über den Vergrößerungsgrad anzustellen, den eine solche Linse liefern würde. Und auch wenn wir eine solche Anlage noch nicht bauen können, gibt es, im Prinzip, keinen Grund, warum sie nicht funktionieren sollte.
– Baines Rimford, *Science* (2. September)

3 Baines Rimford stand auf einem bewaldeten Hügel in der Nähe des Randes der Milchstraße und blickte auf das galaktische Zentrum. Er konnte die majestätische Rotation des großen Rades und das Gleichgewicht von Gravitation und Drehbewegung spüren, das alles zusammenhielt. Relativ wenige Sterne waren über den Lichtern von Pasadena zu sehen, wo sie auf ihren einsamen Bahnen dahinrasten.

Die Sonne vollendet alle 225 Millionen Jahre einen Umlauf. Während ihrer letzten Rundreise durch die Galaxis waren Flugsaurier umhergeflogen und wieder verschwunden; das Eis war vorgedrungen und zurückgewichen, und gegen Ende der großen Kreisbahn war der Mensch erschienen. Was ist schon die Lebensspanne eines Menschen vor einem solchen Zeitmaß? Als er sich seinem fünfzigsten Geburtstag näherte, war es Rimford plötzlich klargeworden, daß der größte Nachteil bei der Betrachtung der enormen Dimensionen von Zeit und Raum darin besteht, daß man sich eine erschreckende Betrachtungsweise der Handvoll Jahre angewöhnt, die einem Menschenwesen zur Verfügung stehen.

In welchen mikroskopischen Mengen hatte die Sonne ihren Wasserstoffvorrat verringert, seit er auf der Veranda des Reihenhauses seines Großvaters in Süd-Philadelphia gesessen und von Achilles und Prometheus gelesen hatte? Um wieviel war der Grand Canyon tiefer geworden?

Er wurde sich plötzlich seines Herzschlags bewußt: diese kleine Maschine der Sterblichkeit, die in seiner Brust vor sich hin flüsterte. Sie war eins mit den rotierenden Galaxien und dem Quantentanz, so wie er eins war mit allem, was je seine Augen zu den Sternen erhoben hatte.

Sein Herz war in guter Verfassung, soviel wie man von einem Mechanismus erwarten konnte, der darauf ausgelegt war, sich nach ein paar Dutzend Wintern selbst zu zerstören.

Irgendwo dort unten, verborgen zwischen den Lichtern der Lake Avenue, kläffte ein Hund. Es war ein kühler Abend: Die Klimaanlagen waren ausgeschaltet, und die

Menschen hatten die Fenster geöffnet. Er konnte Fetzen der Reportage vom Spiel der Dodgers hören. Pasadena war irgendwie wirklicher als das Universum. Man wußte, warum die Ampeln in Betrieb waren und woher das alles gekommen war. Und aus der Perspektive von Altadena und Lake betrachtet, erschien der Große Knall ziemlich unwahrscheinlich.

Seltsam, in den Tagen, als er das kosmische Modell entwickelt hatte, das seinen Namen trug, waren ihm viele seiner kreativen Erkenntnisse gekommen, während er auf einem Berg wie diesem am Rand von Phoenix gestanden hatte. Aber woran er sich im Zusammenhang mit diesen einsamen Ausflügen am deutlichsten erinnerte, waren nicht die Ideen, sondern die Hunde. Während er mit Materie und hyperbolischem Raum herumjonglierte, schien die Nacht voll von kläffenden Hunden zu sein.

Es wurde spät. Der Komet und der Mond standen beide niedrig im Westen. Rimford interessierte sich nicht sonderlich für Kometen, und er konnte Leute nicht verstehen, die es taten. Es gab, so meinte er, von einem solchen Objekt wenig mehr zu erfahren als seine unwesentliche Zusammensetzung.

Er begann langsam den Berg hinunterzusteigen und genoß dabei die kühle Nachtluft und die Einsamkeit. Unweit einer Palmengruppe, rund hundert Meter vom Gipfel entfernt, gab es eine Stelle, von wo aus er sein Haus sehen konnte. Wie ein Kind blieb er dort immer stehen, um sich an dem warmen Licht und den vertrauten Umrissen zu erfreuen. Alles in allem hatte er nur wenig, worüber er sich beklagen konnte. Wenn das Leben auch äußerst kurz war, so war es jedoch nichtsdestoweniger schön gewesen.

Es gab eine Geschichte im Herodot von einem griechischen Philosophen, der ein asiatisches Königreich besuchte, wo der Herrscher von ihm wissen wollte, wer der glücklichste Mensch sei. Der Philosoph erkannte, daß der König selbst als der betrachtet werden wollte, der diese beneidenswerte Position innehatte. Doch der Besucher hatte etwas ganz anderes im Sinn. »Vielleicht«, erwiderte er, »ist es ein Bauer, den ich kannte und der in der Nähe von Athen lebte. Er hatte hübsche Kinder, eine Frau, die ihn liebte, und er starb auf dem Schlachtfeld, wo er sein Vaterland verteidigte.« Rimford rechnete nicht damit, in irgendeinen bewaffneten Kampf zu ziehen, aber er war nichtsdestoweniger stets sehr streitbar gewesen, nicht für eine bestimmte Fahne, sondern für die Menschlichkeit..

In der Dunkelheit verzogen seine Lippen sich zu einem Lächeln. Er war zufrieden mit sich selbst. Es bestand die Wahrscheinlichkeit, daß das Rimford-Universum sich eines Tages zur Euklidischen Geometrie und zur Newton'schen Physik gesellen würde als ein System, das eine Menge für sich hat, sich am Ende aber als nicht ganz stimmig erwies. Es war nicht schlimm. Wenn man die großen Erkenntnisse des zwanzigsten Jahrhunderts zusammenzählte, würde man wissen, daß auch Rimford dabei gewesen war. Und auch wenn er und Hawkin und Penrose einiges falsch erklärt hatten, vielleicht sogar vieles, so hatten sie sich auf jeden Fall an einer Erklärung versucht.

Er war zufrieden.

Seine Kollegen erwarteten, daß er sich schon in Kürze zur Ruhe setzte. Und wahrscheinlich würde er das auch tun. Er hatte das Nachlassen seiner Fähigkeit, Ideen zu entwickeln, erst kürzlich erfahren müssen: Gleichungen, die früher einmal als Visionen galten, waren auf reine Mathematik reduziert worden. Seine kreative Arbeit war beendet, und es wurde Zeit, Platz zu machen.

Agnes telefonierte, als er hereinkam. »Er ist jetzt da«, sagte sie in die Sprechmuschel. Sie hielt ihm den Hörer mit einem Augenzwinkern hin. »Ed Gambini«, sagte sie. »Ich glaube, er braucht Hilfe.«

Leslie Davis fuhr am Montagabend von Philadelphia herüber, übernachtete bei Freunden in Glen Burnie und setzte am nächsten Morgen die Fahrt über den Baltimore-Washington Expressway zu Goddard fort.

Das Space Flight Center liegt eingebettet zwischen grasigen Hügeln und den schlichten Mittelschichthäusern von Greenbelt, Maryland. Der Komplex besteht aus sieben Bürogebäuden, elf Laboratorien und mehreren Versorgungsbauten, die auf einem Gelände von rund zwölfhundert Morgen stehen. Es gibt ein paar Parabolantennen, die auf Betonplatten und Dächern befestigt sind; einen Wasserturm und ein Besucherzentrum. Der Gesamteindruck ist weniger der von einer Einrichtung des High- Tech- und Raumfahrtzeitalters, sondern der einer kleinen Militärbasis.

Sie wies sich am Eingangstor aus. Man gab ihr einen vorläufigen Pass, trug sie ins Besucherbuch ein und erklärte ihr den Weg zum Labor der Forschung.

Leslie hatte keine Ahnung, warum man sie gebeten hatte, zu Goddard zu kommen. Gambini hatte am Telefon sehr geheimnisvoll getan, und sie hatte den Verdacht, daß sie einige sehr ernste Probleme mit dem Personal hatten. Sie hatte entsprechende Untersuchungen gelesen und war sich bewußt, daß Leute in technischen Berufen und vor allem im raumwissenschaftlichen Bereich in der Streßanalyse ziemlich weit oben rangierten. Und schlimmer noch, es gab eindeutige Hinweise in zahlreichen Studien, daß die Persönlichkeitstypen, die Zugang zu diesen Tätigkeiten suchen, generell zu einer gewissen Unbeständigkeit neigen.

Aber selbst wenn hier die Leute tatsächlich zusammenbrachen, warum man ausgerechnet auf sie gekommen war, blieb ihr ein Rätsel. Es gab Gott weiß genug erfahrene Psychiater in D. C. und zweifellos auch einige mit dem richtigen Spezialgebiet.

Was immer der Grund sein mochte, sie war dankbar für diesen Tapetenwechsel. Sie hatte in ihrer Studiengruppe an der Penn Reihenuntersuchungen zur Natur des Bewußtseins durchgeführt und eine ziemlich schwere Zeit hinter sich. Überdies lief ihre Praxis, die sie mittlerweile an nur noch zwei Vormittagen in der Woche wahrnahm, nicht besonders gut. Sie begann zu glauben, daß sie ihren Patienten eigentlich gar nicht half, und sie war eine zu gute Psychologin, um diese Erkenntnis zu verdrängen.

Eine gepflegt gekleidete junge Frau empfing sie am Eingang zum Labor und erkundigte sich, ob sie Schwierigkeiten gehabt hätte, das Raumforschungszentrum zu finden. Sie bekam eine Besucherplakette und wurde durch einen Korridor geführt. »Sie warten schon auf Sie«, teilte ihre Führerin ihr mit. Leslie unterdrückte den Drang zu fragen, wer auf sie wartete, und warum. Sie bogen nach links in einen kurzen Korridor ein. Stimmengewirr drang durch eine offene Tür an seinem Ende, und sie erkannte Ed Gambinis geschliffene Diktion.

Gambini und zwei Männer, die sie nicht kannte, saßen an einem Konferenztisch und waren in eine Unterhaltung vertieft, die ihr Eintreten nicht unterbrach. Die junge Frau, die sie begleitet hatte, lächelte freundlich und zog sich zurück. Leslie stand an der Tür und versuchte sich zu orientieren: von Roten Riesen war die Rede, von Vektoren, radialen Geschwindigkeitsgraphen und Schleudereffekten. Der jüngste der drei schien das Wort zu führen. Er trug einen Bart, wirkte in seiner Gepflegtheit attraktiv und energisch. Er sprach mit dem kühlen Selbstvertrauen eines Mannes, der keine Rückschläge kennengelernt hatte. An einer Stelle, während er sich zu etwas äußerte, das Fisher-Verteilung genannt wurde, streifte er sie mit einem Blick und beachtete sie nicht weiter.

Leslie spürte Zorn in sich aufsteigen, stellte jedoch fest, daß der junge Riese auf andere eine ähnliche Wirkung ausübte. Ed Gambini saß mit dem Rücken zu ihr, die Augen geschlossen und den Kopf leicht geneigt. Aber seine eigene Feindseligkeit war deutlich sichtbar: Er preßte die Fingerspitzen in einer unbewußten Geste gegeneinander, Anzeichen dafür, daß ihm die geringere Position des Sprechers bewußt war, und für den unterdrückten Wunsch, mit einer Zurechtweisung zu reagieren.

Der Mann Gambini gegenüber war schlank mit schwarzen Haaren und schnellen, wachsamen Augen. Eine Besucherplakette hing schief an der Brustasche seines karierten Hemdes.

Gambini war durch irgend etwas ihr Erscheinen bewußt geworden. Er drehte sich um, erhob sich und reichte ihr die Hand. »Leslie«, sagte er. »Wie schön, Sie wiederzusehen. Haben Sie schon gefrühstückt?«

Sie nickte. Früher einmal, in weitaus aufgeschlosseneren Zeiten, hatten sie und Gambini zu einer Kommission gehört, die das Weiße Haus in Fragen finanzieller Unterstützung für verschiedene wissenschaftliche Projekte beraten hatte. Sie kannte ihn aus dieser Zeit als einen Mann mit einem weiten Interessenfeld, was bei den enggefaßten Disziplinen im naturwissenschaftlichen Bereich sehr ungewöhnlich war. Damit war er zu einer Mitgliedschaft in der Kommission geradezu prädestiniert gewesen.

Woran sie sich jedoch am deutlichsten erinnerte, war ein Abend, nachdem sie einer Veranstaltung anläßlich einer Bewerbung um Regierungsgelder zur Erweiterung des SETI-Programms zugehört hatten. Es war ein Abend voller Zahlen gewesen. Ein Astronom, dessen Namen sie vergessen hatte, hatte eine leidenschaftliche Ansprache gehalten, begleitet von Diagrammen, Diapositiven und einer ungeheuren Sammlung von Statistiken, um die Theorie von der Existenz von Tausenden, von hochentwickelten Zivilisationen innerhalb der Milchstraße zu untermauern. Es war ein Thema, für das Gambini sich heftigst interessierte, und dennoch hatte er gegen eine Genehmigung gestimmt. Als Leslie ihn nach dem Warum fragte, hatte er geantwortet, daß er mystische Projektionen nicht ernst nehmen könne. »Alle Zahlen beruhen auf der terrestrischen Erfahrung«, hatte er sich beklagt. »Soweit wir wissen, hat Jehova uns mit Gefäß und Inhalt ausgestattet. Nein, wenn ihnen das mit dem Geld ernst ist, dann müssen sie uns vernünftige Gründe liefern, warum.« Und später, als sie in einem kleinen Restaurant in der Massachusetts Avenue saßen, hatte er hinzugefügt, daß er, beim nächsten Mal, falls sie ihn darum bäten, gerne die Veranstaltung leiten würde.

»Ja«, antwortete sie. »Ich habe gegessen.«

»Das ist Pete Wheeler«, sagte er und wies auf den Mann im karierten Hemd. Wheeler erhob sich; sie reichte ihm die Hand. »Und Cord Majeski.«

Der bärtige junge Mann nickte flüchtig.

»Ich nehme an«, sagte Gambini zu ihr, »daß Sie gerne wissen wollen, worum es geht, nicht wahr?«

Julie packte ihre Sachen am Montagabend.

Am Morgen blieb Harry zu Hause und frühstückte mit seinem Sohn. Tommy freute sich, mit ihm zusammen zu sein, und sagte es ihm auch. Aber der Junge, der nur wußte, daß er für einige Zeit zu seiner Cousine fuhr, kam sehr schnell zum Thema Sport, während Julie nervös durch das Haus lief und sich so gut wie möglich zu beschäftigen versuchte. Als es Zeit war, zur Schule zu gehen, zog sie ihm die Jacke an und reichte ihm seine Plastikschachtel mit seinem Pausenbrot.

»Tommy«, sagte sie, »ich hol dich heute nachmittag ab. Wir fahren für einige Zeit zu Ellen. Okay?«

»Und was ist mit Daddy?« Er drehte sich zu Harry um, und Julie wurde blaß.

»Er bleibt hier«, antwortete sie unsicher.

Sie hatten sich im Abend vorher auf diese Version geeinigt; aber irgendwie klang alles jetzt ganz anders. »Tom«, ergriff Harry das Wort, entschlossen, alles hinter sich zu bringen, »deine Mutter und ich werden nicht mehr zusammenleben.«

»Verdammter Narr«, rief Julie.

Tommys Augen wurden sehr groß und rund, und er schaute von Harry zu seiner Mutter. Seine Wangen röteten sich. »Nein!« rief er.

Julie kniete neben ihm nieder. »Es wird alles in Ordnung sein.«

»Nein, das wird es nicht. Du weißt, daß es das nicht wird!« Harry war auf den Jungen stolz. Er schleuderte die Pausenbrotschachtel quer durchs Zimmer. Sie hüpfte vom Sofa herunter, und das Sandwich und der Kuchen purzelten heraus, als der Deckel aufschnappte. »Nein!« schrie er, und Tränen rannen aus seinen Augen. »Daddy, du wirst uns nicht verlassen!«

Harry schloß das Kind in seine Arme. »Es ist auch nicht so ganz mein Wunsch, Tom«, sagte er.

»Prima«, zischte Julie. »Schieb mir nur die Schuld zu.«

»Willst du etwa mir Vorwürfe machen?« Harrys Stimme bebte vor Wut.

Julies Augen loderten. Aber sie blickte zu Tommy und hielt sich zurück. Der Junge hatte sein Gesicht in Harrys Hemd vergraben und schluchzte haltlos. »Soviel zur Schule«, sagte sie. »Ich denke, alles wäre einfacher, wenn du zur Arbeit gingst.«

»Egal was kommt«, krächzte er, »deshalb sollten wir uns gegenseitig nicht das Leben schwermachen.«

Sie versuchte, Tommy an sich zu ziehen, und versicherte ihm, daß er seinen Vater immer noch regelmäßig sehen würde. Aber das Kind wehrte sich und bäumte sich hysterisch auf, um zu Harry zu gelangen. Sie schaute zu ihm hoch und flehte ihn mit stummen Blicken an, doch endlich zu gehen.

Harry erwiderte ihren Blick, verabschiedete sich von seinem Sohn, was einen neuerlichen Schrei auslöste, und ging hinaus.

Es war kurz nach halb zehn, als er im Herkules-Konferenzraum eintraf und Leslie Davis kennenlernte. Sie war schlank und trug ein graues Straßenkostüm, sie hatte ein klassisches Kinn und nachdenkliche, kühle Augen. »Leslie meint«, sagte Gambini, »daß die Aliens nach ähnlichen logischen Parametern handeln wie wir.«

»Dabei ist mir niemals in den Sinn gekommen«, sagte Harry, »daß es daran irgendwelche Zweifel geben könnte. Welche anderen logischen Parameter gibt es denn?«

»Es existieren andere Möglichkeiten«, antwortete die Psychologin. »Logik basiert im wesentlichen auf Elementen wie dem Umfang und der Qualität von Wahrnehmungen, dem System von Grundwerten und so weiter. Aber wir müssen noch etwas abwarten: Wir haben nicht viel, womit sich Spekulationen anstellen lassen.«

»Vielleicht müssen wir sogar noch lange warten«, meinte Harry. »Majeski erwähnte, daß die Altheaner vielleicht in einem ganz anderen Zeitsystem leben als dem unseren.«

»Ich glaube, deshalb brauchen wir uns keine Sorgen zu machen«, sagte sie. Sie war eine schlanke, fast kleine Frau. Dennoch lenkte sie die Aufmerksamkeit auf sich, und Harry kam schließlich zu dem Ergebnis, daß der Reiz, da sie nicht ausgesprochen aufregend aussah, in ihren seewasserfarbenen Augen liegen mußte. Sie standen weit auseinander und wurden durch einen ausdrucksvollen Mund und kräftige weiße Zähne hervorgehoben. Ihre rotbraunen Haare waren kurzgeschnitten, und ihre Art zu sprechen war pointiert. Sie war alles in allem eine Frau, die nicht bereit war, weder Bewegung noch Worte zu vergeuden. »Ihr Zeitsinn kann sich nicht wesentlich vom unseren unterscheiden; ich bezweifle, daß wir die zehntausend oder mehr Jahre auf weitere Ereignisse warten müssen, von denen einige von Ihnen sprachen ...«

»Woher wissen wir das?« fragte Harry.

»Das ist offensichtlich«, erwiderte sie. »Das Signal selbst demonstriert eine Fähigkeit, enorme Energiemengen in Bruchteilen von Sekunden zu modulieren. Es gibt noch andere Indizien: zum Beispiel, daß sie die Signalquelle an einem einzigen Morgen aus- und wieder eingeschaltet haben. Nein, ich denke, wir können beruhigt davon ausgehen, daß, falls es zu einer Textübermittlung kommen sollte, sie uns in einer verhältnismäßig kurzen Zeit erreichen müßte. Nebenbei bin ich bereit, zu wetten, daß die Art und Weise des Ablaufs physikalischer Prozesse ein Wesen mit einem wesentlich langsameren Referenzsystem als dem unseren daran hindern würde, technologische Fähigkeiten ähnlich den unseren zu entwickeln.«

»Wären wir denn wesentlich anders«, fragte Harry, »wenn unsere Himmel leer wären? Wenn wir keine Sterne hätten, meine ich. Und eine nachhaltig verzerrte Sonne?«

Ihre Augen richteten sich auf Harry; sie leuchteten hell und freundlich, als sie sich für das Thema erwärmte. »Dieses Projekt wird eine ganze Menge nicht beantwortbarer Fragen aufwerfen, und das ist in gewissem Sinne eine davon: wir sind genau auf unsere Umgebung, unsere Verhältnisse eingestimmt. Kreislaufrhythmen, Menstrualzyklen, alle Arten von psychologischen Charakteristika werden von Mondzyklen oder solaren Zyklen bestimmt. Überdies hat der sichtbare Bereich am Himmel und dessen Anordnung stets die Art und Weise, wie wir selbst uns sehen, beeinflußt, obgleich wir, da jeder im großen und ganzen das gleiche astronomische Bild sieht, über die Details wenig sagen können. Wir verbünden uns mit den Sonnengöttern und betrachten den Tod als einen Abstieg in die Unterwelt.

Betrachten wir einmal den Unterschied zwischen nordischer und klassischer Mythologie. In den Mittelmeerländern, wo die Sonne viel und warm scheint und die Menschen, wann immer sie dazu die Lust verspürten, schwimmen gehen können, waren die Götter eine geradezu verspielte Schar und beschäftigten sich fast ausschließlich mit Kriegsspielen und Galanterien. Aber Odin lebte an einem Ort wie Montana, wo der Mensch zur Arbeit ging, wenn es dunkel war, und ebenfalls im Dunkeln nach Hause kam. Die Folge: nicht nur ein weitaus konservativerer Götterhimmel in Nordeuropa, sondern auch einer, der letztendlich zum Untergang verdammt ist. Am Ende stehen sie vor Ragnarök, der absoluten Vernichtung. Deutschland, wo die Winter ebenfalls rauh sind, hatte ein ähnlich fatalistisches System.

Ich habe früher niemals in dieser Richtung nachgedacht, aber ich kann nicht umhin, mich zu fragen, ob die Deutschen wohl die beiden Weltkriege ausgelöst hätten, wenn sie irgendwo am Mittelmeer gelebt hätten.«

Wheeler blickte auf. »Die Araber«, sagte er, »leben am Mittelmeer. Und sie haben doch eindeutig keinerlei Hemmungen, Blut zu vergießen.«

»Ihre Länder sind heiß, Pete«, erwiderte sie. »Und ich

glaube, wir haben im Mittleren Osten eine besondere Situation. Nun, es tut nichts zur Sache. Um Harrys Frage kurz und knapp zu beantworten: Ja, gewiß würden unsere Aliens von ihrer speziellen Umgebung beeinflußt, und ich bin geneigt zu vermuten, daß der Einfluß, aus unserer Sicht, nicht unbedingt, positiver Natur ist. Aber ich möchte mich noch nicht zu mehr Vermutungen hinreißen lassen.

Bei dieser Gelegenheit, hat jemand sich schon mal Gedanken darüber gemacht, warum sie überhaupt senden? Wer immer das Signal abgeschickt hat, ist seit einer Million Jahren tot. Warum haben sie es getan? Es ist anzunehmen, daß dazu beachtliche hohe technische Fähigkeiten erforderlich waren, und es gab keine Chance, eine Antwort zu erhalten und daher keinen Nachweis eines möglichen Erfolges. Man muß sich doch fragen, warum sie sich dann die Mühe machten.«

»Setzen Sie auf diese Weise nicht die Existenz organischer Lebensformen voraus?« fragte Majeski. »Wir könnten doch auch die Signale eines Computers gehört haben. Etwas, wofür das Verstreichen größerer Zeitspannen absolut bedeutungslos ist.«

»Ich beschäftige mich nicht mit Computern«, sagte sie mit einem freundlichen Lächeln.

»Nichtsdestoweniger«, stellte Gambini fest, »ist dies eine Möglichkeit, die wir in Erwägung ziehen müssen. Aber kehren wir mal zu der Frage nach dem Motiv zurück.«

»Sie werfen eine Flaschenpost ins Meer«, sagte Harry. »Genauso wie wir es mit den Tafeln und Plaketten der frühen Pioneer- und Voyager-Missionen getan haben.«

»Richtig«, sagte Leslie. »Und ich kann mir, falls wir es nicht mit etwas zu tun haben, das in gewisser Weise nicht der Zeit unterliegt – ein Computer, eine Rasse von Unsterblichen, was auch immer –, kein anderes Motiv vorstellen. Sie wollten uns mitteilen, daß sie da sind. Sie waren eine Rasse, isoliert, wie wir es uns nicht vorstellen können, ohne Hoffnung auf Kontakte außerhalb ihrer eigenen Welt. Also nahmen sie ein ungeheures technisches

Projekt in Angriff und schickten uns einen Brief. Welche andere Aktion könnte noch typischer menschlich sein?«

In dem langen Schweigen, das darauf folgte, holte Pete Wheeler die Kaffeekanne und füllte die Tassen nach. »Noch haben wir den Brief nicht«, sagte er. »Cord, Sie haben das Alter des Klasse G bestimmt. Welches Ergebnis erhielten Sie?«

»Ich weiß nicht«, sagte Majeski. In seinem Gesicht lag ein seltsamer Ausdruck.

»Sie wissen es nicht? War das Lithium bereits verbrannt?«

»Nein, das war nicht das Problem.«

»Ich glaube, ich kann es erklären«. schaltete Gambini sich ein. Er öffnete einen Umschlag, der auf dem Tisch vor ihm lag. »Ein Stern der Klasse G «, erklärte er Harry und Leslie, »verbraucht während seines Alterungsprozesses seinen Lithiumvorrat. Daher können wir recht genaue Angaben über sein Alter machen, wenn wir uns anschauen, wieviel Lithium noch übrig ist.« Er holte aus dem Umschlag mehrere Bögen Pauspapier mit farbigen Balken und gab sie an Wheeler weiter. »Das ist das Gamma-Spektrogramm. Wir haben es mehrere Male laufen lassen, und es ergab immer das gleiche Bild.«

Wheeler mußte von dem, was er sah, überrascht sein: Er beugte sich vor, strich einen Knick in dem Papierstapel glatt und fragte dann mit gedämpfter Stimme: »Wie lange wissen Sie das schon?«

»Wir bekamen die Daten am ersten Abend, samstags. Oder Sonntagnacht. Egal, wann. Dann checkten wir die Geräte durch und ließen den Test erneut laufen. Die Testergebnisse haben wir dann zum Kitt Peak übermittelt.« Er blickte vielsagend in die Runde. »Sie kamen zum gleichen Ergebnis.«

»Und was ist es?« fragte Leslie.

»Eines der Probleme, mit dem wir uns schon die ganze Zeit herumschlugen«, sagte Gambini, »bestand darin, einen Ursprung für dieses System zu finden. Das Ding mußte sich irgendwie zusammengefunden haben, ehe es von seiner Muttergalaxis abgestoßen wurde; Altheis konnte sich nicht selbst gebildet haben, sozusagen aus dem Nichts. Und da standen wir nun und betrachteten drei Himmelskörper, die schon viel länger da draußen zu sein scheinen, als die Sterne brennen. Daher war es sehr schwierig, überhaupt irgend etwas über ihre Anwesenheit auszusagen.«

»Und nun«, sagte Leslie, »meinen Sie, eine Lösung gefunden zu haben?«

Gambini nickte. »Wir haben immerhin eine aufregende Möglichkeit einer Lösung.«

Harry räusperte sich. »Könnte jemand mal uns anderen erklären, worum es überhaupt geht?«

»Dies ist ein extrem atypisches Spektrogramm für einen Klasse G-Stern«, sagte Wheeler. »Es gibt keine Metalllinien, nicht einmal H- und K-Linien. Kein Calcium, kein Eisen, kein Titan. Keinerlei Metalle. Der Gamma-Test ergab reines Helium und Wasserstoff. Deshalb ließ sich kein Alter feststellen. Cord. Es gab auch kein Lithium.«

Majeski legte den Kopf schief, sagte jedoch nichts.

Harry lauschte in die Stille, die ihn umgab. »Ich weiß noch immer nicht, was das bedeutet«, sagte er.

Gambini klopfte ruhelos mit einem Bleistift auf die Tischplatte. »Sterne der Klasse G sind Sterne der Population I. Sie sind reich an Metallen. Sogar Sterne der Population II, die nicht über viele Metalle verfügen, weisen wenigstens Spuren davon auf. Aber dieser« − er hielt einen zweiten Satz Spektrogramme hoch − »hat keins.«

Harry bemerkte, daß sämtliche Farbe aus Wheelers Gesicht gewichen war. »Und was ist der Punkt?« fragte er.

Der Geistliche schaute ihn mit verwirrten Augen an. »So etwas wie einen metallosen Stern gibt es nicht«, sagte er. »Ed, was ist denn mit der Alpha-Messung?«

»Das gleiche. Irgendwie wurde das erste Spektrogramm erstellt und abgelegt, und offensichtlich hat niemand es sich eingehender angeschaut. Wir holten es hervor, nachdem wir dies hier bekamen. Keiner dieser Sterne scheint irgendwelches Metall zu enthalten.«

MONITOR

KUBA FORDERT RÜCKGABE VON GUANTANAMO
Stationierung von Kernwaffen verletzt Pachtvertrag

GUERRILLAS VERSTÄRKEN DRUCK AUF THAIS
Bangkok beschuldigt Hanoi,
Rebellen mit Waffen zu versorgen

INDISCHE MENSCHENMASSEN
ATTACKIEREN SOWJETISCHE BOTSCHAFT
Lieferung russischer Waffen an Bangladesh
löst Proteste aus
Botschafter entkommt durch den Hinterausgang
Kreml fordert offizielle Entschuldigung

GESETZ VERLANGT VON KANDIDATEN
UM POLITISCHE ÄMTER
OFFENLEGUNG RELIGIÖSER ANSICHTEN
»Was haben Sie zu verbergen?« fragt Freeman

STATIONIERUNG SOWJETISCHER ATOMBOMBE
IM WELTRAUM?
Bericht der London *Times* vom Kreml dementiert

ÄRZTE IN VERSICHERUNGSAFFÄRE VERWICKELT
Ärzte in Seattle, Takoma bei FBI-Untersuchung entlarvt

BRÜCKE IN TULSA
WÄHREND RUSH-HOUR EINGESTÜRZT
Wahrscheinlich mehrere hundert Todesopfer;
letzte Inspektion ohne Beanstandungen

AMOKSCHÜTZE TÖTET SECHS MENSCHEN IN BAR
Holte Waffe nach Hinauswurf
Macht Vollmond für Blutrausch verantwortlich

AUFSTÄNDE IN BRAZZAVILLE

NRC EMPFIEHLT AUSBAU VON SICHERUNGSANLAGEN
(Minneapolis Tribune) – Als Reaktion auf die beinahe
erfolgte Besetzung des Kernkraftwerks in Plainfield
durch einen bewaffneten Eindringling in der vergangenen
Woche hat die Nuclear Regulatory Commission
neue Richtlinien herausgegeben ...

STUDENTIN AUS KANSAS ZUR MISS AMERICA GEWÄHLT
Studentin der Luftfahrttechnik möchte Zivilpilotin werden

4 Rimford sollte mit einer Nachmittagsmaschine auf dem National eintreffen.
Ed Gambini bestand darauf, hinauszufahren, um ihn abzuholen. Harry, der den berühmten Kosmologen bei verschiedenen Anlässen kurz getroffen hatte, jedoch niemals Gelegenheit gehabt hatte, sich eingehender mit ihm zu unterhalten, begleitete ihn. Trotz seiner Begeisterung schien Gambini Hemmungen zu haben, über den altheischen Sendeimpuls zu reden. Harry fragte sich, ob er sich für den erwarteten Gast nicht die Rolle des hartnäckigen Skeptikers einsuggerierte. Sie unterhielten sich statt dessen über das Wetter, ihre gemeinsame Abneigung gegen Quint Rosenbloom und die Möglichkeit einer langen Saison für die Redskins. Doch während des größten Teils der Fahrt nach Süden auf dem Parkway hingen die Männer ihren eigenen Gedanken nach.

Harry versuchte mit der Tatsache zu Rande zu kommen, daß Julie ausgezogen war, und neben diesem harten Stück Realität schien das exzentrische Verhalten eines Sterntrios in unvorstellbarer Ferne kaum von Bedeutung zu sein. Aber es war ein angenehmer Frühherbstnachmittag, als er hinausschaute und die Umgebung auf sich einwirken ließ, die mit Scharen von Schulkindern bevölkert war und mit Leuten, die um qualmende Laubhaufen herumstanden. Es war ein Nachmittag wie geschaffen, um mit einer Frau in einem Park spazieren zu gehen.

»Erzähl mir mehr über den Gamma-Test«, sagte er. »Ist es möglich, daß jemand ihn verändert hat?«

Die Sonne lag strahlend hell auf der Anacostia. Sie schlängelten sich zwischen sauberen weißen Regierungsgebäuden hindurch, hatten die Fenster heruntergedreht. Eine Zeitlang glaubte Harry, daß Gambini ihm nicht zugehört hatte. Der Physiker lenkte den schwarzen Regierungswagen auf den Southeast Expressway. Rechts von ihnen und ein Stück voraus schimmerte die Kuppel des Capitols. »Harry«, sagte er und sprach gegen das Rauschen des Fahrtwindes an, »es gibt verdammt wenig Unmögliches, wenn man über die Technologie verfügt. Ich glaube nicht, daß man sich mit Überlichtgeschwindigkeit vorwärtsbewegen oder in der Zeit rückwärts reisen kann. Zumindest nicht in makroskopischen Dimensionen. Aber die Manipulation mit einem Stern? Warum nicht?

Die eigentliche Frage lautet nicht, ob es bewerkstelligt werden kann, sondern ob wir nicht auf ein Produkt dieser Art von technischer Manipulation blicken. Sterne weisen in ihren Spektrogrammen immer Metallinien auf. *Immer.* Mal mehr, mal weniger, aber ein Stern ohne Metall existiert nicht in der Natur.«

»Soweit dir bekannt ist.«

»Soweit uns bekannt ist. Aber wir wissen, wie Sterne entstehen. Dieser ist ein Stern der Population I, das heißt, ihrer zweiten Generation. Alle Sterne der Klasse G gehören dazu. Sie bestehen aus den Überresten der Sterne der Population II, die eine Menge Eisen und andere Metalle produziert haben. Genaugenommen haben sie für den größten Teil des Metalls im Universum gesorgt. Wenn sie explodieren, dann haben wir Charakteristika von Sternen wie der Sonne.« Er zögerte. »Ich kann mir keinen natürlichen Prozeß vorstellen, der einen Stern der Population I hervorbringt ohne Metallinien.«

Ein zerbeulter grüner Pickup donnerte mit mehr als siebzig Sachen an ihnen vorbei.

»Demnach hat jemand die Metalle entfernt. Warum?«

»Das ist die falsche Frage. Sieh mal, Harry, niemand wird sich der Mühe unterziehen, einem Stern Metall zu entziehen. Es hätte keinen Sinn. Ich meine, es macht den Stern nicht besser, es bringt keinerlei Vorteile. Und ganz sicher wurde das Metall nicht grubenmäßig abgebaut.« Sein Gesicht verzog sich leicht, als leuchtete ihm die Sonne in die Augen, aber sie stand hinter ihm. Harry beschloß, daß eine Entscheidung getroffen werden mußte, ob ihm zu trauen war. »Ich weiß nicht genau, wie das klingen wird, aber ich werde dir mitteilen, was ich glaube, die einzige Erklärung liefert, die für mich Sinn ergibt.

Gamma ist wahrscheinlich keine natürliche Sonne. Ich glaube, sie wurde gebaut. Zusammengefügt.«

»Mein Gott«, stieß Harry hervor.

»Das Metall erfüllte keinen Zweck, daher haben sie es weggelassen.«

»Ed, wie zum Teufel soll jemand eine Sonne erschaffen?«

»Es gibt kein physikalisches Gesetz, das diese Möglichkeit ausschließt. Sonst würde die Natur es auch nicht schaffen. Alles, was erforderlich ist, ist Energie und eine Menge Gas. Dort, wo sie sind, gibt es Massen von freiem Wasserstoff und Helium. Alles, was sie tun müssen, ist, es zu sammeln, und dann würde die Gravitation den Rest erledigen.«

Sie überquerten die South Capitol Street. Ein langer Güterzug rollte über die Gleise des Penn Central. »Und das«, fuhr er fort, »bringt uns zu einer weiteren interessanten Möglichkeit.

Röntgenpulsare sind bekanntermaßen nur sehr kurzlebig. Sie sind die Glühwürmchen des Kosmos: sie leuchten auf, halten um die dreißigtausend Jahre lang durch und verlöschen einfach. Die Wahrscheinlichkeit, einen in einem freien System zu finden, wie wir es gerade erst entdeckt haben, ist sehr gering.« Er blinzelte Harry an. »Es sei denn, er ist immer da.«

Harry verfolgte, wie der Schatten des Wagens über die Leitplanke huschte. »Du meinst demnach«, sagte er, »daß sie auch den Pulsar gebaut haben.«

»Ja.« Gambinis Gesicht strahlte. »Ich denke, das haben sie getan.«

Die Maschine hatte fast eine Stunde Verspätung. Normalerweise hätte diese Verzögerung Ed Gambini in Rage gebracht, aber an diesem Morgen konnte ihn nichts aus der Fassung bringen. Er war im Begriff, mit einem Riesen zusammenzutreffen, und wegen der Bedeutung der Entdeckung bei Goddard erkannte Gambini, daß auch er auf der Schwelle zur Unsterblichkeit stand. Es war ein erregendes Gefühl.

Harry spürte all das. Und er erkannte auch die Bedeutung des Zusammentreffens mit Rimford. Der kalifornische

Kosmologe könnte noch andere Möglichkeiten sehen und alternative Erklärungen anbieten. Wenn er das jedoch nicht konnte, dann wurde Gambinis Position und vermutlich auch sein Selbstvertrauen enorm gestärkt.

Sie warteten in der Cocktailbar im Hauptterminal. Gambini saß nervös da, schob das Glas mit seinem Drink hin und her und war völlig in seine Gedanken versunken. Harry erinnerte sich an die Besessenheit vor anderthalb Jahren. Er fragte sich, ob Gambini vielleicht ein zweiter Percivall Lowell war, der Kanäle sah, die für niemanden sonst zu erkennen waren.

Sie trafen Rimford im Sicherheitsbereich. Er war eine durchschnittliche Erscheinung; sein Haar war weißer, als es auf dem Fernsehschirm erschien, und er kleidete sich wie ein leidlich erfolgreicher Geschäftsmann aus dem Mittleren Westen. Harry rechnete fast damit, daß er gleich seine Visitenkarte hervorholte. Aber, genau wie Leslie, hatte er höchst ungewöhnliche Augen. Sie waren während jener ersten Augenblicke ihres Zusammentreffens geradezu verhangen; aber Harry sollte später erleben, wie sie lebendig wurden. In solchen Augenblicken konnte man Baines Rimford nicht mehr mit einem Handlungsreisenden vergleichen. Als Gambini sie miteinander bekannt machte, gewahrte Harry das amüsierte Zwinkern in diesen Augen. Rimfords Händedruck war voller Wärme. »Nett von Ihnen, mich einzuladen, Ed«, sagte er. »Wenn Sie wirklich etwas gefunden haben, dann möchte ich das nicht versäumen.«

Sie gingen zur Gepäckausgabe, während Gambini die zur Zeit vorliegenden Indizien skizzierte.

»Wundervoll«, sagte Rimford, als er geendet hatte, und bemerkte, indem er sich zu Harry umwandte, daß es doch eine herrliche Zeit war, um am Leben zu sein. »Darin haben Sie recht, Ed«, sagte er. »Nichts wird mehr so sein wie früher.« Trotz seiner Worte wirkte er ziemlich entgeistert.

»Stimmt etwas nicht?« fragte Gambini, dessen Nerven leicht reizbar waren.

»Ich dachte nur gerade, wie unglücklich das alles doch

ist: Sie sind so weit entfernt. Ich glaube, wir alle haben angenommen, daß wenn es dazu käme, es wenigstens eine vage Möglichkeit zu einem Dialog gäbe.« Er warf sein Gepäck in den Kofferraum und schob sich auf den Beifahrersitz neben Gambini. Harry hatte im Fond Platz genommen.

Rimford hatte eine Menge Fragen. Er erkundigte sich nach den verschiedenen Orbitalzeiten der Komponenten des Altheischen Systems, nach den Charakteristiken des Pulsars und der Qualität und Eigenschaft des empfangenen Signals. Harry konnte dem zum großen Teil überhaupt nicht folgen, doch sein Interesse nahm rapide zu, als sie sich den physikalischen Seltsamkeiten von Alpha und Gamma zuwandten. Gambini war sorgsam darauf bedacht, seine Thesen nicht kundzutun, aber Rimford betrachtete das Spektrogramm mit gerunzelter Stirn. Von diesem Moment an, obwohl er weiterhin seine Fragen stellte, schien er an den Antworten nicht mehr interessiert zu sein. Die meiste Zeit saß er nur da und starrte mit verhangenen Augen schweigsam durch die Windschutzscheibe.

Als sie die Kenilworth Avenue erreichten, waren sie alle verstummt und schwiegen beharrlich.

Harry hatte niemals auf die Männer und Frauen geachtet, die stets allein im Red Limit, bei Carioca's oder im Wilhelm Tell aßen. Doch nun, in einer unzureichend beleuchteten Nische sitzend und damit beschäftigt, eine Zeitung zu lesen, wurden ihm die leeren Mienen und die geduckte Haltung bewußt, die so viele von ihnen an den Tag legten. Einsamkeit ist nur selten ein freiwilliger Zustand, zumindest unter jungen Leuten. Doch da waren sie, jeden Abend die gleichen Leute, wohlhabende menschliche Wracks, alleine mit ihren flackernden Kerzen und gebügelten Leinenservietten.

Harry war froh, als Pete Wheeler hereinkam. Er hatte beschlossen, im Red Limit zu essen, in der Hoffnung, daß jemand aus dem Büro oder den Labors dort auftauchte. (Er hatte es vermieden, den ersten Schritt zu tun und jemand zu bitten, ihm beim Essen Gesellschaft zu leisten, da dies Erklärungen erforderlich gemacht hätte, und er fühlte sich nicht fähig, einem Bekannten gegenüber zuzugeben, daß seine Frau ihn verlassen hatte. Harry hatte lange darüber nachgedacht, wie er die Neuigkeit im Büro publik machen würde. Sie seien übereingekommen, daß es mit ihnen nicht mehr richtig liefe, das wäre die offizielle Erklärung. Schließlich steckte ja etwas an Wahrheit darin. Irgendwo jedenfalls.) Wheeler entdeckte ihn sofort und kam herüber.

»Nun«, sagte er, »ich glaube, wir haben den großen Mann beeindruckt.«

»Er war schon beeindruckt, als er ankam«, sagte Harry.

»Gambini plant, ihn für das Wochenende mit zu sich nach Hause zu nehmen. Ich bin mir nicht sicher, ob er es nicht noch aufregender findet, von Rimford mit seinem Vornamen angesprochen zu werden, als den ganzen anderen Kram.« Er lächelte. »Waren Sie schon mal dort?«

»Einmal.« Gambini hatte eine Wohnung unweit des Atlantiks bei Snow Hill, Maryland. Dorthin zog er sich an den meisten Wochenenden zurück; manchmal hielt er sich auch länger dort auf, wenn seine Stimmung danach war und er das Gefühl hatte, daß seine persönliche Anwesenheit bei Goddard nicht notwendig war. Die Wohnung war an das Kommunikations- und Computernetz des Space Centers angeschlossen, obgleich sein Zugriff auf bestimmte Systeme notwendigerweise begrenzt war. »Gibt es etwas Neues bei Herkules?«

»Nein«, sagte Wheeler. »Das Signal wiederholt sich ständig.«

»Was ist daran seltsam?«

»Keine Ahnung. Leslie, vielleicht. Gambinis Idee, eine Psychologin herzuholen, um die Aliens auf eine Couch zu legen. Und er hat immer die Versuche von Drake und Sagan und den SETI-Leuten verspottet, eine statistische Basis dafür zu schaffen, um die Möglichkeiten der Existenz hochentwickelter Zivilisationen in der Milchstraße zu berechnen, mit der Begründung, daß wir nur mit einem einzigen Hinweis arbeiten. Er ist nicht sehr beständig.«

Sie bestellten etwas zu trinken und Steaks, und Harry lehnte sich entspannt zurück und verschränkte die Hände hinter dem Kopf. »Sind sie dort draußen, Pete? Die Aliens, meine ich. Sie haben neulich ziemlich überzeugt ausgesehen.«

»Von den Spektrogrammen. Tatsächlich, Harry, wäre ich von Anfang an überzeugt gewesen, wenn jemand anderer als Gambini an der Sache beteiligt wäre. Die Indizien sind schwer zu widerlegen. Es ist das ganze Konzept, das schwer zu glauben ist. Vor allem wenn man bedenkt, daß Gambini sich so dringend gewünscht hat, etwas Derartiges zu finden. Das alleine macht mich schon mißtrauisch. Er macht es einem überaus schwer, ihm zuzustimmen.«

»Aber trotz all dieser Einwände, meinen Sie, daß es draußen im Altheischen System wirklich eine Art von Zivilisation gibt?«

»Ja. Das denke ich doch. Und ich glaube, daß Rimford das Gambini genau in diesem Moment erklärt. Wir sind alle unterwegs, um in den Geschichtsbüchern verewigt zu werden.«

»Wir alle?« Harry lachte. »Wer war den Kolumbus' erster Maat?« Er fühlte sich plötzlich in einer Hochstimmung und bemerkte, daß einige Leute in der Nähe ihn neugierig musterten. Es war ihm gleichgültig. Er füllte sein Weinglas wieder und schüttete den Rest aus der Flasche in Wheelers leeres Glas.

Wheeler trank und beugte sich, immer noch lächelnd, zu Harry vor. »Ich komme nicht von der Überzeugung los«, sagte er, »daß wir in dieser Angelegenheit noch einige Überraschungen erleben werden. Gambini meint, er hätte alles unter Kontrolle, aber es gibt noch zu viele unbekannte Dinge.«

»Was meinen Sie?«

»Wir nehmen zum Beispiel an, daß sie so sind wie wir. Jeder hier wartet auf die zweite Nachricht. Aber die Altheaner haben ihre Anwesenheit bekanntgegeben. Sie sehen vielleicht keinen Grund, mehr zu tun. Was haben sie schließlich zu gewinnen?«

»Mein Gott«, sagte Harry. »Darüber habe ich noch gar nicht nachgedacht.«

In Petes Augen lauerte der Schalk. »Es wäre doch möglich. Es ist eine richtig spaßige Vorstellung, bei der unsere Leute alt und älter werden und auf den Rest einer Sendung warten, die schon lange vollständig ist. Können Sie sich vorstellen, was das bei Ed und Majeski auslösen würde?«

»Sie sind rachsüchtig, Pete«, sagte Harry in freundlichem Tonfall, obgleich er bei Wheelers Reaktion nichtsdestoweniger Unbehagen verspürte. »Es würde Gambini umbringen.«

»Ja, ich nehme an, das würde es. Ich denke, das sagt eine ganze Menge darüber aus, was Ed sich selbst angetan hat.« Er schaute auf das Glas. »Der Wein ist gut«, stellte er fest. »Es gibt auch noch andere Möglichkeiten. Wir gehen davon aus, daß jede Sendung von dort eine Menge technologisches Material enthält. Sie werden uns mitteilen, wie man hundert Prozent der Sonnenenergie einfängt. Solche Dinge. Ich habe heute nachmittag eine Unterhaltung zwischen Ed und Rimford mitbekommen. Sie reden von großen vereinten Theorien. Aber dies ist eine Rasse, die schon seit langer Zeit über eine Technologie höchster Ordnung verfügt. Sie können es durchaus für selbstverständlich halten, daß dieser ganze technische Kram längst bekannt ist; oder sie denken, daß das Ganze einfach zu trivial ist, um sich damit auseinanderzusetzen. Wenn wir also eine zweite Botschaft bekommen, dann könnten wir vielleicht dadurch überrascht werden, daß sie etwas völlig anderes als das schicken, was wir erwarten, etwas, worauf sie stolz sind, was aber Gambini vielleicht keine Freude macht.«

»Zum Beispiel?«

Wheelers dunkle Augen glitzerten im Kerzenschein. Mehr als die anderen, für die Kosmologie und Astronomie vorwiegend mathematische Disziplinen waren, hatte er das Auftreten eines Mannes, der begriff, was ein Lichtjahr wirklich war. »Wie wäre es mit einem Roman?« schlug er vor. »Ein Zusammenprall auf einer kosmischen Bühne zwischen Kreaturen mit fortgeschrittenen Philosophien und völlig fremartigen Gefühlen. Vielleicht halten sie das für ihre größte Leistung und möchten, daß das gesamte Universum daran teilhat. Oder es ist vielleicht eine Symphonie. Können Sie sich die Reaktion der NASA darauf ausmalen?«

Harry leerte sein Glas. »Solange es angenehm zu hören ist. Aber Sie glauben doch nicht wirklich, daß so etwas geschehen könnte, oder?«

»Zum Teufel, Harry. Alles ist in dieser Situation möglich. Wir haben keine derartigen Erfahrungen; und die Sender können nichts als Antwort erwarten, außer der persönlichen Befriedigung, ein Signal ausgesendet zu haben. Sie haben die Plaketten der Pioneer- und Voyager-Missionen erwähnt. Wir hatten natürlich nicht viel Platz, um eine Menge mitzuteilen, aber selbst wenn wir das gehabt hätten, dann bin ich sicher, daß es niemandem in den Sinn gekommen wäre, die Instruktionen für, sagen wir, die Kernspaltung beizufügen, für den Fall, daß eine von fossilen Brennstoffen abhängende Zivilisation unsere Botschaft findet. Nein, es ist sehr gut möglich, daß wir längst die einzige bedeutsame Nachricht erhalten haben, die zu uns unterwegs war: nämlich, daß sie da sind. Wenn es mehr geben sollte, dann hoffe ich, daß wir wachen Sinnes sind, um es zu erkennen und soviel Nutzen daraus zu ziehen, ohne den Sender zu kennen.« Die Steaks waren gut, und die Teller waren übervoll mit Pommes frites und Toastbrot. »Das war zuviel«, sagte Harry, als sie ihren Kaffee tranken.

»Arbeiten Sie heute länger?« fragte Wheeler und wunderte sich wahrscheinlich, daß Harry nicht zu Hause aß.

»Nein.« Das Wort hinterließ einen Eindruck des Unbehagens. Harry kannte Pete Wheeler schon länger als Gambini, doch sie hatten immer ein eher distanziertes Verhältnis gehabt. Nun sah er über den Tisch und fühlte sich versucht, diese Eröffnung zu nutzen und mit jemandem über Julie zu reden. Aber wie viele pathetische Geschichten hatte Wheeler im Laufe der Jahre nur deshalb verdauen müssen, weil er Geistlicher war? »Ich habe der Köchin freigegeben«, sagte er.

Aber Wheeler mußte die Wahrheit aus seinen Worten herausgehört haben. Er betrachtete Harry aufmerksam. Harry schob das Essen auf seinem Teller herum. »Sie können mir einen Gefallen tun«, sagte der Geistliche schließlich. »Ich bin heute abend in Carthage. Ich komme morgen mittag wieder zurück.« Er schrieb eine Telefonnummer auf einen Zettel und schob ihn über den Tisch. »Rufen Sie mich an, wenn sich irgendwas ändert. Okay?«

»Sicher.«

Sie bekamen die Rechnung, teilten sie und gingen hinaus. »Wie geht es Julie?« fragte Wheeler beiläufig.

Harry war überrascht. »Ich wußte gar nicht, daß Sie sie kennen.«

»Sie nahm einmal an einem der Direktionsessen vor zwei Jahren teil.« Wheeler schaute nach Westen und kontrollierte seine Uhr. Der Mond trieb bereits dem Horizont entgegen. »Der Komet ist verschwunden.«

Harry murmelte etwas, aber keiner von ihnen wußte genau was.

»Sie ist eine Frau, die man nicht leicht vergißt«, fügte Wheeler hinzu.

»Danke«, murmelte Harry. Sie gingen über den knirschenden Kies zu Wheelers Wagen, einem beigefarbenen Saxon jüngsten Datums. »Wir haben im Augenblick ein paar Schwierigkeiten.«

»Das tut mir leid.«

Harry zuckte die Achseln.

Wheeler schaute sich suchend um. »Ich sehe Ihren Wagen nicht.«

»Er steht am Vordereingang. Ich bin zu Fuß hergekommen.«

»Kommen Sie«, sagte er. »Ich bringe Sie hin.«

Sie verließen den Parkplatz, überquerten die Greenbelt Road und fuhren auf den Parkplatz am Haupteingang und hielten neben Harrys Chrysler. »Haben Sie noch ein paar Minuten Zeit?« fragte Harry.

»Wenn Sie reden wollen«, meinte Wheeler.

Er beschrieb das Abendessen mit Julie mit seinem traurigen Ergebnis und ihrem soeben erfolgten Auszug. Er verbarg (jedenfalls versuchte er es) seine Verärgerung, gab sich jedoch keine Mühe, seine Unfähigkeit zu kaschieren, ihre Handlungsweise zu verstehen. Als er seinen Bericht beendet hatte, verschränkte er wie zum Schutz die Arme vor der Brust. »Sie müssen mit solchen Dingen ja sehr viel Erfahrung haben, Pete. Wie stehen die Chancen, daß sich alles wieder einrenkt?«

»Ich weiß nicht, ob ich tatsächlich soviel Erfahrung habe«, sagte Wheeler. »Erst einmal leisten Norbertiner keine seelsorgliche Arbeit, es sei denn, man wird mit häuslichen Problemen konfrontiert. Ich bin in dieser Richtung niemals tätig gewesen. Aber ich kann Ihnen einen guten Ratgeber empfehlen, wenn Sie es wünschen. Sie sind kein Katholik, oder, Harry?«

»Nein.«

»Tut auch nichts zur Sache, ich kann Ihnen auch einiges sagen, wie dieses Problem betrachtet wird und wie es dazu kommt, und welche Lösungen meistens empfohlen werden.«

»Schießen Sie los«, sagte Harry.

»Aus dem, was Sie mir erzählt haben, schließe ich, daß es keinen anderen Mann gibt, daß keine Geldprobleme vorliegen, keine Alkoholexzesse und daß niemand mit einer gewissen Regelmäßigkeit körperlicher Gewalt ausgesetzt wird. Wenn es nun keinen einleuchtenden, auf der Hand liegenden Grund dafür gibt, daß eine Ehe, die über einen längeren Zeitraum weitgehend harmonisch verlaufen ist, plötzlich gestört erscheint, so liegt es in den meisten Fällen daran, daß die beiden beteiligten Menschen nicht mehr ein gemeinsames Leben führen, sondern daß jeder sich einen eigenen Lebensbereich geschaffen hat und daß die beiden Leute nicht mehr so häufig zusammenkommen, außer vielleicht bei den Mahlzeiten und zur Schlafenszeit. Die beiden Beteiligten bemerken es vielleicht nicht einmal bewußt, aber die Ehe ist zur Last geworden, entweder für einen der beiden oder für beide.

Sie haben in Ihrem Arbeitsbereich eine recht hohe Position inne, Harry. An wievielen Abenden in der Woche arbeiten Sie zusätzlich?«

»An zwei oder drei Tagen«, sagte Harry, dem es offensichtlich nicht paßte, welche Wendung das Gespräch genommen hatte.

»Und wie sieht es an den Wochenenden aus?«

»Etwa eins pro Monat.«

»Nur an einem Wochenende?«

»Nun, tatsächlich habe ich praktisch an jedem Wochenende etwas zu tun.« Harry wand sich. »Aber das fordert mein Job. Es ist schließlich keine Acht-Stunden-Angelegenheit.«

»Es ist durchaus möglich«, fuhr der Priester ungerührt fort, » daß Sie, wenn Sie wirklich zu Hause sind, nicht sehr viel Zeit für Ihre Frau haben.«

Harry dachte darüber nach. »Nein«, sagte er, »ich glaube, das stimmt nicht. Wir gehen ziemlich regelmäßig miteinander aus, ins Kino, ins Theater und gelegentlich auch in einen der Nachtclubs im Ort.«

»Sie wissen es ja viel besser als ich«, sagte Wheeler.

»Passiert so etwas denn oft? Ich meine zwischen Leuten, die schon längere Zeit verheiratet sind? Ich dachte immer, wenn man die ersten beiden Jahre heil übersteht, dann hat man es praktisch geschafft.«

»So etwas passiert dauernd.«

»Was kann ich tun?« fragte Harry. »Ich glaube, zum Reden ist sie jetzt noch nicht bereit.«

Wheeler nickte. »Harry, Ehen sind nur sehr mühsam zu retten, wenn sie erst einmal angefangen haben, zu bröckeln. Es tut mir leid, Ihnen das so sagen zu müssen. Ich habe Ihre Frau zwar nur einmal kurz kennengelernt, aber sie erschien mir als jemand, der keine vorschnellen Entscheidungen trifft oder überstürzt handelt. Wenn das zutrifft, dann wird es schwierig sein, sie zurückzugewinnen. Aber ich denke, Sie sollten es auf jeden Fall versuchen.

Ich würde versuchen, sie aus ihrer vertrauten Umgebung herauszuholen und mich mit ihr für zwei Tage irgendwohin zurückzuziehen, um alles in Ruhe zu bereden. Gestalten Sie es so zwanglos wie möglich, aber suchen Sie mit ihr einen Ort auf, wo es keine Ablenkungen gibt und wo weder Sie selbst noch Ihre Frau sich jemals aufgehalten haben. Und dann reden Sie mit ihr. Nicht über die Ehe oder Ihren Job oder Ihre anderen Probleme. Fangen Sie ganz von vorne an. Bei Ihnen und ihr.«

»Das wird niemals funktionieren«, sagte Harry leise. »Nicht jetzt.«

»Das stimmt sicherlich, wenn Sie das so sagen. Trotzdem haben Sie nichts zu verlieren. Ich könnte Ihnen sogar einen idealen Ort anbieten.«

»Haben die Norbertiner etwa auch Motels?« erkundigte Harry sich.

»Zufälligerweise«, sagte Wheeler, »besitzen wir ein Noviziat unweit Basil Point an der Chesapeak Bay. Es wurde uns vor ein paar Jahren geschenkt, aber tatsächlich hat es keinen praktischen Nutzen. Es ist zu groß. Das Anwesen hat eine wundervolle Lage und bietet einen herrlichen Blick auf die Bucht. Gewöhnlich sorge ich dafür, daß ich mich kurz dort aufhalte, wenn ich in der Umgebung von Washington zu tun habe. Dort leben zur Zeit etwa nur ein halbes Dutzend unserer Leute. Einer von ihnen ist übrigens Rene Sunderland, der als bester Bridgespieler des Landes gilt.

Es gibt dort zwei große Häuser, die wir in eine Abtei und in ein Seminar umgewandelt haben. Aber das Seminar hat nur zwei Studenten. Damals, in den fünfziger Jahren, haben die Eigentümer ein Landhaus hinzugefügt. Wir halten es für durchreisende Würdenträger bereit, aber allzu viele verirren sich nicht zu uns. Die einzigen, die wir gelegentlich dort begrüßen können, sind der Abt und der Direktor der National Confraternity of Christian Doctrine, die beide mit besonderer Vorliebe mit Rene Bridge spielen. Das bedeutet, sie bleiben im Hauptgebäude, und das Landhaus ist seit vier Jahren ungenutzt. Ich bin sicher, ich könnte es für einen guten Zweck herrichten lassen.«

Harry ließ sich das durch den Kopf gehen. Vielleicht

hätte er das am Samstagabend tun sollen, anstatt dieses dämliche Stück in Bellwether zu besuchen. Doch nun war es dazu ein wenig spät. »Danke, Pete«, sagte er. »Ich werde es mir auf jeden Fall überlegen.«

Gewöhnlich genoß Wheeler die zweistündige Fahrt nach Carthage. Aber an diesem Abend durchquerte er eine karge Landschaft mit skelettartigen Bäumen, langem braunem Gras und flachen, mit Schneematsch bedeckten Hügeln. In der unbeweglichen Luft lag der Hauch des Verfalls, als führte diese Route 50 durch die Zeit zurück in ein Virginia der Vergangenheit.

Der Highway wand und schlängelte sich durch kahle Wiesen, vorbei an verlassenen Treckern und Landmaschinen. Mit Schindeln gedeckte Bauernhäuser standen als düstere, leere Schemen in der Dunkelheit. Gelegentlich sah er Schrottautos, deren Motoren und Vergaser auf Holzbänken ausgebreitet waren oder die bis zu den Achsen im Dreck neben den baufälligen Scheunen standen.

Kurz vor Middleburg suchte er sich im Radio eine Talkshow. Er achtete nicht darauf, jedoch empfand er den Klang der Stimmen als beruhigend.

Es war nicht Harrys Problem, das ihn beschäftigte. Es war etwas anderes, das nicht mit einer weiteren, in die Brüche gehenden Ehe zu tun hatte, sondern mit dem Ding im Herkules. Die Konstellation war zur Zeit unsichtbar, verdeckt von ein paar vorbeiziehenden Wolken. Vor ihm, in Richtung Carthage, war der Himmel düster und wurde nur von gelegentlichen Blitzen erhellt.

Es war eine vertraute, wenngleich bedrohliche Wolkenlandschaft. In den vergangenen Jahren hatte Wheeler das Vertraute und Naheliegende lieben gelernt, hatte gelernt, Dinge wertzuschätzen, die man berühren konnte und die man wie selbstverständlich kannte, wie Steine, Sand und Regen und poliertes Mahagoni. Je weiter die Teleskope, die er benutzte, in die ewige Nacht vordrangen, desto mehr hielten die Dinge der Erde ihn zurück, und er fragte sich, ob es für sie alle nicht viel besser wäre, wenn der aufkommende Gewittersturm das Herkules-Signal für immer auslöschte.

Kurz nach der Interstate 81 klatschten die ersten Regentropfen auf die Windschutzscheibe.

Es war fast elf Uhr, als er bei stetigem Nieselregen in Carthage eintraf. Der Sankt-Katharinen-Turm ragte aus dem Geschäftsviertel heraus. Er lenkte hinter der Kirche auf den Parkplatz, der von einem Eisenzaun umgeben war. Ein Polizeiwagen hielt an, wartete, bis er ausgestiegen war, und rollte dann weiter.

Das Pfarrhaus war ein zweistöckiger, flacher Ziegelbau. Eine Lampe brannte an der Rückfront über einer vom Regen glänzenden Tür. Während er darauf zuging, schwang die Tür auf, und Jack Peoples eilte heraus, dick vermummt gegen den Regen.

Peoples schien sich überhaupt nicht zu verändern. Er war nun leicht übergewichtig und hatte seit Wheelers letztem Besuch einige Pfunde zugenommen. Aber sein Haar war noch immer schwarz, und er war immer noch begeisterungsfähig, wenn es sich um das richtige Anliegen handelte. (Davon hatte es in den vergangenen Jahren nur wenige gegeben, wenn man den ständigen Rückzug der Kirche gegenüber dem neunzehnten Jahrhundert betrachtete.)

Wären die Dinge für ihn anders gelaufen, so vermutete Wheeler, wäre Peoples nicht in eine traditionell katholische Familie hineingeboren worden, die von alters her die meisten ihrer Söhne Priester werden ließ (wenngleich aus seiner Generation nur Jack dem Ruf gefolgt war), hätte er vielleicht ein einigermaßen erfolgreicher Buchhalter oder Computertechniker werden können. Er hatte in dieser Richtung ein gewisses Talent. »Hallo, Pete«, sagte er und nahm Wheelers Koffer. »Schön, dich wieder einmal hierzuhaben.« Er schaute zum Glockenturm. »Wir haben wohl eine schlimme Nacht vor uns.«

Peoples wirkte müde. Tatsächlich sah er in letzter Zeit immer müde aus. Jack war einer jener jungen Priester gewesen, die auf den Propagandawagen des Vatikans aufgesprungen waren und die sich verausgabt hatten bei dem Bemühen, sexbesessenen Jugendlichen eine Zuflucht zu bieten und für ihre Eltern Gitarrenmessen abzuhalten. Er war einer der ersten gewesen, der die Kniebänke abgeschafft hatte, aber die Gefolgschaft Gottes hatte sich nie so richtig eingefunden. Am Ende waren die Gläubigen wieder zurückgekehrt in ihre hermetisch abgeschlossenen Leben, zerbrachen sich die Köpfe über Hypotheken und Karrierestreben und hatten Jack Peoples und andere wie ihn in ihren leeren Kirchen zurückgelassen.

Sie hatten sich vor zwanzig Jahren bei einem Predigtseminar kennengelernt und hatten sich seitdem regelmäßig gegenseitig besucht. Der alte Priester war ein nie versiegender Quell christlicher Weisheiten und geistlichen Klatsches, ausgestattet mit einem trockenen Humor, der ihm Schwierigkeiten beim Kardinal eingebracht hätte, wären einige der Geschichten, die er auf Lager hatte, zu ihm gedrungen.

Wheelers Besuch hatte einen formellen Grund: Peoples war an Sankt Katharinen Pastor geworden, und zwar genaugenommen am vorhergehenden Sonntag. Die Beförderung war schon lange überfällig gewesen; Jack war dort seit drei Jahren der einzige Priester.

Wheeler ging hinauf in sein Zimmer (das stets für ihn bereitstand, wenn er Sankt Katharinen besuchte), duschte und kam wieder herunter und begab sich in das Büro des Pastors.

Peoples legte ein Buch beiseite und holte eine Flasche Apfelschnaps hervor. »Wie läuft das Programm in Georgetown?« fragte er.

»Ich habe Pause«, sagte Wheeler. »Ich weiß nicht, ob ich es dir erzählt habe oder nicht, aber der Kursus bietet einen Überblick über Rimfords Arbeiten. Und Rimford ist soeben in der Stadt eingetroffen. Vielleicht kann ich ihn dazu bewegen, einen Abend zur Schule rauszukommen.«

Sie verbrachten den größten Teil des Abends mit einer anregenden Diskussion über Kirchenpolitik. Peoples, der die Norbertiner schon recht früh verlassen hatte, um Diözesangeistlicher zu werden, maß dem kirchlichen Entscheidungsprozeß erhebliche Bedeutung zu, als hätte er wesentliche Auswirkungen auf die Weltpolitik. Für Wheeler, dessen Perspektive sich durch seine Besuche in den Weiten des Kosmos etwas verändert hatte, war die Machtstruktur der Kirche eher von geisterhafter Natur.

Plötzlich, etwa gegen 2:00 Uhr nachts, als eine zweite Flasche leer auf einem Beistelltisch stand, erkannte Wheeler, daß er gerne über Herkules reden wollte. Es hatte in dem Gespräch eine kleine Pause gegeben, und Peoples war durch die Glastür hinausgegangen, um Kaffee aufzusetzen. Wie die angrenzende Kirche war das Pfarrhaus Ende des neunzehnten Jahrhunderts erbaut worden. Seine mit reichen Schnitzereien verzierten Geländer sowie die mit Glastüren verschließbaren Bücherschränke wurden sorgfältig gepflegt. Zahlreiche Bände theologischer Standardwerke waren in ein Wandregal hinter dem Schreibtisch des Pastors gepackt worden, dazu Bücher über Kirchenfinanzen, mehrere Predigtsammlungen und eine Anzahl Dikkens-Romane, die jemand gestiftet hatte und die Peoples gerne offen zur Schau stellte. »Für die Zeit, wenn ich mich zur Ruhe setze«, erklärte er stets neugierigen Besuchern.

Wheeler folgte Peoples in die Küche. Er lud einen Teller mit Gebäck voll. »Jack«, sagte er, »irgend etwas ist bei Goddard im Gange. Das ist auch der eigentliche Grund, warum Rimford in D. C. ist.«

Er schilderte die Ereignisse der vergangenen Woche. Peoples, der oft als Resonanzkörper diente, an dem Wheeler verschiedene Spekulationen und oft auch weitergeholte Ideen testete, hörte geduldig zu. Dies war eine Rolle, die er liebte, und das darin enthaltene Kompliment an einen Pfarrgeistlichen, der in der Tradition des Thomas von Aquin lebte und wenig mehr gelten ließ. Diesmal jedoch fehlte die sonst übliche Kollektion obskurer Ideen und Konzepte. Die Tatsache des künstlichen Signals stand überdeutlich und unverrückbar im schwachen Licht der frühen Morgenstunden.

Wheeler beendete seinen Bericht mit seiner eigenen Meinung, nämlich, daß sie durch dieses Signal tatsächlich eine Botschaft von einer anderen Rasse bekommen hätten. »Wahrscheinlich schon längst tot und untergegangen. Aber nichtsdestoweniger waren sie bereits da, als wir die ersten Ziegel des Turmes von Babylon aufeinandersetzten.«

In der Stille, die dem Bericht folgte, erschien die elektrische Uhr auf dem Kühlschrank sehr laut. Peoples rührte seinen Kaffee um. »Wann werdet ihr damit an die Öffentlichkeit gehen? Wurde es heute abend schon in den Nachrichten erwähnt?«

Wheeler nahm ein Stück Gebäck. »Sie halten es so lange wie möglich zurück. Niemand möchte das Risiko eingehen, daß sich die ganze Behörde am Ende lächerlich macht. Daher wird es keine offiziellen Verlautbarungen geben, ehe man nicht genau weiß, was das Signal bedeutet.«

»Steht das denn in Frage?«

»Meiner Meinung nach nein.« Sie nahmen Gebäck und Kaffee und begaben sich wieder in Peoples' Büro.

»Ich frage mich, ob es draußen eine entscheidende Wirkung haben wird.« Der Pastor bezog sich auf die Welt außerhalb der Kirchentüren. »Es ist schwer vorauszusagen, wie die Menschen auf eine solche Neuigkeit reagieren werden.«

»Mein Gott, Jack, natürlich wird es Auswirkungen haben. Es bringt doch die Grundlagen des gesamtem christlichen Standpunktes ins Wanken!«

»Oh, das glaube ich nicht. Die Kirche hat schon lange gewußt, daß so etwas irgendwann geschehen würde. Wir sind darauf vorbereitet.«

»Tatsächlich? Wie denn?«

»Pete, wir verkünden seit zweitausend Jahren, daß das Universum von einem ewigen und allmächtigen Gott erschaffen wurde. Welche Bedeutung hat es da für uns, daß Gott außer der unseren auch noch andere Welten geschaffen hat?«

Wheeler starrte nachdenklich die in Leder gebundenen

theologischen Bücher an. »Für wen ist Jesus Christus gestorben?« fragte er plötzlich.

Peoples schleuderte seine Schuhe weg. Dies war die Art von Gespräch, die er liebte, obgleich er nur einer Handvoll Kollegen gestattete, ihn in eine solche Debatte zu verwickeln, die einen weniger Gläubigen als ihn sicherlich in Schwierigkeiten gebracht hätte. »Für die Kinder Adams«, sagte er vorsichtig. »Andere Gruppen werden ihre eigenen Glaubenssätze aufstellen müssen.«

»Ich frage mich, ob die Altheaner ihre Unschuld bewahrt haben.«

»Du meinst, daß sie niemals den Sündenfall erlebt haben? Keine Erbsünde? Das bezweifle ich.«

»Warum?«

Peoples schüttelte den Kopf. »Das kommt einem einfach unwahrscheinlich vor.«

»Du meinst also, daß Gott die Karten gezinkt hat?«

Peoples seufzte. »Okay«, sagte er. »Das ist möglich.«

»Meinst du, wir werden voneinander getrennt? Die gefallene Rasse von denen, die ihren unschuldigen Zustand bewahrt haben?«

»Mir kommt es so vor, als seien wir schon jetzt ziemlich geteilt.«

»Jack, ich will ganz ehrlich zu dir sein, ich finde dieses ganze Geschäft sehr unangenehm. Ich war immer überzeugt und habe geglaubt, daß wir alleine sind. Wahrscheinlich gibt es dort draußen Milliarden von terrestrischen Welten. Gibt man einmal eine zweite Schöpfung zu, dann muß man sich fragen, wo hört es auf? Bestimmt gibt es unter all diesen Sternen auch noch eine dritte Welt. Und eine Millionste. Wo endet das?«

»Na und? Gott ist allmächtig und ohne Ende. Vielleicht sind wir jetzt im Begriff, zu erfahren, was das wirklich heißt.«

»Vielleicht«, sagte Wheeler. »Aber wir sind auch dazu erzogen, die Kreuzigung als zentrales historisches Ereignis zu betrachten. Das höchste Opfer, von Gott selbst dargeboten in seiner Liebe zu der Kreatur, die er nach seinem Ebenbild geschaffen hat.«

»Und ...?«

»Wie können wir einen Gott ernst nehmen, der Seine Passion wiederholt? Der wieder und wieder stirbt, in unzähligen Variationen auf zahllosen Welten, überall in einem Universum, das an sich schon grenzenlos und unendlich ist?«

Nachdem Peoples erschöpft zu Bett gegangen war, wanderte Wheeler durch das Pfarrhaus, betrachtete die Buntglasfenster, blätterte in Büchern und stand für eine Weile draußen vor der Tür. Die nasse Straße glänzte von den Lichtreflexen eines Rexall Drugstores.

Die Kirche war in einem Stil erbaut, den Wheeler als Ohiogotik bezeichnete — kompakt, städtisch, rechteckig, ziegelfest. Die Fenster wurden von Lämmern und Tauben und knienden Frauen bevölkert. Das Pfarrhaus stand im rechten Winkel zum größeren Bauwerk. Zwischen den beiden Gebäuden befand sich ein eingezäuntes Stück Gras. Das Grab eines früheren Pastors befand ich in seiner Mitte, markiert durch ein roh behauenes Steinkreuz.

Die Wolken hatten sich verzogen, und eine Handvoll Sterne stand über dem Kirchturm. Der Himmel im Osten hinter den Lagerhäusern begann sich aufzuhellen.

Warum ist die Schöpfung so groß? SKYNET blickt etwa sechzehn Milliarden Lichtjahre weit hinaus, bis zur Roten Grenze, dem Rand des sichtbaren Universums. Aber es ist ein »Rand« nur in dem Sinne, daß noch nicht genug Zeit verstrichen ist, als daß Licht von jenseits dieser Linie die Erde hätte erreichen können. Es gibt gute Gründe, anzunehmen, daß ein Betrachter an dieser Roten Grenze in etwa den gleichen Sternenhimmel sieht, wie er sich über Virginia aufspannt. In gewissem Sinne, so dachte Wheeler, befindet sich auch Sankt Katharinen in diesem Augenblick am Rand eines für jemand anderen unsichtbaren Universums.

Wheeler kehrte wieder ins Haus zurück, verschloß die Tür und wanderte durch den Verbindungsgang in die Kirche und durch die Sakristei, aus der er in nächster Nähe der Kanzel wieder auftauchte.

Der Schein des ewigen Lichts fiel auf lange Reihen Kirchenbänke. Sicherheitslämpchen im hinteren Teil beleuchteten Weihwasserbecken und die Stationen des Kreuzwegs. Er konnte immer noch die abgewetzten Stellen auf dem Marmorfußboden sehen, wo damals, in den Tagen der tridentinischen Messe , die Figuren gestanden hatten. Der alte Marmoraltar war seitdem natürlich auch schon längst entfernt worden und durch den modernen Metzgerklotz ersetzt worden, der in allen bis auf die relativ neuen Kirchen zu Dekor und Architektur in einem schmerzhaften Gegensatz stand.

Er stieg durch das Altargitter nach draußen, machte eine Kniebeuge und setzte sich in die vorderste Kirchenbank.

Die Luft war schwer und süßlich und vom Geruch geschmolzenen Wachses erfüllt. Hoch oben hinter dem Altar in einem runden bunten Fenster saß Jesus an einem fließenden Bach.

Er war jetzt weit weg, eine gemalte Gestalt, ein Freund aus der Kindheit. Als Junge hatte Wheeler gelegentlich, im Überschwang seiner Jugend, um ein Zeichen gebeten, nicht um seinen Glauben zu erhalten, sondern als Ausdruck einer besonderen Gunst. Aber Jesus Christus war damals stumm geblieben, genau wie in diesem Moment. Wer war mit den zwölf Aposteln am Jordan entlanggewandert? Viel zu oft, dachte Wheeler, habe ich durch die Teleskope geschaut. Und ich habe nur Steine und die Lichtjahre gesehen.

O Herr, wenn ich an dir zweifle, dann wahrscheinlich nur, weil du dich so gut verbirgst.

Etwa zum gleichen Zeitpunkt war Linda Barrister im Operationszentrum damit beschäftigt, ein Kreuzworträtsel zu lösen. Sie war darin ziemlich gut, und es half ihr, verhältnismäßig wach zu bleiben, während ihr Körper nur nach Schlaf verlangte. Sie versuchte gerade, sich an den russischen Fluß mit sieben Buchstaben zu erinnern, als sie sich plötzlich bewußt wurde, daß sich etwas verändert hatte. Sie schaute auf die Uhr. Es war genau 4:30 Uhr morgens.

Der zusätzliche Überkopf-Monitor, der das TDRSS-Signal von Herkules X-3 übertrug, war stumm. Das Signal hatte aufgehört.

MONITOR

WO SIND SIE ALLE?

Kürzlich sprach Edward Gambini von der NASA beim jährlichen Astronomischen Symposium an der Universität von Minnesota über das Thema der inneren Mechanik von Sternen der Klasse K. Während seiner Ausführungen wandte er sich auch der Frage stabiler Biozonen zu, den vermutlichen Zeiträumen, die für die Entwicklung eines lebendigen Planeten nötig sind und schließlich (oder unausweichlich, wenn wir seiner Logik folgen) dem Auftreten einer technologisch ausgereiften Zivilisation.

Ich bin irgendwie verwirrt hinsichtlich der Verbindung zwischen Science fiction und der Mechanik eines Klasse K-Sterns. Es scheint, daß es heutzutage ganz gleich ist, wo Dr. Gambini sich aufhält, am Ende kommt er auf extraterrestrische Aliens zu sprechen. Zwei Wochen vor dem Vortrag in Minnesota war er in New York und redete bei einer Versammlung der Vereinigung Wissenschaftler gegen Atomwaffen, um Ausführungen zu neuen Friedensstrategien zu machen. Was die Wissenschaftler zu hören bekamen, war eine Aufforderung, uns in jeder Weise zurückzuhalten, damit wir der ›galaktischen Gemeinschaft‹ beitreten können, die wir eines Tages entdecken werden.

Ich kann mir weitaus dringlichere Gründe vorstellen, um das Rüstungswettrennen zu beenden.

Tatsache ist, daß jeder, der Dr. Gambini einlädt, eine Rede zu halten, damit rechnen kann, von Aliens zu hören.

Das alles kommt einem ein wenig seltsam vor, und es erscheint geradezu grotesk, wenn man begreift, das SKYNET, wozu Dr. Gambini uneingeschränkten Zugang hat, die Planetensysteme im Umkreis von hundert Lichtjahren recht genau untersucht und keinerlei Hinweis gefunden hat, der zu der Vermutung Anlaß geben könnte, daß dort draußen irgendwelches Leben existiert.

Viele Menschen haben daraus die Schlußfolgerung gezogen, daß wir tatsächlich als intelligente Rasse im Universum alleine sind. Es ist eine Position, die zu erschüttern jedem vernünftigen Menschen schwerfallen dürfte.

Es gibt sogar noch einen anderen wichtigen Gesichtspunkt. Wenn die Zivilisationen sich mit einiger Kontinuität entwickelten, wäre die Milchstraße nach den vergangenen mehreren Milliarden Lichtjahren von ihnen geradezu überlaufen. Es gäbe überall Touristen und Händler!

Sogar nur eine Zivilisation, wenn sie sich verhältnismäßig schwerfälliger Fahrzeuge für die interstellaren Reisen bedienen würde, einer Art von Raumschifff vielleicht, wie wir es voraussichtlich in einem Jahrhundert bauen können, würde bis jetzt jede bewohnbare Welt der Milchstraße und jenseits davon bevölkert haben. Wenn sie also wirklich dort draußen sind, warum haben wir sie bisher nicht gesehen?

Wo sind sie alle?

– Michael Pappadopoulis
The Philosophical Review, XXXVII,6

5 Harry hatte in Washington noch nie einen kälteren Oktober erlebt. Der Himmel färbte sich weiß, und eisige schneidende Winde drangen einem bis auf die Knochen. Die Temperatur fiel am ersten Tag des Monats unter den Gefrierpunkt. Harry freute sich natürlich: Die Pollen, die sich manchmal noch bis Weihnachten in der Luft hielten, wurden durch die Feuchtigkeit gebunden, und er hatte nun sieben angenehme Monate vor sich, ehe die Pappeln die nächste Runde eröffneten.

Es war auch der Monat, in dem Harry seinen Sohn aufgab. Er sah keine Möglichkeit, dem Jungen ohne Julie ein Zuhause zu bieten. Und diese Tatsache bedrückte ihn zutiefst, denn er wußte, daß Tommy erwartete, daß sein Vater entschlossener um ihn kämpfte.

Er spielte in einer Jugendbasketballliga mit anderen Dritt-und Viertklässlern. Harry kam immer, wenn er es einrichten konnte, und saß neben einer sich unbehaglich fühlenden Julie auf dem Turnhallenboden. Der Junge spielte gut, und Harry war stolz auf ihn. Aber am Ende flossen immer Tränen, und schließlich schlug Julie vor, daß sie einen Zeitplan ausarbeiteten, um sicherzugehen, daß nicht beide Eltern gleichzeitig anwesend waren.

Harry erklärte sich nur widerstrebend damit einverstanden.

Zu Hause klang die Gasheizung ziemlich sonderbar. Sie klapperte und klirrte und schien alle möglichen losen Teile zu verlieren. Er bestellte einen Handwerker, der sie reinigte, ihm fünfundsechzig Dollar in Rechnung stellte und verschwand. Danach funktionierte das Ding überhaupt nicht mehr.

Herkules X-3 blieb stumm, und die Hoffnung zerstob, daß auf die erste Sendung in kurzer Zeit ein zweites Signal folgen würde. Gegen Ende des Monats setzte sich Wheelers Vermutung durch, daß die Aliens in der Tat nicht mehr zu sagen hatten. Aber Stille, so hielt Gambini ihm entgegen, ist nicht der natürliche Zustand eines Pulsars.

Daher lauschten sie weiter.

Der zweite Donnerstag des November war ein trüber

Wintertag, der die letzten Laubblätter aus den Ulmen hinter der Operationsabteilung kämmte. Rosenbloom tauchte unangekündigt auf und bestellte Harry und Gambini ins Direktionsbüro, das er bei den wenigen Gelegenheiten benutzte, die er bei Goddard weilte. »Ich glaube, jetzt kommt für Sie beide der große Karrieresprung«, sagte er. »Der Präsident wird morgen nachmittag aus dem Weißen Haus eine Botschaft verlesen. Er möchte, daß Sie beide ebenfalls dort sind. Um drei Uhr.«

Da Rosenbloom nur selten bei Goddard war, roch es in dem Direktionsbüro eher nach Möbelpolitur als nach Zigarrenrauch. Er zündete sich eine an und nahm in einem Sessel unter einer Kohlezeichnung von Stonehenge Platz. »Ed«, sagte er, »Sie werden wahrscheinlich gebeten, einige Worte zu sagen. Die Reporter wollen auf jeden Fall mit Ihnen reden. Sie sollten sich jetzt schon überlegen, was Sie von sich geben wollen. Ich schlage vor, Sie erwähnen unter anderem auch einige direkte Vorteile, die wir aus dem Herkules-Kontakt und aus der dabei verwendeten Technologie gewinnen. Wahrscheinlich spielt das bis in die Laserchirurgie und die Faseroptik hinein. Sie wissen ja, genauso wie wir auch das Raumfahrtprogramm immer verkauft haben. Erkundigen Sie sich.« Seine Freude war gepaart mit einem gewissen Grad von Wachsamkeit. »Unter keinen Umständen erwähnen wir die Möglichkeit eines weiteren Signals. Ich möchte es gerne dabei belassen, daß wir Hinweise auf eine gewisse technische Entwicklung aufgeschnappt haben, und das in sehr großer Entfernung. Das müssen Sie besonders hervorheben. Wir sollten den Eindruck erwecken, daß es jetzt vorbei ist und daß wir nun wissen, daß wir vermutlich nicht alleine sind. Und mehr nicht. Erklären Sie, daß alles weitere reine Spekulation ist.«

»Was wird der Präsident sagen?« fragte Gambini. Sein Mund war eine ärgerlich verkniffene Linie.

»Was will Gott uns damit zeigen? Sie kennen das doch. Es ist doch immer das Gleiche. Ich bin überzeugt, daß gerade jetzt, in diesem Augenblick, seine Leute dabei sind, einige Bibelzitate herauszusuchen, damit er sie wirkungsvoll einstreuen kann.«

Gambini faltete seine Hände auf dem Bauch. »Eigentlich sollte das Ganze ja eine tolle Show sein. Aber wenn Ihnen alles so gleichgültig ist, Quint, dann denke ich, daß ich auf einen Auftritt verzichte. Zum einen bin ich nicht besonders stolz darauf, daß wir das Ganze nun seit zwei Monaten geheimhalten. Einige Leute dort draußen werden sich ganz schön über uns ärgern, und ich möchte mich nicht allzu deutlich in der Öffentlichkeit zeigen.«

Rosenbloom unterdrücke seine erste Reaktion und bemühte sich statt dessen um eine verständnisvolle Miene. »Ich verstehe Ihre Gefühle, Ed. Nichtsdestotrotz ist das eine Einladung, die wir nicht so einfach abschlagen können.« Er wandte sich zu Harry um, als sei die Angelegenheit damit erledigt. »Ich glaube nicht, daß die mehr von Ihnen erwarten als einen artigen Diener. Aber auch Sie werden sich mit den Reportern auseinandersetzen müssen, Harry.«

»Ich bin ein Administrator, ein Verwaltungsspezialist. Sie werden von mir keine technischen Einzelheiten erwarten.«

»Zeitungsheinis können nicht lesen. Sie wissen, daß Sie zur Agentur gehören, und das reicht ihnen. Die gleichen Verhaltensmaßregeln wie bei Ed, okay? Keine Spekulationen. Übrigens sollten wir die Idee mit der künstlichen Sonne gar nicht erwähnen. Reden wir lieber über die enormen Entfernungen zwischen ihnen und uns. Vielleicht fällt ihnen so ein schöner Vergleich ein, wo die Erde eine Orange ist und die Aliens sich irgendwo in Europa oder gar auf dem Mond aufhalten. Okay?«

»Jemand«, sagte Harry, »wird wissen wollen, warum wir mit der Bekanntgabe so lange gewartet haben. Wie lautet unsere Antwort?«

»Sagen Sie ihnen die Wahrheit. Daß wir tatsächlich unseren Instrumenten nicht getraut haben. Wir wollten ganz sichergehen, ehe wir irgend etwas veröffentlichen. Niemand kann uns daraus einen Vorwurf machen.«

»In diesem Fall«, sagte Gambini, »stellen Sie sich doch dorthin.«

»Das habe ich auch vor.«

Nachdem sie das Direktionsbüro verlassen hatten, schimpfte Gambini lauthals über die ihm zugewiesene Rolle bei der Pressekonferenz. »Spiel das Spiel mit«, riet Harry ihm. »Du bekommst sonst die größten Schwierigkeiten. Versuch, das Beste daraus zu machen. Und in der Zwischenzeit hoffe ich, daß niemand einen musikalischen Stern entdeckt, der Exponentialfolgen sendet.«

Leslie Davis kam an diesem Nachmittag von Philadelphia herüber. Sie schien von den Vorgängen mehr fasziniert zu sein als die Forscher, und sie gab Harry gegenüber zu, daß sie jede Ausrede benutzte, die ihr einfiel, um das Herkules-Projekt aufzusuchen. »Hier wird bald einiges passieren«, sagte sie erwartungsvoll. »Ed hat recht: Wenn nicht irgend etwas im Busch wäre, dann hätte der Pulsar längst wieder seine normale Funktätigkeit aufgenommen.«

Sie lud ihn zum Abendessen ein, und Harry nahm die Einladung dankbar an. Die einzigen anderen Angehörigen des Teams, die regelmäßig alleine aßen, waren Wheeler und Gambini. Aber der Priester war wieder nach Princeton zurückgekehrt, und Gambini schien wenig Sehnsucht nach Gesellschaft zu haben.

Auf Harrys Vorschlag hin ersparten sie sich das Red Limit und fuhren statt dessen zum Coachman in College Park, wo die Atmosphäre etwas exotischer war. »Leslie«, sagte er, nachdem sie an einem Tisch Platz genommen hatten, »ich verstehe gar nicht, warum Sie sich so sehr für alles interessieren. Ich hätte angenommen, daß es einem Psychologen eigentlich ziemlich gleichgültig ist, was hier vorgeht.«

»Und warum?« fragte sie und runzelte die Stirn.

»Es ist doch gar nicht Ihr Gebiet.«

Sie lächelte: es war eine eher tiefgründige Reaktion, reserviert, beiläufig, amüsiert. »Wessen Gebiet ist es?« Als

Harry keine Antwort gab, fuhr sie fort: »Ich weiß nicht, ob einer dieser Leute die Möglichkeit hat, Erkenntnisse zutage zu fördern wie ich. Für Ed und Pete Wheeler und den Rest ist das Projekt nur von philosophischem Interesse. Ich hätte nicht ›nur‹ sagen sollen, glaube ich, denn ich bin philosophisch mindestens genauso damit verhaftet wie jeder andere.

Aber ich bin vielleicht die einzige Person mit einem professionellen Anliegen. Sehen Sie, wenn es wirklich Altheaner gibt, dann können sie für einen Astronomen oder einen Mathematiker nur von akademischem Interesse sein. Ihre Spezialgebiete haben keine direkte Verbindung zum Problem des denkenden Wesens. Das ist mein Gebiet, Harry. Wenn es eine zweite Sendung gibt, wenn wir etwas hereinbekommen, das wir lesen oder sonstwie deuten können, dann gewinne ich einen ersten Blick in eine nichtmenschliche Psyche. Haben Sie eine Vorstellung, was das bedeutet?«

»Nein«, sagte Harry. »Keine Ahnung.«

»Es ist vielleicht sogar wichtiger, als etwas über die Altheaner zu erfahren: Wir bekommen Hinweise auf bestimmte Qualitäten, die charakteristisch sind für intelligente Wesen im Gegensatz zu denen, die kulturell entstehen und verinnerlicht werden. Zum Beispiel, sind die Altheaner eine Jägerrasse? Haben sie so etwas wie einen Moralkodex? Bilden sie größere politische Gruppen?« Sie legte den Kopf leicht schief. »Nun, ich glaube, diese Frage können wir längst beantworten. Ohne eine irgendwie geartete politische Organisation wären keine größer dimensionierten technischen Projekte durchführbar. Am Ende erfahren wir vielleicht nicht so viel über die Altheaner, sondern wir erfahren eine Menge über uns selbst.«

Harry hatte mittlerweile die unangenehme Angewohnheit, jede Frau, die er traf, mit Julie zu vergleichen. Obgleich Leslie nicht unattraktiv war, fehlte ihr die natürliche Sinnlichkeit seiner Frau. Es ging nicht nur darum, so erkannte er, daß er ein normales Wesen neben Julies klassische Züge stellte. Da war auch noch die Tatsache, daß

Leslie weitaus zugänglicher war. Freundlicher. Und auch das sprach – seltsamerweise – gegen sie. Wie war diese Reaktion zu deuten, wenn man von der Andersartigkeit der menschlichen Natur sprach? »Wußten Sie«, fragte er, »daß das Weiße Haus morgen eine Verlautbarung herausgeben wird?«

»Ed hat es mir erzählt. Ich werde mich in eine Bar in Arlington setzen und die Reaktion der Gäste beobachten und mir dazu Notizen machen.«

»Leslie, wenn sie ein weiteres Signal senden wollen, warum warten sie dann so lange?«

Sie zuckte die Achseln. »Vielleicht haben wir es nur mit einem Computer zu tun, und das Band ist zu Ende, oder der Bandleser ist durchgebrannt. Ich sage Ihnen eins: Wenn wir kein weiteres Signal auffangen, dann werden Sie mit Ed echte Probleme bekommen.« Sie trank den Rest ihres Manhattan. »Wie wäre es mit einer weiteren Runde Drinks?«

Harry winkte dem Kellner.

»Wie gut kennen Sie Ed?« fragte sie.

»Ich arbeite schon lange mit ihm zusammen.«

»Er lebt am Rand des Herzinfarkts. Tut er denn nichts anderes, als nur durch Teleskope zu starren?«

Harry schüttelte den Kopf. »Ich glaube nicht. Vor Jahren, als ich ihn kennenlernte, fuhr er schon mal nach Kanada auf die Jagd. Aber das langweilte ihn mit der Zeit. Eigentlich fällt es einem auch schwer, ihn sich auf der Bowlingbahn oder auf einem Golfplatz vorzustellen.«

»Das ist sehr traurig«, sagte sie, und ein ferner Ausdruck trat in ihre Augen. »Er ist so sehr davon besessen, das Räderwerk des Kosmos zu entschlüsseln, daß er schon keinen Sonnenaufgang mehr sieht. Rimford ist nicht so. Pete auch nicht. Ich wünschte, er würde sich von denen etwas abschauen.«

Weder Harry noch Gambini hatten vorher dienstlich im Weißen Haus zu tun gehabt. (Gambini scheute sich sogar nicht einmal zuzugeben, daß er, obwohl er einen großen Teil seines Erwachsenenlebens in Washington zugebracht hatte, noch nie das Gebäude von innen gesehen hatte.) Sie betraten es, wie angewiesen, durch den Verbindungstunnel vom Finanzministerium aus und wurden in ein Büro geführt, wo sie Rosenbloom vorfanden sowie einen wichtigtuerischen, energiegeladenen Mann, in dem Harry Abraham Chilton erkannte, den Pressesprecher der Regierung.

Chilton war ein sehr populärer konservativer Rundfunk- und Fernsehkommentator gewesen, ehe er zur Regierung gekommen war. Er hatte eine Stimme, scharf wie ein Peitschenknall, und besaß Fähigkeiten als Debattierer, die ihm bei seinen ständigen Auseinandersetzungen mit den Journalisten zugute kamen. Er schaute betont auffällig auf die Uhr, als Gambini und Harry hereinkamen. »Ich würde es begrüßen, meine Herren, wenn Sie sich in Zukunft immer pünktlich einfinden würden.«

»Uns wurde etwas von drei Uhr gesagt«, verteidigte Gambini sich.

»Die Pressekonferenz beginnt um drei. Wir fangen schon um zwei an, jedenfalls versuchen wir es.« Rosenbloom sah aus, als fühlte er sich nicht wohl. »Wer ist Gambini?«

Der Physiker nickte kühl.

»Der Präsident wird Sie bitten, einige Worte zu sagen.« Der Pressesprecher griff in einen Aktenkoffer und holte einen einzigen Bogen Papier hervor. »Wir möchten gerne, daß Sie sich an diesen Text halten. Und geben Sie sich etwas Mühe, damit es spontan klingt.« Er brachte Harry mit einem plötzlichen lakonischen Grinsen, das andeutete, niemand solle das Ganze zu ernst nehmen, kurzfristig aus dem Konzept. Aber genauso schnell, wie Harry diese Miene interpretierte, so schnell hatte sie sich schon wieder verändert.

»Sie drei werden in der ersten Reihe sitzen, wenn der Präsident eintritt. Er wird eine Ansprache halten. Dann wird er jeden von Ihnen vorstellen und Sie beide aufs Podium bitten.« Er wies auf Rosenbloom und Gambini. »Dr. Gambini, Sie werden Ihren Text sprechen und dann auf Ihren Platz zurückkehren. Danach wird der Präsident Fragen beantworten. Nach dreißig Minuten machen wir Schluß. Wenn Ed Young seine Frage stellt, schließen wir. Young ist ein kleiner Bursche mit blonden Haaren, allerdings sind sie fast schon alle ausgefallen. Er wird gleich hinter Dr. Rosenbloom sitzen. Nachdem der Präsident gegangen ist, werden Sie sich einer Lawine von Fragen ausgesetzt sehen. Wir hatten überlegt, sie gleich wieder hinauszubringen, um Ihnen das zu ersparen, aber es hat keinen Sinn: Sie sind hinter Ihnen her, wo immer sie sich aufhalten, daher können wir das ganze Spektakel auch jetzt schon hinter uns bringen. Ist noch irgend etwas unklar? Okay. Viel Zeit haben wir nicht mehr. Gehen wir mal kurz durch, was die Reporter voraussichtlich fragen werden.«

Präsident John W. Hurley trat lächelnd durch den Vorhang und nahm seinen Platz hinter dem Rednerpult mit seinem Wappen ein. Eine Flipchart stand rechts neben ihm. Er war der kleinste Präsident der neueren Geschichte und infolgedessen ein ständiges Ziel für Witze. Karikaturisten stellten ihn am liebsten dar, wie er sich mit Washington, Lincoln oder Wilson beriet. Aber er reagierte humorvoll, lachte selbst über die Witze und erzählte sogar selbst einige. Sein Mangel an Körpergröße, gewöhnlich ein Handicap bei größerem politischem Ehrgeiz, wurde zu einem Symbol für den einfachen Mann auf der Straße. Hurley war der Präsident, mit dem alle sich identifizierten.

Etwa zweihundert Menschen waren in den kleinen Saal gepfercht. Fernsehkameras rollten auf dem Mittelgang auf und ab, während der Präsident sich für den Applaus bedankte, Harry in der ersten Reihe direkt anschaute und lächelte. »Meine Damen und Herren«, sagte er, »ich weiß, daß Sie alle die Wirtschaftszahlen gesehen haben, die heute bekannt geworden sind, und Sie erwarten wahrscheinlich, daß ich heute nachmittag ein wenig herumprahle. Die Wahrheit ist, daß ich dieses Thema nicht ansprechen werde.« Gelächter erfüllte den Raum. Obwohl die Anschauungen des Präsidenten meistens konservativer als die der meisten Mitglieder des Pressecorps waren, war er trotzdem bei ihnen recht beliebt.

Er blickte mit einem plötzlich ernsten Ausdruck auf sein Publikum herab. Eine der Fernsehkameras fuhr auf ihn zu. »Meine Damen und Herren, ich habe eine sehr bedeutsame Mitteilung zu machen.«

Er hielt inne und schaute direkt in die Kameras. »Am Morgen des Sonntags, des 17. September, kurz vor Anbruch der Morgendämmerung, empfingen die Vereinigten Staaten ein Signal extraterrestrischen Ursprungs.« Harry, der natürlich wußte, was nun kam, war verblüfft über die plötzliche atemlose Stille in dem dicht besetzten Raum. »Die Sendung kam aus einer kleinen Sternengruppe außerhalb unserer eigenen Milchstraße. Sie befindet sich im Sternbild Herkules und ist außerordentlich weit von der Erde entfernt, zu weit, um einen Dialog auch nur in den Bereich des Möglichen zu rücken. Die NASA schätzt, daß die Signale in unsere Richtung vor anderthalb Millionen Jahren abgestrahlt wurden.«

Stühle scharrten, aber trotzdem, bis auf einige erregte Zwischenrufe, hielt das Pressecorps die Luft an.

»Es gab keine Botschaft: Die Ausstrahlung war lediglich eine mathematische Folge, die sich eindeutig interpretieren läßt.

Ich sollte den Augenblick nutzen, darauf hinzuweisen, daß dies Ergebnis unserer Untersuchungen ohne den Einsatz von SKYNET nicht möglich gewesen wäre.

Wir überwachen die Sternengruppe weiterhin, jedoch schweigt sie seit einigen Wochen, und wir erwarten nicht, noch mehr von ihr zu hören.« Er hielt inne; als er wieder ansetzte, zitterte seine Stimme vor Ergriffenheit. »Wir wissen eigentlich überhaupt nichts über die, welche uns von ihrer Existenz in Kenntnis gesetzt haben. Wir können nicht einmal mehr hoffen, jemals mit ihnen zu reden. Ich habe erfahren, daß ihre Sternengruppe sich mit einer Geschwindigkeit von achtzig Meilen pro Sekunde von uns entfernt.

Es ist traurig, daß diese ... Wesen ... uns nichts über sich mitteilen konnten. Aber sie haben uns etwas über das Universum verraten, in dem wir leben. Wir wissen jetzt, daß wir nicht alleine sind.«

Noch immer herrschte beinahe reglose Stille. »Zwei der Männer, die für die Entdeckung verantwortlich sind, haben sich heute abend hier eingefunden«, fuhr der Präsident fort. »Ich möchte, daß sie mir jetzt helfen, um die technischen Fragen zu beantworten. die Sie vielleicht haben. Dr. Quinton Rosenbloom, Direktor des Raumflugzentrums bei Goddard, und Dr. Ed Gambini, der die Forschungsgruppe leitet.« Einige begannen zu klatschen, und das brach den Bann. Donnernder Applaus erfüllte den Saal. Harry, der erwartet hatte, mit den anderen vorgestellt zu werden, war sowohl erleichtert wie auch enttäuscht, daß er übergangen worden war.

Rosenbloom schlug die erste Seite der Flipchart um und hielt einen kurzen Vortrag über Pulsare, indem er eine Reihe von Illustrationen verwendete, die er am Nachmittag nach Harrys Empfehlungen zusammengesucht hatte. Er beschrieb das System Altheis, erwähnte die Entfernungen und verglich etwas unbeholfen den Vorgang mit Schiffen, die unerkannt bei Nacht aneinander vorbeiziehen.

Gambini schilderte kurz seine Reaktion am ersten Abend. Er hielt sich an die Empfehlungen des Weißen Hauses, doch er war ganz eindeutig verärgert. Es sei, so sagte er, eine religiöse Erfahrung gewesen: zu erkennen, daß irgend etwas dort draußen war. »Der Geist, der die Herkules-Ausstrahlung gesendet hat«, sagte er, »erkannte, daß keine bewohnbare Welt im Umkreis von weniger als einer Million Lichtjahre existiert. Und so brauchte er einen Sender von unermeßlicher Energie. Er brauchte einen Stern.«

Als er geendet hatte, stellten die Presseleute Fragen.

Ein politischer Kolumnist der *Washington Post* bezog sich

auf Beta und fragte, wie ein Objekt von wenigen Kilometern Durchmesser einen derart zerstörerischen Effekt auf einen Stern ausüben kann, der so viel größer ist als die Sonne. Gambini versuchte, seine Dichte zu beschreiben, und der Präsident, der seinen Hang zu bildhaften Vergleichen bewies, meinte, der Zeitungsmann solle es sich als eiserne Sonne vorstellen. »Ja«, pflichtete Gambini ihm zufrieden bei. »Obgleich Eisen dem Ding niemals gerecht würde. Eine Zündholzschachtel von diesem Stoff würde mehr wiegen als ganz Nordamerika.«

Ein Reporter vom *Wall Street Journal:* »Wenn das Signal anderthalb Millionen Jahre brauchte. um hierher zu gelangen, dann müssen die Sender doch eigentlich längst tot sein. Können Sie dazu etwas sagen?«

Rosenbloom verkündete seine Meinung, daß die Althéaner mittlerweile zweifellos untergegangen seien.

Ein Journalist wollte wissen, ob es nicht möglich wäre, daß einer dieser Aliens in der fernen Vergangenheit vielleicht die Erde besucht hatte?

»Nein«, sagte Gambini. der nicht verbergen konnte, daß er die Frage unterhaltsam und belustigend fand. »Ich denke, wir können mit einiger Sicherheit sagen, daß sie noch niemals näher bei uns waren als jetzt.«

»Gibt es demnach keine militärische Bedrohung?« fragte ein Reporter der *Chicago Tribune.*

Der Präsident lachte und beruhigte die Anwesenden.

»Haben wir irgendeine Vorstellung, wie sie aussehen?«

»Haben sie einen Namen?«

»Wohin sind sie jetzt unterwegs?« Und die letzte Frage kam von einer ABC-Korrespondentin, einer jungen farbigen Frau mit einem bezaubernden Lächeln. »Und ist Alpha nicht geradezu prädestiniert, jeden Augenblick zu explodieren?«

Gambini war beeindruckt. »Sie sind unterwegs zu Kugelhaufen NGC6341, aber der wird schon nicht mehr da sein, wenn sie dort eintreffen.« Um den zweiten Teil der Frage zu beantworten, beschrieb er eine Reihe H-R-Diagramme und die Entwicklung der Sterne, wobei der Präsident ihn sanft unterbrach und verkündete, daß Gambini vielleicht in die Erklärung der Details einsteigen wolle für jene, deren Interesse immer noch wach war, nachdem die allgemeine Versammlung beendet sei.

Der Präsident hörte seine letzte Frage von Ed Young von der PBS: »Sir, sehen Sie irgendeine Auswirkung auf internationale Spannungen als Folge dieses Ereignisses?«

Hurley reagierte geschickt. »Ed«, meinte er, »es ist doch schon seit Jahren allgemein bekannt, daß technologisch hochentwickelte Zivilisationen zur Selbstvernichtung neigen und daß wir damit rechnen können, uns irgendwann in nächster Zukunft selbst in die Luft zu jagen, und daß nichts das verhindern kann. Wenigstens können wir versichert sein, daß dies nicht notwendigerweise passieren muß. Nun, da wir wissen, daß ein Überleben möglich ist, können wir uns vielleicht ernsthaft darum bemühen, einen Weg zu finden, wie das zu schaffen ist.« Er wandte sich um, winkte seinem Publikum noch einmal zu, schüttelte ein paar Hände und zog sich zurück.

Harry schloß die Haustür auf, stellte seinen Aktenkoffer auf den Fußboden, warf seinen Mantel über die Sofalehne und knipste eine Lampe an. Er ließ sich in einen Sessel sinken und griff nach der TV-Fernbedienung. Das Haus war voller Geräusche: eine Uhr im oberen Stockwerk, der Kühlschrank, das Summen des elektrischen Stroms in den Wänden.

Ein Plastikbriefbeschwerer mit der Inschrift »Hier arbeitet SUPERMAN«, den Tommy ihm einmal zu Weihnachten geschenkt hatte, lag auf seinem Schreibtisch.

Sein Eindruck, daß Gambini bei der Pressekonferenz eine gute Figur gemacht hatte, wurde durch die Nachrichtensendung bestätigt. Der Physiker, der Ernsthaftigkeit und Kompetenz ausstrahlte, war eine graue Gestalt neben dem Showman, den der Präsident hervorkehrte, doch gelegentlich lief er zur Höchstform auf. Und jedem, der den Projektmanager kannte, konnte die Nachdenklichkeit nicht entgehen, mit der er auf die Fragen nach der fünfzigtägigen Schweigeperiode reagierte.

Rosenbloom hingegen war so schlimm wie noch nie. Harry gewann den Eindruck, daß der Direktor unter Lampenfieber litt. Ganz gleich, woran es lag, der Charme, zu dem er normalerweise fähig war, fehlte völlig. Er klang verärgert, arrogant, prahlerisch. Was soviel heißt, daß seine eher negativen Qualitäten sich durchsetzten und seinen Auftritt bestimmten.

Die Nachrichten selbst waren zurückhaltend, wenn man das Sensationelle der ganzen Geschichte betrachtete. Holden Bennett bei CBS begann mit einer simplen Erklärung: »Wir sind nicht länger alleine.« Fast die gesamte dreißigminütige Sendung gehörte der Pressekonferenz mit anschließendem Hinweis auf eine Sondersendung um neun Uhr. Dann folgten kurze Aufnahmen vom Raumzentrum und den Forschungslabors.

Im Fernsehen kamen auch Bilder vom langsam dahinkriechenden Verkehr auf der Greenbelt Road, als die Leute, die im Laufe des Tages die Nachrichten gehört hatten, einen Blick auf das Raumzentrum erhaschen wollten. Und dank der kahlen Bäume war das Labor vom Highway aus tatsächlich zu sehen.

Einzelinterviews auf den Straßen enthüllten ein gemischtes Interesse. Einige Leute reagierten aufgeregt, doch viele glaubten, daß die Nation viel zu viel Geld für Projekte vergeudete, die keinen direkten Nutzen für jeden erbrachten, und das zu einer Zeit, in der den Steuerzahlern wahre Rekordsummen abgefordert wurden.

Es gab keinerlei Hinweis darauf, daß irgend jemand nervös war.

Berichte aus Paris, London, Brüssel und anderen Hauptstädten erbrachten die Erkenntnis, daß die Menschen in Europa nicht sonderlich erschüttert waren.

Tass machte den Vereinigten Staaten Vorwürfe, weil sie die Information so lange zurückgehalten hatten, und argumentierte, daß es sich schließlich um ein Ereignis größter Wichtigkeit für alle Staaten handelte. Die Russen fragten sich, was die amerikanische Regierung sonst wohl noch für sich behielt.

Während des Berichtes aus Moskau klingelte das Telefon. »Mr. Carmichael?« Die Stimme klang angenehm und kam ihm irgendwie bekannt vor.

»Ja?«

»Eddie Simpson. Wir hätten Sie gerne morgen in unserer Show ...«

Harry hörte höflich zu, dann erklärte er, er habe im Augenblick zuviel zu tun. Eine zweite Einladung erfolgte fünfzehn Minuten später, und danach klingelte das Telefon in einem fort. Um halb neun erschien ein Fernsehnachrichten-Team, angeführt von Addison McCutcheon, einem energischen Moderator aus Baltimore. Harry, der zu erschöpft war, um sich mit ihnen auf eine Diskussion einzulassen, verweigerte ihnen den Eintritt, ließ sich aber auf der Haustreppe interviewen.

»Es gibt nicht mehr zu sagen«, protestierte er. »Sie wissen genausoviel wie ich. Außerdem bin ich keiner der Forscher. Ich fülle nur die Gehaltsschecks aus.«

»Wie steht es mit dem Vorwurf«, fragte McCutcheon vielsagend, »der heute abend von Pappadopoulis geäußert wurde, daß die Regierung die Sache geheimgehalten hatte in der Hoffnung, sich militärische Vorteile zu verschaffen?«

Harry hörte das zum ersten Mal. »Wer ist Pappadopoulis?«

McCutcheons Stimme bekam einen vertraulichen Klang. »Er errang vor ein paar Jahren den Pulitzerpreis für ein Buch über Bertrand Russell. Er ist außerdem der Vorsitzende der philosophischen Abteilung in Cambridge, und er hat früher an diesem Abend einige sehr unfreundliche Dinge über Sie gesagt.«

»Über mich?«

»Nun, nicht über Sie direkt, sondern eher über die Art und Weise, wie Goddard Politiker beeinflußte. Möchten Sie dazu etwas sagen?«

Harry war sich der Kameras und der Scheinwerfer unangenehm bewußt. Er hörte, wie auf der anderen Straßenseite eine Tür geöffnet wurde, und er hatte das Gefühl, daß sich am Fuß seiner Auffahrt eine Menge Neugieriger ansammelte. »Nein«, sagte er. »Pappadopoiulis soll seine Meining verfechten. Aber es gab niemals einen Punkt, wo irgend jemand über die Möglichkeit einer militärischen Nutzung gesprochen hätte.« Dann, indem er sich murmelnd entschuldigte, ging er ins Haus und schloß die Tür hinter sich.

Das Telefon klingelte.

Es war Phil Cavanaugh, ein Astronom, der gelegentlich bei Goddard gearbeitet hatte. Er schäumte vor Wut. »Ich kann verstehen, daß Sie keine Interpretationen bekanntgeben wollten, Harry«, sagte er mit bebender Stimme, »aber die Tatsache, die Information über das aufgefangene Signal so lange zurückzuhalten, war unverzeihlich. Ich weiß, daß es nicht Ihre Entscheidung war, aber ich wünschte, daß irgendeiner dort – Sie, Gambini, irgend jemand – den Mut hätte, Hurley unmißverständlich klarzumachen, welches die Aufgaben und die Verantwortung der NASA sind!«

Später rief Gambini an. »Ich bin in einem Motel«, sagte er. »Und danach zu urteilen, wie schwer es ist, dich ans Telefon zu bekommen, denke ich, daß du die gleichen Probleme hast wie ich. Ich glaube, ich werde von jeder wichtigen wissenschaftlichen Persönlichkeit des Landes verfolgt. Sogar die Philosophen und die Theologen sind hinter mir her.« Sein Schnauben verwandelte sich kurz in ein Kichern. »Ich habe sie alle an Rosenbloom verwiesen.

Hörst du, Harry, ich wollte dich nur wissen lassen, wo ich bin, falls irgend etwas Wichtiges geschieht.«

Um Viertel vor neun rief Julie an. »Harry, ich habe die Nachrichten gesehen.« Ihre Stimme klang unsicher, tastend, und er wußte, daß dies für sie ein sehr heikler Anruf war. »Ich freue mich so für dich«, sagte sie. »Herzlichen Glückwunsch.«

»Danke.« Harry gab sich alle Mühe, nicht zu feindselig zu klingen.

»Sie machen dich bestimmt zum Direktor.«

»Ich nehme es an.«

Harry konnte weitere Lichter in der Auffahrt sehen. »Tommy möchte mit dir reden«, sagte sie.

»Gib ihn mir.« Es klopfte an der Tür.

»Dad.« Die Stimme des Jungen zitterte vor Aufregung. »Ich hab dich im Fernsehen gesehen.«

Harry lachte, und der Junge kicherte, und Harry spürte die Anspannung durch das Telefon. Sie unterhielten sich über die Altheaner und Tommys Basketballmannschaft. »Wir haben morgen früh ein Spiel«, sagte er.

Als sie wieder an den Apparat kam, war Julie irgendwie bedrückt. »Deine Arbeit ist ja im Augenblick ziemlich aufregend«, sagte sie.

»Ja.« Harry schaffte es nicht, eine gewisse Reserviertheit aus seiner Stimme zu verdrängen, dabei wünschte er sich nichts mehr, als völlig natürlich zu klingen. »So etwas habe ich noch nie erlebt.«

»Nun«, meinte sie nach langem Zögern, »ich wollte nur hallo sagen.«

»Okay.« Das Klopfen an der Tür wurde drängender.

»Es klingt, als bekämst du Besuch.«

»So war es schon den ganzen Abend. Fernsehleute und Reporter. Vor dem Haus haben sie sich aufgebaut. Gambini hat die gleichen Probleme. Er hat sich in irgendeinem Motel verkrochen.«

»Das solltest du auch tun, Harry.«

Er hielt inne, hielt den Atem an und spürte, wie sein Puls sich beschleunigte. »Ich mag keine Motels.« Die Worte kamen gepreßt heraus. »Hör mal, ich muß an die Tür. Die Leute draußen spielen sonst verrückt.«

»Warum schließt du nicht einfach ab und verschwindest? Im Ernst, Harry.«

Er hörte die Einladung in ihrer Stimme, doch er vertraute seinem Urteil nicht mehr, soweit es sie betraf. »Julie«, sagte er, »ich denke, eine kleine Feier ist ganz in Ordnung. Würdest du mir bei einem Drink Gesellschaft leisten?«

»Harry, das würde ich gerne, wirklich ...« Sie klang

zweifelnd, und er begriff, daß sie noch einmal gebeten werden wollte. Aber, bei Gott, das wollte er nicht!

»Keine Verpflichtungen«, sagte er schließlich. Das Atmen fiel ihm schwer. »Es ist viel passiert, und ich muß mal mit jemandem reden.«

Sie lachte, ein helles, freudiges Lachen, das er aus besseren Tagen so gut kannte. »Okay«, sagte sie. »Ein einmaliges Gastspiel. Wo wollen wir hin?«

»Überlaß das mir«, sagte er. »Ich hol dich in einer Stunde ab.«

Er hatte Schwierigkeiten, zu Wheeler durchzukommen, der offenbar an diesem Abend genauso mit Anrufen belagert wurde. Am Ende mußte er einen gemeinsamen Freund in Princeton anrufen und ihn bitten, zur Wohnung des Priesters zu gehen. Als der Norbertiner zurückrief, erklärte Harry, was er wollte.

»Gehen Sie nicht ans Telefon«, sagte Wheeler. »Ich bereite alles vor und melde mich wieder bei Ihnen. Es dürfte nur ein paar Minuten dauern. Ich lasse einmal klingeln und rufe dann erneut an.«

Harry nutzte die Zeit, um sich zu duschen und umzuziehen. das Telefon klingelte mehrere Male. Aber Harry hob nicht ab, bis er Wheelers Zeichen hörte. »Es ist okay«, sagte der Priester. »Hinter dem Haus gibt es zwei Regenrinnen. Ich lege den Schlüssel in die südliche. Sie müssen aber eigene Handtücher und Bettwäsche mitbringen. Das Frühstück finden Sie im Kühlschrank.«

»Pete, dafür bin ich Ihnen etwas schuldig.«

»Sicher. Viel Glück.«

Harry achtete darauf, daß er sich einige Minuten verspätete. Ellen öffnete die Tür und fragte mit ernster Stimme nach seinem Wohlergehen, was signalisierte, daß auch sie große Hoffnungen in diesen Abend setzte.

Julie: sie kam von der Rückseite des Hauses herein, bekleidet mit einer weißen und grünen Kombination. Sie hatte anderen Leuten gegenüber oft scherzhaft erwähnt, daß sie Harry nur geheiratet hatte, weil sie sich neben ihm nach ihrem Geschmack anziehen konnte.

In diesem Augenblick, hin und her gerissen zwischen Unsicherheit und Bedauern, war sie unglaublich schön. Ihre Lippen preßten sich in einem Anflug von Verwirrtheit zusammen, dann entspannten sie sich zu einem befreiten Lächeln. »Hallo, Harry«, sagte sie.

Auf dem Highway unterhielten sie sich angeregt. Es war, als seien sie wieder die besten Freunde, die sich mit einem gemeinsamen Problem auseinandersetzen müssen. Die Aura aus Angespanntheit und Ärger, die die Wochen seit ihrem Auszug vergiftet hatte, war verflogen. (Obgleich Harry wußte, daß sie zurückkäme, sobald dieses Intermezzo zu Ende war.)

»Bei Ellen zu wohnen ist nicht übel«, sagte sie. »Aber ich ziehe es doch vor, für mich zu sein.«

»Ich schlafe meistens im Büro«, gab Harry zu.

»Einige Dinge ändern sich eben nie.«

Harry reagierte gereizt. »So oft habe ich früher aber nicht dort übernachtet.«

»Okay«, meinte sie. »Laß uns heute abend nicht darüber diskutieren.«

Sie fuhren auf dem Expressway nach Osten in Richtung Annapolis. Harry bog auf die Route 2 ab und fuhr zum Anchorage, unweit von Waynesville. Sie waren schon einmal dort gewesen, aber das war lange her.

Die Drinks wärmten sie. »Du bist jetzt wohl auf dem Weg nach oben, Harry«, sagte sie. »Du hast direkt vor Hurley gesessen.«

»Ich glaube nicht, daß der Präsident weiß, wer ich bin. Sie hätten mich eigentlich zusammen mit Ed und Rosenbloom vorstellen sollen. Aber irgendwas ist dazwischengekommen. Entweder hatte Hurley meinen Namen vergessen, oder er hat entschieden, daß drei Leute zuviel sind. Schwer zu sagen. Aber es hat sicher auch sein Gutes, nehme ich an. Ich mache mir nur Sorgen wegen der Möglichkeit, daß jemand eine andere Erklärung für das Signal findet. Wenn das geschieht, dann gehöre ich zu den

Leuten, die den Präsidenten in eine peinliche Situation gebracht haben.«

Das Anchorage war eine gute Wahl. Abgesehen davon, daß es an der Straße nach Basil Point stand, verfügte es auch noch über einen stimmungsvollen Pianisten und Kerzen in rauchfarbenen Glasleuchtern.

Ed Gambini hatte sich im Hyattsville Ramada unter falschem Namen ein Zimmer genommen. Er haßte Motels, denn dort gab man einem nie genug Kissen und die Leute machten immer ein unwirsches Gesicht, wenn man um mehr bat. So lag er nun auf dem Bett, zwei Kissen hinter sich, das obere auf die Hälfte gefaltet und schaute sich die Berichte in den Nachrichtensendungen an. Alle größeren Sender hatten sie gebracht, und er schaltete zwischen ihnen hin und her. Insgesamt waren die Reportagen recht aufschlußreich. Sie hatten die wichtigen Tatsachen hervorgehoben und die richtigen Fragen gestellt. Und sie hatten die Bemühungen der Verwaltung durchschaut, so zu tun, als sei die ganze Angelegenheit damit abgeschlossen.

Später verfolgte er ein Streitgespräch (er hatte Hemmungen, es eine Diskussion zu nennen) zwischen ›Backwoods‹ Bobby Freeman, Fernsehprediger und Gründer der American Christian Coalition, und Senator Dorothy Pemmer von den Demokraten Pennsylvaniens, über die Bemühungen der Glaubensgemeinschaft, von allen Bewerbern um ein öffentliches Amt ein religiöses Glaubensbekenntnis zu fordern.

Das Telefon klingelte, und Gambini drehte den Ton ab.

Es war Majeski. »Ed«, sagte er, »Mel ist in der Leitung. Kann ich ihm Ihre Nummer geben?«

Es war der Anruf, vor dem Gambini sich fürchtete. »Ja«, sagte er, ohne zu zögern, und legte auf.

Mel Jablonski war Astronom an der UNH. Und nicht nur das – er war auch ein uralter Freund. Gambini hatte ihn an der Universität von Kalifornien kennengelernt, als sie beide noch Studienanfänger waren. Sie hatten seitdem einen weiten Weg zurückgelegt, aber sie waren stets in Verbindung geblieben. Und als Gambini seinen Zusammenbruch hatte, war Mel aufgetaucht und hatte die Wölfe abgewehrt, die auf Gambinis Job scharf waren. »Ed?« Die vertraute Stimme klang müde und weit entfernt.

»Wie geht es dir, Mel?«

»Nicht schlecht. Es ist ja unheimlich schwer, an dich heranzukommen.«

»Kann ich mir vorstellen. Es war auch ein hektischer Tag.«

»Ja«, sagte Jablonski. »Das will ich wohl meinen.«

Gambini suchte nach einer unverfänglichen Bemerkung.

»Hast du das Signal tatsächlich schon im September aufgefangen?« fragte Jablonski.

»Ja.«

»Ed«, sagte er traurig, »du bist ein Hurensohn.«

Etwa zur gleichen Zeit, als Harry und Julie den Expressway verließen und auf die Route 2 auffuhren, ging Gambini hinunter in die Bar. Sie war überfüllt, und es herrschte eine enorme Lautstärke. Er ging mit seinem Manhattan auf eine der zahlreichen Terrassen.

Der Abend war warm, das erste Mal seit einem Monat, daß das Wetter in Washington sich von seiner angenehmen Seite zeigte. Ein klarer Himmel spannte sich über die Hauptstadt. Herkules stand östlich am Horizont.

Im Westen konnte er ein sommerliches Wetterleuchten beobachten.

Ein Ehepaar im mittleren Alter war ihm nach draußen gefolgt. Als Silhouetten vor den Lichtern der Stadt zu erkennen, diskutierten sie heftig über einen aufsässigen Sohn im Teenageralter.

Gambini fragte sich, ob es wohl ein zweites Signal geben würde. Er hegte daran einen Zweifel, den er niemandem gegenüber geäußert hatte. Doch selbst wenn es keine weitere Sendung gäbe, wäre die wesentliche Frage beantwortet: Wir sind nicht alleine! Nun wissen wir, daß es auch noch woanders stattgefunden hatte. Und die Einzelheiten des anderen Ereignisses und jene anderen Wesen, ihre

Geschichte, ihre Technologie, ihre Sicht des Universums waren von enormem Interesse. Aber auch dann waren dies eigentlich nur Details und angesichts der wesentlichen Tatsache ihrer Existenz Nebensächlichkeiten.

Gambini hob sein Glas in Richtung des Sternbildes und prostete ihm zu.

Der kritische Augenblick für Harry kam, als er den Parkplatz des Anchorage verließ und seine Absichten für den weiteren Verlauf des Abends offenbarte, indem er auf die Route 2 und dort nach Süden fuhr. Julie sagte nichts. Er wagte einen Seitenblick auf sie: Sie starrte unverwandt nach vorne. Die Hände hatte sie im Schoß gefaltet, und ihr Gesicht zeigte keine Regung. Wenn er sie richtig einschätzte, dann hatte sie eine Zahnbürste in der Handtasche, aber dennoch kam jetzt der Augenblick, in dem sie überlegte, was sie tun solle.

Sie unterhielten sich über die Altheaner, ob die Wahrscheinlichkeit bestand, daß einige von ihnen noch zu finden wären; über Julies neueste Aufgabe, ihre Mithilfe beim Entwurf eines Gebäudes aus Stahl und Glas und darüber, wie ihr Leben sich verändert hatte. Das letzte Thema hatten beide versucht zu meiden, aber es schien unausweichlich zu sein. Harry erfuhr zu seiner Überraschung, daß auch seine Frau nicht sehr glücklich war, daß sie sich einsam fühlte und daß sie nicht allzu optimistisch in die Zukunft blickte. Und doch lieferte sie ihm keinen Anlaß, anzunehmen, daß sie bereute, ihn verlassen zu haben. »Es wird schon funktionieren«, sagte sie zu ihm. »Es wird für uns beide funktionieren.« Und dann korrigierte sie sich: »Für uns drei.«

Gewitterwolken türmten sich im Westen auf.

Harry verfehlte beinahe seine Abzweigung. Es gab kaum einen Hinweis auf die Straße, die Wheeler ihm beschrieben hatte. Sie bog scharf nach links ab und verschwand zwischen den Bäumen. Er fuhr an einem alten, zerfallenden

Steingebäude vorbei und hatte dann einen langen, vielfach gewundenen Aufstieg vor sich.

»Harry«, sagte Julie, »wohin fahren wir?« Ihre Stimme klang wie das Flüstern eines seichten Bächleins.

Dorthin bringe ich jetzt alle meine Frauen, dachte er. Und er verfluchte sich dafür, daß er nicht den Mut hatte, es zu sagen. »Das Anwesen dort gehört Pete Wheelers Orden. Es bietet«, fügte er lahm hinzu, »einen grandiosen Blick auf die Chesapeak Bay.«

Sie gelangten zu einem Tor in einer Steinmauer, an der ein Stahlschild hing, das verkündete, daß sie vor der Sankt Norbert Abtei standen. Hinter der Mauer ging die normale Straße in einen Schotterweg über. Plötzlich standen sie zwischen zwei Herrschaftshäusern, die am oberen Rand des Abhangs kauerten, der bis zur Route 2 abfiel. Die Gebäude wiesen eine idyllische Geometrie aus Steinen und buntem Glas, aus Kuppel und Portikus auf. Hinter ihnen und tief unten im Tal erstreckten sich die Fluten der Chesapeak Bay.

»Wir werden doch wohl nicht dort hineingehen, oder?« fragte sie. »Harry, um Gottes Willen, das ist ein Kloster.« Sie konnte kaum ein Kichern unterdrücken.

»Nicht dort«, sagte er. Die Straße führte zu einem Aussichtsplatz aus und verschwand wieder hinter einer Reihe von Ulmen. Gleich hinter den Bäumen waren Lichter zu sehen. »Dorthin fahren wir«, sagte er und zeigte voraus. Hinter dem Parkplatz fiel das Gelände abrupt ab, so daß seine Schweinwerferstrahlen über die Spitzen einer Baumgruppe hinwegwischten. Er schaltete sie aus.

Sie bewegte sich nicht, und er spürte, wie Stille den Wagen ausfüllte. »Wheeler!« hauchte sie. »Ist er nicht ein Norbertiner?«

»Ich glaube schon«, sagte Harry schuldbewußt.

»Er hat dir geholfen, das vorzubereiten, nicht wahr?«

Er nickte.

»Sex im Priesterseminar. Ich glaube, es ist nichts mehr heilig.« Sie wurde ernst. »Harry, ich bin zutiefst berührt, daß du dir solche Mühe gemacht hast und daß du mich immer noch willst, nach allem, was passiert ist. Ich bleibe heute nacht mit dir hier, und vielleicht wird es so, wie es einmal war. Aber nur für diesen Abend. Versteh das; es hat sich nichts geändert.«

Für einen herrlichen, trotzigen Augenblick erwog Harry, sie auszulachen, sie wieder die Straße hinunter und nach Hause zu bringen. Aber statt dessen nickte er nur schicksalsergeben und führte sie in das von einem Kaminfeuer erleuchtete Vorderzimmer. Jemand hatte zwei Weingläser und zwei Flaschen Bordeaux auf den Rauchtisch gestellt.

»Sehr hübsch«, sagte sie, als sie auf dem dicken Teppich stand, »wenn man bedenkt, daß du es praktisch aus dem Hut gezaubert hast.« Wheeler hatte noch mehr auf Lager: Speck, Eier, Kartoffeln und Orangensaft waren im Kühlschrank; die Betten waren gemacht; mehr Wein wartete in der Speisekammer und sogar Scotch; trotz Petes Rat waren auch genügend Handtücher da.

Sie hingen ein wenig ihren Erinnerungen nach, und Harry küßte sie behutsam. Sie schmeckte gut, und ihr Atem wehte warm gegen seinen Hals. Trotzdem lag in diesem Akt etwas Mechanisches. »Es ist lange her«, sagte Harry.

Behutsam löste Julie sich von ihm. »Es ist warm hier drin. Komm, werfen wir einen Blick auf die Bucht.«

Das Haus stand auf der Spitze eines Gebirgskamms. Auf der steilen Seite, von den Herrschaftshäusern verdeckt, war der Abhang felsig und steil. Ein Trampelpfad führte am Felsrand entlang und verbreitete sich zu einem Plattenweg über der Chesapeak. Dort, wenn man die Herrschaftshäuser hinter sich lassen wollte, mußte man eine Holztreppe hinuntersteigen, um den Steilhang zu überwinden.

Sie blieben am Übergang zwischen Trampelpfad und Schotterweg stehen. Die Lichter der Herrschaftshäuser spiegelten sich funkelnd in den dunklen Fluten unter ihnen. »Weeler ist ein Genie«, sagte sie, während sie den Ausblick genossen. »Er ist im falschen Gewerbe tätig.« Ein hell erleuchteter Frachter glitt langsam nach Süden auf den Atlantik zu, er ließ eine Menge leuchtender Wellen zurück, die sich am schmalen felsigen Strand unter ihnen brachen.

Es waren keine Sterne zu sehen, was Harry erst bemerkte, als er das erste Donnergrollen hörte.

Sie stiegen die Treppe hinunter. Die lange, zerklüftete Felskante, welche die westliche Grenze des Grundstücks darstellte, schien die Folge eines Erdrutsches zu sein. Unweit der Klippen waren senkrechte Basaltblöcke zu erkennen. Der Wald hatte sich dicht an die Kante herangeschoben.

Harry entdeckte eine kleine Hütte zwischen den Bäumen. Sie war halbverfallen, und die Fenster waren dunkel. Während sie näher kamen, gewahrte er etwas Großes und Rundes neben dem Gebäude. Er versuchte zu erkennen, was es war, und suchte nach einem Anzeichen von Bewegung.

»Ich glaube, das ist ein Pumpenhaus«, sagte Julie. »Oder es war eines. Dort hinten muß es irgendwo noch eine alte Straße geben. Das hier muß früher einmal Teil eines ganzen Anwesens gewesen sein.« Harry erkannte nach und nach die Konturen zweier Vorratstanks. »In den zwanziger Jahren haben sie diese Anlage dazu benutzt, die Häuser mit Wasser zu versorgen, ehe sie sich ans Wassernetz des County anschließen ließen.«

»Warum meinst du, daß dort hinten eine Straße existiert?«

»Weil sie das Wasser mit Tankwagen hergebracht haben.«

In der Luft lag der Geruch von Ozon. Hinter ihnen, durch die Bäume hindurch und über der Bucht konnte er sehen, wie sich eine Regenfront näherte. »Julie«, sagte er, »wir sollten umkehren.«

»Einen Moment.« Der Weg brachte sie zu einem Vorsprung, der eine Steinbank, einen Eisenzaun und einen antiken Laternenpfahl trug. »Wie reizend«, sagte sie. »ich glaube, das ist eine Öllampe.«

Harry schaute hinaus auf die dunkle Bucht. »Sie war sicherlich weithin sichtbar.«

»Ich frage mich«, sagte Julie, »ob irgend jemand dort draußen sich an die Zeit erinnert, als an dieser Stelle ein Licht gebrannt hat.« Sie preßte eine Hand gegen das dunkle Metall. »Harry, wo ist er? Der Ursprung des Signals?« Sie blickte zum Himmel.

»Dort«, sagte er und wies auf einen Punkt dicht über dem Horizont. Das Sternbild sah überhaupt nicht aus wie ein Mann mit einer Keule, aber Harry hatte es auch niemals geschafft, am Himmel irgendwelche Bilder zu erkennen. »Siehst du die vier Sterne, die eine Art Kiste bilden? Das ist der Kopf von Herkules. Der Pulsar befindet sich auf der rechten Seite der Kiste, etwa in der Mitte zwischen den oberen und den unteren Sternen.«

»Harry«, sagte sie, »ich bin stolz auf dich.«

Blitze zuckten über ihnen, und Regentropfen fielen zwischen die Bäume. »Komm schon«, sagte Harry und zog sie auf den Weg, auf dem sie hergekommen waren. »Wir werden naß bis auf die Haut.«

»Dies sind die einzigen Kleider, die ich bei mir habe«, sagte sie und rannte los. Sie hatten ein paar Schritte zurückgelegt, als der Wolkenbruch sie erreichte. Julie blieb kurz stehen und zog sich die Schuhe aus, wobei sie in ein sonderbares Lachen ausbrach.

»Das Pumpenhaus!« rief Harry und hielt auf die alte Hütte zu.

Sie rannten. Der Regen prasselte auf die Erde, und sein Trommeln verschmolz mit dem dumpfen Grollen der Brandung. Die Lichter des Noviziats, die zwischen den Bäumen zu sehen waren, verschwanden. Harry krachte gegen einen tiefhängenden Ast, der ihn umwarf, doch Julie bewahrte ihn vor dem endgültigen Sturz, und sie drangen wenig später in das trockene Innere des Pumpenhauses ein.

»Ich glaube nicht«, sagte sie atemlos und betrachtete ihre Kleider, »daß es hier noch viel zu retten gibt.« Ein langer Streifen Stoff hing von ihrer Schulter herab. »Hast du das auch vorbereitet?« fragte sie.

Sie standen auf einigen losen Brettern, die auf einem Lehmboden verteilt lagen. Ein rostiger Spaten lehnte an einer Wand, und zwei Eimer standen in einer Ecke neben einem Haufen Jutesäcken. Harry zog seinen Wollpullover aus, der vor Wasser troff. »Ich hätte es sicher getan, wenn ich es gekonnt hätte«, sagte er.

»Lange können wir hier nicht bleiben. Sonst verbringen wir den Rest des Wochenendes im Krankenhaus.«

Der Regen trommelte heftig auf das Dach. »Lange kann es nicht so bleiben«, sagte Harry. »Wenn es etwas nachläßt, rennen wir zum Haus. In der Zwischenzeit solltest du lieber zusehen, daß du aus deinen nassen Sachen herauskommst.« Er hängte seinen Pullover über den Griff des Spatens und warf ihr zwei von den Jutesäcken zu.

Ihre Zunge drückte von innen gegen ihre Wange in einem Ausdruck, den sie für unfähige Autoverkäufer reservierte. Dann lächelte sie und löste ihren Gürtel.

Die Ablösung kam normalerweise immer fünfzehn Minuten zu früh. Linda Barrister war gewöhnlich zuverlässig, aber sie hatte den Abend mit einem alten Verehrer in der Stadt verbracht, war mit ihm zum Essen und im Kino gewesen und hatte jeglichen Zeitsinn verloren. Ihr Kollege aus der gleichen Schicht, Eliot Camberson, war schon auf seinem Posten, als sie auftauchte, mit müden Augen und schuldbewußt und mehr als eine Stunde zu spät.

Camberson war der jüngste der Kommunikationsspezialisten. Er war noch ein Junge, hochaufgeschossen, mit Sommersprossen im Gesicht, überaus ernsthaft in der Wahrnehmung seines Jobs und immer voller Begeisterung. An diesem Abend überraschte er sie.

»Linda«, sagte er mit einer amüsierten Beiläufigkeit, die sie später kaum richtig zu würdigen wußte. »Es ist wieder da.«

»Was?« fragte sie, von seinem Tonfall getäuscht.

»Das Signal.«

Sie starrte ihn an, dann schaute sie auf den Überkopf-Monitor. Camberson legte einen Schalter um, und sie bekamen den Ton herein: ein stakkatohaftes Summen wie von einer wütenden Biene. »Mein Gott«, sagte sie. »Du hast recht. Wie lange schon?«

»Während du deinen Mantel ausgezogen hast.« Er schaute auf seine Konsole. »Aber es ist nicht der Pulsar.«

MONITOR

KAMPFHUNDLIEFERANTEN ANGEKLAGT
Beschuldigt ›Schoßtiere‹ zu liefern,
Nachfrage weiterhin groß.

HURRIKAN BECKY SUCHT GALVESTON HEIM
Millionenschäden; Hurley ruft Notstand aus

WEISSES HAUS LEUGNET DIE EXISTENZ
EINES ZWEITEN SIGNALS

BOMBE EXPLODIERT IN LIBANESISCHEM BUSBAHNHOF
4 Tote; Christliche Allianz beschuldigt

ZWEI WEITERE ANGEKLAGTE
IM PENTAGON-SPIONAGEFALL
Erste Todesstrafe in Friedenszeiten erwartet

BAUWIRTSCHAFT IM AUFSCHWUNG
Dow Jones überwindet 2500 Grenze
Technologie-Aktien führend

GM STELLT ERLKÖNIG VOR
Laser ersetzt Verbrennungsmaschine

KLEMPNER AUS TRENTON BEGINNT MARSCH
QUER DURCH DIE USA
Er sagt: »Ich liebe dieses Land.«

›LOVE IN THE STARS‹ NACH EINER WOCHE
TOPHIT NUMMER EINS
HURLEY LEHNT VERHANDLUNGEN MIT TERRORISTEN
IM KERNKRAFTWERK AB
Dementiert Pläne, den Vorfall geheimzuhalten
Süd-Jersey wird nicht evakuiert

COWBOYS VERLIEREN ERSTES SPIEL

6 Etwa gegen 7:00 Uhr morgens setzte Harry seine Frau vor dem Reihenhaus ihrer Cousine, eine Dreiviertelmeile von seinem Zuhause, entfernt ab und bekam einen flüchtigen Kuß von ihr. Es war vermutlich der bitterste Moment seines Lebens.

Als er verspätet in sein Büro kam, standen die Telefone nicht still dank vielfältiger Reaktionen auf die Pressekonferenz. Vier studentische Hilfskräfte waren eingestellt worden, um die Telefone zu bedienen. Auf seinem Schreibtisch stapelten sich die Telegramme. Anrufe kamen von Leuten, von denen er seit Jahren nichts mehr gehört hatte. Alte Freunde, Kollegen, mit denen er im Finanzministerium gearbeitet hatte, ehe er zur NASA kam, und sogar ein Schwager, der offensichtlich noch nichts von seinen familiären Problemen gehört hatte, besetzten die Telefonleitungen, um ihm zu gratulieren. Seine Stimmung erlebte einen unerwarteten Aufschwung, und er strahlte, als er Ed Gambinis Nachricht fand.

»Bitte ruf mich an«, lautete sie. »Es ist etwas passiert.«

Harry versuchte es gar nicht erst per Telefon.

Im Operationszentrum herrschte das meiste Chaos. Zusätzliche Techniker und Wissenschaftler drängten sich um Monitore, lachten und boxten sich gegenseitig in die Rippen. Majeski winkte mit einer dicken Rolle Ausdruckpapier in seine Richtung und rief etwas, das Harry bei all dem Lärm nicht verstehen konnte. Soweit Harry sich erinnern konnte, war dies das einzige Mal, daß Gambinis Assistent sich tatsächlich darüber zu freuen schien, daß er da war.

Leslie war im ADP und beugte sich über einen Computer. Als sie sich aufrichtete, sah er einen Ausdruck in ihrem Gesicht von einer derart hemmungslosen Freude, daß sie genausogut vor einem Orgasmus hätte stehen können. (Julie hätte eine solche Demonstration außerhalb des Schlafzimmers niemals zugelassen.)

»Was ist los?« fragte er eine Technikerin. Sie zeigte auf den TDRSS-Monitor. Ganze Buchstabengruppen wanderten in schneller Folge über den Schirm. »Etwa um eins heute morgen hat es angefangen«, sagte sie, und ihre Stimme schien vor Erregung überzukippen. »Seitdem empfangen wir das.«

»Ein Uhr neun, um genau zu sein.« Gambini schlug Harry auf die Schulter. »Die kleinen Bastarde haben sich gemeldet, Harry!« Sein Gesicht leuchtete vor Vergnügen. »Wir haben das Rufsignal am 20. September um halb fünf Uhr morgens verloren. Wir empfangen das zweite Signal am 11. November um ein Uhr neun morgens. Rechne dir das auf unsere Standardzeit um, und sie melden sich immer noch in Zeitabständen, die sich aus der Umlaufzeit Gammas errechnen lassen. Diesmal mit einem Faktor von achtzehneinachtel.«

»Ist der Pulsar wieder da?«

»Nein, nicht der Pulsar. Etwas anderes: Wir empfangen eine Radiowelle. Sie rangiert vorwiegend im unteren Bandbereich, aber sie scheint auf sechzehnhundertundzweiundsechzig Megahertz fixiert zu sein. Die erste Hydroxyllinie. Harry, es ist eine ideale Frequenz für Langstreckenkommunikation. Aber ihr Sender - mein Gott, unsere vorsichtigste Schätzung ergibt, daß sie ein Signal von anderthalb Millionen Megawatt abstrahlen. Man kann sich einen Radioimpuls von dieser Stärke nur schwer vorstellen.«

»Warum können sie den Pulsar aufgegeben haben?«

»Wegen des besseren Erkennens. Sie haben unsere Aufmerksamkeit geweckt. Daher sind sie auf ein raffinierteres System umgestiegen.«

Sie schauten sich in die Augen. »Zum Teufel noch mal!« stieß Harry hervor. »Es ist tatsächlich passiert.«

»Ja«, sagte Gambini. »Das ist es.«

Angela warf sich in Harrys Arme, zog seinen Kopf herunter und gab ihmn einen Kuß. »Willkommen zur Party«, sagte sie.

Ihre Lippen waren warm und sanft; Harry befreite sich nur widerstrebend von ihr und klopfte ihr väterlich auf die Schulter. »Ed, können wir irgend etwas davon richtig entziffern?«

»Dazu ist es noch zu früh. Aber sie wissen, was wir brauchen, um mit dem Übersetzen anfangen zu können.«

»Sie verwenden ein binäres System«, sagte Angela.

»Es gibt da zwei Mathematiker, die wir hinzuziehen müssen, und es würde wahrscheinlich auch nicht schaden, Hakluyt herzuholen.«

»Wir sollten lieber Rosenbloom Bescheid geben.«

»Das ist schon geschehen.« Gambini grinste spöttisch. »Ich bin richtig gespannt, was er dazu sagen wird.«

»Nicht ein Wort.« Rosenbloom funkelte ihn über seinen Schreibtisch hinweg ab. »Nicht ein gottverdammtes Wort, bis ich es Ihnen sage!«

»Das können wir nicht geheimhalten«, sagte Gambini mit bebender Stimme. »Es gibt einfach zu viele Leute, die es verdienen, informiert zu werden.«

Harry nickte. »Das bereitet auch mir Unbehagen«, sagte er. »Und die Regierung wird in den Augen der übrigen Welt ziemlich mies dastehen.«

»Nein!« Rosenbloom knurrte und wuchtete sich aus seinem Sessel auf. Stehend war er nicht viel größer, als wenn er saß. »Es wird wahrscheinlich nicht lange dauern, aber ehe wir nicht genau Bescheid wissen, möchte ich nicht, daß irgend etwas von all dem nach draußen dringt. Haben Sie verstanden?«

»Quint.« Gambini zügelte seine Wut so gut er konnte. »Wenn wir das tun, wenn wir das zurückhalten, dann ist meine Karriere, die Karriere Wheelers, die Karriere all unserer Leute beendet. Hören Sie: Wir sind keine Angestellten der Regierung; wir arbeiten hier unter Vertrag. Aber wenn wir uns an dieser Politik beteiligen, dann werden wir zu unerwünschten Personen. Und zwar überall.«

»Karrieren? Sie reden von Ihren Karrieren? Jetzt gibt es weitaus Wichtigeres als die Frage, wo Sie in zehn Jahren arbeiten werden. Sehen Sie, Ed, wie können wir die zweite Übermittlung bekannt geben, wenn wir nicht darauf vorbereitet sind, die empfangenen Signale selbst zu veröffentlichen? Und das können wir nicht tun.«

»Warum nicht?« wollte Gambini wissen.

»Weil das Weiße Haus sagt, wir dürfen es nicht. Verdammt, Ed, wir wissen ja gar nicht, was möglicherweise darin enthalten ist. Vielleicht Einzelheiten für irgendeine hausgemachte Pest oder Anweisungen zur Kontrolle des Wetters oder Gott weiß was.«

»Das ist doch lächerlich.«

»Wirklich? Wenn wir das wissen, dann können Sie das verdammte Ding veröffentlichen. Es wird Sie sicherlich interessieren, zu erfahren, daß die Russen ein Eilprogramm aufgestellt haben zum Bau eines eigenen SKYNET.«

»Dazu brauchen sie Jahre«, sagte Gambini.

»Ja.« Rosenbloom rieb sich die Hände. »Bis dahin haben wir Herkules ganz für uns. Und die Frage ist im Augenblick, was wir dem Weißen Haus empfehlen wollen. Wir scheinen zwei unangenehme Alternativen zu haben. Wir können empfehlen, daß sie sich über alles hinwegsetzen und gar nichts bekanntgeben, oder sie geben zu, was sie haben und halten die Sendung als solche zurück. Was wäre Ihnen lieber?«

Gambini wirkte verzweifelt.

»Hören Sie«, fuhr Rosenbloom fort, »ich weiß, daß ich Sie um ein Opfer bitte. Aber bedenken Sie auch: angenommen, wir veröffentlichen alles, was wir haben, und es befinden sich Informationen in den Daten, die einen Erstschlag möglich machen, die die totale Vernichtung eines Feindes ermöglichen ohne eine Chance, sich in Sicherheit zu bringen. Vielleicht eine Technik, um das Radar wirkungslos zu machen. Ich kann mir alle möglichen Dinge denken. Wollen Sie, daß so etwas unkontrolliert auf unsere Welt kommt? Wollen Sie das?«

»Wie wäre es denn«, fragte Harry kühl, »wenn wir SKYNET ganz einfach abschalten? Wenn wir aufhören zu lauschen? Würde das die Dinge nicht vereinfachen?«

Harry fing einen vernichtenden Blick von Gambini auf,

aber Rosenbloom wirkte umgänglich. »Daran habe ich gleich am Anfang gedacht.«

»Warum überrascht mich das nicht?« Gambini machte aus seiner Verachtung keinen Hehl. »Ich leugne nicht, daß ein gewisses Risiko besteht«, sagte er. »Aber Ihre Besorgnisse sind übertrieben. Ist Ihnen schon mal durch den Kopf gegangen, daß ebenfalls ein Risiko darin steckt, zuzulassen, daß die Russen vielleicht annehmen, wir hätten exklusiven Zugang zu solchen Informationen? Gott allein mag wissen, welche Art von Versammlungen seit unserer Pressekonferenz gestern im Kreml stattgefunden haben.«

»Ich denke«, sagte der Direktor, »daß darüber bereits nachgedacht wurde. Sicherlich ist Ihnen nicht verborgen geblieben, daß wir die Sicherheitsmaßnahmen verstärken. Das Weiße Haus schickt ein paar Leute herüber. Ich habe übrigens außerdem gehört, daß Maloney drängt, die gesamte Herkules-Operation hier zusammenzupacken und nach Fort Meade zu schicken.« Maloney war der nationale Sicherheitsberater des Präsidenten, ein dünner, hagerer Mann, den Harry bei zwei Gelegenheiten getroffen hatte und den er überhaupt nicht mochte.

»Das ergibt keinen Sinn!« widersprach Gambini. »Die NSA ist auf solche Operationen gar nicht vorbereitet.«

»Warum nicht? Es geht schließlich um Sicherheitsprobleme. Wahrscheinlich weitaus mehr, als dem Präsidenten spontan eingefallen sind.«

»Aber unsere sämtlichen Geräte und Anlagen sind hier.«

»Ich bezweifle, daß es hier sehr viel gibt, wovon die NSA nicht noch bessere Modelle hat oder das nicht weitertransportiert werden kann.«

»Sie werden wahrscheinlich einige Schwierigkeiten wegen der Freigaben haben«, sagte Harry. »Sie lassen drüben niemanden ohne eine halbwegs gründliche Untersuchung herein. Und das braucht seine Zeit.«

»Ein oder zwei kommen vielleicht noch nicht einmal durch«, knurrte Gambini.

»Ich glaube, darüber brauchen Sie sich nicht den Kopf zu zerbrechen, Ed«, sagte Rosenbloom. »Wenn dieser Laden zur NSA umzieht, dann bezweifle ich, daß jemand außer Ihnen und Rimford und wahrscheinlich Wheeler eingeladen würde, weiter daran zu arbeiten. Warum sollten sie auch? Sie haben ihre eigenen Mathematiker und Dechiffrierer. Tatsächlich meinen sie zweifellos, daß sie den Job besser erledigen, als wir es je schaffen würden.«

»Quint«, sagte Gambini, »hat jemand mit dem Präsidenten über diese Sache gesprochen? Ihn auf die Vorteile aufmerksam gemacht, die sich ergeben, wenn man an die Öffentlichkeit geht? Ich nehme nicht an, daß Sie bereit sind, darüber zu diskutieren?«

»Welche Vorteile?« fragte Rosenbloom. »Und nein, es liegt nicht im Interesse der Behörde, etwas zu überstürzen. Wenn er veröffentlicht, was er hat, und das Ganze platzt, was sehr leicht geschehen könnte, dann wird es wohl einige Tote geben.«

»Wir haben schon jetzt Opfer zu beklagen«, sagte Gambini. »Haben Sie eine Ahnung, wie ich mittlerweile zu Hause angesehen werde?«

Das mußte wohl CIT sein, wo Gambini eine volle Professorenstelle gehabt hatte, eher er für einen vorübergehenden Zeitraum, der sich mittlerweile auf drei Jahre erstreckte, nach Goddard verpflichtet worden war.

»Nun kommen Sie schon, Ed.« Rosenbloom lehnte sich an seinen Tisch und atmete schwer. »Wir tun, was für uns richtig ist und für den Päsidenten. Wirbeln Sie keinen Staub auf. Ich weiß, wie Ihnen zumute ist, aber die harte Wahrheit ist, daß Hurley recht hat. Wenn alles vorüber ist, können wir Ihnen vielleicht irgendeine Auszeichnung verleihen.«

Gambinis Blick verhärtete sich. »Sie haben heute morgen mit Hurley gesprochen?«

»Ja.«

»Angenommen, ich bräche einfach meine Zelte ab und ginge an die Öffentlichkeit?«

»Ich weiß nicht genau«, sagte Rosenbloom geduldig, »wie Ihr Status ist. Zweifellos könnten sie gerichtlich belangt werden, wenn Sie mit Ihren Kenntnissen zu einer

Zeitung gingen. Obgleich wir beide wissen, daß die Behörde sich schwertun würde, Sie gerichtlich zu verfolgen. Ich meine, wie würde das aussehen?

Aber Sie wären auf jeden Fall draußen. Sie würden nur erfahren, was problemlos bekannt werden kann. Und Sie würden niemals richtig wissen, was hier oben los ist. Wollen Sie das?«

Gambini erhob sich langsam, sein Mund eine dünne Linie, die Wangen feuerrot.

»Rosenbloom«, sagte Harry, »Sie sind ein Bastard.«

Der Direktor drehte seinen Sessel und schaute in Harrys Richtung. Dabei lag der Ausdruck abgrundtiefer Verletztheit auf seinen rundlichen Zügen. Dann drehte er sich zu dem Projektleiter um. »Na schön, in Ordnung«, sagte er. »Einstweilen.«

Rosenbloom lächelte zufrieden. »Und Sie, Harry? Von Ihnen hätte ich eigentlich keine Probleme erwartet.«

»Ich habe nichts dagegen einzuwenden, daß gewartet wird, bis die ganze Sache höheren Ortes geklärt und entschieden wurde«, sagte Harry. »Aber ich halte nicht viel von der Art und Weise, wie Sie mit Ihren Leuten umspringen.«

Rosenbloom musterte Harry seltsam. Er war durch diese Reaktion eines Untergebenen aus der Fassung gebracht. »Okay«, sagte er schließlich, »ich schätze Ihre Offenheit.« Wieder trat eine längere Pause ein. »Ed, Sie haben heute morgen alle Leute an Deck?«

»Ja«, antwortete er. »Niemand ist gegangen.«

»Sie und ich, wir sollten mit ihnen reden.«

Um 8:00 Uhr abends wurde die Sendung noch immer empfangen.

Harry schmuggelte an diesem Abend eine Kiste französischen Champagner in die Herkules-Räume. Es war eine Verletzung der Vorschriften, natürlich, aber der Anlaß erforderte so etwas einfach. Sie tranken aus Pappbechern und Kaffeetassen. Rimford, der von der Westküste herbeigeholt worden war, erschien mit weiteren Flaschen. Sie leerten sie alle, und als auf geheimnisvolle Weise weiterer Nachschub auftauchte, schritt Gambini ein. »Das reicht jetzt«, sagte er. »Der Rest wartet heute abend im Red Limit, falls jemand noch Durst haben sollte.«

Harry fand eine Hardcopy von den ersten zwölf Seiten der Sendung, die an ein Mitteilungsbrett geheftet waren. Die Symbole darauf waren Binäre. »Wie schaffen Sie es, einen Sinn darin zu entdecken?« fragte er Majeski, der ihn neugierig beobachtete.

»Zuerst einmal«, sagte er und lehnte sich lässig an die Wand und hatte die Arme wie der junge Cäsar vor der Brust verschränkt, »fragen wir uns, wie wir die Nachricht kodiert hätten.«

»Und wie hätten wir es getan?«

»Wir würden damit beginnen, ihnen eine Reihe Instruktionen zu übermitteln. Zum Beispiel müssen sie die Anzahl der Bits in einem Byte kennen. Wir verwenden acht.« Er sah Harry unsicher an. »Ein Byte«, erklärte er, »ist ein Zeichen. Gewöhnlich ein Buchstabe oder eine Zahl, obgleich das nicht unbedingt so sein muß. Und es ist das Ergebnis der Anordnung der individuellen Bits. Wir verwenden dazu acht. Die Altheaner haben sechzehn.«

»Woher wissen Sie das?«

Majeski holte eine Folge auf einen der Monitore. »Das ist der Anfang ihrer Sendung.« Sie begann mit sechzehn Nullen, dann sechzehn Einsen. Und so ging es einige tausend Zeichen lang weiter.

»Das scheint ja ziemlich einfach zu sein«, sagte Harry.

»Dieser Teil ganz gewiß.«

»Was tun wir als nächstes?«

»Was wir gerne tun würden, aber noch nicht können, wäre, ein sich selbst startendes Programm zu schaffen. Wir müßten bestimmte Merkmale hinsichtlich des Aufbaus ihrer Computer vermuten, aber es gibt Gründe, anzunehmen, daß das Digitalprinzip, das wir in unseren Computern anwenden, wohl das leistungsfähigste ist. Wenn nicht, dann wäre es immerhin noch der am weitesten verbreitete Grundtyp, wie eine technologisch ausgerichtete Bevölkerung ihn am ehesten besäße oder von dem sie zumindest wüßte. Und wir würden ein Programm brauchen, das in einem ziemlich grobschlächtigen Modell mit begrenzter Speicherfähigkeit laufen müßte.

Idealerweise sollte die einzige Aktion, um das Ding in Gang zu setzen, von den Leuten am anderen Ende ausgeübt werden, nämlich indem sie ihn in einen ihrer Computer einstöpseln und ein Suchprogramm starten lassen. Mit anderen Worten, jeder Versuch, die Sendung zu analysieren, nach Mustern zu suchen, würde das Anlaufen des Programms gewährleisten.«

»Eine hübsche Idee«, sagte Harry. »Ich nehme an, die Altheaner haben das nicht getan, oder?«

Majeski schüttelte düster den Kopf. »Nicht soweit wir es beurteilen können. Wir haben es durch die höchstentwickelten Systeme laufen lassen, über die wir verfügen. Ich verstehe das nicht. Wirklich nicht. Es wäre die logische Vorgehensweise.« Er biß sich auf die Unterlippe. »Ich frage mich, ob ein selbst startendes Programm überhaupt möglich ist.«

Harry kehrte am späten Nachmittag in sein Büro zurück. Er war immer noch überaus zufrieden und fand einen weiteren Stapel von Nachrichten vor. Er las einige der Telegramme und begann, zu telefonieren. Ein Anruf war von Hausner Diehl gekommen, dem Vorsitzenden der Englischen Abteilung an der Yale, den er einmal während einer Graduierungsfeier kennengelernt hatte.

Diehl kam selbst ans Telefon. »Harry«, sagte er, »ich bin mal gespannt, ob du mir etwas erklären kannst. War es nötig, die Meldung über die Entdeckung von Herkules ganze acht Wochen zurückzuhalten?«

Harry seufzte.

Nachdem Diehl seine Beschwerde losgeworden war und eine Warnung hinzugefügt hatte, daß von Yale noch ein formeller Protest zu erwarten sei, stellte er eine beunruhigende Frage: »Sehr viele Leute hier«, sagte er, »sind nicht überzeugt, daß bereits die ganze Wahrheit bekanntgegeben wurde. Gibt es da noch etwas, was uns bisher nicht gesagt wurde?«

»Nein«, sagte Harry. »Mehr gibt es nicht.«

Und dann kam die Frage: »Es hat kein zweites Signal gegeben?«

Harry zögerte. Ihm wurde heiß. »Wir haben alles herausgegeben, was wir hatten.«

Zu Harrys Job gehörte es normalerweise nicht, daß er log; es war keine Taktik, in der er besonders gut war, und er war einigermaßen überrascht, daß man sich mit seiner Antwort zufriedengab. Aber er spürte dennoch das Gewicht dieser Unkorrektheit sehr deutlich.

Es war ein Abend, an dem er nicht alleine essen wollte. Er rief Leslie an.

»Ja«, sagte sie. »Mit Vergnügen.«

Harry wäre am liebsten für ein paar Stunden von Goddard verschwunden. Das Gespräch mit Diehl beschäftigte ihn mehr als notwendig. Es war eigentlich der einzige negative Punkt an einem ansonsten außerordentlich erfolgreichen Tag. Dennoch lag etwas Bedrohliches darin, das Gefühl, sich auf einem schlüpfrigen Abhang zu bewegen, das ihn bedrückte.

»Sie lassen die Sendung immer noch durch die Computer laufen, und jederzeit kann etwas Entscheidendes passieren«, sagte Leslie. Um in der Nähe zu bleiben gingen sie ins Red Limit.

»Sie werden die Signale doch nicht heute abend entschlüsseln können?« fragte Harry.

»Natürlich nicht. Aber Ed macht sich Sorgen.«

»Warum?«

»Ich glaube, sie erwarteten einen augenblicklichen Durchbruch, nachdem sie einen ersten Blick auf die Sendung warfen. Als ich ging, hörte ich ihn sagen, daß sie das Rätsel entweder sehr schnell lösen oder Jahre dazu brauchen werden.«

»Ist es denn möglich«, fragte Harry, »daß die Signale nie übersetzt werden?«

»Das ist«, sagte sie und blickte von der Speisekarte hoch, »ein ziemlich schlimmer Gedanke.«

Sie bestellten Fisch und eine Karaffe Weißwein. Leslie bei Kerzenschein war weitaus attraktiver, als er erwartet hatte. »Harry«, fragte sie behutsam, nachdem ihr Essen serviert worden war, »ist zu Hause alles in Ordnung?«

Er hatte die Frage nicht erwartet. »Sie haben mit Pete gesprochen«, sagte er anklagend.

»Nein. Es ist deutlich zu sehen. Sie tragen einen Trauring; aber Sie gehen niemals zum Abendessen nach Hause.«

»Ich glaube nicht«, sagte er, Er aß weiter, trank einen Schluck Wein, tupfte sich den Mund mit der Serviette ab und sagte einfach: »Es ist zu Ende.«

»Das tut mir leid.«

Er zuckte mit den Achseln.

»Ich wollte nicht aufdringlich sein.«

Auf ihren Lippen fing sich das Licht. Sie trug eine schlichte weiße Bluse, deren oberste beiden Knöpfe offenstanden. Er folgte der warmen, weißen Wölbung ihrer linken Brust. »Ist nicht schlimm«, sagte er. Sie lächelte, reichte über den Tisch und legte eine Hand auf seinen Unterarm. »Ich hab sie an dem Abend verloren, als wir das Signal auffingen.« Er schüttelte den Kopf. »Nein, ich glaube, es geschah schon lange vorher.«

»Kinder?«

»Eins. Einen Jungen.«

»Das macht es noch schwieriger.«

Harry starrte sie wieder an. »Zur Hölle damit«, sagte er. Er aß seinen Fisch auf, leerte das Weinglas und lehnte sich mit verschränkten Armen trotzig zurück.

Sie sagte nichts.

»Sie mißbilligen das?«

»Ich mißbillige es nur, wenn ich dafür bezahlt werde, Harry. Dann mißbillige ich alles.« Ihre Augen signalisierten

Bedauern. »Ich weiß nicht, warum das so ist. Vielleicht, weil das Ende immer schlimm ist.«

Harry grinste. »Sie sind mir schon eine komische Psychologin«, sagte er. »Erzählen Sie das jedem?«

»Nein. Ich sage Patienten, wofür sie mich bezahlen, nämlich was auf kurze Sicht gut für sie ist, denn mehr ist nicht drin, wirklich. Ihnen kann ich mitteilen, was ich außerdem denke.«

»Dann lassen Sie mal hören«, sagte Harry.

»Sie sind ein interessanter Mann, Harry. In einigen sehr schwierigen Bereichen sind Sie sehr anpassungsfähig. Sie haben es zum Beispiel geschafft, sich erstaunlich gut mit einigen der bedeutendsten wissenschaftlichen Geister unserer Zeit zu arrangieren. Menschen wie Gambini oder Quint Rosenbloom glauben, daß von der menschlichen Rasse verdammt wenig wissenswert ist. Aber beide haben Respekt vor Ihnen. Cord Majeski unterhält sich nur mit Mathematikern, Kosmologen und Jungfrauen. Rimford spricht nur mit Gott. Sie alle akzeptieren Sie.«

»Sie mögen Majeski nicht«, stellte Harry fest.

»Habe ich das gesagt?«

»Ich denke schon«, meinte Harry lächelnd.

»Ich glaube, Leute wie Majeski locken so oder so Gefühlsäußerungen hervor. Aber das gehört jetzt nicht hierher.« Sie beugte sich vor. »Was ich sagen möchte, Harry, ist, daß ich Sie mag. Daß ich Sie nicht in diesem Zustand sehen möchte.«

»In welchem Zustand?«

»Harry, der nächstbeste Fremde von der Straße kann sehen, daß Sie völlig aus Ihrer Rolle fallen, daß Sie sich entgegen Ihrer Persönlichkeit verhalten.«

»Woher wissen Sie das?«

»Zum einen, Sie lachen sehr gerne und schnell. Aber ich warte darauf, daß Sie endlich mal lachen, ohne die Augen niederzuschlagen. Nein, Sie tun es schon wieder.« Ein Hauch von Schärfe lag in ihrer Stimme.

»Es tut mir leid«, sagte Harry. »Ich habe eine schwere Zeit hinter mir. Was würden Sie mir verschreiben?«

Sie beugte sich vor. Ihre Bluse klaffte ein wenig mehr auf. »Ich weiß es nicht. Zuerst einmal sollten Sie endlich akzeptieren, daß sie weggegangen ist.«

»Sie kennen uns nicht«, protestierte er. »Wie können Sie so etwas sagen?«

»Ich habe wahrscheinlich schon zuviel gesagt«, gab sie ihm recht. »Das macht der Wein.«

»Warum meinen Sie, daß es keine Hoffnung auf Versöhnung gibt?«

»Ich habe nicht gesagt, daß keine Hoffnung besteht. Sie bekommen vielleicht Ihre Versöhnung. Aber die Frau, die Sie kennen, ist nicht mehr da. Was immer Sie besessen haben, und ich kann erkennen, daß es sehr viel war, zerbricht irreparabel, wenn jemand das zurückläßt und geht. Es ist niemals mehr so wie vorher. Eine Versöhnung ist bestensfalls der Versuch, etwas Gewesenes festzuhalten.«

»Sie klingen wie Pete Wheeler.«

»Das tut mir leid, Harry. Aber wenn er das gesagt hat, dann hatte er recht. Wie heißt Ihre Frau?«

»Julie.«

»Nun, Julie ist ganz schön dumm. Sie wird Sie nicht so einfach ersetzen können. Möglich, daß sie klug genug ist, das schnell zu erkennen. Wenn sie es erkennt, dann besteht die Wahrscheinlichkeit, daß sie zurückkommt. Wenn Sie das wollen und Ihre Karten geschickt ausspielen, dann stehen Ihre Chancen ganz gut. Aber Sie befinden sich dann in einer schlechten Lage.« Sie schob ihren Teller weg. »Ich habe genug«, sagte sie.

Harry schwieg.

»Wollen Sie das?« fragte sie.

»Ich weiß nicht«, sagte Harry. »Ich weiß, daß ich sie zurückhaben will.«

»Ich wäre gerne wieder zweiundzwanzig.« Sie betrachtete ihn aufmerksam. »Es tut mir leid, Harry. Ich wollte nicht grausam sein. Aber wir reden von der gleichen Sache.«

Majeski ärgerte sich.

Er saß in Gambinis Büro, hatte den Kopf nach hinten gelegt, die Augen geschlossen, die Wangen aufgeblasen, und seine Arme hingen seitlich über die Sessellehnen herab. Der Projektleiter, der auf der Schreibtischkante hockte, erklärte gerade etwas. der Mathematiker nickte und nickte wieder, aber seine Augen öffneten sich nicht. Als er hochsah, gewahrte Gambini Harry und winkte ihn herein.

»Ich habe eine Frage an dich«, sagte er, während Harry die Tür schloß.

»Schieß los.«

»Was würde passieren, wenn wir eine Kopie der aufgefangenen Signale zur National Security Agency schickten, und sie könnten dort einen Sinn in die Zeichen bekommen?«

»Sie besitzen einen eigens für sie konstruierten Cray-Computer der fünften Generation«, schaltete Majeski sich ein. »Es könnte ausreichen, um uns die Instruktionen verständlich zu machen. Und das wäre wahrscheinlich alles, was wir brauchen: genug, um einzusteigen.«

Harry dachte darüber nach. Er kannte die NSA-Leute nicht so gut; sie waren eine eigene kleine Gemeinschaft, kompetent, elitär, verschwiegen, voller Angst, mit jemandem zu reden, der irgend etwas aus ihrem Tonfall ableiten könnte. »Ich denke nicht, daß die NSA in irgendeiner Form an diesem Projekt Interesse hat, und ich befürchte, daß sie selbst genug Arbeit haben, so daß sie wahrscheinlich mit unserer Sache sowieso nichts zu tun haben wollen. Aber es gibt Leute in der Umgebung des Präsidenten, vor allem Sichertheitsleute, die würden Herkules am liebsten von Goddard abziehen und nach Fort Meade bringen. Wenn ihr euch also mit der Bitte um Hilfe an die NSA wendet, dann liefert ihr ihnen gleichzeitig Munition. Tut das, und dann ist es wahrscheinlich ohnehin egal, ob sie erfolgreich sind oder nicht.«

»Dann arbeiten wir eben in Fort Meade an unserem Projekt weiter«, brummte Majeski. »Was macht es schon aus?«

»Der Unterschied ist«, sagte Harry, »daß dann nicht Sie an der Sache weiterarbeiten, Cord. Wenn das Projekt dort hingeht, dann ist es auch alleine ihr Projekt. Sie arbeiten für die NASA, nicht die NSA. Sie würden Sie nur einsetzen, wenn Sie glaubten, daß Sie unersetztlich sind. Und sind Sie das?«

»Sie meinen also, daß die Computer, die die Sendung entschlüsseln können, verfügbar sind, aber daß wir sie nicht benutzen können, ohne dann die Kontrolle über das Projekt zu verlieren. Das ist lächerlich.«

Harry zuckte die Achseln. »Das ist gleichgültig. So arbeiten die Regierungsstellen nun einmal.«

»Darüber reden wir gerade«, sagte Gambini, darauf bedacht, das Thema zu wechseln. Er griff nach einer Laserdisk. »Das ist ein kompletter Datensatz. Er ist etwa sechs Minuten lang, etwas mehr als achtzigtausend Baud.« Er reichte Harry die Scheibe. »Die Altheaner haben die Sendung in deutlich zu unterscheidende Abschnitte aufgeteilt. Bisher haben wir davon dreiundsechzig. Das ist Nummer eins und sehr wahrscheinlich der Teil mit den Instruktionen.«

»Aber«, sagte Majeski, »wir brauchen dafür einen hinreichend leistungsfähigen Computer.«

»Und Einhundertneunundsechziger sind nicht gut genug?« fragte Harry. »Ich dachte, die Theorie besagte, daß das Programm mit sehr einfachen Grunddaten arbeiten solle.«

»Wer weiß schon, was für die Altheaner solche Grundlagen sind?« stöhnte Gambini, als litte er tatsächlich Schmerzen. »ich weiß nicht, wie ich damit zurechtkommen soll, Harry. Ich hasse es, Zeit damit zu vergeuden, mich in Nebensächlichkeiten zu ergehen, wenn es wahrscheinlich nur eine Frage ist, den richtigen Computer zu finden. Wenn unsere Annahmen nicht stimmen und wir das Problem mit Hilfe irgendeiner statistischen Analyse lösen wollen, dann lebt von uns wahrscheinlich keiner lange genug, um sich am Ergebnis erfreuen zu können.«

Harry drehte die Laserdisk in seiner Hand hin und her.

Sie glänzte in ihrer Plastikhülle. »Möglicherweise«, sagte er, »geht ihr das Problem von der falschen Seite an: Ihr habt den Einhundertsechsundneunzig darauf angesetzt?«

»Natürlich.«

»Er ist der größte, den wir haben. Und nun wollen wir etwas noch Größeres. Aber Majeskis Logik weist auf ein kleineres Gerät hin.« Harrys Blick fiel auf Gambinis Personalcomputer, einen tragbaren Apparat mit zweihundertsechsundfünfzig K. »Ich weiß nicht viel über Computer«, fuhr er fort, »außer daß die größeren komplizierter sind als die kleinen. Sie liefern mehr Platz zum Speichern von Informationen. Sie brauchen auch mehr Instruktionen, um mit der Arbeit anzufangen.«

Gambinis Augen weiteten sich. »Du meinst, ein kleinerer Computer schafft Dinge, die ein großer nicht fertigbringt?«

»Ein Programm, das nicht ausgelegt ist, sich aller Daten im Einhundertsechsundneunziger zu bedienen, läuft vielleicht gar nicht.«

Gambini sprang von seinem Stuhl auf und stürmte aus dem Büro. Kurz darauf kehrte er mit einem Apple-Computer zurück. Sie räumten einen Platz auf der Schreibtischplatte frei und stellten das Gerät auf. Harry schloß es an das Stromnetz an. »Einen Moment mal«, sagte Gambini. »Unsere Suchprogramme laufen nicht auf diesem Gerät. Dafür ist der Speicher zu klein.«

»Dann schreib sie um«, sagte Harry.

»Mein Gott«, stöhnte Gambini. »Ich wage gar nicht daran zu denken, wie lange das dauert.«

»Wartet.« Majeski verließ das Büro, öffnete einen Archivschrank im Arbeitsraum und kam mit einer Diskette zurück. »*Star Trek*«, sagte er. »Das Ding fliegt hier schon seit einigen Jahren herum. Es braucht keinen großen Speicher, und es enthält eine Sequenz, die der *Enterprise* erlaubt, die taktische Position Klingons zu analysieren.« Er grinste und hob die Schultern. »Was soll schon passieren.« Er lud das Programm, tastete ein, welche Mission er wünschte, und aktivierte die Suchbefehle. Dann wandte er sich zu Harry um. »Dann weiter«, sagte er. »Es war Ihre Idee.«

Der Monitor zeigte eine Simulation des Sichtschirms der *Enterprise*. Eine Handvoll Sterne waren zu erkennen, mehrere Dutzend Planeten und ein seltsames Gebilde abseits vom Strahl, das etwas mit einer Tarneinrichtung sein konnte. Zwei Statuszeilen nahmen den unteren Teil des Schirms ein: die Schiffssysteme standen links, Kampfkontakt und -analyse rechts.

Harry fügte die Herkules-Diskette hinzu und gab sie ein. Das Sternenfeld rotierte langsam, und die *Enterprise* setzte sich in Bewegung.

Rote Lampen über beiden Laserdisk-Schlitzen blinkten.

»Der Computer liest«, sagte Gambini.

Das Sternenschiff beschleunigte schnell. Das Gebilde, das ein getarntes Raumschiff sein konnte, kippte plötzlich aus dem Schirm. Die Sterne glitten an der *Enterprise* vorbei, ähnlich wie es bei den einzelnen Episoden im Fernsehen zu sehen gewesen war, bis sie spärlicher wurden, und dann waren auch sie verschwunden.

»Im Spiel geschieht das nicht«, stellte Majeski fest.

Die Such- und Analyse-Zeile, welche den Text »Kein Kontakt« zeigte, leerte sich. Und ein Würfel erschien.

»Gehört nicht zum Spiel«, sagte Majeski und beugte sich vor, als wollte er in das Monitorgehäuse hineinkriechen.

Der Würfel rotierte in einem Winkel von fünfundvierzig Grad, stoppte und änderte die Rotationsrichtung.

Gambini verfolgte das Geschehen mit hoffnungsvollem Blick. Als er wieder sprach, klang seine Stimme gepreßt. »Vielleicht«, sagte er. »Vielleicht.«

Es war ein makelloser gewöhnlicher Würfel. Und er würde sich in den amtlichen Verlautbarungen verdammt lächerlich ausmachen. Die Altheaner mochten ja sehr gute Ingenieure sein, aber sie mußten in Sachen Public Relations noch eine Menge lernen.

»Warum?« fragte Harry. »Warum senden sie uns einen Würfel?«

»Es ist nicht nur ein Würfel«, sagte Rimford. »Es ist ein wesentlicher Teil eines der bedeutsamsten Dialoge in der Geschichte der intelligenten Rassen.«

Harry starrte den älteren Mann an. »Ich verstehe noch immer nicht warum.«

»Weil sie uns auf die einfachste mögliche Art und Weise hallo gesagt haben. Als wir über die Probleme sprachen, die sich bei der Kommunikation zwischen Kulturen ergeben, die vorher total abgeschieden und isoliert existiert haben, dachten wir ausschließlich an den Austausch von bestimmten Instruktionen. Aber sie sind einen Schritt weitergegangen; sie haben sich wohl gedacht, daß wir so etwas wie eine handfeste, greifbare Ermutigung brauchen, daher sandten sie uns ein Bild.

Und sie haben uns außerdem einige Hinweise und Parameter für den Aufbau des Computers geschickt, den wir nach ihrem Dafürhalten benutzen, um ihre Sendung zu verstehen.«

Majeski und seine Techniker hatten einige Veränderungen am Einhundertneunundsechziger vorgenommen. Der Mathematiker setzte eine Abdeckplatte ein und gab Gambini ein Zeichen, der eines der üblichen Suchprogramme lud und dann die Diskette mit den aufgenommenen Signalen einschob.

Sie schalteten mehrere Monitore auf den Computer, so daß jeder das Geschehen verfolgen konnte. Die Arbeitsstationen waren dicht umlagert: Vertreter der dienstfreien Schichten waren eingetroffen, es herrschte fast eine Partyatmosphäre.

Gambini bat mit einer Geste um Ruhe. »Ich denke, wir sind soweit«, sagte er. Er schaltete den Computer auf Such-Modus, und das Lachen verstummte. Alle Augen wandten sich den Schirmen zu.

Die roten Lampen leuchteten auf.

»Es läuft«, verkündete Angela Dellasandro.

Eine Tür fiel irgendwo im Gebäude ins Schloß, und Harry hörte, wie ein Gasboiler ansprang.

Die Monitore blieben leer.

Die Lampen erloschen.

Und ein schwarzer Punkt erschien. Er war kaum zu erkennen. Während Harry sich darüber klarzuwerden versuchte, ob er tatsächlich da war, dehnte er sich aus und entwickelte eine Beule; eine Linie wuchs aus dieser Beule heraus und erstreckte sich über die gesamte Bildschirmbreite. Dann knickte sie im rechten Winkel ab und bildete eine Schlinge. An der Basis der Schlinge erschien eine zweite Linie, die sich parallel zur ersten ausrichtete und an ihrem anderen Ende einen zweiten, verbindenden Kreis ausbildete.

Es war ein Zylinder.

Jemand stieß einen Hochruf aus. Harry hörte ein Korkenknallen und ein Zischen.

Rimford stand unter einem Monitor neben Leslie, sein Gesicht ein Strahlen reinster Freude. »Soviel«, sagte er, »zu Brockmanns These.«

»Noch nicht«, sagte Gambini. »Es ist noch zu früh.«

Ein Zölf-Zeichen-Byte erschien unter dem Zylinder. Rimfords schweres Atmen war deutlich zu hören. »Das wird sein Name sein«, sagte er. »Das Symbol für Zylinder. Wir bekommen jetzt einige Vokabeln geliefert.«

»Was ist denn diese Brockmannsche These?« fragte Harry.

Leslie schickte Rimford einen fragenden Blick, und er nickte. »Brockmann«, erklärte sie, »ist ein Psychologe aus Hamburg, der behauptet, daß fremde Kulturen wahrscheinlich nicht anders miteinander kommunizieren können als auf einem überaus oberflächlichen Level. Das liegt daran, so meint er, daß Physiologie, Umgebung, soziale Gegebenheiten und Geschichte bestimmend sind für die Art und Weise, wie wir Erfahrungen interpretieren und, infolgedessen, Ideen kundtun und verstehen.« Sie wurde nachdenklich. »Ed steht auf dem Standpunkt, daß er durchaus recht haben kann, da wir uns zur Zeit noch in einem sehr frühen Stadium dieser Kommunikation befinden. Aber ich glaube, wir haben bereits Charakteristika der altheanischen Methoden zur Problemlösung kennengelernt, die unseren eigenen sehr ähnlich sind. Vielleicht erhalten wir eine weitere verblüffende Demonstration dieser Art, ehe wir heute abend Schluß machen.«

Diese Bemerkung weckte Rimfords Interesse. »In welcher Weise, Leslie?«

»Denken Sie mal an uns«, sagte sie. »Wenn wir Bilder für eine andere Rasse verschlüsselten, welche Darstellung würden wir ganz bestimmt auf die Reise schicken?«

»Ein Bild von uns selbst«, sagte Harry.

»Treffer, Harry, Sie wären als Psychologe einsame Spitze. Nun will ich Ihnen erklären, was wir wahrscheinlich erfahren werden; die Fähigkeit, eine techologisch orientierte Zivilisation zu schaffen, erfordert grundsätzlich ähnliche Qualitäten von Logik und Erkenntnis, die die Faktoren erheblich überwiegen, die Brockmann als Beleg für seine These verwendet.«

»Wir werden sehen«, sagte Gambini. »Ich hoffe, Sie haben recht.«

»Der Zylinder ist verschwunden«, sagte Harry.

Der Punkt erschien wieder. Diesmal wurde daraus eine Kugel.

Dann eine Pyramide.

Und ein Trochoide.

»Weiß Rosenbloom schon Bescheid?« fragte Harry.

»Ich weiß nicht, ob wir schon für einen Besuch von Rosenbloom bereit sind«, sagte Gambini. »Ich werde ihn etwas später anrufen, nachdem wir sicher wissen, was wir haben. In der Zwischenzeit wollen wir diese Betrunkenen von hier entfernen. Das war ein verdammt schlechtes Beispiel, das ihr gegeben habt. Nun glauben sie alle, sie dürften es ebenfalls riskieren.«

Nach einer Weile erschien der Zylinder wieder, doch diesmal stand er im rechten Winkel zur ursprünglichen Darstellung. Ein neues Byte wurde sichtbar. »Das dürfte dem ersten ähnlich sein«, sagte Majeski, »und dieser Teil kann offensichtlich so verstanden werden, als er das Objekt an sich bezeichnet. Die Abweichung zwischen beiden dürfte den Unterschied im Winkel deutlich machen oder etwas in dieser Richtung.«

Sie erhielten einen dritten Zylinder.

Die geometrischen Figuren zogen sich bis in den Abend hinein. Harry begann sich zu langweilen und zog sich schließlich zurück, um Rosenbloom anzurufen. Mittlerweile war es schon nach Mitternacht.

Der Direktor freute sich weder über den Zeitpunkt des Anrufs noch über den Inhalt der Nachricht. »Halten Sie mich auf dem laufenden«, sagte er unwirsch.

Harry fand ein leeres Büro und zog sich für ein kurzes Schläfchen dorthin zurück. Als er ins Operationszentruum zurückkehrte, fühlte er sich noch immer wie gerädert. Er suchte Gambini, berichtete ihm von der Reaktion des Direktors und wollte schon gute Nacht sagen und nach Hause gehen, als er bemerkte, daß der Physiker ihm gar nicht richtig zugehört hatte. Und in der Tat, die Stimmung im Saal hatte sich recht nachhaltig verändert. »Ist etwas passiert?« fragte er.

Verschiedene geometrische Figuren waren auf den zahlreichen Monitoren zu sehen. Harry erkannte, daß das Programm komplett war und daß die Wissenschaftler jetzt mit eingehenderen Untersuchungen begannen. Auch Gambini saß an einem Computer. »Es gibt da etwas, das du dir mal ansehen solltest.« Er tastete es ein und trat zurück, um Harry einen ungehinderten Blick zu gestatten.

Leslie kam herüber. »Hallo«, sagte sie. »Hier scheinen heute nacht große Dinge zu geschehen. Ich weiß, daß Sie dafür verantwortlich sind, Harry.« Sie strahlte ihn an. »Herzlichen Glückwunsch.«

Eine Kugel entstand und begann zu rotieren. Ein Stück von ihrer Oberfläche entfernt erschienen vier Punkte, beulten sich aus und sandten parallele gekrümmte Linien aus, welche die Kugel schnell umschlossen. Die Darstellung bekam Schatten und Perspektiven und gewann an Tiefe.

»Mein Gott«, sagte Harry. »Das ist der Saturn!«

»Wohl kaum«, entgegnete Gambini. »Aber ich frage mich, ob ihre Heimatwelt Ringe hat.«

Die Darstellung verschwand.

Erneut war der vertraute schwarze Punkt zu sehen. Diesmal verwandelte er sich in eine tetraederähnliche Figur. Sie war spinnenartig, und ihre Gliedmaßen bewegten sich in einer Weise, die Harry als beunruhigend empfand.

»Wir nehmen an, daß dies ein Altheaner ist«, sagte Gambini.

Am späten Montagnachmittag zog Gambini sich in seine Suite in der VIP-Abteilung in der nordwestlichen Ecke des Goddard-Geländes zurück. Er wußte nicht, ob er überhaupt schlafen konnte, aber nun leisteten die Computer die Hauptarbeit, und er wollte später ausgeruht sein.

Er sank mit einem Gefühl großer Befriedigung ins Bett und tauchte mit dem seligen Gedanken in den Schlaf ein, daß er das Ziel seines Lebens erreicht hatte. Wievielen Menschen war dieses Glück beschieden?

Als vier Stunden später das Telefon klingelte, dauerte es einige Zeit, bis er sich zurechtfand. Er vergrub sich in seinen Kissen und lauschte dem beständigen elektronischen Rufzeichen, griff nach dem Hörer und hätte ihn beinahe fallengelassen.

Die Stimme am anderen Ende gehörte Charlie Hoffer. »Es ist zu Ende«, sagte er.

»Das Signal?«

»Ja. Der Pulsar sendet wieder.«

Gambini schaute auf die Uhr. »Neun Uhr dreiundfünfzig.«

»Ein voller Orbit«, sagte Hoffer.

»Sie sind zuverlässig. Wie lang?«

»Wir haben es noch nicht berechnet.«

Die Übermittlung war verhältnismäßig langsam gewesen: 41,279 Baud. »Okay«, sagte Gambini. »Danke. Melden Sie sich, wenn sich etwas ändert, Charlie.«

Er gab die Zahlen in seinen Taschenrechner ein. Am Ende kamen 23.3 Millionen Zeichen heraus.

MONITOR

Teilweise Mitschrift des Interviews mit Baines Rimford, ursprünglich erschienen in der Oktoberausgabe von *Deep Space*:

F. Dr. Rimford, Sie sollen gesagt haben, daß Sie einige Fragen haben, die Sie besonders gerne Gott stellen würden. Ich würde gerne wissen, wie diese Fragen lauten.

A. Zunächst einmal wäre es schön, eine einleuchtende GET zu haben.

F. Sie meinen eine Große Einheits-Theorie, die alle physikalischen Gesetze in sich vereint.

A. (Lacht und deutet an, daß *Deep Space* erheblich verallgemeinert) Wir wären schon zufrieden, wenn wir wüßten, wie die starken und die schwachen nuklearen Kräfte, der Elektromagentismus und die Gravitation interagieren. Einige Leute meinen, es habe einst, kurze Zeit nur, eine einzige Kraft gegeben.

F. Wann war das?

A. Während der ersten Nanosekunden des Großen Knalls. Wenn es einen Großen Knall gegeben hat.

F. Gibt es daran denn Zweifel?

A. Nun, gewiß ist damals irgend etwas passiert. Aber der Ausdruck ›Großer Knall‹ hat im Laufe der Zeit eine gewisse Bedeutung erworben; er repräsentiert eine spezifische Theorie darüber, wie alles angefangen hat. Es gibt andere Möglichkeiten: Blasen, eine zyklisch verlaufende Expansion und Kontraktion, sogar einige Varianten zu einem stabilen Zustand, die nach und nach wieder in Mode kommen.

F. Darauf würde ich gerne gleich noch einmal zurückkommen. Welche Erklärungen wünschen Sie sich außerdem?

A. Ich möchte gerne wissen, warum wir überhaupt eine Ordnung haben. Es verwundert mich, daß das Universum aus nichts anderem besteht als aus irgendwelchem kaltem Schlamm, der durch die Finsternis fliegt.

F. Ich glaube, ich verstehe nicht.

A. Fangen wir mit dem Großen Knall an.

F. Falls es einen gab.

A. Dann nennen Sie das Ganze von mir aus Auslösemechanismus. Auf jeden Fall hat irgend etwas dafür gesorgt, daß das Universum in eine Expansionsphase trat. Und da stoßen wir sofort auf einen seltsamen Zufall: Die Expansionsrate wird fast vollkommen durch Gravitation ausgeglichen, die versucht, alles wieder zusammenzuziehen. Das Gleichgewicht ist derart genau, daß wir nach sechzehn Milliarden Jahren noch immer nicht wissen, ob das Universum offen oder geschlossen ist. Nehmen wir einmal an, der Auslösevorgang wäre eine Explosion gewesen. Wäre sie nur um winziges schwächer gewesen, wären die Trümmer sehr schnell wieder in einem Punkt zusammengestürzt. Und mit schwächer meine ich einen winzigen Bruchteil eines einzigen Prozents. Wäre sie andererseits nur unwesentlich stärker gewesen, hätten sich keine Galaxien bilden können.

Oder sehen wir uns nur mal die enorme Kraft an, die den Atomkern zusammenhält. Und wieder gibt es keinen Grund, warum es genauso sein soll, wie es ist. Wäre die Kraft stärker, hätten wir weder Wasserstoff noch Wasser. Wäre sie schwächer, hätten wir keine gelben Sonnen. Es gibt tatsächlich so gut wie unendlich viele solcher Zusammenhänge. Sie haben mit dem Atomgewicht und Gefrierpunkten und Quanten und mit praktisch jeder Art von physikalischem Gesetz zu tun , das einem einfallen mag. Verändert man auch nur eine einzige jener Konstanten, bugsiert man nur ein einziges Proton, sagen wir, in ein Heliumatom, riskiert man es, das gesamte Universum zu destabilisieren. Wir scheinen an einem Ort zu leben, der, gegen im wahrsten Sinne kosmische Risiken, als Heimstatt für intelligentes Leben sorgfältig entwickelt wurde. Ich würde gerne wissen, warum das so ist.

– Aus: *Systemic Epistemology* XIV

7 Der untersetzte glattrasierte Mann stand in der Türöffnung von Harrys Büro und betrachtete es mit Verachtung. »Mr. Carmichael?«

Harry stand auf und kam um den Schreibtisch herum. Er sah dem Mann mit gemischten Gefühlen entgegen. »Ja«, sagte er und streckte eine Hand aus.

Der Besucher ignorierte sie. »Mein Name ist Pappadopoulis«, sagte er und kam herein. »Ich bin Vorsitzender der philosophischen Abteilung in Cambridge.« Er gab sich bewußt bescheiden; in Wirklichkeit war er eine Persönlichkeit von internationalem Ansehen.

Harry nahm einen fernen Trommelwirbel wahr. »Bitte nehmen Sie Platz, Professor Pappadopoulis. Was kann ich für Sie tun?«

Er blieb stehen. »Sie können mich davon überzeugen, daß es hier jemanden gibt, der sich der Bedeutung der Herkules-Signale bewußt ist.«

»Da brauchen Sie sich keine Sorgen zu machen«, sagte Harry freundlich.

»Es freut mich, das zu hören. Leider läßt die Handlungsweise der Regierung diesen Schluß nicht zu. Die NASA empfing das Herkules-Signal am frühen Morgen des siebzehnten Septembers und entschied sich, aus welchen Gründen auch immer, seine Existenz bis zum Freitag, dem zehnten November, geheimzuhalten. Kommt Ihnen das nicht ein wenig verantwortungslos vor, Mr. Carmichael?«

»Ich denke, eine voreilige Erklärung abzugeben, ehe wir alle Fakten kannten und beurteilen konnten, erscheint mir eher verantwortungslos. Wir haben uns nach bestem Wissen so entschieden.«

»Das haben Sie sicher getan. Und es ist dieses bessere Wissen, diese Urteilsfähigkeit, die ich in Frage stelle.« Pappadopoulis war ein schwergewichtiger Mann, ein angemessener Vertreter für die nüchterne Annäherung an den neu-kantischen Materialismus, die ihm seinen Ruf in den akademischen Kreisen eingebracht hatte. Sein Gesicht zeigte einen Ausdruck unerbittlicher Feindseligkeit, seine Sprache war steif und formell. »Ich bin mir leider darüber im klaren, daß mit einer ähnlichen Handlungsweise zu rechnen ist, falls weitere Signale aufgefangen werden sollten.« Er hielt inne und reagierte auf einen Ausdruck in Harrys Gesicht. »Ist noch etwas anderes geschehen? Verbergen Sie im Augenblick etwas?«

»Wir haben alles bekanntgegeben, was wir hatten«, sagte Harry.

»Versuchen Sie bitte nicht, sich mit Hilfsaussagen aus der Affäre zu stehlen, Mr. Carmichael.« Er beugte sich über Harrys Schreibtisch, strahlte gelangweilten Zorn und, wie Harry dachte, einen leichten Ekel aus. »Geschieht zur Zeit etwas, worüber die Welt Bescheid wissen sollte?«

»Nein.« Dieser verdammte Rosenbloom. Und sein Präsident.

»Ich verstehe. Warum glaube ich Ihnen nicht, Mr. Carmichael?« Er ließ sich in einen Sessel nieder. »Es spricht für Sie, daß Sie ein schlechter Lügner sind.« Er atmete heftiger von der Anstrengung und hielt kurz inne, um sich zu sammeln. »Heimlichtuerei ist in diesem Lande offensichtlich ein Zwangsreaktion. Sie erschwert das Denken, verzögert den wissenschaftlichen Fortschritt und vernichtet die Integrität.« Er ließ das letzte Wort ausklingen, ehe er fortfuhr. »Ich hatte angenommen, daß der einzige Grund, warum die Information veröffentlicht wurde, der war, daß es keine zweite Ausstrahlung gegeben hat. Wurde denn ein zweites Signal empfangen?«

»Das alles bringt uns nicht weiter, Professor. Ich werde Ihren Protest zur Kenntnis nehmen und dafür sorgen, daß der Präsident davon erfährt.«

»Das werden Sie ganz bestimmt.« Pappadopoulis betrachtete das Portrait von Robert H. Goddard an der Wand hinter Harrys Schreibtisch. »Ihm wäre das ganze Verfahren überaus peinlich, wissen Sie?«

Harry stand auf. »Schön, daß Sie vorbeigeschaut haben, Sir«, sagte er.

Pappadopoulis' Blicke bohrten sich in seine Augen. Als guter Bürokrat war Harry um Anpassung und Kompromisse bemüht. Er hatte wenig übrig für Konfrontationen, die in keiner Weise nützlich waren.

»Was geschehen ist, läßt sich nicht rückgängig machen«, stellte Pappadopoulis fest. »Meine Sorge betrifft die Zukunft. Es ist sehr wahrscheinlich, daß es weitere Sendungen geben wird, wenn sie nicht schon längst stattgefunden haben. Ich möchte gerne fragen, wie Ihre Position aussieht, wenn es dazu kommt. Ihre Position, Mr. Carmichael. Nicht die der Regierung. Ich muß leider erkennen, daß ich auf diese Frage die Antwort bereits erhalten habe.«

Harry krümmte sich innerlich unter dem geradezu sezierenden Blick seines Besuchers.

Pappadopoulis lächelte. »Es freut mich, erleben zu dürfen, daß sogar ein Vertreter des öffentlichen Dienstes ein Gewissen hat. Die Leute, für die Sie arbeiten, Mr. Carmichael, sind nur daran interessiert, welche militärischen Vorteile sie aus all dem herausholen können. Darf ich Sie darauf aufmerksam machen, daß Sie der Menschheit gegenüber eine größere Verpflichtung haben als für einen gewissenlosen Arbeitgeber. Bieten Sie den Bastarden die Stirn!« Seine Stimme erhob sich. »Sie sind es jedem schuldig, der die Natur der Welt zu verstehen versucht, in der wir leben. Und Sie sind es sich selbst schuldig.

In vielen Jahren, wenn Sie und ich längst gestorben sind, könnte man sich durchaus an Sie erinnern wegen Ihres Mutes und Ihrer Leistungen. Schweigen Sie und gehorchen Sie Ihren obskuren Herren, und ich kann Ihnen versichern, daß das totale Vergessen dann das Beste ist, worauf Sie hoffen können.« Er griff in eine Westentasche. »Meine Karte, Mr. Carmichael. Zögern Sie nicht, anzurufen, wenn ich Ihnen behilflich sein kann. Und seien Sie bitte versichert, daß ich, wenn es denn notwendig ist, Ihnen mit Freuden zur Seite stehen werde.«

»Jemand muß mit dem Präsidenten reden.« Gambini rührte in seinem Kaffee und starrte mit steinernem Gesichtsausdruck durch die Cafeteria. »Er erfährt nur eine Seite, nämlich die militärische. Er hört sich da oben die Vorträge seiner Führungsleute an, und die sehen natürlich nur die Gefahren. Sie sind so gottverdammt kurzsichtig. Harry, ich möchte nicht Teil des Militärapparates werden. Mein ganze Leben habe ich auf ein solches Ereignis gewartet, und jetzt machen diese Bastarde alles kaputt. Wißt ihr, Hurley hat die einmalige Chance, etwas wirklich Gutes zu tun. Wir bekommen dadurch zwar nicht den Weltfrieden, aber er hätte die Gelegenheit, einige Mauern einzureißen.

Wir haben noch nie in unserer Gesamtheit als Rasse gehandelt. Es gab eine Chance dazu gegen Ende des Zweiten Weltkriegs und eine weitere, als wir den Flug zum Mond unternahmen. Aber diesmal, Harry: Was kann es denn Natürlicheres geben, um die Menschen zu einer Einheit werden zu lassen, als die sichere Erkenntnis, wie Pete so gerne sagt, daß es dort draußen noch jemand anderen gibt?

Was mich richtig frustriert, ist, daß Rosenbloom mit der Art und Weise, wie die Dinge laufen, völlig zufrieden ist. Und er hat recht. Es könnte wirklich platzen, und verschiedene Leute könnten etwas abbekommen. Aber was zum Teufel macht das schon aus, Harry, seit einem halben Jahrhundert geht es sowieso ständig bergab. Vielleicht brauchen wir eine gute Spielernatur, um unser Glück zu wenden. Wir haben hier ein Geheimnis, und wir tun besser daran, die Möglichkeiten des gesamten Planeten zu nutzen, als zu versuchen, es zu lösen, ohne jemandem zu verraten, was hier los ist.« Er schaute Harry aufmerksam an. »Wir müssen die Dinge jetzt in die Hand nehmen.«

»Nein«, sagte Harry. »Du mußt sie in die Hand nehmen, wenn du willst. Laß mich dabei draußen. Ich möchte nicht in Colorado bei der Naturschutzbehörde landen.«

Gambini zupfte seine Krawatte zurecht und schürzte die Lippen. »Okay. Ich kann es dir eigentlich nicht übelnehmen. Aber du mußt begreifen, daß wir historische Persönlichkeiten geworden sind, Harry. Was hier geschehen ist während der vergangenen Wochen und was noch geschehen wird, wenn wir erst mal tiefer in die ganze Sache eingestiegen sind, wird noch für lange Zeit Thema für zahlreiche Betrachtungen und Analysen sein. Ich möchte nur, daß ich, wenn am Ende die große Abrechnung erfolgt, nicht auf der falschen Seite stehe.«

»Lustig. Genau das hat Pappadopoulis auch zu mir gesagt.«

»Es wird passieren, Harry. Das hier ist einfach zu groß, um geheimgehalten zu werden.«

»Warum brauchst du mich?« fragte Harry.

»Weil ich nicht so einfach ins Weiße Haus spazieren kann. Aber du kannst mich reinbringen.«

»Wie?«

»Am Donnerstag findet doch dort das jährliche Bankett der National Science Foundation statt. Der Präsident verteilt bei dieser Gelegenheit einige Preise an Studenten. Es ist ein großes Medienereignis, und es wäre eine gute Gelegenheit, um an ihn heranzukommen. Aber erst einmal muß ich ins Haus hinein. Die NASA bekäme sicherlich ein paar Eintrittskarten, wenn wir darum bäten.« Gambini beugte sich vor. »Wie wäre das, Harry?«

»Dir ist es eigentlich egal, ob sie mich in die Wüste schicken, oder?« Harry stützte die Ellbogen auf die Tischplatte, verschränkte die Finger und legte sein Kinn darauf. Seine Ehe war zerbrochen, und er hatte seinen Job bei Goddard eigentlich nie so richtig geliebt. Eigentlich war es in seiner ersten Zeit beim Finanzministerium, als er von Leuten umgeben war, die ihm in vielem glichen, gar nicht so schlecht gewesen. Aber er hatte bei Goddard, wo Männer in den Weltraum hinausblicken, während er sich um ihre Versicherungsfragen kümmerte, eine Menge erlebt. Vielleicht hatte er angefangen, sich von ihrer Abneigung gegen sein Gewerbe anstecken zu lassen. »Es ist ein wenig spät, jetzt noch hineinzukommen, es sei denn, wir können irgendeinen Deal auf die Beine stellen. Was macht Baines am Donnerstag?«

»Ich kann mich eigentlich nur fragen«, sagte der Präsident mit seiner vollen Baritonstimme und betrachtete die zwei Dutzend jungen Leute, die an beiden Seiten seines Tisches saßen, »ob heute bei uns im Saal ein neuer Francis Crick sitzt. Oder ein Jonas Salk. Oder ein Baines Rimford.« Eine kurze Unruhe entstand; und Applaus kam auf, der durch den Saal lief, bis alle klatschten. Er dauerte an, und Rimford hörte, wie das Publikum seinen Namen rief. Er erhob sich von seinem Platz neben dem Präsidenten und verneigte sich. Hurley lächelte und trat zurück, um einen ungehinderten Blick auf seinen berühmten Ehrengast zu gestatten.

Dann wandte er sich wieder an die Studenten. »Vielleicht ist es in einem gewissen Sinn«, fuhr er fort, als der Applaus verstummte, »für uns ausreichend, kurz darüber nachzudenken, was Sie heute hierher geführt hat und was Sie heute darstellen. Ich bin sicher, daß Dr. Rimford mit mir einig ist, daß die Zukunft für sich selbst sorgen wird. Seien Sie stolz auf das, was Sie geleistet haben: das ist genug.« Er ließ seinen Blick über sie hinweg wandern, als schaute er zum fernen Horizont. »Einstweilen.«

An einem der weiter entfernt stehenden Tische hörte Harry voller Interesse zu. Hurley benutzte niemals Notizen und schien immer ganz spontan zu reden, und es hieß von ihm, daß er ein Publikum in seinen Bann schlagen konnte, indem er ihm stundenlang aus dem Telefonbuch vorlas. Einige, die schon lange in Washington tätig waren, meinten, er sei der beste Redner seit Kennedy. Vielleicht sogar der Beste überhaupt. Aber Harry hatte den Präsidenten eigentlich nie als einen Redner gesehen, und darin lag seine seltsame Begabung. Wenn man Hurley zuhörte, dann hatte man niemals das Gefühl, einer Ansprache zu lauschen. Man saß eher mit ihm zusammen in gemütlichen Sesseln an einem Tisch oder in einer gedämpft beleuchteten Nische in einer Bar und unterhielt sich. Mit Stil. Das war der Eindruck. Hafenarbeiter und Wirtschaftsfachmann: Hurley sprach zu allen in deren eigener Sprache und manchmal sogar gleichzeitig. Eine besondere Sprachbegabung, hatte Tom Brokaw es genannt.

Harry hätte vielleicht ein schlechtes Gewissen gehabt, Rimford dazu zu benutzen, Gambini in den Festsaal zu schmuggeln, wenn der Kosmologe das Ganze nicht aus vollen Zügen genossen hätte. Sie waren schon früh eingetroffen, und Rimford war zwischen den jungen Preisträgern umhergeschlendert, hatte Fragen gestellt, sich ihre Antworten angehört und Hände geschüttelt.

Gambini saß etwa in der Mitte des Raums, mißgelaunt und umgeben von zwei geschwätzigen Vertretern des Schuldistrikts von Indianapolis, der in diesem Jahr zwei Preisträger stellte, und einer jungen Frau von der JPL, die, als sie erfuhr, um wen es sich bei ihm handelte, ihm ausführlich ihre Einwände gegen die Art und Weise darstellte, wie er die Herkules-Operation führte.

»Dr. Rimford«, fuhr der Präsident fort, »ich frage mich, ob wir Ihnen die Aufgabe übertragen können, die Preise zu verteilen.«

»Es wäre mir eine Ehre«, sagte Baines, erhob sich und nahm seinen Platz an Hurleys Seite ein, während das Publikum wieder applaudierte. Es war eines jener Arrangements, wie die Presse sie liebte: Der Präsident spielte die Rolle des Helfers, er gab die Namen der Sieger bekannt, reichte Rimford die Urkunden und hielt sich bescheiden im Hintergrund, während der Kosmologe die Präsentation übernahm. Es war, dachte Harry, eine brillante Vorstellung. Kein Wunder, daß so viele ihn liebten, trotz all der Probleme seiner Administration.

Als es vorüber war, bedankte der Präsident sich bei Rimford, fügte noch ein paar abschließende Bemerkungen hinzu und schickte sich an, den Saal zu verlassen. Gambini, von seinem plötzlichen Abtreten überrascht, sprang auf und eilte ihm nach. Aber Gambini hatte keine Secret-Service-Eskorte, und die Presse hatte ihn bereits umringt, als er die ersten paar Schritte gemacht hatte. Harry beobachtete das Geschehen mit wachsendem Unmut; Hurley ging an seinem Tisch vorbei, während der verzweifelte Gambini sich freizumachen versuchte.

Der Präsident blieb stehen, um mit Cass Woodbury von CBS zu sprechen. Zwei andere Reporter drängten sich heran. Woodburys Bemerkungen bezogen sich auf die Besetzung des Kernkraftwerkes in Lakehurst durch eine Terroristengruppe. Im Saal flackerten Blitzlichter, und die Menschen lachten. Neugierige, die einen besseren Blick auf den Präsidenten erhaschen wollten, stießen gegen Harrys Stuhl, und jemand an seinem Tisch warf eine Kaffeetasse um. Gambini war nicht mehr zu sehen.

Hurley beendete sein Interview mit Woodbury, schaute auf die Uhr und wollte offenbar jeden Moment gehen. Chilton, der Pressesprecher des Weißen Hauses, hielt bereits die Tür auf, durch die der Präsident den Saal verlassen würde.

Harry stand langsam auf, mehr oder weniger in der Hoffnung, daß Hurley ging, ehe er ihn erreichen konnte. Aber Woodbury stellte weiterhin Fragen. »Das ist wirkklich alles, was ich weiß, Cass«, sagte er und erhob seine Stimme, um über den Lärm in seiner Umgebung verstanden zu werden. »Noch hat New Jersey nicht um Regierungshilfe gebeten. Aber wir sind da, wenn wir gebraucht werden.« Er nickte aufmunternd in eine Fernsehkamera, winkte jemandem in der Menge hinter Harry und gab seinen Leuten ein Zeichen, ihn hinauszubringen.

Harry befand sich jetzt fast neben ihm; einer der Agenten beobachtete ihn bereits mit zunehmendem Mißtrauen.

Eine andere Reporterin versuchte eine Frage über den Mittleren Osten anzubringen, und der Agent trat dazwischen, um ihr das Wort abzuschneiden, während Hurley sich umwandte und auf die Tür zusteuerte. In diesem Moment geriet Harry in sein Blickfeld. »Mr. President«, sagte er und wußte gleichzeitig, daß er einen furchtbaren Fehler machte.

Hurley brauchte nur einen kurzen Augenblick, um sich an ihn zu erinnern. »Harry«, sagte er, »ich wußte gar nicht, daß Sie heute auch hier sind.«

»Dr. Gambini ist ebenfalls hier, Sir. Wir würden gerne kurz mit Ihnen reden. Es ist sehr wichtig.«

Die Begeisterung, welche den Auftritt des Präsidenten während der Präsentation gekennzeichnet hatte, war noch nicht ganz verflogen. Aber Harry erkannt gewisse Linien um seinen Mund, und die dunklen Augen hinter den Gläsern seiner Metallbrille wurden wachsam. »Zehn Minuten«, sagte er. »In meinen Räumen.«

Ausgaben von Dostojewski, Tolstoi, Dickens und Melville standen in den Regalen des Wohnzimmers. Die Bücher waren in Leder gebunden, und eines, *Anna Karenina*, lag offen auf einem Beistelltisch. »Die sind alle ziemlich abgegriffen«, sagte Harry und inspizierte verschiedene Bände. »Man sollte doch nicht annehmen, daß ausgerechnet Hurley russische Romane liest, oder?«

»Wenn er es tut, dann ist er klug genug, nicht darüber zu reden.« Gambini saß mit geschlossenen Augen da und hatte die Hände tief in den Hosentaschen vergraben.

Sonnenschein drang in den Raum. Die NSF-Gruppe war durch die Fenster zu erkennen, verteilt auf dem Rasen des Weißen Hauses, Offizielle, Eltern, Lehrer und Kinder, wo sie fotografierten, ihre Urkunden verglichen und es sich gutgehen ließen.

Sie hörten draußen auf dem Korridor Stimmen, dann ging die Tür auf, und Hurley kam herein. »Hallo, Ed«, sagte er und streckte ihm die Hand entgegen. »Schön, Sie zu sehen.« Er wandte sich an Harry. »Ich wollte Ihnen danken, Rimford vorgeschlagen zu haben. Er war heute da draußen einfach phantastisch.« Der Präsident setzte sich gegenüber Gambini in einen Sessel und machte einige Bemerkungen zu den preiswürdigen Projekten. Gambini reagierte pflichtschuldigst beeindruckt, obgleich Harry erkennen konnte, daß er viel zu sehr mit seinem eigenen Anliegen beschäftigt war, um den Ausführungen besonders aufmerksam zu folgen. »Ich bin froh, daß Sie hergekommen sind«, sagte der Präsident. »Ich hatte Sie schon die ganze Zeit anrufen wollen. Ed, Herkules bietet interessante Möglichkeiten. Ich verfolge gespannt, was Sie und Ihre Leute leisten. Aber wissen Sie, wie ich zu meinen Informationen gelange? Sie reden mit Rosenbloom, Rosenbloom spricht mit zwei anderen Leuten, bis es zur Leitung der NASA gelangt, und dann kommt es hier bei Schneider an.« Er meinte Fred Schneider, Hurleys zaghaften, eilfertigen wissenschaftlichen Berater. »Und wenn es endlich zu mir gelangt, dann weiß ich nicht, in welcher Weise alles verzerrt und verändert wurde; was ausgelassen wurde oder nur am Rand berührt wird.« Er zog einen Notizblock über den Tisch, schrieb eine Nummer darauf, riß den Zettel ab und reichte ihn Gambini. »Dort können Sie mich erreichen, wann immer Sie es für nötig erachten. Wenn ich nicht sofort verfügbar bin, dann rufe ich sofort zurück. Rufen Sie auf jeden Fall jeden Morgen um Viertel nach acht an. Ich möchte gerne über das, was bei euch passiert, auf dem laufenden sein. Ich will vor allem von neuen Erkenntnissen beim Entziffern der Signale Bescheid bekommen. Ich möchte wissen, welche Art von Material wir bekommen. Und ich bin an Ihren Ansichten über die Möglichkeiten dessen interessiert, was wir an neuem erfahren.«

Irgendwie landete die Telefonnummer bei Harry.

Es war ein wenig warm im Zimmer. »Machen Sie noch immer Fortschritte?« fuhr er fort. »Gut. In diesem Fall, warum verraten Sie mir nicht, weshalb Sie so sehr darauf bedacht waren, heute am Treffen der NSF teilzunehmen?«

»Mr. President«, begann Gambini zögernd, »wir sind nicht so erfolgreich und effizient, wie wir es eigentlich sein könnten.«

»Ach? Und warum nicht?«

»Zum einen ist unser Personal ziemlich knapp. Wir konnten nicht die Leute bekommen, die wir brauchen.«

»Sicherheitsprobleme?« fragte Hurley. »Ich kümmere mich darum und versuche, die Dinge etwas zu beschleunigen. Bis dahin, Ed, müssen Sie auch verstehen, daß die Angelegenheit von ziemlicher Bedeutung und recht heikel ist. Tatsächlich habe ich heute morgen die Code-Wort-Klassifikation für den Herkules-Text unterschrieben. Sie werden noch heute nachmittag Unterstützung bei Ihren Sicherheitsmaßnahmen bekommen.«

Gambini machte ein gequältes Gesicht. »Das ist es ja gerade, was ich beklage. Wir kommen nicht wie gewünscht weiter, wenn wir uns nicht mit den Experten der verschiedenen Disziplinen in Verbindung setzen können. Die Sicherheitsüberprüfungen brauchen ihre Zeit, und wir wissen nicht immer lange im voraus, wen wir brauchen. Wenn wir sechs Monate warten müssen, um jemanden herzuholen, dann brauchen wir uns gar nicht erst darum zu bemühen.«

»Ich sehe, was ich tun kann. Ist das alles?«

»Mr. President«, sagte Harry, »es gibt unter den Wissenschaftlern und in sämtlichen akademischen und wissenschaftlichen Bereichen die fast einhellige Meinung, daß wir kein Recht haben, eine Entdeckung von solchen Ausmaßen für uns zu behalten.«

»Und was meinen Sie, Harry?«

Harry blickte in die durchdringenden grauen Augen des Präsidenten. »Ich denke, sie haben recht«, sagte er. »Ich weiß, daß es gewisse Risiken gibt, aber wir werden sie eingehen müssen. Vielleicht ist dies der Zeitpunkt, es zu wagen.«

»Die akademischen und wissenschaftlichen Kreise«, sagte Hurley mit unterdrücktem Unwillen, »müssen sich nicht mit dem Kreml auseinandersetzen. Oder mit den Arabern oder mit den hundertvierzig Zwergländern, die nichts lieber täten, als eine eigene billige Superwaffe zu entwickeln, um sie jemandem auf den Kopf zu werfen, dessen Nase ihnen nicht paßt. Oder mit den Verrückten, die im Kernkraftwerk in New Jersey hocken. Wer weiß denn schon, was vielleicht auf diesen Disketten versteckt ist?«

»Ich glaube«, sagte Gambini und faßte alles, was er auf dem Herzen hatte, zu einem letzten verzweifelten Versuch zusammen, »wir reagieren da ein wenig paranoid.«

»Für Sie ist es einfach, eine solche Schlußfolgerung zu

ziehen, Ed. Wenn Sie sich irren« – er zuckte die Achseln – »was soll's!« Er ließ die Jalousien herunter und sperrte den Sonnenschein aus dem Zimmer aus. »Haben Sie eine Vorstellung davon, wie es ist, auf einem nuklearen Scheiterhaufen zu sitzen? Sagen Sie mal, Gambini, haben Sie jemals einen anderen Menschen mit einer geladenen Waffe bedroht? Ich halte jedem Menschen auf diesem Planeten eine geladene Pistole vor die Nase. Nein: ich habe sogar jedes menschliche Wesen, das irgendwann einmal diese Erde betreten wird, im Visier. Haben Sie eine Ahnung, wie man sich dabei fühlt?

Meinen Sie nicht, daß ich weiß, wie uns das vor der Öffentlichkeit dastehen läßt? Die Presse betrachtet mich als Faschisten, und die American Philosophical Society ringt vor Zorn die Hände. Aber wo bleibt dieser ehrenwerte Verein, wenn wir Vorgänge in Gang setzen, die am Ende in eine Katastrophe münden?« Er lächelte spöttisch. Es war eine Gefühlsäußerung, die er sich in dieser Eindeutigkeit in der Öffentlichkeit niemals erlaubt hätte. »Sie können Ihre zusätzlichen Leute nicht eher bekommen, als bis wir sicher sind, daß wir ihnen trauen können. Wenn das einige Tage oder auch Jahre Wartezeit bedeutet, dann ist es eben so. Wir behalten die empfangenen Sendungen für uns. Soviel will ich Ihnen zugestehen: Sie können bekanntgeben, daß es ein weiteres Signal gegeben hat, und Sie dürfen auch die Bilder von den Dreiecken und was auch immer Sie empfangen haben veröffentlichen. Aber alles andere, was wir bisher noch nicht haben entschlüsseln können, bleibt unter Verschluß, bis wir genau wissen, um was es sich handelt.«

Eine Stunde später empfing Majeski sie mit der jüngsten Neuigkeit. »Wir haben das Theorem des Pythagoras gefunden.«

MONITOR

ASU BEDRÄNGT HURLEY
Wissenschaftler fordern Bestätigung zu Herkules

LEGALISIERUNGS-BESTREBUNGEN
VOM KONGRESS UNTERSTÜTZT
Kokain und andere Drogen werden
durch Krankenhäuser verteilt
AMA kündigt ebenfalls Unterstützung an

STILLSTAND IN GENF
USA drohen mit Austritt

OLYMPIAHOFFNUNG HAT LEUKÄMIE
Laufwunder Brad Conroy
bei Training zusammengebrochen

KINDER BRINGEN GÜTERZUG ZUM ENTGLEISEN
Eisenstange war die Ursache; zwei Verletzte

HEILUNGSMÖGLICHKEIT FÜR DIABETES GEFUNDEN

VERSTEINERTER WALD SOLL FÜR BESUCHER
GESPERRT WERDEN
Verbot einzige Antwort auf Vandalismus, meint Murray
Kritiker gespannt auf nächstes Verbot

TERRORISTEN IN LAKEHURST HALTEN NOCH IMMER
ZWEI GEISELN IN IHRER GEWALT
Strahlungswolke könnte bis nach Philadelphia treiben
Gouverneur schließt Einsatz von Armee aus

WIE WIRD MAN HUNDERT JAHRE ALT?
›Pa‹ Decker feiert Geburtstag
Hält Humor für lebenswichtige Eigenschaft
Aber es fällt zunehmend schwerer, sagt er

BRITEN FINDEN BOMBE DER IRA
Einsatzkommando durchsucht nach Hinweis
Pub in Manchester

**PENTAGON ZÄHLT ZWEI SOWJETISCHE
RAKETENABSCHUSSBASEN IN ERDUMLAUFBAHN**

8 Harry setzte die Pressekonferenz für 10:00 Uhr vormittags am nächsten Tag an. Er engagierte einen Künstler, der einige Zeichnungen vom altheanischen Sternensystem anfertigte, und verbrachte einen großen Teil des Donnerstagabends damit, einen widerstrebenden Ted Parkinson darauf vorzubereiten, eine vorformulierte Erklärung zu verlesen, Fragen zu beantworten und einen ersten Datenkomplex zu veröffentlichen. Parkinson, der als Public Relations-Chef von Goddard tätig war, hatte das Gefühl, daß sein Ansehen durch die Behandlung der Herkules-Ausstrahlungen bereits gelitten hatte; er war mit dem Management nicht gerade glücklich. Aber sie brauchten seine Erfahrung bei öffentlichen Auftritten und sein hervorragendes Verhältnis zur Presse. Parkinson äußerte lakonisch die Hoffnung, dieses gute Verhältnis würde den Tag überleben.

Rosenbloom war ganz offensichtlich verärgert.

»Der Präsident hat es angeordnet«, sagte Harry mit einem Zögern, ohne Einzelheiten zu erwähnen.

Der Direktor reagierte unwirsch. »Es ist ein grober Fehler, Harry. Aber der verdammte Narr tut sowieso, was er will, und niemand kann ihn eines Besseren belehren. Na schön, spielen wir eben mit. Aber Ted soll sich so kurz wie möglich fassen.«

Der Presseraum wäre für diese Konferenz sicherlich nicht ganz angemessen. Also forderte Harry jeden freien Stuhl an und besetzte den größtmöglichen Raum, der sich in Gebäude Vier fand. Sie wechselten die Dekorationen aus und hängten Bilder von Spiralnebeln, vorgeschobenen Beobachtungsstationen und Raketenstarts auf. Der größte Teil der Rückwand war bereits mit der Karte des Vierten Uhuru-Katalogs bedeckt, der auffallende Röntgenbilder aus der ganzen Galaxis enthielt. Parkinson hatte mehrere Modelle von Raketenantriebsstufen und Satelliten aus dem Besucherzentrum herüberbringen lassen.

Nachdem sie die Arbeiten abgeschlossen hatten, war Harry zufrieden. »Wir wollen versuchen, diesen Raum zu erhalten«, sagte er zu Parkinson, während die Fernsehübertragungswagen eintrafen. »Wir werden ihn wieder brauchen.«

Er zog sich in sein Büro zurück und vertiefte sich in Wartungsberichte. Kurz vor zehn Uhr schaltete er den Fernsehapparat an. Zwei NBC-Nachrichtensprecher äußerten ihre Überlegungen zur Pressekonferenz bei Goddard und, was Harry nicht sonderlich überraschte, gelangten schnell zu der Vermutung, daß ein zweites Signal eingegangen sein mußte.

Sie brachten Luftaufnahmen von der Anlage und einen kurzen Überblick über die Geschichte des Space Center und beendeten den Bericht mit Aufnahmen von der Pressekonferenz des Präsidenten aus der vorhergehenden Woche. Dann, um Punkt zehn Uhr, übernahmen die Kameras im Center, und Parkinson betrat den Versammlungsraum.

Der junge Public Relations-Mann vermittelte genau das Bild, das Harry vorgeschwebt hatte: jugendlich, energisch, positiv und einsatzbereit. Er wollte nicht, daß Parkinson in seinem Auftreten jener Art von Pressesprecher glich, wie er in den oberen Ebenen der Regierung so häufig vertreten war, wo er nichtssagende Presseerklärungen verlas und dann schnellstens in Deckung ging.

Ein Computer stand neben dem Podium.

Das Publikum wurde ruhig.

»Guten Morgen, meine Damen und Herren«, begann er, »es wird Sie sicherlich interessieren, zu erfahren, daß SKYNET am vergangenen Samstag um ein Uhr neun morgens ein zweites Signal aus der Herkules-Gruppe aufgefangen hat.« Geschickt beschrieb er die besonderen Merkmale dieser Aussendung und ließ dann die Bombe hochgehen: »Ich kann Ihnen außerdem mitteilen, daß wir bereits kleine Teile der aufgefangenen Signale entschlüsseln konnten.« Die Kameras schwenkten ins Publikum, das sich wie auf ein geheimes Zeichen gespannt vorzubeugen schien.

»Was wir bisher zur Verfügung haben«, fuhr er nach einigen Sekunden fort, »ist nur ein Anfang: ein paar mathematische Darstellungen und einige allgemein bekannte Theoreme. Diese Informationen sind im ersten Abschnitt oder besser der ersten Datengruppe der Sendung enthalten. Die Sendung als solche scheint nun komplett zu sein. Sie wurde von den Altheanern in hundertacht Datensätze aufgeteilt. Dieser« – er hielt die silberne Laserdisk hoch – »scheint ausschließlich die Funktion einer Begrüßung und eines Instruktionskatalogs zu erfüllen. Lassen Sie mich an dieser Stelle mit Nachdruck darauf hinweisen, daß wir weit davon entfernt sind, die Sendung insgesamt zu verstehen.«

Er beschrieb die Methode, die angewendet wurde, um in den binären Code einzudringen. »Wir bekamen entscheidende Hilfe von den Herren Kirk und Spock.« Diese Bemerkung rief allgemeines Gelächter hervor und löste die Spannung. Harry hatte gewisse Bedenken gehabt, diesen Teil ausführlich zu schildern, aber Parkinson hatte darauf bestanden, da dies genau die Art von verblüffendem Erfindungsgeist war, der sich in der Presse gutmachte und ihnen Freunde verschaffte. Nach der Tradition des Space Center wurde jedoch kein Arbeitserfolg mit einer bestimmten Person identifiziert, und Harry büßte die Chance ein, berühmt zu werden.

»Nun«, fuhr Parkinson fort, »möchte ich Ihnen die ersten Bilder zeigen, die die Erde jemals von einer fremden Welt empfangen hat.«

Sie hatten ein Videoband produziert. Es war etwa zwei Minuten lang und enthielt eine Montage aus den Würfeln und Zylindern, die in den Instruktionen enthalten waren. Während die Bilder sich abwechselten, sprach Cass Woodbury einen Kommentar zum Gegensatz zwischen den »sehr irdischen Figuren und ihrer transzendentalen Bedeutung«.

Das Publikum applaudierte bei der Saturn-Darstellung.

Und dann zeichnete der Computer die vage an ein Spinnenwesen erinnernde Gestalt, die möglicherweise einen Altheaner darstellte.

»Was ist das?« fragte eine Frau vom *Philadelphia Inquirer*. Ihre Stimme klang nur beiläufig neugierig.

»Wir wissen es nicht«, antwortete Parkinson. »Es könnte alles mögliche sein, nehme ich an. Ein Baum. Ein Verdrahtungsplan. Ich nehme an, daß wir, wenn wir alles genau analysiert haben, eine ganze Menge vorliegen haben, das wir nicht erklären können.«

Es war eine gute Erwiderung, dennoch überkam Harry ein leicht unbehagliches Gefühl. Er hatte in Erwägung gezogen, diese Bemerkung wegzulassen, und wünschte sich nun, es getan zu haben.

Rosenbloom beorderte Harry am Nachmittag in sein Büro. Er ging in der Erwartung hinüber, ein paar lobende Worte zur erfolgreichen Pressekonferenz zu hören zu bekommen. Der Direktor erwähnte sie überhaupt nicht.

»Harry«, sagte er statt dessen, »kennen Sie Pat Maloney?«

Maloney war ein hagerer Mann mit einem schütteren Schnurrbart, einem dreiteiligen Anzug und einer ständig leicht geduckten Haltung. Er hatte sein Berufsleben als Immobilienmakler begonnen, ein Gewerbe, in dem er offensichtlich erfolgreich gewesen war, hatte sich dann in das Jersey City Water and Sewage Board wählen lassen und war dann zu seiner derzeitigen hervorgehobenen Position als Sondersicherheitsberater des Weißen Hauses aufgestiegen.

Harry schüttelte ihm die Hand. Sie war feucht.

»Und das ist Dave Schenken«, fuhr Rosenbloom fort. »Er ist Sicherheitsspezialist.«

Schenken reagierte mit einem Kopfnicken. Er war hochgewachsen, breitschultrig und farbig, mit einem keilförmigen Gesicht und harten Augen. Das Lächeln, mit dem er Harry ansah, ließ sie nicht weicher werden.

»Dave wird Ihnen den restlichen Nachmittag Gesellschaft leisten«, sagte der Direktor. »Er muß sich einen Überblick über das hier vorhandene Sicherheitssystem verschaffen und wird dazu einige Verbesserungsvorschläge machen.«

»Tatsächlich«, sagte Schenken beiläufig, »haben wir uns bereits recht umfassend über Ihr Sicherheitssystem informieren können.« Seine Stimme klang trocken und schien zu knistern wie Papier, das zu lange in der Sonne gelegen hatte. »Ich will niemanden kritisieren, Carmichael, aber es verblüfft mich einigermaßen, daß sich bisher niemand mit einem Ihrer Teleskope aus dem Staub gemacht hat.«

»Wir haben keine Teleskope«, erwiderte Harry knapp und wandte sich dann an Maloney. »Wissen Sie, vielleicht sollten wir damit anfangen, daß wir uns bewußt machen, daß dies keine Einrichtung der Landesverteidigung ist. Wir haben hier keine Geheimnisse.«

»Tatsächlich, Dr. Carmichael«, sagte Maloney, »werden Sie anfangen müssen, Geheimnisse zu bewahren, oder wir gehen mit dem Herkules-Projekt irgendwohin, wo das möglich ist.«

»Ich bin kein Doktor«, sagte Harry.

»Um es ein für allemal festzuhalten, alles, was mit Herkules zu tun hat, hat Code-Wort-Status. Dave wird Ihnen die Einzelheiten erklären. Zur Zeit wird die untere Ebene des Forschungslabors umgebaut, so daß Sie Ihre Arbeit dort fortsetzen können.«

»*Umgebaut?*«

»Wir schränken die Zugangsmöglichkeiten ein«, sagte Schenken. »Und wir werden auch einige strukturelle Veränderungen innerhalb des Gebäudes vornehmen.«

Maloney fuhr mit dem Finger über die Kante des schweren Schreibtisches. Es war eine fast erotische Geste. »Außerdem«, fuhr er fort, »führen wir Sicherheitsüberprüfungen bei den Angestellten durch. Auf Anweisung des Präsidenten haben wir bereits vorübergehende Freigaben verfügt, aber es ist durchaus möglich, daß, als Folge unserer Ermittlungen, einige Ihrer Leute in dem Programm nicht länger mitarbeiten können. Ich teile Ihnen das schon so frühzeitig mit, weil, angesichts des Umfangs dieses Projekts, zweifellos gewisse Probleme auftauchen werden.«

Schenken reichte Harry eine Broschüre. »Wir möchten, daß Sie das lesen«, sagte er. »Jeder der an Herkules Beteiligten wird ein solches Handbuch erhalten. Darin werden die Techniken beschrieben, wie mit geheimen Informationen umgegangen wird und welche Verantwortung der einzelne Mitarbeiter hat.«

Rosenbloom machte keine Anstalten, sich einzuschalten. »Wir haben Sicherheitspersonal«, sagte Harry.

»Das reicht nicht aus«, meinte Maloney. »Von jetzt an wird Dave die Sicherheitsmaßnahmen leiten.« Er bemerkte Harrys Verwirrung. »Versuchen Sie zu verstehen, daß der Charakter der ganzen Operation jetzt ein anderer ist. Wir unterhalten uns nicht mehr darüber, jemandem ein Protokoll wegen Falschparkens zu verpassen oder einen Betrunkenen aus dem Besuchszentrum zu entfernen. Wir haben es hier mit der Geheimhaltung von wichtigen Informationen vor den gezielten Spionageversuchen fremder Mächte zu tun. Sie können darüber denken, wie Sie wollen, Dr. Carmichael, aber es ist eine sehr ernste Angelegenheit.«

Maloney, der über Harrys Reaktion offensichtlich verärgert war, wandte sich an den Direktor. »Die Situation ist im Fluß, und so wie die Dinge jetzt stehen, hat Goddard ernste Sicherheitsprobleme. Ich wäre nicht ehrlich zu Ihnen, Dr. Rosenbloom, wenn ich Ihnen nicht gleich von Anfang an mitteilte, daß ich die Absicht habe, die Empfehlung auszusprechen, daß die ganze Operation hier abgebrochen und vielleicht in Fort Meade fortgesetzt wird. Bis dahin konzentrieren wir uns auf die drei Bereiche, in denen wir verwundbar sind. Über das Labor haben wir bereits gesprochen. Wir werden auch NASCOM absichern müssen, wo das Signal ankommt, und die Bibliothek, wo eine Kopie der empfangenen Sendung aufbewahrt wird.«

»Mein Gott!« brach es aus Rosenbloom hervor. »Sie wollen die Bibliothek abriegeln?«

»Nein.« Schenkens Gesicht verzog sich zu einer Grimasse. Es war ein Ausdruck, den er einsetzte, wenn er glaubte, er demonstriere Entgegenkommen. »Wir bringen die Kopien in einem Bereich im Keller unter, der vom restlichen Gebäude völlig abgetrennt werden kann. Nur der

Korridor, der zu diesen Räumlichkeiten führt, wird abgesichert.«

»Sind sie dazu befugt?« wollte Harry von Rosenbloom wissen.

»Wenn es nötig ist«, sagte der Direktor. »Sehen Sie nur zu, daß Sie ihnen nicht in die Quere kommen, und lassen Sie sie ihre Arbeit erledigen.«

Maloney erschien gelangweilt. »Demnach verstehen wir uns. Carmichael, mir gefällt das Ganze ebensowenig wie Ihnen. Ich begreife die besonderen Probleme, die Sie haben, und wir werden uns bemühen, nicht mehr Schwierigkeiten zu schaffen, als notwendig ist. Aber wir müssen die Kontrolle über die Sendungen behalten, und dafür werden wir weiß Gott sorgen!«

Harry und Pete Wheeler aßen an diesem Abend gemeinsam in Rimfords Residenz in der VIP-Abteilung hinter dem Geochemischen Labor. Während sie Steaks und Kartoffeln in Alufolie grillten, tranken sie eisgekühltes Bier und warteten auf die Nachrichten.

»Eigentlich sind wir gar nicht so übel«, sagte Rimford, als Harry nach den Fortschritten bei der Übersetzung fragte. »Wir können jetzt die Zahlen lesen, und wir haben einer Anzahl Bytes, die anscheinend in bestimmten Mustern vorkommen, Arbeitssymbole zugeordnet.

Einige der Symbole sind in ihrem Charakter richtunggebend – das heißt, sie erfüllen die Funktionen, die von Korrelativen oder Konjunktionen in einem grammatischen System übernommen werden. Andere haben einen substantivistischen Bezug, und wir verstehen auch einige davon. Wir haben zum Beispiel Begriffe isoliert wie Magnetismus, System, Gravitation, Termination und einige mehr. Andere Begriffe sollten sich eigentlich identifizieren lassen, da sie in vertraute mathematische Gleichungen oder Formeln eingebettet sind, entziehen sich aber noch unserem Verständnis.«

»Es sind also Konzepte«, meinte Harry, »für die wir kein Äquivalent haben.«

Wheeler grinste. »Schon möglich.« Sie saßen in der Küche. Die Welt draußen war bereits dunkel, und nur ein schwacher Schimmer im Westen markierte den Sonnenuntergang. »Wie weit könnten sie uns voraus sein«, fragte er, »um die Dinge leisten zu können, von denen wir bereits Kenntnis haben? Ist es überhaupt wahrscheinlich, daß wir irgend etwas gemeinsam haben?«

»Wir wissen längst«, sagte Harry, »daß wir in Mathematik und Geometrie von den gleichen Grundlagen ausgehen.«

»Natürlich«, entgegnete Wheeler ungehalten. »Wie könnte es etwas anderes sein? Nein, ich denke an ihre Philosophie, an ihre moralischen und ethischen Wertsysteme. Mich hätte Ihre Bewertung der Befürchtungen Hurleys interessiert hinsichtlich des Inhalts der Sendung. Seine Einwände haben einiges für sich.« Er füllte seinen Becher wieder auf und trank durstig. »Aber er macht sich aus den falschen Gründen Sorgen. Ich habe bei weitem nicht soviel Angst vor ihrem technischen Wissen, das wir bei ihnen feststellen können, als vor der Möglichkeit, daß durch sie andere Gefahren auf uns zukommen.«

»Wissen Sie«, sagte Rimford, »vor dem Herkules-Signal hätte ich geglaubt, daß wir alleine sind. Das Argument, daß eine belebte Galaxis ihre Funksignale in alle Richtungen geschickt hätte, erschien mir überzeugend. Wenn es andere Zivilisationen gäbe, dann gäbe es genauso auch Spuren ihrer Existenz.«

Wheeler begann das Fleisch zu wenden.

»Und dann kam mir plötzlich der Gedanke, während ich eines Abends durch Roanoke fuhr, warum es möglicherweise keine Beweise gibt.« Rimford stand auf, um nachzusehen, ob die Kartoffeln schon gar waren. »Gibt es eine Korrelation zwischen Intelligenz und Mitgefühl?«

»Ja«, sagte Harry.

»Nein«, meinte Wheeler. »Oder wenn es eine gibt, dann eine negative.«

»Nun«, sagte Rimford und streckte seine Arme dem Himmel entgegen, »damit ist mein Argument gestorben.«
»Und das hieß?«
»Jede Gesellschaft, die ihre frühe technologische Periode überlebt, könnte entdecken, daß auch nur das Wissen um ihre Existenz einen verderblichen Einfluß auf eine sich entwickelnde Kultur haben könnte. Wer weiß schon, was dieses Wissen mit den, sagen wir, religiösen Grundlagen einer Gesellschaft tut?«
»Das ist ein uralter Gedanke«, sagte Wheeler. »Aber Sie behaupten damit, daß wir unter Umständen den Signalen der einzigen Kultur lauschen, die ihr Atomzeitalter überstanden hat, ohne so etwas wie Vernunft zu entwickeln.«
»Oder Mitgefühl«, sagte Harry. »Baines, das glauben Sie doch nicht wirklich.«
Er zuckte die Achseln. »Im Augenblick bin ich für jeden Hinweis empfänglich. Aber dort ist etwas anderes. Wir wissen, daß der Herkules-Sender ein überaus raffiniertes Produkt ist. Was wäre denn, wenn wir praktisch über Nacht Technologie von einer Million Jahren erhalten?«
Rimford sah, daß Harry sein Bier ausgetrunken hatte. Er öffnete zwei Dosen und reichte ihm eine. »Gegen Ende des neunzehnten Jahrhunderts«, fuhr er fort, »verkündeten einige Physiker, daß es auf ihrem Gebiet nichts Neues mehr zu erlernen gäbe. Es ist ein interessanter Gedanke. Was würde denn mit uns geschehen, wie wären die Auswirkungen, wenn eben das der Fall wäre? Was wäre dann der Sinn unserer Existenz?«
Rimford betrachtete die Digitaluhr auf dem Kühlschrank. Es war 6:13 Uhr. »Vielleicht sind wir im Begriff, die wahre Natur der Zeit zu entdecken. Außer daß wir sie nicht entdecken werden. Die Altheaner werden sie uns erklären. Ich muß zugeben, daß ich von dem Herkules-Text nicht mehr so begeistert bin wie vorher.«
»Kann sein«, sagte Wheeler, »daß dieser Abend geeignet ist, etwas anderes zu finden, worüber sich nachzudenken lohnt. Wie wäre es denn, wenn wir eine Runde Bridge spielen?«

»Danke«, sagte Rimford, »aber ich habe meine Zusage zu einem Interview heute abend gegeben. NBC möchte einige Leute zusammenbringen, um über die Ausstrahlung zu diskutieren. Sie haben in der Stadt ein Studio eingerichtet.«

»Seien Sie vorsichtig, was Sie sagen«, meinte Wheeler mit leisem Spott. »Und wie ist es mit Ihnen, Harry?«

Harry hatte für Freitagabende nicht mehr viel übrig. Die Aussicht, einen solchen ohne melancholische Anwandlungen zu überstehen, war reizvoll. »Können wir denn noch zwei Leute auftreiben?«

»Ich weiß, daß wir einen Tisch voll bekommen«, sagte er. »Es gibt im Kloster immer zwei Burschen, die Lust auf ein Spiel haben.«

»Zwanzig nach sechs«, sagte Rimford. »Ich schlage vor, wir nehmen uns unsere Steaks und begeben uns in den Fernsehraum, um zu verfolgen, wie die Fernsehgesellschaften uns behandelt haben.«

»Es hat ein zweites Signal gegeben.« Holden Bennetts ernstes, gebieterisches Auftreten war sowohl düster als auch besänftigend. Falls irgend etwas seine dominante Position bei den Fernsehnachrichten erklärte, dann war es sicherlich seine Fähigkeit, das Bedrohliche einer Krisensituation mit dem Eindruck zu verbinden, daß er selbst bereits über ihre negativen Auswirkungen hinweg den Silberstreif am Horizont erkennen konnte.

Das von der NASA kürzlich eingeführte Logo, eine stilisierte Darstellung des ursprünglichen Raumtelekops mit seinen wie Schmetterlingsflügeln angeordneten Kraftgeneratoren ersetzte sein Bild auf dem Fernsehschirm. »Während einer dramatisch verlaufenen Pressekonferenz am heutigen Vormittag im Goddard Space Center in Greenbelt, Maryland, gaben Sprecher des Forschungszentrums bekannt, daß eine weitere Funksendung vom Sternensystem Altheis im Sternbild Herkules empfangen wurde. Diesmal gibt es jedoch einen wesentlichen Unterschied.«

Das Logo verblaßt und ging in eine Luftaufnahme vom

Laborkomplex über. »Die erste Ausstrahlung war lediglich eine Folge von Zahlen, die nur dazu dienten, uns auf die Existenz einer Zivilisation in den Sternen aufmerksam zu machen. Doch nun haben die Fremden uns tatsächlich eine Botschaft geschickt. Analytiker der NASA haben bereits erst Erfolge beim Entschlüsseln der Sendung zu vezeichnen.« Das Space Center machte einem strahlenden, majestätisch rotierenden Sternensystem Platz. »Cass Woodbury meldet sich mit ihrem Bericht von Goddard.«

Und so ging es weiter.

Alles in allem war der Bericht zurückhaltend, ja, er spielte das Ereignis sogar etwas herunter. Der Sender brachte außerdem anstelle der eigentlichen geometrischen Bilder graphische Darstellungen davon. »Die Originale hätten auf dem kleinen Fernsehschirm überhaupt nicht richtig gewirkt«, sagte Harry. Sie zeigten die Würfel und Dreiecke und ließen dann die Kugel mit ihren Ringen folgen, deren Identität als eine Welt nicht länger bezweifelt werden konnte. Bis auf die letzte Darstellung: Jemand hatte gespürt, daß dort der Kern der ganzen Meldung lag, und der Sender ließ das Bild so, wie es auf dem Monitor bei Goddard zu sehen gewesen war.

Die Wirkung war in einer Weise beängstigend, wie Harry es nicht hate voraussehen können. Ein schneller Blick zu Rimford und Wheeler schloß aus, daß der Eindruck nur seiner Einbildung entsprang. »Mein Gott«, sagte Baines. »Was haben sie damit gemacht?«

Harry konnte keinen wesentlichen Unterschied erkennen. Die Gestalt war einfach deutlicher und größer. Sie wirkte lebendig.

Die Goddard-Story beherrschte die Nachrichten vom Tage. Ansonsten hatten Araber in einem Hotel in Paris eine Bombe hochgehen lassen, und im Profi-Football drohte ein neuer Drogenskandal.

Addison McCutcheon beendete seine Nachrichtensendung in Baltimore mit einem ätzenden Kommentar. »Am Ende der Pressekonferenz heute verteilte die Regierung zwei Dutzend Kopien von einem Teil der Ausstrahlung, die sie ›Datensatz Eins‹ nennen. Es gibt einhundertsieben weitere Datensätze, über die nichts weiter bekannt wurde, als daß sie existieren. Als er nach ihnen gefagt wurde, antwortete Parkinson, daß sie veröffentlicht würden, sobald sie entschlüsselt seien. Der wahre Hintersinn dieses Verschleierungsgeredes ist der, daß die Regierung beabsichtigt, diese historische Angelegenheit unter Verschluß zu halten, bis sie entschieden hat, was wir darüber wissen dürfen.

Wieder einmal haben wir es mit einer Regierung zu tun, die sich die alleinige Entscheidung darüber anmaßt, was gut ist für uns.«

Der Sender kündigte weitere Berichte für zehn, beziehungsweise neun Uhr Mittelzeit an.

Als es vorüber war, stellte Wheeler seine Bierdose ab. »Dieses Ding«, sagte er. »Das ist tatsächlich einer von ihnen.«

Der Reverend Rene Sunderland, O. Praem., der gegen drei ohne Trumpf spielte, überraschte Harry früh am Abend, indem er beim Aufspielen ein Pik-As verschenkte. Gleich darauf, als er einen Karo-König nachzog, fing Sunderland Harry Dame und Pik-Zehn aus der Vorhandposition gegenüber seinem Partner ab. Drei Punkte verloren.

Es war nur der Anfang.

»Sie haben geschummelt«, beklagte Harry sich später bei Pete Wheeler. »Sie haben es nicht wissen können. Sie haben sich Zeichen gegeben. Sie haben mindestens ein halbes Dutzend Spiele gemacht, bei denen es einfach nicht möglich war, die Verteilung der Karten zu raten.«

Wheeler und Harry lagen zu diesem Zeitpunkt mehr als siebentausend Punkte zurück. »Wenn dies ein Dominikanerkloster wäre«, erwiderte Wheeler, »dann könnten Sie vielleicht recht haben. Hören Sie, Harry, Rene ist sehr gut. Und es ist egal, wer sein Partner ist. Ich habe ihm schon gegenübergesessen, und er macht genau das Gleiche. Er spielt immer so, als könnte er die Karten der anderen deutlich sehen.«

»Wie erklären Sie es dann? Was sagt er dazu?«

Wheeler lächelte. »Er behauptet, es ist eine Folge seiner Marienverehrung.«

Die zweite Hälfte des Abends verlief nicht besser. Harry beobachtete Sunderlands Partner, einen mürrischen Bruder mit leeren Augen, und suchte nach verräterischen Zeichen. Aber außer einem nervösen Tic, der sich von Zeit zu Zeit einstellte, war da nichts.

Der Gemeinschaftsraum war leer bis auf die Bridgespieler, einen Priester im mittleren Alter, der vor dem Fernseher saß und Zeitung las, und jemanden, der sich über ein Puzzle beugte. »Ist jeder zum Wochenende weg?« fragte Harry beiläufig.

Sunderland hatte gerade einen Schlemm geschafft. »Im großen und ganzen ist dies hier unsere gesamte Gemeinschaft«, erwiderte er.

Wheeler schaute vom Spielblock hoch. »Harry wollen Sie nicht ein hübsches Anwesen an der Bucht kaufen?«

»Steht es wirklich zum Verkauf?«

Sunderland nickte.

»Und was geschieht mit Ihnen?«

»Zurück in die Tretmühle, denke ich. Unglücklicherweise haben die meisten von uns nicht Petes Ausbildung.«

»Oder sein Talent«, fügte der Bruder hinzu.

»Das auch. So oder so glaube ich, daß ich nächstes Jahr um diese Zeit in Philadelphia lehren werde.«

»Sie sollten Sie lieber nach Las Vegas schicken«, meinte Harry.

»Pete«, sagte Sunderland plötzlich ganz ernst, »was geht in Greenbelt vor? Haben Sie mit diesen Radiosignalen zu tun?«

»Ja«, sagte Wheeler. »Wir arbeiten beide beim Herkules-Projekt. Aber es gibt wirklich nicht viel mehr zu berichten als das, was bereits veöffentlicht wurde.«

»Gibt es wirklich dort draußen jemanden?«

»Ja.« Harry griff nach dem Kartenpack auf der linken Seite und begann die Karten auszuteilen.

»Wie sehen sie aus?«

»Das wissen wir nicht.«

»Gleichen sie uns?«

»Wir wissen es nicht«, sagte Wheeler. »Ich bezweifle das.«

Gegen Ende des Abends holten Harry und Wheeler etwas auf, aber es war eigentlich unbedeutend.

Nachher gingen der Geistliche und der Verwaltungsspezialist auf den Klippen spazieren, unterhielten sich kaum und lauschten statt dessen dem Meer und dem Wind. Es war kalt, und sie verkrochen sich in ihre Mäntel. »Es ist schade, all das zu verlieren«, stellte Harry fest. »Gibt es denn keine Möglichkeit, daß der Orden das alles behalten kann?«

Der Mond stand tief über dem Wasser, und als Harry im richtigen Winkel zu ihm stand, verschwand er hinter Wheelers hochgewachsener und schlanker Gestalt und zauberte eine helle Aura um seine Gestalt.

Harry wandte sich von der Bucht ab und spürte, wie der Wind gegen seinen Rücken anrannte. Über ihnen aufragend, waren die Herrenhäuser nur als düstere Schatten zu erkennen und wurden nur durch vereinzelte quadratische Flecken gelben Lichts erhellt. Der dunkle Wald dahinter war in Bewegung und erzählte flüsternd von anderen Männern in anderen Nächten. Es war ein Gehölz, das sich durchaus bis zum äußersten Rand des Planeten ausbreiten konnte. »Dies hier«, sagte er, »ist genau jene Art von Ort, wo ich damit rechnen würde, auf Zeugen des Übersinnlichen zu treffen.«

Wheeler lachte. »Rene hat schon viele Leute auf solche Gedanken gebracht«, sagte er. Er schlug seinen Kragen hoch. »Nun, ganz gleich welche spirituellen Charakteristika dieser Ort aufweist, wir können die Ausgaben dafür nicht mehr rechtfertigen.« Er erschauerte. »Sollen wir wieder zurückgehen?«

Sie gingen schweigend einige Minuten über den Plattenweg. An seinem Ende konnte Harry die Holztreppe erkennen, die zum unteren Vorsprung führte. »Ich wollte mich übrigens bei Ihnen noch für die Einladung bedanken, Julie am vergangenen Wochenende hierher mitzunehmen.«

»Es ist schon okay«, meinte Wheeler. »Wir helfen gerne.«

Sie gelangten zum Schotterweg, der sich aus einer Ulmengruppe herauswand und zum hinteren Eingang führte, wo die warme Luft sich angenehm anfühlte. »Wir hatten unsere Probleme«, erzählte er. »Wir haben einen Spaziergang auf den Klippen gemacht und sind von einem Wolkenbruch überrascht worden.« Er grinste. »Wir wurden völlig durchnäßt.«

»Tut mir leid, das zu hören.«

»Wir hingen die halbe Nacht oben im Pumpenhaus fest.«

»Ja«, sagte Wheeler. »Ich kenne die Stelle.«

Harrys Stimmung besserte sich. »Es ist eine schöne Stelle. Es sieht so aus, als wäre seit zwanzig Jahren niemand mehr dort gewesen.«

Wheeler erwiderte nichts darauf.

»Wir unterhielten uns darüber, wie es wohl wäre, auf einer Insel zu leben, weit weg von allem. Es spricht eine Menge dafür. Ich denke, wenn wir die restliche Welt aussperren können – « Harry schaute über die Schulter, doch der Wald lag in tiefer Dunkelheit. »Für ein paar Stunden wenigstens hatte ich meine Insel.«

MONITOR

Wißt ihr, Freunde, gestern nachmittag wollte ich nach Hause fahren, nachdem ich einige Stunden mit den lieben Leuten im Krankenhaus verbracht hatte. Ich kam bis hinunter in die Halle, wo ich einen jungen Mann traf, den ich kannte. Sein Name tut nichts zur Sache. Er ist ein netter Bursche, ich kenne ihn und seine Familie schon ein paar Jahre. Wie sich herausstellte, hatte er gehört, daß ich dort sein würde, und etwas beschäftigte ihn, zu dem er meinen Rat wollte.

Mehrere seiner Freunde waren bei ihm, aber sie hielten sich im Hintergrund, und taten so, als wären sie aus völlig anderen Gründen dort. Ich konnte erkennen, daß der Junge ziemlich durcheinander war, und seine Freunde ebenfalls. »Jimmy«, fragte ich, »was ist los?«

Er schaute zu seinen Freunden, und sie guckten allesamt weg. »Reverend Freeman«, begann er, »wir haben diese Berichte aus Washington gesehen, wissen Sie, mit dem großen Teleskop, das sie dort haben, und mit den Stimmen, die vom Himmel zu ihnen kommen. Viele Leute meinen, sie dürften das nicht tun.«

»Warum nicht?« fragte ich ihn.

Und er konnte es mir nicht erklären. Aber ich wußte, was er auszudrücken versuchte. Einige Menschen haben vor dem Angst, was sie dort draußen vielleicht finden. Jimmy ist nicht der erste, der mir solche Fragen stellte, seit jene Wissenschaftler in Washington vor ein paar Jahren behaupteten, sie hätten die Schöpfung gesehen. Davon hören wir heute nicht mehr allzuviel.

Aber eines will ich Euch sagen, Brüder und Schwestern: Ich unterstütze ihre Bemühungen. Ich begrüße den Versuch, in unser riesiges Universum hineinzuhören. Ich glaube, daß jede Maschine, jede Einrichtung, die uns seinem Wirken näherbringt, nur den Glauben vertiefen kann, den wir uns nun schon seit zweitausend Jahren bewahrt haben. (Applaus)

Die Morgensterne sangen ihr Lied, und die Kinder Gottes jubelten vor Freude. (Mehr Applaus)

Ich wurde gefragt: »Reverend Freeman, warum ist das Universum so groß?« Er ist wirklich groß, weitaus größer als die Wissenschaftler, die behaupten, so viel zu wissen, sich vor fünfzig oder sechzig Jahren träumen ließen. Und warum, was meint ihr, ist das so? Wenn, wie es in der Bibel eindeutig heißt, der Mensch die Krone der Schöpfung ist, warum hat Gott dann eine Welt geschaffen, die so groß, so weitläufig ist, daß die Wissenschaftler nicht einmal ihren Rand sehen können, ganz gleich wie hochentwickelt ihre Teleskope sind?

Als ich noch ein Junge war, saß ich im Sommer oft draußen vor der Scheune und betrachtete die Sterne. Und ich sah sie als das, was sie waren: ein Zeichen für seine Macht und seine Herrlichkeit. Aber nun glaube ich auch zu wissen, warum er sie so weit voneinander hat entfernt sein lassen. Er wußte um die Arroganz jener, die vorgeben, seine Geheimnisse aufzuklären und sie auf Zahlen und Theorien zu reduzieren. Und ich sage Euch, daß die Größe des Universums und die unermeßlichen Räume zwischen den Sternen und den Galaxien, die große Inseln von Sternen sind, ein lebendiges Symbol für seine Existenz sind und uns an die Distanz zwischen uns und Ihm erinnern sollen.

Es gibt Menschen, die anfangen zu verkünden, daß die Stimmen, welche in den Weiten des Himmels erklingen und von den Regierungsteleskopen aufgefangen werden, die Stimmen von Teufeln, von Dämonen sind. Darüber kann ich nichts sagen. Ich habe bisher keinen Beweis für diese Auffassung gesehen. Egal was geschieht, die Himmel gehören Gott; daher würde ich eher annehmen, daß es sich um die Stimmen von Engeln handelt. (Gelächter)

Wahrscheinlich wird sich herausstellen, daß die Wesen, deren Stimmen wir hören, uns in vielem sehr ähnlich sein werden. Es gibt nirgendwo in der Bibel eine Stelle, in der von nur einer Schöpfung Gottes die Rede ist. Daher sage ich Euch, Brüder und Schwestern, fürchtet Euch nicht vor dem, was sie in Washington sonst noch herausfinden können, und zerbrecht Euch nicht die Köpfe über ihre Theorien. Sie suchen nach den Werken des Allmächtigen. Aber ihre Sicht wird durch ihre Teleskope eingeschränkt. Wir haben dafür wahrscheinlich ein besseres Instrument.

– Auszug aus einer Fernsehpredigt
des Reverend Bobby Freeman
(Manuskripte können kostenlos bei der American
Christian Coalition bezogen werden.)

9 George Kardinal Jesperson war als Konservativer in schweren Zeiten zur Erzdiözese gekommen. Er hatte sich einen Ruf als Kämpfer des Vatikans und der »alten« Kirche verdient. Sein Standpunkt in den lästigen Fragen des priesterlichen Zölibats, der sexuellen Moral und der Rolle der Frau war mit brillanten Argumenten untermauert, was in Rom nicht ohne Beachtung geblieben war. Seine große Chance war bei dem Zusammenstoß mit Peter Lessenberger gekommen, dem deutschen Reformtheologen, in der Frage nach der Autorität des Lehramtes. Lessenberger hatte sich für den Vorrang des individuellen Gewissens vor der erworbenen Weisheit der Kirche ausgesprochen; sein Bestseller, *Auf diesem Felsen*, hatte eine Zeitlang die Gefahr einer zweiten Revolution unter den gläubigen Christen Amerikas heraufbeschworen.

Während orthodoxe Kirchenvertreter verlangten, das Buch solle in aller Form verdammt werden, hatte der Papst sich weise (nach Kardinals Jespersons Dafürhalten) damit begnügt, die Anweisung zu geben, daß das Imprimatur für dieses Werk zurückgehalten wurde. Und der Kardinal, indem er sorgfältig darauf achtete, jeglichen Hinweis auf *Auf diesem Felsen* zu unterlassen, hatte die päpstliche Entscheidung in einer hervorragenden Reihe geschliffen formulierter Aufsätze verteidigt, die sogar von den Teilen der katholischen Presse veröffentlicht wurden, die traditionsgemäß dem Vatikan ablehnend gegenüberstanden. Lessenberger hatte mit Artikeln im *National Catholic Reporter* reagiert, der zur Arena einer langen Reihe von Angriffen und Gegenangriffen der beiden Widersacher wurde. Am Ende hatte Jesperson auch für die kritischsten Beobachter einen Sieg davongetragen. Er wurde zum würdigen Erben John Henry Newmans erklärt, und Lessenberger wurde die Rolle des unglücklichen Kingsley zugewiesen.

Anders als die meisten amerikanischen Kardinäle, die in einer Zeit dahinschwindender Einnahmen und abnehmenden Einflusses nur ans nackte Überleben dachten, hatte Jesperson frühzeitig erkannt, daß die Art und Weise, den Glauben in den Vereinigten Staaten zu verteidigen, nichts mit langfristigen Krediten, Sparmaßnahmen oder dem Versuch zu tun hatte, die Gläubigen mit Gitarren und einer falschen Theologie des Vatikans zu ködern. Er ging in die Offensive. »Wir sind Christen«, erklärte er seiner Priesterschaft. »Wir haben das Neue Testament, wir haben die starken familiären Bindungen, wir haben Gott auf unseren Altären. Die Themen, die uns voneinander trennen, sind nicht nebensächlich, aber sie sind eher eine Frage der Mittel als der Inhalte ...« Doch dann hatte er seine Gönner in Rom damit geschockt, daß er sich die Zeit nahm, sich ausführlich und wohlwollend all die anzuhören, die anderer Meinung waren.

Und auf diese Weise hatte er in einem bemerkenswerten Maß die liberale Bewegung innerhalb der amerikanischen Kirche entschärft. Viele ihrer Führer hatten damals in ihm ihren stärksten Verbündeten gesehen, und sie waren noch immer dieser Meinung.

Aber an diesem Freitagabend, während die Berichte von Goddard das ganze Land in Unruhe versetzten, sah er sich einem ganz neuen Problem gegenüber. Daher hatte er seinen Stab, Dupre, Cox und Barnegat, um sich versammelt und sich mit ihm in das Innere der Kanzlei zurückgezogen. »Meine Herren«, sagte er und ließ sich in einen bequemen Ledersessel sinken, »wir müssen uns zu dem, was auf uns zukommt, Gedanken machen. Und wir müssen unsere Leute darauf vorbereiten, damit sie keinen schlimmen Schock erleben.

Ich glaube, was auf uns zukommt, ist eine schwere Versuchung unseres Glaubens. Wahrscheinlich sehr viel ernster als jemals zu unseren Lebzeiten. Wir sollten zuerst abwägen, wie groß die Gefahren sind und wie sie aussehen; zweitens müssen wir uns überlegen, wie unsere Leute darauf reagieren werden, und, drittens müssen wir uns darüber klar werden, wie wir dieser Bedrohung begegnen, damit der Schaden möglichst gering gehalten wird.«

Philip Dupre war bei weitem der älteste Anwesende im Raum. Er war so etwas wie der Prüfstein des Kardinals, der Schöpfer des provokativen Kommentars, der unweigerlich die jeweilige Betrachtungsweise veränderte. Wenngleich es ihm an Kreativität ermangelte, so hatte er dennoch ein waches Ohr für Unsinn, ob er nun vom Kardinal kam oder aus einer anderen Richtung. »Ich glaube, Sie überbewerten die Angelegenheit, George«, sagte er. »Zwischen dem Treiben bei Goddard und uns gibt es keine echte Verbindung.«

Jack Cox riß ein großes Streichholz an und setzte damit seine Pfeife in Brand. Er war der Rechnungsprüfer, ein vernünftiger Investor, doch auch ein Mann, der nach Meinung des Kardinals dazu neigte, die Erlösung als eine Reihe von Rück- und Vorprämien zu betrachten. »Phil hat recht«, sagte er. »Dennoch besteht die Möglichkeit recht lästiger Fragen.«

Dupre war rechtschaffen ratlos. »Zum Beispiel welche?«

Lee Barnegat, ein Mann im mittleren Alter, dessen friedliche blaue Augen administrative und verhandlungstechnische Fähigkeiten ersten Ranges tarnten, nahm seinen Kragen ab und legte ihn auf die Armlehne seines Sessels. »Haben Aliens eine Seele?«

Dupres verkniffene Gesichtszüge entspannten sich zu einem Lächeln. »Hat das für uns eine Bedeutung?«

»Wenn wir uns immer noch an Aquin halten«, sagte Cox, »so definiert die Fähigkeit zu abstrahieren, also zu denken, das Vorhandensein einer unsterblichen Seele.«

»Welche«, fragte der Kardinal, »Bedeutung haben die Lehren Christi für Wesen, die nicht von Adam abstammen?«

»Ich bitte Sie, George«, protestierte Dupre. »Wir sind nicht mehr ans Paradies gebunden. Überlassen wir es den Bibelfanatikern, sich darüber den Kopf zu zerbrechen.«

»Ich wünschte, wir könnten es«, sagte Jesperson. »Aber ich glaube, bei uns ist auch nicht alles so eindeutig klar.« Trotz des halben Hunderts, die der Kardinal mittlerweile erreicht hatte, wirkte er noch immer so wie in den Tagen seiner Seminarzeit. »Haben Sie die Bilder gesehen, die sie empfangen haben? Eines davon ist ganz anders als die anderen.«

»Ich weiß, welches Sie meinen«, sagte Barnegat. »Es sah aus wie ein Werk von Dali.«

Der Kardinal nickte. »Dem stimme ich zu«, sagte er. »Die Vermutungen laufen darauf hinaus, daß es ein Selbstportrait sein soll. Jedenfalls bin ich schon froh, zu sehen, daß keiner von Ihnen einen Schock erlitten hat. Ich hoffe, daß die Gläubigen, die am Sonntag in die Kirche kommen, genauso gelassen sind wie Sie.«

»Warum sollten sie nicht?« fragte Dupre.

»Der Mensch ist nach dem Ebenbild Gottes geschaffen. Es gibt durchaus Gründe, daran zu zweifeln, wenn man sich ansieht, was heute die Straßen bevölkert. Aber es ist eine Doktrin, unangreifbar und ewig. Und was sollen wir über diese Wesen sagen, die, wie Jack uns deutlich gemacht hat, selbst auch unsterbliche Seelen haben?«

Dupre rutschte unbehaglich auf seinem Platz herum. Er hatte in etwa den gleichen Ausdruck im Gesicht wie bei dem letzten Treffen, als der Kardinal vorgeschlagen hatte, dem Priesterrat mehr Freiheiten zu gewähren. »Ich hoffe«, sagte er, »wir nehmen nichts von alledem richtig ernst. Ich bin jedenfalls in keiner Weise bereit, zu glauben, daß dieses seltsame kleine Strichmännchen ein Lebewesen mit einer Seele sein soll.«

»Nun, vielleicht nicht«, gab Jesperson zu. »Aber ich glaube nicht, daß es viel ausmacht, denn falls wir unseren Experten glauben können und wir tatsächlich auf Aliens gestoßen sind, werden die, wie immer sie auch aussehen mögen, uns nicht unbedingt ähnlich sein.«

»Aber«, widersprach Barnegat, »die in der Doktrin angesprochene Ähnlichkeit betrifft die Seele und nicht den Körper.«

»Zweifellos. Aber auch dann wird es viele geben, die sich nicht mit der Vorstellung abfinden können, gemeinsam mit großen Insekten Erlösung zu finden.« Die Blicke des Kardinals wanderten zwischen ihnen hin und her. »Was würden Sie denn sagen, wenn aus ihren Radiosignalen hervorginge, daß sie nach unseren Maßstäben und denen des Neuen Testaments vollkommen gottlos und amoralisch sind? Oder noch schlimmer, was wäre, wenn wir auf Wesen mit Mitgefühl und einer überlegenen Weisheit gestoßen sind, die, nachdem sie eine Million Jahre lang das Problem untersucht haben, zu dem Schluß kamen, daß es überhaupt keinen Gott gibt? Vielleicht sind sie sogar Wesen, die noch niemals seine Existenz auch nur in Erwägung gezogen haben.«

Dupre wurde nachdenklich. »George, ich glaube, daß uns an dieser Stelle unser eigener Glaube etwas im Stich läßt. Wir werden keine Offenbarungen erleben, die in Frage stellen können, was wir als wahr und existent anerkannt haben.«

»Das klingt ja nach einer recht bequemen Position«, sagte Barnegat. »Gehen wir mal ein Stück zurück. Wenn diese Wesen uns rein äußerlich so wenig ähnlich sind, wie Sie es vermuten, George, dann bezweifle ich, daß irgend jemand besonders wichtig nimmt, was sie denken. Phil hat vermutlich recht, wenn er meint, daß wir uns deshalb keine Sorgen zu machen brauchen.«

»Ich will mal für einen Moment den Advokaten des Teufels spielen«, sagte Cox, »und ein paar Fragen stellen, die den Menschen vielleicht einfallen, nachdem sie Gelegenheit hatten, ein wenig über alles nachzudenken. Würde jedes intelligente Wesen einer Prüfung unterzogen wie Adam?«

»Das würde ich doch meinen«, sagte Dupre.

»Und einige haben bestanden, und andere sind durchgefallen.«

»Ja«, meinte Dupre, war aber schon etwas vorsichtiger.

»Dann gibt es zweifellos zahlreiche Rassen im Universum, die nicht auf ewig sterben.«

Dupre hüstelte. »Ich kann der Logik nicht folgen. Nichts, das eine physische Existenz hat, kann unsterblich sein.«

»Der Tod war der Preis der Sünde. Entweder gibt es irgendwo zwischen den Sternen Unsterbliche, oder alle sind bei der Prüfung durchgefallen. Und ich füge hinzu, daß, wenn das letztere der Fall ist, wir es mit einer unechten Prüfung zu tun haben. Oder, wie viele schlußfolgern werden, eine solche Prüfung hat gar nicht stattgefunden.«

Sie schwiegen einige Sekunden. »Wenn«, sagte Barnegat, »wir den Wert der Prüfung leugnen ...«

»... leugnen wir auch die Bedeutung des Erlösers. Ich glaube, wir befinden uns in einer komplizierten Situation.«

Dupre schien sich nicht sonderlich wohl zu fühlen. »Es ist schwierig, jetzt einen Standpunkt festzulegen. Ich denke, im Augenblick ist es am besten, gar nichts dazu zu äußern, sondern einfach abzuwarten. Erinnert sich einer von Ihnen noch an Father Balkonsky? Ich denke, wir sind in Gefahr, seinem Beispiel zu folgen.«

»Wer«, fragte Barnegat, »ist Father Balkonsky?«

Jespersons Augen funkelten belustigt. »Er lehrte Apologetik an der Sankt Michaels Universität. Seine Methode bestand darin, sich mit einer der klassischen Anfeindungen des Glaubens auseinanderzusetzen – mit dem Problem des Bösen, dem freien Willen, Gottes Allmacht, was immer ihm einfiel. Dann begann er die Argumente zu zerlegen, indem er sich mehr oder weniger auf den heiligen Thomas stützte. Das Problem war, daß er bei den Einwänden sehr viel intensiver zu Werke ging als bei dem Bemühen, sie zu entkräften. Einige Seminaristen beklagten sich. Andere schlugen sich daraufhin mit ersten grundsätzlichen Zweifeln in bezug auf ihren Glauben herum, und einige gingen sogar ganz von der Uni weg. Und soweit ich weiß auch die Kirche.«

»Auch in anderer Hinsicht müssen wir darauf achten«, sagte Dupre, »daß wir keine theologische Position beziehen, die sich vielleicht später als geradezu exemplarisch falsch erweist.«

»Oder als noch schlimmer«, fügte Cox hinzu, »nämlich lächerlich.«

»Ich stimme Phil zu«, sagte Barnegat. »Beschränken wir uns auf die allgemeine Erklärung, daß von Goddard nichts kommen kann, das von der Lehre der Kirche nicht erfaßt wird. Und belassen wir es dabei. Nur eine kurze Erklärung in den Gottesdiensten.«

Die Augen des Kardinals waren geschlossen. Das silberne Kreuz an seinem Revers glänzte im weichen, gelben Licht der Tischlampe. »Jack?«

»Ich will im Augenblick eigentlich noch gar nichts dazu sagen.«

»Ich kann mir keinen besseren Weg vorstellen, um die Leute nervös zu machen, als ihnen mitzuteilen, daß sie keinen Grund zur Panik haben.«

»Okay«, sagte Barnegat, »damit kann ich mich anfreunden.«

Jesperson nickte. »Na schön dann. Wir werden einen Brief an die Pastöre schreiben, der strengst vertraulich bleiben muß. Phil, Sie schreiben ihn. Drücken Sie unsere Sorge aus. Instruieren Sie sie, falls gefragt, eine Position zu beziehen, die besagt, daß der offenbarte Glaube Gottes Botschaft an den Menschen ist und nicht von irgendwelchen äußeren Elementen beeinflußt werden kann. Die Priester sollen nach Möglichkeit dieses Thema nicht ansprechen.«

Lange Zeit, nachdem die anderen gegangen waren, saß Jesperson noch in seinem Sessel, Bis vor kurzem waren die anderen Welten, über die er nachgedacht hatte, nicht physikalischer Natur gewesen. Aber seit die Regierung angefangen hatte, die Sterne zu belauschen, hatte er Zeit gehabt, sich die Folgen auszumalen. Und als, zwei Jahre vorher, eine Untersuchung eines in der Nähe gelegenen Sonnensystems zu dem Ergebnis geführt hatte, daß der Mensch in Gottes Schöpfung alleine war, war er erleichtert gewesen.

Aber nun dies ...

Wenn ich deine Himmel betrachte, das Werk deiner Hände, den Mond und die Sterne, die du an ihren Platz gesetzt hast – Was bedeutet der Mensch schon, daß du dir um ihn Sorgen machst, oder der Menschensohn, daß du ihn liebst?

Dr. Arleigh Packard rückte seine Brille zurecht und breitete den vorbereiteten Redetext auf dem Pult aus. Dies war sein dritter Auftritt vor den Karolingern. Bei seinen vorherigen

Auftritten hatte er die Existenz eines Tagebuchs enthüllt, das von einem Diener Justinians I. geführt worden war und genau die Reaktion des Herrschers auf die Hippodrom-Revolte schilderte; sowie das Vorhandensein eines Dokuments aus der Hand Gregors des Großen, das die Vernichtung der Türken und den Einsatz des Bogens gegen sie forderte. Er hatte durchsickern lassen, daß er in diesem Jahr eine weitere saftige Überraschung für die Gesellschaft auf Lager hatte.

Infolgedessen war sein Publikum in einem Zustand erheblich gespannter Erwartung. Er sah zu seiner Freude, daß auch Perrault von der Temple zugegen war; DuBuay und Commenes von Princeton; und Aubuchon von LaSalle. Und man würde den Tatsachen nicht hinreichend Rechnung tragen, wenn man nicht darauf hinwies, daß auch Packard selbst ziemlich erregt war. Die schweren Wiener Vorhänge hinter ihm verhüllten eine Glasvitrine, die das Hologramm eines Briefs von John Wyclif an einen bisher unbekannten Adressaten enthielt, worin er seine Absichten kundtat, eine englische Übersetzung von der Bibel zu erstellen. Dieser Brief war erst vor einem Monat in einem alten Koffer in London entdeckt worden, der zum Nachlaß eines Bekleidungsfabrikanten gehörte, der niemals gewußt hatte, daß er so etwas besaß.

Auf dem Podium legte Packard eine kurze Pause ein, gestattete Townsend Harris, nach seinen Grußworten wieder seinen Platz aufzusuchen, und nutzte die Zeit, um seinen Text noch einmal zu überfliegen und weitere Spannung aufzubauen. Er war verblüfft, festzustellen, als er seinen Blick wieder hob, daß Allen DuBuay aufgestanden war. »Ehe wir anfangen, Arleigh«, sagte er in einem um Verständnis bittenden Ton, »wollte ich fragen, ob wir kurz über eine andere Angelegenheit von erheblicher Dringlichkeit reden können.«

Ein gewisse informelle Haltung im Umgang miteinander war schon immer das Wahrzeichen der Karolinger gewesen; aber sie waren nicht bereit, offene Dreistigkeit zu ertragen. Olson, in der ersten Reihe, murmelte etwas von

Philistern, und ein paar andere drehten sich mit einem Ausdruck offenen Unmuts zu DuBuay um. Packard, der seine Fassung wahrte, trotz eines kaum wahrnehmbaren Verhärtens seiner Kiefermuskulatur, neigte gnädig den Kopf und trat neben das Rednerpult.

DuBuays Teint war seltsam fleckig, vielleicht durch das Sonnenlicht, das durch die bunten Glasfenster drang (die von einer Darstellung von Beatrix von Falkenburg beherrscht wurden). Seine schütteren Haare waren zerzaust, seine Krawatte hing schief, und seine mageren Fäuste hatte er tief in die Taschen seines Tweedsaccos gerammt. »Ich bedaure es sehr, Dr. Packard zu unterbrechen, und Sie alle wissen, daß ich es niemals ohne gewichtigen Grund tun würde«, sagte er, während er sich zum Mittelgang durchdrängte und dann mit schnellen Schritten nach vorne kam und vor die Versammlung trat.

»Setzen Sie sich, DuBuay!« brüllte eine Stimme von links, die jeder als die von Harvey Blackman erkannte, eines Paläontologen von der Universität von Virginia, dessen Interesse an den Karolingern eher sozialer als fachlicher Natur war. Er hatte eine gewisse Leidenschaft für ein anderes Mitglied entwickelt, eine Antiquitätensammlerin von der Temple.

Art Hassel, der Spezialist für Friedrich Barbarossa, stand ebenfalls auf. »Dies ist wohl kaum der Zeitpunkt für politische Aktionen!« sagte er zornig, woraufhin jeder der Anwesenden erkannte, daß Hassel bereits versucht hatte, DuBuay von seiner Demonstration abzuhalten.

»Meine Damen und Herren«, begann DuBuay und hob die Hände in einer besänftigenden Geste. »Ich habe bereits mit vielen von Ihnen persönlich gesprochen. Und wir alle hegen gewisse Befürchtungen hinsichtlich der Ereignisse der letzten Tage. Der Herkules-Text gehört uns allen, nicht nur einer Regierung. Vor allem einer Regierung, deren Absichten man nicht trauen kann. Wenn jemand die Bedeutung dieser Stunde richtig erfaßt, dann sind gewiß wir diejenigen ...«

»Setzen Sie sich, DuBuay«, forderte Harris. »Sie haben ja den Verstand verloren!«

»Ich würde gerne den Vorschlag machen, daß wir eine gemeinsame Erklärung abgeben ...«

»DuBuay!«

»... in der wir die derzeitige Position der Regierung kritisch ...«

Jemand faßte nach seinem Ärmel und versuchte ihn wegzuziehen.

Everett Tartakower, der rechts saß, erhob sich majestätisch. Er war ein hochgewachsener, ergrauter Archäologe von der Ohio State. »Einen Moment.« Er wies mit einem langen, leicht gekrümmten Finger auf Townsend Harris. »Ich bin mit Dr. DuBuays Auftritt auch nicht unbedingt einverstanden, Harris. Aber sein Vorschlag hat etwas für sich.«

»Dann soll er ihn dem Organisationskomitee vorlegen!« schoß Harris zurück.

»Um wann diskutiert zu werden? Nächstes Jahr?«

Grace McAvoy, Kuratorin des University Museum, dachte laut darüber nach, ob es nicht sinnvoller wäre, erst einmal einen Sinn in den Text zu bekommen, ehe man mit der Diskussion fortfuhr.

Diese Bemerking löste eine Serie von Hochrufen auf der linken Seite aus. Radakai Melis aus Bangkok sprang auf die Bühne und bat um Ruhe. Als er sie erhielt (zumindest andeutungsweise), klagte er die Wirtschaftspolitik der Vereinigten Staaten und deren Rolle bei der Ausbeutung der unterentwickelten Völker an.

Harris zog Melis von der Bühne und drehte sich um und warf Packard einen flehenden Blick zu, endlich mit seinem Vortrag zu beginnen. Doch eine Frau, die Packard noch nie zuvor gesehen hatte, war in einer der hinteren Reihen auf ihren Stuhl geklettert. »Wenn die Angelegenheiten dem guten Willen und der Menschlichkeit dieser Regierung überlassen werden«, rief sie, »dann können wir wohl mit Sicherheit davon ausgehen, daß wir die ganze Wahrheit niemals erfahren werden. Wahrscheinlich ist es längst zu spät! Wir werden weiterhin unsere Fragen stellen und dürfen uns dabei gleichzeitig fragen, ob nicht wichtige Informationen verschwiegen werden, nur weil irgendein Bürokrat in den oberen Rängen glaubt, sie könnten sich als gefährlich erweisen. Ich sage Ihnen, was in diesem Augenblick viel gefährlicher ist: die Wahrheit zu verbergen. Darin liegt die wahre Gefahr!«

Alle waren mittlerweile von ihren Plätzen aufgesprungen, und ein allgemeines Stimmengewirr erfüllte den Saal. Eine Schlägerei entwickelte sich acht Reihen weiter hinten, und DuBuay tauchte in dem Gewühl unter.

Der einzige anwesende Journalist, ein Reporter der *Epistemological Review*, bekam die Story seines Lebens.

Packard, der erkannte, wann er auf verlorenem Posten stand, schaute dem Treiben gedankenversunken noch einige Minuten lang zu, dann trat er hinter den Vorhang, schloß die Vitrine auf, holte den Wyclif-Brief heraus und verließ das Gebäude durch den Hintereingang.

$H = .000321y/1t/98733533y$

Nun, dachte Rimford, der alte Hurensohn ist immer noch im Spiel.

Es war fast 6:00 Uhr morgens. Er hatte sich am westlichen Ende des für das Herkules-Projekt reservierten Arbeitsbereichs ein Büro eingerichtet. Die Tage, seit sie das zweite Signal empfangen hatten, waren für ihn ziemlich peinlich gewesen. Trotz seines Rufs waren seine Beiträge zur Analyse und Übersetzung der Texte von Majeskis lässiger Brillanz und seinen bemerkenswerten Fähigkeiten im Umgang mit den Computern in den Schatten gestellt worden. Sie hatten angefangen, erste syntaktische Konstruktionen zu definieren und ein Wörterverzeichnis aufzustellen. Aber Rimford hatte dabei eher die Rolle des untätigen Beobachters gespielt.

Jedermann wußte, daß die Mathematik vor allem etwas für junge Leute war, daß sie ihm jedoch auf diese perfekte Weise vorgeführt wurde und dazu noch von einem arroganten jungen Mann, der keine Ahnung von Rimfords Ansehen zu haben schien, war schon eine schmerzhafte Erfahrung gewesen. Die Zahlen kamen ihm nicht mehr wie von selbst in den Sinn: Er verspürte kein Nachlassen seiner Fähigkeiten, doch die Intuition früherer Tage, als Gleichungen einer anderen Ebene als der der reinen Beobachtung entsprangen, waren wohl vorbei.

Aber vielleicht nicht vollständig. Wer sonst hätte wohl die Bedeutung der Gleichung im Datensatz 41 erkannt und infolgedessen die Wichtigkeit des gesamten Abschnitts?

Das Herkules-Projekt stellte den entscheidenden Höhepunkt seiner Laufbahn dar. Wenn es abgeschlossen war, wenn der Inhalt der Sendungen erkannt und ihnen die Geheimnisse entlockt wären, wenn man beruhigt das ganze Material den Techniker überlassen könnte, dann würde er sich zufrieden auf sein Altenteil zurückziehen und sein Leben weiterhin in kontemplativer Zurückgezogenheit gestalten. Und wahrscheinlich in die Geschichte eingehen.

$H = .000321y/1t/987733533y$

Wobei y der Strecke entspricht, die das Licht zurücklegt, während Beta einmal Alpha umrundet, und t der Zeitspanne von 68 Stunden, 43 Minuten und 34 Sekunden entspricht (der Umlaufzeit Betas also). Der sich daraus ergebende Wert gleicht dabei in auffälliger Weise der Hubble-'schen Konstante: der Ausdehnungsgeschwindigkeit des Universums.

Wundervoll! Dies war eine der befriedigenderen Stunden in einem Leben voller großer und kleiner Siege. Rimford untersuchte das vorliegende Material auf weitere mathematische Verwandtschaften — auf den Compton-Effekt zum Beispiel, oder auf das Mach-Prinzip. Hurley hatte es deutlich ausgedrückt: Wer wußte, was alles in diesen elektronischen Impulsen verborgen lag?

Aber trotz seiner Begeisterung war er müde. Er verletzte gerade sein lebenslanges Prinzip: seinem eigenen Tempo zu folgen, sich Zeit zu nehmen, die Reserven aufzufüllen und sich zu weigern, irgendwelchen Druck von oben auf sich einwirken zu lassen. Jedoch steckte in den Zahlen und Symbolen soviel, daß er wohl kaum würde schlafen können: Andeutungen und Verwandtschaften von geradezu quälender Vertrautheit, deren Bedeutung unermeßlich war. Er hatte angefangen, die Symbole aus Datensatz 41 auf seinem Schirm auszubreiten: Welches Wissen mochte eine Kultur denn nicht besitzen, die fähig war, Sterne zu manipulieren? Hatten sie nicht das Universum vermessen, all seine Teile gesichtet, seine Länge und Breite gemessen und die Nieten und Dübel gezählt, die es zusammenhielten? War es nicht möglich, daß sie sogar den Vorgang seiner Entstehung oder seiner Schöpfung verstanden? Vielleicht sogar den Grund für seine Existenz?

Seine Augen fielen ihm zu.

Er brauchte Schlaf. Überdies waren das Operationszentrum und seine Büros nicht gerade zum Nachdenken geschaffen. Oder zum Schlafen. Daher verletzte er eine der Sicherheitsbestimmungen: er fertigte eine Kopie vom Datensatz 41 an, steckte sie sich in die Jackentasche und brachte das Original ins Archiv zurück.

Sein grünes Abzeichen ließ ihn den Kontrollpunkt am Kopf der Treppe problemlos überwinden. Dort standen jetzt drei Wächter, muskulöse Typen, die ihren Job ernst nahmen. Sie waren bewaffnet und hatten Zugang zu einem Computer. Aber offensichtlich interessierten sie sich nur für Leute von draußen, die hereinzukommen versuchten, und erstreckten ihre Wachsamkeit noch nicht auf Leute von drinnen, die vielleicht versuchten, irgend etwas mit hinauszunehmen.

Der vom Center zur Verfügung gestellte Bungalow war klein, aber praktisch. Er hatte eine verglaste, beheizte Veranda, wo Rimford am liebsten arbeitete. Die Möbel in dem eher kleinen Wohnzimmer waren gemütlich, und Harry hatte eine Reihe Bücher über Rimfords zweite Leidenschaft, das Theater, besorgen lassen.

Er duschte und versuchte, etwas Ruhe zu gewinnen, indem er sich Speck mit Eiern bereitete, obgleich er eigentlich gar nicht hungrig war. Aber er beeilte sich mit seinem

Frühstück und ließ den Toast angebissen auf dem Teller liegen. Er hatte seinen Tisch und den Computer wieder ins Haus getragen, nachdem die neuen Sicherheitsbestimmungen in Kraft getreten waren, damit er unbeobachtet arbeiten konnte. Außerhalb des Labors zu arbeiten, war nun verboten. Es durften keine Notizen nach Hause mitgenommen werden, und Gespräche über Herkules-Daten waren strengstens untersagt.

Er legte die Laserdisk in seinen Computer ein, kam jedoch nicht viel weiter. Er hatte zunehmend Schwierigkeiten, sich zu konzentrieren. Er stand auf, ging drei Schritte bis zum Sofa und ließ sich darauf fallen.

»Wir haben eine Menge Leute hier unten, Harry«, sagte Parkinson. Der Pressesprecher meldete sich telefonisch aus dem Besuchszentrum unweit des Osteingangs.

»Das überrascht mich nicht. Wahrscheinlich haben wir noch größeren Andrang, bis die Geschichte sich etwas beruhigt. Kommen wir mit ihnen zurecht?«

»Nun, es sind die üblichen Leute, die uns aufsuchen.«

»Irgend jemand gewalttätig oder auf Streit aus?«

»Einige wirken ziemlich feindselig. Nicht viele. Die meisten entsprechen den Leuten, die wir immer hier antreffen, nur daß es diesmal sehr viel mehr sind. Einige tragen Schilder.«

»Zum Beispiel?«

»›Verschwindet aus Honduras!‹ Es gibt auch ein Spruchband, auf dem uns vorgeworfen wird, daß wir die Schulspeisung kürzen wollen. Und es sind ein paar Jesus-Tafeln dabei. Ich glaube, sie wollen, daß wir die Altheaner bekehren. Aber so genau weiß ich das nicht. Sie selbst wohl auch nicht.«

»Okay«, sagte Harry. »Öffnen Sie pünktlich. Versuchen Sie ein wenig Tempo zu machen, damit wir so viele wie möglich durch das Center und wieder hinausschleusen können. Ich sage der Sicherheit Bescheid und lasse ein paar zusätzliche Einheiten aufmarschieren. Und ich selbst bin auch in ein paar Minuten drüben.«

Harry gab Schenken Bescheid. Augenblicke später kam Sam Fleischner herein, sein administrativer Assistent. »Wir haben heute einen interessanten Morgen, Harry«, sagte er.

»Ich glaube, wir haben sogar ein interessantes Jahr vor uns. Was ist denn los, Sam?«

»Die Telefone sind völlig überlastet. Ich habe Donna und Betty daran gesetzt, um auszuhelfen, Damit sind wir zu dritt plus zwei andere Leute, die ich organisiert habe. Übrigens, die meisten Anrufe sind positiv. Die Leute finden, daß wir hier hervorragende Arbeit leisten.«

»Gut.«

»Wir haben natürlich auch ein paar Verrückte. Eine Lady unten in Greenbelt behauptet, daß sie in ihrer Garage eine fliegende Untertasse hat. Jemand anderer informierte uns, daß eine Bande Araber in einem Pickup hierher unterwegs sind, um den Betrieb zu besetzen.« Sein Lächeln verflog. »Aber einiges, was wir zu hören bekommen, ist auch unheimlich. Es gibt Gerüchte, daß wir mit dem Teufel im Bunde stehen. Die Leute sagen, daß wir die Arbeit des Satans tun und unsere Nase in Dinge stecken, die Gott nicht ergründet sehen will, naja, Sie wissen schon. Es ist schon ziemlich schlimm für ein harmloses Telefongirl, wenn es sich diesen ganzen Quatsch anhören muß.«

»Wir sollten Pete im Fernsehen auftreten lassen«, sagte Harry. »Das würde sie wahrscheinlich beruhigen.«

»Hören Sie, da ist auch noch etwas anderes. Dieses seltsam aussehende Bild von dem Ding mit den vielen Armen und Beinen – das hat einer Menge Menschen Angst eingejagt. Sie wollen wissen, was das ist, und es ist recht schwierig, ihnen klarzumachen, wie weit die Altheaner von uns entfernt sind.«

»Was sagen wir ihnen?«

»Ted Parkinson erklärte jemandem, daß er glaube, es sei ein Batteriekabel oder so etwas. Auf diese Art von Antwort haben wir uns mittlerweile geeinigt.«

»Gut. Daran kann man festhalten, bis sich etwas anderes ergibt.«

»Hmm, Harry?« Fleischners Stimme veränderte sich plötzlich.

»Ja?«

»Meinen Sie, daß die kleinen Bastarde so aussehen wie auf dem Bild?«

»Wahrscheinlich. Haben Sie sonst noch etwas?«

»Ja. Wir werden weiterhin dafür beschimpft, daß wir nicht alles bekannt geben. Ich glaube, sie machen auch dem Weißen Haus Ärger. Vieles kommt aus dem Lager der Demokraten, die versuchen, dieses Ereignis zum Anlaß zu nehmen, um dem Präsidenten etwas am Zeug zu flicken.«

Es war immer die gleiche Leier, dachte Harry, während er ein paar Minuten später mit dem Wagen rückwärts aus seiner Parktasche herausfuhr. Die Politiker schienen allzeit bereit zu sein, das allgemeine Wohl aufs Spiel zu setzen, um Stimmen zu gewinnen. Und die Tatsache, daß im folgenden November Präsidentschaftswahlen abgehalten würden, maß jeder Entscheidung in bezug auf den Herkules-Text besondere Bedeutung bei. Es war schon seltsam, wenn man sich vorstellte, daß Ereignisse, die vor mehr als einer Million Jahren stattgefunden hatten, sich auf eine Präsidentschaftswahl im zwanzigsten Jahrhundert auswirken konnten.

Eine der ersten Maßnahmen Schenkens hatte darin bestanden, das Besuchszentrum mit einem Maschendrahtzaun zu umgeben und es so von der übrigen Anlage völlig abzutrennen. Harry parkte auf dem Platz vor Gebäude 17 und benutzte einen Nebeneingang, um hinauszugelangen. Parkinson hatte nicht übertrieben: eine Schar Urlauber drängte sich auf der Zufahrtsstraße und dem Parkplatz. Sie trugen Luftballons, Schilder, Fahnen, Brotbeutel und Kühlboxen. Die Polizei von Greenbelt war draußen auf der Conservation Road vorgefahren und versuchte, den Verkehr auf der normalerweise fast einsamen Asphaltstraße in Gang zu halten.

Die Besucher hatten sich auf dem Gelände verteilt und

drängten auf der Nordseite gegen Schenkens Zaun. Die meisten machten keine Anstalten, zum Besuchszentrum zu gehen; statt dessen spazierten sie umher, verzehrten ihre Sandwiches und leerten ihre Coladosen. Sie machten den Eindruck einer harmlosen Menschenschar. Die wenigen Schilder, die zwischen ihnen zu sehen waren, befanden sich an strategisch günstigen Punkten auf Erhebungen im Gelände, aber niemand schien im einzelnen auf sie zu achten.

So, dachte er, sollte es auch sein: eine ruhige, friedliche Feier eines Erfolges, der in gewissem Sinne ihnen allen gehörte. Er hatte vorgehabt, das Besuchszentrum durch den Hintereingang zu betreten und die Menschenmenge zu meiden. Statt dessen ging er vorne herum und mischte sich unter die Leute.

Sie waren in jedem Alter und beiderlei Geschlechts. Viele von ihnen sahen aus wie Regierungsbedienstete, die sich einen Tag freigenommen hatten. Ein ganz besonderer Tag, vielleicht: auf jeden Fall kein Tag, den man wie tausend andere eingesperrt in seinem Büro verbrachte. Sie sangen und trugen Kinder auf den Schultern und fotografierten. Aber die meiste Zeit saßen sie einfach im warmen Sonnenschein und betrachteten die Parabolantennen.

Der Reverend Robert Freeman, D.D., beendete den Entwurf seines Spendenbriefs, der in der nächsten Woche versendet werden sollte. Er las ihn noch einmal durch, war überzeugt, daß er das Mitgefühl (und die Geldbörsen) seiner zwei Millionen Anhänger ansprach, und legte ihn in den Ausgangskorb, damit er am nächsten Tag abgeschrieben wurde.

Freeman unterschied sich insofern nicht von den meisten seiner Kollegen, als daß er grundsätzliche Einwände gegen Fernsehprediger hatte, jedoch basierte seine Abneigung nicht auf Unterschiede in der Lehre oder auf der verständlichen Verärgerung über einen Konkurrenten, der sich ebenfalls aus dem großen Topf bediente. Die simple Wahrheit war, daß Freeman keine Schaumschläger leiden konnte. Er wehrte sich mit harschen Worten gegen die Effekthascherei, die so offen im Fernsehen praktiziert wurde. »Das bringt uns alle in Verruf!« hatte er den Reverend Bill Pritchard während einer denkwürdigen Begegnung der beiden führenden Medienprediger bei Pritchards jährlichem Gründungsfest angebrüllt, das, bis zu diesem Zeitpunkt, in Freemans Heimatstaat Arkansas abgehalten wurde.

Backwoods Bobby war eigentlich eine Rarität im Fundamentalisten-Zirkel. Er versuchte niemals etwas zu verkünden, was er selbst nicht aufrichtig glaubte, eine Politik, die durchzuhalten recht schwierig war, da er selbst sehen konnte, daß es bei den Bibelauslegungen der Fundamentalisten einige Probleme gab. Nichtsdestoweniger wußte er, daß es, wenn irgendwo in der Schrift der ein oder andere Fehler oder Irrtum auftauchte, dies nur ein Fehler des Übersetzers war oder eine Schlampigkeit. Ein göttlicher Druckfehler, sagte er einmal. Es schadete dem Text nicht in seinem Gehalt, wenn wir nicht genaus wissen, wo das Problem liegt. Die Schriften konnte man als eine Art Fluß betrachten. Die Ufer und die Strömungen verändern sich im Laufe der Jahre, doch die Strömungsrichtung geht stets zum Gelobten Land.

Er drückte auf einen Knopf seiner Gegensprechanlage. »Schicken Sie bitte Bill herein, Barbara«, sagte er.

Bill Lum war sein Spezialist für Public Relations und Freemans Schwager. Viele seiner Untergebenen glaubten, diese verwandtschaftliche Beziehung wäre die einzige Qualifikation für seinen Job. Bill Lum lebte für seine Familie und für Gott. Er sah gut aus und war stets gutgelaunt, trotz seines persönlichen Unglücks. (Seine Frau – die Schwester des Geistlichen – litt unter der Hodgkinschen Krankheit, außerdem hatte er eine geistig behinderte Tochter.) Lum hatte genau die Art von Image, das Freeman sich als typisches Merkmal für seine Anhänger wünschte.

»Bill«, sagte Freeman, nachdem Lum es sich mit einer

Zigarre und einer Coca-Cola bequem gemacht hatte, »ich habe eine Idee.«

Lum trug fast ausschließlich Strickhemden mit offenem Kragen. Er sah immer noch muskulös aus in einem Alter, in dem die meisten Männer ihren Körperumfang nur dank ihrer Hosengürtel in Grenzen halten konnten. »Und was wäre das, Bobby?« fragte er.

»Heutzutage schauen alle Leute nach Goddard«, sagte der Prediger. »Aber die wahre Bedeutung dessen, was dort drüben vorgeht, verliert sich in all dem wissenschaftlichen Jargon. Jemand muß mit Nachdruck darauf aufmerksam machen, daß wir einen weiteren Zweig der Familie Gottes gefunden haben.«

Lum nahm einen Schluck Cola. »Willst du nächsten Sonntag wieder darüber predigen, Bob?«

»Ja«, sagte Freeman, »aber nicht am nächsten Sonntag. ich würde gerne mit einigen unserer Leute aus Washington und Umgebung eine Versammlung abhalten. Wir sollten zu Goddard fahren. Eine Demonstration veranstalten.«

Lum hatte seine Zweifel. »Ich weiß nicht, was wir dort oben zu suchen haben«, sagte er. »Warum die Mühe? Ich meine, wir haben das Thema doch vergangene Woche ausführlich behandelt. Und ich finde, du hast das ganz toll gemacht, Bobby.«

Der Prediger blinzelte. »Bill, was bei Goddard stattfindet, ist das Ereignis des Jahrhunderts. jemand muß es für die Nation in den richtigen Blickwinkel rücken.«

»Dann mach es doch vom Studio aus.«

»Das hat keine so große Wirkung. Diejenigen, die wir erreichen wollen, schauen sich die Bibelstunde nicht an. Nein, wir brauchen eine größere Kanzel. Und ich denke, die finden wir nur auf den Eingangstreppen zum Space Center.«

»Okay«, sagte Lum. »Aber ich denke, es ist ein Fehler. Du hast über die Menschenmassen keine Kontrolle, Bob. Erinnerst du dich noch an den Mob in Indianapolis im vergangenen Jahr? Sie waren überhaupt nicht ansprechbar.«

Der Prediger schaute auf seinen Kalender. »Die Weihnachtszeit wäre genau richtig dafür. Organisiere das Ganze ein paar Tage vor Weihnachten. Vier bis sechs Busse.« Er schloß die Augen und stellte sich das Besucherzentrum vor. »Laß es lieber bei vier Bussen. Wir wollen dort keinen Massenaufstand veranstalten. Wir sollten am Nachmittag nicht zu spät anfangen, klar? Ich werde das Ganze selbst in Szene setzen.«

»Bob, sollen wir unsere Absicht vorher bekanntgeben? Wenn wir das Weiße Haus informieren, dann lassen sie schon vorher das Gelände räumen.«

Freeman überlegte kurz. »Nein«, sagte er schließlich. »Wenn Hurley es schon vorher weiß, dann sagt er nachher, ich solle das Ganze vergessen.«

Als Lum gegangen war, stellte der Priester sich selbst in der Rolle dessen vor, der die uralte Schlacht zwischen Wissenschaft und Religion in das Lager des Feindes trägt. Es war seine Chance, einen Platz unter den Propheten einzunehmen.

Der sowjetische Außenminister Alexander Taimanow weilte gerade bei den Vereinten Nationen, als Ted Parkinson den Empfang eines zweiten Signals bekanntgab. Er bat augenblicklich um ein Treffen mit dem Präsidenten, zu dem das Weiße Haus sich bereit erklärte. Es wurde für zehn Uhr vormittags am Dienstag angesetzt.

Taimanow war in der Öffentlichkeit ein harter, kompromißloser Mann, ein unbeugsamer Gegner der westlichen Welt. Er stammte aus ländlicher Umgebung und war während der Chruschtschow-Regierung an die Macht gelangt und hatte die Zeit überlebt. Trotz seiner bedingungslosen feindseligen Haltung betrachteten die amerikanischen Diplomaten ihn als vorhersagbar und als eine stabile Macht in der Sowjetunion. »Taimanow kennt sich mit Raketen aus«, sagten sie und wiederholten damit einen Ausspruch, den der Außenminister über Hurley gemacht hatte. Man konnte sich darauf verlassen, daß er den Anfeindungen der jungen Kommissare standhielt (die, anders als er, das Grauen der Bürgerkriege nicht miterlebt hatten).

Hurley, selbst ein überzeugter Nationalist, hatte festgestellt, daß man mit Taimanow verhandeln konnte, und er entwickelte sogar, wenn auch widerstrebend, eine gewisse Zuneigung zu dem Mann, den die Presse mit der Bezeichnung Kleiner Bär belegt hatte. Er und der Außenminister hatten bei mindestens zwei Gelegenheiten zusammengearbeitet, um potentiell explosive Situationen zu entschärfen. Hurley, der ihn für einen politischen Realisten hielt, hatte einmal geäußert, daß, solange Taimanow sich in seiner entscheidenden Machtposition befindet, die Beziehungen zur UdSSR stets angespannt wären, daß aber keine Gefahr für einen Krieg bestünde.

Der Außeminister war während des vergangenen Jahres sichtbar gealtert. Die CIA hatte keine Bestätigung für Gerüchte erhalten können, daß er an Krebs erkrankt war. Aber jeder, der seinen jüngsten öffentlichen Auftritt miterlebt hatte, konnte keinen Zweifel daran haben, daß mit ihm etwas nicht stimmte. Die kalten, intelligenten Augen blickten mit einer gewissen Verzweiflung aus ihren tiefen Höhlen. Sein Fleisch war schlaff geworden, und sein Humor, mit dem er stets die Anwürfe westlicher Zeitungsleute zu parieren pflegte, schien ihn völlig verlassen zu haben.

»Mr. President«, sagte er nach mehreren Minuten diplomatischen Vorgeplänkels, »wir haben ein Problem.«

Hurley hatte es sehr frühzeitig gelernt, mit den Russen nicht von seiner Position hinter dem Schreibtisch aus zu reden. Aus Gründen, die er nicht ganz begriff, interpretierten sie diesen Akt als defensiv und wurden daraufhin aggressiver. Er hatte nur einen bequemen Sessel im Raum stehen lassen, einen mit hoher Rückenlehne, der in der Nähe des Fensters stand, links vom Schreibtisch. Als Taimanow sich darin niederließ, bot Hurley ihm von seiner Lieblingsmarke Scotch an und ließ sich dann lässig auf der Schreibtischkante nieder und schaute auf den Außenminister herab.

Bei Taimanows Eröffnung beugte er sich leicht vor, sagte

aber nichts. Sie waren natürlich alleine. Das Treffen ohne Helfer und Berater wurde als ein Zeichen für die Achtung des Präsidenten vor einem sowjetischen Gast gewertet. Taimanow wußte, daß eigentlich nur ein Staatsoberhaupt ein derartiges Arrangement erwarten konnte.

»Ihre Entscheidung, die Herkules-Signale der Öffentlichkeit vorzuenthalten, ist durchaus korrekt.«

»Danke sehr, Alex«, sagte Hurley. »Die Leitartikelschreiber der Tass scheinen nicht dieser Meinung zu sein.«

»Ach ja.« Er zuckte die Achseln. »Man wird mit ihnen reden. Manchmal, Mr. President, handeln sie zu spontan. Und nicht immer verantwortungsvoll. Das ist der Preis, den wir für ihre Autonomie unter unserer derzeitigen neuen Führung zahlen müssen. Auf jeden Fall bin ich sicher, daß Sie es bereits erkannt haben, daß der derzeitige Zustand für uns beide große Probleme schafft.«

»Wie das?«

»Sie bringen den Vorsitzenden Roskosky in eine unangenehme Position. Seine Lage ist bereits gefährlich. Weder das Militär noch die Partei sind begeistert über seine Bemühungen, mit dem Westen bessere Beziehungen aufzubauen. Viele kreiden ihm eine zu große Bereitschaft an, amerikanische Garantien zu akzeptieren. Ich will ehrlich sein und Sie davon informieren, daß ich diese Bedenken voll und ganz teile.« Sein Verhalten signalisierte Resignation, wodurch er Hurley mitteilte: Sie und ich erkennen seine Naivität; Sie sind in dieser Angelegenheit uns gegenüber im Vorteil. »Seine Position wird durch die andauernden wirtschaftlichen Probleme nicht gerade gestärkt.«

»Ihre wirtschaftlichen Schwierigkeiten«, stellte Hurley fest, »sind Teil und Folge des marxistischen Systems.«

»Das ist im Augenblick nicht von Bedeutung, Mr. President. Was Sie jedoch bedenken müssen, ist das Heikle der jetzigen Situation und die Möglichkeit für weitere Schwierigkeiten und negative Auswirkungen, was die Funksignale betrifft. Persönlich glaube ich nicht, daß Sie irgend etwas finden werden, das sich zu verbergen lohnt — das heißt, etwas, das von militärischem Wert ist. Ich glaube, wir werden erfahren, daß andere intelligente Wesen uns doch sehr ähnlich sind. Sie werden keine nützlichen Informationen weitergeben.«

»Und weshalb machen Sie sich Sorgen?« fragte Hurley.

Taimanow bewegte nervös den Kopf. »Spielen Sie Schach, Mr. President?«

»Mittelprächtig.«

»Diese Tatsache taucht nicht in Ihrer Wahlkampfbiographie auf.«

»Ich hätte damit keine zusätzliche Stimme gewonnen.«

»Ich werde die Vereinigten Staaten niemals verstehen«, sagte Taimanow. »Ein Land, das die Mittelmäßigkeit pflegt und Techniker von höchster technischer Qualifikation hervorbringt.«

»Worum sorgen Sie sich?« fragte der Präsident erneut.

»Der Punkt ist, Mr. President, wie jeder gute Schachspieler oder Staatsmann weiß, daß die Bedrohung weitaus nützlicher ist als die Ausführung, die Tat an sich. Es macht am Ende überhaupt keinen Unterschied, ob Sie im Herkules-Text etwas von militärischem oder diplomatischem Wert finden; es zählt nur, daß wir befürchten, Sie könnten überhaupt etwas finden. Und Sie sollten über die Frage nachdenken, Sir, ob diese Furcht groß genug ist, um Aktionen in Gang zu setzen, die weder Sie noch wir wünschen.« Er kippte das Glas mit dem Scotch leicht schräg, hielt es ins Licht und leerte es dann mit dem Ausdruck tiefen Wohlbehagens. Der Präsident wollte ihm nachschenken, aber Taimanow lehnte ab. »Das ist alles, was sie mir erlauben«, sagte er. »John« – und das Formelle wich aus seiner Stimme, und Hurley konnte in seinen Augen eine aufrichtige Sorge sehen – »ich bitte Sie dringend, die Befürchtungen meiner Regierung zu zerstreuen.«

»Und wie kann ich das tun?«

»Liefern Sie uns das Transkript – wir könnten es einem angemessenen Forum vorstellen, vielleicht in der Sowjetischen Akademie der Wissenschaften –, und lassen Sie uns gemeinsam an diesem Projekt arbeiten. Es gäbe politische Vorteile für alle; und Sie selbst könnten viel von der Kritik, die an Ihnen laut wurde, zerstreuen. Oder, wenn es Ihnen so lieber ist, dann geben Sie uns das Transkript heimlich, und wir werden sehr diskret damit verfahren.«

»Sie wollen, daß wir Ihnen Material aushändigen, das wir sogar amerikanischen Wissenschaftlern vorenthalten? Alex, Sie können nicht im Ernst glauben, daß ich dadurch irgend etwas gewinnen würde.«

»Sie würden Sicherheit gewinnen, John. Die weltpolitische Lage ist im Augenblick gefährlich instabil. Diese Sendungen mit ihren vielleicht furchtbaren Rätseln und Geheimnissen könnten großes Unglück auslösen.« Während er sprach, wurde er gelegentlich von einem Hustenkrampf heimgesucht, der schlimmer zu werden schien, je länger das Gespräch andauerte. Hurley ließ ihm etwas Wasser bringen, was er anfangs nicht beachtete. »Ich denke, wir müssen aufhören, diplomatische Spielchen zu veranstalten«, sagte er mit Mühe. »Dies ist eine außerordentlich ernste Angelegenheit. Bei gemeinsamen Bemühungen könnten wir den Text vielleicht viel schneller entschlüsseln. Und wir könnten den Versuch zum Scheitern bringen, unseren Vorsitzenden Roskosky zu entmachten. Ich glaube, Sie wissen, wer in seinem solchen Fall sein Nachfolger sein wird?«

»Alex«, sagte Hurley, »meine Informationen besagen, daß Sie der neue Vorsitzende sein werden.«

Taimanow lachte nicht, aber seine Augen zeigten eine tiefe Befriedigung bei dieser Bemerkung. »Überlegen Sie es sich gut«, fuhr er fort. »Ich bitte Sie um sehr viel, das ist mir klar. Aber sollten Sie einen einlenkenden, partnerschaftlichen Kurs ablehnen, so könnte Ihr Verhalten als feindlicher Akt ausgelegt werden. Dadurch würde das Scheitern der Politik des Vorsitzenden nur bestätigt. Und ich sage Ihnen ganz offen, sollte er diesmal abgelöst werden, befürchte ich schlimme Konsequenzen für unsere beiden Nationen.«

Hurley erhob sich von der Schreibtischkante. Er stand da, rührte sich nicht; die Finger seiner linken Hand strichen über die Lehne des Sessels, in dem Taimanow saß. Das Leder war weich und nachgiebig. »Sie wissen, daß ich großen Respekt vor dem Vorsitzenden habe«, sagte er. »Aber wir beide wissen auch, daß er sich kaum entgegenkommend gezeigt hat, außer wenn es seine eigenen Interessen forderten. Ich verstehe jedoch Ihre Position, und ich würde gerne alles in meiner Macht Stehende tun, um den Druck auf ihn zu mildern. Aber ich frage mich, was Sie als Gegenleistung für den Fall des Falles zu bieten haben.«

Taimanow lächelte. seine Zähne sahen nicht unbedingt gesund aus. »Ich bin nicht gekommen, um einen Handel abzuschließen, Mr. President. Die Wahrheit ist, daß ich gehofft hatte, Sie würden erkennen, daß den Interessen beider Seiten gedient wäre durch das Verhalten, das ich dargestellt habe. Ich bin allerdings überzeugt, daß wir etwas aushandeln können, das für beide Seiten zufriedenstellend ist.« Taimanows Atem kam mühsam. Er hielt inne, um einen Schluck Wasser zu trinken.

»Ich wünschte, ich könnte Ihnen sagen, daß ich darüber nachdenken werde, Alex«, erwiderte Hurley. »Unglücklicherweise sehe ich überhaupt keine Möglichkeit, Ihrer Bitte nachzukommen. Um ganz ehrlich zu Ihnen zu sein, ich bedaure es längst, daß wir dieses verdammte Signal überhaupt aufgefangen haben. Und wenn ich es noch einmal zu tun hätte, dann würde ich SKYNET abbauen lassen, und wir könnten uns wieder über U-Boote und Gefechtsköpfe unterhalten.

Ich bin jedoch zu einer Geste für den Vorsitzenden bereit. Wir könnten einige Raketen aus Westeuropa abziehen.«

»Das würde sicher nicht schaden, Mr. President. Aber ich glaube, wir sind darüber längst hinaus.«

»Ja, das sind wir wohl.«

Taimanow nickte langsam, erhob sich und zog seinen Mantel an. »Ich werde nicht vor Mittwoch nach Moskau zurückkehren ... falls Sie mit mir noch einmal über diese Angelegenheiten reden wollen.«

Als er gegangen war, eilte Hurley zu seiner nächsten Verabredung, bei der es sich um einen Fototermin mit Gewerkschaftsleuten handelte. Seine Gäste erlebten ihn leicht geistesabwesend. Seine bekannte Fähigkeit, Probleme beiseite zu schieben und sich auf die jeweils aktuelle Situation einzustellen, war ihm vorübergehend abhanden gekommen.

MONITOR

USA FORDERN VON RUSSLAND ABZUG
BOLIVIANISCHER BERATER
Zusammenstoß mit US-Truppen möglich

MANN IN LEWISTONE, MAINE,
WEGEN 81 MORDEN ANGEKLAGT
Neuer Rekord für Massenmord
stiller Schreinermeister ›ging jeden Sonntag zur Kirche‹

CONROY GIBT NICHT AUF
Laufwunder will Qualifikation trotz Leukämie versuchen
Heimatstadt ruft Brad-Conroy-Stiftung ins Leben

SAMARITER IM BUS ERMORDET
Kam Frau zu Hilfe, als sie überfallen wurde

›INDIA TEAM‹ STÜRMT WERK IN LAKEHURST
3 Terroristen, 1 Geisel tot
Welle der Kritik
»Es hätte explodieren können«,
sagt Bürgermeister von Phila.
Hurley übernimmt Verantwortung

TODESSTRAFE FÜR NUKLEAR-TERRORISMUS
GEFORDERT

RAKETE ÜBER O'HARE AUF
TWA-MASCHINE ABGEFEUERT
FAA untersucht; Maschine war mit 166 Passagieren besetzt

EINZELHANDEL ERWARTET
ERFOLGREICHE WEIHNACHTSSAISON
Großhändler lösen Anstieg des Dow Jones aus

ANACONDA SEIT 2 ZWEI JAHREN VERHEIRATET
Berühmter Rockstar ist Ehefrau ihres Versicherungsagenten

GENFER GESPRÄCHE WIEDER UNTERBROCHEN
Taimanow greift USA an
Papst bittet um Abkommen

ENGLAND IST PLEITE
Cleary bittet um Hilfe bei der Abtragung der Schulden
Bankfachleute suchen nach Ausweg
Frankreich könnte es als nächstes treffen, warnt Goulet

MARYANNE IM BRUNNENSCHACHT EINGEKLEMMT
Rettungsmannschaften graben zweiten Schacht;
Regen dauert an

10 Obgleich Ed Gambini einige Tagesberichte an das Weiße Haus schickte, geriet diese Aufgabe mehr und mehr unter Harrys Verantwortung. Der Projektleiter teilte Majeski dazu ein, jeden Abend eine kurze Zusammenfassung des Tages zu erstellen, die Harry dann morgens auf seinem Schreibtisch vorfand. Er wehrte sich nicht gegen diese Verfahrensweise: Gambini wurde durch die Ereignisse völlig mit Beschlag belegt und hatte ganz eindeutig etwas dagegen, mit einem Politiker reden zu müssen.

Nicht, daß Harry die Berichte dem Präsidenten persönlich übergeben mußte. Im Anfang hatte Hurley die Gespräche selbst angenommen, doch im Laufe der Wochen und als Weihnachten heranrückte, wurde der Präsident immer häufiger von jungen, kompetenten Männern vertreten, die ihm zuhörten, sich bedankten und dann auflegten.

Die Berichte waren natürlich sehr allgemein formuliert. Als gelegentlich eine Sache zur Sprache kam, die Harry als heikel betrachtete, brachte er Gambinis Bericht persönlich ins Weiße Haus.

Und natürlich, wie der vorbildliche Bürokrat, der er war, sorgte er dafür, daß Quint Rosenbloom routinemäßig von jedem Schriftstück eine Kopie erhielt.

Es machte sich auch allmählich eine allgemeine heitere Stimmung breit. Harry genoß seinen engen Kontakt mit den höchsten Kreisen der Regierung, wo er nun nur noch mit seinem Vornamen angeredet wurde. Es war eine überwältigende Erfahrung für einen kleineren Regierungsangestellten. Wenn die Dinge gut liefen und wenn er Fehler vermied und genau die Art von knappen Informationen lieferte, die Hurley wünschte, dann wartete auf ihn am Ende vielleicht ein Posten als Abteilungsdirektor. Infolgedessen verwendete er einen großen Teil seiner Zeit auf das Herkules-Projekt. Was sich auch als günstig erwies, war die Tatsache, daß Gambini auf seine Fragen niemals ungeduldig reagierte. (Obgleich Harry erkannte, daß der Idealist in Gambini niemals nach einem verborgenen Motiv gesucht hätte.) Und Harry wurde von der Erregung der Jagd nach der noch im Dunkeln liegenden Natur der Altheaner mitgerissen.

Das Bemühen, aus den Funksignalen eine ›Sprache‹ zu erstellen, schritt langsam und mit bescheidenem Erfolg voran. Daß es überhaupt Fortschritte gab, so erklärte Rimford Harry, wenn man die enorme Kompliziertheit der Probleme betrachtete, die damit einhergingen, war Cord Majeski und seinem Team von Mathematikern zu verdanken.

Harry nahm an einem Besuchstag auch seinen Sohn mit. Es hatte zu Hause eine kurze Verzögerung gegeben, denn der Insulinvorrat war zur Neige gegangen, und Harry mußte mit dem Jungen eine öffentliche Apotheke aufsuchen. Das war immer eine deprimierende Erfahrung, die einem noch schmerzlicher bewußt wurde, wenn man sah, wie gelassen Tommy sich seiner Krankheit unterwarf.

Der Junge hatte seinen Spaß daran, durch das Space Center zu fahren und sich die Parabolantennen, die Kommunikationsgeräte und die Satellitenmodelle anzusehen. Aber am Ende interessierte er sich meistens für den Ententeich. Es schwammen immer noch sieben oder acht Stockenten im kalten Wasser. Harry fragte sich, wann sie wohl davonfliegen würden.

Tommy war für sein Alter recht groß und hatte die feinen Gesichtszüge seiner Mutter und Harrys überdimensionale Füße geerbt. (»Das ändert sich noch, wenn er älter wird«, hatte Julie ihm versichert.) Die Enten waren mit Kindern vertraut, sie hatten ihn bereits eingekreist, ehe er auch nur die Chance hatte, seine Popcorntüte aufzureißen. Sie waren natürlich ganz zahm, und als Tommy für sie zu langsam reagierte, versuchten sie sogar, ihm das Futter aus der Hand zu stiebitzen. Tommy lachte schallend und zog sich ein Stück zurück.

Harry, der ihm aus einiger Entfernung zusah, erinnerte sich an all die Abende, an denen er länger gearbeitet hatte, an die Wochenenden, die er dem einen oder anderen Projekt geopfert hatte. Die Regierung hatte seine Bemühungen mit Urkunden und einem ordentlichen Gehalt honoriert;

im vergangenen Jahr war er sogar in den Senior Executive Service aufgenommen worden. Insgesamt betrachtet, nicht schlecht. Aber es entstand nach und nach ein Übergewicht mit seinen Urkunden und Gehaltszulagen auf der einen Seite. Und auf der anderen?

Tommy zwischen den Enten.

Und Julia im Pumpenhaus.

Später gingen sie essen und schauten sich danach einen Film an. Es war ein öder Science-fiction-Film über eine Gruppe von Astronauten-Archäologen, die von einem mordlustigen Alien auf einer fremden Welt in uralten Ruinen gefangengehalten wurden. Die Tricks waren recht gut, aber die Dialoge waren hölzern und die Typen unglaubwürdig. Überdies war Harry im Umgang mit Aliens an der Grenze seines Toleranzvermögens angelangt.

Julie war in eine Eigentumswohnung in Silver Spring umgezogen. Als Harry Tommy am Sonntagabend zurückbrachte, nahm sie sich ein paar Minuten Zeit, um ihm die Räumlichkeiten zu zeigen. Es sah alles recht teuer aus, eine aufwendige Möblierung mit sogar antiken Stücken.

Aber sie wirkte irgendwie erschöpft, seine Besichtigungstour war daher bestenfalls ein mechanisches Herumführen in ein paar Zimmern.

»Was stimmt nicht?« fragte er, als sie schließlich alleine auf ihrem Patio standen und aus dem vierten Stock nach Norden auf die Georgia Avenue blickten. Es war kalt.

»Sie haben Tommys Dosis erhöht«, sagte sie. »Sein Kreislauf ist nicht ganz in Ordnung. Darum hat er heute morgen mehr als sonst gebraucht.«

»Er hat mir nichts davon gesagt«, meinte Harry.

»Er redet nicht gerne darüber. Es macht ihm Angst.«

»Das tut mir leid.«

»O Harry, es tut uns allen leid.« Sie schloß die Augen, aber Tränen rannen ihr über die Wangen. »Er bekommt jetzt zwei Injektionen.« Sie hatte sich einen weißen Wollpullover über die Schultern geworfen. Unten näherte sich ein Polizeiwagen der Spring Street mit heulender Sirene. Sie verfolgten, wie der Wagen sich über eine verstopfte

Kreuzung schob und wieder beschleunigte, ehe er in der Buckley verschwand. Sie konnten ihn noch lange hören.

Gambinis morgendliches Memorandum war sonderbar: »Wir haben die Hexe von Agnesi.«

Harry legte es beiseite und blätterte den restlichen Stapel im Eingangskorb durch und erledigte die dringenden Angelegenheiten. Er überflog soeben die neuen Richtlinien zur Management-Analyse, als sein Summer erklang. »Dr. Koch würde Sie gerne sprechen, Mr. Carmichael.«

Harry runzelte die Stirn. Er hatte keine Ahnung, worum es gehen mochte. Adrian Koch war ein Hochenergie-Physiker, der an das Space Center ausgeliehen worden war. Er arbeitete bei der Kerntruppe, die als technischer Berater für die hochenergetischen Astronomieanlagen tätig war, welche ebenfalls zu SKYNET gehörten.

Er sah nicht gerade glücklich aus.

Harry dirigierte ihn mit einem Fingerzeig zu einem Stuhl, gab sich jedoch keine Mühe, mit dem Besucher diplomatische Nettigkeiten auszutauschen. »Was stimmt nicht, Adrian?«

»Harry, wir möchten eine Versammlung einberufen.« Sein deutscher Akzent war kaum wahrnehmbar, aber er sprach mit der präzisen Diktion, die ausnahmslos den europäischen Fremden kennzeichnet. »Ich habe das Giacconi-Zimmer ab ein Uhr heute mittag reserviert. Und ich nahm an, daß Sie vielleicht Lust haben, ebenfalls zu kommen.«

»Worum geht es?«

»Es ist sehr schwierig geworden, hier weiterzuarbeiten. Es gibt tiefgreifende moralische und ethische Probleme.«

»Ich verstehe. Ich nehme an, es ist vom Herkules-Projekt die Rede?«

»Natürlich«, sagte er. »Wir können nicht, wenn wir noch halbwegs normal sind, wissenschaftliche Informationen von dieser Tragweite für uns behalten.«

»Wer ist wir?«

»Ein großer Teil der Forscher, die zur Zeit bei Goddard arbeiten. Mr. Carmichael, bitte verstehen Sie, daß all dies nicht persönlich gemeint ist und mit Ihnen zu tun hat. Aber was die Regierung hier tut, ist furchtbar falsch. Überdies stellen Ihre Aktionen eine erhebliche Belastung für diejenigen unter uns dar, die in den Augen unserer Kollegen klein beizugeben scheinen. Carroll zum Beispiel wurde von seiner Universität darauf hingewiesen, daß, wenn er sich nicht gegen die Position der Regierung im Herkules-Projekt ausspricht, sein Arbeitsvertrag einer genaueren Überprüfung unterzogen werden müßte.«

»Was soll der Zweck dieser Versammlung sein, Adrian?«

»Ich denke, das wissen Sie.« Kochs Augen richteten sich auf Harry. Er ging mit jenem seltsam steifen Schritt, der in Harrys Augen genau der Art entsprach, wie sein Geist arbeitete. Koch war ein Mann, der Ideale und ethische Systeme verteidigte, ein Mann, der Prinzipien sehr ernst nahm, ganz gleich, wer dadurch verletzt werden konnte. »Ich werde wohl damit drohen, daß wir von hier fortgehen.«

»Ein Streik? Sie dürfen nicht streiken. Es wäre eine Verletzung unseres Vertrags.« Harry stand von seinem Stuhl auf und kam um den Tisch herum.

»Ich kenne den Vertrag, Harry.« Seltsamerweise wurde sein Ton drohender, als er den Vornamen des Administrators aussprach. »Und versuchen Sie bitte nicht, mich einzuschüchtern. Viele von uns haben eine Karriere, die auf dem Spiel steht. Was wird die Regierung tun, wenn wir nicht mehr für unseren Lebensunterhalt aufkommen können? Garantieren Sie mir eine Beschäftigung innerhalb meines Spezialgebiets?«

Harry erwiderte seinen Blick. »Sie wissen, daß ich das nicht kann. Aber Sie haben hier eine Verpflichtung.«

»Und Sie haben eine Fürsorgepflicht für uns. Bitte halten Sie sich das vor Augen.« Koch wandte sich um und stolzierte aus dem Zimmer. Harry starrte hinter ihm her und überdachte seine Möglichkeiten. Er konnte ihnen die Benutzung von Räumlichkeiten für ihre Versammlung untersagen, er konnte sie vor Sanktionen warnen oder selbst an der Vesammlung teilnehmen und sie als Gelegenheit benutzen, um den Standpunkt der Regierung darzulegen.

Harry wußte, daß es einige Reibungspunkte gegeben hatte. Einige von Gambinis Kollegen hatten von einer wachsenden Kälte im Umgang mit ihren Kollegen gesprochen. Er fragte sich, ob er den Sicherheitsdienst darauf aufmerksam machen sollte. Er leitete die Einheit schon lange nicht mehr, und Schenken traute er nicht. Das Auftauchen von Uniformen und entschlossen wirkenden jungen Männern mit verwegen auf dem Kopf sitzenden Mützen könnte durchaus die Art von Ärger auslösen, den er zu vermeiden hoffte.

Er wandte sich dem Lexikon zu und suchte ›Hexe von Agnesi‹ und lächelte. Es war ein geometrischer Begriff und bezeichnete eine einfache gekrümmte Kurve, die zur y-Achse symmetrisch und asymptotisch zur x-Achse ist. Harry war sich nicht sicher, was ›asymptotisch‹ bedeutete, und nachdem er wieder im *Webster* nachgeschlagen hatte, war er sich noch immer nicht sicher. Er hatte nur soviel verstanden, daß das Ganze irgendwie mit dem Begriff von der Unendlichkeit zu tun hatte.

Harry fügte die Hexe den anderen Prinzipien hinzu, über die die Aliens Bescheid wußten: das Faraday'sche Gesetz von der Elektromagnetischen Induktion, das Cauchy-Theorem, verschiedene Variationen der Gaussschen Hypergeometrischen Gleichung, diverse Bessel-Funktionen und so weiter. Wann, so fragte er sich, werden sie uns etwas mitteilen, das wir nicht kennen?

Es wurde auch offenbar, daß das Weiße Haus ungeduldig wurde. Die Proteste gegen die Regierung weiteten sich aus. Im Lande unterstützten nur wenige Zeitungen die Position des Präsidenten; und drei von den vier großen Fernsehstationen hatten ihn schon in Kommentaren angegriffen. Die sogenannte Karolingische Bewegung, benannt nach den aufrührerischen Historikern, die die Konferenz an der Penn gestört und abgebrochen hatten, verfügte nun über Anhänger an den meisten größeren Universitäten. Sie schrieben ständig wütende Briefe an Zeitungen und drohten den Vertretern der Gesetzgebung Maßnahmen an.

Amerikanische Botschafter wurden, wo immer sie auftauchten, mit Steinen beworfen; das Außenministerium hatte Proteste von beinahe allen Angehörigen der westlichen Allianz erhalten (nur Westdeutschland, Großbritannien und Schweden hatten sich einer Reaktion enthalten); und die Regierung wurde fast täglich in den Vereinten Nationen an den Pranger gestellt. Japan drohte mit der Kürzung seiner Exporte in die Vereinigten Staaten, und es wurde von einem Ölembargo gesprochen. Und gegen all das hatte der Präsident wenig ins Feld zu führen: ein paar allgemein bekannte mathematische Übungen, die nun von der Hexe von Agnesi gekrönt wurden.

Harry hatte angefangen, die täglichen Berichte zu hassen. Es hatte einige Anrufe von Hurley gegeben, in denen der Präsident versucht hatte, seinen wachsenden Unmut zu verbergen. Gambini hatte auch mindestens einen erhalten. Aber er blieb davon unberührt. »Das geschieht dem dämlichen Bastard recht. Vielleicht kommt er nach einiger Zeit selbst auf den Trichter, was er eigentlich tun sollte.«

Hurley hatte es zugelassen, praktisch von Gambini abhängig zu werden. Offenbar vertraute er dem Projektleiter, so wie Harry es tat. Dennoch war es Gambini klar, daß eine Entdeckung von militärischer Bedeutung die Chancen erhöhen würde, daß man ihm das Projekt nahm und damit die vage Möglichkeit ausschloß, daß die Regierung am Ende doch noch tun würde, was er sich wünschte: die Transkripte veröffentlichen. Infolgedessen wäre Gambini natürlich versucht, jede wichtige Entdeckung in dieser Richtung zurückzuhalten.

Harry wußte, und der Präsident mußte es sich eigentlich gedacht haben, daß Gambini unter enormem Druck seiner Kollegen stand, von denen die meisten ihn nicht gerade willkommen heißen würden, wenn er nach diesem Unternehmen in die normale Forschung zurückkehrte. Es verging keine Woche, ohne daß eine wichtigere Persönlichkeit sich nicht der Presse bediente, um Edward Gambini anzugreifen oder ihn zu drängen, die Zusammenarbeit mit der ›paranoiden‹ Politik seiner Regierung aufzugeben. Gambini verteidigte sich niemals selbst und kritisierte in der Öffentlichkeit niemals den Präsidenten.

Seine Sekretärin betätigte den Summer. »Mr. Carmichael, Ted Parkinson ist in der Leitung.«

Harry tastete den Anruf ein. »Ja, Ted?«

»Harry, ich denke, wir sollten das Besucherzentrum für eine Weile schließen.«

»Warum?«

»Einige Leute hier draußen werden unangenehm. Es kommen immer mehr Demonstranten und Collegekids mit Karolingerabzeichen. Wir hatten heute schon zwei ernste Zwischenfälle.«

»Wurde jemand verletzt?«

»Noch nicht. Aber das ist nur eine Frage der Zeit. Viele von den jungen Leuten bringen Alkohol mit. Es ist nicht so leicht, sie aufzuhalten. Die Sicherheitsleute werfen sie hinaus, wann immer sie ihnen in die Quere kommen, aber das verschlimmert die Situation nur noch.«

»Ich würde es gerne vermeiden, das Zentrum zu schließen, Ted. Das würde ja aussehen, als gerieten wir in einen Belagerungszustand, und das würde wahrscheinlich noch mehr Demonstranten anlocken.«

»Es wird wohl noch schlimmer werden, Harry. Ich bekam soeben einen Anruf von Cass Woodbury. Sie erzählte, daß Backwoods Bobby und mehrere Busladungen mit seinen Anhängern heute nachmittag hier eintreffen werden.«

»Machen Sie Witze.«

»Sind Sie bereit für den absoluten Hammer?«

»Schießen Sie los.«

»Diesmal steht er auf unserer Seite.«

»Ja«, sagte Harry. »Er möchte auf keinen Fall, daß die Sowjets irgend etwas von dem in die Finger bekommen, was wir haben. Außerdem hat er den Präsidenten die ganze Zeit unterstützt. Sie denken alle gleich. Hurley ist nur noch ein Stück raffinierter als die anderen.«

»Ich gebe der Sicherheit Bescheid.«

»Sie dürften heute nachmittag aber alle Hände voll zu tun haben. Wann wollte Freeman kommen?«

»Gegen drei.«

»Damit kommt es in die Abendnachrichten. Freeman ist kein Dummkopf. Er liebt es, wenn die Forscher sich gegenseitig an die Gurgel fahren; das bietet ihm die Chance, in die Aktion mit einzugreifen und sich landesweit Publicity zu verschaffen. Ich glaube, wir können darauf zählen, daß er alles unternehmen wird, um die Dinge am Kochen zu halten.« Harry schaute auf seine Uhr. »Okay, Ted. Ich komme später rüber. Freeman wird kein großes Interesse haben, sich mit uns zu unterhalten, aber wenn er es doch tut, dann passen Sie auf, was Sie von sich geben. Er hat ein seltsames Talent, Aussagen zu verdrehen.«

»Übrigens«, sagte Parkinson. »Ich habe gehört, es gäbe Probleme am Fermi. Sie kommen im Augenblick zusammen, um zu beraten, was sie jetzt tun sollen. Ein Streik scheint aber schon jetzt eine ausgemachte Sache zu sein, und die einzige Frage, die noch offen ist, betrifft die Härte ihres Vorgehens gegenüber der Regierung.«

»Zur Hölle, sie schneiden sich ihre eigenen Nasen ab«, sagte Harry. »Wen interessiert es schon, wenn irgendwo in Illinois ein Beschleuniger vorübergehend stillgelegt werden muß? Sicherlich nicht die Öffentlichkeit. Und auch nicht den Präsidenten.«

Es war 8:45 Uhr. Harry hatte gerade noch Zeit, hinüberzugehen und mit Gambini zu sprechen. Vielleicht konnte er am Ende etwas mitbringen, was die lange Kette negativer Berichte an das Weiße Haus unterbrach.

Cord Majeski konnte am Ende nicht mehr genau sagen, wann er erkannt hatte, daß die Folge von Zahlen ein gewisses Schema bildete. Er erkannte die Grundkonstruktion eines Satzes Zylinderspulen und eines Umwandlers; es schien Heiz- und Kühlaggregate zu geben und einen Timer. »Und das restliche Zeug«, erklärte er Gambini, »kann ich überhaupt nicht erkennen.« Er fertigte eine grobe Zeichnung an, aber es glich nichts, was Gambini in irgendeiner Form vertraut war.

»Können wir davon ein funktionierendes Modell bauen?«

Majeski blinzelte und klopfte sich auf den Nasenrücken. »Vielleicht«, sagte er.

»Stimmt etwas nicht?«

»Ich kann keine Energiespezifikationen finden, Ed. Was meinen Sie denn, wie man das Ding in Gang setzt?«

Gambini grinste. »Mit Haushaltsstrom starten. Versuchen Sie mal, ob Sie es zusammenbauen können, Cord. Aber lassen Sie sich Zeit. Ich würde gerne vorher noch die Übersetzungen abschließen.«

Majeskis Enttäuschung war offensichtlich. »Sie könnten jahrelang reden, Ed. Wir haben Unmengen von Material.«

»Schön, so lange werden wir nicht warten. Legen Sie das Ding jetzt beiseite. Darauf kommen wir noch.«

Er traf Leslie an, wie sie gerade gedankenverloren ein Thunfischsandwich aß. Sie bemerkte ihn nicht, bis er neben ihr Platz genommen hatte. »Harry«, sagte sie, »wie geht es Ihnen?«

»Ganz gut. Ich wußte gar nicht, daß Sie schon wieder hier sind.«

»Ich bin gestern abend angekommen, gerade rechtzeitig offenbar. Ich habe gehört, daß Bobby Freeman uns heute einen Besuch abstatten wird.«

»Ja«, sagte Harry. »Sie erwarten ihn heute nachmittag im Besucherzentrum.« Er konnte nicht erkennen, ob sie es ernst meinte oder nicht. »Warum interessieren Sie sich so für Freeman?«

»Harry«, sagte sie, »er ist eine Ein-Mann-Studie in Sachen Massenpsychologie. Er sagt nie etwas, das auch nur einen vagen Sinn ergibt, und dennoch glauben zwei

Millionen Amerikaner, daß er auf dem Wasser gehen kann.«

»Backwoods Bobby ist der lebende Beweis dafür, daß man in diesem Land nicht unbedingt Grips haben muß, um Macht zu erlangen. Häßlich darf man nicht sein, aber es macht überhaupt nichts aus, wenn man dumm ist.«

»Das ist aber ein wenig hart ausgedrückt«, sagte sie amüsiert. »Nach welchem Standard ist er dumm? Wenn man ihn von der Religion wegbekommt, klingt er recht vernünftig. Und bei den Parametern, innerhalb derer er sich bewegt, ist er sogar bemerkenswert standhaft und zuverlässig. Wenn es sich herausstellt, daß die Bibel tatsächlich von Gott inspiriert wurde, dann, so glaube ich, hat er uns allen etwas voraus.«

»Sie reden Unsinn«, stellte Harry fest.

»Natürlich tue ich das«, gab sie augenzwinkernd zu. »Ich nehme an, Sie wissen, daß es gestern so etwas wie einen Durchbruch gegeben hat?«

»Wir dürfen hier drin nicht über diese Dinge reden«, sagte Harry giftig. »Geheimhaltung ist hier an der Tagesordnung. Was ist passiert?«

»Ich glaube, wir sind alle Gefangene unseres Zeitalters«, sagte sie. »Ich kann verstehen warum sie sich Sorgen machen. Ich weiß wirklich nicht, was ich tun würde, wenn ich an Hurleys Stelle wäre.«

»Er sucht eine Waffe«, meinte Harry.

»Und Ed, so vermute ich, würde am liebsten einen kongenialen Geist finden. Rimford möchte gerne herausbekommen, ob das Rimford-Modell überleben wird. Und Sie, Harry? Was wünschen Sie sich?«

»Daß das Ganze ein Ende hat«, sagte Harry.

»Wirklich?« Sie schüttelte den Kopf. »Sie enttäuschen mich. Sie stecken doch hier mitten im größten Abenteuer.«

»Sicher. Aber alles, was ich davon habe, ist eine Menge Ärger. Schon heute nachmittag geht es in dieser Richtung weiter, wenn wir uns mit einigen vertraglich verpflichteten Forschern zusammensetzen. Sie drohen, einfach auszusteigen.«

»Jedenfalls«, sagte sie, als hätte ein möglicher Streik überhaupt keine Folgen, »bekommen wir allmählich einen Eindruck von der Sprachstruktur. Aber etwas ist dabei sehr seltsam.«

»Zum Teufel, Les, es wird noch eine ganze Menge seltsame Dinge geben, ehe wir unsere Arbeiten abgeschlossen haben.«

»Nein, ich meine nicht *ungewöhnlich* seltsam; ich denke eher an *irrational* seltsam. Das Ganze ist so unbeholfen, so schwerfällig, Harry. Es ist so plump, daß sich etwas in mir sträubt, es Sprache zu nennen.«

»Unbeholfen?«

»Ja, schwerfällig. Vergleiche werden zum Beispiel durch Zahlenwerte dargestellt, und zwar sowohl positive als auch negative. Es ist so, als spreche man von der Qualität im Rahmen einer Skala von eins bis zehn, ohne mit Begriffen wie ›besser‹ oder ›am besten‹ zu operieren.«

»Mir erscheint das hinreichend genau.«

»Oh, es ist genau. Mit Adjektiven ist es genauso. Nichts ist jemals richtig dunkel. Sie legen einen Bemessungsstandard für den Beleuchtungsgrad fest und geben einem dann eine Verhältniszahl zum Standard an. Es macht einen verrückt. Aber was mich richtig fasziniert, ist, wenn man es ins Englische übersetzt und damit allgemeine Begriffe ersetzt, dann erhält man eine erstaunliche Art von Poesie. Nur daß es wahrscheinlich keine Poesie ist, ich kann es mir nicht vorstellen, aber ich weiß nicht, wie ich es sonst nennen sollte.« Sie schüttelte ratlos den Kopf. »Eines kann ich Ihnen jetzt schon sagen, Harry: in dieser Form, so wie sie es senden, ist es keine natürliche Sprache. Dafür ist es zu mathematisch.«

»Meinen Sie, sie haben diese Mitteilungsform nur für ihre Radiosendungen geschaffen?«

»Wahrscheinlich. Und wenn das stimmt, dann verlieren wir eine wesentliche Informationsquelle über sie. Es besteht eine direkte Verbindung zwischen der Sprache und dem Charakter ihrer Sprecher. Harry, wir sollten wirklich die Möglichkeit haben, diese Aufzeichnungen weiterzugeben. Ich kenne alle möglichen Leute, die sich die Daten ansehen sollten. Es gibt einfach zu viele Gebiete, auf denen ich so gut wie keine Erfahrungen habe. Hier zu sitzen, es vor sich liegen zu haben und nichts damit tun zu können, ist ganz schön frustrierend.«

»Ich weiß«, sagte Harry. »Vielleicht ändert sich jetzt einiges. Es sind einige weitere Freigaben erteilt worden, und vielleicht können wir einige zusätzliche Leute herholen.«

»Es ist ein Code, Harry. Das ist es, und nichts anderes: ein Code. Und wissen Sie, was das seltsamste daran ist? Wir hätten es besser machen können. Aber egal, was jetzt allein zählt, ist, daß wir anfangen, ihn zu verstehen, ihn zu lesen. Es ist ein langsames und mühsames Unterfangen, denn es gibt noch soviel zu tun.« Sie entdeckte ihr Sandwich, das nahezu unberührt war, und nahm einen Bissen. »Ich glaube, Hurley wird einigermaßen enttäuscht sein.«

»Warum?«

»Der wesentliche Teil des Materials, den wir bisher haben entschlüsseln können, liest sich im großen und ganzen wie Philosophie. Obgleich wir uns darin auch nicht ganz sicher sein können, denn wir verstehen die meisten Begriffe nicht, und vielleicht werden wir es nie. Ich bin mir noch nicht einmal sicher, ob wir es nicht mit irgendeiner Art von interstellarer Predigt zu tun haben.«

Er versuchte sich im Geiste vorzustellen, wie der Präsident und Bobby Freeman darauf wohl reagieren mochten. »Es wäre das Beste, was uns passieren könnte«, sagte er.

»Harry«, entgegnete sie, »ich bin froh, daß Sie das Ganze für spaßig halten, denn es liegt so unendlich viel davon vor. Wissen Sie, sie haben nämlich ihre Übersendung in einhundertacht Abschnitte unterteilt. Bisher sind wir in dreiundzwanzig etwas tiefer eingedrungen, von denen sechzehn bisher diesen eher philosophischen Charakter aufweisen.«

»Gibt es irgend etwas Historisches? Erzählen sie etwas über sich?«

»Bisher haben wir nichts dergleichen gefunden. Wir erhalten irgendwelche Kommentare, aber die sind eher abstrakt, und wir können nicht verstehen, worauf sie sich beziehen. Es gibt auch lange mathematische Abschnitte. Ich glaube, wir sind auf eine Beschreibung ihres Sonnensystems gestoßen. Wenn wir es richtig verstanden haben, dann verfügen sie über sechs Planeten, und die Heimatwelt besitzt tatsächlich Ringe. Sie umkreisen übrigens eine gelbe Sonne.

Aber das ganze andere Zeug. Sie malen mit breitem Pinsel, Harry, und in groben Zügen. Soweit ich es beurteilen kann, sind sie an den Dingen nicht sonderlich interessiert, aus denen man Waffen herstellt. Wissen Sie, wofür ich die ganze Ausstrahlung halte? Ganz grundsätzlich?«

Harry hatte keine Ahnung.

»Eine Serie von ausführlichen Aufsätzen über das Gute, das Wahre und das Schöne.«

»Sie scherzen.«

»Wir wissen, daß sie sich für Kosmologie interessieren. Sie haben genügend physikalische Kenntnisse, um Gambini zu verblüffen. Sie haben mathematische Beschreibungen für alle möglichen Prozesse und Vorgänge, darunter auch all das, was wir bisher noch nicht haben entschlüsseln können. Wir werden wahrscheinlich erfahren, was tatsächlich die Atome zusammenhält und warum Wasser bei Null Grad zu Eis wird und wie Galaxien entstehen. Aber in dem ganzen Text liegt etwas« – sie suchte nach dem richten Wort – »Beiläufiges. Triviales. Als äußerten sie sich über Alltäglichkeiten. Woran sie wirklich interessiert sind, wo meines Erachtens ihre wahren Fähigkeiten liegen, das sind die spekulativen Abschnitte ihrer Funksignale.«

»Das paßt auch irgendwie«, sagte Harry. »Was soll man sonst von einer hochentwickelten Rasse erwarten?«

»Sie haben uns vielleicht ihr gesamtes Wissen übermittelt. Alles, was sie für bedeutsam halten.«

Harry stellte fest, daß es ihm großes Vergnügen bereitete, mit ihr zusammen zu sein. Ihr Lachen munterte ihn auf, und wenn er jemanden zum Reden brauchte, dann hörte sie ihm zu. Ihre Fähigkeit, Philadelphia jederzeit zu verlassen und herüberzukommen, wies darauf hin, daß sie dort keine wesentlichen emotionalen Bindungen unterhielt. Überdies verkörperte sie eine geradezu aggressive Unabhängigkeit, die eindeutig klarmachte, daß sie alleine auf sich gestellt war. Er fragte sie natürlich nicht geradeheraus, da dies wahrscheinlich einen falschen Eindruck hinterlassen hätte. Leslie war eine viel zu prosaische Frau, um sein Interesse zu wecken.

Dennoch empfand er seine Schlußfolgerung als wohltuend, daß es offensichtlich in ihrem Leben keinen Mann gab.

Sie gingen gemeinsam zum Labor, wobei Harry sorgsam auf entsprechende Distanz achtete, sich jedoch gleichzeitig angenehm und vielleicht zum erstenmal ihrer körperlichen Nähe bewußt wurde. Für jeden seiner Schritte mußte sie zwei machen. Aber sie blieb neben ihm, offenbar in Gedanken versunken, obgleich er, wenn er denn hingeschaut hätte, hätte beobachten können, wie ihr Blick sich gelegentlich verstohlen zu ihm hintastete, um gleich wieder hastig abzugleiten.

Sie spazierten durch eine öde Landschaft unter einem grau-weißen Dezemberhimmel, der mit Schneewolken verhangen war. Als sie das Labor erreichten, eilte Leslie ins hintere Büro, das sie für sich reserviert hatte, und Harry suchte Pete Wheeler auf.

Der Geistliche saß an einem Computer und übertrug sorgfältig Zahlen von seinem Notizblock auf die Tastatur. Er schien erleichtert die Chance wahrzunehmen, sich wenigstens für ein paar Augenblicke von dieser Tätigkeit trennen zu können. »Gehen Sie heute nachmittag zu Kochs Versammlung?« erkundigte er sich.

»Das habe ich noch nicht entschieden.«

»Es dürfte ein recht unfreundliches Publikum werden. Es herrscht im Augenblick eine Menge Feindseligkeit und Verärgerung. Wußten Sie, daß sogar auf Baines der erste Druck ausgeübt wird? Die Akademie verlangt von ihm, daß er seine Mitarbeit an dem Projekt einstellt. Und daß er mit seinem Wissen an die Öffentlichkeit geht.«

»Wie, um alles in der Welt, kann jemand Baines unter Druck setzen?«

»Direkt können sie das auch nicht. Aber Sie wissen ja, wie er ist. Er mag es nicht, wenn jemand etwas Schlechtes über ihn denkt. Vor allem diese Leute, mit denen er schon sein ganzes Leben lang zusammenarbeitet. Und um alles noch schlimmer zu machen, er glaubt natürlich, daß sie recht haben.«

»Und wie sieht es mit Ihnen aus?«

»Ich glaube, einige Leute haben sich beim Abt beschwert. Er sagt, daß der Vatikan sich keine Sorgen macht, aber es gibt einigen Druck von der Amerikanischen Kirche. Doch das wird wohl nicht in aller Offenheit passieren. Man ist dort sehr darauf bedacht, zu diesem Zeitpunkt nicht wie das große Hindernis auf der Straße in die Zukunft zu erscheinen.«

»Das Galileo-Syndrom«, sagte Harry.

»Sicher.«

»Sie sehen besorgt aus.«

»Ich denke die ganze Zeit darüber nach, wie das alles auf Hurley wirken muß. Er ist in einer hoffnungslosen Situation, und er ist so oder so zur Niederlage verdammt, wenn man so will. Wollen Sie wirklich meine Meinung hören, Harry?« Er massierte sich seinen Nacken. »Historisch betrachtet, sind Regierungen nicht gerade die ideale Institution, um Geheimnisse zu bewahren. Vor allem im Bereich der Technologie. Die einzige Regierung, die mir in diesem Zusammenhang einfällt und die lange Zeit die Kontrolle über eine hochentwickelte Waffe behalten konnte, war Konstantinopel.«

»Das griechische Feuer«, sagte Harry.

»Das griechische Feuer. Und das ist wahrscheinlich die einzige in der gesamten Menschheitsgeschichte. Was immer wir hier erfahren, was immer wir an Kenntnissen aus dem Text gewinnen, wird bald Allgemeingut sein.« Seine dunklen Augen blickten sorgenvoll. »Wenn Hurley recht hat und wir entdecken die Pläne für eine neue Bombe oder sonst irgendwas, dann ist es nur noch eine Frage der Zeit, bis die Russen sie ebenfalls haben oder die IRA oder andere Verrückte auf diesem Planeten.

Ich glaube nicht, daß eine akute Gefahr besteht, obgleich sie Gott weiß schon ernst genug ist. Aber es ist zumindest eine Gefahr, die jeder als solche erkennt. Harry, wird sind im Begriff, von einer fremden Kultur überflutet zu werden. Diesmal sind wir die Eingeborenen der Südseeinsel.« Er schaltete seinen Monitor aus. »Können Sie sich noch an die Zeit vor zwei Jahren erinnern, als Gambini, Rimford und Breakers über die mögliche Anzahl höherentwickelter Kulturen in der Milchstraße diskutierten? Und Breakers immer sagte, daß, wenn es wirklich noch andere Rassen gäbe, wir einige von ihnen hören müßten? Daß sie uns irgendwelche Signale schickten?« Wheeler nahm die Diskette aus dem Computer, mit der er gearbeitet hatte, und steckte sie in das Hauptarchiv zurück. »Ich sollte für eine Weile von hier verschwinden«, sagte er. »Kommen Sie mit?«

»Ich bin gerade erst gekommen«, sagte Harry. Aber er folgte dem Priester nach draußen und dachte dabei über Breakers nach. Er war ein zynischer alter Bursche von Harvard gewesen, der nicht lange genug gelebt hatte, um die Antwort auf die große Frage zu hören.

»Baines hat kürzlich einen Artikel veröffentlicht«, fuhr Wheeler fort, »mit dem Titel ›Das Captain Cook-Syndrom‹, worin er sagt, daß eine kluge Kultur erkennt, daß der Kontakt mit einer primitiveren Gesellschaft, so wohlmeinend er auch erfolgen mag, nur Probleme für die schwächere Gruppe schafft. Vielleicht, so meint er, schweigen sie aus einem Gefühl der Verantwortung heraus.

Aber unsere Aliens plappern in einem fort. Sie erzählen uns alles. Warum sollten sie anders sein? Ed meint, sie hätten den Sendecode verkompliziert. Sie hätten ihn schwieriger als notwendig gemacht. Ist es möglich, daß sie gar nicht so intelligent sind? Sind sie vielleicht insgesamt ziemlich einfältig?«

»Es fällt schwer, das anzunehmen«, sagte Harry. »Nachdem sie den Pulsar manipuliert haben. Nein, ich kann nicht glauben, daß sie einfältig sind. Vielleicht ist die Einsamkeit und Abgeschiedenheit, in der sie bisher gelebt haben, daran schuld.«

»Schon möglich. Aber das hilft uns nicht weiter. Wir werden von ihnen Besuch erhalten, und zwar so sicher, als tauchten die kleinen Kerle in fliegenden Untertassen auf und liefen dreibeinig durch die Gegend. Die Funksignale, die wir allmählich zu verstehen beginnen, werden uns total verändern. Nicht nur in bezug auf die Dinge, die wir wissen, sondern auch in bezug auf unser Denken. Und unsere Werte werden zweifellos in Frage gestellt. Das ist eine Aussicht, die besonders angenehm zu finden ich nicht gerade behaupten kann.«

»Pete, wenn Sie dieser Meinung sind, warum arbeiten Sie dann mit?«

»Aus dem gleichen Grund wie jeder andere: Ich möchte herausfinden, was sie sind. Was sie zu sagen haben. Und vielleicht welche Auswirkungen das auf uns hat. Das ist alles, was mich interessiert, Harry. Und so verhält es sich bei jedem. Alles andere in meinem Leben erscheint mir nun als nebensächlich und trivial. Und das bringt uns wieder auf Kochs Versammlung, Harry. Wenn ich irgendwann dazu verurteilt werden würde, draußen zu stehen, dann wäre ich ganz schön wütend.«

»Koch redet von einem Streik.«

»Er ist nicht der einzige. Aber wenn Sie ebenfalls dorthin gehen, dann können Sie von Glück reden, wenn Sie nicht tätlich angegriffen werden. Ich denke, die Leute sind richtig wütend.«

Ein paar Flocken trieben mit dem steifen kalten Wind aus Nordwesten heran. Gleich hinter dem Begrenzungszaun hockten drei Männer auf einem zweistöckigen Gebäude und flickten das Dach. In einem angrenzenden Hof luden zwei Teenager Feuerholz von einem Pickup ab.

Wheeler trug eine häßliche, viel zu große grüne Mütze. »Die gehörte einem Studenten, den ich vor ein paar Jahren in Princeton in einem Kosmologieseminar hatte. Ich bewunderte sie ziemlich offen, glaube ich, und am Ende des Semesters schenkte er sie mir.« Der Schirm ragte ihm weit über die Augen nach vorne.

»Das Ding sieht aus wie die Kappe eines Ganoven«, sagte Harry.

Sie blieben an einer Kreuzung stehen und warteten darauf, daß ein Postwagen vorbeifuhr. »Ich muß Ihnen etwas erzählen«, sagte der Priester.

Harry wartete.

»Ich habe in dem Text einige Gleichungen gefunden, die planetare Magnetfelder beschreiben: warum sie sich entwickeln, wie sie funktionieren. Einiges wissen wir bereits, anderes nicht. Sie ergehen sich in zahlreichen Details, und das ist eigentlich nicht mein Spezialgebiet. Aber ich glaube, ich kann einen Weg erkennen, wie sich das Magnetfeld der Erde anzapfen läßt, um daraus Energie zu gewinnen. Sehr viel Energie.«

»Wir kommen an das Magnetfeld heran, um es zu verwenden?« fragte Harry.

»Ja«, erwiderte Wheeler. »Sehr leicht sogar. Man braucht nur ein paar Satelliten in eine Umlaufbahn zu bringen, die Energie in einen Laser zu verwandeln und sie auf eine Reihe von Empfängern am Boden abzustrahlen. Das dürfte wahrscheinlich unsere Energieprobleme in alle Ewigkeit lösen.«

»Wie sicher sind Sie sich?«

»Ziemlich sicher. Ich werde Gambini heute nachmittag davon berichten.«

»Sie klingen irgendwie zögernd.«

»Das bin ich auch, Harry. Und ich weiß nicht genau, warum. Das Energieproblem zu lösen und von den fossilen Brennstoffen wegzukommen erscheint mir als recht gute Idee. Aber ich wünschte, ich hätte eine bessere Vorstellung davon, wie so etwas, das plötzlich im Raum steht, alles andere beeinflussen kann. Vielleicht brauchten wir auch einen Wirtschaftsfachmann in unserem erlauchten Kreis.«

»Sie machen sich zu viele Sorgen«, sagte Harry. »Das ist genau die Art von sinnvoller Information, die wir brauchen. Das Gute, das Wahre und das Schöne mag vielleicht den Stoff für anregende Gespräche bei Tisch liefern, aber die Steuerzahler sind doch mehr daran interessiert, ihre Stromkosten zu verringern.«

Harry wählte die Nummer des Weißen Hauses. »Bitte bestellen Sie ihm, daß wir etwas gefunden haben«, sagte er.

Die Stimme am anderen Ende gehörte einer jungen Frau. »Kommen Sie heute abend. Um sieben Uhr.«

MONITOR

Die Sterne schweigen.

Reisender zwischen dunklen Häfen, lausche ich, aber der Mitternachtswind trägt nur die Laute der Bäume und des Wassers, das gegen den Rumpf schwappt, und den einsamen Schrei der Nachtschwalbe.

Es gibt keine Dämmerung, kein Morgengrauen. Keine funkelnde Sonne erhebt sich im Osten oder Westen. Die Felsen über Calumal werden nicht im Silberglanz erstrahlen, und die große runde Welt segelt durchs Nichts.

> – Stanze 32 aus DS 87
> Frei übersetzt von Leslie Davis
> (Nicht geheim)

11 Ein blasenförmiges Universum, das über einem kosmischen Strom dahin segelt: Auf Rimfords Gesichtszügen erschien ein breites Lächeln. Er schob den Berg Papier vom Couchtisch auf den Fußboden und schnippte in einem plötzlichen Anflug von Ausgelassenheit einen Kugelschreiber quer durch das Zimmer und in die Küche.

Er ging hinaus zum Kühlschrank und kehrte mit einem Bier unter dem Arm wieder zurück und wählte dann die Telefonnummer von Gambinis Büro. Während der darauf wartete, daß der Physiker den Hörer abnahm, öffnete er den Ringverschluß der Dose und nahm einen tiefen Schluck.

»Projektforschung«, meldete sich eine weibliche Stimme.

»Dr. Gambini bitte. Hier ist Rimford.«

»Er ist im Augenblick unabkömmlich, Doktor«, sagte die Frau. »Kann ich ihm bestellen, er möchte Sie anrufen?«

»Was ist mit Pete Wheeler? Ist er da?«

»Er ist vor ein paar Minuten mit Mr. Carmichael hinausgegangen. Ich weiß nicht, wann er wieder zurück sein wird. Dr. Majeski ist anwesend.«

»Okay«, sagte Rimford enttäuscht. »Danke. Ich versuche es später noch einmal.« Er legte auf, leerte die Bierdose, ging um den Papierberg auf dem Fußboden herum und setzte sich wieder.

Da fand nun einer der größten Augenblicke des zwanzigsten Jahrhunderts statt, und es war niemand da, der ihm dabei Gesellschaft geleistet hätte.

Ein Quantenuniversum. Starobinski und die anderen hatten vielleicht doch recht gehabt.

Er begriff die mathematischen Einzelheiten noch nicht, aber das würde noch kommen; er war auf dem besten Weg dahin. Zu Weihnachten, so dachte er, wüßte er über den Verlauf der Schöpfung Bescheid.

Vieles war bereits jetzt schon klar. Das Universum war ein Quantenereignis, ein Aufblinken im Raum-Zeit-Gefüge. Es war auf die gleiche Weise entstanden wie anscheinend zufällige Vorgänge in der subatomaren Welt stattfanden. Aber es war eine Blase gewesen, und kein Knall! Und einmal zur Existenz gelangt, blähte die Blase sich mit exponentialer Geschwindigkeit auf. Es hatte in jenen frühen Nanosekunden keine Lichtbegrenzung gegeben, denn die eingrenzenden Prinzipien hatten sich noch nicht herausgebildet. Infolgedessen hatten seine Dimensionen, innerhalb von Bruchteilen eines Augenblicks, jene des Sonnensystems übertroffen und damit auch die der Milchstraße. Zuerst hatte es keine Materie gegeben, sondern nur das flüchtige Vorhandensein einer Existenz, die sich in einer kosmischen Explosion manifestierte. Irgendwie hatte sich dann eine eiserne Stabilität herausgebildet, die Ausdehnung verlangsamte sich auf Unterlichtgeschwindigkeit und wesentliche Anteile der enormen Energie der ersten Augenblicke wurden in Wasserstoff und Helium umgewandelt.

Nicht zum ersten Mal in seinem Leben zerbrach Rimford sich den Kopf über die »Ursache« solcher zufälligen Erscheinungen. Vielleicht fand er auch das Geheimnis des Unvorhersagbaren: den de Sitterschen Superraum, in dem die universelle Blase sich gebildet hatte. Vielleicht sprachen die Altheaner irgendwo in ihrer Funksendung diese Frage an. Aber Rimford ging davon aus, daß ganz gleich, wie hoch entwickelt eine Zivilisation auch sein mochte, sie an dieses Universum gebunden war. Es gab keine Möglichkeiten, über seine Grenzen hinweg und in eine Zeit vor den ersten Momenten seiner Existenz zu gelangen. Man konnte über die Fähigkeiten des Intellekts und die Größe des Teleskops nur Spekulationen anstellen. Aber die sich daraus ergebenden Folgerungen lagen auf der Hand.

Er ging in dem kleinen Wohnzimmer auf und ab und war viel zu erregt, um still sitzen zu können. Es gab eine große Anzahl Menschen, mit denen er gerne gesprochen hätte, Männer, Frauen, die ihr Leben dem einen oder anderen Aspekt des Rätsels gewidmet hatten, zu dem er nun die möglichen Lösungen bereithielt, aber die Sicherheitsbestimmungen standen dem im Weg. Parker an der Wisconsin zum Beispiel hatte zwanzig Jahre darauf verwandt, die

Erklärung zu liefern, warum die Geschwindigkeit der Ausdehnung und die Gravitation, die notwendig war, um das Auseinanderstreben der Galaxien zu bremsen, nahezu identisch waren. So ausgeglichen, daß sogar nach den Berechnungen, die die nicht strahlende Materie mitberücksichtigten, die Frage nach einem offenen oder geschlossenen Universum immer noch unbeantwortet geblieben war. Warum war das so? Rimfords Augen verengten sich zu Schlitzen. Sie hatten schon immer den Verdacht gehabt, daß die nahezu perfekte Symmetrie der beiden irgendwie von einem Naturgesetz diktiert wurde. Dennoch war es ein unannehmbarer Zustand, denn ein absolutes kosmisches Gleichgewicht hätte die Bildung von Galaxien von vornherein ausgeschlossen.

Doch nun hatte er die mathematischen Grundlagen, und er erkannte, wie die Symmetrie zwischen Ausdehnung und Kontraktion erzeugt wurde, wie sie tatsächlich beide Seiten einer Münze war, wie es gar nicht anders hatte sein können. Aber zum Glück für die menschliche Rasse wurde die Tendenz zum Gleichgewicht durch einen unerwarteten Faktor gestört: Gravitation war keine Konstante mehr. Die Abweichung war gering, aber sie existierte, und sie führte zu der erforderlichen Abweichung. Dies würde auch eine Erklärung für die kürzlich festgestellten Abweichungen zwischen Beobachtungen im Tiefraum und der Relativitätstheorie liefern.

Was hätte Parker an diesem Abend für fünf Minuten gegeben, die er mit Rimford hätte sprechen können!

Unfähig, still da zu sitzen, verließ Baines das Haus und fuhr zur Greenbelt Road und wandte sich dort unter dem grauen Himmel nach Osten.

Er war etwa eine halbe Stunde auf dem Highway unterwegs, als es zu regnen begann, fette eisige Tropfen, die wie nasser Lehm gegen die Windschutzscheibe klatschten. Der Verkehr versank in einem grauen Dunst, Scheinwerfer wurden eingeschaltet, der Regen hörte auf, der Himmel klärte sich, und Rimford kurvte fröhlich über Landstraßen, bis er zu einem einladend aussehenden Gasthaus an der

Good Luck Road kam. Er parkte, ging hinein, holte sich an der Bar einen Scotch und bestellte ein Steak.

Seine alte Überlegung zu den ersten Mikrosekunden der Ausdehnung, die mit dem Raum-Zeit-Gefüge die gleichzeitig erfolgende Schaffung von Materie enthielten, hervorgerufen durch eine der Unendlichkeit innewohnende Instabilität, schien in allen Punkten falsch zu sein. Er fragte sich, ob einige seiner anderen Ideen ebenfalls zum Untergang verurteilt wären. Im Spiegel auf der anderen Seite des Raums sah er seltsam zufrieden aus. Der Scotch war sehr mild und entsprach seiner Stimmung. Sich vergewissernd, daß niemand ihn beobachtete, prostete er seinem Spiegelbild zu, leerte das Glas und bat um einen zweiten Drink.

Er war über seine Reaktion verblüfft. Sein Lebenswerk lag in Trümmern. Dennoch empfand er kein Bedauern. Es wäre schön gewesen, wenn er recht gehabt hätte. Aber jetzt *wußte* er endlich Bescheid.

Er hatte noch nie ein besseres Steak gegessen. Während der Mahlzeit kritzelte er eine Gleichung auf eine Leinenserviette und stellte sie so auf, daß er sie die ganze Zeit im Auge hatte. Es war die Beschreibung der Teile und Strukturen des Raums. Wenn man von einer einzigen mathematischen Formel behaupten konnte, daß sie das Geheimnis des Universums enthielt, dann war es diese!

Lieber Gott, nun, da er sie vor sich sah, erschien alles so einleuchtend. Wie konnte er das nur übersehen haben?

Die Altheaner manipulierten wirklich die Sterne, wie Gambini es ausgedrückt hatte, aber in einer weiteren Bedeutung des Wortes. Tatsächlich manipulierten sie den Raum in der Weise, daß sie den Grad seiner Krümmung verändern konnten. Oder sie konnten ihn völlig begradigen.

Und das konnte er auch!

Mein Gott! Seine Hände zitterten, als er zum ersten Mal an die praktischen Auswirkungen dachte.

Ein Schatten wanderte durch den Raum. Es war nur die Serviererin mit dem Kaffee. Sie war eine hübsche junge Dame, freundlich und mit einem Lächeln im Gesicht, wie man es bei praktisch allen Serviererinnen in Landgasthäusern beobachten kann. Aber Rimford erwiderte das Lächeln nicht, und sie mußte sich insgeheim über den unscheinbaren kleinen Mann in der Nische gewundert haben, der bei ihrem Auftauchen so ängstlich ausgesehen hatte.

Später, als er gegangen war, nahm sie die Serviette mit der Zahlenreihe, die darauf geschrieben war, vom Tisch. Um sechs Uhr hatte sie sie längst in die Wäsche gesteckt.

Die Versammlung im Giacconi-Raum verhielt sich nicht offen feindselig, aber Harry spürte doch eine gewisse Kälte. Etwa fünfzig Leute waren anwesend: einige schienen wütend zu sein, doch die meisten, offensichtlich überrascht, ihn dort anzutreffen, wirkten verlegen. Koch versuchte sie aufzurütteln, und Harry konnte erkennen, daß sie mit dem Gang der Ereignisse nicht ganz glücklich waren. Zwei andere traten ans Rednerpult, aber auch sie konnten sich nicht besonders gut ausdrücken, was vermutlich eine Folge der allgemeinen Frustration war. Nach Harrys Erfahrung waren gute Physiker nicht immer die besten Redner.

Nachdem vierzig Minuten der Versammlung verstrichen waren, luden sie Harry ein, sich und seinen Standpunkt zu verteidigen. Er stand auf, schaute sich um und bedankte sich bei allen für ihre Anwesenheit.

»Ich weiß, daß es für Sie alle ein großes Problem ist«, sagte er. »Das war es für mich auch, aber ich sehe wohl, daß einige sich große Sorgen wegen der Geheimhaltung im Zusammenhang mit dem Herkules-Projekt machen. Und ich weiß auch noch etwas anderes: daß jeder von Ihnen sein Leben der Frage und der Forschung gewidmet hat, zu begreifen, was die Dinge in Gang hält. Und eines dieser Dinge, das bislang sicherlich größte seiner Art, wird nun vor Ihnen von einer Regierung geheimgehalten, die schrecklich unsensibel zu sein scheint. Einige haben sich sogar dazu verstiegen, zu erklären, diese Handlungsweise sei kriminell.«

In lockerem Gesprächston stellte er das Dilemma des Präsidenten dar, beschrieb die Ängste, welche allen schlaflose Nächte bereiteten, und fragte dann, ob sie wirklich alle Schuld einem Mann aufladen wollten, dessen einzige Sorge darin bestand, daß Herkules eine Flut technischen Wissens über eine völlig unvorbereitete Welt hereinbrechen lassen könnte.

Als Harry geendet hatte, gab es eine allgemeine Diskussion, in deren Verlauf nahezu jeder den Wunsch äußerte, den Protest schriftlich niederzulegen. Die entschiedenste Aussage kam von Gideon Barlow vom NASCOM-Stab und der Universität von Rhode Island, der Harry ganz offen warnte und meinte, ihre Geduld sei nicht grenzenlos.

Koch unterließ es klugerweise, über einen Streik abstimmen zu lassen. Statt dessen schlug er die Bildung eines Komitees vor, das den Brief mit den Beschwerden der Gruppe formulieren sollte. Dieser Vorschlag wurde nahezu einstimmig angenommen.

An der Tür erklärte Louisa White vom MIT Harry mit Nachdruck, daß das Management beim nächsten Mal nicht so ungeschoren davonkäme.

Harry verließ den Raum, zufrieden mit seinem Auftritt.

Bobby Freeman erschien mit einer Karawane von vier alten Schulbussen. Schwarze, handgemalte Buchstaben auf den Seitenflächen wiesen sie als Eigentum der Trinity Bible Church aus. Die Busse rollten im dichten Autoverkehr vorbei, vorbei an Demonstranten, die die Absetzung Hurleys forderten; sie ließen sich von der Polizei einweisen und fuhren auf den ihnen zugewiesenen Parkplatz, während die Fernsehkameras ihre Fahrt verfolgten.

Freeman stieg aus dem ersten Bus und reagierte mit einem Lächeln auf die zahlreichen Hochrufe. Er trug einen schäbigen Mantel und einen langen, lose um den Hals geschlungenen Schal. Die Menschenmenge drängte nach vorne; Sicherheitspersonal, diesmal Freemans eigene Leute, mischten sich unter sie, hielten sie zurück und versuchten, für ihren Prediger Platz zu schaffen. Freeman begrüßte eine Gruppe Kinder, wobei die Enden seines langen Schals im Wind flatterten. Seine Anhänger entstammten vorwiegend der Mittelschicht, waren vorwiegend weiß und bestanden aus Kindern, ihren Müttern und älteren Ehepaaren. Sie waren alle sorgfältig gekämmt und herausgeputzt, und die Kinder hatten glänzende Gesicher und trugen bunte Schuljacken. Jeder hatte eine Bibel bei sich. Es war kalt, aber niemand schien das zu spüren.

Er hob noch einen kleinen Jungen hoch, den er auf den Arm genommen hatte, und sagte etwas, das Harry nicht verstehen konnte. Die Menge jubelte wieder. Menschen streckten die Arme aus, um ihn zu berühren. Ein alter Mann kletterte auf einen Baum und wäre fast heruntergefallen, als Freeman ihm zuwinkte.

Der Wind spielte mit seinen grauen Haaren. Seine Wangen waren rund, die Nase breit und etwas abgeflacht. Er schien verwirrend selbstsicher und zufrieden zu sein. Aber seine Gesten und sein Auftreten zeigten nichts von jener Art herablassender Selbstzufriedenheit, wie man sie oft bei professionellen Fernsehpredigern antreffen kann; sondern er vermittelte den Eindruck eines Mannes, der sich mit den großen Konflikten des menschlichen Daseins beschäftigt hatte und überzeugt war, für alles eine Lösung gefunden zu haben.

»Er ist ernsthaft und aufrichtig«, flüsterte Leslie.

»Er ist ein Schaumschläger«, widersprach Harry.

»Wir werden wohl eine Predigt zu hören bekommen, glaube ich«, sagte sie.

Freemans Männer hatten für ihn einen kleinen Kreis in der Menschenmenge freigemacht. Harry winkte zwei Sicherheitsmännern und drängte sich durch die Menge zu dem Prediger durch. »Reverend Freeman«, sagte er, »Sie können durch unsere VIP-Tür hereinkommen.« Harry wies in die entsprechende Richtung.

»Danke«, sagte der Priester. »Ich warte, bis ich an der

Reihe bin. Und gehe mit meinen Freunden hinein.« Er stellte sich an der langen Schlange an, und die wenigen Leute in seiner direkten Umgebung, die das kurze Gespräch mitgehört hatten, applaudierten.

»Das war wohl ein Schuß in den Ofen«, meinte Leslie amüsiert.

»Wollen Sie nicht mal Ihr Glück versuchen?«

Sie schüttelte den Kopf. »Bei dem Spiel kann man nur verlieren«, sagte sie. »Die Kameras und die Menschen sind hier draußen.«

Harry tastete Parkinsons Nummer in sein Handsprechfunkgerät. »Wie läuft es bei euch, Ted?«

»Wir haben alles so gut wie möglich organisiert, Harry.«

»Beeilen Sie sich. Bereiten Sie eine besondere Demonstration in einem der Konferenzräume vor, wenn es unbedingt notwendig sein sollte. Holen Sie sich noch mehr Leute. Ich will mindestens hundert drinnen haben, so schnell es geht.«

Parkinson stöhnte. »Warum behaupten wir nicht einfach, wir hätten einen Zusammenbruch des Stromnetzes und machen den Laden für den Rest des Tages zu?«

Hinten an den Bussen, die immer noch Passagiere ausspuckten, wurden Schilder geschwenkt. Und ein Handgemenge entstand. Dave Schenken, der an Harrys Seite aufgetaucht war, sprach ins Sprechfunkgerät.

Ein junger Mann in Mantel und Krawatte, offensichtlich einer von Freemans Leuten, sprang auf das Dach eines Busses. »Bobby!« rief er über das Gemurmel der Menge. »Bobby, sind Sie da?«

Einige Amen-Rufe antworteten ihm.

»Das ist ein vorbereitetes Spiel«, stellte Leslie fest.

»Ich bin hier drüben«, erklang der Prediger mit seiner kräftigen Baritonstimme.

Jemand mußte schnell eine tragbare Kanzel oder eine einfache Holzkiste aufgebaut haben. Freeman ragte plötzlich mit Kopf, Schultern und Taille aus der Menge heraus. »Kannst du mich jetzt sehen, Jim? Könnt ihr alle mich sehen, Freunde?«

Die Menge jubelte. Doch als der Lärm nachließ, konnte Harry auch einige Pfiffe und Unmutsäußerungen hören.

»Warum sind wir hier?« fragte der Mann auf dem Bus.

»Das ist keine beruhigende Situation, Harry«, sagte Leslie.

»Wir sind hier, um Zeugnis abzulegen, Freunde«, sagte Freeman mit der tiefen, volltönenden Stimme, die soviel größer zu sein schien als er selbst. Wieder erklang Applaus, und wieder folgten laute Buh-Rufe. »Ich glaube, es sind ein paar Baseballfans aus Philadelphia unter uns«, scherzte der Prediger, und die Menge lachte. »Wir stehen an einem Ort, wo die Menschen dem Wort Gottes nicht immer freundlich gesonnen waren, aber wo sie praktisch ständig mit dem Wort Gottes konfrontiert werden.«

Das Gelächter hörte auf. Am Rand der Menge entstand Unruhe. Jemand warf etwas. »Jimmy möchte wissen«, fuhr der Prediger fort und nahm es nicht zur Kenntnis, »warum wir heute hergekommen sind. Ich kann es euch sagen, wir sind hier, weil Gott diesen Ort, diese wissenschaftliche Einrichtung« – er sprach es aus, wie jemand vielleicht ›Hurenhaus‹ gesagt hätte – »für seine eigenen Zwecke einsetzt. Gott ist heute nachmittag hier am Werke und benutzt die Geräte dieser ungläubigen Männer, um sie zu beschämen. Aber das ist gar nicht so wichtig. Gott kann den Ungläubigen jederzeit beschämen, wann immer ihm der Sinn danach steht.« Er intonierte das Wort ›Gott‹ in einem Singsang und sprach es aus, als hätte es zwei Silben. »Wichtig ist jedoch die Tatsache, daß die Botschaft von den Sternen wie die Botschaft vom Berg Sinai einem gottesfürchtigen Volk gegeben wurde.« Kameraverschlüsse klickten jetzt, und die Besatzung des Übertragungswagens fing alles ein. »Es gibt einige unter uns, die die Botschaft auch den Atheisten im Kreml weitergeben würden. Sollen sie doch, auch wenn sie nicht wissen, wie die Botschaft lautet, weil sie sie noch nicht entschlüsseln können. Wir wissen nicht, welches Wissen in ihr verborgen ist. Wir wissen nicht, und es kümmert uns auch nicht, welchen Nutzen die Herren des versklavten Rußland aus diesem Wissen ziehen werden. Nun, *wir* wissen es, nicht wahr, Brüdern und Schwestern?«

»Wir wissen es«, antwortete ein Stimmenchor.

»Setz dich, Buddy«, erklang eine wütende Stimme. »Du hältst den Verkehr auf.« Auch diese Bemerkung löste Beifall aus. Fast gegen seinen Willen lächelte Harry.

»Ich hab' keine Ahnung, warum Sie lachen«, sagte Leslie. »Die Situation hier ist nicht ganz ungefährlich.«

Ein freier Raum war zwischen Freeman und dem Besucherzentrum entstanden.

»Dieser Mann hat nicht ganz unrecht«, sagte Freeman gutgelaunt. Er verschwand in der Menge, welche nach vorne wogte, und dann tauchte er wieder auf, diesmal näher bei dem Gebäude. »Bist du noch da, Jim?«

Der Mann auf dem Bus winkte. »Ich bin hier, Bobby!«

»Kannst du die Antennen sehen?« Er reckte beide Arme den beiden Geräten entgegen, die auf Gebäude 23 standen und über einer Baumgruppe zu sehen waren. »Wir haben nach Moses einen weiten Weg zurückgelegt, Freunde. Zumindest denken wir, daß wir das haben.«

»Warum haust du nicht ab nach Hause?« brüllte jemand. »Niemand will sich deinen Quatsch anhören.«

»Und nimm deine Verrückten gleich mit«, fügte eine andere Stimme hinzu.

Die Menge drängte nach vorne, und ein paar Leute kamen auf dem Rasen zu Fall, der das Besucherzentrum umgab. Schreie der Angst und der Wut brandeten auf. Harry konnte beobachten, wie ein Mann mit seinem Jesus-Schild auf jemand anderen einschlug, bis das Schild zerbrochen war.

In der Nähe des Busses flammten mehrere Schlägereien auf. Eine Schar Menschen löste sich aus dem Gewühl und rannte zu ihren Autos.

Uniformierte Beamte kamen heran.

Währenddessen redete Freeman noch immer. Die Unruhe war so schnell ausgebrochen, daß sie ihn mitten im Satz überraschte, und er war nicht der Mann, der irgend etwas ungesagt im Raum stehenließ. Aber er schwankte heftig, und Harry hatte den Verdacht, daß jemand seinen Fuß oder sein Bein gepackt hatte und versuchte, ihn nach unten zu ziehen.

»Leslie«, rief er über den Lärm, »hier draußen wird es jetzt ein wenig ungemütlich. Wahrscheinlich warten Sie lieber drinnen.«

Sie schaute zu dem Gedränge im Eingang, wo einige versuchten, dem Gewirr zu entkommen, und andere sich umdrehten, um zu gaffen. »Ich kann jetzt nicht rein, und wenn ich drin bin, sehe ich nichts mehr.«

»Freunde«, rief Freeman und hob beide Hände in einer besänftigenden Geste. »Warum geratet ihr so schnell in Wut?«

Leslie hielt sich eine Hand vor den Mund und lehnte sich zu Harry hinüber. »Das ist ein Fehler. Er ist an ein solches Publikum nicht gewöhnt.«

»Er bekommt eins über den Schädel, wenn er jetzt nicht vorsichtig ist«, sagte Harry.

Plötzlich war der Prediger verschwunden.

»Da haben wir es«, sagte Schenken in sein Funkgerät. »Macht Schluß!«

»Dazu ist es vielleicht ein bißchen spät«, murmelte Harry.

In der Umgebung Freemans wurde es auf einmal unruhig, ein heftiges Geschiebe und Gedränge entstand. Die Auseinandersetzungen am Ende der Schlange gingen ineinander über, ein paar Bierflaschen flogen durch die Luft, und die Schlange vor dem Besucherzentrum löste sich auf, zerstreute sich und rannte davon. Die Leute eilten vor und wieder zurück, wie die Brandung eines Meeres, wobei einige sich in Richtung Parkplatz entfernten, andere den Kämpfenden zujubelten, sie anfeuerten, Sicherheitsmänner bedrohten und das ganze Durcheinander aus vollen Zügen genossen.

Das Besucherzentrum war hauptsächlich aus Glas erbaut worden. Harry sah, wie ein Stein in hohem Bogen vom Parkplatz herübergeflogen kam, über die Menge hinwegsegelte und eine der Türen zerschmetterte.

Die Sicherheitskräfte holten einige Jugendliche aus dem rasenden Mob. Für einen Moment sah es so aus, als sei das Geschehen wieder unter Kontrolle. Dann feuerte jemand einen Schuß ab.

Was immer noch an Urlaubsstimmung erhalten geblieben war, verschwand nun vollends. Ein Geräusch wie ein nächtlicher Wind entstand plötzlich in der Menschenmenge. Eine regelrechte Fluchtbewegung begann. Die Menschen eilten über Steinplatten und über Rasenflächen. Einer von Schenkens Sicherheitsleuten tauchte auf, er hielt die Hände über den Kopf, und Blut drang zwischen seinen Fingern hervor.

Eine Gruppe kreischender Schulkinder, wie Schafe von ihren in Panik geratenden Lehrerinnen gehütet, wurden niedergerannt. Harry, den bei diesem Anblick fröstelte, schaute sich nach Hilfe um, entdeckte aber keine. Er stürzte sich in den rasenden Mob, wurde aber augenblicklich durch Hiebe und Tritte von den Beinen gerissen. Er schnappte nach Luft und ließ sich mittreiben, bis er wieder zu Atem kam, und dann versuchte er, festen Boden unter die Füße zu bekommen. Er sah Leslie nicht mehr, und die ein oder zwei Sicherheitsleute in seiner Nähe schienen genauso im allgemeinen Gewühl eingeklemmt zu sein wie er selbst.

Seine Kehle schwoll an, und er hatte Probleme beim Atmen. Blut tropfte aus seinem Ärmel. Aber er hielt seinen Blick weiter auf den Punkt gerichtet, wo die Kinder gewesen waren. Als das Gedränge sich etwas auflöste, wurde ihm schlecht von dem, was er sah: Einige waren gestürzt und rührten sich nicht, ihre Gliedmaßen waren seltsam verkrümmt, andere wanden sich im Gras und auf dem Beton; ein paar der Kinder hatten sich zu Erwachsenen geflüchtet, die sie trösteten. Einer der Sicherheitsleute befand sich zwischen ihnen und versuchte nach Kräften zu helfen, als weitere Schüsse hinter ihm erklangen. Das brachte die Menschenmassen dazu, kehrtzumachen, und Harry mußte mitansehen, wie Menschen niedergetrampelt wurden.

In dem vielleicht tapfersten Augenblick seines Lebens baute Harry sich vor dem Mob auf. Sie prallten gegen ihn, trieben ihn zurück. Einzelne Schreie gingen ineinander über, brandeten auf und wurden zu einem einzigen ohrenbetäubenden Brüllen. Er fing sich, tauchte wieder ein, stemmte sich dem Drängen entgegen und stand immer noch auf den Beinen, als der Druck nachließ.

Mehrere Menschen standen unter Schock und irrten über das Schlachtfeld. An einer Seite konnte er Leslie sehen, wie sie zu ihm zu gelangen versuchte, bis auch sie, in einem furchtbaren Augenblick, den er für immer in seiner Erinnerung behalten würde, überrannt wurde.

Sein erster Impuls trieb ihn, ihr zu folgen. Doch er harrte an der Stelle aus, wo er sich befand, und versuchte die verletzten Kinder zu schützen.

Ein Hubschrauber eines Fernsehsenders kreiste über der Szene. Der Krankenwagen des Zentrums kam mit rotierendem Blaulicht durch das Wartungstor an der Westseite und rollte über den Rasen. Sekunden später erschien auch der Notarztwagen aus Greenbelt.

Einer der Busse der Trinity Bible Church versuchte aus dem Gedränge herauszugelangen, mit kaum einem Dutzend Menschen an Bord. Harry schwankte. Ein blutender Junge, ein oder zwei Jahre jünger als Tommy, lag direkt hinter ihm. Ein Sanitäter kam herübergeeilt, setzte ein Stethoskop auf seine Brust und winkte hastig nach einer Tragbahre.

Aber Harry wußte längst Bescheid. Jeder, der das Gesicht des Sanitäters sah, hätte Bescheid gewußt.

Leslie erschien neben ihm, hielt seinen Arm. Er wußte nicht, wie lange sie schon bei ihm war.

Später hieß es, es habe lediglich einen Toten gegeben.

Schenken kam herüber und beklagte sich über die große Anzahl von Menschen, die ins Besucherzentrum eingelassen wurden. »Sie sehen ja, was geschieht«, sagte er. »Ich schlage vor, wir richten am äußeren Tor eine Kontrollstelle ein, ähnlich der am Haupttor, und lassen einfach nicht mehr jeden bis hierher.«

»Sie wollen Besucher aus dem Besucherzentrum aussperren?«

»Sehen Sie«, sagte Schenken. »Ich habe als Ergebnis dieser Ereignisse drei Leute im Krankenhaus liegen; und wir hatten eine richtige Revolte auf dem Gelände. Das bekommt meiner Karriere überhaupt nicht, daher bin ich im Augenblick nicht gerade in bester Stimmung. Also sollten Sie lieber nicht mit mir diskutieren, klar?« Er machte Anstalten, sich zu entfernen, wirbelte dann herum und stieß einen Finger in Harrys Richtung, als wollte er ihn damit durchbohren. »Wenn es nach mir ginge, dann gäbe es überhaupt kein gottverdammtes Besucherzentrum. Welchem Zweck dient es überhaupt?«

»Es ist der Grund, warum wir hier sind«, sagte Harry und kochte innerlich vor Wut. »Es ist der wesentliche Punkt der ganzen Organisation. Und da wir gerade dabei sind, wenn Sie noch einmal mit Ihrem Finger vor meinem Gesicht herumwedeln, dann breche ich ihn ab und schieb ihn Ihnen in den Hals!« Schenken starrte ihn an, erkannte, daß es ihm damit ernst war, und wich zurück. Es war das erste Mal, soweit Harry sich erinnern konnte, daß er physisch einen anderen Erwachsenen bedroht hatte. Nach all den Schrecken der letzten Zeit vermittelte ihm das ein gutes Gefühl. »Was war eigentlich mit dieser Schießerei?« erkundigte er sich.

»Einer der Leute des Reverend war ein dienstfreier Polizist. Er hat einen Warnschuß abgefeuert. Ist so etwas zu fassen?« Schenken seufzte laut über das Ausmaß von soviel menschlicher Dummheit. »In einem solchen Mob mit einer Waffe herumzufuchteln. Ein verfluchter Schwachkopf. Was die anderen Schüsse angeht, so wissen wir noch nichts darüber.«

»Was ist mit Freeman passiert?«

»Wir haben ihn erstmal hierher geschafft. Er hält sich drüben in der Ambulanz auf. Er humpelt ein wenig.« Er grinste schadenfroh.

Das Gelände war mit den Trümmern der Schlacht übersät: Bierflaschen, Spruchbänder, Schrifttafeln, Holzknüppel, Papierfetzen, sogar einige Kleidungsstücke. In der Zufahrt, direkt vor dem Eingang zum Besucherzentrum, lag der umgekippte Fernsehübertragungswagen. Ein paar Angestellte des Space Centers in ihren blauen Overalls fingen bereits mit den Aufräumungsarbeiten an.

Etwa ein Dutzend Wagen waren noch auf dem Parkplatz zurückgeblieben. Entweder waren sie zu sehr beschädigt, um benutzt zu werden, oder ihre Eigentümer waren ins Krankenhaus oder ins Gefängnis geschafft worden. Parkinson hatte eine junge Frau hingeschickt, um die Kennzeichen zu notieren, damit man die Eigentümer feststellen konnte.

Harry fuhr zur Ambulanz, wo er Freeman auf einer Couch liegend vorfand. Sein rechter Arm lag in einer Schlinge; sein Kinn und seine Nase waren mit Pflastern verarztet. »Wie fühlen Sie sich?« fragte er.

Der Prediger sah aufrichtig schuldbewußt aus. »Ziemlich dämlich«, sagte er. Er schien Schwierigkeiten zu haben, seinen Besucher zu erkennen. »Waren nicht Sie es«, fragte er, »der wollte, daß ich die Seitentür benutze?«

Harry nickte. »Stimmt.«

»Das hätte ich wohl tun sollen.« Er streckte ihm die Hand entgegen. »Ich bin Bobby Freeman«, stellte er sich vor.

»Ich weiß.« Harry ignorierte die Geste.

»Ja. Natürlich tun Sie das.«

»Mein Name ist Carmichael. Ich bin hier der Oberaufseher, sozusagen. Ich wollte mich nur vergewissern, daß es Ihnen gutgeht. Und ich wollte wissen, warum Sie das getan haben.«

»Was getan?«

Dieser Hurensohn! »Einen Aufstand angezettelt!« bellte Harry.

Freeman nickte zustimmend. »Ich glaube, das habe ich getan. Es tut mir leid. Ich bin hergekommen, um zu helfen. Ich weiß nicht, wie es dazu kommen konnte. Ich meine, so viele Leute waren doch gar nicht da. Aber ich weiß, warum sie nicht hören sollten, was ich zu sagen hatte. Es ist sehr schwer, der Wahrheit ins Auge zu blicken.«

»Reverend Freeman, wollen Sie wirklich die Wahrheit wissen? Es war kalt dort draußen, und Sie haben den Verkehr aufgehalten.«

Der Präsident machte ein ernstes Gesicht. Seine Gesichtszüge erschienen im Schein der Tischlampe wie aus Stein gemeißelt. »Harry, es tut mir leid, was heute dort draußen passiert ist.«

Harry räusperte sich. Sie waren alleine im Oval Office. »Ich weiß noch immer nicht genau, wie es dazu kommen konnte«, sagte er. »Aber Freeman war sicherlich keine Hilfe.«

»Das habe ich gehört. Warum haben Sie ihm Gelegenheit gegeben, zu reden?« In seiner Stimme lag eine resignierende Bitterkeit. »Wenigstens Schenken hätte es besser wissen müssen.« Er schaute Harry an, aber seine Miene zeigte, daß seine Gedanken nicht gerade freundlich waren. »Ist auch egal«, sagte er. »Es ist nicht Ihre Schuld. Wußten Sie, daß wir ein Opfer zu beklagen haben?«

»Den kleinen Jungen?«

»Ein Kind aus dem dritten Schuljahr auf Klassenfahrt aus Macon.« Hurley nahm eine Zigarettenschachtel von seinem Schreibtisch und bot Harry eine an. »Wenn ich mir die Bänder ansehe, dann können wir wohl von Glück reden, daß dort draußen keine noch größere Katastrophe stattgefunden hat. Ich habe gehört, daß Freeman morgen einen Gedenkgottesdienst veranstalten will. Ich hatte ihn darum gebeten, es zu unterlassen, aber wenn er einer Versuchung nicht widerstehen kann, dann der, landesweit im Fernsehen zu erscheinen. Er wird morgen das Fernsehen nutzen, um die gottlosen Elemente in diesem Land anzuklagen, die für diese Tragödie verantwortlich sind. Damit meint er gewöhnlich die Universitäten und die Demokraten. Aber wir werden diejenigen sein, die ziemlich dumm aussehen werden. Nun, ich hoffe, daß das, was Sie mir heute bringen, den Preis wert ist, den wir zahlen.«

Harry saß unter einer echten Rarität: einem Portrait von Theodore Roosevelt in nachdenklicher Pose. Teddy schien der unnahbarste Präsident aller Zeiten zu sein. Anders als, sagen wir mal, Jefferson und McKinley, die einer anderen Epoche angehörten, verkörperte Roosevelt ein Zeitalter, das eigentlich nie richtig existiert hatte. Wer stand heute für die Realität? John W. Hurley? Oder Ed Gambini? »Pete Wheeler meint einen Weg gefunden zu haben, wie man aus den Magnetgürteln um die Erde Energie gewinnen kann.«

»Ach?« Der Gesichtsausdruck des Präsidenten veränderte sich nicht. Die Glut seiner Zigarette leuchtete auf und verblaßte wieder. »Wieviel Energie?« Er beugte sich zu Harry vor. »Wie kompliziert ist der Prozeß?«

»Pete meint, es ließen sich unendliche Mengen erzeugen. Die Quelle ist ja so gut wie unerschöpflich. Noch haben wir keine praktischen Details. Das wird auch noch eine Weile dauern, aber Wheeler meint, die technische Seite sei nicht allzu schwierig.«

»Bei Gott!« Hurley sprang aus seinem Sessel auf und reckte beide Fäuste in einer triumphierenden Geste über den Kopf, wie man es von seinen Wahlauftritten her kannte. »Harry, wenn das stimmt, *wenn* das stimmt.« Seine Augen richteten sich auf Harry. »Wann bekommen wir darüber etwas Schriftliches?«

»Gegen Ende der Woche.«

»Sehen Sie zu, daß Sie es bis morgen schaffen. Morgen mittag. Liefern Sie mir alles, was Sie haben. Vor mir aus auch handgeschrieben. Die Theorie interessiert mich nicht. Ich will nur wissen, wieviel Energie wird zur Verfügung stehen und was braucht man, um das ganze System in Gang zu setzen. Haben Sie verstanden, Harry?«

»Mr. President, ich glaube nicht, daß wir das notwendige Material in so kurzer Zeit zusammenstellen können.«

»Tun Sie, worum ich gebeten habe. Okay?«

Harry nickte.

Der Präsident stand neben seinem Schreibtisch. »Ihr Kinn ist angeschwollen. Ist das am Nachmittag passiert?«

»Ja, Mr. President.«

»Seien Sie in Zukunft vorsichtiger, Harry. Ich brauche Sie. Gambini und die anderen dort drüben sind gute Männer, aber sie haben keine Verantwortung außer für sich selbst. Das kann ich irgendwie sogar verstehen. Sie leben in einer Welt, wo die Menschen vernünftig sind und wo es keine Feinde gibt, sondern nur Nichtwissen.

Ich brauche Ihre Urteilskraft, Harry.« Hurley betrachtete seinen Besucher mit einem Ausdruck tiefer Zufriedenheit. »Wenn ich Gambini fragen würde, was ich in der Frage des Rüstungswettlaufs tun soll, dann würde er mir den Rat geben, die Waffenproduktion einzustellen. Eine wunderbar logische Antwort und dennoch völlig falsch, weil sie völlig ignoriert, daß die Rüstung als solche längst ein Eigenleben entwickelt hat. Keine Nation kann den Wettlauf alleine stoppen. Ich bin mir noch nicht einmal mehr sicher, ob die Sowjetunion und wir, wenn wir uns darauf einigen würden, den Wettlauf stoppen könnten.

Aber vielleicht hat Father Wheeler eine Antwort. Gibt es noch etwas, das Sie mir sagen wollten?«

»Nein, Sir«, sagte Harry und erhob sich. Irgendwie hatte er das Gefühl, als hätte er während des Gesprächs an Gewicht gewonnen.

Nachdem er das Gasthaus in der Good Luck Road verlassen hatte, fuhr Baines Rimford nicht zu seinem Quartier zurück. Statt dessen rollte er stundenlang über verlassene Straßen und durch dunkle Wälder. Der Regen, der im Laufe des Nachmittags aufgehört hatte, hatte wieder eingesetzt. Er gefror auf seiner Windschutzscheibe.

Bei Gott, er wußte nicht, was er tun sollte.

Er jagte über eine Hügelkuppe, tauchte auf der anderen Seite fast zu schnell ab und fuhr in eine langgezogene Kurve, die ihn über eine Brücke trug. Er konnte nicht erkennen, ob sich unter der Brücke Wasser oder Eisenbahnschienen befanden oder nur ein tiefer Graben; aber es war in gewissem Sinn eine Brücke über die Zeit: Am anderen Ende wartete Oppenheimer. Und Fermi und Bohr. Und die anderen, die das kosmische Feuer entfesselt hatten.

Es mußte einen Moment gegeben haben, so dachte er, in Los Alamos oder Oak Ridge oder an der Universität von Chikago, in dem sie erkannt hatten, welche Folgen ihre Arbeit haben würde. Waren sie niemals zusammengekommen und hatten sich darüber unterhalten? Was es eine bewußte Entscheidung gewesen, nachdem es im Winter 1943-44 klar war, daß die Nazis eben nicht dicht davorstanden, eine Atombombe zu bauen, trotzdem weiterzumachen? Oder war die Entwicklung einfach nicht aufzuhalten gewesen, so daß sie ihr wohl oder übel hatten folgen müssen? Von Begeisterung erfüllt, am Ende doch das Geheimnis der Sonne aufzuklären?

Rimford hatte sich einmal mit Eric Christopher unterhalten, dem einzigen Physiker des Manhattan Project, den er je kennengelernt hatte. Als sie sich trafen, war Christopher ein alter Mann gewesen, und Rimford hatte ihm unbarmherzig die Frage entgegengeschleudert. Es war in seiner Erinnerung der einzige Augenblick gewesen, in dem er sich wirklich ausgesprochen grausam verhalten hatte. Und Christopher hatte gesagt, ja, es ist sehr einfach für Sie, nach fünfzig Jahren, genau zu wissen, was wir eigentlich eher hätten tun sollen. Aber damals gab es die Nazis in unserer Welt. Und einen brutalen Krieg im Pazifik und die Aussicht auf eine Million toter Amerikaner, wenn wir die Atombombe nicht entwickelten.

Aber es mußte doch einen Augenblick gegeben haben, einen Zeitpunkt, in dem sie erste Zweifel hatten, in dem sie etwas hätten für die Zukunft tun können, in dem die Geschichte eine ganz andere Bahn hätte einschlagen können. Diese Wahlmöglichkeit hatte bestanden, wie kurz auch immer: Sie hätten einen Rückzieher machen können.

Die Manhattan-Chance.

Rimford eilte durch die Nacht, auf den dunklen Landstraßen von etwas verfolgt, das er nicht benennen konnte.

Und er fragte sich eindringlich, ob die Welt insgesamt nicht sicherer wäre, wenn er in dieser Nacht hier draußen den Tod fände.

Leslie hatte sich im Besucherzentrum ein blaues Auge geholt. Es begann bereits, sich dunkel zu färben, und sie hatte auch einige Rippenprellungen abbekommen. »Man sollte sich vor großen Menschenmassen hüten«, sagte sie, während sie mit den Fingerspitzen die Schwellung ihres Auges prüfte.

»Sie sehen aus wie eine Preisboxerin«, stellte Harry fest.

»Und keine besonders gute dazu. Was hatte Freeman zu seiner Verteidigung zu sagen?«

Sie saßen in einem italienischen Restaurant in der Massachusetts Avenue, unweit vom Dupont Circle. »Er hat die Verantwortung übernommen. Das hat mich überrascht.«

»Es muß für ihn schwierig gewesen sein. Ich glaube nicht, daß er in seinem Leben sehr viel Schlimmes gesehen hat. Jedenfalls nichts in der Art, wofür er jetzt die Verantwortung mittragen muß. Er weiß, daß ein Kind gestorben ist, und er weiß auch, daß es nicht dazu gekommen wäre, wenn er weggeblieben wäre. Und ich denke, das ist für ihn ziemlich schlimm. Freeman geht es viel besser, wenn er das Opfer sein kann.«

»Ich habe ihn gefragt, warum er es getan hat«, erzählte Harry. »Ich kannte die Antwort: Es war eine günstige Gelegenheit, in die Abendnachrichten zu kommen.«

»Das ist wahr«, sagte sie. »Aber das erklärt es nicht ganz. Ich glaube nicht, daß er alleine aus egoistischen Gründen so handelt. Ich meine andere Gründe, als die innere Befriedigung, die er aus dem Gefühl gewinnt, die rechte Hand Gottes zu sein, natürlich. Freeman ist kein Heuchler, Harry. Er ist ein Gläubiger. Und wenn er über eine Welt spricht, die an den Ufern des Jordans liegt und von einer Gottheit beherrscht wird, die sich um ihre Kreaturen sorgt, wenn er aus Psalmen zitiert, die so schön sind, daß man sich tatsächlich fragt, ob so etwas einem menschlichen

Geist entsprungen sein kann, dann ist es sehr einfach, sich zu wünschen, daß die Dinge wirklich so sind. Ich meine, es ist ein besseres Arrangement, als die Leute es tatsächlich vorfinden. Gambini versuchte einmal mir zu erklären, warum das Universum keine richtige Grenze hat, trotz der Tatsache, daß es mit irgendeiner Eruption begonnen haben muß, und ich hatte nicht die leiseste Idee, wovon er überhaupt redete. Eure Welt ist kalt und dunkel und sehr groß. Freemans Welt ist – oder war – ein Garten. Die Wahrheit ist, Harry, daß ich Gott weitaus verständlicher finde als eine vierte räumliche Dimension.«

Ihre strahlenden Augen hatten wieder einen fernen, entrückten Ausdruck, wie er ihn an ihrem ersten gemeinsamen Abend bei ihr beobachtet hatte. »Gambini möchte aber nicht in einem Garten leben.«

»Nein, das will er nicht. Im Paradies wären seine Teleskope nutzlos. Dennoch, in all den Jahren war er ein Getriebener, Harry. Und was hat ihn getrieben? Er sucht die Antworten auf die großen Fragen. Ich denke, auf seine eigene Art ist Gambini so etwas wie der Augustinus des zwanzigsten Jahrhunderts. Es ist wahrscheinlich kein Zufall, daß sich unter seinen engsten Mitarbeitern und Kollegen ausgerechnet ein Priester befindet.« Sie betupfte mit einem Taschentuch vorsichtig ihr lädiertes Auge und zuckte zusammen. »Morgen werde ich damit nicht mehr gucken können«, sagte sie. »Wie fühlen Sie sich?«

Alles an seinem Körper tat weh. »Nicht so gut«, gab er zu.

Sie schwiegen danach einige Zeit. Ihr Essen kam, Spaghetti für Harry und Linguini für Leslie. »Sie vermissen sie sehr, nicht wahr?« fragte sie plötzlich.

Harrys Gesichtsausdruck veränderte sich nicht. »Sie waren ein großer Teil meines Lebens. Julie meinte, im Grunde wäre es mir eigentlich egal, ob sie da seien oder nicht. Und ich weiß, daß sie das wirklich glaubte. Aber das stimmt nicht. Das stimmte niemals. Ich erlebe zur Zeit die wohl aufregendste Phase meiner ganzen Laufbahn. Gott weiß, wohin das alles führen wird. Aber die Wahrheit ist, daß ich daran keinen Spaß habe, ich finde es nicht besonders vergnüglich. Ich könnte auf all das verzichten.« Harry stocherte mit einem Stück Brot in seinem Essen herum. »Es tut mir leid. Das ist es wohl, womit sie Ihren Lebensunterhalt verdienen, nicht wahr? Anderen Leuten dabei zuhören, wenn sie erzählen, wie sie ihr Leben verkorkst haben.«

Sie reichte über den Tisch und ergriff seine Hand. »Ich bin nicht Ihr Arzt, Harry. Ich bin eine Freundin. Ich weiß, daß es eine schwierige Zeit für Sie ist. Und ich weiß, daß es Ihnen so vorkommt, als würden Sie niemals mehr aus diesem Zustand herausfinden. Im Augenblick sind Sie am Boden zerstört. Aber Sie sind nicht alleine, und es wird alles besser.«

»Danke«, sagte er. Einen Moment schwieg er nachdenklich. »Sie ist schwer zu ersetzen.« Er lächelte sie an. »Für einen Augenblick hatte ich damit gerechnet, daß Sie sagen würden, Sie hätten etwas Ähnliches durchgemacht.«

Leslie im flackernden Kerzenschein: Sie wurde nachdenklich. Ihre Augen verloren sich in unendlichen Weiten, und Schatten senkten sich auf ihre Wangen. Es wurde Harry schlagartig und schmerzhaft bewußt, daß sie wunderschön war. Wie hatte ihm das bis zu diesem Abend nur entgehen können? »Sie haben recht«, sagte sie. »Sie werden wohl keine andere finden, die ihr entspricht. Aber das heißt nicht, daß Sie nicht doch eine andere finden können.« Sie lächelte nicht, aber plötzlich funkelten ihre Augen. »Und nein«, fuhr sie fort, »ich wollte Ihnen nicht sagen, daß ich ähnliche Erfahrungen hinter mir habe. Ich bin eine von den Glücklichen, die niemals von einer großen Leidenschaft gepackt wurden. Ich kann behaupten, vielleicht zu meiner Schande, daß ich niemals einen Mann gekannt habe, den aufzugeben mir nicht leichtgefallen ist.«

»Sie klingen nicht gerade so, als hätten Sie eine hohe Meinung von uns«, sagte Harry nicht so leichthin, wie er gerne geklungen hätte.

»Ich liebe die Männer«, sagte sie und drückte Harrys Hand. »Sie, nun ... warum lassen wir es nicht dabei?«

Sie gingen noch auf einen Drink ins Red Limit. Es war

spät, und zuerst redeten sie nicht viel. Leslie rührte in ihrem Drink, starrte auf den Grund ihres Glases, bis Harry sie fragte, ob sie sich in Gedanken immer noch mit dem Tumult beschäftigte.

»Nein«, sagte sie, »überhaupt nichts in dieser Richtung.« Ihre Blicke trafen sich, und sie zuckte die Achseln. »Ich habe die meiste Zeit mit Übersetzen verbracht. Und ich habe von dem Text einen Eindruck gewonnen, der mich, nun, etwas erschüttert hat.«

»Was meinen Sie?«

Sie öffnete ihre Handtasche und wühlte darin herum, bis sie einen zerknitterten Umschlag fand, auf dem das Logo einer Bank in Philadelphia zu erkennen war, und begann darauf zu schreiben. Auf dem Kopf stehend, erschien es Harry wie ein Gedicht. »Das ist eine freie Übersetzung«, sagte sie. »Aber ich glaube, sie erfaßt den Geist des Textes recht gut.« Sie schob ihm das Papier herüber.

>   Ich rede mit den Generationen
>   Derer, deren Knochen längst vermodert.
>   Wir finden keine Ruhe, sie und ich.

Harry las es mehrere Male. »Für mich hat es keine tiefere Bedeutung«, sagte er. »Woran liegt das?«

Sie schrieb wieder etwas auf den Briefumschlag.

>   Die Kraft erfahrend, die die Welt erblühen läßt,
>   Gewahrte ich des Kosmos Pulsschlag.

»Es tut mir leid«, sagte Harry stirnrunzelnd. »Ich habe keine Ahnung.«

»Es ist etwas aus dem Zusammenhang gerissen«, sagte sie. »Aber das ›Erblühen der Welt‹ bezeichnet vermutlich die Evolution; und der Mechanismus, der sie antreibt, ist der Tod.«

Sie wirkte derart verstört, daß Harry eine weitere Runde Drinks bestellte. »Das Material, mit dem ich arbeite, ist voll von solchen Hinweisen und Anspielungen, die auf eine sehr oberflächliche Vertrautheit mit der Sterblichkeit hinweisen. Es gibt auch Hinweise auf einen Schöpfer. Gott.«

»Haben wir es etwa mit einer Welt voller Priester zu tun?« fragte Harry.

»Wie witzig.« Sie schloß die Augen und begann aus dem Herkules-Text zu zitieren:

> Ich habe die lebendige Kette berührt
> Habe den Sturm der Protonen erlebt.
> Ich spreche mit den Toten.
> Fast erkenne ich den Schöpfer.

»Das sind doch nur Gedichte«, sagte Harry.

»Ja«, sagte sie. »Ich weiß. Aber ich verstehe keines davon. Harry, die Schöpfer dieser Verse erzählen uns immer wieder, auf unterschiedliche Art und Weise, daß sie gestorben sind, daß ihre Gemeinschaft aus Lebenden und Toten besteht.« Sie zerknüllte eine Serviette und schnippte sie über den Tisch. »Oh, ich weiß nicht. Es sind nicht nur ein paar Vierzeiler. Irgendein Sinn steckt in dem Material einer Rasse, die irgendwie die Sterblichkeit überwunden hat.«

»Ich würde gerne einiges davon lesen«, sagte Harry.

»Es würde mich freuen, wenn Sie das täten«, erwiderte sie. »Ich würde mich besser fühlen.«

Harry griff nach ihrer Hand; sie war eiskalt.

Nachdem Carmichael ihn verlassen hatte, stand John Hurley lange Zeit hinter den Vorhängen am Fenster und beobachtete den Verkehr auf der Executive Avenue. Er war vor drei Jahren ins Weiße Haus gekommen, überzeugt, daß eine Einigung mit den Russen möglich sei, daß am Ende der gesunde Menschenverstand siegen würde. Diese selige Hoffnung war zum fehlenden Eckpfeiler seiner Präsidentschaft geworden. Und zum Symbol seines Versagens.

Er vermutete, daß an anderen Abenden andere Männer hinter diesen Fenstern gestanden und gegrübelt hatten;

Männer im Schatten der nuklearen Bedrohung, Kennedy und Nixon, Reagan und Bush. Auch sie hatten sich wahrscheinlich nach den einfacheren, problemloseren Seiten eines Cleveland oder Coolidge gesehnt. Auch sie mußten sich verzweifelt eine Welt frei von Atomwaffen gewünscht haben, und am Ende hatten sie wahrscheinlich angefangen, ihre Widersacher in Moskau zu hassen.

Die verängstigten, wütenden Männer im Kreml hatten sich niemals durch Vernunft überzeugen lassen. Während seiner eigenen Regierungszeit hatte er sorgsam auf seine Chancen geachtet und, wenn ihm der Augenblick günstig erschien, seine Angebote unterbreitet. Die Sowjets hatten mit zunehmendem Druck in Mittelamerika und auf den Philippinen reagiert. Wenn es einen Weg geben sollte, wie mit ihnen zu verhandeln war, dann hatte er ihn ganz gewiß nicht gefunden. Und so war das riesige Waffenarsenal Jahr für Jahr angewachsen, Generation für Generation, bis sich kaum jemand noch erinnern konnte, daß es einmal anders gewesen war. Und was vielleicht noch beunruhigender war: Unter diesen Bedingungen zu leben, schien allmählich ein naturgegebener Zustand zu sein.

Harry Carmichaels Neuigkeit hätte das alles ändern können.

Auf einen Schlag hin gelangten Strahlwaffen in den Bereich des Machbaren. Die Technologie war längst vorhanden, aber die enorme Energie, die nötig war, um die Projektoren zu betreiben, hatte es bisher noch nicht gegeben. Hurley hatte nun den Schlüssel in der Hand, um Reagans Traum von einem planetaren Schild zum Schutz vor einem Atomkrieg zu verwirklichen.

Es schien dem Präsidenten, als hätte Carmichael ihm seine Unsterblichkeit beschert.

Die Bibliothek von Goddard befand sich in einer eigens erbauten Anlage westlich von Gebäude 5, der Versuchs- und Produktions-Werkstatt. Rimford war erst nach Hause gefahren, um seine grüne ID-Plakette zu holen. Nun eilte er die Eingangsstufen hinauf und betrat das Bibliotheksgebäude.

Er stieg in die untere Etage hinunter und wies sich bei einem Wachtposten aus. Hätte der Wächter weniger auf das Foto auf der Plastikkarte geachtet und sich dafür genauer die Augen des Besuchers angesehen, hätte er vielleicht gezögert. So jedoch blieb es eine Routineanfrage an den Coumputer, welche einen negativen Bescheid auslöste. Rimford setzte seine Unterschrift ins Wachbuch und betrat den Sicherheitsbereich. Ein Stück den makellos sauberen Korridor hinunter und immer noch in Sichtweite des Wächters blieb er vor einer unbezeichneten Tür stehen und schob seine ID-Plakette in den dafür vorgesehenen Schlitz.

Der gesamte Herkules-Text bestand aus ungefähr 23,3 Millionen Zeichen, aufgeteilt in 108 Datensätze, aufgenommen auf 178 Laserdisks. Nur zwei vollständige Sätze waren vorhanden: einer im Operationszentrum im Laborgebäude und der andere hier, an dieser Stelle.

Die Disketten selbst nahmen nur wenig Raum im mittleren Regal an der Rückwand ein. Sie steckten in eigenen Plastikhüllen, waren etikettiert und in Fächern in einem Schrank untergebracht, der eigens für das Textarchiv konstruiert worden war. Für kurze Zeit war der Text auch im Zentralcomputer von Goddard gespeichert gewesen, aber Schenken hatte Sicherheitsbedenken geltend gemacht, und so war er wieder gelöscht worden.

Zwei Computer-Terminals hatte man an der Südwand des Archivraums eingerichtet. Die einzigen anderen Möbelstücke waren zwei Stühle, ein alter Konferenztisch und am anderen Ende des Raums eine ramponierte Anrichte. Rimford war derart in seine Gedanken vertieft, daß er zuerst gar nicht bemerkte, daß er nicht alleine war.

»Können Sie sich nicht entscheiden, welche Sie wollen, Dr. Rimford?«

Gordie Hopkins, einer der Techniker, saß vor einer Konsole.

»Hallo, Gordie«, sagte Rimford und wählte die beiden Disketten, die DS 41 enthielten, den kosmologischen

Abschnitt. Er nahm seinen Platz neben Hopkins ein, ohne den anderen Computer einzuschalten. Statt dessen blätterte er in seinem Notizbuch, hielt gelegentlich inne, um den Eindruck zu erwecken, er mache sich Gedanken über seine Notizen. Dabei galt jedoch seine ganze Aufmerksamkeit ausschließlich Hopkins.

Rimford hatte bereits gehört, daß einige von Gambinis Leuten es sich angewöhnt hatten, in der Bibliothek zu arbeiten, wo es um vieles ruhiger war. Es war jedoch ziemlich unglücklich, daß er ausgerechnet jetzt einem dieser Leute über den Weg lief. Er warf einen Blick auf die Uhr: fast zehn Uhr. Die Bibliothek schloß um Mitternacht, und er schätzte, daß er mindestens eine Stunde brauchte.

»Ich glaube nicht, daß ich begreife, warum Sie sich an dem Projekt beteiligen wollen.« Cyrus Hakluyt faltete die Hände in seinem Schoß und verfolgte, wie ein alter, ramponierter Kombiwagen an dem grauen Regierungswagen vorbeifuhr und ihn mit einem Schwall Schneematsch und schmutzigen Wassers überschüttete.

»Wir besitzen«, erklärte Gambini, »eine vollständige physiologische Beschreibung einer extraterrestrischen Lebensform. Sind Sie daran interessiert?«

»Mein Gott«, sagte Hakluyt in einem kaum hörbaren Tonfall. Wenn es ein einziges charakteristisches Merkmal gab, mit dem man den Mikrobiologen hätte beschreiben können, dann war es der Gegensatz zwischen seiner geradezu federleichten Stimme und der Eindringlichkeit, mit der er gewöhnlich redete. Sein Lächeln war unsicher und flüchtig; er blinzelte hinter seinen dicken Brillengläsern. Gambini wußte, daß sein Besucher gerade Anfang Dreißig war, und doch sah er viel älter aus. »Gambini, Sie halten mich doch nicht zum Narren?«

»Überhaupt nicht. Einiges von dem Material im Herkules-Text scheint der Versuch zu sein, die genetische Struktur und die umfangreicheren biologischen Funktionen zu beschreiben. Wir nehmen an, daß sie damit vielleicht versucht haben, uns eine verständliche Darstellung des Biosystems ihrer Welt zu liefern.« Gambini hielt inne. »Unglücklicherweise haben wir in unserem Team niemanden mit der entsprechenden Qualifikation, um das zu beurteilen.«

»Wohin fahren wir jetzt?« fragte Hakluyt.

»Zu Goddard. Wir haben für Sie ein VIP-Appartment vorbereitet.«

Die Spitze von Hakluyts Zunge huschte über seine dünnen Lippen. »Das kann warten. Ich möchte zuerst sehen, was Sie haben.«

Gambini lächelte in der Dunkelheit. Hakluyt war manchmal ein furchtbarer Pedant, aber mit ihm zu arbeiten, würde eine Freude sein.

Hopkins hatte seine Arbeit für diesen Abend abgeschlossen. Aber Rimford konnte sehen, daß er auf eine Gelegenheit wartete, ein Gespräch zu beginnen. Flüchtige Bekannte versuchten fast schon gewohnheitsmäßig, ihm seine Zeit zu stehlen. Das war ein Problem während seiner ganzen Laufbahn gewesen, und es wurde immer schlimmer, je mehr er an Ansehen gewann.

Er hatte es gelernt, sich abzuwenden; zu erklären, daß er zu tun hätte. Aber heute abend fühlte er sich wie paralysiert. Vielleicht wollte er im Grunde gar nicht, daß Hopkins schon ging.

Während der Techniker eifrig damit beschäftigt war, seinen Arbeitsplatz aufzuräumen, bemerkte er beiläufig, daß es eine ziemlich aufregende Zeit sei, die sie erlebten.

»Ja«, pflichtete Rimford ihm bei.

»Dr. Rimford«, sagte Hopkins plötzlich. »Ich sollte Ihnen eigentlich gestehen, daß ich stolz bin, mit jemandem wie Ihnen zusammenzuarbeiten.«

»Vielen Dank«, erwiderte Rimford. »Aber Sie werden schon bald feststellen, daß die Persönlichkeiten von uns allen hinter dem Ereignis als solchem verschwinden. Aber trotzdem vielen Dank.« Rimford verbarg weiterhin seine Ungeduld. Er ließ zu, sich in ein ausgedehntes Gespräch über Hopkins' Arbeit hineinziehen zu lassen, die in einer statistischen Analyse alphanumerischer Zeichen in den ersten sechs Datensätzen bestand. Aber er ärgerte sich über die aufdringliche Beharrlichkeit des jungen Technikers. Und er ärgerte sich über sich selbst. Hopkins hatte überhaupt keinen Humor. Der arme Bastard wird niemals richtig weiterkommen, dachte er.

Es war fast elf Uhr, als Hopkins erklärte, er habe im Labor noch einige Dinge zu erledigen und daß seine Schicht um Mitternacht beendet sei.

Unsicher verfolgte Rimford, wie er ging. Als die Tür schließlich mit dem lauten, abschließenden Klicken der elektronischen Verriegelung zufiel, wandte er sich dem Computer zu und gab den Befehl ein, die Archivspeicher zu öffnen. Eine bernsteinfarbene Lampe blinkte auf. Rimford holte DS41A aus der Plastikhülle und schob ihn in den Schlitz. Es war kalt in dem kleinen Raum, weil es nur einen Heizkörper gab. Dennoch spürte er, wie ihm Schweiß an seinen Armen entlangsickerte, und ein dicker Tropfen bildete sich auf seiner Nasenspitze.

Der Arbeitsspeicher des Computers war natürlich leer. Ich tue das Richtige, sagte Rimford sich. Es gibt keinen anderen Weg. Und er kopierte den leeren Speicher auf die Diskette als Datenersatz. In diesem Augenblick verschwanden die Daten, die auf DS41A enthalten waren. Er wiederholte diesen Vorgang für DS41B.

Das war der Datensatz, von dem er wußte, daß er tödlich war. Aber er wagte es nicht, an dieser Stelle aufzuhören. Und nacheinander holte er jede Diskette aus ihrer transparenten Plastikhülle und löschte sie. Während dieser Aktion war er wie betäubt, und Tränen traten ihm in die Augen.

Um wenige Minuten nach Mitternacht kam er aus dem Datenraum heraus und meldete sich bei dem Wachposten ab, der geduldig auf ihn gewartet hatte. Es war schwer zu glauben, daß der Mann überhaupt nicht mitbekommen hatte, daß im Sicherheitsbereich eine furchtbare Tragödie passiert war. Rimford zweifelte nicht daran, daß die widerstreitenden Gefühle, die in ihm tobten, deutlich in seinem großflächigen Gesicht zu erkennen waren. Doch der Wächter blickte kaum einmal auf.

Nun besaß das Labor die einzige Kopie des Textes. Er verließ die Bibliothek und ging, da er an diesem Abend nicht mehr fahren wollte, zu Fuß darauf zu. Und wenn sein Gewissen anfing, ihn zu belasten, so munterte er sich auf, indem er an Oppenheimer dachte, der damals nichts getan hatte.

Aber er war froh, daß kein Mond am Himmel stand.

MONITOR

BAUSKANDAL IN SEATTLE VERMUTET
City und acht Vororte überprüft

**OPFER DES GODDARD-TUMULTS
VERKLAGEN REGIERUNG**
Prozeß in Vorbereitung; 2. Kind verstorben
Schenken als Sicherheitsdirektor entlassen

**SOWJET-U-BOOT ANGEBLICH IN
CHESAPEAK BAY GESTRANDET**
(Associated Press) – Informierte Kreise enthüllten heute, daß
Schiffe der Küstenwache und Marine ein sowjetisches
U-Boot der L-Klasse bis in die Mündung der
Chesapeak Bay verfolgten ...

**BÄR TÖTETE CAMPER IM
YELLOWSTONE NATIONAL PARK**
Junge versuchte Lebensmittel zu retten, berichtet Freundin

**KONGRESS BEWILLIGT
BESONDERE HILFEN FÜR STÄDTE**
Polizei-, Erziehungs-, Arbeitsprogramme sollen helfen

**BOLIVIANISCHE GUERILLAS ÜBERRENNEN
PERUANISCHE POLIZEIPOSTEN**
Armee schlägt Rebellen in schwerer Schlacht bei Titicaca

LAKEHURST-TERRORIST VERKLAGT REGIERUNG
Erlitt Schädelbruch während Gegenangriff
Familie des toten Terroristen erwägt ebenfalls Klage

NORD-DAKOTA KÜRZT GESUNDHEITSKOSTEN
Nach neuem Gesetz setzt Staat Gebühren fest

PAKISTAN ERHÄLT RAKETEN
Pentagon behält Kontrolle über Gefechtsköpfe

PRAG SETZT SICH ÜBER ULTIMATUM DER ARMEE HINWEG
Arbeiter demonstrieren; bewaffnete Einheiten rebellieren

ATOMKRIEG IN DIESEM JAHRZEHNT ›WAHRSCHEINLICH‹
Club of Rome stellt die Uhr auf zwei Minuten vor zwölf
Papst fordert Abrüstung

12 Ungefähr um 3:00 morgens klingelte bei Ed Gambini das Telefon. Er rollte sich auf die Seite, knipste die Lampe an und schaute auf die Uhr. »Hallo?«

»Ed? Hier ist Majeski. Wir haben ein Problem. Ich denke, Sie sollten schnellstens herkommen.«

Er schwang seine Beine über den Bettrand und rieb sich die Augen. »Was ist los?«

»Baines will Sie sprechen«, sagte er.

»Baines? Was, zum Teufel, hat er dort um diese Zeit zu suchen? Geben Sie ihn mir.«

Majeskis Stimme bekam einen flehenden Klang. »Ich glaube nicht, daß er am Telefon mit Ihnen reden will. Sie sollten lieber herkommen.«

Gambini knurrte, stieß das Telefon beinahe vom Tischchen und stolperte ins Badezimmer. Vierzig Minuten später stürmte er ins Operationszentrum. Majeski erwartete ihn bereits und zeigte auf Gambinis Büro. Rimford war am Schreibtisch des Projektleiters eingeschlafen.

»Was ist los, Cord?«

»Es ist mir egal, wer er ist«, flüsterte Majeski ziemlich laut. »Dieser dämliche Hurensohn hat den Verstand verloren.«

»Baines?«

»Ja. Baines.«

»Was hat er getan?«

Majeski hielt zwei Laserdisks hoch, so daß Gambini die Etikette lesen konnte. Es waren die Teile A und B von DS41, der kosmologische Teil, an dem Rimford gearbeitet hatte. »Was ist damit?«

»Sie wurden gelöscht. Desgleichen die Duplikate in der Bibliothek. Der gesamte Datensatz ist weg, Ed.« Majeskis Stimme klang angespannt. »Der gottverdammte Text ist verschwunden!« Er kippte die Lehne seines Holzstuhles nach hinten. »Er hat kein Recht, das zu tun, Ed. Es ist mir gleich, was er dazu zu sagen hat!«

»Baines hat das getan?« Gambini wollte es nicht glauben. »Warum? Was meint er dazu?«

»Fragen Sie ihn. Mit mir will er nicht reden.«

Rimford war mittlerweile erwacht, und Gambini sah plötzlich seine Augen durch die gläserne Trennwand. »Was?« fragte Gambini, als glaubte er, man könne ihn durch die Glasscheibe hören. »Was ist los?« Er öffnete die Bürotür, trat ein und schloß sie leise hinter sich.

Rimford war zerfahren und müde. »Ed«, sagte er, »vernichten Sie den Text. Vernichten Sie alles.«

Draußen verfolgten Majeski und sechs andere Leute, die Dienst hatten, das Geschehen. Gambini blieb stehen. »Warum?« fragte er. »Warum sollen wir das tun? Was haben Sie gefunden?« Er setzte sich, innerlich darauf vorbereitet, zu trösten, zu beruhigen. Tatsächlich, trotz des Verlustes von Datensatz 41, empfand er ein Gefühl seltsamer Befriedigung, daß er plötzlich für Baines Rimford so etwas wie eine Vaterfigur geworden war.

Seine blauen Augen blitzten. »Was wäre es denn, was Sie am wenigsten zu finden wünschen?«

»Ich weiß es nicht«, erwiderte Gambini verzweifelt. »Irgendeine schlimme Seuche. Eine schreckliche Waffe. Eine Bombe.« Das Atmen bereitete ihm Mühe. »Was gibt es Schlimmeres?«

»Als ich heute morgen herkam, Ed, als ich durch diese Tür trat, da hatte ich die Absicht, alles zu vernichten. Die Kopien in der Bibliothek habe ich bereits gelöscht.«

»Ich weiß.«

»Sie sollten das Werk beenden.«

Gambini fror plötzlich. »Warum haben Sie es nicht getan, als Sie die Gelegenheit dazu hatten? Waren Sie sich nicht sicher?«

»Ja!« stieß er hervor und schlug mit der Faust auf die Tischplatte. »Ich war mir sicher, aber ich konnte diese Art von Entscheidung nicht alleine auf meine Schultern laden. Vielleicht ist so etwas schon früher einmal passiert. In Los Alamos vielleicht. Ich weiß es nicht.«

Gambini blickte hinaus zu den Zeugen. Er bedeutete ihnen mit einer ungeduldigen Geste, sich wieder an ihre Terminals zu begeben. Sie gehorchten widerstrebend, verfolgten aber immer noch, was hinter der Glastür vor sich ging. »Datensatz Einundvierzig enthält nur kosmologische Informationen. Was haben Sie dort finden können?«

»Einen simplen Weg, die Welt untergehen zu lassen, Ed. Man schaffe es mit den Mitteln jeder Nation des Mittleren Ostens. Sogar eine gut ausgerüstete Terroristengruppe könnte es schaffen. Wenn man so will, bin ich jetzt der gefährlichste Mensch auf diesem Planeten.

Neben anderen Dingen kenne ich die Gesetzmäßigkeiten und Eigenschaften der Krümmung im Raum. Die Werte bewegen sich im Bereich von siebenundfünfzig Millionen Lichtjahren pro Bogengrad. Diese Zahl verändert sich natürlich je nach örtlichen Gegebenheiten. Und wenn diese Zahl zu klein erscheinen mag, dann nur, weil das Universum keine hyperbolische Kugel ist, wie ich es erklärt habe und wie wir alle es immer annahmen. Es ist ein gedrehter Zylinder, Ed. Es steckt etwas von einem vierdimensionalen Moebiusring darin. Wenn man es umkreisen könnte und auf der anderen Seite wieder auftauchte, dann wäre man linksorientiert, wenn man rechtsorientiert gestartet wäre!«

»Und das alles haben Sie zerstört?« Gambini lief ein kalter Schauer über den Rücken.

»Sie denken nicht mit. Der Raum kann gekrümmt werden. Innerhalb eines begrenzten Bereiches kann der Grad der Krümmung erhöht, eliminiert oder umgedreht werden. Dazu ist nicht viel Energie erforderlich. Was man jedoch dazu benötigt, ist die Technik. Ed, wir reden hier von Gravitation! Ich könnte dafür sorgen, daß, sagen wir, New York in den Himmel stürzt. Ich könnte den Staat Maryland in ein Schwarzes Loch verwandeln!«

Rimford hievte sich müde hoch. »Gott weiß, was sonst noch in den Disketten verborgen ist, Ed. Sehen Sie zu, daß Sie sie loswerden.«

»Nein.« Gambini schüttelte den Kopf. »Sie wissen, daß wir das nicht tun können! Baines, der Text ist eine Informationsquelle, die alles übertrifft, was wir uns erträumt haben. Das können wir nicht so einfach wegwerfen!«

»Warum nicht? Was können wir aus den Disketten schon erfahren, was im wesentlichen über das hinausgeht, was wir schon wissen? Ausgerechnet Hurley hat das begriffen. Sie haben uns gezeigt, daß wir nicht alleine sind, sagte er, ehe wir wußten, daß sie noch einmal zu uns sprechen würden. Das ist wichtig. Alles andere sind zusätzliche Details und ist daher zu vernachlässigen.«

Gambinis Gesicht verhärtete sich. »Wenn Sie wirklich wollten, daß der Text vernichtet wird, es wirklich gewollt hätten, dann hätten Sie es selbst getan.«

Rimford war aufgestanden und ging zur Tür. »Vielleicht haben Sie recht«, sagte er. Er zog sich seinen Mantel an. »Ich habe für den Nachmittag einen Flug gebucht, Ed. Wenn Sie das verdammte Zeug löschen sollten, dann können Sie ja bekanntgeben, daß ich es befohlen habe.«

Er ging hinaus, vorbei an Majeski und den anderen, nickte ihnen kurz zu. Majeski starrte ihm nach.

Als er gegangen war, rief Gambini Harry an und erklärte ihm, was passiert war.

»Wir müssen den Satz in der Bibliothek sofort ersetzen«, sagte Harry. »Wenn Maloney davon erfährt, hat er gleich wieder zusätzliche Munition, die er gegen uns verwenden kann. Ist es möglich, die DS41-Disketten zu rekonstruieren?«

»Nein. Wir dürfen ja keine weiteren Kopien aufbewahren. Alle Duplikate, die wir anfertigen, müssen gelöscht werden.« Gambini knirschte mit den Zähnen. »Diese verdammten Narren! Sie bekommen nur, was sie verdient haben!«

»Vergessen wir das einstweilen«, sagte Harry. »Jemand soll sofort von allem Kopien anfertigen. Von der gesamten Ausstrahlung. Du weißt, wie sie etikettiert waren? Es sollen identische Etikette aufgeklebt werden. Sorge dafür, daß es auch einen Einundvierziger-Satz gibt – laß ihn einfach frei; das ist alles, was du tun kannst. Von der Tagesschicht soll keiner die Bibliothek benutzen. Ich schicke gegen acht einen Geheimboten zu dir in den Sicherheitsbereich. Sieh zu, daß die Kopien bis dahin bereitliegen. Weiß sonst noch jemand Bescheid?«

»Nur die Nachtschicht.«

»Okay. Versuchen wir, das Ganze innerhalb der Familie zu halten.«

»Irgendwann werden wir gestehen müssen, daß wir die Daten nicht mehr haben, Harry.«

»Wir können später immer noch von einem Unglücksfall reden. Dies ist nicht der geeignete Zeitpunkt. Wir sollten Pete informieren. Wenn du nichts dagegen hast, rufe ich ihn an. Können wir uns am Morgen treffen?«

Wheeler traf als letzter ein. Er betrat Miranda's in der Muirkirk Road und gesellte sich zu Harry und Gambini, die in einer Nische saßen. »Baines hat recht«, sagte er. »Wir sollten alles löschen. Ich bedaure, daß er es gestern abend nicht getan hat.«

»Bis jetzt«, sagte Harry, »hatten wir keinen sicheren Beweis, daß in dem Text irgend etwas Gefährliches enthalten ist.«

Wheeler machte ein entsetztes Gesicht. »Es erstaunt mich sehr, daß Sie einen Beweis brauchen. Wie können wir auch nur für den Bruchteil einer Sekunde erwägen, eine Millionen Jahre alte Technologie auf diese Welt loszulassen? Wir haben es ja noch nicht einmal gelernt, gefahrlos mit Schießpulver umzugehen!«

»Dies ist das erste Mal, daß Sie sich in irgendeiner Form zu diesem Thema äußern«, warf Gambini ihm vor. »Warum haben Sie Ihren Standpunkt nicht schon früher dargelegt?«

»Ich bin Priester.« Wheeler brachte ein schwaches Lächeln zustande. »Alles, was ich tue, fällt irgendwie auf die Kirche zurück. Und in einer solchen Angelegenheit ist es besonders heikel: Wir versuchen ja noch immer, mit Galileo zu Rande zu kommen. Ich habe untätig zugeschaut; ich hätte bestimmt nicht so handeln können wie Baines. Aber eines kann ich Ihnen allen sagen: Was immer ihre Motive gewesen sein mögen, einen Gefallen haben uns die Altheaner nicht getan.«

»Warum?« fragte Gambini. »Weil Rimford eine Möglichkeit entdeckt hat, wie sich einige der Informationen mißbräuchlich anwenden lassen? Zum Teufel, es gibt gewisse Risiken, aber die sind verdammt gering, betrachtet man die Möglichkeiten, sie positiv einzusetzen. Wir sollten an das Ganze mit einer gewissen Unbeschwertheit herangehen und nicht gleich in Panik geraten. Ich schlage vor, wir machen die Forscher auf unsere Bedenken aufmerksam und halten sie an, alles zu melden, was in irgendeiner Form zu Problemen führen könnte. Dann, falls sich so etwas ergibt, werden wir uns vernünftig damit auseinandersetzen.«

»Ich bin mir nicht so sicher, daß wir über Dinge reden, die sich so einfach erkennen lassen«, sagte Wheeler.

»Verdammt noch mal, Pete, gegen einen solchen Einwand gibt es kein Argument. Aber ich glaube, wir sollten in dieser Sache vernünftig reagieren. Ist Ihnen vielleicht schon einmal in den Sinn gekommen, daß unsere Hoffnung auf ein Überleben der Menschheit als Rasse vielleicht von dem abhängt, was wir von den Altheanern erfahren können? Wenn wir von technologischen Neuerungen erfahren, dann könnte es vielleicht auch neue ethische Perspektiven geben. Harry, möchtest du die Verantwortung für die Vernichtung der Quelle solchen Wissens übernehmen? Selbst Rimford konnte sich nicht durchringen, es selbst zu tun.«

»Wir brauchen eine politische Lösung«, sagte Harry. »Was bedeutet, wir müssen improvisieren. Wir werden die wahre Natur des Problems nicht kennenlernen, ehe wir erfahren, was wir überhaupt in Händen haben.«

»Dem stimme ich zu«, sagte Gambini. »Aber ich denke, wir müssen einige Dinge sofort klären. Pete, bleiben Sie beim Projekt?«

»Ja«, sagte der Priester, seine Stimme kaum mehr als ein Flüstern.

»Muß ich mir wegen der Sicherheit des Textes Sorgen machen?«

»Nein, nicht soweit es mich betrifft.«

»In Ordnung. Ich bin froh, daß wir das geklärt haben. Weiter, hat irgendwer moralische Probleme damit?«

»Ich glaube nicht«, sagte Harry. »Obgleich ich meine, wir sollten auch wachsam auf diesen Bereich achten. Wir müssen auch noch über etwas anderes reden. Du wirst dich freuen, das zu hören, Ed.«

»Zur Abwechslung einmal gute Neuigkeiten.«

»Ja. Das Weiße Haus steht immer stärker unter Druck, daher hat man sich entschlossen, ein Büro einzurichten, das nach außen hin darstellt, was wir hier tun. Es heißt, sie werden alles veröffentlichen, was geeignet ist.«

»Nun, das freut mich zu hören«, sagte Gambini. Aber nachdem er einige Sekunden darüber nachgedacht hatte, fragte er spitz: »Wer entscheidet denn, was geeignet ist?«

Harry machte ein ernstes Gesicht. »Oscar DeSandre«, sagte er.

»Wer?«

Selbst Wheeler grinste.

»Oscar DeSandre«, wiederholte Harry. »Sie sagten mir, er sei ein Spitzenmann im Bereich der militärischen Hochtechnologie. Und ich denke, er hat einen Stab von Experten, und dann können sie ja immer noch uns fragen, wenn sie sich bei irgendwas nicht ganz sicher sind.« Sie alle blickten ziemlich skeptisch drein. »Ich würde ihm heute nachmittag gerne einiges schicken, wenn wir etwas haben. Und das soll dann wöchentlich einmal geschehen. Wir können ja eine Art Zeitplan aufstellen.«

»Okay«, sagte Gambini.

»Ich denke, es ist wohl am besten, wenn wir uns selbst überwachen«, sagte Wheeler, »anstatt automatisch alles weiterzugeben.«

»Da stimme ich zu«, sagte Harry. »Ed, ich besorge dir DeSandres Telefonnummer. Ruf ihn heute an und versuche ihm eine Vorstellung von den Dingen zu vermitteln, auf die er besonders achten soll. Unterdessen sollten wir etwas organisieren, um sicherzugehen, daß jemand, dem wir bedingungslos trauen können, alles kontrolliert. Und wir müssen Cord, Leslie und Hakluyt hinzuziehen. Ihnen klarmachen, was auf dem Spiel steht, und sie bitten, sofort alles zu kennzeichnen, was zu Problemen führen könnte.«

»Mir scheint«, sagte Wheeler, »daß wir es mit drei Kategorien von Informationen zu tun haben: Material für DeSandre, Material, das nur an Hurley gehen darf, und Material, das überhaupt nicht nach draußen dringen darf.«

Ihr Frühstück wurde gebracht, und sie aßen, ohne viel zu reden. »Ich bin mir nicht sicher«, sagte Gambini mit halbvollem Mund, »aber ich glaube, wir planen hier den großen Verrat. Harry, was für ein seltsamer Bürokrat bist du eigentlich?«

»Was meinen Sie, was mit Rimford passieren würde, wenn etwas über die gestrigen Ereignisse nach draußen dringen würde?« fragte Wheeler.

Harry lächelte. »Sie könnten ihn höchstens wegen Beschädigung von Regierungseigentum belangen.« Er warf einen Blick auf die Uhr. »Ich muß rüber zur Bibliothek, ehe der Bote dort erscheint.«

»Was hast du vor?«

»Die Disketten austauschen. Ich werde die alten durch neue ersetzen, und bis auf Nummer Einundvierzig wird es sein, als sei überhaupt nichts passiert.« Er zuckte die Achseln. »Ist doch simpel. Unterdessen könnt ihr beide euch alles noch einmal durch den Kopf gehen lassen.«

»Harry«, sagte Gambini, »ich werde zu einer Vernichtung niemals meine Zustimmung geben.«

»Ich weiß.«

Harry traf in der Bibliothek wenige Minuten vor dem Boten ein, betrat sie nach Vorzeigen seiner grünen Karte und unterschrieb eine Quittung für das Paket. In dem Herkules-Archivraum holte er die Disketten, die Rimford gelöscht hatte, aus ihren Plastikhüllen und schloß sie ein. Dann wickelte er sein Päckchen aus. Gambini hatte gute Arbeit geleistet. Die Ersatzdisketten waren mit denen identisch, die er gerade versteckt hatte, selbst die Etikette waren die gleichen.

Als er sein Werk vollendet hatte, verließ er das Archiv, trug sich im Wachbuch aus und fand einen Stoß Akten auf seinem Schreibtisch. Rimford war ausgezogen und unterwegs nach Hause.

Obgleich Oscar DeSandre sich als zum Stab des Weißen Hauses gehörig fühlte, saß er im Verwaltungsgebäude. Er war nicht besonders glücklich: Er hatte nur eine Assistentin und eine Halbtagskraft, die ihm beim Herkules-Projekt zur Seite stehen sollten. Und die Hilfskraft war nur eine begrenzt einsetzbare, denn sie hatte noch nicht ihre Unbedenklichkeitsprüfung hinter sich.

Gambinis erste Lieferung war eingetroffen, kurz bevor er sein Büro betrat. DeSandres Aufgabe bestand darin, das Transkript durchzulesen, sich zu vergewissern, daß darin nichts enthalten war, was die nationalen Interessen gefährdete, und es an die Presse weiterzugeben. Das schien recht einfach zu sein, aber er erkannte, daß in diesem Job schreckliche Fallen verborgen lagen. Es war eine Position mit negativem Potential: Er war nur dann gut, wenn er sich alle Probleme vom Hals hielt. Wenn ihm irgend etwas entging, dann konnte seine Karriere im Eimer sein. Überdies war seine Zeit schon jetzt furchtbar knapp bemessen. Der jüngste Ärger wegen Tests mit dem Lügendetektor, der routinemäßig bei Sicherheitsüberprüfungen in den höheren Rängen eingesetzt wurde, belegte ihn noch für eine Weile vollkommen mit Beschlag. Und dann gab es auch in Fort Meade Probleme. Daher blätterte DeSandre das neunzigseitige Dokument, das von Goddard herübergeschickt worden war, flüchtig durch, um sich einen ersten Eindruck zu verschaffen. Dann rief er seine Assistentin herein. Sie brachte ihm einige Telefonnotizen, Anrufe, auf die er reagieren mußte. Er überflog sie schnell und legte sie beiseite. »Suchen Sie nach irgendwelchen technischen Dingen«, wies er sie an. »Das meiste liest sich wie eine philosophische Abhandlung. Damit dürfte es wohl keine Probleme geben. Aber wir wollen nicht, daß irgend etwas hinausgeht, was möglicherweise von militärischem Wert ist. Okay?«

Die Assistentin nickte.

Und so kam es, daß eine Reihe fremder philosophischer Überlegungen an diesem Abend über die Nachrichten verbreitet wurden. Es geschah eher unauffällig, weil es hinter einer Meldung rangierte über eine Abstimmung im Kongreß, der den Antrag der Regierung abschmetterte, die Preisgarantien für die elektronische Industrie aufzuheben.

Die Texte hatten nicht die Wirkung, die sie vielleicht hätten haben können, da die an DeSandre übermittelte Version eine wörtliche Übersetzung war und wenig Ähnlichkeit mit Leslies eher poetischen Übertragungen hatte. Überdies waren ethische und ästhetische Ähnlichkeiten mit menschlichen Werten deutlich, und die Medien beschäftigten sich vorwiegend mit Nebenaspekten des Vorgangs. Erst zwei Tage später lieferte NBC eine Reihe von Übersetzungen in modernes Englisch, die eine kleine Sensation darstellten. Cass Woodbury verlieh mit ihrer ausgebildeten, wohlklingenden Stimme einigen Zeilen besondere Bedeutung!

> Ich bin alleine. Ich schaffe Leben, bewege das Atom und spreche mit den Toten. Und Gott kennt mich nicht.

Es gab noch eine ganze Menge, alles war in ähnlicher Sprache.

Zu Hause, wo er sich die Sendung ansah, spürte Harry, wie ein eisiger Schauer ihm über den Rücken rieselte.

Genauso erging es dem Kardinal.

Sein Telefon klingelte um Viertel nach neun, und er rief seinen Stab um zehn zusammen. Barnegat war nicht zu erreichen; er hielt sich in Chicago auf. Cox und Dupre trafen kurz nacheinander ein und waren bereits in eine hitzige Diskussion vertieft, als Jesperson mit Joe March erschien, der Leiter der Gesellschaft für die Verbreitung von Glaubensinhalten war. March gehörte nicht zum engen Mitarbeiterkreis des Kardinals; aber der hatte es sich zur Angewohnheit gemacht, Personen zu seinen Konferenzen zu berufen, von denen er neue Erkenntnisse und interessante Diskussionsbeiträge erwartete. Dupre, der die Fernsehsendung gesehen hatte, war entrüstet. »Kommunikation mit den Toten! Das ist doch absurd! Ich kann nur hoffen«, fuhr er fort, »daß die Presse eines Tages doch so etwas wie Verantwortungsgefühl entwickelt. Sie haben sich zu der wohl aufsehenerregendsten Interpretation verstiegen, die man sich vorstellen kann. Dabei rechtfertigen die Transkripte von Goddard eine solche Deutung keinesfalls.«

»Ich sehe überhaupt nicht, warum es soviel Aufregung um diese Dinge gibt«, sagte Cox. »Diese Dinge sind vor einer Million Jahren passiert. Aber wenn es auch nur eine vage Möglichkeit gibt, daß Menschen von diesen Geschichten irregeleitet werden, müssen wir handeln. Dazu sind wir verpflichtet.«

Dupres Augenbrauen zogen sich zusammen. »Ich kann mir nicht vorstellen, daß irgend jemand dieses sonderbare Zeugs ernst nimmt, so lange wir es nicht ernst nehmen. Wird der Vatikan eine Stellungnahme abgeben?« fragte er.

»Nach einiger Zeit. Sie wollen nicht den Eindruck erwekken, als wären sie von den Ereignissen überrollt worden.« Jesperson gestattete sich ein Lächeln. »Sie haben Seine Heiligkeit sicherlich mitten in der Nacht aus dem Bett geholt. Es fand eine Art Konferenz statt. Ich habe heute morgen mit Acciari gesprochen. Er hält das Ganze für ein Komplott der Westmächte als Revanche für die Weigerung des Heiligen Stuhls, auf den Philippinen tätig zu werden.«

Cox wirkte gelangweilt. »Haben Sie eine Ahnung, wie die offizielle Position aussehen wird?«

»Das haben Sie noch nicht entschieden. Aber Acciari glaubt, daß Seine Heiligkeit die Stichhaltigkeit der Interpretation in Zweifel ziehen und einige Bemerkungen dazu machen wird, welche Richtung die moderne Gesellschaft in ihrer Entwicklung mittlerweile einschlägt.«

»Mit anderen Worten«, sagte Cox, »werden sie allen mitteilen, sie sollten das Ganze einfach ignorieren.«

»Eine vernünftige Position«, sagte Dupre. »Wir sollten das Gleiche tun.«

»Hören Sie, Phil«, widersprach Cox. »Welchen besseren Weg gibt es denn, jedermann darauf aufmerksam zu machen, daß die ganze Affäre uns ziemlich durcheinanderbringt?« Er betrachtete Dupre mit zusammengekniffenen Augen, als prüfe er eine Rechnung nach. »In Italien kann man so etwas offensichtlich gefahrlos tun. Aber nicht hier.«

»Jack«, meinte Dupre mit allmählich anschwellender Stimme, »ich verlange ja gar nicht, daß wir den Leuten erzählen, sie sollten einfach wegschauen. Aber ich denke, wir sollten vorsichtig sein und darauf achten, daß wir niemanden über Gebühr beunruhigen. Ich denke, wir handeln durchaus richtig, wenn wir erst einmal daran interessiert sind, uns keine neuen Probleme zu schaffen. Aber wenn wir uns öffentlich äußern, dann wollen die Leute von uns auch Antworten hören. Und ich glaube nicht, daß wir schon welche parat haben, denn bislang gibt es noch nicht einmal richtige Fragen.«

»Die Affäre ist im Grunde lächerlich«, sagte March, ein Mann, der in seinem schwarzen Talar eine unerschütterliche Sicherheit ausstrahlte. »Lebende, die mit Toten reden. Gott würde so etwas niemals zulassen.«

Dupre zeichnete kleine Kreise auf seinen Notizblock. »Ich glaube, es wäre klüger von uns«, äußerte er, ohne aufzuschauen, »wenn wir es vermieden zu verkünden, was Gott zulassen würde oder nicht.«

»Phil.« In Zeiten großer psychischer Belastung schienen die Augen des Kardinals in einem Scharlachrot zu leuchten, das zur Farbe seines Amtes paßte. »Wie verhält es sich mit der theologischen Beurteilung des Kontaktes mit den Toten? Ist er verboten?«

»Nein«, sagte Dupre und dehnte seine Antwort, während er überlegte, wie er fortfahren sollte. »Viele der Wunder sind letztendlich nichts anderes als solche Ereignisse. Fatima. Lourdes. Erscheinungen von vielen der Heiligen nach ihrem Tod wurden offiziell anerkannt und in die Annalen aufgenommen. Und Jesus selbst sprach in Anwesenheit von Zeugen mit Moses und Elias. Was ist schließlich das Gebet anderes als der Versuch, mit der nächsten Welt zu kommunizieren?«

»Nur, daß in diesem Fall«, warf Cox ein, »die nächste Welt antwortet.«

»Ja.« Dupre legte einen Finger gegen seine Lippen. »So

unangenehm es auch sein mag, solche Überlegungen sind nicht neu, und ich glaube, wir sollten alles daran setzen, den Eindruck zu vermitteln, daß wir nicht beunruhigt sind. Wenn wir überhaupt etwas verlauten lassen. Ich würde immer noch empfehlen, abzuwarten, bis sich alles von selbst beruhigt hat.«

»Unsinn!« sagte March mit einem verhaltenen Kichern. »Das riecht doch zu sehr nach Wahrsagerei und Spiritismus. Der Vatikan hat recht: Wir sollten die ganze Angelegenheit verurteilen. Gott mag wissen, was sie als nächstes gehört haben wollen!«

»Mir kommt es so vor«, sagte Cox, »daß die Fähigkeit, mit dem Himmel zu kommunizieren, eine der Fähigkeiten war, die durch die Erbsünde Adams verlorengegangen sind. Wir haben schon früher darüber gesprochen – aber ich frage mich, ob wir uns nicht tatsächlich einer Kultur gegenübersehen, deren Gründer sich klüger verhalten hat als der unsere.« Diese Bemerkung löste eine unbehagliche Unruhe aus: Cox verlor sich nur sehr selten in spirituellen Gefilden.

Jesperson sah ihn fragend an. »Halten Sie das für eine ernsthafte Möglichkeit, Jack?«

Cox schien über die Wirkung, die seine Bemerkung nach sich zog, überrascht zu sein. »Natürlich nicht. Aber es ist theologisch denkbar.«

March straffte sich in seinem Sessel, sagte aber nichts. Obgleich der Kardinal ihn nicht direkt musterte, beobachtete er den älteren Priester dennoch sorgfältig, als wolle er sich nach dessen Reaktion richten. March behielt seine skeptische Haltung bei. Jeder, der Jespersons Reaktionen verfolgt hätte, hätte auch bemerken können, daß er durch das, was er sah, erleichtert wirkte.

»Alles, was wir vorliegen haben«, meinte Cox, »ist ein Gerücht. Und wir wissen nicht, wie das alles weitergehen wird. Ich stimme mit Phil überein, daß wir wenig Lust haben, am Ende als Narren dazustehen. Andererseits müssen wir aber auch zur Kenntnis nehmen, daß einige Leute mit diesen Vorkommnissen ihre Probleme haben. Infolgedessen sollten wir beruhigend auf sie einwirken. Sicherlich können wir soviel verlauten lassen, daß, was auf dem Mars oder sonstwo geschehen mag, für uns letztendlich ohne Bedeutung ist. Und daß wir bisher nichts gefunden haben, was einen guten Katholiken beunruhigen müßte.«

Jesperson hörte zu, bis die Argumente sich zu wiederholen begannen. In diesem Augenblick schaltete er sich ein. »Ich wäre nicht ehrlich zu Ihnen«, sagte er, »wenn ich nicht gestehen würde, daß das Ganze mir doch ein wenig Angst einjagt. Wir stehen vielleicht am Beginn eines ganz neuen Zeitalters. Und neue Zeitalter sind gewöhnlich für die besonders unangenehm, die zu denen gehören, die lenken und leiten. Es erscheint mir nachgerade als paradox, daß die Würdenträger der Kirche traditionsgemäß auf wissenschaftliche Methoden verzichtet haben. Wir, die wir stets an vorderster Front derer gestanden haben, die nach der Wahrheit suchen, haben historisch betrachtet stets das Nachsehen gehabt. Sorgen wir dafür, daß uns so etwas nicht wieder passiert. Jedenfalls nicht in dieser Erzdiözese. Wir sollten Jack Cox' Position einnehmen, nämlich, daß wir von der Wahrheit nichts zu befürchten haben, daß wir ebenso wie jeder andere überaus interessiert sind an neuen Enthüllungen und Zeugnissen für das Erhabene in Gottes Werk.«

»Das habe ich nicht so gesagt«, wehrte Cox sich.

»Seltsam«, meinte der Kardinal, »für mich hat es so geklungen. Wir werden weder direkt noch verschlüsselt behaupten, daß die Leute bei Goddard die Tatsachen verdrehen oder falschen Informationen aufgesessen sind. Wir werden abwarten und die Dinge sich entwickeln lassen. Und vielleicht, wenn wir uns dem Willen Gottes anvertrauen, machen wir dabei eine ganz neue und erhebende Erfahrung.

Wir werden das Thema offiziell nicht ansprechen, denn wir betrachten das Projekt bei Goddard als eine Angelegenheit, mit der wir nichts zu schaffen haben und die uns nicht betrifft.«

»George«, sagte Dupre, »wenn der Vatikan nun eine Verlautbarung herausgibt ...«

»Ich weiß«, sagte der Kardinal lächelnd. »Aber auf den Papst hört doch niemand mehr. Warum sollten sie ausgerechnet jetzt wieder damit anfangen?«

Harry, der sich wahrscheinlich gar nicht so intensiv für die altheische Philosophie interessierte, wie er Leslie glauben gemacht hatte, wollte seinen Abend mit dem dicken Schnellhefter verbringen, den sie ihm gegeben hatte. Er las drei Stunden lang, aber es war ein schwieriges Unterfangen. Einige Begriffe waren noch nicht geklärt; syntaktische Beziehungen waren nicht immer eindeutig, und Harry ahnte, daß sogar eine perfekte Übersetzung in ein einfaches Englisch sich als verwirrend erwiesen hätte. Das Ganze erinnerte ihn an eine Mischung aus Platon und Haiku; aber es blieb kein Zweifel am Wirken einer vagen Intelligenz oder – paradoxerweise – der Existenz eines trockenen Humors, der sich seinem Zugriff entzog.

Die Altheaner beschäftigten sich mit vielen der Probleme, die auch seine eigene Rasse in Atem hielten, aber es gab entscheidende, wenngleich verborgene Unterschiede. Zum Beispiel behandelte eine Betrachtung der Moral in erstaunlicher Eindringlichkeit die Verantwortung, die ein intelligentes Wesen gegenüber anderen Lebensformen und sogar toten Objekten hatte; aber seine Verpflichtungen anderen Vertretern seiner eigenen Rasse gegenüber blieben völlig unerwähnt. Weiterhin behandelte die philosophische Betrachtung der Natur des Bösen ausschließlich die Katastrophen, die durch Kräfte der Natur ausgelöst werden, und überging all jene, die aus der menschlichen (oder unmenschlichen) Bosheit entstehen konnten.

Gamma mußte eine Welt voller Meere sein. Immer wieder tauchte als Metapher das Meer auf oder das dahinziehende Schiff oder der suchende Seemann. Aber die Fluten sind ruhig. Nirgendwo kommt ein Sturm auf; und man spürt auch nicht die mörderische Kraft großer Flutwellen. Es gibt keine Klippen und keine Untiefen, und die Küsten gleiten majestätisch vorbei.

Zu friedlich, vielleicht.

»Die großen Inseln im Strom sind alle gleich kalt. Und ihre Gestade sind von Finsternis verhüllt.«

MONITOR

Abschn. 102 (a) Der Kongreß verkündet hiermit, daß es im Rahmen der Politik der Vereinigten Staaten liegt, daß Aktivitäten im Weltraum ausschließlich friedlichen Zwecken und dem Wohl der gesamten Menschheit dienen sollen.

(b) ... Diese Aktivitäten unterliegen der Verantwortung und Kontrolle einer zivilen Behörde ... bis auf Aktivitäten, welche ursächlich oder im wesentlichen der Entwicklung von Waffensystemen, militärischen Operationen oder der Verteidigung der Vereinigten Staaten dienen ..., welche hingegen der Verantwortung und Kontrolle des Verteidigungsministeriums unterliegen ...

(c) Die aeronautischen und Weltraum-Aktivitäten der Vereinigten Staaten werden ausgeführt, um entscheidend beizutragen zur

   (1) Vermehrung des menschlichen Wissensstandes über Erscheinungen in Atmosphäre und Weltraum ...

– National Aeronautics and Space Act of 1958

13 Wenn es an Cyrus Hakluyt etwas gab, das einen besonders irritierte, dann war es schwierig, es genau zu erkennen. Dennoch fühlten die Leute sich gewöhnlich in seiner Nähe ziemlich unbehaglich. Es hätten seine Augen sein können, die unnatürlich dicht beieinander lagen; es war recht einfach, sich vorzustellen, wie sie einen durch das Okular eines Mikroskops beobachteten. Er drückte sich stets sehr zurückhaltend aus, und er zeigte kein sonderliches Interesse an den Menschen, mit denen er zusammenarbeitete. Harry hatte den Verdacht, daß er durch die Größenverhältnisse der Dinge, die er untersuchte, in seinen Ausdrucksmöglichkeiten eingeschränkt war. Und doch bewies er in seinem ersten Bericht, den er anläßlich Gambinis täglicher Teamkonferenz am Weihnachtsabend abgab, ein unerwartetes Gespür für Dramatik.

»Ich kann Ihnen erzählen«, sagte er, »wie sie aussehen.«

Das brachte ihm die ungeteilte Aufmerksamkeit der versammelten Wissenschaftler ein. Gambini legte seine Brille beiseite, die er gerade putzte. Wheeler spannte sich leicht; Majeskis verträumte Augen bekamen plötzlich einen wachen Glanz. Und Leslie schaute abrupt zu Harry.

»Ich habe vor einigen Tagen ihre DNS isoliert«, fuhr Hakluyt fort. »Es muß noch viel untersucht werden, aber ich habe schon einen ersten Bericht zusammengestellt. Es stecken noch zahlreiche Vermutungen darin, denn ich kann hinsichtlich einiger Konstruktionsmaterialien keine sicheren Aussagen machen. Um zum Grundsätzlichen zu kommen: Die Altheaner sind ganz bestimmt nicht menschlich. Ich weiß noch nicht genau, wie ich sie kategorisieren soll, und es wäre sicherlich am besten, wenn ich es gar nicht erst versuchte. Ich kann jedoch feststellen, daß diese Wesen durchaus auch in Greenbelt wohnen könnten.« Ein dünnes Lächeln spielte um seine Lippen.

»Allerdings sind sie grundlegend anders als alles, was in der terrestrischen Biologie bekannt ist. Die Altheaner scheinen in sich sowohl pflanzliche als auch tierische Eigenschaften zu vereinigen. Zum Beispiel sind sie zur Photosynthese fähig.« Er schaute nun Leslie direkt an.

»Demnach waren sie nie eine der Jagd nachgehende Gesellschaft«, sagte sie. »Das könnte bedeuten, daß sie keine Kriege, ja, noch nicht einmal das Konzept Krieg kennen.«

»Und infolgedessen«, schloß Majeski sich an, »auch nie über Waffen nachgedacht haben.«

»Sehr gut«, sagte Hakluyt zustimmend. »Genau das denke ich auch. Der Altheaner scheint außerdem nicht über ein Gefäßsystem zu verfügen oder über Lungen und ein Herz. Er hat jedoch ausgesprochen große Zähne.«

»Moment mal«, sagte Wheeler. »Wie ist das möglich? Sie haben doch keinen Magen, oder?«

»Father Wheeler, ich würde annehmen, daß es zu irgendeiner Zeit einmal Raubtiere gab, derer sie sich erwehren mußten. Sie besitzen Nervensysteme und Steuerorgane, die Gehirnen entsprechen müssen. Ihr Fortpflanzungsapparat funktioniert asexuell. Und, obgleich ich mir da in keiner Weise sicher sein kann, ich glaube, daß die Wesen um ein Geringes größer sind als wir. Auf der Erde wären sie es ganz gewiß. Sie haben Exoskelette, wahrscheinlich aus chitinähnlichem Material, und natürlich Sinnesorgane. Ich glaube nicht, daß sie so gut hören wie wir.« Er lehnte sich selbstzufrieden in seinem Sessel zurück. »Die Augen sind besonders seltsam: Es gibt vier davon, und zwei scheinen nicht für Licht empfänglich zu sein.«

Hakluyts Stirn legte sich in Falten, und seine Stimme klang weniger pedantisch, als er fortfuhr. »Es gibt keine Linse, daher wüßte ich nicht, wie sie als Rezeptoren für irgendeine Form von Strahlung dienen können. Überdies scheint der Nerv, der sie mit dem Gehirn verbindet, zu keiner optischen Funktion fähig zu sein. Nein, ich glaube, dieses Organ sammelt etwas, oder es gibt etwas weiter, was immer das sein mag, aber ganz sicher keine Art von Strahlung, wie ich sie kenne.«

»Ich weiß nicht, was da noch übrigbleibt«, sagte Majeski.

»Ich auch nicht.« Hakluyt studierte die Tischplatte. »Ihre Lebensspanne würde ich auf einhundertfünfzig Jahre schätzen. Dabei muß ich noch erwähnen, daß wir sicher sagen können, daß sie zur genetischen Manipulation fähig sind.«

»Wie das?« fragte Harry.

»Weil wir selbst sie in einem gewissen bescheidenen Rahmen beherrschen. Ich lerne eine Menge von ihnen, Carmichael. Ich weiß nicht, wo ihre Grenzen liegen, aber ich habe eine recht gute Vorstellung über ihre Mindestfähigkeiten. Und das ist auch etwas Seltsames: Ihre Lebensspanne ist unter jedem vernünftigen Aspekt außerordentlich kurz.«

»Kurz?« fragte Gambini. »Sie sprachen gerade von einhundertfünfzig Jahren!«

»Das ist nicht viel für eine Rasse, die den Bau ihrer DNS bestimmen kann.«

»Vielleicht fügen sie irgendwie zusätzliche Jahre an«, sagte Harry, »nach der Geburt anstatt davor.«

»Nein«, sagte Majeski. »Das wäre ein recht schwieriges Unterfangen.«

»Richtig.« Hakluyt lächelte. »Warum sollen Sie an Hunderten von Individuen Veränderungen vornehmen, wenn ein einziges Mal reicht? Ich verstehe das nicht: Sie scheinen sich ganz bewußt dafür entschieden zu haben, recht früh zu sterben.«

»Mir kommt da ein Gedanke«, sagte Leslie. »Vielleicht haben wir es mit einer Rasse zu tun, die freiwillig einen nicht unbedingt notwendigen frühen Tod akzeptiert. Und wenn wir sie richtig verstehen, *reden sie mit ihren Toten*. Das kann kein Zufall sein. Cy, ist da irgend etwas Seltsames in ihrem physischen Aufbau, das auf einen Lebenszyklus hinweist, der eine zweite Existenz irgendwelcher Art einschließt? Eine Art Verpuppungseffekt?«

Hakluyt schüttelte den Kopf. »Nicht daß ich wüßte. Aber mittlerweile bin ich mir nicht mehr sicher, ob es überhaupt eine Bedeutung hat, wenn ich es nicht erkennen kann. Bisher ist nur eins klar: Solange nicht irgendein unbekannter Faktor existiert, und das wäre sehr leicht möglich, dürfte das Wesen, das sich aus dem DNS-Plan entwickelt, den sie uns geschickt haben, genauso einen organischen Tod erleiden wie jede andere terrestrische Lebensform.«

Wheeler nickte und strich etwas durch, was er auf seinem Notizblock geschrieben hatte. »Ich bin überrascht«, sagte er, »daß sie und wir DNS benutzen, um genetische Eigenschaften zu steuern. Gibt es denn keine anderen Möglichkeiten?«

»Ja«, sagte Hakluyt sehr hastig. »Diacetylene könnten funktionieren. Oder Kristalle. Aber diese Alternativen sind nicht so flexibel oder so wirkungsvoll wie die Nukleidsäuregruppe. Tatsächlich hat die Natur in diesem Bereich überraschend wenige Möglichkeiten.«

»Dr. Hakluyt«, sagte Harry, »Sie sagen, die Altheaner hätten die Mittel zur Verfügung, um Leben zu verlängern. Kennen Sie mittlerweile einige dieser Mittel?«

»Carmichael, Sie sehen aus, als seien Sie, sagen wir, um die fünfzig, ja?«

»Ein bißchen jünger«, sagte Harry. »Ich hatte ein ziemlich hartes Leben.«

Hakluyts Lächeln veränderte sich nicht. »Sie können vielleicht noch mit dreißig weiteren Jahren rechnen. Bis dahin werden ihre Haare weiß sein, ihr Blut ist verbraucht, und ich denke, die Erinnerung an die Jugend wird für Sie schmerzvoll sein.« Sein Blick fiel auf Leslie. »Und was werden Sie in dreißig Jahren sein, Dr. Davis?« fragte er grausam. »Und warum, glauben Sie, ist das so? Warum bricht der Mechanismus, den Sie bewohnen, in einer so kurzen Zeit zusammen? Gambini, wie lang ist eine Zeitspanne von achtzig Jahren?«

Gambinis Blick löste sich nicht von seinem Notizblock.

»Fragen Sie einen Kosmologen«, sagte Hakluyt, »und Sie haben jemanden vor sich, der wirklich etwas von Zeit versteht. Nun, ich werde Ihnen verraten, warum Sie so schnell verfallen: weil Ihre DNS Sie ausschaltet!«

»Erklären Sie das bitte«, sagte Wheeler.

»Es ist ganz einfach.« Harry hatte das Gefühl, als würde Hakluyt jeden Moment ein Quiz veranstalten. »Wir haben immer angenommen, daß der Alterungsprozeß lediglich eine Häufung von Abnutzung und Verschleiß, von Krankheiten, sonstigen Schäden und Mißbrauch ist, bis die

Fähigkeit des Körpers, sich selbst zu erneuern, am Ende überfordert wird. Aber das ist es nicht, was geschieht. Die DNS, die wir bei uns tragen, steuert die Evolution. Einige Leute betrachten sie gerne als eine Art nach außen tretenden Wesens, das seine eigene Entwicklung betreibt und andere Lebewesen als« – er schaute die Wände an und suchte nach dem richtigen Begriff – »Flaschen benutzt. Auf jeden Fall besteht eine ihrer Funktionen darin, dafür zu sorgen, daß wir unserer Nachkommenschaft nicht im Wege sind. Daher tötet sie uns.«

»Auf welche Art und Weise?« fragte Majeski.

»Sie schaltet den Reparaturmechanismus ab. Ich denke, das geschieht gerade bei Ihnen, Cord, jetzt, in diesem Augenblick.« Hakluyt ruschte in seinem Sessel hin und her, bis er bequemer saß, rückte seine Brille zurecht und entspannte sich. Sein Gesicht schien schwach zu leuchten, als er fortfuhr. »Wenn man das Altern vermeiden will, dann braucht man nur die Instruktionen zu ändern, die die DNS aussendet. Die Altheaner scheinen eine ganze Menge über die Technik zu wissen, genau das zu tun.«

»Wieviel«, sagte Wheeler und wiederholte Harrys Frage, »wissen *Sie* darüber?«

»Sie meinen, wieviel ich aus dem Text gelernt habe? Etwas. Nicht viel, aber etwas. So lange beschäftigte ich mich ja auch noch nicht damit, und es ist immer noch eine Menge Material vorhanden, das wir nicht verstehen. Aber eines versichere ich Ihnen: Es steckt drin. Und eine ganze Menge mehr ebenfalls.«

Kurz vor Ende der Konferenz ging die Tür auf, und Rosenbloom steckte den Kopf herein. »Meine Herren«, sagte er, »und Dr. Davis, ich weiß, daß Sie sehr beschäftigt sind, aber ich hätte gerne draußen ein paar Minuten mit Ihnen geredet.«

Die Leute im Zentrum waren zuammengerufen worden, und Patrick Maloney stand vor ihnen. Eine goldene Klammer hielt einen grau-schwarzen Schlips, und seine schwarzen, spitzen Schuhe waren blitzblank poliert. Er war ein Mann, dachte Harry, an dem alles glänzte.

»Meine Damen und Herren«, sagte Rosenbloom, »ich glaube, die meisten von Ihnen kennen Pat Maloney aus dem Weißen Haus. Pat, das ist das Herkules-Team.« Harry hörte den Stolz in Rosenblooms Stimme.

Maloney hingegen hatte vielleicht bei zu vielen öffentlichen Anlässen seine Auftritte gehabt. Trotz der großen Verantwortung, die er trug, vermittelte er das Bild einer öffentlichen Persönlichkeit, eines gescheiterten Politikers vielleicht, eines Mannes, der für sein Gewerbe zu ehrlich und außerdem nicht raffiniert genug war, um dieses Handikap zu kaschieren. Er redete und handelte in einer Weise, die überaus nachdenklich und bedächtig wirkte. »Ich glaube, die meisten von Ihnen habe ich irgendwann bereits kennengelernt«, sagte er, »und ich weiß, wie beschäftigt Sie alle sind. Daher möchte ich Ihnen nicht allzuviel von Ihrer Zeit stehlen. Sie waren einer ganzen Menge Druck ausgesetzt, und wir wissen, daß es für Sie nicht einfach gewesen ist. Aber wir wollten, daß Ihnen bewußt wurde, wie wichtig Ihre Mitarbeit ist. Lassen Sie mich damit beginnen, daß das Herkules-Projekt schon jetzt hohen Gewinn erbracht hat: Wahrscheinlich verfügen wir über Möglichkeiten, unsere Städte gegen Atomangriffe zu verteidigen.«

Maloney hielt effektvoll inne. Er bekam höflichen Applaus und kaum das, was diese Gelegenheit zu fordern schien: Es war ein ganz deutlicher Ausdruck der Abneigung der Wissenschaftler gegen die Politik der Regierung, wofür er zum Symbol geworden war. Im hinteren Teil des Saales demonstrierte ein Mathematiker von der American University seinen Unmut, indem er hinausging.

»Während der vergangenen paar Wochen«, fuhr Maloney fort und entschied, den Vorgang zu ignorieren, »hat der Präsident unter ebenfalls erheblichem Druck gestanden, weil er den Herkules-Text nicht der Öffentlichkeit zugänglich machen wollte. Wir wissen, daß dies Ihre Arbeit erschwert und für viele von Ihnen persönliche Probleme geschaffen hat. Aber wir erkennen jetzt, daß dieser

Entschluß klug und weitsichtig war. Einige von Ihnen wissen sicherlich noch nicht, daß Dr. Wheeler erfahren hat, wie man enorme Energiemengen aus den Magnetfeldern gewinnt, die die Erde umgeben.

Dr. Wheeler, würden Sie bitte nach vorne kommen?«

Der Priester stand unsicher ziemlich am Ende der Menschengruppe. Seine Kollegen wichen auseinander, um ihm Platz zu machen, und er ging auf Maloney zu mit der Begeisterung eines Mannes, der jeden Augenblick mit dem Schafott engere Bekanntschaft machen sollte.

»Wir befinden uns jetzt in der Position, um ORION in Gang zu setzen. Nächstes Jahr um diese Zeit wird das Wettrüsten ein Ende haben. Die lange Nacht gemeinsamen Schreckens wird endlich aufhören, und die Vereinigten Staaten werden für ein hohes Maß an Vernunft in den internationalen Beziehungen gesorgt haben.« Er streckte einen Arm nach dem widerstrebenden Wheeler aus und zog ihn in einen offenen Kreis. »Dies wurde durch Dr. Wheelers Arbeit möglich.

Um seine Anerkennung zu beweisen, hat der Präsident verfügt, daß dem Herkules-Team die Jefferson-Medaille für außerordentliche Leitungen im Bereich von Kunst und Wissenschaft verliehen wird.« Er klappte einen schwarzen Kasten auf und zeigte eine goldene Plakette an einem grün-weiß gestreiften Band. »Leider«, fuhr er fort, »ist es bei solchen Preisen üblich, daß die Leistung und die dafür verliehene Medaille geheimbleiben. Außerhalb der Herkules-Anlagen wird es daher keine Erwähnung geben. Die Medaille selbst wird an angemessener Stelle innerhalb des Operationszentrums ausgestellt werden.

Außerdem hat der Präsident seinem Wunsch Ausdruck verliehen, daß Dr. Wheeler die Oppenheimer-Urkunde für außerordentliche Dienste erhalten soll.« Die ungefähr zwei Dutzend Anwesenden applaudierten, und Maloney hielt die gerahmte und mit einem Zierband versehene Urkunde hoch, damit jeder sie sehen konnte. und reichte sie dann an Wheeler weiter. Ein Blitzlicht zuckte auf: der Fotograf war Rosenbloom.

»Sie haben jeden Grund, stolz zu sein, Pete«, fuhr Maloney fort. »Sie dürften sehr wohl den wichtigsten Beitrag zur Schaffung des Friedens in unserer Zeit geleistet haben.« Wheeler murmelte seinen Dank und lächelte seine Kollegen schwach an. »Die Urkunde«, fügte Maloney hinzu, »wird neben der Jefferson-Medaille ausgestellt werden.«

Nach der Zeremonie blieb Wheller einen Augenblick mit Harry zurück. »Die Urkunde trägt genau den richtigen Namen«, sagte er.

»Was meinen Sie?« fragte Harry.

»Ich denke die ganze Zeit an Baines' Bemerkung: Oppenheimer ist der Mann, der damals hätte nein sagen sollen.«

Harry verbrachte den Nachmittag inmitten einkaufswütiger Passanten. Er wanderte durch die Straßen der Hauptstadt und hoffte, sich in den Menschenmassen zu verlieren, sich mit Spielprogrammen und Büchern für Tommy einzudecken und sich darüber den Kopf zu zerbrechen, was beim Kauf von Weihnachtsgeschenken für die Ex-Gattin zu berücksichtigen sei. Am Ende kaufte er eine Topfpflanze, ein Geschenk, das ihm ausreichend neutral erschien.

Er kam um sieben Uhr. Julie nahm das Weihnachtsfest immer sehr ernst: ein strahlender, reich geschmückter Baum beherrschte das Wohnzimmer, und Schnüre mit farbigen Lampen verzierten den Balkon. Tannenduft lag in der Luft, und seine Frau schien sich aufrichtig zu freuen, ihn zu sehen.

Sie reagierte angemessen dankbar für die Pflanze. Nachdem sie sie auf eine Fensterbank gestellt hatte, gab sie ihm einen züchtigen Kuß und überreichte ihm sein Geschenk: einen goldenen Füllfederhalter. »Jeder aufsteigende Manager sollte so einen haben«, bemerkte sie dazu.

Tommys Modelleisenbahn stand auf einer Platte im Wohnzimmer, Julie hatte versucht, einen Satz Weichen in die vertraute Achter-Streckenführung einzubauen, hatte jedoch die Gleise nicht ausreichend befestigt, damit sie auch funktionierten. Harry erledigte das für sie und verbrachte dann eine Stunde mit seinem Sohn, während der kleine Güterzug endlos durch einen Bergtunnel, an zwei Farmgebäuden vorbei und an der Hauptstraße einer kleinen, mit Schnee bedeckten Stadt mit leuchtenden Straßenlaternen entlangfuhr.

Sie schenkte für sich und Harry einen Sherry ein. Stumm prosteten sie sich zu: Harry dachte dabei an das, was hätte sein können; Julie an die Zukunft. Dann, ohne sie zu berühren, wünschte er ihr eine gute Nacht und ging. Es war, wie beide wußten, das letzte Mal, daß sie sich nicht als Fremde getroffen hatten.

Falls Jack Peoples eine deutliche Änderung im Kirchenbesuch als Reaktion auf die Goddard-Enthüllungen erwartet hatte, so sah er sich getäuscht. Die Zahl der Gläubigen wurde weder größer noch kleiner.

Er nahm seinen üblichen Platz vor der Tür nach der Neun-Uhr-Messe ein, die von einem jungen Priester aus dem Distrikt abgehalten wurde, der am Sonntag aushalf. Es war kalt, daher hatte Peoples seinen schwarzen Mantel angezogen. Auf der anderen Straßenseite verbrannten einige Jugendliche Weihnachtsbäume.

Die Opferungsglocke läutete, und ihr heller, silbriger Klang tanzte durch die stille Morgenluft. Er dachte an Pete Wheeler und seine aussichtslose Suche: In der Tat, wenn der Mensch eine Antwort aus all den endlosen Gefilden jenseits der Erde hören will, dann im zerbrechlichen Klang dieser Glocke an einem Sonntagmorgen.

Dann wurde ein Lied angestimmt, und er konnte hören, wie die Leute nach vorne zum Altar gingen, um die Heilige Kommunion zu empfangen. Nachdem sie ihrer formellen Pflicht genügt hatten, erschienen ein paar Leute und eilten in verlegenem Schweigen an Peoples vorbei. Der Pastor verspürte wie immer den Wunsch, diese Kirchenbesucher zur Rede zu stellen, waren es doch die gleichen, die so nahe an der Grenze zwischen Glauben und Zweifel lebten.

Die zweite Welle folgte nach der Austeilung des Sakraments, und dann kam der allgemeine Auszug zu den Klängen von Schwester Annes Chor, der ›Zu Bethlehem geboren‹ sang. Die Menschen lachten und schüttelten sich die Hände und unterhielten sich aufgeräumt. Die Gläubigen schienen unverändert zu sein, unberührt von den grotesken Geschichten, die zur Zeit im Fernsehen gebracht wurden. Mit einer Ausnahme gab es keinen Hinweis, daß etwas Außergewöhnliches geschehen war.

Die Ausnahme war ein Kind, ein neunjähriges Mädchen, dessen Name Peoples kannte. Die Kleine war intelligent, wohlerzogen und ein Gewinn für ihre Familie und die Kirche. Und sie wollte etwas über die Altheaner und deren Tote wissen.

Phil Dupres empfohlene Antwort hätte vielleicht bei einem gläubigen Erwachsenen geholfen: »Das alles betrifft uns überhaupt nicht.«

Aber bei einem Kind? Was sollte er dem Mädchen sagen?

Und gerade die Kinder bildeten das Reich Gottes auf Erden.

MONITOR

UNBEWUSSTE ALIENS

Blue Delta, Inc., ein Hersteller elektronischen Spielzeugs, gab heute bekannt, daß man im kommenden Monat mit dem Verkauf eines Tonbandes mit ausgewählten Passagen aus dem Herkules-Text beginnen wolle. Laut der Pressemitteilung, gleicht »vieles von dem, was die Altheaner über Natur und persönlichen Mut zu sagen haben, den Tugenden in uns selbst. Sie haben jedoch eine Art des Ausdrucks, der, wenn man erst einmal die Schwierigkeiten einer Übersetzung überwunden hat ...«

COLLIE DOVER TRITT IN GAMMA-KONZERT AUF

Westend Productions, Inc., gab heute bekannt, daß der international berühmte Film- und Bühnenstar Collie Dover zu den Stars gehört, die in Kürze in Hollywood mit dem Gamma-Konzert auftreten werden, das den Altheanern gewidmet ist. Der Kartenverkauf verläuft lebhaft ...

STERNENGESANG-AUSSTELLUNG BEGINNT MORGEN IM NATIONAL

Everett Lansings Kollektion astronomischer Fotografien, von denen mehr als hundert mittels der optischen Anlagen von SKYNET hergestellt wurden, wird ab morgen in der National Art Gallery ausgestellt. Zur Sammlung gehört ›Ansichten von Centauri‹, eine Serie erstaunlicher Farbbilder vom nächsten Nachbarn der Sonne, die im vergangenen Jahr im Bereich der wissenschaftlichen Fotografie mit dem Kastner Award ausgezeichnet wurden.

LONGSTREET'S BIETET ALIEN-KÜCHE AN

... Feinschmecker mit besonders exotischem Geschmack finden, was sie suchen, vielleicht in Avery Longstreet's Inn, und zwar in beiden Etablissements, am Loop oder in Schaumburg. Anstatt alte Menüs mit neuen Saucen auszustatten, hat man bei Longstreet's einige Gerichte kreiert, vorwiegend (aber nicht ausschließlich) auf Fleischbasis, die tatsächlich völlig neuartig zu sein scheinen. Wir empfehlen besonders ...

WHITE LINES NIMMT INTERGALAKTISCHE KREUZFAHR INS ANGEBOT AUF

Der Anblick des Herkules-Sternbildes ist vom Meer aus besonders eindrucksvoll, wie man von White Line Tours hört, wo mit einer Zunahme von Buchungen für ihre Sea Star-Kreuzfahrten gerechnet wird. Zusätzlich zu dem Panorama, das die Passagiere vom Deck aus bewundern können, erhalten sie während der viertägigen Reise Gelegenheit, mittels Fernsehverbindung durch den riesigen Reflektor des Hobson-Observatoriums in Arizona zu blicken. Starten Sie zu Ihrer Sternenreise, indem Sie Ihr nächstes White Lines-Reisebüro anrufen ...

CASS COUNTY TOYS KOMMT MIT NACHBILDUNGEN VON ALTHEANERN AUF DEN MARKT

Cass County, ein kleiner Spielzeughersteller in Nebraska, wird als erster mit einer breiten Palette beweglicher altheanischer Figuren auf den Markt kommen. Lydia Klaussen, die den Aktionären das Projekt vorstellte, sagte, daß die Aliens ›in etwa‹ dem Bild entsprechen, das ein Selbstportrait darstellen soll.

14 Majeski stand aus dem überdimensionierten Bett auf, tappte über den Holzfußboden und blieb einige Zeit am Fenster stehen. Hinter ihm regte sich Lisa. Ihr schwarzes Haar lag wie ein Fächer auf dem Kissen und umrahmte ihr Gesicht.

Er war froh, für das Wochenende wegzukommen. Seit kurzem war es ziemlich unangenehm geworden, mit Ed zusammenzuarbeiten. Der politische Druck ließ nicht nach, und Gambini bekam stets Prügel, ganz gleich, was er tat. Seine Gesundheit war nie besonders gut gewesen; nun verschlechterte sie sich zusehends. Wenn Majeski an Gambinis Stelle gewesen wäre, dann würde er Carmichael und dem Weißen Haus sagen, sie könnten zur Hölle fahren. Und dann würde er einfach die Brocken hinwerfen!

Er blickte nach hinten in den Raum und auf den tragbaren Rensselaer-Generator, der auf einer Gummimatte auf seinem Couchtisch stand. Und auf den ramponierten Schubladenschrank, den er vor Jahren auf einem Trödelmarkt in Corinth gekauft hatte. Er betrachtete ihn lange: Es war ein unauffälliges Möbelstück, zerkratzt und schartig und von undefinierbarer Farbe. Und seine unterste Schublade klemmte.

Wer hätte angenommen, daß er, in eben jener untersten Schublade zwischen Socken und Unterwäsche, einen fremdartigen Apparat enthielt, eine Maschine, die auf einer unendlich weit entfernten Welt entworfen worden war?

Nur daß dieser fremdartige Apparat überhaupt nichts tat.

Er knipste eine Lampe an, drehte den Schirm so, daß der Lichtschein nicht auf Lisa fiel, und öffnete die Schublade. Das Ding sah aus wie ein Vergaser mit Spulen und Kabelschlingen und einer Schaltungsplatine. Er hatte fast zwei Monate gebraucht, um das Ding zusammenzubauen, und er wußte noch immer nicht, ob er es richtig gemacht hatte. Oder ob er es jemals verstehen und richtig machen könnte.

Er holte das Ding aus der Schublade, trug es zum Couchtisch und schloß es an den Rensselaer an. Der tragbare Generator gestattete ihm, den Energiefluß auf ziemlich grobe Art zu kontrollieren und zu dosieren. Aber das schien keine große Hilfe zu sein. Er nahm einige Veränderungen an der Schaltungsplatine vor, ging dabei sehr methodisch vor, so daß er stets wußte, an welchem Punkt er sich befand, und schaltete ein. Eine Stunde später versuchte er immer noch, eine Reaktion zu erzeugen, als er an seinem rechten Arm, in der Nähe des Apparats, ein Kitzeln verspürte. Im gleichen Augenblick, ehe er sich die ungewöhnliche Empfindung auch nur halbwegs bewußt machen konnte, gab Lisa ein Stöhnen von sich und schleuderte die Decke weg, schrie auf und sprang aus dem Bett. Sie kauerte sich in eine Ecke des Zimmers und starrte die Matratze und die zerwühlten Laken an. Dann fanden ihre Augen Majeski. Sie waren voller Angst.

»Was ist los?« fragte er und schaute nervös zum Fenster hinter ihm. »Was ist passiert?« Und in diesem Moment bemerkte er, daß seine Haare an seinem rechten Arm aufrecht standen.

Es dauerte einige Sekunden, ehe sie ihre Stimme in der Gewalt hatte. »Ich weiß nicht«, sagte sie schließlich. »Irgend etwas Kaltes hat mich berührt.«

In einer anderen Zeit hätte Corwin Stiles sich wahrscheinlich als Posten vor Restaurants entlang der Route 40 aufgestellt, oder er hätte Steine gegen Einberufungsbüros geschleudert. Er betrachtete sich selbst als Idealisten, aber Wheeler hatte den Verdacht, daß er ganz einfach seinen Spaß daran hatte, die Fehler anderer Leute ans Licht zu zerren. Während der zweiten Amtsperiode Reagans hatte er am MIT einen Master-Grad in Kommunikationstechnik erworben und war nach fünf ereignislosen Jahren im kommerziellen Fernsehen auf einen Posten bei Sentry Electronics gelangt, die technisches Personal für NASA-Operationen bereitstellten. Als Pete Wheeler damit begonnen hatte, die Möglichkeit zur Nutzung planetarer Magnetfelder zu untersuchen, hatte Stiles bei ihm gearbeitet. Und wenn der Priester von der Tatsache erschüttert war, daß seine Entdeckung ausschließlich militärischer Nutzung zugeführt werden sollte, so raste Stiles vor Wut.

Den ganzen späten Winter hindurch und bis hinein in den Frühling drängte er Wheeler und jeden anderen, der ihm zuhörte, einen formellen Protest vorzubringen. »Wir alle sollten draußen vor dem Haupttor erscheinen«, sagte er eines Morgens zu Gambini, »und mit den Fäusten in Richtung Oval Office drohen. Außerdem müßten wir natürlich die Presse über die Aktion unterrichten.«

Gambini nahm den jungen Techniker eigentlich nie richtig ernst, er war daran gewöhnt, aus den Reihen des Herkules-Personals seltsame Vorschläge zu hören. Aber Stiles begann auch, die gedankenlose Gleichgültigkeit seiner Kollegen zu verabscheuen. Selbst Wheeler, der eine Vorstellung von der enormen Bedeutung dessen hatte, was geschah, weigerte sich zu handeln.

Stiles erkannte nach und nach, daß, wenn die Wahrheit überhaupt bekannt werden sollte, dies in seine Verantwortung fiel. Aber er sah sich gebremst durch die Gewohnheiten eines Lebens, in dem es einige Gelegenheiten gegeben hatte, für einen guten Zweck bestimmte Regeln zu brechen. Und nun würde er wohl eine Gefängnisstrafe riskieren.

Der entscheidende Augenblick kam in der ersten Märzwoche. Ein Mann und seine Frau wurden erfroren in ihrem Farmhaus in der Nähe von Altoona, Pennsylvanien, gefunden, nachdem die Stadtwerke ihnen, weil sie ihre Rechnungen nicht bezahlt hatten, den Strom abgestellt hatten. Die Stadtwerke erklärten, daß man fälschlicherweise angenommen hatte, das Haus sei verlassen, da seine Bewohner nicht auf briefliche Mitteilungen reagierten und auch per Telefon nicht erreicht werden konnten. Eine Untersuchung wurde zugesagt. Aber Stiles fragte sich, wie viele alte Ehepaare während eines strengen Winters frierend in ihren kalten Wohnungen hockten.

Und wo, wollte er von Wheeler wissen, gab es irgendein Anzeichen dafür, daß die Regierung daran interessiert war, die kolossalen Energiereserven anzuzapfen, die ihr nun zugänglich waren?

Am folgenden Sonntag lernte Corwin Stiles in einem kleinen Restaurant in einer abgelegenen Ortschaft am Rand der Blue Ridge einen von Cass Woodburys Kollegen kennen.

Ein Mann hat in seinem Leben nur auf eine einzige Leidenschaft ein Anrecht. Ob es Musik ist oder sein Beruf oder eine Frau, alles andere verblaßt daneben. Die versengende Hitze dieser Leidenschaft verändert die Chemie des Betreffenden derart, daß, wenn das Objekt verloren geht, diese Erfahrung niemals wiederholt werden kann. Es bleibt am Ende nur der Anticlimax.

Cyrus Hakluyt, Molekularchirurg, sprachmächtiger Betrachter der natürlichen Ordnung und früherer dritter Baseman beim Baseball, hatte in seiner Jugend für eine siebzehnjährige Cheerleaderin namens Pat Whitney geschwärmt. Daß sie nicht mehr da war, war viele Jahre lang die wesentliche Realität in Haykluyts Existenz gewesen. Nun, anderthalb Jahrzehnte später, dachte er voller Zufriedenheit daran, daß auch sie älter wurde, daß ihre DNS ihren Wiederherstellungsmechanismus ausgeschaltet hatte und daß niemand ewig lebte.

Das war immerhin ein Trost.

Hakluyt war in Westminster, Maryland, aufgewachsen. Obgleich er nicht allzuweit entfernt gelebt hatte, war er seit dem Tod seines Vaters vor fünfzehn Jahren während seines ersten Semesters an der Johns Hopkins nicht mehr dorthin zurückgekehrt. Das Mädchen, so wußte er, hatte geheiratet und war umgezogen. Auch seine alten Freunde waren nicht mehr da, und die Stadt erschien ihm trostlos leer.

Am gleichen Sonntag, als Corwin Stiles im Schatten der Blue Ridge seinen Lunch einnahm, schob Hakluyt seine Arbeit beiseite und fuhr ins westliche Maryland. Er hätte nicht genau sagen können, warum, außer daß seine Erforschung der altheanischen Genetik ihm das Verstreichen der Zeit überdeutlich bewußt gemacht hatte.

Hakluyt hatte das Dahineilen der Jahre eigentlich immer

recht bewußt wahrgenommen. Sein dreißigster Geburtstag war ein traumatisches Erlebnis gewesen, und er hatte den allmählichen Verlust seines Haares mt einer bohrenden Furcht beobachtet. Nun jedoch, da seine Hoffnung angesichts der Möglichkeiten, die der Herkules-Text versprach, ständig stiegen, erschienen ihm die grünen Hügel rund um Westminster nicht mehr so bedrohlich, und die vergangenen Tage seiner Jugend waren nicht mehr so unerreichbar fern.

Westminster war größer, als er es in Erinnerung hatte: Zwei Bürobauten waren in den Außenbezirken errichtet worden, und ein Einkaufszentrum war entstanden. Auch das Western Maryland College hatte sich vergrößert, und als er von Süden her in die Stadt hineinfuhr, kam er an mehreren neuen Wohngebieten vorbei.

Das Haus, in dem er aufgewachsen war, hatte für einen Parkplatz weichen müssen. Der größte Teil der Nachbarschaft war ebenfalls verschwunden. Gunderson's Apotheke war stehengeblieben, desgleichen das Sägewerk. Aber sonst nichts.

Sie hatten seiner Highschool einen neuen Flügel hinzugefügt, eine Monstrosität aus Glas und Plastik, die das alte Klinkergebäude zu verschlingen drohte. Eine Klingel ertönte im Innern, als er daran vorbeifuhr: Wie in den alten Zeiten meldete die Klingel sich sieben Tage in der Woche und wurde nur während des Sommers abgeschaltet. Es war gut, zu wissen, daß es in dieser Welt irgendwo noch einen Rest von Stabilität gab.

Die Imbißbude, wohin er immer mit Pat Whitney gegangen war, stand noch an ihrem alten Platz. Er lächelte, als er daran vorbeifuhr, und war überrascht, daß er nach all den Jahren immer noch das vertraute Gefühl des Herzschlags in seinem Hals verspürte, das nur sie bei ihm auslösen konnte. Wo war sie jetzt? Und zum erstenmal seit jenem furchtbaren Abend, als sie ihn hinausgeschickt hatte in die Finsternis, konnte er ohne eine Empfindung des Zorns an sie denken.

Ruley Milo betrat sein Chefbüro verwirrt und so unausgeschlafen, wie er gewöhnlich den Montagmorgen begann. Er hatte aber auch ein ungewöhnliches Wochenende hinter sich. Er hatte es geschafft, am Samstag mit dem Chef des Stadtrates zu Abend zu essen und erste Vorverhandlungen zur Lösung gewisser Genehmigungsprobleme bezüglich wirtschaftlich nutzbarer Grundstücke zu führen, die einem der Kunden von Burns & Hoffman gehörten. Und am Sonntag hatte er es endlich geschafft, das farbige Luder ins Bett zu locken, das ihm überall in Kansas City über den Weg zu laufen schien.

Zwei seiner Angestellten aus der Buchhaltung, Abel Walker und Carolyn Donatelli, versuchten erfolglos, ihn bei seinem Erscheinen aufzuhalten. Beide machten besorgte Gesichter, aber Walker regte sich über alles auf, und die Donatelli war, natürlich, eine Frau. Eine attraktive, aber dennoch nur eine Frau. Er hatte sie mit seinen Blicken schon mehr als einmal liebkost, aber er blieb anständig und behielt seine Hände bei sich. Laß dich niemals mit dem Bürovolk ein, war eines von Milos grundlegenden moralischen Prinzipien.

Sein Kopf brummte. Er holte sich Orangensaft aus dem Bürokühlschrank, entschied sich dagegen, ihn mit einem Schuß Wodka zu verfeinern, und ließ sich auf sein Ledersofa fallen.

Die Sprechanlage summte. Als er nicht antwortete, stieß seine Sekretärin die Tür auf. »Mr. Milo«, sagte sie. »Al und Carol würden Sie gerne sprechen.« Während er sich eine Antwort überlegte, fügte sie hinzu: »Der Markt hat heute mit zwanzig minus aufgemacht.«

Milo knurrte etwas, plagte sich auf die Füße und wandte sich zum Computer um. »Jetzt sind es schon mehr als dreißig«, meinte Walker und drängte sich an der Sekretärin vorbei.

Donatelli folgte ihm auf den Fersen. »Pennsylvania Gas und Electric sind sechs runter«, sagte sie.

»Was, zum Teufel, ist passiert?« fragte Milo. PG&E standen immer noch auf der Kaufliste der Firma für konservative Anleger, die eine gute Dividende plus Sicherheit wünschten.

»Haben Sie heute morgen Ihren Fernseher eingeschaltet?« fragte Donatelli. Milo schüttelte den Kopf. »Es gibt Gerüchte, daß die Leute in Greenbelt, die auch die Botschaft aus dem All empfangen haben, einen Weg gefunden haben sollen, billig Energie in beliebiger Menge zu produzieren.«

»Verdammt noch mal, Al, das glaubt doch niemand!«

»Schon möglich«, sagte Donatelli, »aber einige Manager auf dem Geldmarkt haben wohl erwartet, daß diese Nachricht den Markt absacken läßt. Und sie wollen ganz bestimmt nicht untätig zusehen und am Ende Prügel beziehen. Sie haben alles verkauft und werden wahrscheinlich morgen nachmittag oder sogar heute noch alles wieder zurückkaufen, und zwar zu einem bedeutend niedrigeren Preis.«

»Vermont Gas ist fünfeinviertel Punkte runter«, sagte Walker. Seine Stimme war aufgeregtes Quäken. »Die Versorgungsfirmen wurden am schwersten getroffen, aber wir bekommen auch eine Menge ab.«

Milo rief einige Werte ab. Die größeren Ölfirmen waren bereits um mehr als zehn Prozent gesackt. Auch die Maschinenbaufirmen, die für die Energieerzeuger produzierten, gerieten ins Wanken. Ebenso waren Banken in den Keller gerauscht; desgleichen eine Reihe von Dienstleistungsunternehmen. Sogar die Hightech-Konzerne verloren trotz der Nachrichten der Vorwoche an Boden.

Nur die Automobilhersteller entgingen dem Trend. GM, Ford und Chrysler hatten angezogen. Natürlich, falls die Gerüchte sich bestätigten, dann würden die Ölpreise zusammenbrechen, das Benzin würde noch billiger, und die Leute würden sich wieder größere Wagen kaufen.

»Haben wir schon angefangen, unsere Kunden zu informieren?« fragte Milo.

»Sie haben uns angerufen«, sagte Walker. »Und sie sind in heller Aufregung. Vor allem die kleineren Konten. Ruley, zwei Leute haben heute sogar von Selbstmord gesprochen. Sie werden ruiniert. Ihre Ersparnisse lösen sich in Luft auf. Klar? Das sind keine Leute, die versuchen, an der Börse den großen Coup zu landen: Das sind unsere Konten mit den Elektrizitätsaktien.«

»Bleib ganz ruhig«, sagte Milo. »Solche Dinge passieren nun mal. Was erzählen wir jedem, der bei uns ein Konto eröffnet? Investieren Sie auf dem Aktienmarkt keinen Betrag, den zu verlieren Sie sich nicht leisten können. So steht es in unserer Kundenbroschüre. Aber Sie haben natürlich recht. Wir wollen nicht, daß es nach unseren Vorhersagen geschieht. Achten Sie darauf, wenn Sie mit den Leuten reden, daß Sie klarstellen, wessen Schuld das ist. Aber sagen Sie ihnen auch, daß wir jederzeit einen Anstieg erwarten. Leider erholen sich Versorgungswerke von solchen Einbrüchen nur langsam. Was ist denn mit unseren größten Kunden?«

»Die rufen uns auch schon an«, sagte Walker.

»Natürlich tun sie das. Was erzählen wir ihnen?«

»Wir wissen nicht, was wir ihnen sagen sollen«, meinte Donatelli. »Ich habe Adam an der Börse angerufen, und er meldet, daß die Verkaufsorder mittlerweile genauso schnell eingehen, daß sie aber immer noch einen großen Überhang haben.«

»Was wohl bedeutet, daß wir bis Mittag um die dreißig weitere Punkte verlieren werden. Gut, vorher könnten wir sowieso keine Verkäufe unterbringen. Reiten wir also den Sturm ab. Wahrscheinlich wird es heute nachmittag wieder aufwärts gehen, und wir machen dreißig Prozent der ersten Verluste wieder gut. Was danach geschieht, hängt davon ab, was die Regierung zu melden hat.« Er schloß die Augen. »Herrgott, manchmal hasse ich dieses Geschäft.

Na schön, rufen wir unsere Liste durch. Beruhigen wir sie. Sagen wir ihnen, daß wir die Entwicklung im Auge haben. Wer verkaufen will, der soll es tun. Ich für meinen Teil glaube, daß jetzt ein geeigneter Zeitpunkt zum Kaufen ist. Und das können Sie ihnen auch klarmachen.«

Als er alleine war, griff Milo nach dem Telefon und rief in Washington an.

Rudy McCollumb war ein Eisenbahnmann. Er war mittlerweile pensioniert, aber das hatte seine Grundeinstellung nicht verändert. Er war mit den alten dampfgetriebenen Neunachsern über die Prärien gedonnert, hatte Holz nach Grand Forks und Pottasche nach Kansas geschafft. Er hatte während des Zweiten Weltkriegs im Frachtbüro in Noyes, Minnesota, angefangen. Aber er hatte für Dinge, die sich nicht bewegten, wenig übrig, daher hatte er sich um jeden Bremserjob beworben, der sich bot, bis sie ihm endlich einen Güterzug gaben, der zu den Twin Cities hinunterfuhr.

Danach war er vierzig Jahre lang Schaffner bei der Great Central und hätte sogar einmal Stationsvorsteher in Boulder werden können, aber das gefiel ihm nicht, und so blieb Rudy weiter auf Achse, bis seine Haare weiß wurden und der Wind sein Gesicht gerbte.

Am Ende gaben sie ihm tausend Dollar und eine goldene Uhr.

Er ließ sich in Boulder in einem kleinen Apartment an der Hauptstrecke nieder. Er legte die tausend Dollar zu seinen Ersparnissen, die recht beträchtlich waren, und steckte alles in die Great Central. Vier Jahre lang erhielt er großzügige Dividenden, und der Wert seiner Aktien stieg sogar um einige Punkte.

Aber die Haupteinnahmequelle der Eisenbahn war die Kohle. Die endlosen Ketten von Fallbodenwagen transportierten sie von den Gruben im Westen zu den Elektrizitätswerken im Osten: und als der Aktienmarkt am Montag, dem 11. März, zusammenbrach, gingen die Great Central und Rudys Geld mit unter.

Am Dienstagabend, nach einem den ganzen Tag währenden Besäufnis gegenüber dem Güterbahnhof in Boulder schleuderte er einen Ziegelstein in die Glasfront von Harmon & McKissick, Inc., Brokers.

Es war das erste Mal in seinem Leben, daß er mit vollem Bewußtsein etwas Ungesetzliches getan hatte.

Marian Courtney wußte sofort, daß etwas nicht stimmte: Der blaue Plymouth fuhr in Schlängellinien über die zwei Fahrspuren, als er sich von Westen auf der Greenbelt Road näherte. In der Nähe des Haupttores verlangsamte er seine Fahrt und bog dann abrupt scharf nach links in den entgegenkommenden Verkehr ab. Hupen dröhnten; er drängte einen Citation ab, der längsseits gegen den Mittelstreifen prallte. Aber der Plymouth fuhr weiter.

Sie trat aus der Aufsichtskabine auf den schmalen Pflasterstreifen, der die Fahrspuren voneinander trennte. Reflexartig glitt ihre Hand zu der 38er an ihrer Hüfte, aber sie löste nicht den Sicherheitsgurt, der die Waffe im Halfter fixierte.

Der Wagen bremste; Marian gewann einen kurzen Eindruck von dem Fahrer, während der Wagen seine Fahrt fortsetzte. Er sah aus, so erkannte sie mit einem Frösteln, wie Lee Oswald, ein Wesen voll düsterer Stimmungen und unverschämter Drohungen. Er lächelte sie an, als sie den 45er sah.

Das Fenster hinter ihr explodierte.

Ein gewaltiger Schrei fuhr in ihren Bauch, sie kippte nach hinten in die Kabine und landete auf dem Fußboden, während er methodisch das restliche Glas zerschoß. Dann fuhr er weiter auf die Road 1 und schoß mit der Automatik auf eine Gruppe Fußgänger. Sie rannten schreiend auseinander: einige stürzten, und zwei oder drei blieben still liegen, nachdem er vorbeigefahren war.

Die Sicherheitskräfte reagierten verspätet. Der Plymouth befand sich bereits auf Road 2 und war schon fast außer Sicht, ehe ein Verfolgerfahrzeug aus dem Haupttor herausfuhr. Marians Sprechfunkgerät begann zu plärren. Sie strich sich zitternd die Glasscherben aus den Haaren. Ihr Chef spurtete aus dem Torhaus zu ihr herüber, die Augen weit aufgerissen, die Hände nach ihr ausgestreckt.

Es war das letzte, was sie sah.

Der Fahrer des Plymouth tötete noch drei weitere Menschen während einer wilden Jagd über Wiesen und Parkplätze, ehe sie ihn hinter dem Haus stellten, das Baines

Rimford bewohnt hatte, und ihn erschossen. Insgesamt hatte es sieben Tote gegeben. Von den Schwerverletzten starben drei Menschen noch am Abend.

Es stellte sich heraus, daß es sich bei dem Amokfahrer um einen von der Wohlfahrt lebenden Vater aus Baltimore handelte, der sich unter polizeilicher Aufsicht befand, weil er Angestellte der Eastern Maryland Power & Gas bedroht hatte.

Senator Parkman Randall, Republikaner aus Nebraska, hatte keine Ahnung, worum es bei der Konferenz im Oval Office gehen sollte, aber er hoffte, daß der Präsident etwas zu bieten hatte, was er seinen Wählern mitbringen konnte. Die Landwirtschaftspolitik während Hurleys Regierungszeit war eine einzige Katastrophe. Randall hatte den loyalen Kämpfer gemimt, hatte unterstützt, was er unterstützen konnte, und abgelehnt, was er ablehnen mußte, wobei er immer gewußt hatte, daß der Präsident ihn verstand. Der Zusammenbruch des Aktienmarktes war dabei gewiß keine Hilfe. Und er hatte noch andere Probleme: die Abtreibung, das Waffengesetz, das Schulgebet. Jeder Bereich war der Alptraum eines Politikers, und bei keinem der Themen fiel eine Entscheidung leicht. Und bei jedem war er gezwungen gewesen, eine Position zu beziehen und entsprechend abzustimmen. Randall wußte, daß man sich mit Abstimmungen über heikle Themen keine Freunde schuf, sondern daß man allenfalls Wähler verlor.

Und im November wollte er sich zur Wiederwahl stellen.

Die Angehörigen des Verteidigungskomitees des Senats kamen in ihrem Versammlungsraum zusammen und fuhren mit den Untergrundbahnen zum Weißen Haus. Chilton wartete schon auf sie, als sie ausstiegen, und er geleitete sie ins Oval Office.

Der Präsident erhob sich, als sie hereinkamen, und trat vor, um ihnen die Hand zu schütteln. Er lächelte, und Randall kannte den Mann gut genug, um sofort zu erkennen, daß die Neuigkeiten, was immer sie behandelten, gut wären. Wenigstens dafür war er innerlich dankbar.

»Meine Damen und Herren«, sagte Hurley, nachdem jeder sich gesetzt hatte, »ich habe eine Mitteilung von einiger Wichtigkeit zu machen.« Er hielt inne und genoß den Augenblick. »Wir leben nun schon seit fast einem halben Jahrhundert unter dem drohenden nuklearen Schwert. In unserem Leben hat es keinen einzigen Tag gegeben, an dem wir uns nicht der Möglichkeit bewußt gewesen waren, daß in praktisch jedem Augenblick ein bewaffneter Angriff die Vereinigten Staaten und wahrscheinlich auch die Zukunft der Menschheit für immer vernichten würde. Es hat keine Stunde gegeben, in der wir nicht einzig und allein von den Eigeninteressen der Russen abgehangen haben. Und wir haben auf die Fehleinschätzung, auf den Unfall, auf den Wahnsinnigen gewartet. Oder auf den technologischen Durchbruch, der uns von allen diesen Gefahren befreien würde.

Ich kann Ihnen heute mitteilen, daß dieses Warten bald ein Ende haben wird.«

Die Männer und Frauen, die im Büro zusammensaßen, hatten, wenn man es zusammenzählte, fast zwei Jahrhunderte lang Politik betrieben; sie waren von Worten nicht leicht zu beeindrucken. Aber sie spürten an diesem Abend, daß etwas anders war. Anstelle des genau einstudierten Tonfalls und der treffenden Formulierungen hörten sie nur die Freude des Präsidenten. »Die Vereinigten Staaten werden in Kürze ORION aktivieren.«

Durch das Fenster beobachtete Randall die unvermeidlichen Demonstranten, die heute gegen die Südafrikapolitik protestieren und morgen gegen umweltpolitische Entscheidungen. Sie wanderten draußen vor dem Tor in endlosem, nimmermüdem Kreis umher. Sie gingen niemals weg, sie kritisierten alles, und sie hatten keine Lösungsvorschläge. Die Anwesenden im Oval Office begannen zu applaudieren, und Randall schloß sich ihnen an.

»ORION ist eine Teilchenstrahlwaffe«, fuhr der Präsident fort. »Sie greift Leit- und andere elektronische Systeme an Bord feindlicher Raketen an und macht sie nutzlos. Das heißt, die Raketen werden nicht dorthin fliegen, wohin sie fliegen sollen. Und selbst wenn sie an ihrem vorprogrammierten Ziel ankämen, würden sie bei ihrem Aufprall nicht explodieren.«

»Mr. President«, fragte Randall, »wie lange wird es dauern?«

»Unsere günstigste Schätzung liegt bei dreißig Tagen«, antwortete der Präsident. »Die Fähren haben bereits begonnen, die Geräte in den Weltraum zu transportieren.«

Chilton ging mit einem Tablett umher, auf dem dreizehn Gläser standen. Jeder der sieben Männer und der fünf Frauen nahm eins. Der Präsident griff nach dem letzten. John Hurley holte einen Sektkühler hinter seinem Schreibtisch hervor, nahm eine Flasche Champagner heraus und zog den Korken heraus. Als Ed Wrenside aus New Hampshire ihm behilflich sein wollte, winkte der Präsident lächelnd ab und füllte nacheinander ihre Gläser.

»Meine Damen und Herren«, sagte er, »ich schenke Ihnen die Vereinigten Staaten.«

MONITOR

VORHANDENSEIN NEUER ENERGIEQUELLE VON WEISSEM HAUS GELEUGNET
»Ich wünschte, es wäre wahr«, sagt der Präsident
DJIA in einer Woche um 740 Punkte gefallen

ALTHEIS-BUCH ABSOLUTER BESTSELLER
Während der ersten Woche ihres Erscheinens sprangen die *Übersetzungen aus dem Altheanischen* von Michael Pappadopoulis an die Spitze der Bestsellerliste der *New York Times*. Trotz massiver Einwände von Seiten der Kritiker, daß das Buch mehr Pappadopoulis als Atheanisches enthält, meldeten die Buchläden eine ständig zunehmende Nachfrage.

AYADI DEMENTIERT BESITZ DER ATOMBOMBE
»Ich hätte keine Verwendung dafür«, erklärte der Ayadi Ztana Mendolian gestern vor einer Versammlung von Irakern und Jordaniern. »Der Allmächtige braucht meine Hilfe nicht, um Israel zu vernichten.«

MARKT-ZUSAMMENBRUCH SOLL SCHULD DER INVESTOREN SEIN
Schnellverkäufe von Kennern der Szene lösten diese Woche vermutlich den Zusammenbruch des Aktienmarktes aus. »Die Mittelwerte lagen zu hoch, und irgendwie mußten wir mit so etwas rechnen«, sagte Val Koestler, Elektronikspezialist bei Killebrew & Denkle. »Andere Faktoren spielten natürlich gleichfalls eine Rolle: der ständige Anstieg der Nachfrage in den letzten Wochen, die zunehmenden Spannungen im Mittleren Osten, die letzten Arbeitslosenzahlen. Die Leute wurden unruhig ...«

SOWJETS VERLASSEN GENFER VERHANDLUNGEN
Werfen USA Leichtfertigkeit vor
Hurley sucht eindeutig militärische Überlegenheit, meint TASS
Taimanow kehrt nach Moskau zurück

MANN TÖTET MIT AXT SECHS MENSCHEN IN BAR IN PEORIA
Behauptet, Außerirdische hätten ihm auf Kanal 9 den Befehl gegeben

CHINA VERFÜGT WIEDER GEBURTSVERBOTE
Menschenrechtsgruppen verurteilen diesen Schritt

TALIOWSKI GEWINNT SCHACHTITEL UND FLÜCHTET
Moskau behauptet, er sei mit Sex und Drogen geködert worden.

15 Harry machte in seinem Büro noch Überstunden, als die Feuerwehren in Richtung Norden zum Venture Park, dem VIP-Wohnbezirk, vorbeifuhren. Sein Blickwinkel war ungünstig, aber er konnte einen feurigen Lichtschein am Himmel ausmachen.

Es war Viertel vor elf.

Er zog seinen Mantel über, eilte zum Nordende des Gebäudes und lief hinaus auf den Rasen. Flammen und umhereilende Lichter waren durch die Bäume zu erkennen. Sie schienen sich auf Cord Majeskis Haus zu konzentrieren.

Vom Haupttor her hörte er weitere Sirenen.

Harry verfiel in einen Trab und wußte plötzlich, daß das Feuer irgendwie mit dem Herkules-Projekt in Verbindung stand. Ständig wurden irgendwelche Dinge damit in Verbindung gebracht. Es gab keine Ruhe.

Majeskis Haus war ein zweistöckiges Gebäude gewesen, hell- und dunkelbraun gestrichen, und mit einer kleinen Veranda an der Westseite und einer einzigen Eingangstreppe vorne. Rettungsfahrzeuge verstopften die Straße. Lichter blinkten, und Leute standen in kleinen verwirrten Gruppen herum und starrten auf die Ruine. Es war mit das Schlimmste, was Harry je gesehen hatte.

Die Küche und die hinteren Zimmer lagen in Trümmern. Ein paar rußgeschwärzte Balken hingen noch trügerisch fest zusammen und zischten unter weiß gischtenden Wasserströmen. In der Luft lag der Geruch von verbranntem Holz.

Die Vorderfront des Hauses war unberührt, schimmerte kalt in der hellen Nacht und bot einen schönen Anblick aus blauem Kristall und kaltem Feuer. Es reflektierte den Schein der rotierenden Lichter der Rettungsfahrzeuge und das stetige Leuchten der Straßenlaternen. Ein silberner Lichtstrahl, der auf das Haus gerichtet war, breitete sich auf dem Rasen fast bis zum Bürgersteig aus. Zwei Ulmen und einige Azaleen standen ebenfalls in dem Kreis und warem mit Rauhreif bedeckt.

»Was ist los?« fragte jemand, während Harry herankam.

Leslie stand an einer Seite. Sie hatte sich einen Mantel über ihr Nachthemd geworfen und starrte verständnislos in die Trümmer. Sie sah ihn nicht, als er sich näherte. »Wo ist Cord?« fragte er leise und legte ihr eine Hand auf die Schulter.

Sie überwand den Abstand zwischen ihnen und preßte sich an ihn. Es war ihre einzige Antwort.

Harry hörte einen Befehl, das Wasser abzustellen, und die Schläuche wurden schlaff. Einige der Feuerwehrleute fingen an, in den Trümmern herumzustochern. Neue Funken flogen hoch.

»Warum ist es so kalt?« fragte sie.

Harrys Gesicht war bereits völlig taub. »Irgendwoher kommt ein Wind«, sagte er und schaute sich suchend um. »Ich glaube, es ist die Hausfront!« Er streckte eine Hand in die Richtung aus. »Mein Gott!« stieß er hervor. »Tatsächlich! Was, zum Teufel, ist da los?«

Ständig trafen weitere Sanitäter und Sicherheitsleute ein. Pete Wheelers Wagen kam rumpelnd über eine Wiese heran, gelangte wieder auf die Straße und blieb einen halben Block entfernt stehen. Er stieg aus und starrte auf den Ort des Geschehens.

Die Sicherheitsleute sperrten das Gebiet ab. Andere näherten sich dem Haus. »Der vordere Teil sieht aus, als wäre er mit einer dicken Eisschicht bedeckt«, sagte Harry.

Unter den Feuerwehrleuten entstand Unruhe. Sie kamen an der Stelle zusammen, wo sich die Küche befunden hatte. Dann gaben sie ein Zeichen, und jemand näherte sich mit einer Tragbahre. Sie hoben eine rußgeschwärzte menschliche Gestalt hoch, legten sie auf die Bahre und deckten ein Laken darüber.

Leslie zitterte in seinem Arm.

Wheeler eilte herbei; seine Augen hatten sich beim Anblick des Hauses geweitet. Es war das erste Mal, daß Harry erlebte, wie Pete Wheeler die Fassung verlor. Harry murmelte eine Begrüßung, aber der Geistliche beachtete ihn nicht.

Sie trugen die Bahre zu einem der Rettungsfahrzeuge. »Er ist Katholik«, sagte Harry.

Wheeler schüttelte ungeduldig den Kopf. »Später. Warum ist hier in der Umgebung alles so vereist?«

»Das wüßte ich auch gerne«, sagte Harry. Die Sicherheitsleute hatten einige Gaffer abgedrängt, die aufgetaucht waren, doch nun betrachteten auch sie neugierig die eisbedeckten Wände, Schindeln und Betonteile.

»Sogar auf dem Erdboden«, bemerkte Wheeler, »hat sich eine Eisschicht gebildet.« Er kniete außerhalb des weißen Lichtkreises und behielt dabei die Hände in den Taschen. Sein Atem hing als weiße Wolke vor seinem Gesicht. Harry hatte in seiner Nase und seinen Ohren kein Gefühl mehr. Die Steine und Kiesel und die Betontrümmer innerhalb des Lichtkreises funkelten vom Rauhreif. Harry streckte nach einem der Stücke die Hand aus, aber Wheeler schlug sie mit einem Warnruf zur Seite. »Suprakalt«, erklärte er. »Ich glaube, Ihre Hand würde dran glauben, die wäre nicht mehr zu retten. Halten Sie alle von hier fern, Harry. Ich glaube nicht, daß Schuhe einen ausreichenden Schutz darstellen.«

Harry gab die Warnung weiter. »Was ist das?« fragte er dann.

»In ein paar Tagen wird es wahrscheinlich aufgetaut sein, denke ich«, sagte Wheeler. Er ging zum hinteren Teil des Hauses. Hal Addison, der bei Goddard für Notfälle zuständig war, und zwei seiner Assistenten stocherten in den Überresten des Hauses herum.

Wheeler fragte, ob er sich ein wenig umsehen dürfe, und Addison, der ratlos die Stirn runzelte, gestattete es ihm bereitwillig. Er untersuchte den schmalen Streifen zwischen dem Bereich, in dem es gebrannt hatte, und dem Gebäude, in dem offensichtlich alles gefroren war, ging auf und ab, trat gegen verkohlte Holzbalken und versank stellenweise knietief in Asche.

»Wonach suchen Sie, Pete?« fragte Leslie, die zu ihnen herüberkam.

»Ich weiß es nicht«, erwiderte er. »Aber irgendwo muß es etwas geben. Genau in der Mitte dieses Durcheinanders.« Und nach diesen Worten stieß er einen Ruf der

Befriedigung aus und zeigte auf eine Stelle unter einem verrußten Träger. Harry half Addisons Männern dabei, ihn zur Seite zu wuchten.

In dem Geröll war ein Klumpen geschmolzenen Metalls zu erkennen.

»Das ist die Stelle, wo wir die Leiche gefunden haben«, sagte Addison.

»Pete«, fragte Harry, »wissen Sie etwa, was hier geschehen ist?«

»An einem Ende das flammende Inferno«, sagte Wheeler. »Und am anderen herrscht Suprakälte. Ich kann Ihnen sagen, woran mich das erinnert: an Maxwells Dämon.«

Leslie Davis war wütend. Harry konnte es in ihren Augen erkennen, und fragte sich, wie sie es schaffte, ihre Gefühle vor ihren Patienten zu verbergen. Sie stand an ihrer Haustür, eine Hand auf dem Türknauf, im Licht der bitterkalten Wintersterne, bekleidet mit einem Bademantel, einem Nachthemd und Pantoffeln. Und ihre Gedanken waren ganz woanders. »Wir brauchen mehr Kontrolle«, sagte sie schließlich, stieß die Tür auf, ohne aber Anstalten zu machen, die Treppenstufe zu verlassen. »Baines hat ebenfalls für sich alleine gearbeitet. Sie oder Gambini oder irgendein anderer sollten dafür sorgen, daß dieses freie und unkontrollierte Arbeiten aufhört. Haben Sie diesen Metallbrocken gesehen, den Pete aus den Trümmern gefischt hat? Wie soll jemand dafür eine Erklärung finden? Das bedeutet doch nur, daß in einiger Zeit der nächste bei seinen Untersuchungen in die Luft fliegen wird.« Ihre Augen waren auf ihn gerichtet. Sie waren groß und rund und traurig.

»Das mit Cord tut mir leid«, sagte er. Er hatte Majeski nie besonders gemocht, und er nahm an, daß es bei Leslie nicht anders gewesen war. Aber das schien nun keine Bedeutung mehr zu haben.

Sie gingen hinein. »Harry«, sagte sie, »Cord ist nicht das einzige Opfer. Jeder, der mit dem Herkules-Projekt befaßt ist – Ed, Pete Wheeler, Baines, Sie und vielleicht sogar ich sollte eigentlich auf dem Höhepunkt seiner beruflichen Karriere stehen, aber irgendwie gibt es bei diesem Unternehmen nur noch Katastrophen.«

Harry wußte nicht, was er darauf erwidern wollte; alles, was ihm dazu einfiel, hätte irgendwie frivol geklungen, daher betrachtete er sie nur schweigend. Ihre Stimme zitterte; ihre Nasenflügel hatten sich aufgebläht, und ihr Atem ging unregelmäßig. Ihr langer, schlanker Hals verschwand in den dicken Falten ihres Bademantels, ein schlichtes, formloses Kleidungsstück, das den Körper darunter vollkommen verhüllte. Sie machte Anstalten, den Raum zu verlassen.

»Vielleicht hat Pete tatsächlich recht«, sagte Harry. »Vielleicht sollten wir die Disketten tatsächlich vernichten.«

Das brachte sie dazu, stehenzubleiben. Sie drehte sich um und sah ihn an. »Nein«, sagte sie leise. »Das ist keine Lösung.«

»Baines hat es die Manhattan-Chance genannt. Sich davon befreien, solange noch Zeit dazu ist.«

»Ich mache uns Kaffee«, sagte sie. »Pete hat keinen offenen Geist.« Sie verschwand in der Küche. Die Kühlschranktür wurde geöffnet und zugeschlagen, Wasser lief in eine Kanne, und dann erschien sie wieder in der Türöffnung.

»Manchmal glaube ich«, sagte Harry, »daß er sich Sorgen macht, daß die Kirche in irgendeiner Form bedroht ist.«

»Nein. Es ist viel komplizierter. Wheeler ist ein seltsamer Mann; ich kann überhaupt nicht begreifen, wie er hatte Priester werden können. Oder es wäre wohl etwas treffender ausgedrückt, wenn ich sage, daß ich mich wundere, wie er Priester bleiben konnte. Er glaubt nicht, müssen Sie wissen. Nicht an die Kirche. Bestimmt nicht an Gott. Wenngleich ich den Verdacht habe, daß er es wohl gerne tun würde.«

»Das ist absurd. Ich kenne Wheeler seit fünfzehn Jahren. Er würde nicht beim Orden bleiben, wenn er nicht gläubig wäre.«

»Schon möglich«, sagte sie. »Aber es kann auch sein, daß er sich über seine wahren Empfindungen gar nicht im klaren ist. Wir alle halten gewisse Dinge vor uns selbst geheim. Ich kenne zum Beispiel Menschen, die nicht wissen, daß sie ihre Jobs im Grunde hassen. Oder ihre Ehepartner. Oder sogar ihre Kinder.«

»Und Sie?« fragte Harry impulsiv. »Ich würde wirklich gerne wissen, welche Geheimnisse Sie vor sich selbst haben.«

Sie nickte nachdenklich. »Der Kaffee ist fertig.«

»Pete ist jener Typ von Mann«, meinte sie später, »der nicht aufhört, sich zu verändern. Er könnte nicht ein Leben lang an einer Auffassung festhalten, nach einem Prinzip leben. Und seine Ausbildung führt auch genau in diese Richtung. Er ist sozusagen ein berufsmäßiger Skeptiker; er verdient sich seinen Lebensunterhalt damit, daß er die Theorien anderer Menschen zerpflückt.« Die Feuerwehrfahrzeuge begannen abzurücken. »Ergibt das einen Sinn? Verglichen mit seinem Zustand heute war er ein Kind, als er seine Befehle erhielt und befolgte. Die Norbertiner haben seine Ausbildung in die Hand genommen, und er bleibt aus einem gewissen Gefühl der Loyalität bei ihnen.«

»Das glaube ich nicht«, sagte Harry. »Ich kenne ihn einfach zu gut.« Sie hatte am Fenster gestanden. Nun ließ sie sich neben ihm auf dem Sofa nieder. Es war eines dieser genormten Hotelmöbelstücke mit quadratischen Kunstlederpolstern. Sie hatte eine Decke darüber gebreitet, aber das bewirkte nicht viel; es war immer noch durchgesessen und schäbig. »Warum«, fragte er, »warum fühlt er sich denn bedroht, wenn er keinen Glauben hat, den er verlieren könnte?«

»Oh, er hat einen Glauben zu verlieren. Harry, er hat wahrscheinlich, ja fast sicher, sich selbst gegenüber nicht zugegeben, daß er schon lange nicht mehr an den christlichen Gott glaubt. Aber er ist auch genauso davon überzeugt, daß die orthodoxe Position falsch ist: Pete Wheeler glaubte genausowenig, daß er eines Tages in den Kreis der Heiligen aufgenommen wird, wie Sie und ich an Gespenster glauben.« Sie schleuderte ihre Pantoffeln von den Füßen, verschränkte die Beine auf der Couch und trank ihren Kaffee. »Im Grunde seines Herzens leugnet er die Existenz Gottes, Harry. Für ihn ist das die letzte große Sünde. Aber wo es keinen Gott gibt, kann es auch keine Sünde geben. Und das ist sein Glaube, den die Altheaner mit ihrer Erwähnung von einem Entwerfer oder Schöpfer ins Wanken bringen.«

Sie schwieg einige Zeit. »Und Sie?« fragte Harry. »Was bedroht Sie?«

Ihre Augen verdüsterten sich. Schatten wanderten über ihre Wangen und ihren Hals. »Ich bin mir nicht ganz sicher. Ich fange an zu glauben, daß ich die Altheaner mittlerweile ganz gut kenne. Zumindest denjenigen, der die Funksignale ausgesendet hat. Und was ich dabei spüre, ist ein Gefühl unendlicher Einsamkeit. Wir haben angenommen, daß es sich hier um die Kommunikation einer Rasse mit einer anderen handelt. Aber ich komme nach und nach zu dem Schluß, daß nur einer von ihnen da ist, irgendwo in einem Turm sitzt und völlig alleine ist.« Etwas lag in ihren Augen, das Harry noch nie zuvor dort gesehen hatte. »Wissen Sie, was ich mir nach all diesem Gerede über Wheeler vorstelle? Einen einsamen, völlig isolierten Gott, der im Nichts verschollen ist und dort ziellos dahinwandert.«

Harry ergriff ihre beiden Hände. Im Halbdämmer des Zimmers sah sie einfach bezaubernd aus.

»Die Datensätze«, fuhr sie fort, »sind voller Leben, voller Gefühl und voll von einem Eindruck unendlichen Staunens. An ihnen ist etwas ausgesprochen Kindliches. Und es ist schwer, zu glauben, daß die Absender dieser Botschaft tatsächlich schon eine Million Jahre tot sind.« Sie tupfte sich die Augen ab. »Und ich weiß jetzt nicht mehr, was ich noch sagen soll.«

Er beobachtete, wie ihre Brust sich hob und senkte. Sie wandte ihm ihr Gesicht zu. Harry betrachtete ihre sanft geschwungenen Lippen und die hohen Wangenknochen.

»Ich werde nie mehr so sein wie früher, Harry. Wissen Sie das? Ich denke, es war ein Fehler, die Übersetzungen hierher mitzunehmen und sie abends allein zu lesen.«

»Das dürfen Sie eigentlich auch gar nicht tun.« Harry lächelte. »Gibt es denn hier überhaupt jemanden, der die Vorschriften beachtet?«

»Zumindest in diesem Fall hätte ich es tun sollen. Ich fange schon an, nachts irgendwelche Erscheinungen zu haben, und ich höre Stimmen in der Dunkelheit.« Ihr Kopf sank nach hinten, und ein sonderbares Lachen stieg in ihrer Kehle auf. Er spürte den Blick aus ihren Augen und wurde sich plötzlich seines heftigen Herzschlags bewußt.

Sein Arm schob sich um ihre Schulter, und er zog sie nach vorne. Ihre Blicke versenkten sich ineinander, und sie ließ sich gegen ihn sinken. Harry spürte ihren Körper unter ihrem Mantel überdeutlich. Er genoß dieses Gefühl, hielt sie im Arm, verfolgte mit der Fingerspitze die Konturen ihres Kinns und den Schwung ihres Halses. Ihre Wange schmiegte sich warm an die seine. Nach einiger Zeit flüsterte sie seinen Namen und drehte sich, drehte auch ihn etwas herum, so daß sie zu seinem Mund gelangen konnte. Sie legte ihre Lippen sanft auf seine.

Sie waren warm und voller Leben, und ihr Atem war ein süßer Hauch. Langsam öffnete er ihren Mantel und streifte ihn ihr über die Schultern.

Senator Randall wußte, warum sie da waren, ehe einer von ihnen auch nur ein Wort gesagt hatte; er hatte es schon seit dem vorigen Tag gewußt, als sie angerufen und ihm Bescheid gesagt hatten, daß sie mit dem Flugzeug kämen. Teresa Burgess trug den gleichen schweren, schwarzen Koffer, den sie während eines halben Dutzends ähnlicher Unternehmungen in Nebraska getragen hatte. Wie seine Eigentümerin war er sachlich und unbeugsam, aus steifem Leder hergestellt und an den Ecken und Kanten verschlissen.

Bei ihr hatten Kompetenz und Rücksichtslosigkeit jeglichen Rest von Sanftheit aus ihren Zügen verdängt, wenn nicht gar aus ihrem ganzen Charakter. Sie vertrat die Bankinteressen von Kansas City und Wichita, wo sie Randall seit zwanzig Jahren genauso treu und zuverlässig unterstützte, wie ihr Vater den ersten Senator Randall unterstützt hatte.

Ihr Begleiter war Wendell Whitlock, der Parteichef des Staates. Whitlock war Autoverkäufer bei Rolley Chrysler-Plymouth gewesen (›Kaufe bei Freunden!‹), als Randall versuchte, sich einen Platz im Schulkomitee von Kansas City zu erkämpfen. Später verkaufte er Filialen, und am Ende verkaufte er seinen Einfluß.

Randall holte die Flasche Jack Daniels heraus, und sie unterhielten sich lachend und angeregt über die alten Zeiten; aber seine Besucher wirkten irgendwie angespannt und überhaupt nicht gelöst und locker. »Ich denke, ihr glaubt nicht, daß wir es bis November schaffen können«, sagte er schließlich und sah von einem zum anderen.

Whitlock hob eine Hand, als wolle er protestieren und verkünden, daß von einer solchen Annahme überhaupt keine Rede sein könne. Aber irgendwie wirkte die Geste halbherzig. »Die Zeiten waren nicht besonders gut, Randy«, gab er zu. »Es ist nicht deine Schuld, weiß Gott, aber du weißt ja, wie die Leute sind. Die verdammten Konzerne kontrollieren die Preise, alle möglichen Leute machen ihre Interessen geltend, und deine Wähler sind nicht besonders erfolgreich. Irgend jemandem müssen sie die Schuld geben. Daher haben sie sich den Präsidenten und dich ausgesucht.«

»Ich habe getan, was ich konnte«, wehrte Randall sich. »Einige der Abstimmungen, über die die Leute sich aufregen, das zweite Gesetz zur Förderung der Landwirtschaft, die Bestimmungen für den Bau von Fabriken, das waren ausschließlich Kompromisse. Wenn ich nicht mitgezogen hätte, dann hätte Lincoln nicht den Schulausbau bekommen, die Rüstungsaufträge wären nicht zu Random und McKittridge draußen in North Platte gegangen, sondern wären den Bastarden in Massachusetts zugeschanzt worden.«

»Randy«, sagte Burgess, »das alles brauchst du uns gar nicht zu erzählen. Wir wissen das. Aber das ist nicht der Punkt.«

»Und was ist der Punkt?« fragte Randall wütend. Diese gottverdammten Leute schuldeten ihm eine ganze Menge. Burgess' Getreidebörse wäre noch immer eine kleine Klitsche in Borken Bow, wenn er nicht gewesen wäre. Und Whitlock konnte seinen ersten anständigen Job bei der Partei dem Senator verdanken. Er fragte sich, wo die Loyalität blieb, auf die man sich früher immer noch hatte verlassen können.

»Der Punkt ist«, sagte Burgess, »daß es hier um eine enorme Menge Geld geht. Die Leute, die dich unterstützt haben, geraten in Gefahr, ihre Existenz zu verlieren, wenn sie es noch einmal tun und du nicht gewinnst.«

»Zur Hölle, Teresa, ich werde gewinnen. Das weißt du.«

»Ich weiß es nicht. Die Partei wird wohl baden gehen. Hurley verliert, ganz gleich, wen die Demokraten aufstellen, und die Leute, die zu ihm gehören, werden ebenfalls abserviert. Mag sein, daß die Menschen ihn ganz persönlich mögen, aber sie haben seine Politik endgültig satt. Und niemand im Senat steht ihm näher als du. Randy, die Wahrheit ist, daß du wahrscheinlich von der Partei noch nicht einmal nominiert wirst. Perlmutter ist im Staat ziemlich populär. Und in Omaha und Lincoln hat er alles auf seiner Seite.«

»Perlmutter ist noch ein Junge. Was könnte er schon für den Staat erreichen?«

»Randy.« Whitlock klang nun nicht mehr so mitfühlend und tröstend. Er hatte sich einen Schnurrbart wachsen lassen, seit Randall ihn das letzte Mal gesehen hatte. Es war schwer zu begreifen, warum: er sah auch ohne schon hinterhältig genug aus. »Das hier ist nicht so wie früher. Es gibt keinen einzigen Farmer im Staat, der dir seine Stimme geben würde. Mein Gott, mehr als die Hälfte dieser Leute da draußen schimpfen sich jetzt selbst Demokraten. Und hast du schon mal von Farmern gehört, die sich zu den Demokraten zählen?«

»Die Farmer haben immer etwas zu meckern«, sagte Randall. »Sie vergessen ihren Ärger, sobald sie in der Wahlkabine stehen und sich entscheiden müssen, entweder für einen der ihren zu stimmen oder für einen gottverdammten Liberalen, der ihr Geld zum Fenster hinausschmeißt.«

Burgess reckte ihr Kinn hoch. »Randy, die Farmer haben kein Geld. Jetzt nicht mehr. Darum solltest du nicht irgendwelchen falschen Vorstellungen zum Opfer fallen, sie sind nicht mehr alleine. Schön, ich würde niemals soweit gehen und behaupten, daß meine Leute in Erwägung ziehen, die Partei zu verlassen. Mein Gott, nein, aber ich sage wohl, daß sie, zum Wohle der Partei, einen neuen Kandidaten brauchen und suchen. Und sie mögen Perlmutter.«

»Ihr zwei«, sagte Randall anklagend, »könntet das ändern.«

»Wir könnten dafür sorgen, daß das Geld nicht herausgezogen wird«, gab Whitlock zu. »Vielleicht könnten wir sogar Perlmutter ausbooten. Aber er würde seine Anhänger mitnehmen, wodurch es bei uns zu einer Zeit zu einer Teilung käme, in der wir jede Stimme brauchen.« Er atmete tief ein. »Randy, wenn du jetzt zurücktrittst, dann wird der Gouverneur für dich eine angemessene Stellung finden. Die Rede ist von einem Posten bei der Handelskammer — und dir bleibt die Peinlichkeit einer Niederlage im November erspart.«

»Whit.« Randall sah ihm in die Augen, aber sie wichen seinem Blick wie immer aus. »Hurley wird nicht verlieren.«

»Ich wünschte, es wäre so.« Whitlock lächelte.

Burgess, die wahrscheinlich etwas weniger voreilig war, lehnte sich vor. »Warum nicht?« fragte sie.

»Es ist eine Verteidigungssache.« Er zögerte. »Ich darf nicht darüber sprechen.«

Die Bankfrau hob die Schultern. »Ich kann niemanden auf nackte Gerüchte hin empfehlen oder unterstützen, Randy.«

Niemand sagte etwas. »Wir werden wahrscheinlich etwas haben, um endlich mit den Sowjets ins reine zu kommen.«

An dem Abend, an dem Cord Majeski starb, war Cyrus Hakluyt zu Hause in Catonsville. Anders als die meisten seiner Kollegen hatte er keine Lust, zuzulassen, daß das Projekt sein Privatleben veränderte oder ihn einengte. Er leistete nicht die Überstunden, die Gambini von jedem zu erwarten schien, indem man sieben Tage in der Woche bis in die frühen Morgenstunden arbeitete, um sich dann in die kahlen Häuser zurückzuziehen, die Harry im Venture Park hatte aufstellen lassen.

Hakluyt hatte den Abend mit Freunden verbracht, die zum Teil an dem ansonsten sehr nüchternen Mikrobiologen eine ungewöhnliche Ausgelassenheit beobachten konnten. Cy war bester Stimmung. Niemand der Anwesenden, nicht einmal Oscar Kazmaier, der ihn aus der Zeit an der Westminster kannte, hatte ihn jemals zuvor soviel trinken gesehen, aber sie mußten ihn am Morgen tatsächlich mit vereinten Kräften nach Haus bringen.

Tatsächlich konnte Hakluyt sich an zwei frühere Anlässe erinnern, wo er gleichfalls ziemlich tief ins Glas geschaut hatte. Einmal, als er Pat verloren hatte, und dann an dem Nachmittag, als der Verlag Houghton Mifflin *Ort ohne Straßen* angekauft hatte. Der Nobelpreis, der ihm für seine Arbeit mit den Nukleidsäuren verliehen wurde, hatte keine solchen Freudenausbrüche verursacht.

Er war ein wenig spät darn, als er am Morgen wieder ins Labor kam, wo natürlich jeder über Cord Majeskis Tod redete. Eine Notiz hing am Mitteilungsbrett, die die Adresse von Majeskis Vater und Schwester nannte.

»Er hat ein Gerät gebaut, dessen Beschreibung er in dem Text gefunden hat«, erzählte Gambini. »Wir wissen nicht, was es darstellen sollte, aber Pete meint, es habe etwas mit statistischer Manipulation von Gasen in magnetischen Behältern zu tun. Irgendwie muß ihm das Ganze aus den Händen geglitten sein.«

»Das denke ich auch«, sagte Hakluyt. »Wurde sonst noch jemand verletzt?«

»Nein. Er war alleine im Haus.«

»Wissen wir, warum das Ding explodiert ist?«

»Das ist es eigentlich gar nicht. Genaugenommen.« Gambini runzelte die Stirn. »Hören Sie, Cy, er hat vielleicht eine statistische Kontrolle des ersten thermodynamischen Gesetzes geschafft.«

Hakluyt lachte nicht, aber es kostete ihn alle Mühe, an sich zu halten. »Wenn ich dem folge, was Sie sagen, dann ist das nicht möglich.«

»Das erste Gesetz ist nicht absolut«, sagte Gambini. »Es muß nicht so sein, daß Wärme von einem wärmeren Gas zu einem kälteren strömt. Es ist lediglich höchstwahrscheinlich aufgrund des Molekularaustausches. Aber einige Moleküle im warmen Gas bewegen sich langsamer als einige der aktiveren Moleküle im kälteren Gas. Und umgekehrt. Cords Gerät hatte vielleicht die Funktion eines Monitors, der dann Maxwells Dämon entstehen ließ.«

Hakluyt setzte sich. »Was ist das denn?« fragte er.

»James Maxwell war ein Physiker des neunzehnten Jahrhunderts, der meinte, daß wenn ein Dämon zwischen zwei Kabinen säße, von denen die eine mit einem heißen, die andere mit einem kalten Gas gefüllt sei, er einen interessanten Effekt auslösen könnte, wenn er nur die schnellsten Moleküle von der kalten in die warme Kammer überwechseln und die langsamsten Moleküle der heißen Seite zur kalten wandern ließe.«

»Es würde folgendes passieren«, führte Hakluyt den Gedanken zu Ende. »Das heiße Gas würde noch heißer werden, und das kältere müßte noch kälter werden! Und Sie meinen«, sagte er skeptisch, »daß Majeski so etwas geschehen ist? Das ist absurd.«

»Haben Sie das Haus gesehen? Gehen Sie hin und schauen Sie es sich an. Dann kommen Sie zurück, und wir unterhalten uns über Absurditäten.«

Hakluyt starrte Gambini in die Augen. »Okay«, sagte er. »Vielleicht wird es allmählich Zeit, daß wir anfangen, uns zu fragen, mit wem wir es überhaupt am anderen Ende der Funkverbindung zu tun haben. Ist es eigentlich schon mal irgend jemandem durch den Kopf gegangen, daß die Bastarde in irgendeiner Weise rachsüchtig sind? Ich meine, warum sonst sollten sie uns Anweisungen für etwas schicken, das uns um die Ohren fliegt?«

»Nein!« schnappte Gambini. »Wir sind nicht sorgfältig genug. Niemand unterzieht sich all dieser Mühen, wie sie es getan haben, nur um uns einen gottverdammten Streich zu spielen! Es könnte doch sein, daß wir ihre Anweisungen nicht richtig verstanden haben, daß wir ihre Angaben nicht richtig befolgt haben. Vielleicht sind wir gar nicht so intelligent, wie sie denken! Wir konnten noch nicht einmal in Erfahrung bringen, wie sie all diese Energie erzeugen.«

»Vielleicht verwenden sie überhaupt keine Elektrizität.«

»Schön, dann eben Magnetismus. Oder Benzin. Oder jemand dreht an einer großen Kurbel. Was immer es sein mag, es müßte trotzdem einen Hinweis geben, wieviel davon zu verwenden ist.«

»Es sei denn, es ist was, das man nicht bemißt.« Es war eine Bemerkung, die Gambini wenig später bei Harry wiederholte, und Harry, aus Gründen, die er auch später noch nicht begriff, dachte sofort an Rather Rene Sunderland. »Wie wäre es denn mit ein paar guten Neuigkeiten?« fuhr Hakluyt fort und schlug vor, sie sollten sich in Gambinis Büro begeben.

»Majeski war nicht sehr beliebt und sehr umgänglich«, sagte Gambini. »Aber ich werde ihn vermissen.«

»Er war schon in Ordnung«, sagte Hakluyt. »Er hat seinen Job erledigt, und er hat anderen nicht viel Ärger bereitet. Am Ende kann man wahrscheinlich nicht viel mehr erwarten als das.«

»Und wie sehen Ihre guten Neuigkeiten aus?«

Hakluyt nahm seine Brille ab und legte sie auf Gambinis Schreibtisch. Die Gläser waren dick und saßen in Metallrahmen. Haykluyt war physisch so zierlich gebaut, daß er ohne die Brille deutlich an Masse verloren zu haben schien. »Ich trage sie schon mein ganzes Leben«, erklärte er. »Ich bin kurzsichtig, und ich habe einen Astigmatismus. Meine Familie hat eine lange Tradition an Augenleiden. Sie sind alle kurzsichtig.« Er lächelte hintergründig, griff nach einem Websters und hielt ihn über die Brille. »Ich bekam meine erste Brille, als ich acht war.« Er ließ das Buch fallen. Es fiel auf die Brille und zerbrach sie.

Gambini schaute ihm verwundert zu. »Cy, was, zum Teufel, tun Sie da?«

Hakluyt wischte die Trümmer in einen Papierkorb. »Ich brauche sie nicht mehr.« Er schaute triumphierend zu Gambini. »Wissen Sie, warum ich all diese Sehprobleme hatte?«

»Vererbung«, sagte Gambini. »Es war etwas Genetisches.«

»Natürlich«, erwiderte Hakluyt. »Aber warum? Die Reparaturmechanismen werden nicht richtig gesteuert und eingesetzt. Deshalb. Die Geräte, um die Augen in Ordnung zu bringen, waren immer vorhanden gewesen. Aber die Codierung war nicht richtig. Ed, wenn Sie den Code abschreiben, dann enden Sie als extrem kurzsichtig und haben höchstens noch 20-20 Prozent Sehkraft.«

»Mich laust der Affe«, sagte Gambini und fing an zu strahlen. »Das können Sie?«

»Ja! Ich beherrsche einiges. Für Sie kann ich es machen, Ed, wenn Sie wollen. Ich kann Sie zwanzig Jahre alt machen.« Er holte tief Luft. »Ich wußte nie, wie es war, richtig sehen zu können. Selbst die Brille hat mir nicht viel geholfen. Es kam mir immer so vor, als sähe ich die Welt durch ein schmutzverschmiertes Fenster.

Heute morgen, von meinem Wagen aus, sah ich einen Kardinalvogel unweit des Haupttores auf einem Baumast sitzen. Vor ein paar Wochen hätte ich noch Schwierigkeiten gehabt, den Baum zu erkennen.«

»Und Sie können das auch bei jedem anderen vornehmen?«

»Ja«, sagte er. »Bei Ihnen. Bei jedem. Man braucht nur ein wenig Chemie. Und ich brauche eine Blutprobe.«

Gambini setzte sich. »Sind Sie sicher?«

»Natürlich nicht. Ich weiß noch nicht genug. Aber, Ed, ich glaube, das ist erst der Anfang. Wissen Sie auch, wie ich es geschafft habe? Ich habe falsche Instruktionen an einige Milliarden Zellen geschickt. Die Art von Instruktionen, die meine DNS vernichten müßte, wenn ihr wirklich mein Wohlergehen wichtig ist. Ich muß immer noch eine Menge in Erfahrung bringen, aber ich glaube nicht, daß es sich um etwas handelt, das wir nicht beherrschen sollten – den Krebs besiegen, das Herz kräftigen, was Sie wollen.«

»Sie meinen, den Verfallsprozeß insgesamt aufzuhalten?«

»Ja!« Hakluyts Stimme bebte vor Freude. Es war das erste Mal, daß Ed Gambini ihn fast glücklich sah. »Ed, ich weiß nicht, wohin das alles am Ende führen wird. Aber wir werden wohl auch Möglichkeiten finden, die Epilepsie zu heilen oder die Hodgkin'sche Krankheit, den grauen Star, was Sie wollen. Es ist alles da.«

Gambini nahm seine Brille ab. Er benutzte sie nur zum Lesen. Er brauchte eine neue, schon seit Jahren, aber er fürchtete, daß stärkere Gläser seine Augen noch mehr schwächen würden, und infolgedessen weigerte er sich, einen Optiker aufzusuchen. Es wäre schon schön, sie loszuwerden. Endlich den Rücken vergessen zu können, der an feuchten Morgen so heftig schmerzte, oder das schlaffe Fleisch an seinen Hüften und unter seinem Kinn. Endlich die düstere Angst loszuwerden, die ihn nachts gelegentlich überfiel, wenn er plötzlich aus dem Schlaf hochschreckte und nur das heftige Schlagen seines Herzens spürte.

Mein Gott, was wäre eine solche Sache wert? Endlich wieder jung zu sein ... »Weiß sonst noch jemand davon?«

»Noch nicht.«

»Cy, was würde mit einem Menschen geschehen, der nicht mehr altert?«

Hakluyt ließ sich Zeit, ehe er antwortete. »Das ist eine gute Frage«, sagte er. »Wenn wir den vorgeplanten Zusammenbruch des Körpers verhindern, dann werden sicherlich andere Faktoren ins Spiel kommen. Es sind sicherlich einige psychologische Fragen zu bedenken. Aber was unser physisches Wohlergehen betrifft, wenn unsere DNS uns nicht im Stich läßt und wenn wir darauf achten, nicht ins falsche Flugzeug zu steigen, dann gibt es eigentlich keinen vernünftigen Grund, warum wir dann sterben sollten.«

Gambini griff nach einer großen Büroklammer und drehte sie zwischen seinen Fingern. »Wahrscheinlich sollten wir darüber zu niemandem etwas verlauten lassen, Cy.«

»Warum?« fragte Hakluyt mißtrauisch.

»Wir gingen ganz schön schweren Zeiten entgegen, wenn die Menschen plötzlich nicht mehr sterben würden.«

»Nun, wir brauchten natürlich eine gewisse Kontrolle, und wir müßten einige Modifikationen einführen.«

»Was meinen Sie, wie das Weiße Haus reagieren würde, wenn ich dies in meinem Bericht erwähnen würde? Sie haben schon gesehen, welche Schwierigkeiten wir bekommen, nur weil wir einige philosophische Ausführungen der Altheaner haben abdrucken lassen. Und was diese gottverdammte Energiegeschichte auf dem Aktienmarkt ausgelöst hat. Was würde jetzt wohl geschehen?«

»Wir sollten dem Weißen Haus vorschlagen, diesen Komplex weiterzuleiten an den Nationalen Rat für den Fortschritt in der Wissenschaft.«

»Oder an die Pfadfinder von Amerika.« Gambini lachte. »Sie werden es an niemanden weitergeben. Es ist zu gefährlich. Wenn die Leute herausbekommen, daß es so etwas möglicherweise gibt, dann weiß Gott allein, was dann geschehen würde. Soviel kann ich jetzt schon behaupten: wenn wir das an Hurley weitergeben, dann haben wir es am Ende mit einem Haufen unmoralischer Politiker zu tun, und niemand wird nachher je etwas von dieser Technik hören.«

»Dann sollten wir uns der NCAS anvertrauen, und sie entscheiden lassen, was weiter zu geschehen hat.«

»Cy, ich glaube, wir verstehen uns nicht. Rimford glaubte, er habe etwas derart Gefährliches in der Funksendung gefunden, daß er beide Kopien eines Datensatzes vernichtet hat.«

»Was hat er gefunden?«

»Einen Weg, wie man Schwarze Löcher erzeugen kann.« Gambini wartete ab, bis die Bedeutung seiner Aussage sich richtig eingeprägt hatte. »Aber das ist natürlich nicht mit dem zu vergleichen, was Sie gefunden haben. Mein Gott, Cy, stellen Sie sich nur mal eine Welt vor, in der die Menschen nicht mehr sterben. Nur für eine kleine Weile. Wenn sie aufhören, an natürlichen Ursachen zu sterben, dann werden sie den Tod durch etwas anderes finden. Wahrscheinlich werden sie verhungern, oder sie erschießen sich gegenseitig.«

»Aber die NCAS ...«

»Niemand kann so etwas unter Kontrolle halten. Wir müssen mit dieser Sache genauso verfahren, wie Rimford sein Problem angegangen ist.«

»Nein!« Es klang fast wie ein Schmerzensschrei. »Sie können das nicht einfach so wegwerfen! Was glauben Sie denn, wer Sie sind, daß Sie eine solche Entscheidung treffen?«

Gambinis Stirn war feucht. »Ich bin die einzige Person, die sich in der Position befindet, das zu tun. Wenn diese Sache aus diesem Raum hinausgelangt, dann werden wir sie niemals unter Kontrolle behalten können.« Er starrte lange die Wand an. »Wir werden noch ausführlich darüber reden«, versprach er. »Aber bis dahin darf niemand etwas davon erfahren.« Er holte ein Kontrollbuch aus der Schublade und schaute darin nach. »Sie haben mit Datensatz eins-null-eins gearbeitet?«

»Ja.«

»Bringen Sie ihn her. Zusammen mit Ihren Notizen und allen anderen Aufzeichnungen darüber.«

Hakluyts Augen weiteten sich, und das Blut wich aus seinem Gesicht. Er war den Tränen nahe. »Das können Sie nicht tun«, stöhnte er.

»Ich tue im Augenblick nichts anderes, als daß ich dafür sorge, daß nichts geschieht, bevor ich eine entsprechende Entscheidung getroffen habe.«

Wogen des Schmerzes und der Wut schienen aus Hakluyts Augen hervorzubrechen. »Sie sind wahnsinnig«, sagte er. »Sie wissen ja, ich brauche nur zu Rosenbloom oder zu Carmichael zu gehen und ihnen zu erzählen, was Sie hier tun, und Sie finden sich irgendwo im Gefängnis wieder.«

»Da haben sie sicherlich recht«, sagte Gambini. »Aber ich würde mich freuen, wenn sie sich einen Moment Zeit nehmen würden, sich die Konsequenzen vor Augen zu führen. Eines ist jedenfalls klar, wenn ich mich dazu genötigt sehe, werde ich DS eins-null-eins vernichten.« Er streckte seine Hand aus. »Ich brauche außerdem ihren Bibliothekspaß.«

Hakluyt holte die Plastikkarte hervor, warf sie auf den Schreibtisch und ging zur Tür. »Wenn mit diesen Disketten irgend etwas passiert«, sagte er, »dann bringe ich Sie um.«

Gambini wartete ein paar Minuten, dann ging er hinüber zu Hakluyts Platz, holte die Laserdisk aus dem Rechner, sammelte die Aufzeichnungen des Mikrobiologen ein und verschloß sie in seinem Aktenschrank.

Eine Stunde später suchte er den Archivraum in der Bibliothek auf und holte das Duplikat von Datensatz 101 heraus. Mit einem bewaffneten Wächter an seiner Seite brachte er die Diskette in die Arbeitsräume des Herkules-Projekts und schloß auch diese in seinen Aktenschrank ein. Dann widerstand er der Versuchung, beide Datenträger zu vernichten und dieses Problem endlich hinter sich zu bringen.

MONITOR

PRÄSIDENT WARNT SOWJETS VOR EINMISCHUNG IN SÜDAFRIKA
Rebellen streiken in Johannesburg
Constellation unterwegs

FORTSCHRITT IM KAMPF GEGEN DEN KREBS
Früherkennung von entscheidender Bedeutung

MATHEMATIKER BEI GODDARD TÖDLICH VERUNGLÜCKT
Cord Majeski stirbt nach Gasexplosion

DAS WEISSE HAUS KÜNDIGT MARKTENTSPANNUNG FÜR JAHRESENDE AN
Präsident weist auf gestiegenen Wohnungsbau und wachsende Beschäftigungszahlen hin

KANSAS CITY STAR MELDET RAKETENSCHUTZSCHILD UNMITTELBAR VOR VOLLENDUNG
Pentagon dementiert Bericht

BAINES RIMFORD ERKLÄRT RÜCKTRITT VON WISSENSCHAFTLICHER ARBEIT

AYADI GREIFT HERKULES-PROGRAMM AN
»Bündnis mit dem Satan«

Baghdad (AP) – In einer Erklärung, die heute aus seinem Hauptquartier im Regierungsgebäude herausgegeben wurde, verurteilte der Ayadi Itana Mendolian das amerikanische Herkules-Projekt entweder als einen ›Haufen Lügen‹ oder einen Kontakt mit dem Satan. In beiden Fällen, so meinte er, ›wird ein gerechter Gott die Sünder strafen‹. Dies wurde allgemein als Mobilmachung für Terroristengruppen verstanden, die in Westeuropa und den Vereinigten Staaten tätig sind.

16 Harrys Allergien wurden schlimmer. Er ging in die Ambulanz, um nachzufragen, ob er ein stärkeres Medikament bekommen könne. Während er wartete, erwähnte Emma Watkins, die attraktive junge Empfangsdame, die den ansonsten sterilen Warteraum zierte, beiläufig, daß sie vor einer Stunde eine Kopie seiner Krankenakte auf die Post gegeben habe. »An wen?« fragte Harry, der das Gefühl hatte, als sei er in eine Unterhaltung hineingeplatzt.

Sie zögerte, überlegte und schaute in seiner Akte nach. »Dr. Wallis«, sagte sie.

»An wen?«

»Dr. Adam Wallis.« Sie zeigte ihm die formelle Anfrage mit Harrys Unterschrift auf einer anhängenden Erlaubnis. Aber es war nicht seine Handschrift.

»Wer ist Adam Wallis?« fragte er.

»Wissen Sie das nicht, Mr. Carmichael?« Ihre Reaktion drückte aus, daß Harry offensichtlich einer jener hochrangigen Leute war, denen es schwerfällt, sich mit praktischen Dingen auseinanderzusetzen. »Aus seinem Briefpapier geht hervor, daß er ein praktischer Arzt ist.« Sie verschwand im hinteren Teil des Raumes und kehrte mit einem Ärzteverzeichnis zurück. »Er ist hier nicht aufgeführt«, sagte sie nach einigem Herumblättern.

»Warum könnte jemand sich für meine Krankengeschichte interessieren?« fragte Harry. Er überlegte, ob das Ganze nicht irgendwie mit Julie in Verbindung stehen konnte. Aber wie?

Die Adresse auf dem Briefkopf befand sich in Langley Park. Er fuhr am Abend hinüber und gelangte zu einem zweistöckigen Reihenhaus in einem Neubaugebiet. Im Haus brannte Licht, und durch die Fenster konnte man Kinder sehen. Der Name auf dem Briefkasten lautete Shoemaker.

»Von dem habe ich noch nie gehört«, sagte der Mann, der die Tür öffnete. Er erzählte Harry, daß er dort schon seit acht Jahren wohne. »Ich glaube nicht, daß es hier in der Gegend noch weitere Ärzte gibt. Die für diesen Bereich zuständigen haben ihre Praxis allesamt im Ärztehaus.«

Harry stand verwirrt vor der Tür. »Wahrscheinlich werden Sie morgen von Goddard ein Päckchen für ihn erhalten.« Harry holte eine Fotokopie des Wallis-Briefs heraus und verglich noch einmal die Adressen. Er war an der richtigen Stelle.

»Ich wäre Ihnen sehr verbunden, wenn Sie es einfach zurückschicken würden.«

»Klar doch«, versprach er.

Zwei Tage später tauchte Harrys Krankenakte wieder auf mit dem Vermerk: »Zurück an den Absender.«

Leslie fuhr für drei Tage jede Woche in ihre Praxis in Philadelphia zurück. Aber die Routinearbeit mit Patienten, die entweder Schwierigkeiten mit ihren Kindern hatten oder über sexuelle Probleme klagten — diese beiden Störungen machten etwa neunzig Prozent ihrer Praxis aus —, waren zu einer ermüdenden Erfahrung geworden. Ihre innere Einstellung gegenüber ihrer Alltagsarbeit hatte tatsächlich in den vergangenen zwei Jahren stark gelitten. Sie war entschlossen gewesen, ihre Praxis aufzulösen, ehe im vergangenen September ihre Berufung nach Goddard erfolgt war. Sie wußte nun, daß sie nie mehr die ganztägige Beratung von Patienten aufnehmen würde.

Aber sie hatte keine Ahnung, was sie letztendlich tun sollte. Was blieb ihr nach Herkules an Möglichkeiten? Sie hatte vorgehabt, sich mit der Suchtwirkung übermäßigen Fernsehens auf verschiedene Teile der Bevölkerung zu beschäftigen. Das solche Daten von enormer Wichtigkeit waren, bezweifelte sie nicht. Aber wie mühsam würde es sein, diese Daten zu bekommen! Wie eintönig würde deshalb ihr restliches Leben verlaufen!

Einer ihrer Patienten war seit einigen Jahren Carl Wieczaki, der frühere Infieldstar der Phillies, der mit zweiundzwanzig ins All Star-Team berufen worden war, der zwei Jahre später nach Portland gegangen war und mit sechsundzwanzig dem Baseball Lebewohl gesagt hatte. Er war ein dickbäuchiger Barkeeper, als er zu Leslie kam, und sie hatte gesehen, wie schwierig es ist, wenn man in so jungen Jahren schon derartige Erfolge zu verzeichnen hat.

Das Wieczaki-Syndrom.

Sie selbst war auch anfällig dafür.

Als die letzte Verabredung des Tages abgesagt wurde, beschloß sie, zu Fuß nach Hause zurückzukehren. Das Wetter war recht sommerlich, und da sie nicht die Absicht hatte, an diesem Abend noch auszugehen, konnte sie ihren Wagen ruhig auf dem Parkplatz in der Nähe ihrer Praxis zurücklassen.

Sie schlenderte über den Campus der Villanova-Universität, ging unterwegs in einen Buchladen, um einen Roman zu kaufen, und aß in der City Line Avenue sehr früh zu Abend.

Im Mulhem Park war ein Baseballmatch im Gange, und sie blieb stehen, um die letzten Innings zu verfolgen.

Etwa zweihundert Leute interessierten sich für diesen Kampf zweier Highschool-Teams. Es war, wie sie erfuhr, der erste Liga-Spieltag, und die Zuschauer sahen gute Schläger und Verteidiger auf beiden Seiten. Leslie war vor allem angetan von dem mittleren Infieldspieler der Gäste, einem hochgewachsenen, schlanken Jungen, der sich sehr geschmeidig bewegte. Obgleich Leslie in ihrer Collegezeit Basketball gespielt hatte, hatte sie nie besonderes Interesse daran gehabt, sich organisierte Sportarten anzusehen. Aber an diesem warmen Abend, zur Untätigkeit verdammt durch die Ungewißheiten ihres Lebens, war sie geradezu begierig, sich für eine Stunde in einem harmlosen Spiel zu verlieren.

Es fiel ihr schwer, den Blick von dem Spieler zu lösen. Er zeigte ein paar gute Würfe und schaffte es, einen Ball zu fangen, der eigentlich über den Begrenzungszaun am Rand des Feldes hätte hinausfliegen sollen. Sie beobachtete ihn, wie er nach jedem Inning seine Position einnahm. Seine Augen waren blau und hatten einen intelligenten Ausdruck; er zeigte ein freundliches Lächeln; und einmal, als er aufschaute und sie sah, grinste er.

Er war ein richtig schönes Kind, und sie wünschte ihm im stillen ein langes und erfülltes Leben.

Er nahm seine Position als Schläger erst sehr spät im Verlauf des Spiels ein und trieb den ersten Wurf in die Gasse im Feld links von der Mitte. Die rund hundert Fans sprangen wie ein Mann auf, und der Junge jagte wie eine Raubkatze los.

Von zwei Outfieldspielern verfolgt, prallte der Ball aus vollem Flug gegen die Verankerung des Zauns und stieg hoch in die Luft. Der Verteidiger rannte los, um den Abpraller zu schnappen, während der Läufer die zweite Base umrundete und auf die dritte zusprintete. Der Zaun war weit entfernt, und alle erkannten, daß er die Chance hatte, die ganze Runde zu schaffen. Der Spieler im linken Feld holte sich den Ball, während der Läufer sich der dritten Base näherte. Der Trainer winkte wie ein Wilder, als wolle er ihn nach Hause zaubern.

Er schnitt die Kurve an der Ecke und jagte die letzten dreißig oder so Meter hinunter.

»Los, Jack!« brüllten die Fans.

Die Aktion des Verteidigers war fehlerlos. Der Outfielder feuerte dem Stopper einen Strike zu, und er ließ ihn durch. Er sprang einmal ab und kam an, dachte Leslie, und zwar gleichzeitig mit dem Läufer. Aber der Fänger blockierte das Mal und drehte sich halb, während beide Spieler in der Asche landeten. Die rechte Faust des Schiedsrichters ging hoch!

In der zweiten Hälfte des Innings machte das Heimteam Punkte bei zwei Treffern, die über das Infield gingen und außerhalb landeten, und das Spiel war vorüber.

Der Center half seiner Mannschaft dabei, die Schläger und Handschuhe einzusammeln. Aber als sie alle zum Bus gingen, blieb er zurück und drückte sich in der Nähe der Bank herum. Zuerst nahm Leslie an, daß er ihr Interesse an ihm falsch verstanden hatte, aber er schaute nicht zu ihr auf. Sondern er stand reglos im Schatten, und sie konnte erkennen, daß er seinen letzten Sprint noch einmal in Gedanken vor sich abrollen ließ.

Sie wünschte sich, es gäbe etwas in ihrem eigenen Leben, das sie sich ähnlich sehnlich wünschte.

Der sowjetische Beobachtungssatellit XK4415L aus der Tschernew-Serie trieb in einem geosynchronen Orbit über der Mojavewüste, wo er sich über die Basen der U.S. Air Force und über ein Übungsschießgelände für Raketen informieren konnte.

Am dreizehnten April, am späten Morgen, fingen einige Infrarotkameras eine Serie von sechs länglichen Rauchwolken auf, die in den östlichen Himmel jagten. Die Instrumente des Satelliten identifizierten sie als MX-Raketen und verfolgten sie, bis sie die Atmosphäre verließen. Eine ganze Batterie von elektronischen Augen und Ohren fütterten Daten in den Bordcomputer ein, der das Verhalten mit ihren bekannten Fähigkeiten verglich. Aber ehe die Raketen am höchsten Punkt ihrer Flugbahnen angekommen waren, wurde ihr Flug unkontrolliert. Alle sechs schwirrten in wahllosen Richtungen davon, drehten sich und stürzten wieder dem Erdboden entgegen.

Mehrere Stunden später stolperte eine zweite Serie von acht Interkontinentalflugkörpern durch das Überwachungsfeld des Satelliten. Wenige Minuten vor Mitternacht, Ortszeit Moskau, betrat Mikos Zubarow einen der zahlreichen Besprechungsräume an der Westseite, des Kreml und warf eine dicke Aktentasche auf ein Holzpult, reichte einen Helfer einen Filmstreifen und holte acht Kopien der Beobachtungsanalyse aus der Tasche. Jeder befand sich in einem roten Hefter, der mit einem Zeichen für allerhöchste Geheimhaltung versehen war.

Marschall Konig erschien wenige Augenblicke später; er ging schnell nach vorne und betrachtete Zubarow fragend.
»Ist es wahr?« fragte er.
»Ja.«
»Sie haben alle vierzehn vernichtet?«
»Ja.«
Er schwieg. Nach und nach trafen auch die anderen ein. Jemelenko, Iwanowski und Arkiemenow und der Rest, grimmige Männer, die die Art der Drohung aus dem Westen genau verstanden und die an diesem Abend ernsthaft in Sorge um die Zukunft ihrer Nation waren.

Zubarow wartete, bis sie sich alle um den Grünen Tisch versammelt hatten, und dann faßte er kurz zusammen, was der Tschernew beobachtet hatte. Sein Helfer schob Dias ein, die im Abstand von nur wenigen Sekunden aufgenommen worden waren und die auf erschreckende Weise den gleichzeitigen Verlust der Kontrolle bei beiden Raketenflügen dokumentierten.

»Haben sie nicht«, fragte Konig ruhig, »nicht die Fähigkeit, die Tschernews zu blenden?«

»Ja«, erwiderte Zubarow. »Wir haben keinen Zweifel, daß sie das können.«

»Und doch haben sie sich entschieden, es nicht zu tun. Vielleicht versuchen sie, uns in die Irre zu führen.«

»Vielleicht. Aber wir wissen eigentlich nicht genau, daß ihr Nichthandeln eine völlig bewußte Entscheidung war. Ein Test einer Waffe dieser Art«, sagte der Hauptmann, »wäre streng bewacht, selbst innerhalb ihrer eigenen Organisation. Sie haben es vielleicht unterlassen, die Leute zu informieren, die die Tschernews neutralisiert hatten.« Er hätte hinzufügen können, daß sie alle aus Erfahrung wußten, daß solche Versehen schon mal vorkamen, schließlich waren auch sie nur Menschen.

Sie hörten Taimanows Stimme in der Halle. Einen Augenblick später trat der Außenminister ein und begab sich an seinen Platz am Ende der Tafel.

»Aber«, beharrte Konig, »es könnte nichtsdestoweniger eine gezielte Täuschung sein. Die Raketen können sich auch selbst zerstört haben.«

»Das ist möglich. Aber der Tschernew spürte Mikrowellen aus einer größeren Umlaufhöhe auf. Wir vermuten, daß es sich um eine Art Randstrahlung oder so etwas handelte.«

»Und das Gerät, das die Strahlen aussendet?«

»... liegt nicht in meinem Erfahrungsbereich. Rudnetski glaubt, es handelt sich um eine Teilchenwaffe.«

Plötzlich wurde die Atmosphäre noch bedrückender. »Die amerikanische Presse«, sagte Taimanow, »hat Gerüchte über so eine Waffe in Umlauf gesetzt. Wenn sie so etwas wirklich haben, dann möchte ich nicht darüber nachdenken müssen, was die Bastarde damit anzufangen versuchen.«

Harrys Allergien wurden so schlimm, daß er einen Tag lang zu Hause blieb und sich ins Bett legte. Seine Augen schwollen an, sein Hals begann heftig zu schmerzen, und er konnte nicht aufhören zu niesen. Am nächsten Morgen erschien er wieder in der Ambulanz, wo ein Sanitäter ihm eine weitere Injektion verpaßte. Sie trocknete seine Schleimhäute aus, ließ ihn jedoch schläfrig werden. Als er bei der Herkules-Konferenz am späten Morgen auftauchte, sah er ziemlich schlecht aus.

Gambini berichtete über einige Erfolge bei der Übersetzung der altheanischen Beschreibungen elektromagnetischer Phänomene. Außerdem hatte Majeskis Ersatz, Carol Hedge, genügend statistische Verwandtschaften aufgedeckt, daß Wheeler vermutlich recht damit hatte, den Unglücksfall als Maxwells Dämon zu bezeichnen. Ihre Präsentation weckte Harrys Aufmerksamkeit.

Hedge war eine attraktive Farbige vom Harvard-Smithsonian. Harry beobachtete sie bewundernd und bemerkte einmal, wie Leslie seine Reaktion auf sie lächelnd verfolgte. Als sie fertig war, bat Gambini um Kommentare, nahm ein oder zwei Äußerungen großer Sorge hinsichtlich der Sicherheit späterer Experimente zur Kenntnis und übergab die Leitung der Diskussion an Wheeler.

»Ich glaube, ich habe eine weitere Bombe«, sagte der Priester. »Wir finden detaillierte und erschöpfend fundamentale Beschreibungen von elektromagnetischer Strahlung, harmonischen Erscheinungen, Partikeltheorie, was immer Ihnen einfällt. Im Augenblick habe ich Antworten auf alle Arten klassischer Fragen. Zum Beispiel glaube ich jetzt zu wissen, warum die Lichtgeschwindigkeit ausgerechnet den Wert hat, den sie haben muß. Und ich habe einige Erkenntnisse zur Natur der Zeit als solcher anzubieten.« Wheelers Worte, die eine gewisse feierliche Stimmung hätten erzeugen sollen, wurden mit ernster Stimme gesprochen.

»Sie werden uns doch wohl nicht erzählen«, fragte Leslie, »daß sie eine Zeitmaschine bauen können.«

»Nein. Glücklicherweise sind Zeitmaschinen vermutlich nicht möglich. Die Natur des Universums erlaubt ihren Bau nicht. Aber vielleicht geben Sie sich ja mit einem außerordentlich gefährlichen Todesstrahl zufrieden? Wir werden eine völlig neue Technik zur Erzeugung gegliederten Lichts kennenlernen — konzentrierte Strahlung, die zu einer Vielzahl von Problemen herangezogen werden kann, aber die sich auch für das Militär als Langstreckenwaffe anbietet. Wodurch der Krieg wieder profitabel würde. Und die Strahlen bewegen sich mit Lichtgeschwindigkeit, daher gibt es keine Chance zur Verteidigung oder Vergeltung. Sie ist geradezu ideal; das Militär liebt sie.«

»Ich denke«, sagte Hakluyt ruhig, »daß wir noch einen weiteren Datensatz haben, den wir irgendwann zerstören müssen.«

»Es gibt noch mehr«, fuhr Wheeler fort. »Unglücklicherweise eine ganze Menge mehr. Harmonische Manipulation zum Beispiel.«

»Was kann man mit Harmonien anfangen?« fragte Harry.

»Auf Anhieb würde ich meinen, daß man damit das Klima stören, Erdbeben auslösen und Wolkenkratzer zum Einsturz bringen kann. Wer weiß? Ich glaube, ich will es auch gar nicht herausfinden. Harry, was ist daran so lustig?«

»Eigentlich nichts, glaube ich. Aber es kam mir so vor, als versuchte Hurley, die Welt vor einem Waffensystem zu schützen, das soeben überflüssig geworden ist.«

Es war ein unangenehmer Augenblick.

»Ich glaube nicht«, sagte Wheeler, »daß es irgendeinen Weg gibt, auf dem eine Beschreibung physikalischer Realität — eine genauere Beschreibung — zu dieser Art von Effekt beitragen kann. Ich fasse all das in einem Bericht zusammen, der Ihnen vorliegen wird, ehe Sie heute abend nach Hause gehen. Ich denke, wir sind am Rubikon angelangt, und wir müssen uns jetzt entscheiden, was wir tun wollen.«

»Wieviele Datensätze sind betroffen?« fragte Hakluyt.

»Fast jeder, den ich mir näher angesehen habe. Bisher sind es etwa ein Dutzend.«

Gambini ließ sich in seinen Sessel nach hinten sinken. »Es gibt auch noch etwas, das Sie wissen müssen«, sagte der Projektleiter. »Cy, erzählen Sie von der DNS.«

Hakluyt lächelte hinterhältig, ohne seine Brille sah er recht sonderbar aus, aber auch irgendwie gesünder. »Ich habe«, begann er, »einige Techniken entdeckt, um die Reparaturfunktionen des Körpers wieder anzukurbeln. Wir sollten auch in der Lage sein, die DNS neu zu ordnen, um die meisten genetischen Störungen und die Alterserscheinungen auszumerzen.«

»Einen Moment mal«, sagte Leslie. »Was haben Sie genau, Cy?«

»Im Augenblick nicht viel. Dr. Gambini hat es für nötig befunden, den Datensatz wegzuschließen, an dem ich zur Zeit arbeite.«

Gambini erbleichte kaum merklich, sagte aber nichts.

»Woran haben Sie gearbeitet?« drängte Leslie weiter.

»An einer Möglichkeit, den Krebs aufzuhalten. Um physische Verkrüppelungen zu verhindern. Um dafür zu sorgen, daß es keinen plötzlichen Kindstod mehr gibt. Wir können Geburtsfehler und Geisteskrankheiten ausschließen. Wir können den gesamten Gang der menschlichen Existenz beeinflussen.

Ihr redet über Waffen und Krieg. Vielleicht, wenn wir etwas Mut hätten, könnten wir einige der Gründe für einen Krieg ausräumen. Jedem zu einem anständigen Leben verhelfen! Mit den Dingen, die wir hier lernen, können wir überall auf diesem Planeten Wohlstand schaffen. Es gäbe keine Notwendigkeit mehr, stehende Heere zu unterhalten.«

»Glauben Sie das wirklich?«

»Ich denke, wir müssen es versuchen. Aber wir müssen auch Informationen weitergeben. Sie verfügbar machen.«

»Was Sie verfügbar machen würden«, sagte Gambini bedrückt, »ist mehr Leid. Wenn es zu viele Menschen gibt, dann bekommen wir es mit dem Hunger zu tun.«

»Weiß Gott«, sagte Wheeler, »die Kirche hat sich mit dieser Wirklichkeit lange genug herumgeschlagen, und sie will auch nicht hinschauen. Aber ich bin mir nicht sicher, ob wir korrekt handeln, wenn wir so etwas zurückhalten.«

Gut für Sie, Pete, dachte Harry und bemerkte Hakluyts erleichterte Miene. Er hatte aus dieser Ecke überhaupt keine Hilfe erwartet.

»Es ist doch offensichtlich«, sagte Leslie, »daß wir eine sehr grundlegende Entscheidung treffen müssen. Wir haben darüber gesprochen, Dinge vor dem Weißen Haus geheimzuhalten, doch bisher haben wir das nicht tun müssen. Ich meine aber, wir müssen uns das durch den Kopf gehen lassen, und wir müssen auch darüber nachdenken, was in späterer Zeit geschehen kann. Was fangen wir mit Material an, das wir *niemandem* zugänglich machen können?«

»Wenn wir anfangen, etwas zurückzuhalten«, sagte Harry, »und wir werden dabei erwischt, dann wird es große Aufregung geben, und alles wird aufgedeckt. Das Projekt wird uns aus den Händen genommen und an Leute übergeben, denen die Regierung trauen kann.«

»Nein.« Gambinis Zeigefinger drückte gegen seine Lippen. »Das hätten sie sicher längst getan, wenn sie es denn gekonnt hätten. Deren Problem besteht darin, daß es niemanden gibt, dem sie trauen können und der gleichzeitig eine Hilfe in dieser Angelegenheit darstellt. Sie haben Geheimdienstleute und Ingenieure, aber für diese Dinge brauchen sie Physiker. Deshalb haben sie bisher mit uns soviel Geduld bewiesen.«

»Cy«, fragte Wheeler, »ich habe es so verstanden, daß Sie dafür plädieren werden, alle Informationen der NCAS zu übergeben?«

»Ja. Besonders wohl fühle ich mich bei dem Schritt nicht, aber es ist meines Erachtens immer noch die beste von allen schlechten Alternativen.«

»Mit was würden Sie sich denn am wohlsten fühlen?« fragte Leslie.

Hakluyt fingerte am obersten Knopf seines Hemdes herum. »Mit nichts«, sagte er. »Vielleicht gibt es gar keine vernünftige Entscheidung.«

»Und wie ist es mit dir, Harry?« fragte Gambini. »Was empfiehlst du?«

Es war ein unangenehmer Augenblick, und Harry hatte sich noch nicht alles zu Ende durchdacht und zurechtgelegt. Wenn sie Informationen zurückhielten und dabei erwischt wurden (und man konnte sich bei diesen Burschen nicht darauf verlassen, daß sie diskret waren), wäre er seinen Job los und alles, wofür er sein ganzes Leben lang gearbeitet hatte. Schlimmer, ihm drohte vielleicht auch noch eine Anklage wegen Verrats.

Aber welche Alternative blieb denn noch? Wenn sie das Zeug nun dem Weißen Haus übergaben, hochentwickelte Waffen und DNS-Programmierung und was immer sonst noch darin steckte, wie würde die Welt dann in fünf Jahren aussehen?

»Ich weiß nicht«, sagte er. »Ich weiß es wirklich nicht. Ich denke, wir sollten einiges von dem Zeug zurückhalten. Sogar Cys Material. Ich denke auch darüber nach, was geschehen würde, wenn die Menschen nicht mehr sterben.«

Gambinis Augenbrauen hoben sich überrascht, und Harry glaubte danach in der Haltung des Projektleiters ihm gegenüber einen neuen Respekt zu erkennen.

»Pete?«

»Das DNS-Material sollte veröffentlicht werden. Wir haben kein Recht, es zurückzuhalten. Was den Rest angeht, so haben wir keine Wahl, als ihn für uns zu behalten. Ich möchte jedenfalls nicht zu denen gehören, die dafür verantwortlich waren, die Daten der Regierung übergeben zu haben. Und ich meine jeder Regierung.«

»Okay«, sagte Gambini. »Dem würde ich zustimmen ...«

»Ich bin noch nicht fertig«, sagte Wheeler. »Es gibt keinen Weg, wie wir die Kontrolle über die Informationen für alle Zeiten behalten können. Leslie hat recht, wenn sie meint, wir müßten uns etwas Längerfristiges einfallen lassen. Letztendlich ist es doch so, wenn wir weiterhin damit arbeiten und weiter entschlüsseln, wird es auch irgendwann an die Öffentlichkeit dringen. In diesem Gebäude befindet sich ein Wissen, das praktisch jeden in die Lage versetzt, einen Feind so schnell und umfassend auszuschalten, ohne einen Vergeltungsschlag fürchten zu müssen. Das ist es, damit wir das ganz klarsehen, worüber wir im Grunde reden. Und wenn es zur Katastrophe kommt, dann sind wir es, die dafür verantwortlich sind. Der Text ist wie die Büchse der Pandora. Einstweilen sind die Informationen sicher in Verwahrung. Einiges ist bereits im Umlauf, aber das meiste ist noch unbekannt, sogar uns. Ich empfehle, das wir den Deckel schließen. Für immer.«

»Nein!« Leslie war aufgesprungen. »Pete, wir können die Disketten nicht einfach vernichten! Wenn wir das tun, dann verlieren wir alles. Ich weiß, daß wir es mit einem furchtbaren Risiko zu tun haben, aber das, was wir daraus gewinnen können, ist einfach ungeheuer. Herkules könnte am Ende tatsächlich so etwas wie unsere Rettung sein. Aus eigener Kraft werden wir es weiß Gott nicht schaffen.«

Okay.« Gambini schüttelte den Kopf. »Wir scheinen uns an dieser Stelle uneins zu sein. Ich finde, Wheeler hat recht, bis auf seinen Vorschlag, das DNS-Material zu veröffentlichen. Es tut mir leid, Cyrus, aber das ist meine Meinung. Ich weiß nicht, wie lange wir ganz einfach abwarten können. Je länger wir uns nicht rühren, desto schwieriger wird es, alles aufzugeben.«

»Sie irren sich beide«, sagte Leslie. »Pete, Sie beschäftigen sich doch mit den großen Ursachen und dem letztendlichen Sinn in allem. Welchen praktischen Grund hat unsere Existenz als den, neue Dinge zu erfahren, unser Wissen zu mehren? Kennenzulernen, was jenseits der Erfaßbarkeit unserer Sinne liegt? Wenn wir die Herkules-Aufnahmen zerstören, so scheint mir, daß wir nicht nur uns einen überaus schlechten Dienst erweisen, sondern auch die Wesen mißachten, die einen Pulsar unter ihre

Kontrolle gebracht haben, um uns mitzuteilen, daß es sie gibt.«

»Wir wissen jetzt, daß sie da sind«, sagte Wheeler in einem ungewohnt scharfen Tonfall. »Das reicht!«

»Das reicht nicht«, widersprach Leslie. »Es reicht niemals. Wir müssen irgendeinen Mittelweg finden. Ich verlange ja nicht, daß irgend jemand glaubt, wir könnten alles unbegrenzt lange unter Kontrolle halten. Auf lange Sicht können wir das ganz bestimmt nicht. Aber im Augenblick schaffen wir es. Wenn wir nicht den Mund aufmachen und ansonsten darauf achten, was wir unseren Helfern an Arbeit geben und uns ständig miteinander abstimmen, dann müßte es eigentlich klappen. Wenigstens für eine Weile.«

»Hören Sie sich die Lady an«, sagte Hakluyt. »Was sie von sich gibt, klingt vernünftig. Wenn Sie den Text vernichten, dann läßt dieser Akt sich nicht wiedergutmachen. Es gibt dann kein Zurück mehr, und ich kann Ihnen versichern, daß Sie diesen Akt Ihr ganzes Leben lang bereuen werden. Und alle anderen ebenfalls.

So oder so, ganz gleich, was wir tun, das, was in diesen Aufnahmen enthalten ist, wird eines Tages sowieso auf uns zukommen, und bei dem Tempo, mit dem Wissenschaft voranschreitet, wird das schon sehr bald der Fall sein. Daher meine ich, daß es eigentlich gar nicht um das technische Wissen geht, das wir verlieren können. Was wir verlieren, ist der Kontakt mit einer anderen Rasse. Wenn die Disketten gelöscht werden, dann werden wir niemals mehr wissen, als uns im Augenblick bekannt ist. Und es ist mehr als wahrscheinlich, daß wir während der Existenz unserer Rasse nie mehr auf eine andere treffen werden. Und all das wollen Sie wegwerfen, nur weil wir nicht den Mut haben, zu tun, was getan werden muß?«

Als Harry das Wort ergriff, war seine Stimme nicht mehr als ein Flüstern. »Wie wäre es denn mit einer Hinhalteaktion? Wir könnten den Text irgendwo verstecken. Für ein paar Jahre. Vielleicht sogar auf unbestimmte Zeit. Bis die Welt eher dafür bereit ist.«

»Und wo wollen sie ihn verstecken?« fragte Hakluyt. »Was meinen Sie, wem können Sie den Text anvertrauen? Mir bestimmt nicht. Ed auch nicht. Nein, ich glaube, niemandem in diesem Raum. Wir haben unsere Leben der Suche danach verschrieben, was die Welt in Gang hält. Sie würden von Mäusen verlangen, den Käse zu bewachen.«

Harry seufzte. Er war schon zu lange für die Regierung tätig, um diese Art der Argumentation nicht auf Anhieb zu erkennen. Hakluyt irrte sich natürlich. Wenn die meisten Personen in diesem Raum nur an ihre Forschung dachten, so hatte Harry zumindest nur sein Überleben im Sinn.

Gambini schenkte sich Kaffee nach. »Wir wollen vorerst versuchen, alles für uns zu behalten. Wir werden später alle entscheiden müssen, was weitergegeben wird und was nicht. Falls jemandem noch irgend etwas einfällt, was wir beachten müssen, so soll er sich sofort bei mir melden. Pete, ich verstehe Ihre Sorgen. Wir werden uns bemühen, vorsichtig zu sein. Aber ich kann mich einfach nicht dazu durchringen, alles zu zerstören.«

»Nein«, sagte Wheeler. »Jetzt und in Zukunft nicht.«

Die Versammlung löste sich in düsterer Stimmung auf. »Ich denke«, sagte Leslie, »daß wir mal auf andere Gedanken kommen sollten. Das Arena hat uns einige Freikarten für *Signale* geschickt. Hat jemand Lust mitzukommen?«

»Ist das nicht diese Show über uns?« fragte Gambini.

»Ja. Oder es handelt zumindest von einem Funkkontakt. Es ist ein Musical.«

»Das«, meinte Wheeler, »das ist ja überaus passend.«

Die U.S.S. *Feldmann* pflügte ungefähr dreihundert Meilen west-nord-westlich von Murmansk durch die weißen Fluten der Barentssee. Das Schiff dampfte seit einer Woche geduldig hin und her auf einem Kurs, der in etwa parallel zur russischen Küste verlief.

Die *Feldmann* war ein umgebauter Zerstörer der Spruance-Klasse. Ihre Helikopter, Raketenwerfer, Geschütztürme und Torpedorohre waren allesamt entfernt worden. Dafür hatte die Navy ein ganzes Arsenal von elektronischen Beobachtungsgeräten eingebaut, die dem Schiff gestatteten, die Aktivitäten der Kriegs- und der Handelsmarine in den nördlichen Häfen zu überwachen. Das besondere Interesse der *Feldmann* galt sowjetischen U-Boot-Operationen.

Lieutenant Rick Fine, einer der vier diensthabenden Nachrichtenoffiziere, nahm seine Aufgabe sehr ernst. Er war sich darüber im klaren, daß das Überleben seines Landes im Fall feindlicher Aktionen von seiten der Sowjetunion von der Fähigkeit der Amerikaner abhing, die sowjetische U-Boot-Macht bereits in den ersten Minuten des Krieges unschädlich zu machen.

Während der letzten Jahre des zwanzigsten Jahrhunderts, als die Interkontinentalraketen zunehmend genauer und effektiver wurden und bemannte Bomber allmählich der Vergangenheit angehörten, gewann das Unterseeboot eine zunehmende Bedeutung dank seiner Fähigkeit, sich in den Weiten des Ozeans zu verstecken. In dem Bemühen, der Bedrohung durch die ständig wachsende Flotte feindlicher U-Boote zu begegnen, fingen die Vereinigten Staaten während der siebziger Jahre an, ein dichtes Netz von Unterwasserhorchposten zu installieren. Mit dem Codenamen ARGOS belegt, nahm das System nach und nach seine Tätigkeit auf; aber schon gegen Ende der zweiten Reagan-Administration war die Navy in der Lage, alles wahrzunehmen, was sich in den strategischen Gewässern der Welt bewegte. Und diese Fähigkeit zusammen mit dem, was ORION leistete, bewirkte, daß die Vereinigten Staaten für einen Atomangriff unverwundbar waren.

Während die *Feldmann* durch die eisigen Fluten vor der nördlichen Küste der UdSSR patrouillierte, versah die Navy eine Flotte von Zerstörern und Kreuzern mit Teilchenstrahl-Projektoren. Ständig zwischen den sowjetischen U-Booten und ihren Zielen stationiert, wären die Schiffe der Navy in der Lage, die Raketen genauso wirkungsvoll zu vernichten, wie die Satelliten die Interkontinentalflugkörper ausschalteten. Das nukleare Patt war, obgleich Fine es zu diesem Zeitpunkt nicht wissen konnte, praktisch perfekt.

Die *Feldmann* war ein Teil von ARGOS. Ihre vorwiegende Aufgabe bestand in der Überwachung des Kurzstrecken- und Hochgeschwindigkeits-Funkverkehrs zwischen den U-Booten und ihren Basen. Aber sie war ein vielseitiges Schiff, geeignet und bereit, sich auch anderen Zielen zuzuwenden, die sich gerade anboten.

All dies wurde aus sicherer Entfernung mittels elektronischer Hilfsmittel erledigt. Die *Feldmann* wurde offiziell als Wetterbeobachtungsschiff geführt, aber die Sowjets waren natürlich ebenso über das Schiff orientiert, wie das Pentagon über die sowjetischen Fischerboote vor den amerikanischen Küsten Bescheid wußte.

Fine sollte um Mitternacht die Wache ablösen, und wie immer, wenn er für die Nachtschicht eingeteilt war, konnte er nicht schlafen. Er gab seine Versuche am Ende auf, da er wußte, daß er nachher vom sinnlosen Daliegen nur noch mehr müde wurde als vom Lesen oder Briefe schreiben.

Fine war klein und untersetzt. Seine Einberufung zur Reserve war von OCS in Newport, Rhode Island, ergangen, wo er beinahe durchgefallen wäre. Zwei Drittel seiner Klasse hatten versagt. Seines Zeichens Absolvent eines Kunststudiums, hatte er festgestellt, daß der technische Teil der Kurse für Maschinen- und Waffentechnik sein Begriffsvermögen fast überstieg. Am Ende hatte er es nur geschafft, weil er sich an den Sonntagen intensiv mit Trigonometrie beschäftigt hatte, also in der einzigen Freizeit, die den Kandidaten zur Verfügung stand. Während ihrer sechsten Woche hatten sie Offiziersuniformen erhalten. Fine, damals am Rande des persönlichen Untergangs, hatte die Insignien eines Offiziers erstanden, den Adler und die gekreuzten Anker. Er hatte beides an seiner Ersatzmütze befestigt, und hatte, obwohl er sie nicht hatte tragen dürfen, die Mütze auf die Lehrbücher auf seinem Schreibtisch gelegt, wenn er sich abends hinsetzte, um zu arbeiten.

Er verließ seine Kabine und schaute sich einen Film in den Mannschaftsquartieren an und ging dann hinaus auf Deck.

Die Nächte vor Murmansk waren selbst im Mai noch bitterkalt. Ein hellgelber Mond stand über der ruhigen wie poliert wirkenden Wasseroberfläche. Die Sterne funkelten hell durch weiße Nebelschwaden. Fine hatte die meisten der Weltmeere befahren, und ihm kam es so vor, als wären die Sterne nirgendwo näher als innerhalb des Polarkreises.

Er würde nicht lange draußen bleiben, jedenfalls nicht bei diesen Temperaturen. Er beugte sich über die Reling und blickte in das schäumende Kielwasser. Über ihm rotierten acht oder neun Antennen mit unterschiedlichen Geschwindigkeiten, und der Stahlboden vibrierte leise von dem stetigen Pulsieren der Maschinen.

Ein paar Männer in ihren Parkas gingen stumm an ihm vorbei. Fine hatte auch Geschichte studiert, und er betrachtete sich selbst nun als einen modernen Nachfahren der Römer, die früher bis zu den Grenzen der westlichen Zivilisation vorgedrungen waren. »Fine!« Einer der Männer in den Parkas war zurückgelaufen. »Sind Sie das?« Es war Brad Westbrook, der Funkoffizier der *Feldmann*.

Fine nickte lässig und spielte die Rolle des alten, erfahrenen Veteranen. Westbrook befand sich auf seiner ersten Fahrt und gehörte nicht zu Fines Einheit.

»Wir haben unser U-Boot wiedergefunden«, sagte Westbrook. »Was treibt ihr Burschen überhaupt?«

Tatsächlich hatte das U-Boot, von dem Westbrook redete, sie seit ihrer Ankunft im Operationsgebiet beschattet. Es handelte sich dabei um die *Nowgorod*, eines der Dieselschiffe älterer Bauart. Die Sowjets hängten sich routinemäßig an Spionageschiffe und verfolgten sie bis nach Liverpool. Aber nur die Nachrichtenleute wußten das; die Trennung zwischen dem Beobachtungsteam und der Schiffsmannschaft war absolut. Sogar der Schiffskapitän hatte nur ein begrenztes Wissen über die exakte Natur der Mission der *Feldmann*, wenngleich er sich natürlich vieles selbst zusammenreimen konnte.

»Was ist so neu daran?« fragte Fine. »Sie haben das U-Boot doch schon früher gesehen.«

»Ich komme mir vor, als würde ich anfangen, sie persönlich zu kennen.« Er nickte hinüber zu dem anderen Lichtstrahl. Im hellen Mondlicht, knapp zweitausend Meter weit entfernt, schnitt die graue Haiflosse eines Kommandoturms durch das ruhige Wasser. Er kam auf sie zu, während er sie beobachtete, und beschrieb dabei einen weiten Bogen.

Der Bug der *Feldmann* hob sich leicht, und Fine spürte die Kraft in den Schotts, als die vier GE-Turbinen des Schiffs hochliefen. Das Schiff begann einen weiten Bogen in entgegengesetzter Richtung, weg von dem U-Boot. Vorne sah er den Kapitän aus seinem Quartier kommen und die Leiter zur Brücke hinaufeilen.

»Katze und Maus«, sagte Fine. »Dazu kommt es manchmal.«

Der Kommandoturm glitt unter die Oberfläche und hinterließ nur eine geringe Turbulenz.

Fine ging nach unten. Die Räume, die von der Nachrichtengruppe besetzt wurden, befanden sich direkt hinter der Gefechtsinformationszentrale. Er tastete den Code in das Serienschloß, stieß die Tür auf und erlebte eine Überraschung.

Gewöhnlich war die Atmosphäre am Ende einer Wachperiode aufgelockert, doch das halbe Dutzend Unteroffiziere und Mannschaften im Horchposten arbeiteten konzentriert an den Monitoren und den on-line geschützten Abhörgeräten. Der Lieutenant, an den Fine sich wandte, unterhielt sich gerade mit seinem Nachrichtenanalytiker.

»Rick«, sagte er, während er sich umdrehte, »was ist da oben los?«

»Ein kleines Spielchen mit der *Nowgorod*. Die eigentliche Frage ist doch, was ist hier unten im Gange?«

»Die Sowjets werfen alles, was sie haben, ins Wasser. Selbst die beiden Victors, die während des vergangenen Monats im Dock gelegen haben. Mein Gott, Rick, so etwas habe ich noch nie erlebt.«

Das waren seine letzten Worte.

Die Männer an Deck sahen das Torpedo nicht einmal.

Im Arena wurde das Millionen Lichtjahre entfernte Signal durch einen Kreis leuchtender, geflügelter Tänzerinnen dargestellt, die unter dem Symbol einer mit Ringen umgebenen Welt und einer fernen Galaxis über den Mittelteil der Bühne schwebten. In dieser Version wurde das altheanische Signal von einem alten Zenith-Empfänger in einer Tankstelle in Tennessee aufgeschnappt. Zuerst glaubte natürlich niemand an die Herkunft der Nachricht. Der Sender sprach Englisch mit einer schwülen weiblichen Stimme, antwortete auf Fragen und machte spaßige Bemerkungen in Richtung Publikum.

»Sie hat«, so stellte Leslie fest, »eine etwas lebendigere Persönlichkeit als unser Alien.«

Am Ende fand alles einen zufriedenstellenden Schluß, wie es in Musicals nun mal üblich ist.

Harry las nun regelmäßig in dem Altheis-Hefter, den Leslie ständig mit neuen Übersetzungen füllte. Sie wurde besser, aber Harry fand immer noch das meiste unverständlich. Am Abend, an dem sie sich *Signale* ansahen, stieß er auf eine Abhandlung über die Natur der Ästhetik. Aber die einzigen Dinge, die behandelt wurden, waren natürlichen Ursprungs: Sonnenuntergänge, von Dunst verhüllte Meere und fliegende Tiere unbestimmten Typs. (Ja, immer wieder das Meer.) Nirgendwo gab es einen Hinweis darauf, daß die Altheaner an ihrer eigenen Art etwas als schön empfanden oder in den Werken ihres Geistes.

Er fragte sich, ob die Autoren des Textes ihrer eigenen Arbeit eine solche Qualität zugestanden hätten.

Und wenn es ein einziges, beherrschendes Bild im Hefter gab, das er nicht aus seinem Bewußtsein vertreiben konnte, dann war es das von dunklen Gestaden, die stumm vorbeiglitten.

MONITOR

SOWJETS BEHAUPTEN, SPIONAGESCHIFF INNERHALB DER HOHEITSGEWÄSSER GESICHTET ZU HABEN

KÜSTENWACHE BRINGT SOWJETISCHES FISCHERBOOT VOR HATTERAS AUF
Keine Vergeltungsaktion für *Feldmann*-Angriff

SECHS EINWOHNER VON ALABAMA AUF *FELDMANN*
Freeman hält Gedenkgottesdienst in Chattanooga

WÜTENDER MOB BEDRÄNGT TAIMANOW IN NEW YORK
Sowjets beklagen langsame Reaktion der Polizei
Acht Verletzte vor Vereinten Nationen

THEATER-BUMMEL
VON
Everett Greenly

Signale, dessen Premiere in der vergangenen Woche im Arena stattfand, hat eine Menge guter Musik, einige packende Tanzszenen, eine hervorragende Besetzung und eine gute Regie. Unglücklicherweise reicht das nicht aus, um ein Buch zu retten, das praktisch von Anfang an ausschließlich auf vordergründige, billige Lacher setzt. Wir hätten eigentlich mehr von Adele Roberts erwartet, die in der vergangenen Saison ...

KREBS RAFFT 17JÄHRIGEN ATHLETEN HIN
Mesa (Tribune News Service) – Brad Conroy, der junge Laufstar, der vor sechs Monaten auf dem besten Weg schien, sich eine Teilnahme bei den Olympischen Spielen zu sichern, starb heute morgen an einer seltenen und besonders heftigen Form von Leukämie ...

800 TOTE NACH RAKETENANGRIFF
AUF PASSAGIERFLUGZEUG
Arabische Terroristen fordern Freilassung
zahlreicher Gefangener
›sonst werden Boden-Luft-Angriffe fortgesetzt‹

WSG&E MELDET MÖGLICHERWEISE KONKURS AN
... die große Energiefirma, deren Aktienkapital während des Zusammenbruchs im März siebzig Prozent seines Wertes eingebüßt hatte, befindet sich noch immer in großen Schwierigkeiten. Eine beabsichtigte Aufstockung des Aktienkapitals, die dazu hätte beitragen sollen, in diesem Monat fällige Forderungen zu begleichen, mußte ausfallen. WSG&E versucht nun, bei Gläubigern Fristverlängerungen zu erreichen ...

17 Admiral Jacob Melrose hatte sich in eine Hypothekenbelastung begeben, die er nicht tragen konne. Er hatte sich ein bescheidenes Anwesen im Fairfax County gekauft und seine Ersparnisse und die Einnahmen aus einer Einlage in eine Papierfabrik im Mittleren Westen genommen, um eine beträchtliche Anzahlung zu leisten. Doch am Ende stimmte seine Rechnung hinten und vorne nicht, und er würde wohl verkaufen müssen. Als er am Abend erfuhr, was im Atlantik geschah, dachte er nur, daß es wahrscheinlich ohnehin gleichgültig war, was er tat.

Er hielt sich zusammen mit achtzehn sehr wortkargen Männern und Frauen im Krisenraum des Weißen Hauses auf. Der Präsident kam als letzter. Er schloß die Tür hinter sich, tauschte besorgte Blicke mit Max Gold, dem Außenminister aus, und nickte Melrose zu. Der Admiral schürzte die Lippen, schaute hinunter auf seinen Boß, Rob Dailey, den Chef der Marine, und nahm seine Position hinter dem Rednerpult ein.

»Mr. President«, begann er, »meine Damen und Herren. Wie sie wissen, ist am Dienstagabend die *Feldmann* versenkt worden. Das Schiff ist während einer Routinefahrt von sowjetischen U-Booten angegriffen worden. Praktisch alles, was die UdSSR aufbieten kann, befindet sich zur Zeit auf hoher See. Ein Wiederaufbau- und Wartungs-Programm für ihre Kampfflugzeuge wurde in Gang gesetzt. Die Anzahl der Blackjacks, die sie zur Zeit zur Verfügung haben, machen mehr als ein Viertel dessen aus, was wir ihnen entgegenhalten können. Raketenabschußbasen sind in erhöhter Bereitschaft, und die sowjetische Armee hat versucht, sich unauffällig in vorgeschobene Position entlang der westdeutschen Grenze zu begeben.« Melrose trat vom Rednerpult zurück und starrte auf die Männer und Frauen hinab, deren Gesichter der überwältigenden Mehrheit der Amerikaner bekannt waren. Sie beobachteten ihn jetzt ängstlich und hofften, daß er sie einmal mehr beruhigen würde. Aber nicht heute abend, dachte er. Und vielleicht nie wieder. »Ich muß Ihnen mitteilen«, fuhr er fort, »daß alles darauf hinweist, daß die Sowjetunion im Begriff ist, einen Großangriff auf die Vereinigten Staaten vorzubereiten.«

Der Präsident hatte kaum etwas anderes erwartet. Die anderen waren nur mit dem Wissen eingetroffen, daß Melrose ausschließlich in Krisenzeiten auftrat. Harbison aus dem Verteidigungsministerium erbleichte so abrupt, daß der Präsident glaubte, ihm würde auf der Stelle schlecht. Mrs. Klinefelder von der NSC bohrte sich einen Fingernagel in die Handfläche.

»Vielleicht ist es nur eine Übung«, meinte Al Snyder, der Sonderassistent des Außenministers.

»Die diplomatischen Aktivitäten lassen einen anderen Schluß zu«, sagte Melrose. »Ihre Handelsschiffe werden zurückgerufen. Taktische Flugzeuge werden in vorgeschobene Basen gebracht.«

»In Teufels Namen!« Clive Melbourn, der Stabschef des Präsidenten, hockte zusammengekauert da. »Ich dachte, wir würden die meisten ihrer diplomatischen Codes kennen. Wissen wir denn nicht, was sie sagen?«

»Ja«, erwiderte der Admiral, »wir verstehen die meisten niederrangigen diplomatischen und Armee-Systeme. Sie vermitteln uns Informationen über Personaländerungen, Nachschubforderungen und ähnliche Dinge. Aber sie sagen nicht viel über die jeweilige Politik aus.«

»Mel.« Patrick Maloney hatte fleißig Notizen gemacht. »Was könnten sie sonst tun? Ich meine, welche anderen Erklärungen bieten sich möglicherweise für ihre derzeitigen Aktivitäten an?«

Melrose studierte die kleine Gruppe Männer und Frauen und kam zu dem Schluß, daß die meisten von ihnen ernsthaft Angst hatten. »Mr. Maloney«, sagte er, »wenn Sie durch eine dunkle Straße gingen und jemand mit einem Knüppel in der Faust käme auf Sie zu, dann bin ich nicht sicher, ob es so konstruktiv wäre, nach mehr als einer Erklärung zu suchen.«

»Wann?« fragte der Präsident. »Wann werden Sie angreifen?« Seine Stimme klang heiser.

»Sie werden uns beobachten und nach einem Hinweis

suchen, daß wir wissen, was im Gang ist. Sie glauben sicher, daß wir Bescheid wissen. Aber sie können es nicht mit letzter Sicherheit sagen. Wenn sie irgendwelche Bemühungen bei uns beobachten, daß wir unsere Kampfbereitschaft erhöhen, werden sie sich verleitet sehen, augenblicklich zuzuschlagen.«

Die Atmosphäre war noch immer angespannt. Gold zündete sich eine Zigarette an. Santana von der CIA lehnte sich gemütlich zurück und schlug die Beine übereinander. (Nichts schien den Direktor jemals aus der Ruhe zu bringen.)

Hurley stand auf. Er hatte etwa zwei Stunden Zeit gehabt, um sich auf diese Situation vorzubereiten, aber er hatte dennoch Mühe, seine Stimme unter Kontrolle zu halten. »Wenn die Entwicklung so weiterläuft wie bisher«, fragte er, »wann werden sie einen uneinholbaren Vorsprung erlangt haben?«

»Die U-Boote dürften in zweiundsiebzig Stunden ihre Positionen bezogen haben. Danach ...« Melrose zuckte die Achseln.

Der Präsident wandte sich an Armand Sachs, den Sprecher der Vereinigten Armeeleitung. »Was können wir tun, ohne die Sowjets zu sehr zu beunruhigen?« fragte er.

»Das ist schwer zu sagen, Mr. President ...«

»Das läßt sich sehr einfach sagen!« unterbrach Melrose ihn. »Jeder Schritt, den wir unternehmen, wird in Moskau aufmerksam beobachtet. Ihre Nachrichtendienste und ihre Spionagesatelliten sind einfach zu gut, um uns eine halbwegs realistische Chance einzuräumen, sie zu überlisten.«

Sachs funkelte den Admiral wütend an. »Ich glaube kaum, daß das etwas ändert«, sagte er. »Tatsächlich wäre das falscheste, was wir tun können, der Versuch, so zu tun, als wüßten wir nicht, was auf uns zukommt. Wenn wir auf Gelb gehen, dann werden sie ganz bestimmt nichts versuchen. Sie haben keine Überlebenschance, wenn sie es nicht schaffen sollten, uns völlig unvorbereitet zu treffen. Und das wissen diese Bastarde genau!«

»Mel«, fragte Hurle, »warum haben sie die *Feldmann* angegriffen?«

»Ich habe nicht den leisesten Schimmer, Mr. President. Ich weiß, daß der Außenminister gestern mit dem sowjetischen Botschafter konferiert hat. Wenn ich mal fragen darf, welche Story hatte er denn diesmal auf Lager?«

Gold blickte nicht vom Tisch hoch. »Die Russen behaupten, die *Feldmann* habe spioniert. Und daß sie in ihre Gewässer eingedrungen sei.«

»Das ist eine gottverdammte Lüge«, sagte Melrose. »Sie waren gut fünfzig Meilen weit draußen. Letztendlich ist es ja so, daß unsere Geräte auch gar nicht so wirkungsvoll sind, wenn wir zu nahe ans Zielobjekt herankommen.«

»So oder so«, meinte Gold, »das ist ihre Version. Aber ich glaube, ich verstehe die Frage des Präsidenten nicht. Sie haben die *Feldmann* versenkt, um ihre Mobilmachung zu verbergen, oder etwa nicht? Übersehe ich vielleicht etwas?«

Der Admiral ging zum Rednerpult an einem Ende des langgestreckten Raums und drückte auf einen Knopf. Eine Wandkarte von der Sowjetunion leuchtete auf. »Die *Calloway* steht vor Vlad, und die *Huntington* operiert hier unten an der Camranh Bay. Keines der Schiffe wurde irgendwie bedrängt. Aber es gab auch dort größere Truppenbewegungen. Es ist eigentlich sinnlos, nur ein Schiff anzugreifen.«

»Überdies«, fügte der Präsident hinzu, »haben sie die *Feldmann* fast drei Stunden lang ihre Beobachtungen durchführen lassen, ehe sie sie angriffen. Sie mußten wissen, daß es schon zu spät war.«

»Dennoch haben sie das Schiff versenkt«, sagte Maloney. »Vielleicht aus ohnmächtiger Wut. Aus Frustration.«

»Ich habe schon eine Menge Erfahrungen mit den Russen gemacht«, sagte Gold in seiner typischen hochmütigen Art. »Man kann sich recht gut vorstellen, daß ein Befehlsführender vor Ort die Chance nutzt, sich vor seinen Vorgesetzten ins rechte Licht zu rücken.«

Melrose überdachte die Möglichkeiten. »Vielleicht eine Art Reflexreaktion«, sagte er. »Das wäre möglich. Aber wir kennen den Kommandanten in Murmansk recht gut. Es wäre überaus unwahrscheinlich, wenn er plötzlich so etwas wie Initiative bewiese oder das Risiko einginge, sich in Schwierigkeiten zu bringen. Vielleicht jagen wir auch einem Phantom nach. Andererseits ist es durchaus möglich, daß wir irgendwie einen U-Bootkommandanten in Rage gebracht haben. Aber auch das ist schwer nachvollziehbar. Sowjetische Offiziere verhalten sich ganz einfach nicht so. Das heißt, sie handeln niemals ohne einen ausdrücklichen Befehl.«

»Und was«, fragte der Präsident, »war denn die Folge dieses Angriffs?«

Patrick Maloney kratzte sich am Hinterkopf und betrachtete dann aufmerksam seine Fingerknöchel. »Nichts«, sagte er. »Es war nichts als ein schlimmer Fehler, ein fauxpas. Alles, was damit erreicht wurde, war, uns zu warnen.«

»Ja«, sagte Hurley. »Es erscheint einem eher als ein Zeichen, eine Imponiergeste. Ich denke, sie dachten gar nicht daran, verbergen zu wollen, was sie taten. Ich frage mich, ob sie sich nicht sogar gezielt darum bemüht haben, unsere Aufmerksamkeit zu erregen.«

»Warum?« fragte Melrose.

»Ich habe heute abend eine Verabredung mit Taimanow«, sagte Hurley. »Vielleicht erhalten wir dann einige Antworten auf unsere Fragen.«

Harry war überrascht, Hakluyt in seinem Büro vorzufinden, als er am Spätnachmittag nach einem Seminar über Motivation dorthin zurückkehrte. »Ich brauche Hilfe«, erklärte er, während Harry sein Jackett aufhängte und sich müde in einen Sessel fallen ließ. »Ich möchte in einen von Gambinis Archivschränken einbrechen.«

»In den mit dem DNS-Material? Cy, das kann ich nicht für Sie tun.«

»Warum nicht? Harry, Ed Gambini ist ein Fanatiker. Er hat dort Lösungen eingeschlossen, nach denen Forscher schon seit sechzig, siebzig Jahren suchen. Hören Sie, der verrückte Bastard hat mir geschworen, er würde alles vernichten, falls ich den Versuch mache, ihm das Zeug zu entwenden. Klingt das für Sie besonders vernünftig?«

Harry schneuzte sich die Nase, dann steckte er sich ein Eukalyptusbonbon in den Mund, um das Kratzen in seinem Hals zu lindern.

»Was hielten Sie denn von mir, Carmichael, wenn ich zum Beispiel eine Heilung für Ihren Heuschnupfen wüßte und mich weigern würde, sie Ihnen zu verraten?«

Harry schneuzte sich erneut und lächelte schwach.

»Und das ist nur eine laufende Nase, Harry. Verdammt noch mal, stellen Sie sich vor, Sie hätten Krebs!«

»Was wollen Sie, daß ich tun soll?«

»Zeigen Sie mal, wer das Sagen hat.« Hakluyt hatte seit zwanzig Jahren nicht mehr so geredet. »Sie sind schließlich der Chef dieses Ladens. Sie kommen an den Schlüssel heran. Tun Sie's, und wir machen es nachts, gehen rüber und holen das Zeug raus!«

Tief in Harrys Magen entstand ein Brennen. Bekam er etwa ein Magengeschwür? Himmel, warum hing alles immer an ihm? Diese Leute um ihn herum – Gambini, Hakluyt, Wheeler, Leslie, Rimford – schienen stets zu wissen, was richtig war. Er hatte auch nicht die Andeutung eines Zögerns bei einem von ihnen bemerkt, abgesehen vielleicht von Baines Hemmungen, den Text zu vernichten. »Nein«, sagte er leise, »das kann ich nicht tun.«

»Harry, bitte. Es ist ein Sicherheitsschrank. Ohne Ihre Hilfe bekomme ich ihn nicht auf!« Hakluyt holte ein schwarzes Lederetui aus der Tasche und hielt es ihm hin. »Ich kann zahlen, Harry. Ich kann mit etwas zahlen, das Sie niemals kaufen können.«

Harry schaute Hakluyt zweifelnd an, dann auf das Etui. Darin lagen zwei Röhrchen, ein Fläschchen Alkohol und eine Injektionsspritze in einer roten Samthülle. »Was ist das?« fragte er.

»Das sind die Augen eines jungen Mannes. Ich weiß nicht, was sonst noch.«

Harry atmete tief ein. »Es gibt Leute, deren Augen sind noch schlechter als meine. Geben Sie es denen.«

»Bei denen würde es nicht wirken. Es ist eigens für Sie geschaffen, Harry. Sie können es ruhig nehmen; es würde niemanden sonst etwas nützen.«

»Wie ist das möglich?« Harry schaute den Mikrobiologen mit zusammengekniffenen Augen an.

»Ich brauche nur eine jüngere Urinanalyse, eine Blutanalyse und ein paar andere Dinge. Ich entschuldige mich dafür, aber ich wußte nicht, wie Sie reagieren würden.« Er holte einen Tupfer hervor und tränkte ihn mit Alkohol. »Krempeln Sie den Ärmel hoch, Harry«, sagte er.

»Sie verlangen aber ganz schön viel dafür, daß ich die *Post* wieder ohne meine Brillen lesen kann. Cy, ich glaube, Ed Gambini hat recht! Ich denke, wir haben es hier mit einer Zeitbombe zu tun, und ich möchte nicht zu denen gehören, die sie scharfmachen.«

Hakluyt nickte. »Ihren Ärmel, Harry. Keine Verpflichtung. Ich möchte Ihnen nur einen Eindruck von dem vermitteln, was in dem Schrank eingeschlossen ist. Sie haben doch einen Sohn, nicht wahr?«

»Ja.« Harry ging sofort in Abwehrstellung.

»Er heißt Thomas.«

»Ja.« Widerstrebend entlößte Harry seinen Arm und spürte, wie die Nadel durch seine Haut drang. »Sie brauchen eine Impfung. Da ich in diesem Bereich eigentlich nicht tätig werden darf, kann ich aber auch niemanden sonst dafür heranziehen. Ich komme am Donnerstagnachmittag in Ihr Büro.«

»Warum haben Sie Tommy erwähnt?« Harry spürte, was nun kam, und ihm brach der Schweiß aus.

»Soweit ich weiß, hat Ihr Junge Diabetes.«

»Ja.«

»Harry, ich kann Ihnen nichts versprechen. Nicht in diesem Stadium. Ich weiß ein wenig, aber nicht genug. Wenn ich die Diskette von Gambini in die Finger bekomme, dann kann ich vielleicht etwas tun.« Der Mikrobiologe erhob sich aus seinem Sessel. »Machen Sie den Schrank auf, Harry. Um Gottes willen, tun Sie's!«

Taimanow lehnte den angebotenen Drink ab. »Mr. President«, sagte er, »ich führe mit Ihnen und Ihren Vorgängern nun schon seit dreizehn Jahren Gespräche. Ich muß gestehen, daß meine Beziehung zu Ihnen eine besonders persönliche ist: Sie sind ein ehrlicher Mensch. Und ich möchte schon gerne annehmen, daß zwischen uns so etwas wie eine Freundschaft besteht.«

Hurley unterdrückte seine Verärgerung und nickte zustimmend.

»Ich muß auch sagen, daß, obgleich viele dieser Treffen unter schwierigen Umständen stattgefunden haben, dies das erste Mal ist, daß ich mit einem Inhaber dieses Amtes« – er hielt inne und richtete seinen durchbohrenden Blick auf den Präsidenten – »unter dem Eindruck eines unmittelbar drohenden Krieges gesprochen habe.«

»Warum?« fragte Hurley. »Warum tun Sie das?«

»Habe ich gesagt, Sie seien ehrlich?« fragte Taimanow. »Jetzt sind Sie nicht ehrlich. Erzählen Sie mir mal etwas über Ihren Zeitplan bei ORION.«

»Sechs Monate bis ein Jahr«, log Hurley glatt.

»Mr. President, unsere Quellen deuten an, daß das System so gut wie einsatzbereit ist. Noch eine Fährenladung, vielleicht auch zwei. Und danach? Wären wir Ihnen so gut wie ausgeliefert, oder etwa nicht?«

»Es ist eine Verteidigungswaffe.«

»Mag sein. Und was sagen Sie dann zu uns, wenn Sie uns die Pistolen an den Kopf halten und wir keine Waffen mehr hätten?«

Es war eine Frage, die sie erwartet hatten, und der Außenminister hatte empfohlen, daß Hurley sich auf sein persönliches Verhältnis zu dem fremden Minister berufen solle. »Es weiß, daß Sie ihn niemals mit der Bombe bedrohen würden«, hatte der Außenminister gesagt. Aber das Argument klang jetzt seltsam hohl. Hurley blickte tief in Taimanows eisige Augen.

Was würde er tun, wenn ORION im Einsatz war? Wie sähe seine Verantwortung gegenüber einer Nation aus, die seit einem halben Jahrhundert gegen den Ehrgeiz und die

Unbarmherzigkeit der Sowjets gekämpft hatte? Es wäre die Gelegenheit der Amerikaner, eine Gelegenheit, wie sie vielleicht nie wieder käme, um ein Ende zu machen! Die Gelegenheit, eine echte Pax Americana zu schaffen und ungehindert den Prozeß in Gang zu setzen, die Irren dieser Welt zu entwaffnen.

Der Präsident betrachtete sich mehr und mehr als den Mann, der der Welt wirklich den Frieden gebracht hatte, der die Grundlage geschaffen hatte für den Übergang in die paradiesischen Gefilde des einundzwanzigsten Jahrhunderts.

Das Hurley-Zeitalter.

Wohlstand und Fortschritt würden folgen, eine Ära des Wohlbefindens, zuerst erzwungen durch die totale militärische Beherrschung der Welt durch die Vereinigten Staaten. Aber am Ende würde sich eine globale Ordnung durchsetzen, wie die Menschheit sie noch nie zuvor gesehen hatte. Sie war möglich geworden. Und die furchtbare Ironie war, daß die Sowjetunion, die Nation, die gewillt und bereit war, alles zu riskieren, um ihn aufzuhalten, ihr größter Nutznießer wäre. »Sie kennen mich, Alex«, sagte er nach langem Zögern. »Sie wissen, daß ich niemals einen Angriff befehlen würde.«

»Sie brauchen es gar nicht«, sagte der Außenminister Rußlands einsichtig. »Wir würden völlig nackt vor Ihnen stehen, oder etwa nicht? Alle diese Schwierigkeiten hätten vermieden werden können, hätten Sie sich dazu durchringen können, uns Zugang zum Herkules-Text zu gewähren. Nun beginnen endlose Komplikationen, und die Gefahren sind furchtbar.« Er schaute hinauf zum Portrait von Theodore Roosevelt.« »Sie haben Ihre Bewunderung für den ersten Präsidenten Roosevelt vor langer Zeit einmal geäußert. Wenn er sich an Ihrer Stelle befände und praktisch straflos handeln dürfte, was könnten wir erwarten?«

»Ich bin kein Teddy Roosevelt«, sagte Hurley.

»Soll ich Ihnen dann sagen, was wir tun würden?« Taimanow war kein alter Kosake wie die zwei Generationen von Sowjetführern, die ihm vorausgegangen waren. Seine

Familie hatte es bereits zu Zeiten der Romanows in Petersburg zu Ansehen und Einfluß gebracht. Sie hatten die Revolution mehr oder weniger unversehrt überlebt, hatten ihren Einfluß und ihre Traditionen erhalten können und schickten ihre Söhne weiterhin ins Ausland auf die Schule. Taimanow war in Oxford gewesen, als die deutsche Wehrmacht in der Sowjetunion eingefallen war.

»Was würden Sie denn tun?« fragte Hurley.

»Im Gegensatz zu der im Westen vorherrschenden Meinung wünschen wir uns keine Welt, in der es keine Vereinigten Staaten gibt. Aber wir hätten es gerne mit einer amerikanischen Nation zu tun, die weniger mißtrauisch und vielleicht auch weniger hochmütig ist. Um die liebsten Begriffe Ihrer Presse zu verwenden, Mr. President, Ihr Land ist paranoide und arrogant — eine schlimme Kombination. Im Grunde gibt es dennoch keine echten Interessenskonflikte. Aus eben diesem Grund hat es auch niemals einen Krieg zwischen der Sowjetunion und den Vereinigten Staaten gegeben. Unsere Interessen kollidieren nicht.

Nur in dieser Nachkriegswelt, wo die Angst voreinander fast schon ein Eigenleben entwickelt hat, liegt eine Gefahr. Wir würden diese Angst gerne auslöschen und mit den Vereinigten Staaten in einem friedlichen Nebeneinander leben. Wenn wir nicht mehr einen Angriff von Ihnen zu befürchten hätten, dann würden Sie schon sehr bald sehen, wie schnell unsere Haltung sich ändern würde. Aber dieser glückliche Zustand kann offensichtlich nur durch Gewalt oder durch die Androhung von Gewalt herbeigeführt werden. Kurz gesagt, wir würden uns Ihrer Freundschaft versichern. So wie Sie ohne Zweifel Anstrengungen unternehmen würden, sich um unsere zu bemühen. Mr. President, glücklicherweise gibt es eine Lösung, doch die erfordert Mut.«

»Und woran denken Sie?«

»Wenn Ihnen wirklich etwas an Frieden und nicht an Überlegenheit liegt, dann werden Sie uns den Herkules-Text zugänglich machen.«

»Ich verstehe.«

»Ich begreife, daß dies keine Bitte ist, die Sie begrüßen. Ehe Sie jedoch antworten, sollte Ihnen klar sein, daß meine Regierung Ihre derzeitige Position als unhaltbar ansieht. Niemand glaubt, daß die USA ihre Überlegenheit nicht benutzen werden, um die politische Macht der Sowjetunion zu zerstören. Ich bin sicher, daß Sie nicht soweit gehen und Kernwaffen einsetzen würden, selbst wenn wir Sie überlisten würden. Unglücklicherweise wird diese Ansicht nicht allgemein geteilt. Um ganz offen zu Ihnen zu sein, mache ich mir keine allzugroßen Sorgen, denn ich bin nicht überzeugt, daß ORION tatsächlich arbeiten wird. Aber wir haben nicht den Wunsch, den Anlaß für einen Test dieses Systems zu geben, und daher müssen wir annehmen, daß es genau das leistet, was Ihr Volk davon erwartet. Meine Regierung wird nicht zulassen, daß Sie ihren Vorteil ausspielen.«

In dem Raum war es plötzlich eisig kalt.

»Wie Sie sicherlich längst wissen, Mr. President, befindet sich die Sowjetunion in Verteidigungsbereitschaft. Ich habe den Auftrag, Sie davon zu informieren, daß jeder Raumfährenflug von jetzt an als kriegerischer Akt betrachtet wird. Sollte ein solcher Flug stattfinden, so werden wir augenblicklich reagieren, und zwar mit allen uns zur Verfügung stehenden Möglichkeiten.

Zweitens geben wir zu, daß wir unsere derzeitige Position nicht für einen längeren Zeitraum erhalten können. Sie müssen verstehen, Mr. President, daß wir glauben, uns in einem Zustand tödlicher Gefahr zu befinden. Wir gewähren Ihnen von Mitternacht des heutigen Tages an, eine Frist von sechs Tagen, um einen Weg zu finden, uns an ORION zu beteiligen. Wenn Sie sich weigern, werden wir uns gezwungen sehen, alle Verteidigungsmaßnahmen einzuleiten, die wir für angemessen halten.«

»Alex, Sie fordern von mir das Unmögliche. Ich kann ORION nicht preisgeben.«

»Warum nicht? Wie Sie behaupten, ist es eine Verteidigungswaffe. Wenn Ihr Interesse in globaler Sicherheit und nicht in militärischer Expansion besteht, dann muß ich Sie fragen, warum nicht?« Zum erstenmal im Verlauf all ihrer Verhandlungen miteinander schien Taimanow seine Haltung kühler Diplomatie aufzugeben. Er war wütend. »Das ist Ihre Chance, John. Lassen Sie sie nicht verstreichen, sonst geraten wir alle an den Abgrund.«

Hurley nahm nicht bewußt wahr, daß der Russe seinen Vornamen benutzt hatte. »Es geht nicht darum, ob ich es will oder nicht, Alex. Dies ist eine Frage der Fähigkeit. Ich kann es einfach nicht! Wenn ich ORION preisgäbe, dann würde man mich absetzen.«

Der Außenminister lächelte nicht. »Präsident Reagan sagte vor Jahren, daß er es tun würde.«

»Reagan hatte nichts in der Hand. Damit läßt sich sehr leicht reden.«

»Ja.« Taimanow stand auf. »Da haben Sie recht.« Er streckte seine Hand aus, aber der Präsident starrte ihn nur wortlos an.

Hurley ließ den Außenminister bis zur Tür gehen, dann stand auch er auf. »Alex?« sagte er.

Taimanow hielt inne.

»Das bedeutet die Katastrophe.«

»Ja, Mr. President. Ich glaube, das tut es.«

MONITOR

Seit ihrer Gründung im Blut und Nebel der Revolution von 1917 hat die UdSSR sich stets auf Gewalt und die Androhung von Gewalt verlassen, um Ziele ihres Staates zu erreichen. Mit der Konsolidierung des sowjetischen Staats unter Josef Stalin in den dreißiger Jahren des zwanzigsten Jahrhunderts und seiner unerwartet dominierenden Position, die er nach dem Großen Vaterländischen Krieg von 1941-45 in Europa erlangen konnte, war seine Politik unverhohlen auf Expansion ausgerichtet.

Heute sind die sowjetischen militärischen Kräfte für eine konventionelle wie auch eine nukleare Kriegsführung ausgerüstet. Die Bedrohung des Westens war niemals größer; angesichts der jüngsten Entwicklungen in der Raketen- und Unterseeboottechnik kann die NATO nicht damit rechnen, daß das Hegemoniestreben der Sowjets nachläßt.

Die Bereitschaft der sowjetischen Regierung, Drohungen oderr direktes militärisches Eingreifen einzusetzen, wo es Erfolg verspricht, wird dokumentiert durch fünfzig Jahre während Bemühungen, nicht zur Kooperation bereite Regierungen zu stürzen. Während der gesamten düsteren Geschichte der zweiten Hälfte des zwanzigsten Jahrhunderts, die in gewisser Weise mit dem betrügerischen Nichtangriffspakt der Sowjetunion mit Hitler begonnen hat, kam es immer wieder zu Vorfällen von Unterdrückung und Einmischung.

Im Jahr 1950 betrieb und stützte die UdSSR die Invasion von Südkorea. Die Regierung von Ostdeutschland konnte ihr Bestehen gegen einen allgemeinen Volksaufstand nur mit sowjetischer Hilfe sichern. Nikita Chruschtschow drohte im Oktober 1956 mit dem Einsatz von Gewalt gegen Polen. Wochen später rollten sowjetische Panzer in Budapest ein, als die Ungarn versuchten, ihre Freiheit zu erlangen. Sowjetische Waffen waren außerdem notwendig, um die Tschechen im Jahr 1968 in Schach zu halten. Im Jahr 1979, als die polnischen Gewerkschaften in der Öffentlichkeit zunehmend Unterstützung fanden, wurde der Einfluß des Kreml, diesmal indirekt eingesetzt, dazu benutzt, um das kommunistische Regime an der Macht zu halten.

In den vergangenen Jahren haben sowjetische Mittel die Revolutionen in Bolivien, Peru, auf den Philippinen und in mehreren afrikanischen Nationen unterhalten.

> Auszug aus *Sowjetische Militärmacht,* 1995
> Herausgegeben vom amerikanischen
> Verteidigungsministerium.

18

»Es ist ein Bluff«, sagte Gold.

Santana klopfte seine Pfeife im Aschenbecher aus. »Einverstanden«, sagte er, »bis zu einem bestimmten Punkt. Roskosky wurde in dieser Angelegenheit vom Militär gedrängt. Ich zweifle nicht daran, daß er einen Rückzieher macht, wenn wir unsere Position mit Nachdruck gegen ihn vertreten. Aber wir kennen im Augenblick nicht den Einfluß der Armee, obgleich er ziemlich eindeutig ist.«

»Wie kommen die Sowjets auf die Idee, uns angreifen zu können und nachher zu überleben?« fragte Melbourn.

»Fünfundzwanzig Jahre Mißachtung des Militärs in diesem Land«, sagte Sachs. »Bis auf die Regierungszeit Reagans und der jetzigen Administration war das Pentagon für eine lange Reihe von Politikern stets der Prügelknabe gewesen. So etwas ist in diesem Land offenbar Tradition.«

»Mr. President«, fragte Klinefelder, »haben Sie jemals versucht, mit ihm zu reden?«

»Mit Roskosky? Ja. Es heißt, es gehe ihm nicht gut.«

»Wir glauben, er ist überhaupt nicht mehr im Amt«, sagte Arnold Olewine, der nationale Sicherheitschef. »Es hat im vergangenen Monat innerhalb des Obersten Sowjets einige Verschiebungen bei den Stellvertretern gegeben. Roskoskys Leute bekamen weniger einflußreiche Posten, und in einigen Fällen sind sie sogar überhaupt nicht berücksichtigt worden. Die Dinge an der Spitze haben sich verändert, allerdings wissen wir noch nicht, wie und bis zu welchem Grad.«

»Wie sieht denn das Szenario für den schlimmsten aller Fälle aus?« fragte der Präsident.

»Es gibt zwei außerordentlich beunruhigende Möglichkeiten«, erklärte Santana. Die sowjetische Hierarchie war sein Spezialgebiet. »Die Armee könnte ganz einfach die Kontrolle an sich gerissen haben. Das versuchen die Militärs schon seit zwanzig Jahren, und sie haben zwei Leute in die idealen Positionen gehievt, falls Roskosky versagt.

Oder Andrej Daimurow hat einen Coup gelandet. Daimurow ist der Erste Parteisekretär und ein Mann mit einem Messias-Komplex. Er ist ein Psychopath, der glaubt, daß der einzige Weg, um die sowjetische Zivilisation davor zu bewahren, überrannt zu werden, der ist, die Vereinigten Staaten zu vernichten. Er glaubt, daß ein Krieg erfolgreich gegen uns geführt werden kann, so lange er derjenige ist, der ihn führt.«

»Gibt es irgendeinen Beweis dafür«, fragte der Verteidigungsminister, »daß Daimurow tatsächlich an die Macht gelangt ist?«

»Keinen direkten, obgleich seine Freunde immer mehr an Einfluß gewinnen. Ich will es mal so ausdrücken: Sollte heute an der Spitze eine Lücke entstehen, dann dürfte Daimurow wohl der wahrscheinlichste Nachfolger sein.«

»Kathleen.« Der Präsident schaute zur NASA-Chefin herüber. »Unser Zeitplan sieht vor, daß die beiden letzten Shuttle-Flüge zur Fertigstellung von ORION innerhalb der nächsten drei Wochen stattfinden sollen. Können sie nicht beschleunigt werden?«

Kathleen Westover ließ sich das Problem durch den Kopf gehen. Kleine Falten bildeten sich um ihre Augen und den Mund und quer über ihre blasse, hohe Stirn. »Es ist möglich. Aber wir müßten dafür auf einige unserer Sicherheitsmaßnahmen verzichten. Wir könnten alles vielleicht um einige Tage beschleunigen.«

»Armand.« Der Präsident wandte sich nun an Sachs. »Von dem Augenblick an, in dem die Fähren aufsteigen, wie lang ist der kürzeste Zeitraum, in dem ORION einsatzfähig sein kann?«

Sachs schüttelte den Kopf. »Um diese Frage zu beantworten, Mr. President, müßten wir uns mit den Leuten von der NASA zusammensetzen.«

»Wie lange meinen Sie denn? Was können wir denn bestenfalls erwarten?«

»Wenn alles reibungslos läuft?« Sachs streifte Kathleen Westover mit einem flüchtigen Seitenblick. »Und wenn wir alle Tests weglassen ... rund achtundvierzig Stunden.«

Westover nickte zustimmend.

»Das ist zu lange«, sagte Pat Maloney. »Gibt es denn keinen anderen Weg? Könnten wir nicht einen Start von, sagen wir Australien aus versuchen? Wäre das möglich?«

»Nein«, sagte Westover. »Wir müßten bestimmte Anlagen bauen. Und selbst wenn wir keine Zeit hätten, würden wir das niemals geheimhalten können.«

»Warum haben die Sowjets die Frist auf sechs Tage festgesetzt?« fragte Gold. »Sie verlangen sehr viel von uns. Warum gaben Sie uns nur sechs Tage?«

»Ihre Truppen«, erklärte Sachs, »operieren zur Zeit fast im Alarmtempo. Das stellt für sie eine ungeheure Belastung dar, und dieses Tempo können sie nicht allzu lange durchhalten. Tatsächlich verhält es sich so: Wenn wir uns auf den Krieg einlassen würden, auf den sie offensichtlich aus sind, dann wäre es das beste, wenn wir sie für die ganzen sechs Tage in diesem Zustand halten würden und dann in der letzten Minute ihren Forderungen nachgäben, um gleich nach dem Abbruch ihrer Vorbereitungen zuzuschlagen.«

Diese Konferenz verlief völlig anders als jede, der Hurley während der fünfunddreißig Jahre seiner Tätigkeit in der Politik beigewohnt hatte. Auf jede Erklärung folgte ein langes Schweigen, das nicht einmal durch eine Bemerkung unterbrochen wurde, sondern lediglich durch das Rücken eines Sessels oder das Aufflammen eines Feuerzeugs.

»Was geschieht«, fragte die Westover, »wenn wir ihren Forderungen nachgeben?«

»Das können wir nicht tun«, sagte Sachs. »Wenn sie einmal erleben, daß wir uns erpressen lassen, werden sie es immer wieder versuchen. Dies ist ja nicht das erste Mal, daß sie uns mit Krieg drohen. Angenommen, Truman wäre in Berlin eingeknickt? Oder Kennedy hätte während der Kuba-Krise einen Rückzieher gemacht.«

»Es gibt sogar noch einen viel überzeugenderen Grund«, sagte Hurley. »Wir wissen immer noch nicht im vollen Umfang über den Inhalt der aufgefangenen Funksignale Bescheid. Wenn sie nur Informationen über die Energiequelle für ORION haben wollten, dann könnten wir diese Forderung ja vielleicht erfüllen. Aber sie wollen die gesamte Sendung. Und das steht völlig außer Frage.«

Gold strich sich mit den Fingern durch seine dichten weißen Haare. »Ich stimme der Auffassung zu, daß sie wahrscheinlich bluffen und daß wir uns eine Taktik überlegen sollten, wie wir die Situation am besten zu unserem Vorteil nutzen können.« Seine Hände zitterten.

General Sachs schüttelte den Kopf, wie vom Donner gerührt von der Dummheit der Männer, die im Beraterstab des Präsidenten saßen. »Dieser Kurs, Mr. Gold, ist der glatte Selbstmord! Der einzige mögliche Standpunkt, den wir einnehmen sollten, ist der, daß wir mit dem Schlimmsten rechnen und uns vorbereiten, die Bastarde aus dem Wasser zu schießen, sobald sie sich gegen uns wenden.«

So untersuchten sie ihre Alternativen, und um kurz nach zwei Uhr nachts verließen sie den Konferenzraum. Sachs blieb zurück, packte seine Unterlagen zusammen, und Hurley lud den General auf einen Drink in seine Räume ein. Aber der Präsident hatte nur wenig zu sagen. Er ging zum Fenster und versuchte sich vorzustellen, wie es wohl sein würde, wenn die Raketen über die kanadische Wildnis hinwegflogen, silberne Lanzen, die auf dem Feuer ritten.

»John.« Sachs Stimme klang kühl und gedämpft. »John, uns bleibt nur wenig Zeit.«

Das schmerzhafte Gefühl in Hurleys Magen streckte wieder seine Klauen nach ihm aus.

Zehn Tage zuvor war er durch den sonnendurchfluteten Garten seines Familiensitzes an der Küste Virginias geschlendert und hatte zugeschaut, wie seine Enkelin Anne lachend zwischen den Tannen umhergerannt war. Es waren schöne Stunden gewesen, geprägt von einem Gefühl, an einem wichtigen Punkt der Geschichte zu stehen. Damals hatte er sich gefühlt wie Alexander der Große.

»John«, erklang Sachs Stimme wieder, diesmal drängender, »sie bluffen nicht. Wenn unsere Nachrichtenspezialisten sich nicht irren und Roskosky immer noch an der Macht ist, müssen wir annehmen, daß sie nicht bluffen.«

»Und Sie möchten, daß wir zuerst angreifen.«

»Es gibt keine andere vernünftige Strategie. Wenn wir ihnen den Erstschlag überlassen, dann haben wir noch genug Potential, um sie auszulöschen, aber wir können dann nicht einmal mehr hoffen, am Leben zu bleiben.«

»Ich weiß«, sagte Hurley. »Wir können ihre U-Boote mit der ersten Welle ausschalten.«

»Und das heißt, daß wir es schaffen werden, John. Wir werden hohe Verluste haben, aber am Ende werden wir es schaffen.«

»Ja.« Der Präsident war zu erschöpft, um zu widersprechen.

Anna hatte runde schwarze Augen und kurze stämmige Beine. Sie war das erste Kind seines Sohnes und wie alle neunjährigen ein Quell von Trotz und Lachen. Sie waren an dem Nachmittag angeln gegangen, er und das Kind, zur Freude der Fernsehleute.

Wo konnte er das Kind verstecken?

Es gab da einen Gedanken, der ihm oft durch den Kopf ging: Wenn die Gespräche scheitern und die Abschreckung keine Wirkung zeigte und wenn die Raketen kamen, schnell wie Messer in der Nacht, was wäre der Sinn einer Vergeltung? Kaum ein Tag verstrich, an dem dieser Gedanke sich nicht zu irgendwelchen seltsamen Zeitpunkten meldete. Er wollte ihn nun Sachs gegenüber äußern, aber er sagte nichts. Diese Last ließ sich nicht mit anderen teilen.

Das weiße Telefon, das seine direkte Verbindung zum SAC-Hauptquartier in der Offut Air Force Base in Nebraska darstellte, war kaum mehr als eine Silhouette im Halblicht. Es hatte keine Wählscheibe, ein durchaus passender Hinweis darauf, was noch existieren würde, nachdem er es benutzt hätte.

Ein kalter Mond hing über dem Washington Monument.

Der General mochte Scotch. Er leerte sein Glas und hielt sich schweigend zurück. Hurley wußte, daß er diese Gelegenheit nutzen wollte, um seinem befehlsführenden Kommandeur ins Gewissen zu reden. Aber Sachs schätzte die Situation richtig ein. Auch er sagte nichts.

Nur ein Mann auf der ganzen Erde hatte an diesem Abend die gleichen Empfindungen wie der Präsident, und der befand sich auf der anderen Seite des Atlantiks und starrte wahrscheinlich ähnlich düster aus einem Fenster.

Plötzlich kam Hurley der Gedanke, daß Roskosky vielleicht gar nicht mehr am Leben war.

Jemand klopfte an die Haustür. Harry griff nach seiner Armbanduhr – es war Viertel vor fünf – und zog seinen Bademantel an.

Ein schwarzer Regierungswagen stand mit laufendem Motor in seiner Einfahrt, und ein hochgewachsener Mann mit einem dreiteiligen Anzug wartete ungeduldig. »Secret Service«, sagte er und zeigte Harry seinen Plastikausweis. »Man möchte Sie im Weißen Haus sehen.«

»Wann?«

»Zum Frühstück, Mr. Carmichael. Man würde Sie gerne um halb sieben dort begrüßen.«

»Um was geht es?« fragte er.

»Ich habe keine Ahnung.«

»Okay«, sagte Harry. »Ich werde da sein.«

»Gut«, sagte der Agent. »Sie können mit uns fahren.«

»Das wird nicht nötig sein«, sagte Harry.

»Das wird es, Mr. Carmichael. Bitte beeilen Sie sich.«

Harrys erster Gedanke war, daß Hakluyt seine Drohung wahrgemacht und den Präsidenten aufgesucht hatte. Aber nein, das hatte er bestimmt nicht getan. Er kannte die Gefahren, und er fürchtete auf den Tod, daß die Politiker alles an sich reißen würden.

Mit einem Gefühl des Unbehagens fuhr er in die Stadt. Ein zweites Fahrzeug, das ihnen auf der Executive Avenue vorausfuhr, brachte auch Hakluyt und Gambini zum Präsidenten. Leslie und Wheeler warteten bereits im Weißen Haus.

Sie nahmen an einem Tisch Platz, der beladen war mit Gebäck und Kaffee. Chilton kam herein, um sie davon zu informieren, daß der Präsident unterwegs war, aber er hatte den Raum kaum verlassen, als Hurley schon hereinkam. Er wartete mit einer Überraschung auf: In seiner Begleitung befand sich Baines Rimford.

Das Dienstpersonal versorgte sie mit Speck, Eiern und Bratkartoffeln und zog sich dann zurück. Hurley vergeudete keine Zeit. »Dr. Davis, meine Herren«, sagte er, »wir haben ein Problem.« Er berichtete von der Versenkung der *Feldmann* und dem von Taimanow vorgebrachten Ultimatum deutlich genug, um keinen Zweifel an seinen Befürchtungen zu lassen. »Keine unserer Alternativen«, schloß er seinen Bericht, »ist besonders angenehm.«

»Begreifen die Sowjets denn nicht, was ein Angriff gegen uns der Atmosphäre antut?« brüllte Gambini. »Selbst wenn wir nicht reagierten, könnten sie nicht überleben! Wie zum Teufel können sie nur so dumm sein!«

»Das sowjetische Militär hat mit der Theorie vom nuklearen Winter eigentlich wenig im Sinn, Ed. Unsere Leute, wie ich leider feststellen muß, allerdings auch nicht.«

Harry beobachtete, wie Pete Wheeler langsam zusammenbrach, wie seine Schultern nach vorne sackten und sein Kopf nach unten sank, bis er einer Puppe glich, die jemand an einem Tisch vergessen hatte. Wer war für die Entwicklung verantwortlich, wenn nicht Pete Wheeler?

»Geben Sie ihnen, was sie wollen«, sagte Gambini. »Wenn Sie wirklich davon überzeugt sind, daß sie zum Krieg bereit sind, wenn Sie ihre Forderung ablehnen, dann haben Sie keine Wahl.«

»Nein«, sagte Rimford. »Es gibt keine Lösung. Verhandeln Sie mit ihnen über den Teilchenstrahlprojektor. Bieten Sie irgendwelche Konzessionen an, wenn es möglich ist, und dann erfüllen Sie ihre Wünsche.«

»Das ist nicht, wonach sie fragen«, sagte Hurley.

»Wenigstens waren sie raffiniert genug«, meinte Harry, »ihre Forderungen nicht öffentlich zu machen.«

Der Präsident nickte. »Sie haben lange Zeit gebraucht, aber am Ende haben sie doch gelernt, wie das amerikanische politische System funktioniert.«

»Warum haben Sie uns hergebeten?« fragte Wheeler heiser.

»Weil Sie uns ORION gegeben haben. Wie Sie sehen, brauchen wir jetzt etwas anderes.« Er sah jeden der Anwesenden nacheinander an. »Gibt es irgend etwas, in Theorie oder Praxis, das dazu eingesetzt werden könnte, uns aus dieser Lage zu befreien?«

»ORION«, sagte Leslie, »hat sich kaum als Segen für uns erwiesen.«

»Das wäre es gewesen«, sagte Hurley, »wenn Parkman Randall den Mund gehalten hätte. Dieser dämliche Bastard hat wesentlichen Anteil an unserer jetzigen Situation durch seine Aktionen, um im November wiedergewählt zu werden. Und bei Gott, wenn wir im November immer noch hier sein sollten, dann kann ich Ihnen jetzt schon sagen, wo dieser Hurensohn landen wird.« Der Präsident atmete tief ein und hob in einer hilflosen Geste die Hände. »Nun, wie dem auch sei, ich möchte nicht, daß Sie denken, das alles sei Ihre Schuld, Pete. Das ist es nicht. Die Waffe, die Sie uns gegeben haben, kann alles ändern, wenn wir sie irgendwie einsatzfähig machen können.«

»Mr. President«, sagte Rimford, »ich habe Ihre Einladung, heute morgen herzukommen, angenommen, weil ich denke, daß Sie wissen sollten, daß die Mitglieder des Herkules-Teams sich nicht als Waffeningenieure empfinden. Dennoch wird man uns in genau dieser Funktion in Erinnerung behalten! Ich habe das Projekt aus diesen Gründen verlassen. Und wenn Sie die Wahrheit wissen wollen, ja, der Text enthält Ideen und Konzepte, die man in Waffen von unstellbarer Durchschlagskraft umwandeln könnte.«

»Um Gottes willen, Rimford, das Überleben des Landes steht auf dem Spiel. Was wissen Sie?«

»Nein, Mr. President«, sagte Rimford. »Ich habe nichts, was ich Ihnen gegen könnte. Und ich beschwöre meine alten Freunde, Ihnen ebenfalls nichts zu geben.«

»Nun kommen Sie schon, Baines«, sagte Hurley verärgert. »Herrgott im Himmel, sie sitzen uns im Nacken!«

»Sie selbst müssen das Problem lösen. Reden Sie mit ihnen, verhandeln Sie. Überlegen Sie sich etwas. Es ist immer möglich, zu irgendeiner Einigung zu gelangen.«

Hurley verschluckte seine Wut und wandte sich an Gambini. »Ed, wir müssen uns das Material vornehmen, mit dem Baines gearbeitet hat.«

»Diese Disketten habe ich zerstört«, sagte Rimford.

Der Präsident funkelte Harry wütend an. »Und Sie haben das nicht gemeldet?«

Harry schaute den Präsidenten der Vereinigten Staaten an, dessen Blick nun nicht mehr Wut, sondern Mißfallen signalisierte.

»Ich gehe davon aus«, sagte Hurley, »daß Sie alle mit Baines einer Meinung sind?«

»Ja«, sagte Harry, »ich glaube, das sind wir.«

»Ist es Ihnen eigentlich jemals in den Sinn gekommen, daß Sie mein Vertrauen gebrochen haben? Und daß sie die Verteidigung unseres Landes geschwächt haben? Ich kann Ihre Sorgen verstehen, und ich kann sogar Ihre Weigerung nachvollziehen, sich an der Entwicklung von Waffensystemen zu beteiligen. Aber verdammt noch mal, Sie hatten die Pflicht, es zu sagen und ehrlich zu mir zu sein.«

»Das konnten wir nicht!« widersprach Gambini. »Die Natur dessen, was wir hatten, erlaubte nicht, es an Sie oder an jemanden sonst weiterzugeben. Sie können versichert sein ...«

»Doktor, ich weiß im Augenblick überhaupt nichts sicher, außer daß wir uns im Augenblick einem sehr schwerwiegenden Problem gegenübersehen und daß Sie keine große Hilfe sind. Es ist unglücklicherweise furchtbar spät, und ich weiß nicht, ob ich, wenn wir das tatsächlich überleben sollten, Sie alle nicht aufhängen sollte.«

»Das wär's wohl«, sagte Harry, als sie sich wieder im Labor versammelten. »Morgen sind wir bereits aus dem Geschäft. Oder spätestens Freitag. Es hängt davon ab, wie lange Hurley braucht, um seine Leute zusammenzutrommeln. Auf jeden Fall wird das Herkules-Projekt nach Fort Meade verlagert werden.«

Gambini saß da und hing düsteren Gedanken nach. »Er muß doch wissen, daß er von einer Bande Dechiffrierer und Salonphysiker keine Ergebnisse erwarten kann.«

»Er weiß jedenfalls, daß er von *uns* keine Ergebnisse bekommt«, sagte Leslie. »Was tun wir jetzt?«

»Wir machen alles publik«, sagte Hakluyt. »Lassen einfach alles heraus. Das wird die Situation schlagartig verändern.«

»Das wird es ganz sicher«, sagte Wheeler eisig. »Was ist denn mit den neuen Waffen?«

»Wir haben doch schon längst Waffen, die den Weltuntergang auslösen können, Pete«, sagte Hakluyt. »Meinen Sie nicht, daß man eine Wasserstoffbombe schon im Aktenkoffer transportieren kann? In dem Text gibt es nichts, was die Zeiten noch gefährlicher werden lassen kann, als sie es im Augenblick sind. Die menschliche Rasse hat im vergangenen halben Jahrhundert eine erstaunliche Überlebenskraft bewiesen. Der Inhalt des Textes ist vielleicht genau das, was nötig wurde, um uns zu zwingen, uns endlich der Realität zu stellen und zu tun, was getan werden muß.«

»Und wenn er das nicht tut?« fragte der Priester.

»Dann verändert das unsere schwierige Lage auch nicht. Wissen Sie, Rimford war deshalb so aufgeregt, weil er dort seine Große Einheitstheorie gefunden hat; aber mit der hat er sich schon immer beschäftigt. In einem seiner Bücher prophezeite er, daß wir sie am Ende des Jahrhunderts ohnehin aus eigener Kraft finden werden. Ähnliches trifft wahrscheinlich auch auf sämtliches technisches Material zu; ganz gewiß stimmt diese Aussage in bezug auf die genetischen Daten. Wir tun ja nichts anderes, als den Zeitplan um einige Jahre zu beschleunigen. Nun, was soll's auch, tun wir's einfach! Machen wir aus dem, was wir haben, das Beste.«

»Ich denke«, sagte Wheeler, »daß wir unser persönliches Engagement bei diesem Projekt einstweilen zurückstellen und aufhören sollten, nur Forscher zu sein. Wir neigen zu der Ansicht, daß das Wissen an sich etwas Gutes ist. Daß die Wahrheit uns in irgendeiner Weise befreit. Aber Tatsache ist, daß die Wahrheit auch zu furchtbar sein kann, um richtig begriffen zu werden. Mir scheint es, als gäbe es heute morgen für uns nur eine einzige Überlegung, nämlich die Frage nach dem Wohlergehen der Rasse. Worüber reden wir denn hier? Ich will es Ihnen sagen: Wir versuchen Cyrus Hakluyts Neugier hinsichtlich der Struktur der Doppelhelix mit dem Überleben der Menschheit in Einklang zu bringen.«

Wheeler blickte von einem zum anderen, so wie der Präsident es kurz vorher bei der Frühstückskonferenz getan hatte, aber die Augen des Priesters hatten einen weitaus beunruhigenderen Ausdruck. Und Harry erkannte auch warum: Hurley hatte ein absolutes Vertrauen in seine Fähigkeit, jede Krise zu meistern, ganz gleich wie verzweifelt die jeweilige Situation geworden war; aber Wheeler hatte die Befürchtung, daß die Ereignisse bereits jeglicher Kontrolle entglitten waren.

»Ich schließe mich Baines an«, sagte Harry. »Vernichten wir das gottverdammte Zeug. Wenn wir die DNS-Diskette ausnehmen können, dann ist es okay. Ansonsten sollte alles gelöscht werden. Und dann sollten wir hoffen, daß so etwas nie mehr auf uns zukommen wird.«

»Nein.« Leslie war den Tränen nahe. »Das könnt ihr nicht tun. Weiß Gott, ich habe auch keine Lösung für das Problem parat, aber ich weiß, daß es auch kein Weg ist, alles wegzuschieben und es so zu verstecken, daß man nicht mehr herankommt.«

»Dem stimme ich zu«, sagte Gambini. »Die empfangene Sendung zu zerstören wäre ein krimineller Akt.«

»Ob irgend etwas kriminell war oder nicht, mögen die Überlebenden entscheiden«, sagte Wheeler bitter. »Was immer ihr tun wollt, entscheidet euch lieber schnell. Ich glaube, Harry hat recht; wir werden das Projekt nicht mehr lange unter unserer Kontrolle haben.«

»Ich will doch verdammt noch mal wissen, wem sie das ganze Projekt anhängen«, fuhr Gambini fort. »Jeder, den ich kenne, wurde auf die ein oder andere Weise abgeschreckt. Sogar einige Forscher, die im Dienst der Regierung stehen, haben sich aus dem Staub gemacht. Wen hat Hurley denn noch?«

»Er wird schon jemanden finden.«

Den ganzen Vormittag lang gingen sie jedes Argument wieder und wieder durch. Harry wußte, daß Wheeler recht hatte, der Herkules-Text war einfach zu gefährlich für eine Veröffentlichung. Und während die Diskussion um ihn herum immer hektischer wurde, dachte er an die Altheaner unter ihren sternlosen Himmeln; eine Rasse ohne Literatur, ohne Geschichte, ohne Kunst; mit Geräten, denen offensichtlich eine Energiequelle fehlte. Ihre Toten waren irgendwie nicht richtig tot. Sie gaben technische Erkenntnisse weiter, die man dazu benutzen konnte, furchtbare Waffen herzustellen. Und sie ergingen sich in der Philosophie Platons.

Der Mensch im Turm, hatte Leslie gesagt. Father Sunderland nicht unähnlich, der in seinem Kloster über der Chesapeak Bay hockte, das eine übernatürliche Brücke darstellen sollte.

Was hatte Leslie von dem linguistischen System gesagt, das in der Ausstrahlung angewendet worden war? Keine natürliche Sprache sollte es sein. Unbeholfen. *Wir* hätten es besser gemacht. Wie war das möglich?

Das Treffen endete in gespannter Atmosphäre und ohne daß eine Entscheidung gefallen war. Und als sie hinausgingen und Harry immer noch an Father Sunderland dachte, flüsterte Cyrus Hakluyt ihm zu, daß er vielleicht keine Chance mehr bekäme, seinen Sohn zu retten. »Tun Sie's Harry«, sagte er. »Um Gottes willen, tun Sie's!«

Später setzte Pete Wheeler sich zum Essen an seinen Tisch. Der Priester wirkte bedrückt. »Ich brauche Hilfe, Harry«, sagte er. Sie hatten sich in eine Ecke der Cafeteria zurückgezogen, fern von den anderen, die vielleicht zuhören konnten.

»Sie wollen es loswerden?«

»Ja, aber wir müssen es noch heute abend erledigen.«

Harry erschreckte die Plötzlichkeit, mit der die Ereignisse sich zugespitzt hatten. Er hatte schon lange gewußt, daß ein Augenblick der Entscheidung unvermeidlich auf ihn zukam. Aber irgendwie hatte er es geschafft, nicht daran zu denken, und hatte ihn beiseite geschoben. »Ich weiß noch immer nicht, ob es das Richtige ist, wenn wir es tun.«

»Es gibt kein richtig oder falsch mehr, Harry. Alles, was wir jetzt noch haben, ist das geringste von allen Übeln.«

»Und was meinen Sie, wie sollen wir es anfangen?« In Harrys Magen war ein Gefühl wie von Hunderten aufgeregt umherflatternder Schmetterlinge.

»Die sauberste Art«, sagte er, »besteht darin, ein Magnetfeld zu erzeugen. Das verzerrt die Daten hinreichend, um eine weitere Übersetzung unmöglich zu machen.«

Harry hatte aufgehört zu essen. »Wie machen wir das?«

»Ein batteriegetriebener Elektromagnet wäre genau das Richtige«, sagte Wheeler. »Ich besitze so einen. Ich habe ihn mir schon an dem Tag besorgt, nachdem sie mir die Oppenheimer-Urkunde überreichten. Er paßt genau in meinen Aktenkoffer.

»Zweimal war ich kurz davor, ihn zu benutzen«, fuhr er fort, »aber es bestand immer die Chance, erwischt zu werden. Ich brauchte nichts anderes zu tun, als ein paar Schritte von den Disketten entfernt mit dem Magneten vorbeizumarschieren. Aber das Problem war, daß die Wirkung augenblicklich einsetzen würde. Und daß der Mann mit dem Aktenkoffer deutlich zu sehen wäre. Aber morgen, wenn sie sich auf uns stürzen und anfangen, das gesamte Projekt nach Fort Meade zu schaffen, werden die Computer abgehängt und ...«

»Ja«, unterbrach Harry ihn, »es wird ein ziemliches Durcheinander herrschen.«

»Wenn wir es richtig anfangen, dann müßten wir es eigentlich schaffen, beide Diskettensätze zu löschen, ohne erwischt zu werden.«

»Nein.« Harry klang, als litte er große Schmerzen. »Pete, wir können es nicht dabei belassen, den Text nur zu löschen. Es muß noch einen besseren Weg geben.«

»Suchen Sie ihn«, sagte Wheeler. »Ihre Lösung würde mich interessieren.«

Eine Stunde später bekam Harry einen Telefonanruf von einer Freundin in der General Services Administration. »Die NSA hat drei Wagen zu deiner Adresse beordert, Harry«, sagte sie. »Wußtest du davon?«

»Nein«, antwortete Harry. »Wann?«

»Morgen früh, neun Uhr. Was ist los?«

»Wir ziehen um«, sagte Harry. »Jedenfalls nehme ich das an.«

MONITOR

**AUS HEFE HERGESTELLTER IMPFSTOFF
ZEIGT POSITIVE ERGEBNISSE GEGEN LEUKÄMIE**
Früherkennung entscheidend

**KRIEGE KÖNNEN DURCH GRUPPEN-SOZIALE
STÖRUNG AUSGELÖST WERDEN**
Sozial gestörte Personen beweisen Gespür
und Begabung zur Macht
Achtung vor jedem, der alleine ißt

**AUFGEBRACHTE MASSEN ZERSTÖREN
FREMDE AUTOMOBILE IN TOLEDO**
1 Toter, 14 Verletzte bei Aufruhr
Opfer klagen an, Polizei schaute untätig zu

**AUFSTÄNDE IN DAMASKUS DAUERN SEIT
VIER TAGEN AN**
Saudis drängen auf Waffenstillstand
Alam hält sich verborgen

RUSSISCHE PILOTEN ÜBER BOLIVIEN GEMELDET
Pentagon dementiert Einsatz von U.S. Bodentruppen

**ERDBEBEN IN MONTANA FORDERT
SECHS TODESOPFER**
Beben dauern an; weitere Stöße zu erwarten

RUF NACH FILMZENSUR WIRD LAUTER
Neue Studien unterstützen die
Anti-Gewalt-Bewegung

**JÜNGSTE KREML-UMBESETZUNGEN GEBEN
EXPERTEN RÄTSEL AUF**

**ISLAND UND GROSSBRITANNIEN STREITEN
UM FISCHEREIRECHTE**
Castleman erklärt, die Navy hielte sich bereit

HARBISON DEMENTIERT *ORION*-GERÜCHTE
Anti-Nuklear-Schild noch nicht machbar

ERSTER ATOMBOMBENTEST SÜDAFRIKAS
Neunte Nation Mitglied im Kreis der Nuklearmächte

19 Am Nachmittag nahm Harry an der zweiten Veranstaltung eines dreitägigen Management-Seminars über Kreativitätsförderung bei Untergebenen teil. Die anderen Teilnehmer kamen aus einer Reihe unterschiedlichster Regierungsabteilungen, und nach seinen Erfahrungen mit Hakluyt, Wheeler und den anderen stellten sie eine erfrischend prosaische Gruppe dar. Aber während sie sich ernsthaft über freie Führungsstrategien und Störfaktoren unterhielten, wurde es Harry irgendwie klar, daß die Herkules-Strategie von Anfang an von den Forschern bestimmt worden war; und darin lag das Problem. Ihr einziger Manager hatte untätig abseits gestanden.

Vielleicht, dachte er, war nun die Stunde des Bürokraten gekommen.

An diesem Abend besuchte er mit seinem Sohn das Smithsonian. Sie wanderten zwischen den Sauriern und Raumschiffen in den hellen Hallen umher, aber irgendwie gab es eine Barriere zwischen ihnen. Tommys Verhalten wurde, wenn er mit seinem Vater zusammen war, fast düster. Und sie schienen sich in der archäologischen Abteilung am wohlsten zu fühlen, wo sie sich die vom Wasser fleckigen Steinblöcke aus ausgegrabenen Tempeln ansahen, die früher einmal im Licht der Sonne gestrahlt hatten.

Im Techniksaal fragte Tommy, wie er es immer tat, wenn sie gemeinsam ausgingen, ob sich irgend etwas verändert hätte, ob er und seine Mutter bald wieder nach Hause zurückkehrten. Er stellte es immer so dar: Harry und das Haus an der Bolingbrook Road bildeten seinen Lebensmittelpunkt.

Harry schüttelte den Kopf. Julie hatte in den vergangenen Wochen angefangen, sich zurückzuziehen. Das Leben, das sie einst gemeinsam geführt hatten, schien nun unendlich weit entfernt, und seine einzelnen Abschnitte waren nichts als Fossilien.

Nur Tommy war geblieben.

Harry beobachtete, wie er die Bahn von Mesonen in einem elektrischen Feld verfolgte, kurz aufblitzende gelbe Streifen auf einem grünen Schirm, sichtbar gemacht durch einen Prozeß, der detailliert auf einer Metalltafel erklärt wurde. Der Junge hatte angefangen, sich für subatomare Physik zu interessieren, nachdem er ein Gespräch mit Ed Gambini geführt hatte, bei dem der Physiker Teilchen beschrieben hatte, die so klein waren, daß sie praktisch keine Masse hatten. »Das ist wirklich klein!« hatte Tommy staunend gesagt und versucht, sich vorzustellen, was das letztendlich bedeutete.

Und Harry hatte danebengestanden und mit dem Paket Zuckerwürfel in seiner Tasche gespielt, das er immer bei sich hatte als Versicherung gegen Hypoglykämie.

Harry war dabei gewesen, als sein Sohn lernte, mit dem Insulin umzugehen. Die Ärzte hatten Tommy und seinen Eltern erklärt, daß es wichtig war, mit dem Injektionsfeld zu wandern, um Hautschädigungen zu vermeiden. Sie hatten einen Plan aufgestellt; und die Injektionen wurden in die Arme, in die Beine und in den Bauch verabreicht. Der Junge hatte den Zustand weitaus leichter akzeptiert als seine Eltern – wahrscheinlich, weil nur Harry und Julie die Langzeitauswirkungen der Diabetes kannten.

Und die Heilung lag vielleicht in Gambinis Archivschrank.

Vielleicht.

Harry mußte die Brille aufsetzen, um den Text über die Mesonenfreisetzung lesen zu können. Er konnte bei seiner Sehfähigkeit keine Besserung feststellen.

Der Präsident war sicherlich den ganzen Tag damit beschäftigt gewesen, das Herkules-Projekt umzubesetzen. Am nächsten Tag abends wäre Gambini so gut wie sicher nicht mehr dafür verantwortlich. Sie würden ihm und vielleicht auch Wheeler wahrscheinlich einen Beraterposten anbieten. Und das Projekt selbst? Harry hatte keinen Zweifel, daß es in Fort Meade allmählich einschlafen würde.

Sie blieben, bis geschlossen wurde. Später spazierten sie durch den warmen Abend über die Constitution Avenue und unterhielten sich über Computerspiele.

Nachdem er Tommy nach Hause gebracht hatte, kehrte Harry in sein Büro zurück. Er rief Wheeler an, aber wie erwartet meldete sich niemand. Ein zweiter Anruf beim Sicherheitsposten in der Bibliothek ergab, daß zwei Personen im Herkules-Archivraum tätig waren. Keiner davon war Wheeler. Wenn der Priester beide Diskettensätze vernichten wollte, dann würde er genauso anfangen müssen wie Rimford: Er mußte die Bibliothek kurz vor Mitternacht, wenn sie geschlossen würde, betreten und darauf warten, daß jeder andere sie verließ. Erst dann hätte er freie Hand, um zu tun, was er vorhatte. Seine einzige Schwierigkeit wäre, daß er, falls er den Satz in der Bibliothek löschte, er das Unternehmen zu Ende führen mußte, ehe der Schaden festgestellt würde. Das gäbe ihm Zeit bis 8:00 Uhr morgens.

Es war eigentlich nicht möglich, daß der Plan fehlschlug, aber es war ebenfalls unmöglich, seine Rolle bei seiner Durchführung zu verbergen. Im Operationszentrum würde alles völlig durcheinandergeraten, wenn er mit dem Elektromagneten dort herumspazierte!

Es war fast elf Uhr, als Harry sein Büro verließ, voller Angst, daß er vielleicht zu lange gewartet hatte, endlich einen Entschluß über seine Mitwirkung zu fassen. Er ging in die Bibliothek. Die beiden Personen, die der Wächter erwähnt hatte, waren Astronomen, die in Wheelers Gruppe arbeiteten. Harry erklärte ihnen, daß der Raum gebraucht würde, um einige Offizielle der NASA, die sich einen Überblick verschaffen wollten, vom Stand der Dinge zu unterrichten. »Wenn es Ihnen nichts ausmacht«, sagte er, »wären wir dabei gerne alleine.«

Nachdem sie gegangen waren, schloß Harry die Anrichte auf, in der die Disketten versteckt waren, die Rimford gelöscht hatte. Wenn Wheeler den Zeitplan wie erwartet eingehalten hatte, dann standen ihm rund zwanzig Minuten zur Verfügung.

Er saß an einem der Terminals, als Harry um zehn Minuten vor zwölf hereinkam.

»Ich hatte nicht erwartet, Sie hier anzutreffen«, sagte der Priester. Er trug einen dicken Aktenkoffer.

»Sie fragen einen, was man bei sich hat, wenn man wieder geht«, sagte Harry.

»Das hat der Wächter bereits gesehen. Und er war nicht sonderlich beeindruckt.«

»Pete, Sie werden geschnappt.«

»Ich weiß.«

»Was ist mit der Versicherung, die Sie Ed gaben? Sie versetzten ihn in den Glauben, daß Sie so etwas nicht tun würden.«

»Gambini hat nichts mehr zu bestimmen.« Er schüttelte den Kopf. »Die Lage hat sich völlig geändert. Alte Vereinbarungen gelten nicht mehr, Harry.«

»Sie hatten vorher doch einige Angst vor einem Skandal. Ist Ihnen das mittlerweile egal?«

»Es hätte nicht die Gefahr eines Skandals gegeben, wenn Sie sich von Anfang an etwas hilfsbereiter gezeigt hätten«, sagte er anklagend. »Wie dem auch sei, jetzt steht zuviel auf dem Spiel. Nun wäre es skandalös, *nicht* zu handeln.«

»Ich werde helfen«, sagte Harry. »Ich kann einen Vorwand erfinden, um die Bibliothek morgens schließen zu lassen – ein Stromausfall vielleicht; so etwas hatten wir früher schon mal –, damit niemand etwas für weitere vierundzwanzig Stunden bemerkt.«

»Das gäbe uns eine Menge Zeit«, sagte Wheeler, »um an den anderen Satz heranzukommen, nachdem alle Operationen für den Umzug eingestellt wurden.«

»Ja.« Wheeler beugte sich über Harrys Schulter und schaute auf den Monitor. Binäre Symbole füllten den Schirm. »Das ist Datensatz Zweiundvierzig«, sagte Harry, »das Ende der Welt. Für mich ergibt das überhaupt keinen Sinn.«

»In dieser Serie befinden sich sieben Disketten«, erklärte Wheeler, »beginnend mit einundvierzig, dem Satz, der Baines so sehr aufgeregt hatte. Ja, tatsächlich, es ist das Ende der Welt, in vielen Schattierungen und Formen.«

Harry nahm die silberne Scheibe heraus und schaltete den Computer aus. »Da«, sagte er.

Der Priester stellte den Koffer auf den Tisch neben dem Hauptarchiv. »Legen Sie sie zurück«, sagte er. »Zu den anderen.«

Harry nickte und schob sie in ihren Schlitz.

Wheeler löste die Verriegelungen seines Aktenkoffers, öffnete ihn und gab den Blick auf den Elektromagneten frei. Zu Harrys Überraschung sah er aus wie ein gewöhnlicher Elektromotor, wie man ihn in einem Bastlerladen kaufen konnte. Er war mit zwei Taschenlampenbatterien verbunden.

Die Scheiben schimmerten, sauber und hell und voller Verheißung für die Zukunft. Wheelers Daumen lag auf einem Schalter.

»Na los«, forderte Harry ihn auf.

»In diesem Akt liegt etwas furchtbar Symbolisches«, meinte Wheeler.

»Der Priester am Vernichtungsknopf? Vielleicht gibt es einen anderen Weg?«

»Nein. Es gibt keinen anderen.« Er legte den Schalter um, und Harry hörte das Summen des Elektromagneten.

Um 6:00 Uhr, als er sicher sein konnte, daß Gambini sich nicht dort aufhielt, kam Harry ins Labor. Eine Stunde später schloß er die Bibliothek wegen einer überraschenden Inspektion der gesamten Anlage. Er sorgte dafür, daß zwei Inspektoren aus der Logistik hingeschickt wurden, damit das Ganze so echt wie möglich wirkte, und dann folgte er der Aufforderung, in Rosenblooms Büro zu kommen, wo man ihn bat, zu warten, bis Gambini ebenfalls käme. Dann machte der Direktor es ganz offiziell. »Was, zum Teufel, habt ihr euch eigentlich gedacht?« wollte er wissen. »Alle Ihre Karrieren sind den Bach runter. Dämliche Idioten.«

»Ist es das, weshalb Sie sich die größten Sorgen machen?« fragte Gambini. »Ihre Karriere?«

»Es ist meine eigene Schuld«, erwiderte Rosenbloom.

»Ich hätte alles besser unter Kontrolle haben müssen.« Er wandte sich verärgert an Harry. »Ich habe Ihnen vertraut, Carmichael. Ich hatte wirklich geglaubt, mich auf Sie verlassen zu können.«

Harry rutschte unter dem unbarmherzigen Blick unbehaglich hin und her. Rosenbloom wirkte aufrichtig verletzt. Warum gaben eigentlich alle ihm immer die Schuld, fragte Harry sich. Er wurde dafür bezahlt, alles in Gang zu halten, die Personallisten zu führen und dafür zu sorgen, daß die Gehaltschecks termingerecht verschickt wurden. Wo in seiner Arbeitsplatzbeschreibung stand etwas davon, daß er die Verantwortung für Entscheidungen von weltweiter Bedeutung zu tragen hatte? »Ich habe getan, was getan werden mußte«, sagte er.

»Ja«, sagte Rosenbloom. »Von mir aus auch das. Wenn das hier vorbei ist, Harry, dann werde ich Sie fertig machen, verstanden?« Er zupfte an seinem Gürtel. »Auf jeden Fall werden die NSA-Leute in zwei Stunden hier sein. Sie wollen beide Diskettensätze, alle Aufzeichnungen und alles übrige, was mit dem Projekt in irgendeiner Verbindung steht, spezielle Computerkonfigurationen, alles, was Sie haben.« Seine Augen richteten sich auf Gambini. »Wenn es hilft, Ed«, sagte er, »es gab überhaupt keine Chance, damit durchzukommen. Das habe ich Ihnen von Anfang an klarzumachen versucht. Es tut mir leid, daß ich meinem ersten Impuls nicht gefolgt bin, alles von Anfang an der NSA zu übergeben.«

»Ich nehme an«, fragte Gambini, »sie wollen, daß wir ihnen beim Packen helfen?«

»Tun Sie, was Sie wollen. Soweit ich es verstanden habe, wollen sie Sie weiter beim Projekt haben. Sie und ein paar andere. Ich habe hier irgendwo eine Liste.« Er suchte auf dem Schreibtisch herum und fand ein Blatt Papier und hielt es hoch. »Vorwiegend Techniker. Sie scheinen von Ihrem Team nicht allzuviel zu halten. Ich selbst beabsichtige, in die freie Wirtschaft zu gehen.«

Harry war froh, daß nicht auch über staatliche Gefängnisse gesprochen wurde.

Maloney war bei ihnen, als sie kamen. Er saß im ersten Wagen, starrte stur geradeaus, ähnlich wie de Gaulle es getan haben mußte, als er in Paris einfuhr. Zwei andere Männer in Maßanzügen und mit steinernen Gesichtern fuhren mit ihm. Es war schwierig, zu entscheiden, wer den Befehl führte. Die drei Lastwagen der NSA folgten.

Sie fuhren um das Labor herum und setzten die Lastwagen rückwärts vor den Hintereingang. Die Türen der Lastwagen wurden geöffnet, und etwa ein Dutzend Männer in Overalls sprangen heraus. Jeder hatte seinen Namen und sein Paßbild auf einer Plastikkarte an seinem Anzug hängen. Der Fahrer des Wagens sprach kurz mit Maloney und entfernte sich dann ich Richtung Bibliothek.

Harry konnte ein Lächeln nicht unterdrücken, während er seinen eigenen Wagen parkte und dem NSA-Team nach drinnen folgte. Sie benahmen sich wie eine Mischung aus Militär und Universitätspersonal, minuziöser Drill und Scherzworte über Quantenmechanik.

Gambini war in ein Gespräch mit Leslie Davis vertieft, als das NSA-Team das Operationszentrum betrat. Er schien deren Anwesenheit nicht zu bemerken, bis Maloney sich vor ihm aufbaute. Die anderen verteilten sich. Ein paar Forscher und Techniker unterbrachen ihre Arbeit, um die Eindringlinge neugierig zu betrachten.

»Ed«, sagte Maloney, »ich denke, Sie sind längst auf unser Kommen vorbereitet.«

»Ich glaube, wir erwarteten, daß Hurley endlich Vernunft annehmen würde«, sagte Gambini.

»Das Ganze tut mir sehr leid. Wir wollen immer noch, daß Sie die Operation führen.«

»Unter wessen Kontrolle?« fragte Harry.

»Es wird nicht anders sein als bisher. Die Leitlinien des Projekts werden weiterhin vom Direktor festgesetzt. Ansonsten werden Sie in Ruhe gelassen, Ed. Würden Sie jetzt Ihre Leute bitten, bei dem Umzug behilflich zu sein?«

Gambini wandte sich ohne ein Wort ab, ging in sein Büro, griff nach einem Pullover, nahm einen goldenen Kugelschreiber an sich, den er auf dem Schreibtisch liegengelassen hatte, und kam wieder heraus. »Auf Wiedersehen, Harry«, sagte er und reichte ihm die Hand. »Du hast deinen Job hervorragend gemacht.« Im Operationszentrum hinter ihnen war es still geworden; Leslie und Wheeler, Hedge und Hakluyt, die Systemanalytiker, Kommunikatoren und Linguisten hatten ihre Arbeit unterbrochen und beobachteten sie. »Sie alle haben eine tolle Arbeit geleistet«, sagte er. »Ich bin stolz, daß ich mit Ihnen allen zusammen arbeiten durfte. Einige von Ihnen wurden eingeladen, weiterhin am Projekt mitzuarbeiten. Ich weiß, wieviel es Ihnen bedeutet, und möchte Ihnen sagen, daß es keine Schande ist, wenn Sie weitermachen wollen. Ich glaube, dafür haben wir alle Verständnis.«

Dann war Gambini gegangen, und ein verlegenes Schweigen herrschte, bis Maloney sich schließlich räusperte und um Aufmerksamkeit bat. »Ich wünschte, ich könnte für jeden von Ihnen«, sagte er, »eine Erlaubnis erwirken, weiterhin am Herkules-Projekt beteiligt zu sein. Unglücklicherweise haben wir nur begrenzte Möglichkeiten für Personalanforderungen. Außerdem hat Mr. Carmichael mich davon informiert, daß Goddard die meisten von Ihnen dringend braucht. Wir haben um einige von Ihnen ganz speziell gebeten, und eine Liste mit den Namen ist verteilt worden. Wir bitten diejenigen, deren Namen auf der Liste stehen, dringend, weiterhin beim Projekt zu bleiben. Bitte setzen Sie Mr. Carmichael bis Ende der Woche von Ihrer Entscheidung in Kenntnis.« Er blickte zu Harry, der ihn wütend anstarrte.

Sie begannen mit den Computern. Einige waren speziell eingerichtet worden, um mit dem Text zu arbeiten; daher entfernten sie die Disketten, die sie fanden, schrieben sorgfältig auf, wo sie sie gefunden hatten, trugen die Geräte hinaus und luden sie in die Lastwagen. Maloney begann eine systematische Suche in Schreibtischen und Archivschränken, wo ein riesiger Berg von Notizen und formellen Dokumenten zutage gefördert wurde. Harry war überrascht, daß sogar im Computerzeitalter das Projekt soviel Papier hervorgebracht hatte.

Sie versahen alles mit einem Etikett, auf dem der genaue Lageort verzeichnet war. »Gambinis Schreibtisch, zweite Schublade links«, und so weiter. »Genauso gehen Archäologen bei ihren Ausgrabungen vor«, sagte Wheeler. »Ich glaube nicht, daß Maloney von uns viel Hilfe erwartet.«

Hakluyt sah aus, als hätte er furchtbare Kopfschmerzen. Er näherte sich Harry bei der ersten sich bietenden Gelegenheit. »Das ist unsere letzte Chance. Sie müssen sie jetzt herausholen«, sagte er und bezog sich auf den Datensatz, den Gambini weggeschlossen hatte, die Disketten, auf denen die Informationen zur Genveränderung gespeichert waren. »Wenn diese Bastarde die in die Finger bekommen, dann werden wir sie nie wiedersehen.«

»Keine Sorge«, sagte Harry. »Ich kümmere mich schon darum.«

Hakluyt wischte sich den Schweiß aus dem Gesicht. »Wann?« fragte er und versuchte, seine Stimme so leise wie möglich zu halten. »Sie kommen jeden Augenblick zu dem Schrank! Vielleicht ist es sogar schon zu spät.«

»Cy, ich sagte, ich kümmere mich darum. Versuchen Sie sich zu beruhigen.« Er wandte sich ab.

Die NSA-Leute brachten Disketten ins Hauptarchiv zurück und in die Nebenarchive, die von jeder Abteilung angelegt worden waren. Einer der Männer, der mit Maloney gefahren war, ein Typ mit faltigem Gesicht und fleckiger Haut und fahlblondem Haar kam zu Harry. »Wir vermissen eine Diskette«, sagte er.

»Die befinden sich in Gambinis Büro.« Harry spürte Hakluyts Blicke in seinem Rücken, schloß den Archivschrank auf und trat beiseite. Gambini war nicht besonders ordentlich und neigte dazu, seine Archivfächer in gleicher Weise zu benutzen, wie andere Leute Pappkartons verwendeten. Der Mann mit dem faltigen Gesicht wühlte sich nach und nach bis auf den Grund durch und tauchte mit zwei glänzenden Laserdisks wieder auf, beide mit der Aufschrift DS101 versehen. »Eine«, erklärte Harry, »stammt aus dem Bibliothekssatz.«

Er wandte sich schuldbewußt um. Hakluyt betrachtete

ihn mit unverhülltem Haß. Dann eilte der Mikrobiologe hinaus durch die Tür und den eintönigen grauen Korridor hinunter.

Wheeler hatte sein Büro aufgesucht. Er kam mit dem Lederkoffer zurück, der den Elektromagneten enthielt.

»Ist er eingeschaltet?« fragte Harry.

»Ja.«

Harry nahm ihm den Koffer ab. »Jetzt bin ich an der Reihe«, sagte er.

Wheeler lächelte erleichtert. »Wissen Sie genau, was Sie tun?«

»Keine Frage, daß das Ding funktioniert?«

»So lange sie auf einen Meter herankommen.«

Harry trug den Koffer hinaus auf den Korridor und baute sich neben einem Wasserkühler direkt am Gang auf, durch den der Umzug stattfand. Er lehnte den Koffer an die Wand, trank ausgiebig von dem Wasser und entfernte sich.

Er zog sich bis zur Tür zum Operationszentrum zurück, zu einer Stelle, von der aus er alles überschauen konnte, ohne im Weg zu stehen.

Die Kartons wurden jetzt schnell hinausgetragen. Leslie, Gordie Hopkins, Linda Barrister, Carol Hedge und alle anderen, die während der vergangenen acht Monate so intensiv an dem Projekt gearbeitet hatten, verfolgten schweigend, wie die braunen Kartons durch den Korridor geschleppt wurden, vorbei an dem Wasserkran, eine Treppe hinauf und hinaus vor das Gebäude.

Um ein Uhr war alles erledigt. Der NSA-Wagen war natürlich längst von der Bibliothek zurückgekehrt, und der Fahrer war wachsam genug, ihn nicht zu verlassen. Das war natürlich die übliche Verfahrensweise mit streng geheimem Material. Maloney überreichte Harry eine unterschriebene Bestandsliste mit allem, was sie mitgenommen hatten. »Die National Security Agency wird Sie entschädigen«, sagte er knapp.

Und dann, im strahlenden Sonnenschein, setzte der Konvoi aus vier Fahrzeugen sich in Bewegung und rollte in Richtung Haupttor.

»Es wird noch einige Stunden dauern, bis sie feststellen, daß ihre Disketten wertlos sind«, sagte Wheeler, während die Fahrzeuge sich entfernten. »Vielleicht sogar mehrere Tage. Wenn wir Glück haben, werden sie nie herausbekommen, wie das Ganze passieren konnte. Vielleicht finden wir am Ende jemanden, der mit einer Theorie aufwartet über Hochspannungsleitungen oder so etwas.«

»Das ist doch, was Sie die ganze Zeit gewollt haben, nicht wahr, Pete?«

»Ja, ich glaube schon.«

»Sie sehen nicht sehr glücklich aus.«

»Es war eine Frage des Überlebens, Harry. Aber wir haben dafür einen hohen Preis gezahlt«. Er schaute blinzelnd ins Licht der Nachmittagssonne. »Nein, ich fühle mich nicht sehr glücklich. Ich habe sozusagen alles verraten, wofür ich eingetreten bin.«

Die Luft war milde und still. Etwa ein Dutzend von Gambinis Leuten hatten sich auf dem Parkplatz eingefunden. Sie alle wirkten irgendwie trostlos und verloren.

»Ich hole wohl lieber den Aktenkoffer«, sagte Wheeler.

»Vernichten Sie ihn«, sagte Harry. »Den Koffer und den Magneten. Irgendwann werden sicherlich einige unangenehme Fragen gestellt.«

Wheeler ergriff Harrys Hand. »Danke«, sagte er. »Es wäre viel schwieriger gewesen, es alleine zu tun.«

Der Wachposten vor dem Archivraum der Bibliothek war verlassen. Einen schwarzen Aktenkoffer in der Hand, ging Harry daran vorbei, schob seine Karte ins Schloß (das noch nicht entfernt worden war) und öffnete die Tür. Ohne den Platz, den das Duplikat des Herkules-Textes eingenommen hatte, eines Blickes zu würdigen, ging er direkt zu der Anrichte und kniete davor nieder. Es war ein altes Möbelstück mit schadhaftem Lack. Ringe von Kaffeetassen bedeckten die Abstellplatte, und ein Türgriff fehlte.

Sie war vor sechs Jahren als Teil einer größeren Lieferung gekommen, nachdem das Verteidigungsministerium große

Teile der Maguire Air Force Base geschlossen hatte. Niemand hatte die Anrichte gewollt, daher hatten Logistiker sie im unteren Teil der Bibliothek abgestellt. Wo sie jetzt die Hoffnung der ganzen Welt symbolisierte.

Harry nahm einen kleinen Messingschlüssel aus der Tasche, schloß die Türen auf und öffnete sie. Silberne Disketten schimmerten dahinter. Nacheinander nahm er sie heraus, verstaute sie in einzelnen Schutzhüllen, die er mitgebracht hatte, und packte sie in seinen Aktenkoffer.

Der größte Teil des Herkules-Teams versammelte sich an diesem Abend im Red Limit zu einem Abschiedsessen. Im Grunde wurden sie gar nicht in alle Winde verstreut: Die meisten Techniker blieben bei Goddard und arbeiteten an verschiedenen Projekten weiter. Von den Forschern wollte man Carol Hedge und Pete Wheeler bitten, an weiteren Operationen teilzunehmen, obgleich keiner von ihnen es bereits wußte. Harry erwartete nicht, daß Pete bleiben würde.

Niemand hatte bisher das NSA-Angebot angenommen, was Harry überraschte. Und er fragte sich, wie es geschehen konnte, daß ein Mann von der Statur Hurleys sich mit Leuten wie Maloney umgeben konnte.

Cyrus Hakluyt war ohne ein Wort verschwunden.

Und Leslie ging zurück nach Philadelphia. »Danach vielleicht auf eine Insel in der Südsee«, sagte sie. »Ich habe für eine Weile genug.«

Es gab keine Reden, aber mehrere der Anwesenden drückten sehr emotional aus, wie sie sich fühlten. »Es war so«, sagte einer der Systemanalytiker, »als hätte man gemeinsam eine Schlacht geschlagen.« Harry bedankte sich bei ihnen für ihre Loyalität und prophezeite, daß lange nachdem man John W. Hurley vergessen habe, das Herkules-Team zur Legende geworden sei. »Sie werden sich vielleicht nicht an unsere Namen erinnern, aber sie werden wissen, daß es uns gab.«

Sie applaudierten ihm, und für einige Stunden saßen sie

in der vertrauten Umgebung des Red Limit, und sie glaubten an das, was Harry gesagt hatte. Für Harry stellte seine Äußerung einen weiteren Meilenstein dar: Es war das erste Mal, daß er sich in der Öffentlichkeit dem Mann gegenüber unloyal gezeigt hatte, für den er arbeitete.

Abschiedsparties vermitteln immer eine Art von Begräbnisatmosphäre, dachte er, da sie das Ende eines Zeitabschnitts markieren. Jeder Händedruck, jeder kurze Blick in die Augen des anderen bekommt eine ganz besondere Bedeutung. Aber die relativ schlichte Feier, die von dem Herkules-Team veranstaltet wurde, verlief besonders gefühlsgeladen, vielleicht weil es so etwas nie mehr in der ganzen Menschheitsgeschichte geben würde. Die rund vierzig Männer und Frauen, die sich in dem bescheidenen Restaurant an der Greenbelt Road versammelt hatten, repräsentierten alle diejenigen, die jemals einen Stern beobachtet und nach Antworten gesucht hatten. Nun, sie hatten bei Gott Antworten gefunden, und wahrscheinlich konnte man nicht mehr verlangen.

Harry blieb bis zum gar nicht so bitteren Ende. Angela Dellasandro erschien gegen elf Uhr bei Harry, um ihm zu erklären, daß er außerordentlich gut aussähe. (Um diese Zeit hatte sie bereits einige Manhattan intus.) Und sie sagte auch, daß sie sich wegen Ed Gambini Sorgen mache. Harry beruhigte sie, und sie suchte sich andere Gesprächspartner.

»Sie hat recht«, sagte Leslie. »Er ist besser dran, wenn er nicht mehr zum Projekt gehört, aber es wird noch ein gefährlicher Zeitraum kommen, bis er sich voll und ganz darauf eingestellt hat.«

»Nein«, sagte Harry. »Er hat seine Aliens gefunden. Ich denke, er ist endlich zufrieden. Er kommt schon klar.«

Sie standen sich an diesem letzten gemeinsamen Abend gegenüber. »Wann reist du ab?« fragte er.

»Morgen.«

»Ich werde dich vermissen, Leslie.« Er stellte plötzlich fest, daß er die Eiswürfel in seinem leeren Glas anstarrte. »Ich wäre glücklich, wenn du bleiben würdest«, sagte er.

Sie drückte seinen Arm. »Du bist dir dessen aber nicht sicher, Harry.« Sie lächelte ihn verlegen an. »Ruf mich an, wenn du mal nach Philadelphia kommst. Wir haben viel zu bereden.«

»Da bin ich mir sicher«, sagte er. »Ich war einfach zu lange verheiratet. Alles kommt heraus und klingt irgendwie falsch, denn ich habe immer noch das Gefühl, als dürfte ich so etwas nicht sagen.«

Sie vergrub ihr Gesicht an seiner Schulter, und er spürte ihr Lachen. Aber als sie hochschaute, sah er keine Freude in ihren Augen. »Ich liebe dich, Harry«, sagte sie.

Kurz vor Mitternacht kamen sie, um Gambini zu holen. Sie stiegen die Treppe zum zweiten Stock empor und klopften an seine Tür. Als er aufmachte, die Augen noch voller Schlaf, zeigten sie ihm ihre Ausweise, drängten in sein Wohnzimmer und traten beiseite, um für einen vor Wut schäumenden Pat Maloney Platz zu machen.

»Stimmt etwas nicht?« fragte Gambini.

MONITOR

CYRUS HAKLUYT ANTWORTET EINEM KRITIKER

Dr. Idlemans Bahauptung, daß der Tod ein integraler Bestandteil des Plans der Natur für die fortdauernde Erneuerung der Rassen ist, setzt voraus, daß es tatsächlich so etwas wie einen Plan gibt. Man hat sicher Schwierigkeiten, in diesem unwirtlichen System, in das wir hineingeboren werden, etwas zu finden, das einem bewußten Plan entspricht. Die einzige erkennbare höhere Intelligenz ist unsere eigene. Und man muß sich fragen, welcher Art die Argumentation ist, welche die blinde Evolution als wohlwollend und irgendwie klüger als uns selbst darstellt.

Die Wahrheit ist, daß wir der Zukunft nichts schuldig sind. Wir leben jetzt, und wir sind alles, was wichtig ist. Um Henry Thoreau zu zittieren, wir stehen auf der Trennlinie zwischen zwei enormen Unendlichkeiten, der toten und der ungeborenen. Retten wir uns selbst, wenn wir das schaffen sollten. Wenn wir das erreicht haben, wenn wir unseren Kindern als Erbe nicht mehr Krebs und Altern und Vergängnis hinterlassen, erst dann können wir anfangen, jene Art von Existenz zu planen, die eine intelligente Rasse führen sollte.

> Cyrus Hakluyt. Aus *Harper's*, Antwort des Autors auf einen Brief von Max Idleman, M. D., Geburtshelfer in Fargo, Nord-Dakota, der einem Artikel von Cyrus Hakluyt in der Mai-Ausgabe in mehreren Punkten widersprach. Dr. Idleman schien vor allem Anstoß daran zu nehmen, daß Hakluyt nicht die langfristigen Schäden und Nachteile erkennen wollte, die jeder bedeutende Durchbruch bei dem Bemühen um die Verlängerung der menschlichen Lebensspanne zur Folge hätte.

20 Harry nahm Leslie zu sich in sein Haus an der Bolingbrook Road mit, wo er sie beim Licht der Straßenlaterne in Julies Zimmer auszog. Stück für Stück ließ er ihre Kleider in der Mitte des Zimmers auf den Teppich fallen. Als er sie ausgezogen hatte, drehte sie sich leicht, vielleicht um ihn zu necken, oder aus einem Gefühl der Scham, und ihr Nabel und eine Brustwarze, die zu sehen gewesen waren, tauchten in den Schatten. Aber ihre Augen blieben auf ihn gerichtet, und ihr Haar blieb ein helles Leuchten im Licht der Straße, das durch die Vorhänge filterte. »Du bist schön«, sagte er.

Sie öffnete die Arme für ihn, und er spürte den sanften Druck ihrer kleinen Brüste durch sein Hemd. Ihre Lippen waren feucht und warm, und er vergrub eine Hand in ihrem Haar. Sie wiegten sich sacht hin und her.

Er hob sie hoch; sie preßte sich gegen ihn, und er spürte ihren Herzschlag. Auf dem großen Bett machte sie sich an seinem Oberhemd zu schaffen, lachte, als ein Knopf nicht aufgehen wollte, und riß ihn ab. »Ich näh' ihn dir wieder an«, flüsterte sie und streifte ihm das Kleidungsstück über die Schultern. Sie schleuderte es lässig in die Dunkelheit und legte eine Hand auf seinen Bauch und schob sie hinter seinen Hosenbund.

Harry beugte sich über sie und preßte seinen Mund auf ihren.

Sie redeten und schliefen und liebten sich und redeten wieder.

Vorwiegend sprachen sie über sich selbst und wie sehr sie einander genossen. Und sie sprachen über die Altheaner, von denen sie wohl nichts mehr würden lernen können. »Ich frage mich«, sagte sie, während sie in wohliger Erschöpfung eng umschlungen dalagen, »warum sie uns nie etwas von ihrer Vergangenheit erzählt haben. Ich habe nirgendwo einen Hinweis auf ihre Geschichte gefunden. Und auch keinen auf ihre Psychologie. Genaugenommen gab es überhaupt keine Nachrichten aus dem sozialen Bereich. Jetzt ist alles vorbei, und der Eindruck von dem einsamen Alien in seinem Turm drängt sich stärker auf als je zuvor. Ich begreife das wirklich nicht.«

»Wie werden wir wohl in einer Million Jahre sein?« fragte Harry. Und fuhr fort, ohne auf eine Antwort zu warten: »In Petes Orden gibt es einen Priester, der Bridge spielen kann, wie ich es noch nie bei jemandem erlebt habe. Wenn man mit ihm spielt, hat man das Gefühl, als lägen alle Karten mit dem Bild nach oben auf dem Tisch. Er machte Dinge, die einfach unmöglich erschienen, es sei denn, man konnte die Karten seiner Mitspieler sehen. Und ich frage mich, ob er das auf eine gewisse Weise nicht tatsächlich gekonnt hat.«

»Ich weiß nicht«, sagte Leslie. Sie verfolgte die Konturen seiner Schulter mit einer Fingerspitze. »Was hat das alles mit den Altheanern zu tun?«

»Wenn Telepathie möglich ist und oder was immer Rene Sunderland auch tat, so würde ich gerne wissen, wie das Endprodukt nach einer Million Jahre der Evolution aussieht.«

Sie schloß die Augen. Ihr Kopf sank auf das Kissen. »Wenn die außersinnliche Wahrnehmung möglich ist und wenn wir diese Fähigkeit entwickelten, dann würde ich annehmen, daß wir im Laufe der Zeit unsere individuelle Identität verlieren würden.«

»Und unsere Sprachen! Welche Verwendung hätte eine Rasse von Telepathen auch für das gesprochene Wort?« Sie schauten sich gegenseitig an und hatten beide den gleichen Gedanken: *Wir hätten es viel besser machen können*.

»Es paßt genau«, sagte sie. »Für diese Art von Gesellschaft, so nehme ich an, würde die Geschichte, zumindest in dem Sinne, wie wir diesen Begriff verstehen, jegliche Bedeutung verlieren. Es gäbe keine Politik mehr, wahrscheinlich keinen Konflikt, jedenfalls nicht unter den Angehörigen der Rasse. Bei einem solchen Gemeinschaftswesen gäbe es auch den Tod in unserem Sinne nicht mehr. Die individuellen Zellen, Einheiten, Mitglieder würden sterben, aber nicht die zentrale Intelligenz.«

»Tatsächlich«, sagte Harry, »ist es möglich, daß nur die Körper sterben; sobald man ein Teil des zentralen Geistes geworden ist, hat man eine Art Unsterblichkeit erlangt.«

Sie drängte sich gegen ihn, und Harry streichelte sanft ihre Wange und ihr Haar. Einstweilen verschwanden die Altheaner wieder in der Nacht. Aber später, als er halb schlief und wach war, dachte er wieder an sie. Oder vielleicht träumte er auch von ihnen. Als das Telefon klingelte, kurz vor dem Anbruch des Morgengrauens, erwachte er und wußte schlagartig, warum die Altheaner ihr Signal gesendet hatten. Und er war gleichermaßen traurig wie von Angst erfüllt.

Er lag regungslos da, seine Beine mit Leslies verschränkt, und lauschte dem aufreizenden Rufton und erinnerte sich, daß es damals genauso begonnen hatte, als Charlie Hoffer ihn anrief, um ihm mitzuteilen, daß Beta Altheis etwas sehr Seltsames tat. Aber damals war er mit einer anderen Frau zusammen gewesen, und er hatte andere Ängste gehegt.

»Möchtest du nicht abnehmen?« fragte Leslie, wobei ihre Stimme aus der Dunkelheit ihn zusammenzucken ließ.

Er griff nach dem Hörer. »Hallo?«

»Harry!« Es war Wheeler. »Ich habe soeben einen Anruf von einem unserer Priester drüben in Sankt Lukas bekommen. Sie haben Ed heute eingeliefert. Er hatte einen Herzinfarkt.«

Harry richtete sich abrupt auf. »Mein Gott!« stieß er hervor. »Wie schlimm ist es?«

»Das weiß ich noch nicht. Er ist noch am Leben. Ich fahre rüber; ich rufe Sie an, wenn ich mehr weiß.«

»Was ist passiert?« fragte Leslie.

Harry legte die Hand auf die Sprechmuschel. »Ed hatte heute einen Herzinfarkt. Er liegt im Sankt Lukas.«

Wheelers Stimme klang plötzlich rauh. »Harry, Gambini weiß wahrscheinlich, daß der Herkules-Text verloren ist. Einige von Maloneys Männern haben ihn eingeliefert.«

»Wie konnte das passieren?« fragte Harry. Leslie war aus dem Bett aufgestanden und zog sich an.

»Ich denke, sie waren doch etwas schlauer bei der NSA, als wir erwartet haben, und haben die Disketten sofort überprüft. Anders kann ich es mir nicht vorstellen. Sie müssen angenommen haben, daß Gambini bei der Aktion seine Hand im Spiel gehabt haben muß, daher sind sie sofort zu ihm gefahren.«

Und dabei haben *wir* es getan, dachte Harry. »Danke, daß Sie mir Bescheid gesagt haben, Pete«, sagte er.

»Und was war sonst noch?« fragte Leslie, während sie sich die Armbanduhr überstreifte und einen Schuh aufhob.

»Der Text ist weg«, sagte Harry. »Völlig durcheinander und verzerrt. Beide Sätze.«

Sie hielt inne und starrte ihn an. »Beide Sätze?« Ihre Stimme bebte.

Er nickte. »Es muß irgendwo zwischen Goddard und Fort Meade passiert sein.«

»O Harry«, sagte sie, »diese verdammten Narren.« Sie schleuderte die Schuhe zu Boden. »Sind sie sicher? Wie um alles in der Welt konnten sie beide Sätze verlieren?«

»Das weiß ich nicht.«

»Ich nehme an, Hurley wird eine Untersuchung anordnen.«

»Das wird er ganz bestimmt«, sagte Harry.

»Verdammt«, sagte sie. Sie stand wie erstarrt im kalten grauen Licht. »Ich fahre rüber, um zu sehen, wie es Ed geht. Kommst du mit?«

»Nicht jetzt«, sagte Harry und kämpfte mit seinem Schuldgefühl und seiner Ehrlichkeit. »Leslie«, sagte er zögernd.

Sie stand am Fenster und schaute hinunter auf die Straße. »Ja?«

»Ich habe eine Kopie.«

Sie wandte sich langsam um und wußte offenbar nicht, was er meinte. »Von was?«

»Vom Text.«

Leslie blieb am Fenster stehen, aber er konnte sehen, wie ihre Kraft wieder in sie zurückzufließen schien. »Wie ist das möglich?« fragte sie argwöhnisch.

»Das ist eine lange Geschichte«, sagte er und fragte sich dabei, welches Märchen er auf die schnelle erfinden konnte. »Ich erkläre es dir später.«

»Wo ist die Kopie?«

»Im Kofferraum meines Wagens.«

»Im Kofferraum deines Wagens? Harry, was für ein seltsamer Ort ist das, um etwas derart Wichtiges zu verstecken?«

»Ich wollte das Versteck heute abend wechseln, aber du bist mir irgendwie dazwischen gekommen.«

»Nun, du solltest lieber zusehen, daß du den Text an dich nimmst, denn dort draußen steht ein seltsamer Lieferwagen. Du wirst vermutlich beobachtet.«

Harry sah niemanden. Ein grauer Lieferwagen mit der Aufschrift ›Jiffy Delivery Service‹ parkte einen halben Block weiter am Straßenrand. Aber die Fahrerkabine war leer.

»Sie sitzen hinten drin.«

»Woher weißt du?«

»Ich habe die Flamme eines Zündholzes gesehen.«

Harry versuchte nachzudenken. War es möglich, daß sie etwas wußten? Daß sie den Hergang kannten? Petes Telefonanruf: Sie hatten das Gespräch vielleicht abgehört. Was hatte Wheeler genau gesagt? Harry war sehr vorsichtig gewesen, denn Leslie hatte sich im Zimmer befunden, aber hatte Pete irgendeine Bemerkung gemacht, die sie vielleicht verraten hatte? »Geh du zu Ed und sieh nach ihm. Ich werde die Disketten verstecken.«

»Wo?«

»Das habe ich noch nicht entschieden«, log er. Ihre Augen schienen ihn wegen dieser Bemerkung zu durchbohren, und er fragte sich, ob er sie in diesem Augenblick verloren hatte. »Warte, bis ich losgefahren bin, dann ruf ein Taxi.«

Harry ging hinunter in die Garage und öffnete den Kofferraum des Chrysler, um sich zu vergewissern, daß der Text noch da war. Er hatte die Disketten in Plastikumschläge gesteckt und diese wiederum in einer Kühlbox verstaut. Er nahm sich die Zeit, die Kühlbox mit Klebeband zu verschließen. Zufrieden legte er einen Spaten und ein Brecheisen dazu, schloß die Kofferraumklappe und kehrte ins Haus zurück, um nachzusehen, ob sich vorne etwas verändert hatte.

Der Lieferwagen stand noch dort, aber er konnte keinen weiteren Wagen sehen. Während er hinausschaute, tauchte Hal Esterhazy aus seinem Haus auf der anderen Straßenseite auf, ging zum Ende seiner Einfahrt und hob die *Post* auf. Leslie stand hinter Harry, als er sich umdrehte. »Du hast sie ausgetrickst, nicht wahr, Harry?«

»Ja«, antwortete er.

»Mein Gott, sie sperren dich für den Rest deines Lebens ein, wenn sie dich erwischen. Harry, wie konntest du so etwas tun?« Aber sie machte keinen total entsetzten Eindruck. Sie gingen in die Garage, und sie umarmte ihn in einer impulsiven Geste, die irgendwie die gesamte Leidenschaft dieser Nacht ausdrückte. Dann betätigte Harry die Mechanik, um das Garagentor zu öffnen, und startete den Wagen.

Der Lieferwagen rührte sich nicht.

Harry fuhr etwas schneller als sonst die Bolingbrook Road hinunter und wandte sich nach Norden auf den Turnpike. Es war noch früher Morgen und wenig Verkehr.

Er fuhr durch die Landschaft von Maryland und hielt Ausschau nach schmalen Landstraßen. Der Himmel begann sich zu beziehen, und als er vor Glenview in einer Tankstelle anhielt, um sich krank zu melden, fiel der erste Regen. Er wählte Rosenblooms Nummer.

»Er ist noch nicht da, Mr. Carmichael«, sagte die Sekretärin des Direktors.

Harry ließ die Straße, auf der er hergekommen war, nicht aus den Augen. Sie war vollkommen leer. »Bestellen Sie ihm, ich hätte wieder Probleme mit meinen Allergien«, sagte er. »Ich bin morgen wieder da.« Die Wahrheit war, daß ihm um diese Jahreszeit seine Allergien gewöhnlich am meisten zu schaffen machten. Tatsächlich aber fühlte er sich bestens!

Vielleicht lag das an dem Regen.

Er rannte durch den Wolkenbruch zu seinem Wagen und kehrte auf die zweispurige Straße zurück.

Er hatte keine Ahnung mehr, wo er sich befand. Die Straße war lang und gerade und verlief parallel zu einem

Bahngleis. Es gab kaum Verkehr. Ab und zu kam er an einem Pickup vorbei, und einmal tauchte dicht hinter ihm ein schwarzer Continental auf. Aber er verlangsamte seine Fahrt, und der andere Wagen zog nach links und rauschte an ihm vorbei.

Er dachte über den Lieferwagen nach. Maloneys Männer – oder vielleicht auch das FBI – konnten von seiner Rolle bei dem Vorfall keine Ahnung haben, denn sie waren mit ihren Fragen direkt zu Gambini gegangen. Wenn man die Umstände betrachtete, dann könnte Gambinis Herzinfarkt als Folge eines schlechten Gewissens gedeutet werden. Auf keinen Fall konnten sie jedoch genau wissen, was passiert war. Ed war vermutlich nicht in der Position, ihnen irgend etwas von Belang mitzuteilen. So lange er und Wheeler ihren kühlen Kopf behielten, waren sie nicht in Gefahr. Mit einigem Glück würde die NSA am Ende zu der Überzeugung kommen, daß das Ganze einem ungewöhnlichen Zufall anzulasten wäre. Untersuchten sie vielleicht schon die Straße zwischen Goddard und Fort Meade und suchten nach der Ursache? Überwachten sie die Hauptverdächtigen und warteten auf einen Hinweis auf ihre mögliche Schuld? Wie, zum Beispiel, einer langen, scheinbar ziellosen Fahrt durch die Landschaft von Maryland? Nun, er konnte nichts daran ändern. Er mußte die Disketten an einen sicheren Ort bringen.

Möglicherweise, dachte er, hatte sich Leslie auch mit dem Lieferwagen geirrt.

Der Regen hörte auf und setzte wieder ein. Harry füllte seinen Tank an einer kleinen Amoco-Station mit zwei Zapfsäulen und einem kleinen Café. Er holte sich eine *Post* aus dem Automaten, ging hinein, setzte sich an die Theke und bestellte Kaffee und Schmalzkringel. Die Schlagzeile veränderte seinen Gemütszustand in keiner Weise.

SOWJETS RUFEN BOTSCHAFTER ZURÜCK
Kreml weist Forderung nach Wiedergutmachung für
Feldmann zurück

Durch ein streifiges, schmutziges Fenster beobachtete Harry, wie der Nachmittag sich allmählich verdunkelte. Ferner Donner grollte. Der Regen wurde dichter: Er trommelte bedrohlich auf das Dach und rann an den stellenweise zerbrochenen Fensterscheiben herab. Der Highway versteckte sich unter dem Wolkenbruch, und sogar die Benzinzapfsäulen waren kaum noch zu erkennen. Harrys Gefühl, in Sicherheit zu sein, nahm zu.

Er beendete seinen Imbiß, wartete ein paar Minuten, bis der Wolkenbruch etwas nachließ, gab dann seine Hoffnung auf und rannte, so schnell er konnte, zu seinem Wagen. Während er aus der Tankselle hinausfuhr, stoppte ein grauer Chevrolet an den Zapfsäulen. Zwei Männer saßen darin, und Harry hatte ein ungutes Gefühl bei ihrem Anblick. Einer stieg aus und bemühte sich (so meinte er), nicht dem abfahrenden Chrysler nachzuschauen.

Er fuhr mit betont mäßiger Geschwindigkeit, versuchte dabei so lässig wie möglich zu wirken, und blickte in den Rückspiegel, bis er die Tankstelle nicht mehr erkennen konnte. Sobald er außer Sicht war, trat er das Gaspedal durch. Er hielt das Lenkrad jetzt fest umklammert. Die regennasse Landschaft glitt vorbei, und seine Räder pflügten durch das Wasser. An der ersten Kreuzung wandte er sich nach links und ein paar Meilen weiter wieder nach rechts. Der Highway lag immer noch völlig leer hinter ihm.

Mehr als einmal fragte er sich, ob es nicht am vernünftigsten wäre, die Disketten einfach zu verlieren, sie mit Gewichten zu versehen und ganz einfach in einen der schlammigen Wasserläufe zu werfen, die das Land durchschnitten, und die ganze Angelegenheit damit als erledigt zu betrachten.

Er wandte sich nach Südosten in Richtung Chesapeak.

Der Regen ließ schließlich nach. In Norton bog er an einer kleinen Kreuzung nach links ab, fuhr auf den Parkplatz eines Kinos und wartete ab, um sich zu vergewissern, ob ihn jemand verfolgte. In Eddington ließ er seinen Wagen in einer Nebenstraße stehen, mietete einen Dodge und verstaute die Kühlbox mit den Disketten sowie den Spaten und das Brecheisen in dessen Kofferraum.

Unweit von Carrie's Point glaubte er den grauen Chevrolet von der Tankstelle wiederzusehen. Aber er entfernte sich von ihm, fuhr an den Drive-in-Schalter einer Bank, daher konnte er sich seiner nicht allzu sicher sein. Er setzte seine Fahrt fort. Bei Newmarket gelangte er wieder auf die Route 2 und fuhr nach Süden durch eine hügelige und felsige Landschaft.

Das Kloster der Norbertiner konnte auch unter den günstigsten Bedingungen vom Highway aus nicht gesehen werden. In dem Nebel und Regen war noch nicht einmal der Gebirgskamm zu erkennen.

Harry bog nach links ab, fuhr an dem alten Steinhaus vorbei und rollte bergauf. Im Spätfrühling und Sommer breitete sich die Vegetation wie ein Tunnel über der Straße aus.

Vorsichtig lenkte er das Auto am Herrschaftsgebäude der Norbertiner vorbei und fuhr nach Westen. Die Ulmen, die das Landhaus umstanden, schienen sich gegen die Attacken des Unwetters zu ducken. Harry tastete sich noch etwa zwanzig Meter an dem Gebäude vorbei und fuhr dann auf das Gras. Hier endete die Straße; ein kleines Stück weiter stürzte das Gelände steil ab.

Er holte den Spaten und das Stemmeisen aus dem Kofferraum, ließ die Disketten einstweilen liegen und stolperte und rutschte im Regen den Hang hinab. Dann folgte er einem Trampelpfad in den Wald hinein, bis er das Pumpenhaus fand. Drinnen war alles so, wie es gewesen war, als er und Julie sich dort aufgehalten hatten. Der Spaten, den er schon vorher dort gesehen hatte, hing immer noch an seinem Nagel, aber er hatte klugerweise seinen eigenen mitgebracht. Sogar der Stapel Rupfen, der auf dem halbfertigen Holzfußboden lag, war seit jener denkwürdigen Nacht unangetastet geblieben.

Er suchte sich eine Ecke aus, die fern von der Tür und dem einzigen Fenster lag. Er wuchtete einige Fußbodenbretter hoch, bemühte sich dabei, sie nicht zu beschädigen, und begann zu graben.

Der Regensturm ließ etwas nach, aber von der Chesapeak wehte nun ein frischer Wind herauf. Er zerriß die Nebelschwaden, so daß die Herrschaftshäuser plötzlich scharf und klar zwischen den Bäumen auftauchten.

Irgendwann, sagte Harry sich, wenn alles vorbei und vergessen wäre, dann würde er hierher zurückkehren und den Text holen. Bis dahin würde er wissen, wo er ihn deponieren könnte, bis die Welt bereit für die Herkules-Daten war. Oder, vielleicht, bis eine Gruppe existierte, der man die Disketten anvertrauen konnte. Harry hatte die Möglichkeit in Erwägung gezogen, selbst eine solche Organisation zu gründen, die von Generation zu Generation die Geheimnisse der Sterne weitergab. Eine Art Rosenkreuzler, dachte er mit einem bitteren Lächeln. Die Carmichael-Gesellschaft.

Er grub weiter.

Und ihm wurde bewußt, daß er noch immer nicht niesen mußte.

Trotz der langen Fahrt durch das Farmland spürte er keine allergischen Reaktionen. Nun, da er darüber nachdachte, wurde ihm klar, daß er auch am Tag vorher keine Probleme gehabt hatte. In jedem anderen Jahr vorher hätten diese Aktivitäten ihn für mindestens eine Woche ins Bett gezwungen. Nun, weiß Gott, vielleicht wandte sich am Ende für ihn doch das ein oder andere zum Positiven.

Er war mittlerweile etwa fünfzig Zentimeter tief ins Erdreich eingedrungen und so mit seiner Arbeit beschäftigt, daß er nicht hörte, wie ein Wagen sich näherte. Er blickte auf, als das Motorengeräusch erstarb, aber er hatte es nicht richtig gehört, jedenfalls nicht bewußt, daher zuckte er nur die Achseln und fuhr mit seiner Arbeit fort.

Die einzigen Laute waren das Knirschen des Spatens und sein Atem und das Unwetter.

Er gestattete sich keine Pause; er würde sich nicht sicher fühlen, bis die Disketten in der Erde lagen, die Bodenbretter sich wieder an Ort und Stelle befanden und er unterwegs nach Hause war. Aber seine Schultern und sein Rücken begannen zu schmerzen, und er erwog gerade, sich ein paar Minuten lang auszuruhen, als er das Quietschen der Tür hörte.

Die Tür des Pumpenhauses schwang auf, und Harry blickte in die gelangweilten Augen der beiden Männer, die er in dem Chevrolet gesehen hatte.

Es waren ruhige, tüchtige Männer, glattrasiert, in Jagdkleidung. Der größere der beiden hätte durchaus auch Anwalt sein können; er war groß und hager, hatte zerzauste hellblonde Haare und zeigte ein entspanntes Lächeln. Sein Gefährte, der älter war, trat vor und fragte beiläufig, ob er Carmichael heiße.

Harry taxierte seine Chancen gegen die beiden. Doch der Respekt vor den Vertretern des Gesetzes stand seiner Entscheidung im Weg. »Ja«, antwortete er. »Was wünschen Sie?«

Der Mann, der gesprochen hatte, zückte einen Ausweis. »FBI«, sagte er. »Lies ihm seine Rechte vor, Al.«

»Was, zum Teufel, soll das bedeuten«, wollte Harry in einem überheblichen Ton wissen.

»Wir möchten Ihnen gerne ein paar Fragen stellen.« Er las Harry die rechtlichen Bestimmungen von der Plastikkarte ab. »Verstehen Sie jetzt, welche Rechte Sie haben?« fragte er.

»Ja«, sagte Harry.

»Okay, Mr. Carmichael, was wollten Sie in dem Loch verstecken?«

Der Lieferwagen blieb an seinem Platz.

Leslie beobachtete ihn durch die Vorhänge, während Harry davonfuhr. Dann überlegte sie, wie sie das Haus verlassen sollte. Das Haus besaß eine Hintertür, und die Gärten in dieser Gegend hatten keine Zäune. Sie könnte dafür sorgen, daß das Haus sich zwischen ihr und dem Lieferwagen befand, sich einen Weg über die benachbarten Grundstücke suchen und wahrscheinlich ungesehen bis zur nächsten Straße gelangen. Aber das Gras war naß, und sie befand sich mitten in einem Wohngebiet und hatte keinen Wagen.

Andererseits, warum sollte sie sich in die Sache hineinziehen lassen und sich wie eine Flüchtige verhalten? Sie hatte schließlich nichts getan. Aber der Lieferwagen wartete, und sie war sich ziemlich sicher, daß das Haus immer noch beobachtet wurde.

Leslie griff nach dem Telefonhörer und bestellte ein Taxi. Es kam zwanzig Minuten später und fuhr in die Einfahrt. Sie schloß die Haustür ab und schlenderte zum Fahrzeug. Nun, dachte sie, da geht er hin, mein guter Ruf. Die Blicke des Fahrers tasteten sie ab, während sie die Tür öffnete. »Goddard«, nannte sie ihr Ziel.

Sie überlegte, ob sie jetzt, nachdem sie gegangen war, wohl in das Haus eindrangen und es durchsuchten. Hatten sie die ganze Zeit gewußt, daß sie dort war? Aber warum interessierten sie sich für Harry? Irgendwie mußten sie ahnen oder gar wissen, daß er den Text hatte.

Sie war beeindruckt. Sie zweifelte nicht daran, daß Harry sein Leben ruiniert hatte und auch ihre Karriere in Gefahr war. Aber sie war froh, daß er es getan hatte.

Harry würde im Gefängnis landen. Wahrscheinlich für lange Zeit. Sie sah die kommenden Dinge in trüben Farben vor sich, während sie zum Space Center fuhr, und ihre Augen waren vor Tränen gerötet, als sie vor ihrer Bleibe in Venture Park aus dem Taxi stieg.

Sie stieg in ihren eigenen Wagen und bog vierzig Minuten später auf den Parkplatz des Sankt Lukas Hospitals ein.

Eine sehr amtlich aussehende Frau mittleren Alters mit verkniffenen Gesichtszügen saß alleine am Empfang. Sie blinzelte Leslie durch dicke Brillengläser an. »Kann ich Ihnen helfen?«

»Ich bin Dr. Davis«, sagte Leslie. »Ein Kollege von mir, Dr. Edward Gambini, wurde im Laufe der Nacht eingeliefert. Ein Herzanfall, nehme ich an. Ich würde gerne zu ihm gehen oder mit jemandem sprechen, der mir Auskunft über seinen derzeitigen Zustand geben kann.«

»Ist er ein Patient von Ihnen?« fragte die Empfangsdame, während sie verstohlen auf die Uhr an der Wand blickte. Sie zeigte fünfundzwanzig Minuten nach sieben.

»Ja«, sagte sie und warf ihr Berufsethos bereitwilliger über Bord, als sie es jemals für möglich gehalten hatte.

Die Frau befragte ihren Computer. »Er liegt im Zimmer vier-sechzehn. Dr. Hartland behandelt ihn, und der wird nicht vor zehn Uhr hier sein. Der Patient kann jedoch Besuch empfangen«, sagte sie beruhigend, »doch die Besuchszeit beginnt erst um neun. Möchten Sie vielleicht mit einer der Krankenschwestern reden?«

»Ich bitte darum.«

Dr. Gambini, so berichtete die Nachtschwester, sei wach. »Aber zur Zeit ist der Kaplan bei ihm. Sind Sie seine Hausärztin?«

»Ja. Wie ernst ist sein Zustand denn?« Die Erwähnung des Geistlichen machte ihr Angst.

»Der Priester schaut nur mal eben vorbei«, sagte die Schwester zögernd. »Ich denke, Dr. Hartland wird sicher nichts dagegen haben, wenn Sie Mr. Gambini sehen wollen.«

»Danke«, sagte sie. »Ich komme gleich rauf.«

Die Jalousien waren heruntergelassen, und Gambini lag bleich in seinem Bett. Seine Augen waren geschlossen. Ein Fernsehschirm flackerte unruhig in der Ecke über seinem Kopf. Er war so eingestellt, daß der gegenüberliegende Patient das Programm verfolgen konnte, doch der schien mit den Kopfhörern auf den Ohren eingeschlafen zu sein. Der ›Kaplan‹ entpuppte sich als Pete Wheeler. »Die Krankenschwestern lassen sich aber auch zu leicht täuschen«, meinte er mit unschuldiger Miene.

»Ich trete hier heute ja auch als praktische Ärztin auf«, gestand sie und beugte sich über die reglose Gestalt im Bett. »Ed?«

Seine Augen öffneten sich, und sie sah zu ihrer Erleichterung, daß sie klar waren. »Hallo«, sagte er.

»Wie geht es Ihnen?«

»Nicht so gut.« Seine Stimme war ein hohles Krächzen. »Diese dämlichen Idioten haben alles verloren, Leslie. Können Sie sich so etwas vorstellen?« Er blickte zu Wheeler. »Erzählen Sie es ihr, Pete.«

»Es ist wahr«, sagte der Priester. »Beide Diskettensätze wurden gelöscht.«

»Alles ist weg«, stöhnte Gambini. »Das wäre nicht passiert, wenn uns diese verdammten Sicherheitsbestimmungen nicht davon abgehalten hätten, weitere Kopien anzufertigen.« Seine Stimme verlor an Kraft, verstummte, und er mußte einige Zeit heftig husten.

»Sprechen Sie nicht«, sagte Leslie.

Aber er schüttelte heftig den Kopf, und Tränen traten in seine Augen. »Sie glauben, es sei ein Herzinfarkt«, sagte er. »Wissen Sie, wann es passiert ist? Direkt vor Maloneys Augen. Mein Gott, ich habe mich zu Tode geschämt!« Seine tief eingesunkenen Augen schauten Leslie lange an, dann begriff er, was er gesagt hatte, und kicherte freudlos.

Sie lächelte und strich ihm die Haare aus der Stirn. »Offenbar sind Sie bald wieder auf dem Damm«, stellte sie fest.

»Er ist ganz gut in Form«, sagte Wheeler. »Sie wollen mit ihm noch einige Tests durchführen, aber sein Arzt meint, er brauche sich keine Sorgen zu machen.«

»Pete«, sagte er, »sie brauchen drüben bei der NSA Hilfe. Trommeln Sie ein paar von unseren Leuten zusammen. Sie wissen schon wen. Reden Sie mit Harry; er kann das arrangieren. Vielleicht läßt sich noch etwas retten. Gehen Sie auch hin. Ich denke, jetzt werden sie wohl etwas umgänglicher sein.

Ich kann es einfach nicht glauben«, fuhr er fort und wischte sich die Augen. Er achtete nicht mehr auf seine Besucher und biß die Zähne zusammen. Seine Finger verkrampften sich.

»Was für ein Beruhigungsmittel haben sie ihm gegeben?« wollte Leslie von Wheeler wissen.

Er hatte keine Ahnung.

»Was es auch sein mag«, meinte sie, »es reicht nicht aus, um ihn völlig ruhigzustellen. Ich denke, einstweilen sollten Sie und ich von hier verschwinden und ihn ausruhen lassen. Aber vorher kann ich, so glaube ich, noch etwas für ihn tun.« Sie griff nach seinem linken Arm und streichelte ihn sanft, bis er zu ihr hochsah. »Ed«, sagte sie, »Harry hat den Text. Er ist nicht verloren.«

Gambinis Gesichtsausdruck änderte sich nur langsam; aber der Priester sah aus, als hätte ihn der Schlag getroffen. »Harry hat eine Kopie?« fragte er ungläubig.

Leslie erkannte sofort, daß sie einen Fehler gemacht hatte. Aber jetzt blieb ihr nichts anderes übrig, als die Wahrheit zu sagen. »Er ist im Augenblick im Begriff, ihn zu verstecken. So lange es nötig ist.«

»Der gute alte Harry«, sagte Gambini. »Dieser alte Hurensohn ist wirklich in Ordnung.« Ein breites Grinsen überzog sein Gesicht.

»Wer weiß sonst noch Bescheid?« fragte Wheeler.

»Offenbar Maloney. Jemand hat heute morgen Harrys Haus beobachtet.«

»Und Harry versucht, den Text zu verstecken. Wissen Sie wo?«

Gambini versuchte sich aufzurichten, aber Leslie drückte ihn zurück. »Nein«, sagte sie. Und wenn ich es wüßte, würde ich es dir wahrscheinlich auch nicht verraten. »Ich habe keine Ahnung.«

Wheeler saß einige Sekunden lang nachdenklich da. »Ich glaube, ich weiß es.« Er stand auf und ging zur Tür.

»Ich komme mit, Pete«, sagte Leslie.

»Das ist wirklich nicht nötig. Warum bleiben Sie nicht hier bei Ed?«

»Ich bin jetzt viel zu aufgeregt, um still sitzenzubleiben. Ich würde lieber mitkommen.«

»Na gut«, sagte Wheeler und sah keinen anderen Ausweg, als mitzuspielen. »Aber ich muß erst noch einmal in meine Wohnung.«

Wenn er sich in Washington aufhielt, wohnte Wheeler gewöhnlich in der Georgetown-Universität. Aber das Space Center hatte ebenfalls ein Haus für ihn reserviert, daher hatte der Priester sich in den vergangenen Monaten abwechselnd in beiden Wohnungen aufgehalten.

Er hatte den Aktenkoffer mit dem Elektromagneten im Tagesraum der Gastprofessoren in der Georgetown stehengelassen, wo er ihn für hinreichend sicher wähnte, bis er eine Gelegenheit fand, ihn unauffällig loszuwerden. Er holte ihn jetzt und kam damit zum Wagen, in dem Leslie auf ihn wartete. »Fahren wir«, sagte er.

»Okay.« Sie zog hinaus in den Verkehr auf der Wisconsin Avenue. »Wohin?«

»Zur Chesapeak Bay. Versuchen Sie auf den Beltway zu kommen.«

Die meiste Zeit war Wheeler ein nachdenklicher, ruhiger, gelassener Mensch. Doch während der langen Fahrt zum Sankt-Norbert-Kloster schien er in tiefe Depressionen verfallen zu sein. Leslie kannte ihn gut genug, um zu begreifen, daß er am liebsten gesehen hätte, wenn der Text ausgelöscht bleiben würde. Aber seine Enttäuschung schien noch tiefer zu sein und sich noch auf etwas anderes zu beziehen.

»Wohin sind wir unterwegs?« fragte sie.

»Es gibt da eine Stelle an der Bucht«, erklärte er, während sie durch Billingsgate fuhren. »Harry erzählte mir mal davon und meinte, es sei ein geeigneter Ort, um sich dort vor der Welt zu verstecken. Damals hatte er wohl etwas anderes im Sinn, aber es könnte sein, daß er jetzt ebenfalls an diesen Ort gedacht hat. Wir werden sehen.«

In Carsonville wurden sie durch einen Unfall zwischen einem Sattelschlepper und einem Motorrad aufgehalten. Der Lastwagen hatte Druckereimaterial transportiert; Papierrollen waren auf fast einer Meile über die Straße verstreut. Erst nach einer Stunde konnten sie ihre Reise fortsetzen. Es regnete weiterhin heftig, und Wheeler saß regungslos da, hatte die Arme vor der Brust verschränkt und starrte düster auf den regennassen Highway.

Am späten Morgen näherten sie sich Basil Point unter einem Himmel, der sich allmählich aufklärte. Sie bog etwas zu scharf von der Route 2 ab, rutschte mit der rechten Wagenseite vom Fahrdamm auf das Bankett aus Schlamm und nassem Laub, geriet leicht ins Schleudern und gelangte wieder vollständig auf die Straße.

»Immer mit der Ruhe«, sagte der Priester. »Wir brauchen uns nicht den Hals zu brechen.«

Sie fuhren zum Hügelkamm hinauf und in einem Bogen um die Herrschaftshäuser herum. Vor ihnen, unter einer Baumgruppe, sah sie eine Hütte. Dicht dahinter, am Rand eines steilen Abhangs, parkten zwei Wagen nebeneinander.

»Stehenbleiben«, sagte Wheeler.

Sie standen mitten auf einer Wiese. »Warum?«

»Hier!« wiederholte er mit einer gewissen Erbitterung in der Stimme. Und dann, nachdem sie gehorcht hatte: »Harrys Wagen ist nicht da, und diese beiden gehören nicht den Norbertinern.«

»Vielleicht hat er einen gemietet.«

Sie stiegen aus und rannten durch das nasse Gras. »Wir kommen zu spät«, stöhnte Wheeler.

Ein Fahrzeug verfügte über ein CB-Radio; ein großes, rundes Warnlicht war unter dem Vordersitz verstaut. »Das ist ein tragbares Blinklicht«, sagte Leslie. Sie ging um den zweiten Wagen herum, fand nichts, was ihre Aufmerksamkeit geweckt hätte, schaute den Abhang hinunter und wandte sich dann zu der Hütte um.

»Nein«, sagte Wheeler, »nicht dorthin.« Er blieb vor den Wagen stehen und starrte über die Baumwipfel hinweg. Der Abhang an der Bergseite war steil und mit hohem Gras bewachsen. An seinem Fuß, etwa fünfzig Meter weiter unten, standen wieder Bäume.

Der Wind trug den Klang von Stimmen zu ihnen herüber. In der Stille schienen sie aus allen Richtungen zu kommen.

»Sie haben ihn mit den Disketten erwischt«, flüsterte der Priester knapp. »Les, wir müssen sie irgendwie retten.«

»Sie? Wir müssen sie retten? Ich bin hergekommen, um Harry zu helfen, Pete. Was mich betrifft, so können sie die Disketten ruhig haben.«

»Natürlich«, sagte Wheeler. »Das meinte ich auch.«

Ein seltsamer Blick wanderte zwischen ihnen hin und her. Er atmete jetzt etwas weniger angespannt. »Steigen Sie den Berg hinunter«, sagte er. »Bitte. Ich werde versuchen, sie abzulenken. Tun Sie, was Sie können, um ...«

Sie war schon weg, ehe er den Satz beenden konnte.

Das Gras unter ihren Füßen war rutschig, aber sie wurde schnell damit fertig. Sie rutschte den Abhang hinunter und landete unten zwischen den Bäumen. Obgleich die Stimmen verstummt waren, konnte sie die Schritte der Leute hören. Über ihr war Wheeler verschwunden, und sie konnte nur noch die Hütte und die Stoßstangen und Kühlerhauben der beiden Wagen erkennen.

Sonnenlicht filterte durch die Äste, und etwas umkreiste summend ihren Kopf.

»Hier entlang!« rief eine Stimme. »Hier drüben ist es trocken!«

Und dann erblickte Leslie sie, zwei Männer, die hintereinander gingen, und zwischen ihnen ein offensichtlich unglücklicher Harry. Der größere der beiden betrachtete Harry fast mitleidig. Der Mann, der vorausging, trampelte mit einem offensichtlichen Ausdruck von Verärgerung durch die Büsche und das hohe Gras. Alles an ihnen deutete daraufhin, daß sie Polizeibeamte waren: sie schauten sich aufmerksam um, hielten zwischen den umstehenden Bäumen Ausschau und gingen mit jenem lässigen Schritt, den man bei Gesetzesvertretern beobachten kann, nachdem sie einen Übeltäter dingfest gemacht haben.

Glücklicherweise war der Übeltäter nicht mit Handschellen gefesselt.

Sie schlich sich näher heran und kauerte sich hinter eine Eiche. Sie gingen an ihr vorbei, Harry sogar so nahe, daß sie ihn beinahe hätte berühren können. Er schaute kurz in ihre Richtung, aber sie wagte es nicht, sich zu zeigen.

Leslie befand sich hinter ihnen, als sie den Wald hinter sich ließen und den Berg hinaufstiegen.

Sie wartete angespannt, fragte sich dabei, was Wheeler wohl unternahm, um die Agenten lange genug abzulenken, daß sie Harry befreien könnte. Ihre ganze Welt stand dicht vor ihrem Untergang. Sie, der Priester, alle — sie alle würden in den Spätnachrichten ihren Auftritt bekommen, wenn sie von Beamten irgendwo in einen Gerichtssaal geführt würden. Sie würde ihr Gesicht hinter einer Zeitung verstecken, und sie würden ihr acht Jahre aufbrummen.

Wenn sie jemals die Gelegenheit bekäme, so schwor sie sich, würde sie beide, Harry *und* Wheeler, verdreschen. Aber wie konnte sie auf Harry böse sein, der sogar jetzt nach einer Chance zu suchen schien, abzuhauen? Der vordere Agent sah ihn an und sagte etwas. Aber Harry, der beide Männer überragte, behielt seine trotzige Miene bei, die so gar nicht zu seinem Charakter passen wollte.

Der größere Agent blieb stehen und sah direkt zu ihr herüber. Leslie hatte sich hinter der Eiche hervorgewagt und versteckte sich jetzt hinter einem Ast. Er starrte sie weiterhin an, bis Harrys Aufmerksamkeit automatisch in ihre Richtung gezogen wurde. Und schließlich wandte der Agent sich ab! Sie stand auf und befand sich sofort mitten im Blickfeld!

Zu seinem unwahrscheinlichen Glück reagierte Harry nicht einmal mit einem Wimpernzucken.

Sie waren rund vier Schritte weitergegangen, als der Wagen der Agenten, der Chevrolet, langsam nach vorne rollte und über den Abhang kippte. Die Gesetzeshüter reagierten schnell: einer blieb bei Harry, während der andere, der hellhaarige Mann, sich bemühte, das Fahrzeug einzuholen, das immer schneller wurde.

Leslie richtete sich auf. Harry sah, wie sie näherkam, und der Agent schien Verdacht zu schöpfen. Er drehte sich halb zu ihr um, ging reflexartig in die Knie, aber Harry verpaßte ihm einen Tritt, so daß der Polizist den Hang hinunterrollte, vorbei an der heranstürmenden Frau. »Oben auf dem Berg«, rief Leslie, ohne innezuhalten.

Nicht wissend, was geschehen war, rannte der hellhaarige Mann neben dem Chevrolet her, riß die Tür auf, konnte aber nicht hineingelangen. Er griff nach dem Lenkrad, als der Wagen auf einen dicken Stein traf und plötzlich von ihm wegfederte. Er wurde von den Füßen gerissen und hinterhergeschleift.

Wheeler wartete bei Harrys Mietwagen. »Wo sind die Disketten?« fragte er.

Harry sah den Priester verlegen an. »Im Kofferraum«, erwiderte er.

Die beiden Männer am Fuß des Hügels hatten sich wieder gefangen und stiegen zu ihnen herauf. Ihr Wagen hing festgeklemmt zwischen zwei Bäumen. Einer rief etwas. »Los, weg von hier«, sagte Wheeler und schlängelte sich auf den Rücksitz des Mietwagens. »Leslie, Sie sollten zusehen, daß Sie Ihren Wagen von hier wegbekommen. Ansonsten werden sie ihn identifizieren können.«

Harry hatte den Motor angelassen. Sie zögerte, dann sprang sie hinein und auf den Platz neben ihm. »Zur Hölle damit«, sagte sie. »Die wissen ja sowieso, wer wir sind.«

Während sie zurücksetzten und dabei Schotter in alle Richtungen spritzte, gewahrte Harry Wheelers Aktenkoffer, den er auf den Rücksitz gelegt hatte. In seinem Magen machte sich ein flaues Gefühl breit.

Mr. Gold zündete sich eine Zigarette an. »Was werden Sie tun?« fragte er.

Der Präsident schob seinen Sessel vom Schreibtisch zurück und schlug die Beine übereinander. Sein Jackett lag auf dem kleinen Sofa, auf das er es kurz zuvor geworfen hatte. Seine Ärmel waren bis zu den Ellbogen hochgekrempelt. Aber er sah seltsam zufrieden aus. »Was würden Sie tun, Max?«

»Unser erstes Ziel dürfte es wohl sein, den Herkules-Text zu retten und wieder in unseren Besitz zu bringen«, meinte er.

»Ja, das scheint so zu sein.«

»Und dann müssen wir diesen Vorfall vor den Russen geheimhalten.«

»Der KGB wird bereits Teile unserer Geschichte kennen.«

Golds Zigarette glühte auf und versprühte Funken. »Welchen Teil?«

»Daß die Disketten gelöscht wurden, als sie zur NSA gebracht wurden.«

»Wie, zum Teufel, können sie davon erfahren haben?« explodierte der Minister. »Mein Gott, John, wenn Sie herausbekommen sollten, wer das verraten hat, dann sollten Sie den Betreffenden auf der Stelle aufhängen!« Er starrte den Präsidenten in rasender Wut an. »Würden Sie mir bitte eins erklären, ja? Wie können Sie hier nur so ruhig sitzen und nichts anderes tun, als zu allem nur zu grinsen?«

»Max«, sagte Hurley, »ich glaube, ich bin der Kerl, den Sie aufhängen wollen.«

»Sie?« Golds Kinn sank herab.

»Wir gaben die Informationen an Colonel Bridge weiter.«

Der Außenminister war wie vom Donner gerührt. Bridge war ein sowjetischer Agent im Pentagon, der bisher ranghöchste Spion des KGB. Die amerikanische Spionageabwehr wußte schon seit Jahren über ihn Bescheid. Aber man hatte ihn an Ort und Stelle belassen und ihm ab und zu absolut wertlose (und machmal auch nicht ganz so wertlose) Informationen zukommen lassen, um seine Glaubwürdigkeit für seine Chefs zu erhalten und ihn als Übermittler für Fehlinformationen zu benutzen, die die Vereinigten Staaten gerne an den Kreml weitergeben wollten. »Warum?« wollte er wissen. »Im Namen Gottes, John, warum haben Sie das weitergegeben?«

»Weil es den Druck von den Leuten in Moskau nehmen wird, die sich selbst und uns in eine Sackgasse manövriert haben. Wenn es keinen Text mehr gibt, dann können wir ihn schlecht an sie weitergeben.«

»Was ist mit ORION? Dem Teilchenstrahl? Ich habe nichts dagegen, wenn sie den bekommen. Es ist nur die Methode, wie man das Wissen an sie weitergibt, die mir etwas Sorge macht. Vielleicht können wir es ebenfalls über Bridge laufen lassen.« Seine Laune wurde noch heiterer. »Anschließend können wir Bridge ja erwischen und einen großen Prozeß veranstalten, einen öffentlichen Skandal und was es sonst noch in dieser Richtung gibt. Die Sowjets erhielten eine neue Bestätigung, daß alles, was sie von ihm geliefert bekamen, echt war, die Tatsache inklusive, daß die Disketten verloren sind. Das ist sozusagen das letzte Ziel unserer Bemühungen.«

Gold spürte, wie die Last auf seinen Schultern merklich

leichter wurde. »Eigentlich habe ich niemals richtig geglaubt«, sagte er, »daß die Sowjets uns tatsächlich angreifen würden.«

»Schon möglich. Das ist eine Frage, die wir in unseren Memoiren stellen und behandeln müssen. Falls wir je dazu kommen, sie zu schreiben.«

»Demnach geht es im Augenblick nur um die Frage, wie wir uns die Diskettenkopien von Carmichael besorgen, und schon stehen wir wieder glänzend da.«

»Max.« Der Präsident holte eine Flasche Brandy und zwei Gläser aus dem Schreibtisch. »Wir sind sie los«, sagte er, zog den Korken aus der Flasche und füllte die Gläser. »Warum sollen wir sie zurückhaben wollen?«

»Aber Sie sind sie ja gar nicht los«, sagte Gold. »Der KGB wird uns das Ganze nicht unbesehen abkaufen, ohne sich die Begleitumstände etwas genauer anzusehen. Die Disketten sollten auf jeden Fall nicht in ihren Händen landen.«

»Ja«, sagte Hurley. »Das ist möglich. Aber es ist nicht Harry Carmichael, mit dem wir es hier zu tun haben; es ist Pete Wheeler.«

»Der Priester?«

»Ja. Carmichael hätte so etwas nicht von sich aus getan. Wir haben uns seinen bisherigen Lebenslauf sehr sorgfältig angeschaut, Max. Harry ist ein ziemlich träger Mensch, der eine Menge Respekt vor Autoritäten hat. Nein, es ist der Priester, der die Disketten zerstören wollte. Und es ist auch der Priester, der gewußt hatte, wie es dazu kommen könnte. Carmichael hätte so etwas niemals gewußt.

Aber ich glaube nicht, daß Harry sich überwinden konnte, sie zu zerstören. Daher fertigte er eine Kopie an und schaffte sie irgendwie vom Gelände herunter.«

»Und Sie meinen, er kann für ihre Sicherheit garantieren? Sicherheit vor dem KGB?«

»Sie machen sich zuviele Sorgen, Max. Der KGB glaubt, der Text ist verschwunden. Es gibt keinen Grund, warum sie etwas annehmen sollten. Und wenn ich Wheeler richtig einschätze, dann dürfte der Text mittlerweile wirklich weg sein.«

Gold begann zu lachen. »Dann ist es vorbei«, sagte er. »Es ist wirklich vorbei.«

»Ich nehme es an.«

»Was werden Sie mit Carmichael tun?«

Hurley seufzte. »Ich mag Harry. Trotz allem. Die Sowjets erwarten von uns, daß wie die Affäre geheimhalten. Das bedeutet keine Verhaftung und kein Prozeß. Ich habe die Bluthunde bereits zurückgerufen.

Um die Illusion aufrechtzuerhalten, müssen wir Harry administrativ und sehr zurückhaltend bestrafen. Seine Karriere ist natürlich beendet. Vielleicht setzt er sich zur Ruhe. Wenn nicht, dann können wir ihm ja irgendeinen Job an der Grenze im Norden zuweisen. Er könnte zum Beispiel bei der Einwanderungsbehörde arbeiten.«

Sie flohen nach Westen durch das südliche Maryland und in Richtung Potomac. »Es gibt eine Fähre bei Harry's Landing«, sagte Wheeler.

Der Regen hatte wieder eingesetzt. Er rauschte von einem kalten Himmel hinunter in die dunklen Wälder. »Wir müssen irgendwo anhalten und Harry ein paar trockene Kleidungsstücke besorgen«, sagte Leslie.

»Wie kommen wir denn zur Fähre?« fragte Harry.

»Ich weiß es nicht. Ich habe ja kaum eine Ahnung, wo wir sind.«

»Ich weiß auch nicht, warum wir eigentlich weglaufen«, sagte Leslie. »Es gibt wirklich keinen Ort, wo wir hingehen können.«

Harry betrachtete die Telegraphenmasten. Sie wirkten irgendwie hypnotisch, waren Symbole einer untergehenden Welt, ordentlich, solide, unkompliziert. Wheeler hatte wenig gesagt, seit sie das Kloster verlassen hatten. Die Spannung zwischen den beiden Männern war nahezu greifbar. Leslie spürte, daß es irgend etwas geben mußte, wovon sie keine Ahnung hatte.

Harry war frustriert: er hatte sich stets auf seine Urteilskraft verlassen, hatte immer die richtigen Dinge getan, und dennoch fühlte er sich schuldig. »Ich konnte es einfach nicht zulassen, daß Sie sie zerstören, Pete«, sagte er schließlich. Und Leslie verstand ihn endlich.

Der Priester nickte. »Ich werde beenden, was wir angefangen haben, Harry.« Sie näherten sich einer Kreuzung. Eine verlassen Tankstelle stand an einer Ecke, ihr verrostetes Texaco-Schild schwankte im Sturm hin und her. Die Pumpen waren längst verschwunden, ein paar alte Reifen hatte man neben dem Gebäude aufgestapelt, und in einer der Montageboxen stand noch ein uralter Ford.

Zum zweitenmal hörte Harry das Klicken der Verschlüsse von Wheelers Aktenkoffer. »Pete«, sagte er, fuhr von der Straße herunter und zur Tankstelle, wo er abrupt stehenblieb. »Das werden Sie doch nicht tun wollen.«

»Sie haben recht, Harry. Ich will es nicht, aber ich habe keine Wahl.«

»Sie haben die zweite Chance, Pete. Diesmal wird es kein Zurück geben.«

Leslie wandte sich in ihrem Sitz um und gewahrte den Elektromagneten. »Haben Sie es so gemacht?«

»Wie haben Sie den Austausch bewerkstelligt?« fragte Wheeler. »Ich dachte, wir wären ausreichend wachsam gewesen.«

»Dies ist der Satz aus der Bibliothek«, erklärte Harry. »Sie haben den gleichen Diskettensatz gelöscht, den Baines vorher erhalten hatte.«

Wheeler lächelte grimmig. Er hielt den Griff des Koffers umklammert und legte einen Finger auf den Schalter. Harry schloß die Augen, als erwartete er eine auf ihn abgefeuerte Kugel.

Die Haltung des Priesters erinnerte an einen sündigen Büßer, der erfüllt war mit Gedanken über die Unzulänglichkeiten der menschlichen Rasse. »Dann bleibt es am Ende wieder einmal an mir hängen«, sagte er.

»Pete, hören Sie. Einen Moment. Es steckt mehr in der Sache, als Sie im Augenblick wissen.« Er spürte, wie Leslie sich neben ihm anspannte, und fragte sich, ob sie sich bereit machte, sich über die Rückenlehne ihres Sitzes nach hinten zu schwingen und sich auf den Priester zu stürzen. Aber das hatte keinen Sinn. Er legte ihr beschwichtigend eine Hand auf den Unterarm. »Wir brauchen niemandem den Text zu geben. Wir können ihn irgendwo verstecken, bis die Welt dafür bereit ist. Wir können ihn in der Wüste vergraben oder in einen Banksafe einschließen lassen. Es ist mir gleich. Aber wir müssen ihn nicht zerstören.«

»Es würde Jahrhunderte dauern«, sagte Wheeler. »Unterdessen würde irgend jemand den Platz finden. Oder die Leute, denen man das Geheimnis anvertraute, würden es verraten. Nein, die Risiken sind zu hoch.«

»Der Nutzen ist hoch, Pete. Und da ist noch etwas anderes, wovon Sie nichts wissen. Nicht nur wir sind es, nicht nur diese Welt, die den Preis zahlen werden, wenn Sie den Schalter betätigen.«

Unsicherheit flackerte in Wheelers dunklen Augen. »Was weiß ich nicht?«

»Die Natur des Senders, Pete, niemand wird jemals verstehen und erfahren, was sie draußen im Nichts gemacht haben, wie das Altheische System seiner Muttergalaxis entfliehen konnte, oder warum eine solche Galaxis niemals bestanden zu haben schien. Wir beharrten darauf, sie als eine Rasse zu betrachten, die der unseren gleicht. Dabei glaube ich, daß wir statt dessen eine einzige Kreatur vor uns haben, die nach intelligentem Leben in einem leeren Universum sucht. Sie erinnern sich doch an die Lektion während der ersten Tage von SKYNET? An all die sterilen Welten. Praktisch Tausende von terrestrischen Planeten, die alle von Kohlendioxyd eingehüllt oder von Kratern durchlöchert sind.

So muß es überall sein. Und vielleicht, nachdem wir uns ein wenig über das hinausentwickelt haben, was und wo wir im Augenblick sind, wird die Leere auch von uns ihren Tribut fordern, wie es bei Gambini vielleicht längst geschehen ist. So wie es sicherlich auch den Altheanern ergangen ist. Daher nahmen sie ihr Planetensystem und gingen auf die Suche, nicht mittels der Sterne, denn die Wahrscheinlichkeit, dort kein Leben zu finden, war einfach zu groß. Sondern durch die Galaxien. Und dabei bedienten sie sich der praktischten Suchmethode, die sie sich vorstellen konnten.«

»Sie nahmen den Text«, flüsterte Wheeler.

»Ja. Wie lange waren sie schon dort draußen? Sie waren sich doch mit mir einig, daß Alpha und Gamma künstliche Sonnen sind. Das Pulsar-System ist instabil, daher verfügen sie entweder über einen Weg, es zu stabilisieren, oder sie schaffen alle paar Millionen Jahre ein völlig neues System. Pete, sie suchen uns! Legen Sie den Schalter um. Vernichten Sie den Text, und wir werden niemals antworten können. Denn dann werden wir niemals jemanden von der Wahrheit überzeugen können! Und wer gibt schon Geld für ein Projekt aus, Funksignale auszusenden, die erst in zwei Millionen Jahren an ihrem Bestimmungsort ankommen!«

»Harry«, sagte der Priester, »mit oder ohne Disketten, das würde niemanden stören. Was soll's also?«

»Wir wären weitaus überzeugender, wenn wir eine Aufnahme von der Transmission hätten, Pete.« Harry entspannte sich ein wenig. Er spürte, daß er gewann. »Da ist noch mehr«, sagte er. »Leslie hatte es bereits erklärt, nämlich daß sie glaubt, einem einsamen Mann in irgendeinem hohen Turm zu lauschen, und nicht einer ganzen Rasse. Pete, es gibt einen ganzen Haufen Beweise, daß die Altheaner eine Gruppenkreatur irgendeiner Art sind, eine einzige intellektuelle Wesenheit ...« Harry drehte sich in seinem Sitz herum, so daß er Wheeler direkt in die Augen blicken konnte. »Es gibt nur einen Altheaner. Er ist, verdammt noch mal, so gut wie zeitlos. Und er ist alleine.«

Der Regen trommelte auf die Wagendächer.

Wheeler klappte den Aktenkoffer zu. »Das ist wahrscheinlich ein Fehler«, sagte er.

Harry atmete wieder. Leslie drückte seine Hand, dann reichte sie nach hinten und drückte Wheelers Hand. »Jetzt«, sagte Harry, »müssen wir einen Wagen organisieren, nach dem sie nicht suchen.«

»Vielleicht sollten wir einen stehlen«, sagte Leslie.

Harry grinste. »Vielleicht ist das irgendwann nötig.«

»Und was tun wir mit dem Text?« fragte Wheeler.

»Wie wäre es einstweilen mit einem Schließfach am Busbahnhof?« schlug Leslie vor. »Je eher wir das Zeug loswerden, desto besser für uns.«

»Du hast zuviel ferngesehen«, sagte Harry.

Sie überquerten den Potomac auf der Hovercraft-Fähre bei Harry's Landing und mieteten sich einen weiteren Wagen in Triangle. Dabei benutzten sie Leslies Namen, um mögliche Verfolger zu verwirren. Harry zog sich endlich ein paar trockene Kleider an und besorgte eine Landkarte.

Sie fuhren nach Nordwesten in Richtung Manassas.

Es hatte schließlich doch noch aufgeklart, obgleich noch immer keine Sonne schien. »Ich habe eine Idee«, sagte Wheeler. »Ich glaube, ich weiß, wo die Disketten sicher wären. Für eine lange Zeit.«

»Wo?« fragte Harry skeptisch.

»Geben wir sie jemandem mit Erfahrung in diesen Dingen — der Kirche. Wir erwarben uns einen Ruf, indem wir die wesentlichen Elemente der klassischen Renaissance nach Europa sendeten. Verglichen mit dem hier, ist das ein kleiner Job. Harry, Les, es gibt da eine Pfarre in Carthage. Eine kleine Gemeinde in einer Industriestadt. Der Pastor dort hält große Stücke auf mich. Er ist ein alter Freund.«

»Sie wollen den Text in einer Kirche verstecken?«

»Im Altarstein, Harry. Im Altarstein!« Er beugte sich mit frischer Energie vor. »Es gibt keinen sichereren Ort.«

Leslie nickte.

»Wenn wir ihn dort hineinbekommen können«, sagte Harry.

»Haltet euch an die Landstraßen«, riet Leslie.

Harry nickte. »Pete, da ist noch etwas. Ich möchte gerne Hakluyts Diskette herausziehen und sie ihm geben.«

»Das können Sie machen, wie Sie wollen. Das betrifft mich nicht«, sagte Wheeler.

Harry schaute die Psychologin an. »Les?«

»Tu's«, sagte sie.

»In einiger Zeit, so glaube ich, werde ich damit meinen Sohn heilen können.«

»Da habe ich meine Zweifel«, sagte Wheeler.

Und vielleicht hatte er recht: als Harry herüberkam, um ebenfalls auf die Karte zu schauen, mußte er seine Lesebrille aufsetzen. Das Serum hatte offensichtlich nicht gewirkt.

Er holte tief Luft und sog den feuchten Dunst und die Pollen in seine von einem ganzen Sortiment Allergien gepeinigte Lunge ein. Und die Luft schmeckte süß und rein.

MONITOR

Es gibt eine Szene bei Milton, im achten Buch von *Das verlorene Paradies,* glaube ich, welche die Situation recht gut beschreibt. Gott und Adam unterhielten sich, und Adam schimpfte über das Land und über die Schwierigkeiten, es zu bebauen, und noch über das ein oder andere. Und er beklagte sich, daß er alleine war. »Alles, womit ich reden kann, sind Tiere«, sagte er.

Und Gott versprach ihm, er wolle sich dazu etwas überlegen. Und dann muß er wohl noch etwas länger nachgedacht haben. »Adam«, sagte er, »wer ist denn mehr alleine als ich, der niemanden wie mich selbst auf der ganzen weiten Welt kennt?«

Und das, meine Damen und Herren, ist genau das unselige Dilemma des wundervollen Wesens, das sich vor kurzem die Mühe gemacht hatte, um uns auf sich aufmerksam zu machen.

> Abschließende Bemerkungen über das Wesen der
> Altheaner von Reverend Peter Wheeler, O. Praem.,
> bei der jährlichen Versammlung der
> American Philsosophical Association
> im November in Atlantic City.

EPILOG

Rimford war losgefahren, um Eierflip zu kaufen. Aber er fuhr weiter bis in die Wüste. Sirius und Procyon, das helle Paar, stand über dem Horizont. Wo sie ihre Geheimnisse bewachten, hatte er immer gedacht, wenn er sie ein paar Jahre zuvor beobachtet hatte. Aber jetzt lagen sie offen vor einem, entlarvt durch Ed Gambinis Augen. Zwischen ihnen befinden sich vierzehn Welten, allesamt nach Masse und Zusammensetzung vermessen und analysiert und mit einem Index versehen. Alle waren leer.

Der Altheaner hatte etwas sehr Bemerkenswertes geschafft. Er hatte ein Paar von Quasaren untersucht, die offenbar sehr weit auseinanderlagen, jeder in einer Entfernung von rund achtzehn Milliarden Lichtjahren, der eine etwas mehr, der andere etwas weniger. *Und er hatte entschieden, daß sie das gleiche Objekt waren, lediglich unter verschiedenen Perspektiven betrachtet!* »*Das konnte nur bedeuten, daß seine Teleskope vollkommen um das Gewölbe des Kosmos herumgeschaut hatten!* Mehr noch, da die Quasare nicht genau an gegenüberliegenden Seiten des Himmels standen, war es klar, daß das Universum keine Kugel war.

Die Wüste sah fremdartig aus. Vor Jahren, als er und Agnes gerade verheiratet gewesen waren und er in Kitt Peak stationiert gewesen war, waren sie einmal an Weihnachten durch den gleichen Teil Wildnis gefahren. Das schien nun so lange zurückzuliegen. In jenen Tagen war der Himmel voller Geheimnisse gewesen. Aber heute abend hielt er das Universum in seinen Händen, verstand alles außer vielleicht die Geheimnisse seiner eigenen Existenz.

Einige Details waren noch unklar, aber die waren eigentlich nebensächlich: einzelne Punkte der Licht- und Wellen-Theorie.

Er kannte die Größe und die Form der grundlegenden Architektur des Universums. Und er verstand es so, daß der Zylinder verdreht war, kannte auch den einzigen Grund, warum er verdreht sein konnte: Er war um etwas anderes herumgelegt. Und was konnte dieses anders sein als ein zweites Universum? Oder, genauer ausgedrückt, die Anti-Materie-Version dieses einen Universums.

Unter den Sternen der Wüste versuchte er seine früheren Kräfte zu sammeln, sich die beiden Systeme vorzustellen, die sich gegenseitig in festem Griff hielten, eine kosmische Doppelhelix.

Und er verstand noch viel mehr. Für ihn war die große Frage nie die nach der Form des Universums gewesen, sondern nach den Geheimnissen seiner funktionierenden Teile. Wie waren die Gesetze entstanden, welche die Geschwindigkeit des Lichts bestimmten oder ungeahnte Energien in ein Atom steckten oder ein Proton entstehen ließen? Daß das Universum bewohnbar war, daß es in all seinen vielfältigen Formen existierte, erforderte eine ganze Reihe von Zufällen unglaublichen Ausmaßes. Er rief sich die alte Analogie von den Affen mit den Schreibmaschinen ins Gedächtnis. Wie lang würde der Schimpanse brauchen, um am Ende — rein zufällig — die Bibel zu schreiben?

Die Chancen für die Affen waren weitaus günstiger als die Chance, daß dieses Universum durch Zufall entstanden war. Was soviel hieß, als daß es für einen Baines Rimford völlig unmöglich war, miteinem Wagen an einem Dezemberabend durch die Wüste zu fahren.

Es gab natürlich Theorien darüber. Es gab immer irgendwelche Theorien. Einige sprachen von einer unendlichen Anzahl von blasenförmigen Universen, die durch eine Art Superraum trieben. Andere sprachen davon, daß das Universum unzählige Male entstanden war, bis die Natur rein zufällig alles richtig geordnet hatte.

Das waren kaum zufriedenstellende Überlegungen. Aber Rimford hatte eine Idee: Wenn das Universum in der Gestalt von zwei separaten Wesenheiten existierte, irgendwie zusammengeschlossen, aber dennoch auf ewig getrennt, dann würden Expansion und Kontraktion bei beiden Systemen im gleichen Zeitmaß stattfinden. Aber unter überhaupt keinen Umständen konnte der zeitliche Ablauf genau identisch sein, was hieß: zu Beginn eines jeden Zyklus gäbe es zwei Flammeneruptionen, die zu einer materiellen Existenz führten, doch niemals in genau dem gleichen Augenblick.

Das Problem mit der alten Vorstellung vom universalen Pulsschlag besteht darin, daß keinerlei Information von der einen zur anderen Phase übertragen wird. Alles wird in dem kosmischen Zusammenbruch und der darauffolgenden Explosion, die jede neue Epoche markiert, ausgelöscht. Aber der Altheaner glaubte, daß codierte Daten zwischen den Materie- und den Anti-Materie-Universen hin und her gehen konnten: das funktioniert und das nicht. So daß man nach unglaublich langen Zeiträumen schließlich den fertigen Kosmos vor sich hat.

Daß man den Sternenhimmel über Pasadena sehen kann.

Aber es war der nächste Schritt, der beunruhigend erschien.

Wenn das Universum tatsächlich eine Entwicklung durchmachte, wie sah das Ziel dieser Entwicklung aus?

Es gab Hinweise darauf, daß das letzte Ziel darin bestand, eine ideale Zuflucht für alle Intelligenzen zu schaffen. Aber wie war das möglich, wenn nicht irgend jemand ins kosmische Programm einen entsprechenden Befehl eingegeben hatte?

Rimford hatte mit Religion nicht viel im Sinn. Die Vorstellung von einem höchsten Wesen warf in seinem Geist mehr Fragen als Antworten auf. Genau wie ein Gedanke, den er ein paar Jahre vorher kennengelernt hatte, nämlich daß, wenn das Konzept von Blasenuniversen tatsächlich richtig sein sollte, der Superraum, in dem es umhertrieb, die Heimat einer Rasse von Schöpfern und Konstrukteuren war.

Aber woher könnten diese Rassen gekommen sein?

Es gab noch eine weitere Möglichkeit. Er fragte sich, ob das Universum selbst nicht in irgendeinem Sinn holistisch sein könnte: ein bestimmtes Muster, eine Anordnung, die in ihren frühen Formen nach Regeln und Gesetzen strebte. Und nachdem es schließlich nach unzähligen Versuchen gelernt hatte, Wasserstoff zu erzeugen und infolgedessen Sterne zu schaffen, machte es weiter und suchte nach Bewußtsein und am Ende nach Intelligenz.

Es würde *uns* brauchen!

Die roten und weißen Positionslichter von vier Düsenjets stiegen aus der Wüste links von ihm auf, und er begriff plötzlich, daß er bis nach Edwards hinausgefahren war. Er schaute zu, wie die Flugzeuge in die Dunkelheit aufstiegen. Direkt vor ihnen lag der Mond, verborgen in einer Anhäufung von Cumuluswolken. Wie immer es auch entstanden sein mochte, es war ein wundervolles Universum.

Er fuhr weiter bis zur Kreuzung mit der Route 58 und rief Agnes aus einem Restaurant an. »Ich hab nicht auf die Zeit geachtet«, sagte er.

»Okay, Baines«, erwiderte sie. Dies war nicht das erste Mal, daß er sich verfahren hatte, aber er konnte die Erleichterung in ihrer Stimme hören. »Wo bist du?«

»An den vier Enden der Erde«, sagte er. Es war die Antwort eines Fußgängers.

ENDE

Band 24 123
Philip K. Dick
Der dunkle Schirm

Am Ende des 20. Jahrhunderts: Amerika ist ein Land der Huren, Junkies und Dealer geworden. Bob Arctor ist Geheimagent. Als Spitzel soll er den Drogenhandel observieren, doch mehr und mehr wird er selbst zum Opfer der Drogen und undurchsichtiger Polizeipraktiken. Perfekt getarnt, überwacht er mit Kameras und Tonbändern einen der gefährlichsten Dealer – und er weiß nicht, daß dieser Mann kein anderer ist als er selbst.

Sie erhalten diesen Band im Buchhandel, bei Ihrem Zeitschriftenhändler sowie im Bahnhofsbuchhandel.

Band 24 125
Jack L. Chalker

Der Seelenreiter
Deutsche Erstveröffentlichung

Alles ist möglich in Flux; denn dort herrscht der Geist über die Materie und kann sie nach seinem Willen formen. Dort werden Menschen zu Monstern und Fabelwesen, und wer die Kräfte des Flux nicht bezwingt, dem nehmen sie nicht nur den Verstand, sondern auch die Macht über den Körper.
Nur an wenigen festgefügten Orten, Ruhepolen im sich endlos wandelnden Chaos, ist menschliches Leben möglich, wie wir es kennen. Dies sind die Zonen, die man Anker nennt.
In einer dieser Zonen lebt die junge Cassie, doch auch für sie bricht an dem Tag, als sie in die Gemeinschaft aufgenommen werden soll, eine Welt zusammen. Denn durch Zufall erkennt sie, daß die Herrschaft der Priesterinnen, die die Geschicke des Volkes lenken, auf Lug und Trug gegründet ist. Zur Strafe wird sie hinausgestoßen in die unendliche Leere jenseits des Ankers.
Doch Cassie hat einen mächtigen Beschützer: den Seelenreiter, ein mysteriöses Geschöpf des Flux, das in ihrem Innern wohnt.

Sie erhalten diesen Band im Buchhandel, bei Ihrem Zeitschriftenhändler sowie im Bahnhofsbuchhandel.

Band 23 094
Paul Preuss
Projekt Starfire
Deutsche
Erstveröffentlichung

Travis Hill ist der Stoff, aus dem die Helden sind. Ihm gelang, was vor ihm noch niemand fertigbrachte. Eigenmächtig verließ er sein havariertes Raumschiff und glitt nur mit einer Notfallausrüstung zur Erde hinab. Die Zeitungen feierten den Astronauten, doch von der NASA wurde er abgeschoben, weil er gegen die Befehle handelte.
Dann tritt das Projekt STARFIRE in die Erprobungsphase: ein Raumschiff mit einem völlig neuartigen Antrieb, das die Grenzen der Sonne überwinden soll. Trotz vieler Widerstände gelingt es Travis, sich einen Platz an Bord zu erkämpfen. Und damit beginnt eines der größten Abenteuer des 21. Jahrhunderts.

Sie erhalten diesen Band im Buchhandel, bei Ihrem Zeitschriftenhändler sowie im Bahnhofsbuchhandel.

Band 23 096
Wolfgang Hohlbein

Charity – die beste Frau der Space Force
Originalausgabe

Am 4. März 1998 geschieht das Unglaubliche: An den Grenzen des Sonnensystems taucht ein außerirdisches Raumschiff auf, das sich mit rasender Geschwindigkeit auf die Erde zubewegt.
Ein Team von Astronauten wird beauftragt, dem Schiff entgegenzufliegen. Ihr Kommandant ist eine Frau: Captain Charity Laird, jung, attraktiv, mutig und intelligent – und der beste Raumpilot, den die US Space Force aufzubieten hat.
Doch als Charity und ihr Team das geheimnisvolle Flugobjekt erreichen, erleben sie eine gewaltige Überraschung: Das Schiff der Fremden ist vollkommen leer.
Bis es am Nordpol landet...

Sie erhalten diesen Band
im Buchhandel, bei Ihrem
Zeitschriftenhändler sowie
im Bahnhofsbuchhandel.